Un bonheur si fragile

DU MÊME AUTEUR

Saga LE PETIT MONDE DE SAINT-ANSELME :

Tome I, *Le petit monde de Saint-Anselme, chronique des années 30*, roman, Montréal, Guérin, 2003.

Tome II, *L'enracinement, chronique des années 50*, roman, Montréal, Guérin, 2004.

Tome III, *Le temps des épreuves, chronique des années 80*, roman, Montréal, Guérin, 2005.

Tome IV, *Les héritiers, chronique de l'an 2000*, roman, Montréal, Guérin, 2006.

Saga LA POUSSIÈRE DU TEMPS :

Tome I, *Rue de la Glacière*, roman, Montréal, Hurtubise, 2005, format compact, 2008.

Tome II, *Rue Notre-Dame*, roman, Montréal, Hurtubise, 2005, format compact, 2008.

Tome III, *Sur le boulevard*, roman, Montréal, Hurtubise, 2006, format compact, 2008.

Tome IV, *Au bout de la route*, roman, Montréal, Hurtubise, 2006, format compact, 2008.

Saga À L'OMBRE DU CLOCHER :

Tome I, *Les années folles*, roman, Montréal, Hurtubise, 2006, format compact 2010.

Tome II, *Le fils de Gabrielle*, roman, Montréal, Hurtubise, 2007, format compact 2010.

Tome III, *Les amours interdites*, roman, Montréal, Hurtubise, 2007, format compact 2010.

Tome IV, *Au rythme des saisons*, roman, Montréal, Hurtubise, 2008, format compact 2010.

Saga CHÈRE LAURETTE :

Tome I, *Des rêves plein la tête*, roman, Montréal, Hurtubise, 2008.

Tome II, *À l'écoute du temps*, roman, Montréal, Hurtubise, 2008.

Tome III, *Le retour*, roman, Montréal, Hurtubise, 2009.

Tome IV, *La fuite du temps*, roman, Montréal, Éditions Hurtubise, 2009.

Saga UN BONHEUR SI FRAGILE :

Tome I, *L'engagement*, roman, Montréal, Hurtubise, 2009.

Tome II, *Le drame*, roman, Montréal, Hurtubise, 2010.

Tome III, *Les épreuves*, roman, Montréal, Hurtubise, 2010.

Michel David

Un bonheur si fragile

tome 3

Les épreuves

Roman historique

Hurtubise

Catalogage avant publication de Bibliothèque et Archives nationales du Québec et Bibliothèque et Archives Canada

David, Michel, 1944-

Un bonheur si fragile : roman historique

L'ouvrage complet comprendra 4 v.

Sommaire : t. 1. L'engagement – t. 2. Le drame – t. 3. Les épreuves.

ISBN 978-2-89647-209-3 (v. 1)
ISBN 978-2-89647-260-4 (v. 2)
ISBN 978-2-89647-261-1 (v. 3)

I. Titre. II. Titre : L'engagement. III. Titre : Le drame. IV. Titre : Les épreuves.

PS8557.A797B66 2009 C843'.6 C2009-941606-9
PS9557.A797B66 2009

Les Éditions Hurtubise bénéficient du soutien financier des institutions suivantes pour leurs activités d'édition :

- Conseil des Arts du Canada ;
- Gouvernement du Canada par l'entremise du Programme d'aide au développement de l'industrie de l'édition (PADIÉ) ;
- Société de développement des entreprises culturelles du Québec (SODEC) ;
- Gouvernement du Québec par l'entremise du programme de crédit d'impôt pour l'édition de livres.

Graphisme de la couverture : René St-Amand
Illustration de la couverture : Jean-Louis Tripp et Régis Loisel
Couleurs : François Lapierre
Maquette intérieure et mise en page : Andréa Joseph [pagexpress@videotron.ca]

ISBN 978-2-89647-261-1

Dépôt légal : 2e trimestre 2010
Bibliothèque et Archives nationales du Québec
Bibliothèque et Archives du Canada

Diffusion-distribution au Canada :
Distribution HMH
1815, avenue De Lorimier
Montréal (Québec) H2K 3W6
Téléphone : 514 523-1523
Télécopieur : 514 523-9969
www.distributionhmh.com

Diffusion-distribution en Europe :
Librairie du Québec/DNM
30, rue Gay-Lussac
75005 Paris FRANCE
www.librairieduquebec.fr

Imprimé au Canada
www.editionshurtubise.com

Demain quand vous ferez le geste
Qui jette au loin le dernier mois
Demandez-vous ce qu'il vous reste
Des calendriers d'autrefois.

Au temps de dire, Gilles Vigneault

Les principaux personnages

La famille Joyal

Napoléon : cultivateur, âgé de 67 ans
Lucienne : épouse de Napoléon, âgée de 65 ans et mère de :
Anatole (44 ans), époux de Thérèse (44 ans) et père de Gustave, Pauline et Estelle
Blanche (42 ans), épouse d'Amédée (43 ans) et mère de Joseph, Rémi et Étienne
Bastien (40 ans), époux de Rosalie (38 ans) et père de Rolande et Constant
Germaine (39 ans), épouse de Bernard (41 ans) et mère de Germain et Aurélie
Corinne (35 ans), épouse de Laurent (38 ans) et mère de Philippe, Madeleine, Norbert, Élise et Lionel
Simon (32 ans), célibataire

La famille Boisvert

Gonzague : cultivateur veuf, âgé de 77 ans et père de :
Henri (52 ans), époux d'Annette (52 ans) et père de Charles (24 ans) et Hélène (22 ans)
Juliette (49 ans), veuve et sans enfant
Aimé (47 ans), époux de Marie (44 ans) et père de trois enfants
Raymond (45 ans), époux d'Amanda (45 ans)
Laurent (38 ans), époux de Corinne Joyal (35 ans)

La famille de Laurent Boisvert

Laurent : fils de Gonzague, âgé de 38 ans
Corinne : épouse de Laurent, âgée de 35 ans et mère de Philippe (16 ans), Madeleine (15 ans), Norbert (13 ans), Élise (11 ans) et Lionel (6 ans)

Autres personnages du rang Saint-Joseph

Angèle Beaulac : enseignante à l'école de rang
Honorine Gariépy : mère de Catherine et présidente des dames de Sainte-Anne
Jocelyn Jutras : voisin de la famille de Laurent Boisvert et époux de Catherine Gariépy
Léopold Monette : employé de Laurent Boisvert
Conrad Rocheleau : époux de Marie-Claire Rocheleau et père de neuf enfants

Village de Saint-Paul-des-Prés

Le presbytère

Charles Bilodeau : curé de la paroisse
Anselme Leblanc : bedeau, âgé de 62 ans
Eusèbe Morin : vicaire
Mance Rivest : servante

Le village

Alcide Duquette : époux d'Alexina, propriétaire du magasin général et président du conseil de la fabrique

Fabien Gagnon : maire, fils de l'ancien maire, Bertrand Gagnon

Ulric Lamothe : fils de Marie Lamothe et ami de Philippe Boisvert

Joseph Melançon : maréchal-ferrant et mécanicien

Aristide Ménard : notaire

Adrien Précourt : médecin

Léon Tremblay : employé de Gonzague Boisvert

Ange-Albert Vigneault : boucher

Chapitre 1

Casseau

Corinne ouvrit les yeux dans le noir et attendit un long moment avant de repousser ses couvertures et de s'asseoir dans son lit. À l'extérieur, le vent mugissait et faisait trembler les vitres des fenêtres comme s'il avait décidé, en ce petit matin de février 1918, de pénétrer de force dans la petite maison grise du rang Saint-Joseph.

La jeune femme de trente-cinq ans saisit son châle déposé au pied de son lit, glissa ses pieds dans ses vieilles pantoufles et se leva avant d'allumer la lampe à huile posée sur sa table de chevet. Elle sortit de sa chambre en grelottant et se dirigea vers le gros poêle à bois de la cuisine d'hiver. Elle souleva un rond, il ne restait que quelques tisons qu'elle s'empressa de ranimer en jetant dessus deux rondins.

— Seigneur ! Est-ce que cet hiver-là va finir un jour ? dit à mi-voix la petite femme blonde en serrant encore plus étroitement contre elle les pans de son gros châle de laine. Une tempête attend pas l'autre.

Elle alla remplir la théière à la pompe installée sur le comptoir et la déposa sur le poêle avant de se diriger vers le pied de l'escalier qui conduisait aux chambres.

— Debout, les enfants ! cria-t-elle. Grouillez-vous ! Le train se fera pas tout seul.

À l'étage, il y eut des bruits et aussi des plaintes. La mère de famille, rassurée de constater que les siens étaient réveillés, s'engouffra dans sa chambre pour s'habiller et se coiffer. Quand elle revint dans la cuisine quelques minutes plus tard, une adolescente l'avait précédée et avait commencé à dresser la table pour le déjeuner.

— Est-ce que tout le monde est debout? lui demanda Corinne en chaussant ses bottes.

— Il y avait juste Philippe qui traînait de la patte, m'man, mais je suis allée le secouer avant de descendre, répondit Madeleine.

La jeune fille de quinze ans ressemblait étonnamment à sa mère avec ses yeux bleu myosotis, sa petite taille, ses traits fins et son air volontaire. Son épaisse chevelure brune semblait être tout ce dont elle avait hérité de son père.

Au même moment, une cavalcade se produisit dans l'escalier. Norbert, suivi d'Élise et de Lionel le dévalaient, précédant de peu un rugissement en provenance de l'une des quatre chambres à l'étage.

— Qu'est-ce que t'as encore fait à ton frère, mon saudit haïssable? demanda Corinne en s'adressant à l'adolescent de treize ans au visage rond couvert de taches de rousseur.

— Il a lancé de l'eau à Philippe avant de descendre, le dénonça Lionel, le cadet de la famille qui venait d'avoir six ans.

— T'as pas fait ça? lui demanda sa mère.

— Oui, c'est ce qu'il a fait, confirma Élise, qui, à onze ans, était presque aussi grande que son frère Norbert.

— Toi, si t'as mouillé son lit, tu vas le changer avant de partir pour l'école. Tu m'entends? fit Corinne, fâchée.

Elle aurait bien ajouté quelque chose, mais l'escalier fut soudainement ébranlé par un Philippe furieux et mal réveillé.

— Toi, mon…

— Fais bien attention à ce que tu vas dire, toi! le mit en garde sa mère, en se plantant devant lui au moment où l'adolescent de seize ans cherchait à rejoindre son jeune frère pour lui allonger une taloche.

— Il m'a vidé une cruche d'eau sur la tête, expliqua l'aîné de la famille Boisvert en essayant de contourner sa mère qu'il dépassait d'une bonne tête.

L'adolescent mesurait presque six pieds et possédait la carrure et le caractère emporté de son père.

— Moi, j'ai fait ça pour te rendre service, répliqua Norbert en prenant bien soin de garder sa mère entre lui et son frère aîné. Si tu t'étais pas levé pour faire le train, tu te serais fait chicaner, ajouta-t-il hypocritement.

— Mon maudit, attends que je te pince ! Tu vas le regretter, fit Philippe, menaçant.

— Bon, ça va faire, vos niaiseries ! déclara Corinne sur un ton sans appel. L'ouvrage attend. À part le train, on va être pris pour déneiger à cause de la tempête qui est tombée durant la nuit. Madeleine, tu restes en dedans pour préparer le déjeuner. Toi, Philippe, attelle le blond et commence à déneiger la cour. Lionel, va t'occuper des poules et des cochons avec Élise. Norbert, tu restes avec moi, tu nourriras les vaches et tu nettoieras pendant que je les trais.

La paix revint comme par enchantement dans la maison. La mère et ses enfants endossèrent leurs manteaux et chaussèrent leurs bottes. Philippe, calmé, alluma des fanaux dans la cuisine d'été, en tendit un à sa mère et un autre à Élise, avant de s'emparer du sien et de quitter la maison.

En ouvrant la porte, l'adolescent se retrouva à mi-jambe dans la neige.

— Coliboire ! jura-t-il en baissant la tête. On va en avoir pour la journée.

Même s'il faisait encore noir, il était visible que la tempête avait laissé derrière elle une quantité appréciable de neige. Le vent tourbillonna soudain et plaqua un paquet de neige contre le visage de la mère et de ses enfants. Tous penchèrent la tête et prirent, à la file indienne, la direction des bâtiments dressés au fond de la cour. Un bon tiers de la porte de l'étable disparaissait sous la neige, au point que

Corinne et Norbert eurent du mal à se glisser à l'intérieur du vieux bâtiment. La mère et les enfants travaillèrent durant de longues minutes.

Corinne Boisvert ne quitta l'étable qu'au moment où le jour se levait. Norbert avait eu le temps de dégager la porte après avoir nourri les vaches et les deux veaux.

— Si ça a de l'allure ! s'exclama-t-elle en regardant la quantité de neige tombée. On est complètement enterrés !

Elle emprunta l'espace fraîchement nettoyé par Philippe qui encourageait le cheval par des cris. La bête, les naseaux fumants, peinait à tirer une gratte. L'appareil rudimentaire était constitué de trois épais madriers d'une douzaine de pieds de longueur reliés entre eux par des travers solides. On avait fixé aux deux extrémités des chaînes de longueur inégale attachées au harnais du cheval. Le tout était lourdement lesté. Les madriers, tirés en oblique, repoussaient alors la neige sur le côté.

— Viens manger ! cria Corinne à son aîné. Tu continueras après le déjeuner.

Philippe fit signe qu'il l'avait entendue et dirigea son attelage vers l'écurie. Il ne se donna pas la peine de dételer la bête. Il se contenta de la couvrir d'une épaisse couverture et de lui donner un peu d'avoine.

Quand il pénétra dans la maison, le visage rougi par le froid et les doigts gourds, ses frères et sœurs étaient déjà attablés devant leur repas du matin.

— On n'en sortira jamais, se plaignit-il en enlevant son manteau et ses bottes avec mauvaise humeur. Le blond arrive plus à pousser la neige assez loin tellement les bordures sont hautes. Il nous faudrait un deuxième cheval pour tirer la gratte sur notre bout de route.

— Les autres cultivateurs feront pas mieux que nous autres, fit sa mère pour l'amadouer, en déposant au centre de la table un plat rempli d'épaisses crêpes dorées.

— Je veux ben le croire, m'man, mais c'est rendu que deux *sleigh*s vont avoir de la misère à se rencontrer dans le rang tellement le chemin est devenu étroit, fit-il remarquer en prenant place à table. En plus, il va falloir baliser encore une fois, la tempête a enterré les branches de sapinage.

— Moi, je suis capable de faire ça après le déjeuner, fit son frère Norbert, comme s'il cherchait à se faire pardonner par son aîné de l'avoir réveillé de façon brutale.

— Non, mon garçon ! déclara tout net Corinne. À matin, tu t'en vas à l'école avec Élise et Lionel.

— Mais, m'man... voulut-il protester.

— Je t'ai dit non, un point c'est tout ! répliqua sèchement sa mère en le foudroyant du regard.

— Vous pensez pas, m'man, que l'école pourrait être fermée après cette tempête-là ? lui demanda Madeleine en se levant pour aller chercher la théière demeurée sur le poêle.

— Il y a pas de raison qu'Angèle Beaulac garde l'école fermée, répondit Corinne en tournant la tête vers l'une des deux fenêtres de la cuisine. Il neige presque plus et le vent est tombé.

— Je serais ben plus utile ici dedans qu'à l'école, voulut argumenter Norbert, sans trop de conviction.

— Tu penses tout de même pas que je vais priver la petite Beaulac de son élève le plus haïssable, répliqua sa mère. Comment elle va faire pour gagner son ciel si tu restes ici ?

— Mais j'ai pas eu le temps de nettoyer à l'étable, plaida Norbert.

— Laisse faire, tu le feras en revenant de l'école.

Après le repas, la table fut desservie. Pendant que Norbert et Lionel allaient chercher du bois dans la remise attenante à la maison pour remplir le coffre, les filles aidèrent leur mère à laver la vaisselle et Philippe sortit pour continuer à déblayer la cour et la portion de route qui longeait la terre des Boisvert.

— Oubliez pas de faire votre lit avant de partir, recommanda la mère de famille en préparant le goûter des trois écoliers qui allaient prendre le repas du midi, comme chaque jour de la semaine, à l'école du rang.

Quelques minutes après le départ des plus jeunes, Corinne se rendit compte qu'elle avait oublié de rapporter de la crème de l'étable. En poussant un soupir d'exaspération, elle se dirigea vers le crochet derrière la porte auquel son manteau était suspendu.

— Où est-ce que vous allez, m'man? lui demanda Madeleine, qui venait de vérifier l'état des chambres à l'étage.

— J'ai oublié de rapporter de la crème.

— Laissez faire. Je vais aller vous en chercher, offrit l'adolescente. De toute façon, j'avais l'intention de sortir pour pelleter la neige sur la galerie. Si on laisse tout le déneigement à Philippe, on va l'entendre se plaindre jusqu'à *amen*.

La jeune fille endossa son manteau et ses bottes puis sortit. La neige avait cessé de tomber et le ciel était maintenant dégagé de tout nuage. Un froid vif et sec avait remplacé l'humidité des derniers jours. Elle vit son frère, debout en équilibre instable sur la gratte, en train de hurler après le cheval qui n'avançait pas assez vite à son goût. Elle lui cria de se calmer avant de prendre la direction de l'étable.

Madeleine ouvrit la porte du bâtiment et s'immobilisa soudainement sur le seuil. Elle avait entendu des bruits en provenance du grenier à foin. Immobile, aux aguets, elle guetta le retour de ce qui ressemblait à une plainte. Quand le bruit revint, elle laissa la porte ouverte derrière elle et se précipita vers la maison où elle pénétra avec fracas.

— Bonne sainte Anne! s'écria sa mère. Veux-tu bien me dire ce que t'as?

— Il y a quelqu'un caché dans l'étable ! parvint à dire l'adolescente, hors d'haleine.

— Comment ça ? Tu l'as vu ?

— Non, m'man, je l'ai entendu se plaindre. J'ai eu peur.

Le visage de Corinne blêmit soudain. Brusquement, elle fut assaillie par le souvenir de Mitaines se jetant sur elle à son entrée dans le poulailler un matin d'hiver, une quinzaine d'années auparavant alors qu'elle était jeune mariée. Elle se revit se débattant avec l'énergie du désespoir pour échapper à l'innocent jusqu'au moment où Rosaire était venu à son secours et l'avait chassé avec une pelle.

Elle dut se secouer pour revenir à la réalité.

— Va chercher Philippe ! ordonna-t-elle à sa fille en se dirigeant vers son manteau suspendu derrière la porte.

Au moment où la jeune mère de famille quittait la maison, elle aperçut sa fille, debout au milieu de la route, faisant de grands signes à son frère. Ce dernier arriva peu après dans la cour et immobilisa son attelage avant d'en descendre.

— Qu'est-ce qu'il y a encore ? demanda-t-il avec impatience.

— Il y a quelqu'un caché dans la tasserie, répondit sa mère en s'avançant vers lui. Madeleine l'a entendu.

— V'là autre chose ! fit le grand adolescent, exaspéré. C'est correct, je m'en occupe. S'il y a quelqu'un là, il va sortir, je vous en passe un papier, promit-il, l'air mauvais.

— Attends ! On y va avec toi, fit sa mère.

— Vous êtes pas obligées, rétorqua son fils, se dirigeant déjà vers l'étable. Je suis capable de m'en occuper tout seul.

Corinne ne se donna pas la peine de répliquer. Elle suivit son aîné en compagnie de sa fille et tous les trois pénétrèrent ensemble dans l'étable.

— Aïe ! En haut ! T'es mieux de descendre avant que j'aille te chercher ! cria Philippe en adoptant un air de matamore.

Il ne se produisit d'abord rien. Puis, il y eut une sorte de glissement dans le foin, glissement accompagné d'une toux creuse.

— Envoye, grouille-toi ! Sors de là ! menaça Philippe, qui venait de s'emparer d'une lourde pelle déposée contre le mur avant de se camper au pied de l'échelle conduisant à la tasserie.

Une quinte de toux fut l'unique réponse obtenue.

— Coliboire ! Je vais être obligé d'aller le sortir de là, dit l'adolescent à voix haute, mais je vous garantis qu'il va regretter de m'avoir fait grimper.

Corinne posa une main sur le bras de son fils pour le calmer.

— Attends, lui ordonna-t-elle. Ça se pourrait qu'il soit malade et pas capable de descendre tout seul. Je trouve qu'il tousse pas mal.

— Il manquerait plus rien que ça !

— Monte, on va aller voir, dit sa mère en le poussant devant elle.

Philippe escalada l'échelle avec souplesse sans toutefois se séparer de sa pelle. Sa mère le rejoignit un instant plus tard. La tasserie était plongée dans la pénombre. On n'y voyait que grâce à la lumière se glissant par les interstices entre les planches. Quelque chose bougea dans le coin le plus éloigné. La mère et le fils s'en approchèrent avec prudence, mais demeurèrent à bonne distance de celui qui avait trouvé refuge dans leur foin. L'un et l'autre étaient incapables de discerner les traits de l'inconnu qui venait de s'asseoir.

Enfin, l'homme qui se dissimulait dans le foin se leva en chancelant et demeura immobile contre le mur.

— Qu'est-ce que tu fais là ? lui demanda Philippe d'une voix menaçante en levant déjà sa pelle comme pour le frapper.

— Rien, répondit l'étranger. Je dormais, ajouta-t-il avant d'être secoué par une violente quinte de toux qui l'obligea à se plier en deux.

— Sors de là ! lui ordonna sèchement l'adolescent.

L'autre sortit du foin dans lequel il était enfoui presque à mi-jambe et s'avança difficilement vers la trappe ouverte dans le plancher. Philippe fit un pas en avant comme s'il avait l'intention de le frapper, mais sa mère le retint.

— Laisse faire, lui commanda-t-elle. Tu vois bien qu'il est malade et complètement gelé. Viens te réchauffer à la maison, ajouta-t-elle à l'intention de celui dont elle devinait à peine les traits dans la pénombre.

Cela dit, elle entreprit de descendre l'échelle, suivie par son fils.

— Tu peux retourner nettoyer le chemin, dit-elle à Philippe. Ta sœur et moi, on va s'occuper de lui. Si on a besoin de toi, on ira te chercher.

— Faites ben attention, m'man. On sait jamais avec les rôdeurs, la mit en garde son aîné.

Il tendit sa pelle à sa mère et quitta l'étable. Madeleine se rapprocha peureusement de sa mère en apercevant les pieds de l'inconnu apparaître sur le premier barreau de l'échelle. L'homme descendit difficilement l'échelle et demeura un long moment planté devant la mère et la fille en clignant des yeux devant le flot de lumière qui pénétrait dans l'étable par la porte demeurée ouverte.

À la grande surprise de la maîtresse des lieux, il s'agissait d'un adolescent de taille moyenne âgé de dix-sept ou dix-huit ans. Sa figure aux joues creuses était surmontée d'une tignasse noire hirsute à laquelle se mêlaient des brindilles de foin. Il n'était vêtu que d'un mince manteau brun et d'un pantalon déchiré à un genou.

— J'ai rien pris, madame, dit-il comme si on pouvait l'accuser de vol. Est-ce que je peux m'en aller ?

— Pas avant de t'être réchauffé et avoir mangé quelque chose, répondit Corinne, apitoyée par son air misérable. Suis-nous à la maison, ajouta-t-elle en poussant devant elle sa fille.

Corinne tourna le dos au rôdeur et entreprit de regagner la maison sans se préoccuper de savoir s'il les suivait. Quelque chose dans l'allure et le regard de l'adolescent lui rappelait Rosaire, l'orphelin qu'elle avait recueilli et aimé comme un petit frère l'année où elle s'était mariée. Il était demeuré six ans à la maison. Il avait été son confident, son protégé et son meilleur ami. Même s'il avait été souvent maltraité autant par son mari que par son beau-père, il avait eu le courage de demeurer à ses côtés pour lui offrir son soutien et la protéger. Dieu, qu'elle s'ennuyait de lui !

Peu après ses dix-huit ans, Laurent avait profité d'une brève visite de sa femme chez son frère Bastien, à Saint-François-du-Lac, pour chasser Rosaire, son souffre-douleur. Elle n'avait jamais pardonné à son mari ce geste de lâcheté. Depuis, la jeune mère de famille n'avait reçu des nouvelles de l'orphelin que de loin en loin. Il lui écrivait une fois ou deux chaque année. Dans sa dernière lettre, il lui avait annoncé qu'il venait de décrocher un poste de fonctionnaire à Montréal.

Corinne et sa fille eurent le temps de retirer leurs bottes et leur manteau avant que l'adolescent pousse la porte de la cuisine d'été et s'immobilise, l'air gauche, sur le paillasson.

— Ôte ton manteau et va te réchauffer proche du poêle, lui commanda Corinne. Et toi, prépare-lui quelque chose de chaud à manger, dit-elle à Madeleine qui n'avait pas quitté du regard les yeux fiévreux de l'inconnu.

— Merci, madame, fit le jeune homme en se rendant jusqu'au poêle au-dessus duquel il tendit les mains pour les réchauffer.

— Comment tu t'appelles ? lui demanda la maîtresse de maison.

— Léopold, madame.

— Léopold qui ?

— Léopold Monette.

— Assis-toi proche du poêle pendant que ma fille te prépare à déjeuner, Léopold, lui ordonna Corinne. Mais veux-tu bien me dire ce que tu faisais sur le chemin en pleine tempête et pas habillé plus chaudement que ça ? C'est des affaires pour attraper un coup de mort...

— Je travaillais chez Bruno Lévesque, à Saint-Germain, expliqua l'adolescent. Monsieur Lévesque était veuf et il avait pas d'enfant. Il est mort au mois de janvier et j'ai été obligé de partir.

— Puis ?

— Ben, je cherche de l'ouvrage depuis ce temps-là, mais partout, on me dit que c'est pas le bon temps. Personne a besoin d'un homme engagé en plein hiver.

— Est-ce que ça veut dire que t'as couché dehors tout ce temps-là ? lui demanda Madeleine, occupée à lui dresser un couvert.

— Presque tous les soirs. Je couchais la plupart du temps dans les tasseries.

— À te voir, j'ai ben l'impression que ça fait un bon bout de temps que t'as pas mangé à ta faim, dit Corinne en regardant ses joues creuses. T'es maigre à faire peur.

Léopold Monette ne la détrompa pas.

— T'as quel âge ?

— Dix-huit ans, madame.

— Pourquoi t'es pas retourné dans ta famille après avoir perdu ton ouvrage ?

— J'ai pas de famille.

— Approche et viens manger, dit Madeleine en déposant sur la table les œufs et les grillades de lard qu'elle venait de cuisiner pour lui.

Apparemment très mal à l'aise, l'adolescent quitta la chaise berçante près du poêle et vint s'asseoir sur le banc devant l'assiette que Madeleine venait de déposer sur la table. Il prit une première bouchée qu'il tenta d'avaler péniblement sous le regard un peu inquiet de la jeune fille.

— On dirait qu'il a de la misère à avaler, m'man, fit remarquer Madeleine.

— Qu'est-ce qu'il y a? demanda Corinne au garçon. C'est pas bon?

— J'ai mal à la gorge, se contenta de répondre Léopold, secoué aussitôt par une violente quinte de toux après avoir tenté de déglutir.

Corinne s'approcha et posa le dos de sa main contre le front de l'adolescent.

— Il est bouillant de fièvre, dit-elle à sa fille. C'est pas surprenant qu'il ait attrapé quelque chose en se promenant dehors à moitié habillé. Bon, je pense qu'on n'a pas le choix. On n'est pas pour le renvoyer dehors arrangé comme ça. Ce serait pas chrétien. On va pas le laisser crever comme un chien sur le bord de la route.

— Où est-ce que vous voulez l'installer, m'man?

— Dans la chambre bleue. Élise couchera avec toi une couple de jours, le temps de le remettre d'aplomb.

Madeleine ne protesta pas.

— Je vais monter faire le lit et mettre les affaires d'Élise dans ma chambre, se borna-t-elle à dire.

Dès que sa fille fut montée à l'étage, Corinne retira l'assiette devant Léopold et la remplaça par un bol de soupe chaude qui mijotait sur le poêle.

— Mange ça, lui commanda-t-elle. Ça s'avale plus facilement.

Ensuite, elle déposa dans la petite salle de toilettes située au pied de l'escalier un bol à main rempli d'eau chaude, un savon du pays et une serviette, avant d'inviter le garçon à aller faire sa toilette. Pendant qu'il se lavait, elle monta à l'étage fouiller dans une boîte où étaient rangés les anciens vêtements de Philippe pour en tirer un vieux pyjama qui ne lui allait plus.

— C'est pas neuf, mais c'est propre, lui dit-elle en lui tendant le vêtement. Enfile ça et laisse ton linge sale dans les toilettes. On fera une brassée de lavage demain. Sors le sirop de gomme d'épinette et prépare-moi une mouche de moutarde, demanda-t-elle à sa fille qui venait de descendre dans la cuisine. J'ai bien l'impression qu'il va en avoir besoin.

Après avoir fait avaler une cuillerée à table de sirop au garçon maintenant récuré et peigné, la maîtresse de maison le précéda dans l'escalier pour lui indiquer sa chambre. Quand Madeleine les rejoignit avec l'emplâtre, sa mère s'en empara.

— C'est correct, tu peux redescendre, lui dit-elle.

Après avoir demandé au malade de déboutonner sa veste de pyjama, elle appliqua la couche de moutarde sur sa poitrine et le couvrit de quatre épaisses couvertures de laine.

— À cette heure, tu restes bien tranquille. Tu dois suer pour faire sortir le méchant, lui expliqua-t-elle sur un ton maternel. Il faut que ta fièvre baisse. J'ai bien peur que t'aies un début de bronchite. Dans une demi-heure, tu pourras les enlever.

— Merci, madame, dit l'adolescent disparaissant à moitié sous les couvertures.

— Dors, c'est le meilleur remède.

La jeune femme quitta la chambre et referma la porte derrière elle avant de descendre au rez-de-chaussée.

— C'est effrayant être maigre comme ça, dit-elle à sa fille. Ce garçon-là a juste la peau et les os. On pourrait lui compter les côtes.

Un peu plus tard dans l'avant-midi, Philippe rentra dans la maison.

— La cour et le chemin sont nettoyés, annonça-t-il à sa mère en regardant partout autour de lui.

— Qu'est-ce que tu cherches ? lui demanda sa mère qui avait remarqué son manège.

— Ben, le rôdeur. Dites-moi pas que vous vous en êtes déjà débarrassée. Je l'ai pas vu passer.

— Tu l'as pas vu passer pour la simple raison qu'il est couché en haut, dans la chambre bleue, fit sa sœur en quittant des yeux la catalogne qu'elle était en train de tresser.

— Comment ça «couché en haut»? Qu'est-ce qu'il fait là?

— Il est malade, se borna à répondre sa mère.

— Mais c'est pas un hôpital ici dedans, protesta l'adolescent.

— Whow! Toi, tu baisses le ton, lui intima sa mère, que ses airs de matamore n'impressionnaient pas. Je viens de te dire qu'il est malade. Il fait un temps à pas mettre un chien dehors. On n'est tout de même pas pour l'envoyer sur le chemin arrangé comme ça. C'est une question de charité chrétienne, mon garçon.

— Si le père était là, je pense pas que lui, il l'aurait gardé, prétendit Philippe.

— Laisse faire ton père, lui ordonna-t-elle. Quand il sera descendu du chantier, on l'entendra bien assez.

Cette dernière phrase mit fin à toute contestation de l'aîné de la famille. Cependant, au coup d'œil que lança la mère à son fils, il était évident que l'attitude de ce dernier l'inquiétait. Il ressemblait de plus en plus aux Boisvert, et cela lui déplaisait souverainement. Cette sécheresse de cœur et cette indifférence face à la misère d'autrui ressemblaient trop au comportement habituel de son beau-père, Gonzague Boisvert, et même à celui de son mari, pour qu'elle n'y soit pas sensible. Elle aimait profondément son fils, mais elle n'était pas prête à le laisser agir à sa guise sous son toit.

Quelques minutes plus tard, Philippe retourna travailler à l'extérieur pendant que sa mère et sa sœur remettaient de l'ordre dans la maison avant de préparer le repas du midi.

À l'heure du dîner, Philippe rentra au moment même où Corinne envoyait Madeleine porter un bol de bouillon chaud au malade.

— Et il faut que vous le serviez au lit ! s'indigna Philippe, réprobateur.

— Mêle-toi donc de tes affaires, insignifiant, se contenta de lui dire sa sœur avant de monter au premier.

Le repas fut passablement silencieux, ce midi-là. Philippe faisait la tête et l'absence des trois écoliers qui mangeaient à l'école y était pour beaucoup. Mais l'activité reprit vite l'après-midi même, dès le retour à la maison de Norbert, Élise et Lionel.

— Il s'est encore fait chicaner par madame Beaulac, annonça Lionel en laissant tomber son sac d'école près de la table.

— Qu'est-ce que t'as encore fait, malcommode ? demanda Corinne à Norbert qui venait de s'approcher de la table pour manger deux biscuits à la mélasse, comme chaque jour au retour de l'école.

— Rien, c'était pas ma faute, se défendit l'adolescent. J'ai voulu mettre une bûche dans la fournaise, mais je l'ai échappée sur les pieds de Bertrand Courchesne. Il s'est mis à crier comme un cochon qu'on égorge, le niaiseux.

— La maîtresse l'a mis à genoux dans le coin pendant une demi-heure, précisa Élise.

— C'est correct le porte-panier, s'empressa de dire la mère de famille avant qu'une dispute éclate entre ses enfants. Dépêchez-vous de manger vos biscuits et allez vous changer qu'on fasse pas le train trop tard. Parlez pas trop fort, il y a quelqu'un qui dort en haut.

— Qui ça ? demanda Norbert, curieux.

— C'est pas quelqu'un que vous connaissez. Il est malade, il faut le laisser dormir.

— Il est pas couché dans mon lit, j'espère.

— Non, il est couché dans la chambre d'Élise.

— Et moi ? Où est-ce que je vais coucher ?

— Tu vas coucher avec ta sœur à soir.

Norbert monta à l'étage. Poussé par la curiosité, il ne put s'empêcher d'ouvrir la porte de la chambre de sa sœur pour voir la tête du visiteur inconnu. Ce dernier dormait. Il s'approcha du lit sur la pointe des pieds pour mieux l'examiner. Au moment où il allait se retirer, l'inconnu entrouvrit les yeux et le regarda sans rien dire. Le fils de Corinne Boisvert, gêné, recula brusquement.

— Allô ! le salua le malade d'une voix un peu rauque.

— Bonjour. Je voulais pas te réveiller, je voulais juste voir de quoi t'avais l'air.

L'autre lui adressa un sourire un peu contraint.

— Il faut que j'aille faire le train, déclara l'adolescent en quittant la chambre sans plus de cérémonie.

De retour au rez-de-chaussée quelques instants plus tard, Norbert s'empressa de dire à Élise et Lionel :

— Je l'ai vu, il est maigre comme un vrai casseau, ce gars-là.

— Tu l'as pas réveillé, j'espère ? fit sa mère.

— Pantoute, m'man. Il avait les yeux ouverts quand je suis passé devant sa chambre, mentit Norbert. J'ai jamais vu quelqu'un d'aussi maigre, ajouta-t-il. Un vrai casseau. Pour moi, le soleil doit passer à travers.

Le sort en était jeté. Léopold Monette allait être désigné sous le nom de « Casseau » pendant un certain temps par les plus jeunes enfants de la famille.

Le troisième matin après son arrivée chez les Boisvert, le jeune homme se trouva suffisamment rétabli pour se joindre aux enfants de Corinne lorsque cette dernière leur cria de se lever. Il apparut au pied de l'escalier, portant ses vêtements qui avaient été lavés et repassés par la maîtresse de maison et Madeleine.

Il semblait en bien meilleure santé que lors de son arrivée. Bien qu'il concédât quelques pouces à Philippe, il n'en était pas moins aussi solidement charpenté malgré sa maigreur.

— Bon, v'là un revenant, se moqua Philippe en l'apercevant. T'es fatigué de te laisser gâter par ma mère et ma sœur? ajouta-t-il sur un ton désagréable.

Déjà, Corinne avait endossé son manteau pour aller traire les vaches.

— Si ça vous fait rien, madame Boisvert, offrit l'adolescent sans tenir compte de l'agressivité du fils, je peux aller traire les vaches à votre place.

— Non, c'est moi qui fais cet ouvrage-là, déclara Philippe.

— Dans ce cas-là, je peux nourrir les animaux et ramasser le fumier.

— C'est ça, moi, je vais aller à l'étable avec Casseau, déclara Norbert. Je vais vous le dire s'il est capable de faire une bonne *job*, m'man.

— Toi, mon détestable, tu vas t'occuper d'aller nourrir le cheval et les cochons pendant qu'Élise s'occupe des poules. Si t'agaces Léopold, je lui permets de te mettre sur le tas de fumier, derrière l'étable. Tu m'entends? dit la mère de famille, sévère. Toi, Léopold, il est pas question que tu sortes dehors arrangé comme tu l'étais. Tu vas attendre deux minutes que j'aille te chercher un vieux manteau de mon mari, une tuque et des mitaines.

Corinne disparut dans sa chambre à coucher durant quelques instants et revint en tenant un épais manteau de drap noir, une tuque rouge et des moufles en laine.

— Mets ça, ordonna-t-elle à l'adolescent et arrange-toi pour pas attraper encore la grippe. On a beau être presque rendus au mois de mars, l'hiver est loin d'être fini.

Léopold remercia et obéit. Il sortit de la maison sur les talons de Norbert qui l'avait attendu avec impatience. Un froid vif l'accueillit. La neige crissait sous ses pas quand ils se dirigèrent vers l'étable où l'aîné de la famille les avait précédés.

Au retour à la maison, Norbert ne put s'empêcher de dire à sa mère le plus sérieusement du monde:

— Je suis allé voir si la *job* avait été ben faite dans l'étable, m'man. C'est pas pire. C'est pas aussi propre que quand je la fais, mais c'est endurable.

Cette remarque suscita un sourire sur le visage de Léopold. Durant le déjeuner, Philippe ignora ostensiblement l'étranger, un comportement qu'il avait adopté depuis l'arrivée de ce dernier dans la maison du rang Saint-Joseph. Assis au bout de la table, face à sa mère, il jouait au maître des lieux aussi longtemps que Corinne le tolérait. Lorsqu'il dépassait les bornes, il se faisait remettre sèchement à sa place, mais ces rebuffades ne semblaient pas le décourager.

À un certain moment durant le repas, Corinne aborda le sujet de la glace.

— Il faudrait bien que t'ailles voir le voisin pour voir s'il veut découper de la glace avec toi sur la rivière. C'est le bon temps, elle doit être pas mal épaisse. On va en avoir besoin dès que le printemps va arriver.

— J'ai pas besoin de Jocelyn Jutras pour découper de la glace, fanfaronna son fils.

— Il est pas question que tu fasses ça tout seul, déclara sa mère sur un ton sans appel. C'est trop dangereux. Si tu glissais dans l'eau, il y aurait personne pour te sortir de là. Il faut être au moins deux pour cet ouvrage-là.

— Je pourrais lui donner un coup de main, intervint Léopold en s'adressant directement à la mère.

— T'as déjà fait ça? lui demanda Corinne.

— Oui, les trois derniers hivers, avec monsieur Lévesque.

Pendant un bref moment, la maîtresse de maison demeura silencieuse, soupesant les implications de cette proposition. Elle se rendait brusquement compte que le jeune homme ne semblait pas du tout pressé de quitter son toit et prenait les moyens pour se rendre indispensable. Son hésitation ne dura guère.

— Si t'es d'accord pour nous aider en échange du vivre et du couvert, ce serait pas de refus, accepta-t-elle.

— C'est correct, fit Léopold.

Immédiatement, un air de vif mécontentement se peignit sur les traits de Philippe et il allait dire quelque chose quand sa mère intervint.

— Vous serez pas trop de deux pour découper de la glace, bûcher et entailler pour les sucres. Mon mari rentrera pas avant la mi-avril et il y a bien trop d'ouvrage pour Philippe. Il a beau être vaillant, il peut pas être partout à la fois.

Cet éloge sembla atténuer la grogne de l'adolescent.

— Je suis certaine que vous allez bien vous entendre tous les deux, ajouta la mère de famille. Après tout, vous avez presque le même âge.

— Est-ce que ça veut dire que Casseau va rester avec nous autres ? demanda Norbert.

Léopold eut un petit rire, comme s'il trouvait plaisant le surnom qu'on venait de lui donner.

— En plein ça, dit sa mère.

— Mais avec cette affaire-là, moi, j'ai plus de chambre, fit Élise, dépitée.

— Je peux toujours coucher sur une paillasse derrière le poêle, proposa Léopold, avant même que Corinne réponde à sa fille.

— Bien non, garde-la, dit la fillette de onze ans sans grand enthousiasme. On a plus chaud à coucher à deux, pas vrai, Madeleine ?

— Oh oui, reconnut sa sœur aînée.

Ce fut ainsi que Léopold Monette, dit Casseau, devint officiellement l'employé non rémunéré des Boisvert en ce début du mois de mars.

Après le départ des écoliers, Corinne suggéra aux deux adolescents de commencer le découpage de la glace sur la rivière le matin même.

— On va descendre à la rivière à côté de la boulangerie, déclara Philippe. Ça dérangera pas Grenier qu'on passe au bout de son terrain, c'est la meilleure place pour descendre.

Sans dire un mot, Léopold s'habilla et suivit le fils de la maison qui ne lui avait même pas jeté un regard. Les deux adolescents se dirigèrent vers l'écurie. Le fils de Corinne s'arrêta à la porte de la remise.

— Va atteler le blond au gros traîneau pendant que je sors ce qu'il faut, commanda-t-il à son compagnon.

Debout devant l'une des fenêtres de la cuisine, Madeleine et sa mère virent les deux garçons se séparer.

— Je trouve que Philippe fait pas mal le jars, dit Madeleine à sa mère. Il est bête comme ses pieds avec Léopold.

— Inquiète-toi pas pour eux autres, la rassura sa mère en retournant laver la vaisselle sale du déjeuner. Ils vont bien finir par s'entendre. En plus, j'ai pas l'impression pantoute que Léopold a le genre de caractère à se laisser bourrasser longtemps sans rien faire.

Corinne ne savait pas si bien dire.

Quelques minutes plus tard, le lourd traîneau passa près de la maison. Philippe s'était emparé des rênes pendant que Léopold tenait les outils qui allaient leur permettre de découper de la glace. L'attelage parcourut tout le rang Saint-Joseph et tourna à droite après avoir dépassé la maison de Bertrand Gagnon, l'ancien maire de Saint-Paul-des-Prés. Un quart de mille plus loin, Philippe engagea sa bête dans un chemin étroit situé à gauche d'un vieux bâtiment en pierre d'où s'échappait l'odeur appétissante du pain en train de cuire. Le conducteur ralentit son cheval pour lui permettre de descendre la légère pente qui aboutissait à la rivière.

Dès leur arrivée sur la glace, les deux jeunes hommes se rendirent compte que d'autres cultivateurs avaient choisi l'endroit pour venir y découper leur glace les jours précédents. Ils durent s'éloigner passablement de la berge et il leur fallut quelques minutes pour trouver un lieu où la neige ne s'était pas trop accumulée.

Pendant que Philippe déposait une couverture sur le dos de son cheval, Léopold s'empara d'une pelle et se mit à dégager un espace. Son compagnon le regarda faire, la tarière à la main, avec une impatience grandissante.

— Envoye, sacrement! jura-t-il. Grouille-toi, on gèle ben raide!

L'employé ne dit rien et fit comme s'il ne l'avait pas entendu. Il poursuivit son travail de déblayage à la même vitesse, ce qui eut le don d'exaspérer son compagnon qui finit par le repousser rudement de la main pour se mettre à percer un premier trou. Quand celui-ci fut percé, Philippe s'éloigna d'environ deux pieds pour en aménager un second pendant que Léopold engageait la lame de la scie dans le premier trou et se mettait en devoir de découper le premier bloc de glace.

Quand le second trou fut percé, Philippe jeta sa tarière près du traîneau et voulut repousser encore une fois son compagnon en lui disant qu'il ne savait pas travailler.

— Ça va faire, dit sèchement Léopold. Là, tu vas te calmer et arrêter de jouer au *boss*.

— Ah ben, toi, le quêteux, tu viendras pas me donner des leçons! répliqua l'adolescent sur un ton menaçant.

L'adolescent s'avança vers celui qui lui concédait quelques pouces et une bonne trentaine de livres. Léopold ne recula pas d'un pouce. Quand son adversaire s'élança pour le frapper, il se contenta de se pencher à droite et de lui décocher un solide coup de poing qui atteignit l'autre sur la joue. Fou de rage, le fils de Corinne voulut l'empoigner pour le terrasser sous son poids. Mal lui en prit parce que l'engagé le frappa une seconde fois au visage, juste sous l'œil. L'adolescent, étourdi par la force du coup, se retrouva assis dans la neige.

— Si tu en veux encore, on peut continuer, lui dit Léopold sur un ton égal. Mais la prochaine fois, tu vas en prendre un sur le nez et là, tu seras pas beau à voir pour un bon bout de temps.

Comme son adversaire semblait avoir perdu toute velléité de se battre, il lui tourna carrément le dos et reprit sa scie pour continuer son travail. Bouillant de rage et humilié, Philippe se remit sur pied, s'empara de la seconde scie et s'attaqua à la glace à son tour en tournant le dos à son compagnon.

Les deux jeunes gens ne s'adressèrent pas la parole de la matinée. Ils taillèrent une dizaine de blocs d'environ dix-huit pouces d'épaisseur qu'ils saisirent avec leurs pinces pour les déposer sur le traîneau.

Peu avant midi, ils rangèrent leurs outils sur leur véhicule sans se consulter et, les pieds et les doigts gourds, reprirent le chemin de la maison. Quand ils entrèrent dans la cour de la ferme, ils poursuivirent leur chemin jusqu'à la grange où ils poussèrent le traîneau pour le décharger.

Sans dire un mot, Léopold détela le cheval et le conduisit à l'écurie avant de lui donner à manger. Il pénétra dans la maison au moment où Corinne venait d'apercevoir le visage tuméfié de son fils dont l'œil gauche virait déjà au violet.

— Seigneur ! s'exclama-t-elle. Veux-tu bien me dire ce qui t'est arrivé ? T'es bien magané.

— Je suis tombé, se contenta de répondre Philippe en s'approchant du poêle pour se réchauffer.

— Il y a pas à dire, t'es mal tombé en pas pour rire, lui fit remarquer sa sœur en le regardant de plus près.

— Toi, mêle-toi de tes affaires, la rabroua son frère aîné.

Corinne fit signe à sa fille de se taire et ordonna aux deux adolescents de s'approcher de la table sur laquelle elle venait de déposer un grand plat de fèves au lard.

Après le repas, Corinne les incita à se reposer un peu avant de retourner sur la rivière.

— Est-ce que ça vous dérange si je fume ? demanda soudain Léopold, l'air un peu gêné.

— Dis-moi pas que tu fumes, toi ? lui demanda Corinne.

— Ça fait presque trois ans, madame Boisvert.

— Mais t'as bien commencé de bonne heure, ne put s'empêcher de lui faire remarquer sa patronne.

— À quinze ans, madame. Mais si ça dérange, je…

— Non, ça dérange pas pantoute. Vas-y, fume si ça te tente.

Léopold monta à l'étage chercher sa pipe et sa blague à tabac qui avaient dû être enfouies au fond de l'une des poches de son léger manteau. De retour dans la cuisine, il tassa soigneusement une petite quantité de tabac dans le fourneau de sa pipe et l'alluma en inspirant avec un plaisir non déguisé, sous l'œil envieux de Philippe.

— Il y en a qui sont chanceux ! dit-il sans avoir l'air d'y toucher. Ils peuvent fumer, eux autres.

— Quand t'auras dix-huit ans, pas avant, fit sa mère sur un ton sans appel. Tu feras de la boucane bien assez de bonne heure.

— Vous dites ça, mais lui…

— Léopold vient de dire qu'il a dix-huit ans, rétorqua-t-elle. T'as pas son âge. Ça fait que t'es mieux d'arrêter de m'achaler avec ça. De toute façon, c'est ton père qui va décider quand tu pourras fumer, pas moi.

L'adolescent se le tint pour dit, mais il n'en conserva pas moins une rancune certaine envers Léopold qui jouissait d'un droit dont il était privé.

Cependant, à compter de ce jour, Philippe changea sensiblement de comportement envers celui qu'il appelait l'homme engagé. Il apprit à le respecter, faute de l'aimer. Au fil des jours, il ne put faire autrement que d'apprécier son endurance aux durs travaux. Après quelques jours à découper la glace qui allait servir à conserver la viande jusqu'à l'été, l'adolescent dut reconnaître que la vie était beaucoup plus facile avec un compagnon capable de l'aider efficacement à bûcher dans le boisé au bout de la terre des Boisvert.

Pendant ce temps, Corinne voyait approcher avec une appréhension certaine le retour de son mari du chantier. Dans quel état allait-il revenir à la maison dans quelques semaines ? Sur le chemin du retour, quelle partie de sa paye aurait-il dépensé dans les hôtels à boire avec des connaissances ? Les années précédentes, le plus souvent, il avait fait son apparition à la maison dans un état lamentable avec des gages sérieusement écornés ; les siens avaient alors dû se serrer sérieusement la ceinture le reste de l'année. De plus, le retour à la maison de Laurent signifiait que Corinne allait devoir protéger ses enfants des colères souvent imprévisibles du père de famille…

Chapitre 2

Le carême

Charles Bilodeau se regarda un bref moment dans le miroir suspendu au-dessus du lavabo des toilettes attenantes à sa chambre et il eut une grimace de dépit. Après trois semaines d'hospitalisation, le curé de Saint-Paul-des-Prés ne pouvait plus dissimuler ses soixante ans avec sa couronne de cheveux gris et ses yeux cernés. Il avait encore perdu du poids, lui qui n'en avait guère à perdre. Il n'y avait qu'à voir son cou décharné sortant de son col romain pour s'en rendre compte.

— Est-ce que tout va bien ? demanda la voix inquiète de l'infirmière qui trouvait qu'il demeurait bien longtemps enfermé dans les toilettes.

— Ça va, ma sœur, se borna à dire sèchement le prêtre en ouvrant la porte.

Il lui tendit la robe de chambre et le pyjama qu'il venait de retirer. La religieuse plia les vêtements et les rangea soigneusement dans la petite valise noire ouverte sur le lit.

— J'ai regardé partout, dit-elle à son patient. Vous avez rien oublié, monsieur le curé. Vous êtes chanceux, il fait un beau soleil dehors pour votre congé de l'hôpital.

— Tant mieux, fit le prêtre en s'emparant de son lourd manteau noir déposé sur le dossier de l'unique fauteuil de la pièce. Vous pouvez dire à mon bedeau d'entrer.

La garde-malade ouvrit la porte de la chambre et invita à entrer le petit homme à la figure chafouine debout dans le couloir.

— Bonjour, monsieur le curé, salua le visiteur en pénétrant dans la pièce.

— Bonjour, monsieur Leblanc. Vous pouvez prendre ma valise et aller m'attendre dans la *sleigh*. Je suis prêt à partir.

Le petit homme de soixante-deux ans s'empara de la valise et sortit pendant que le pasteur finissait de boutonner son manteau et posait sa toque de fourrure sur sa tête.

— Oubliez pas ce que le docteur Cousineau vous a dit ce matin avant de signer votre congé, lui rappela la religieuse en le raccompagnant jusqu'à l'ascenseur. Ménagez votre cœur et surtout, prenez régulièrement vos pilules chaque jour.

— C'est entendu, ma sœur. Je vais m'en rappeler, lui promit le prêtre avec une certaine impatience. Merci de vous être occupée de moi.

Sur ces mots, Charles Bilodeau la salua et pénétra seul dans l'ascenseur qui le déposa au rez-de-chaussée de l'Hôpital Général de Sorel. Même s'il avait reçu d'excellents soins des sœurs Grises, il quittait l'institution sans le moindre regret. Par ailleurs, force était d'admettre que les infirmières le voyaient partir avec un certain soulagement. De l'aveu de certaines, elles n'avaient jamais connu un patient aussi détestable… et ce n'était pas peu dire.

Sans le déclarer ouvertement, ces dernières en étaient venues à considérer comme une épreuve particulièrement pénible d'avoir à s'occuper du curé de Saint-Paul-des-Prés. Par exemple, dès son réveil, celui-ci laissait éclater sa mauvaise humeur si l'infirmière ne répondait pas immédiatement à son coup de sonnette. Le ton était donné pour la journée. Rien ne le satisfaisait et il le faisait bruyamment savoir. Le lit était inconfortable, la chambre glaciale et le couloir trop bruyant pour lui permettre de se reposer. De plus, chaque repas donnait lieu à une pluie de récriminations. La nourriture n'était jamais assez chaude, la viande était immangeable et juste bonne à jeter.

Charles Bilodeau prit place sur le siège arrière de la *sleigh* en réprimant un frisson. En cette première semaine de mars, un froid mordant avait succédé à la tempête de neige qui s'était abattue sur la région la semaine précédente.

Anselme Leblanc avait regardé son curé monter dans le véhicule sans dire un mot. L'habitant le plus bavard de Saint-Paul-des-Prés était bien connu pour aimer « parler pour parler », comme il le disait si souvent. Toutefois, l'air renfrogné de son curé l'incita à garder le silence. Il attendit que le prêtre ait abrié ses jambes avec la lourde couverture de fourrure avant de mettre en branle l'attelage. Si tout allait bien, ils seraient de retour dans la paroisse dans un peu plus d'une heure et demie.

À l'arrière, engoncé dans ses lourds vêtements, Charles Bilodeau n'accordait aucune attention aux hautes bordures de neige qui se dressaient de chaque côté du chemin étroit. Il était plongé dans de sombres pensées, les mêmes sombres réflexions qui ne l'avaient guère quitté durant son séjour à l'hôpital.

Comment monseigneur Brunault avait-il réagi en apprenant son hospitalisation à Sorel ? Le prélat allait-il se servir de cette maladie qui l'avait frappé pour changer d'idée ? Cette possibilité le rendait profondément malheureux…

Après le décès de monseigneur Gravel en 1904, Charles Bilodeau avait appris avec plaisir la nomination de Joseph-Herman Brunault à l'évêché de Nicolet. Cet ami et camarade de séminaire, natif de Saint-David, lui avait toujours témoigné une bienveillance toute fraternelle. Bien sûr, il s'était bien gardé de quémander un traitement de faveur de son nouvel évêque en arguant de leur vieille amitié, mais il n'en avait pas moins attendu, avec une impatience croissante, une nomination à une cure un peu plus prestigieuse que celle de Saint-Paul-des-Prés.

Or, l'automne précédent, lors de sa visite pastorale, l'évêque de Nicolet avait laissé entendre à mots couverts qu'il songeait à lui pour remplacer Gustave Longpré, le curé de la cathédrale, quand ce dernier prendrait sa retraite au mois de juin prochain.

Malheureusement, cette angine qui l'avait traîtreusement frappé risquait de tout remettre en question. L'évêque pouvait le juger de santé trop fragile pour occuper le poste tant convoité et le laisser moisir dans la cure qu'il occupait depuis près de vingt ans.

— Batèche ! je suis guéri, dit-il à mi-voix, comme s'il plaidait déjà sa cause devant son évêque.

Le prêtre s'abîma dans ses pensées à la recherche de tous les arguments qu'il pourrait servir à son supérieur pour défendre sa cause.

Lorsque Anselme Leblanc immobilisa l'attelage près du presbytère, Charles Bilodeau empoigna sa valise et descendit du véhicule en tapant du pied pour rétablir la circulation dans ses pieds engourdis par le froid. Il remercia son cocher du bout des lèvres avant de monter lentement la dizaine de marches qui conduisaient à la porte de l'édifice.

Dès qu'il ouvrit la porte, le vicaire de la paroisse se précipita à sa rencontre pour lui souhaiter la bienvenue.

Âgé d'environ trente-cinq ans, Eusèbe Morin était un prêtre comme les aimait le curé Bilodeau. Avec le temps, il avait appris à bien connaître son vicaire. Le ventre confortable et la figure lunaire surmontée d'une mince chevelure noire toujours soigneusement coiffée n'étaient pas chez lui synonymes de bonhomie, loin de là. L'abbé Morin était d'une intransigeance au moins égale à la sienne quand il s'agissait de moralité et de vertu. Il avait suffi de quelques semaines, lors de son arrivée cinq ans auparavant, pour que le jeune ecclésiastique devienne la terreur des institutrices et des élèves des écoles de rang de la paroisse. De l'avis de beaucoup de paroissiens, il égalait son supérieur quand il s'agissait d'évoquer les flammes de l'enfer et les tourments qui guettaient les pécheurs.

— Je suis content de vous revoir en bonne santé, dit l'abbé en suivant le curé Bilodeau dans le salon.

— Madame Rivest est pas là? demanda Charles Bilodeau.

— Elle est en train de préparer le dîner dans la cuisine. Je l'ai entendue brasser ses chaudrons tout à l'heure. Et avec le bruit qu'elle fait, j'ai bien l'impression que le temps est à l'orage.

— Elle aurait pu au moins venir me saluer, fit le curé.

— Il vaut peut-être mieux pas, monsieur le curé. Pas dans l'humeur qu'elle est aujourd'hui.

— Qu'est-ce qui se passe encore? demanda le prêtre, exaspéré avant même d'en savoir plus.

— Il paraîtrait que des mulots ont fait des ravages dans le garde-manger, répondit le vicaire. Le père Leblanc l'a échappé belle en étant obligé d'aller vous chercher à Sorel, sinon il aurait eu toute une corvée aujourd'hui.

— Bon, fit Charles Bilodeau sur un ton indifférent.

Avant de se laisser tomber dans son fauteuil préféré, le curé de Saint-Paul-des-Prés agita la clochette déposée sur la table près du meuble. Il dut attendre une bonne minute avant que la cuisinière daigne apparaître dans la pièce.

Mance Rivest était une grande femme sévère au chignon gris. Veuve sans ressources depuis une vingtaine d'années, elle avait quitté la cuisine du presbytère de Saint-Lucien à la mort du curé Loiselle pour venir remplacer Géraldine Lemieux, retournée vivre à Montréal chez une cousine. Elle avait voulu ainsi se rapprocher de l'une de ses filles demeurant dans le rang Saint-André. Même si elle connaissait la réputation du curé Bilodeau, elle n'avait pas hésité un instant à venir s'établir au presbytère de Saint-Paul-des-Prés.

— Le jour où un curé va me faire peur est pas encore arrivé, avait-elle affirmé à sa fille et à son gendre quand ils l'avaient mise en garde contre sa décision. Si le curé Bilodeau veut me faire de la misère, il va trouver à qui parler, je vous le garantis, avait-elle ajouté, l'air mauvais.

C'était dans cet état d'esprit que la veuve âgée d'une cinquantaine d'années s'était installée au presbytère deux ans auparavant. Depuis ce jour, on était en droit de se demander qui, du curé Bilodeau ou de Mance Rivest, aidait plus l'autre à gagner son ciel.

Cependant, il fallait bien reconnaître qu'il avait fallu peu de temps à la veuve pour prouver ses compétences indéniables de ménagère et de cuisinière aux deux prêtres de la paroisse. Par contre, son caractère abrupt et sa façon peu diplomate de dire tout ce qu'elle pensait la rendaient d'un abord peu facile. Bien sûr, Charles Bilodeau fut mille fois tenté de la renvoyer avec pertes et fracas, mais la menace du conseil de fabrique dirigé par Alcide Duquette avait eu, chaque fois, un effet des plus dissuasifs. Le président du conseil l'avait prévenu qu'il serait pratiquement impossible de trouver une servante exigeant des gages aussi bas et qu'il aurait à se trouver lui-même une remplaçante s'il la renvoyait.

La porte de la salle à manger s'ouvrit sur la cuisinière dont la stricte robe noire était protégée par un tablier blanc.

— Si vous voulez approcher, le dîner est prêt, dit-elle aux deux prêtres avant de tourner les talons, apparemment déterminée à retourner aussitôt dans sa cuisine dont la porte communicante donnait sur la salle à manger.

Rien dans la conduite de Mance Rivest ne laissa deviner qu'elle avait remarqué la présence du curé Bilodeau absent depuis plus de trois semaines.

— Bonjour, madame Rivest, finit par lui dire le curé sur un ton sec.

— Bonjour, monsieur le curé, répondit-elle sur le même ton. Dépêchez-vous de passer à table. Le pâté au poulet va refroidir.

Le curé et son vicaire échangèrent un regard entendu, se levèrent et allèrent prendre place dans l'austère salle à manger encombrée de lourds meubles en noyer. Après le bénédicité, ils mangèrent durant quelques minutes en silence.

— J'espère que vous avez bien insisté dans votre sermon de dimanche dernier sur l'imposition des Cendres de ce soir, fit Charles Bilodeau.

— Oui, monsieur le curé, répondit l'abbé Morin. J'ai bien spécifié que ça aurait lieu à sept heures. J'ai aussi beaucoup insisté sur l'importance d'un carême spécial pour demander à Dieu de protéger nos jeunes qui se battent en Europe.

— Vous avez bien fait, l'abbé, l'approuva son supérieur. Depuis que le gouvernement Borden applique la conscription en ne tenant plus compte des exemptions promises aux cultivateurs et aux fils de cultivateur, les gens s'aperçoivent que la guerre, c'est un fléau qui les touche directement.

— J'ai pas pensé à vous le dire quand je suis allé vous voir à l'hôpital, monsieur le curé, mais on a quatre jeunes qui ont été enrôlés au mois de février. La semaine dernière, la police militaire est même passée. Elle cherchait le jeune Ronald Rocheleau qui a l'air d'avoir pris le bord des bois.

— Il sera pas le seul, si je me fie à ce que m'a raconté le docteur Cousineau, fit Charles Bilodeau. Il est au courant parce qu'il fait passer des examens médicaux aux recrues. Il m'a dit qu'il y avait pas un conscrit sur quinze qui se présentait. Il paraît que c'est rendu au point où les Anglais nous traitent de peureux et de lâches, et qu'ils nous considèrent même comme des traîtres parce que nos jeunes veulent pas aller se battre.

— Mais voyons donc ! protesta le vicaire. J'ai lu dans *Le Canada* qu'en 1914, on avait fourni trente mille recrues.

— Ça, c'est du passé, l'abbé, le corrigea son supérieur. Si je me fie à ce que j'ai lu, Borden aurait promis cinq cent mille soldats aux alliés et, pour y arriver, il va serrer la vis, vous pouvez me croire.

— J'ai bien l'impression qu'il va avoir de la misère dans la province. Les hommes de vingt à trente-quatre ans veulent pas plus se battre pour l'Angleterre que pour la France. Ils disent que cette guerre-là les regarde pas.

— C'est là qu'ils se trompent, reprit le curé que fâchait la mauvaise réputation qu'on faisait aux Canadiens.

Il quitta la table après avoir déposé sa serviette près de son couvert.

— Ça fait plus que trois ans qu'elle dure cette guerre-là, et rien dit qu'elle va finir bientôt, reprit-il. Il faudrait peut-être qu'un de nos hommes politiques rappelle qu'il y avait des Canadiens dans le tiers des cent mille soldats qu'on a envoyés dans les vieux pays et qui ont été tués il y a deux ans. Il y en avait aussi l'année passée, à Vimy, parmi les trois mille six cents de nos soldats tués en quelques jours.

— Vous avez raison, monsieur le curé, l'approuva son vicaire en suivant son supérieur au salon. Il va falloir que quelqu'un le rappelle et, surtout, qu'on prie pour que tout ça finisse le plus rapidement possible.

— Prier et rappeler à tous que nous sommes pas à l'abri, poursuivit Charles Bilodeau. On dirait, l'abbé, qu'on a déjà oublié les deux mille morts de l'explosion du *Mont-Blanc*, à Halifax, au mois de décembre passé. Cette affaire-là pourrait bien être un acte de sabotage des Allemands.

Le curé de Saint-Paul-des-Prés faisait allusion à la pire tragédie que le Canada avait connue quelques mois auparavant. Le 6 décembre précédent, au petit matin, le *Mont-Blanc*, un navire français transportant 2 400 tonnes d'explosifs était entré en collision avec un bateau belge et était allé heurter les quais de la ville d'Halifax. L'explosion du navire avait alors détruit près de deux milles carrés de la ville et fait deux mille victimes et quelque neuf mille blessés.

— En tout cas, monsieur le curé, j'ai bien insisté auprès des enfants dans ma tournée des écoles pour qu'ils se privent durant le carême pour hâter la fin de la guerre.

— Vous avez bien fait, l'abbé.

— J'ai aussi annoncé la retraite des femmes pour la semaine prochaine et celle des hommes pour la semaine suivante.

— C'est correct.

— L'évêché va nous envoyer le père Mailloux pour les prêcher.

— Bon.

— J'ai pensé à autre chose, monsieur le curé, fit Anselme Morin en prenant son bréviaire sans l'ouvrir.

— Oui?

— J'ai pensé que ce serait peut-être pas une mauvaise idée de demander au propriétaire de l'hôtel de ne pas vendre d'alcool durant tout le carême.

Charles Bilodeau sursauta en entendant ces paroles. S'il était une personne dans la paroisse que le curé ne voulait pas affronter, c'était bien le vieux Gonzague Boisvert, le propriétaire de l'hôtel et l'un des plus riches cultivateurs de Saint-Paul-des-Prés. Il n'avait pas davantage oublié la lutte qui les avait opposés plus de quinze ans auparavant lors de la construction de l'hôtel que leurs nombreux démêlés durant le bref mandat à la mairie du cultivateur du rang Saint-André.

— J'ai pris sur moi d'aller en dire un mot au nommé Constant Boivin, le gérant de l'hôtel, poursuivit le vicaire sans se rendre compte du trouble de son supérieur. Il m'a répondu bien poliment qu'il y avait juste le propriétaire capable de décider ça.

— Votre idée est pas mauvaise, l'abbé, reconnut Charles Bilodeau, mais depuis le temps que vous êtes dans la paroisse, vous devriez bien savoir que ce sera pratiquement impossible de persuader Gonzague Boisvert de renoncer à faire une cenne. Mais je vais tout de même vous laisser le soin d'aller le rencontrer.

— Même s'il est dur en affaires, affirma le vicaire avec une certaine suffisance, je suis certain qu'un homme de plus de soixante-quinze ans, comme lui, doit être prêt à faire certains sacrifices pour assurer le salut de son âme.

— On verra bien, dit le curé. Essayez donc de vous débarrasser de cette corvée-là dès cet après-midi, suggéra-t-il.

Cet après-midi-là, Eusèbe Morin immobilisa son attelage près de la grande maison en pierre de Gonzague Boisvert, dans le rang Saint-André, située à un demi-mille du centre du village. Le prêtre descendit sans se presser de la *sleigh*, entrava son cheval et déposa une couverture sur le dos de sa bête. Il regarda longuement les bâtiments bien tenus situés au fond de la cour ainsi que la maison centenaire ceinte d'une large galerie. Le vicaire prenait sciemment son temps avant d'aller frapper à la porte parce qu'il savait à quel point les ménagères détestaient être prises au dépourvu par une visite imprévue d'un prêtre.

D'ailleurs, son arrivée n'avait pas échappé aux occupants de la maison. Le patriarche de la famille, assis dans sa chaise berçante près de l'une des fenêtres de la cuisine, avait alerté sa bru et son fils dès qu'il avait vu le véhicule entrer dans la cour de la ferme.

— V'là le vicaire! se contenta-t-il d'annoncer.

Annette rangea immédiatement la chemise qu'elle était en train de repriser et retira ses petites lunettes rondes qu'elle ne portait que pour lire et effectuer ses travaux de couture. La petite femme nerveuse au chignon noir strié de blanc jeta un regard circulaire pour s'assurer que tout était en ordre dans la pièce.

— Qu'est-ce qu'il peut ben nous vouloir? demanda Henri, un grand et gros homme à l'air peu aimable.

— Va lui ouvrir la porte et on va finir par le savoir, lui ordonna son père en dépliant sa longue carcasse voûtée.

Le vieillard âgé de soixante-dix-sept ans s'était peu à peu desséché au fil des années et on ne remarquait plus dans sa longue figure aux épais favoris blancs que ses petits yeux calculateurs dissimulés sous d'épais sourcils.

L'abbé Morin pénétra dans la maison et Annette l'invita à retirer son épais manteau de chat sauvage avant de lui offrir un siège.

— Qu'est-ce qui vous a poussé à prendre le chemin quand on gèle autant dehors? lui demanda carrément Gonzague.

— Une affaire un peu spéciale, monsieur Boisvert, affirma le jeune vicaire en affichant un air bon enfant assez faux. Je vous aurais bien fait dire de passer au presbytère, poursuivit-il, mais...

— Mais j'y serais pas allé, le coupa le vieillard. L'hiver, je sors presque plus de la maison, je suis devenu frileux.

— C'est ce que j'ai pensé, mentit l'abbé. C'est à propos du carême, commença le prêtre.

— Quoi, le carême? Dites-moi pas qu'on l'a annulé à cause de la guerre? demanda Gonzague, narquois.

— Non, c'est pas ça, le corrigea le prêtre sans se rendre compte de l'ironie de son vis-à-vis. Monsieur le curé et moi, on a pensé que les paroissiens pourraient s'imposer une privation supplémentaire durant le carême qui commence demain, expliqua Eusèbe Morin. Ce serait pour que la guerre finisse plus vite, vous comprenez?

— Ben oui, fit Gonzague avec une certaine impatience.

— Bon, on croit que ce serait une bien bonne idée si l'hôtel ne vendait pas d'alcool aux gens de Saint-Paul durant le carême.

— Torrieu, vous y allez pas avec le dos de la cuillère, vous ! ne put s'empêcher de s'exclamer Henri Boisvert qui n'avait pas ouvert la bouche depuis l'entrée du vicaire dans la maison. La boisson, c'est ce qui fait rouler l'hôtel. Si on n'en vend pas, aussi ben fermer les portes tout de suite.

Son père le laissa s'exprimer sans intervenir et remarqua que la figure du vicaire avait pâli devant l'agressivité évidente de son fils. Il s'accorda tout de même un long moment de réflexion avant de reprendre la parole.

— Je pense, monsieur l'abbé, que vous avez eu une ben bonne idée. Je suis pour ça, cent pour cent, déclara le patriarche en se levant pour lui indiquer que cette entrevue tirait à sa fin.

— À la bonne heure, déclara le vicaire, en jetant un regard triomphant au visage déconfit du fils et de la bru.

— Vous savez que mon permis de boisson m'oblige à en vendre à tous ceux qui en demandent, précisa Gonzague sur un ton doucereux. Légalement, j'ai pas le droit de refuser à boire à quelqu'un qui a soif et qui me le demande.

Annette se dirigea vers sa chambre à coucher pour en rapporter le manteau et la toque du vicaire.

— Je vous promets que je me plaindrai pas si vous arrivez à persuader les gens de Saint-Paul de pas venir boire à mon hôtel pendant le carême. Disons que ce sera le sacrifice que je ferai. En plus, vous comprendrez que je suis pas curé et que je peux pas forcer mes clients, surtout les étrangers, à boire de l'eau quand ils veulent boire quelque chose de plus fort. Je pense que monsieur le curé va comprendre ça. Après tout, on a presque le même âge, ajouta-t-il, sarcastique.

Eusèbe Morin remercia du bout des lèvres et quitta la maison des Boisvert sur cette fin de non-recevoir à peine déguisée. Lorsqu'il apprit la nouvelle à Charles Bilodeau, ce dernier se borna à dire sur un ton amer :

— Ça me surprend pas de Gonzague Boisvert.

— Il a tenu à préciser que vous étiez sûrement à même de le comprendre, monsieur le curé, parce que vous aviez presque le même âge que lui, ajouta le vicaire.

— Là, il faut tout de même pas charrier, batèche ! s'emporta le curé de Saint-Paul-des-Prés, toujours très chatouilleux sur son âge. Vous parlez d'un vieil effronté ! J'ai eu soixante ans il y a deux semaines et lui, il en a plus que soixante-quinze.

Le lendemain soir, après le souper, Corinne retint les siens à table après le dessert.

— Avant de vous lever de table, j'aimerais que vous me disiez quelle résolution vous avez prise pour le carême qui commence à soir, leur dit-elle.

Les enfants se regardèrent sans rien dire durant un bon moment.

— Est-ce que Casseau est obligé d'en prendre une, lui aussi ? demanda Norbert, curieux.

— Léopold est pas mon garçon et il est libre d'en prendre une s'il le veut, lui expliqua sa mère.

— Je trouve pas ça ben juste, protesta l'adolescent. Lui, il va être ben le temps du carême pendant que nous autres, on va se priver.

— Là, t'arrêtes de dire n'importe quoi, lui ordonna sévèrement Corinne. Quelle résolution tu vas prendre ?

— Je le sais pas, moi.

— Moi, j'en ai une pour toi. Tu vas promettre de pas te faire chicaner à l'école une seule fois du carême.

— Ayoye ! se moqua sa sœur Élise. Ça, tu vas trouver ça dur.

Après un bref moment d'hésitation, Norbert accepta et ses frères et sœurs promirent, à tour de rôle, soit de ne pas manger de dessert ou d'accomplir une tâche spécifique jusqu'à Pâques.

— Et vous, m'man ? lui demanda Madeleine.

— J'ai promis de vous endurer, plaisanta Corinne.

— Ça, c'est pas ben difficile, dit aussitôt Norbert. On est fins.

— Je vais me priver de dessert aussi, poursuivit sa mère, plus sérieuse.

— Moi, je fumerai pas du carême, intervint Léopold en s'immisçant dans la discussion familiale.

— C'est beau, ça, Léopold, lui assura Corinne. Tu donnes l'exemple aux plus jeunes.

— C'est peut-être beau, mais c'est niaiseux ce que tu fais là, ne put s'empêcher de lui faire remarquer Norbert. T'es pas obligé comme nous autres.

— Quand on est catholique, c'est normal de se priver pendant le carême, même si on n'est pas obligé, expliqua patiemment Léopold.

Sur le coup, le gamin ne trouva rien à répliquer. Puis, un instant plus tard, il laissa tomber :

— Je pense que je viens de comprendre. Tu fais une promesse parce que t'es peureux. T'as peur d'aller brûler en enfer si t'en fais pas.

Corinne et Madeleine éclatèrent de rire en même temps que l'homme engagé, mais Philippe eut une moue. De toute évidence, il désapprouvait le comportement de Léopold.

Le dimanche soir suivant, un grand nombre de paroissiennes se rassemblèrent dès sept heures dans l'église du village pour entendre le premier sermon de la retraite du père Mailloux, arrivé l'après-midi même à Saint-Paul-des-Prés.

Ce jour-là, un peu avant le souper, le père dominicain vint frapper à la porte du presbytère. Mance Rivest ouvrit à l'ecclésiastique et ne put s'empêcher d'écarquiller les yeux devant l'âge vénérable du religieux. Après l'avoir débarrassé de sa petite valise, elle le conduisit au salon.

— Monsieur le curé vous attendait. Assoyez-vous, il va venir tout de suite, se borna-t-elle à lui dire avant d'aller tirer Charles Bilodeau de sa sieste.

Elle se dirigea vers le bureau du curé, frappa un coup discret à la porte et pénétra dans la pièce.

— Le père Mailloux est arrivé, dit-elle au curé mal réveillé, qui cherchait ses lunettes déposées sur la table, près de son fauteuil.

— Très bien.

— Je sais pas à quoi a pensé monseigneur en nous l'envoyant, mais le pauvre homme est tellement vieux que c'est à se demander s'il va vivre assez longtemps pour prêcher toute la retraite, ajouta-t-elle en baissant la voix.

— C'est pas à vous de juger ce que monseigneur fait, la réprimanda sévèrement Charles Bilodeau en se levant.

— Si ça a de l'allure d'envoyer sur les chemins un pauvre vieux comme ça, ne put-elle s'empêcher de poursuivre en ne tenant aucun compte de la remarque du curé.

Même prévenu par sa servante, le curé Bilodeau sursauta en apercevant le vieux religieux tout chenu qu'on lui avait envoyé pour prêcher les deux retraites du carême. Il le salua, lui demanda si son voyage s'était bien déroulé avant de l'inviter à aller s'installer dans la chambre que sa ménagère avait préparée pour lui. Il l'informa que son vicaire, parti voir une malade au village, allait bientôt revenir et qu'ils passeraient à table à cinq heures.

— Si ça vous dérange pas trop, père Mailloux, vous pourriez célébrer votre messe à six heures et demie, le temps que vous allez être avec nous autres, tint à préciser le curé. Je sais que c'est pas mal de bonne heure, mais si vous disiez votre messe après la mienne, on serait obligés de déjeuner pas mal tard, et ça, notre cuisinière aimerait pas trop qu'on dérange sa routine.

— À mon âge, monsieur le curé, on n'a pas besoin de beaucoup de sommeil et je suis debout à cinq heures du matin. Dire ma messe à six heures et demie me dérange pas du tout.

Durant le repas, Édouard Mailloux ne se révéla guère bavard. Il écouta plutôt ses hôtes discuter ouvertement des problèmes de la paroisse en sa présence. À six heures trente, il se prépara à traverser jusqu'à l'église voisine et dispensa le curé et son vicaire de venir le présenter aux paroissiennes qui allaient l'écouter les quatre prochains soirs.

Pendant ce temps, dans le rang Saint-Joseph, Corinne décida de laisser le rangement de la cuisine à ses deux filles pour aller se préparer.

— Qui est-ce qui va aller m'atteler la *sleigh* ? demanda-t-elle au moment où elle allait se planter devant le petit miroir suspendu au-dessus du lavabo pour remettre de l'ordre dans son chignon blond.

— Je m'en occupe, dit Léopold en se levant pour aller chausser ses bottes et mettre son manteau.

— Vous y allez pas avec madame Jutras et sa mère ? lui demanda Madeleine.

— Sûrement pas, j'y vais avec madame Rocheleau et sa bru. Je leur ai dit que je les prendrais en passant à soir. Demain, c'est le mari de madame Rocheleau qui va nous conduire.

Madeleine avait mentionné volontairement Catherine Jutras et sa mère, Honorine, parce qu'elle savait bien à quel point les deux femmes déplaisaient à sa mère. Évidemment, l'adolescente ignorait que Catherine Gariépy, devenue madame Jocelyn Jutras une douzaine d'années auparavant, était l'ancienne flamme de son père. Si elle l'avait su, elle aurait peut-être mieux compris l'aversion de sa mère pour la voisine aux airs prétentieux qui, avec sa mère, la présidente des dames de Sainte-Anne et directrice de la chorale paroissiale, s'était arrogé le droit de juger tout le monde.

Pour sa part, Corinne regrettait l'époque où les relations avec le voisin célibataire étaient si agréables. Durant trois ou quatre ans, elle lui avait cuit son pain chaque semaine et, en retour, il lui avait rendu d'innombrables services. Même Laurent avait su profiter d'un Jocelyn Jutras toujours serviable. Après le mariage de ce dernier, les contacts s'étaient espacés entre les voisins et les commérages véhiculés autant par la nouvelle madame Jutras que par sa mère firent en sorte qu'on finit par leur battre froid dans le rang Saint-Joseph. La situation avait été loin de s'améliorer le jour où Honorine Gariépy était venue s'installer chez son gendre après avoir vendu sa petite maison au village.

— On va encore se faire dire d'obéir à notre mari et de le satisfaire en toutes occasions, dit Marie-Claire Rocheleau après avoir pris place dans la *sleigh* aux côtés de Corinne.

— Et on va nous parler du diable et de l'enfer, poursuivit cette dernière avec un sourire.

— En tout cas, à cette heure, on m'achale plus avec le petit que je devais avoir chaque année. J'ai passé l'âge et c'est pas trop tôt, reprit Marie-Claire. J'en ai eu neuf. J'ai fait ma large part, il me semble... C'est pas votre cas à vous deux, se moqua la voisine, toujours aussi taquine, en faisant allusion à Laurent et à Corinne. Vous êtes encore jeunes, c'est à votre tour de vous faire brasser.

— J'en ai tout de même cinq, se défendit Corinne.

— Mais ton dernier a six ans, ma belle, dit Marie-Claire, se faisant l'avocat du diable. C'est pas normal, ça. J'espère que tu t'en confesses au moins.

Corinne éclata de rire, imitée en cela par Mariette Rocheleau, d'une dizaine d'années sa cadette.

— Veux-tu bien me dire ce qu'un prêtre connaît à la vie d'une femme, toi? demanda Corinne à Marie-Claire. Il faudrait pas que ma mère m'entende dire ça, prit-elle soin d'ajouter, je te dis que je me ferais parler.

Quelques minutes plus tard, la soixantaine de femmes mariées de tous âges regroupées dans les premiers bancs de la vaste église de Saint-Paul-des-Prés sursautèrent légèrement en découvrant le prédicateur chargé de prêcher leur retraite annuelle.

— Mon Dieu ! Mais il est bien vieux, murmura Corinne à ses voisines. Il a juste le tic-tac et le branlant.

— Ça va peut-être faire notre chance, madame Boisvert, plaisanta Mariette Rocheleau. Il va sûrement avoir le goût d'aller se coucher de bonne heure.

Le religieux fit une rapide génuflexion devant le tabernacle, traversa le chœur et s'approcha des paroissiennes en train de chuchoter. Le père dominicain fit un grand signe de croix et commença sa prédication d'une voix douce et contenue qui tranchait agréablement sur le ton agressif employé généralement par le curé et son vicaire lors de leurs sermons.

Quelques minutes suffirent pour que toutes tombent sous le charme du religieux. Il les entretint durant près d'une heure et demie des exigences de l'Église envers les mères chrétiennes en soulignant à quel point on leur en demandait beaucoup. Il se fit compréhensif et plein d'humour en relatant les incidents de parcours auxquels la plupart d'entre elles avaient ou auraient à faire face. Bref, il leur livrait un message d'amour si convaincant que les femmes furent surprises de constater que le temps avait passé si rapidement quand il se signa pour indiquer la fin du sermon.

— Mon Dieu qu'il est intéressant, ce père-là ! s'exclama Marie-Claire en prenant place dans la *sleigh*.

— Ça, tu peux le dire, l'approuva sa voisine. Pour une fois, ça va me faire plaisir de venir tous les soirs à la retraite.

— En tout cas, je pense que ça va être plus facile de persuader les hommes de venir l'écouter la semaine prochaine, reprit la bru de Marie-Claire.

— J'espère qu'avec une bonne retraite, je vais avoir moins de misère à faire faire les Pâques à mon Conrad, reprit Marie-Claire. J'ai jamais trouvé bien juste que nous autres, les mères de famille, on soit responsables de pousser nos maris à faire leurs Pâques.

— Tu vois, moi, j'ai pas ce trouble-là, se moqua Corinne, en regrettant tout de même un peu que son mari ne soit jamais à la maison durant le carême.

Si Laurent ne descendait pas chaque année dans un chantier pour n'en revenir que quelques jours après Pâques, elle aurait pu, au moins, s'assurer qu'il faisait ses Pâques... Soudain, elle se rendit compte qu'elle ne l'avait jamais vu aller à la confesse en dix-huit ans de mariage. Elle ne s'en était jamais préoccupée. Elle se demanda aussitôt s'il ne conviendrait pas de faire mention de cette négligence à sa prochaine confession.

Le lendemain avant-midi, Anselme Leblanc alla remplir de bûches le coffre à bois de la cuisinière du presbytère, comme il le faisait deux fois par jour depuis près de dix ans. Dans le salon, Charles Bilodeau lisait paisiblement son bréviaire en cette fin de matinée.

— Je vous dis que ça jase au magasin général à matin, dit le bedeau à Mance Rivest.

La cuisinière ne se donna même pas la peine de détourner la tête du plat qu'elle était en train de cuisiner tant les racontars et ragots colportés par cette commère du village l'intéressaient peu.

— Quand je suis allé acheter mon tabac, poursuivit Anselme, il y avait là au moins cinq ou six femmes qui jasaient avec Alexina Duquette et qui disaient comment elles avaient aimé la retraite hier soir.

Le curé Bilodeau dressa immédiatement l'oreille, attentif à ne pas perdre un mot des racontars rapportés par son bedeau.

— Vous me croirez peut-être pas, madame Rivest, reprit le bedeau en tournant vers elle sa petite figure chafouine, mais elles disaient toutes qu'elles avaient jamais entendu un prêtre aussi intéressant.

Le curé de Saint-Paul-des-Prés ne put empêcher un rictus de déformer son visage.

— Je le sais, monsieur Leblanc. J'étais là, à l'église, fit Mance pour l'inciter à arrêter de jacasser.

— Il y en a même qui disaient que c'était de valeur que ce soit pas le père Mailloux qui fasse le sermon à la grand-messe du dimanche. D'après elles, ce serait pas mal plus intéressant que ce que monsieur le curé raconte, ajouta le bedeau en baissant un peu la voix.

En entendant ces paroles, Charles Bilodeau ne put retenir un mouvement de mauvaise humeur. Il se leva et se mit à arpenter le salon.

Quand l'abbé Morin rentra de sa tournée des malades une heure plus tard, celui-ci remarqua immédiatement l'humeur maussade de son supérieur et l'accompagna à la salle à manger sans rien dire quand la cuisinière annonça que le repas du midi était servi.

— Où est le père Mailloux? demanda le curé, prêt à réciter le bénédicité.

— Dans sa chambre, monsieur le curé. Il m'a dit qu'il ne dînait jamais durant le carême.

— En plus, il vient nous donner des leçons de mortification! s'exclama Charles Bilodeau, furieux.

— Pourquoi vous dites ça, monsieur le curé? lui demanda son vicaire, surpris par son éclat.

— Laissez faire, l'abbé, je me comprends, rétorqua le prêtre en faisant son signe de croix.

Le repas se prit dans un silence pesant. Dès la dernière bouchée avalée, le curé de Saint-Paul-des-Prés se retira dans son bureau d'où il ne sortit qu'à l'heure du souper. Il trouva le père dominicain planté devant l'une des fenêtres du salon, les mains passées dans ses larges manches.

Incapable de contenir plus longtemps la jalousie qui le rongeait depuis l'avant-midi, Charles Bilodeau lui dit d'une voix acide :

— Il paraît, père Mailloux, que vous êtes bien intéressant...

— Je l'espère bien, répliqua le religieux avec un doux sourire, sinon je perdrais mon travail et personne ne viendrait m'écouter prêcher.

— Je veux bien le croire, mais vous admettrez que c'est pas bien agréable pour les prêtres de la paroisse que les paroissiens trouvent ennuyants quand ils les comparent à vous.

— Consolez-vous en vous disant, monsieur le curé, que je n'ai pas vos talents d'administrateur. Moi, je ne fais que passer quelques jours chez vous. Si je restais plus longtemps, c'est certain qu'on me trouverait des défauts.

— Vous avez raison, déclara abruptement son hôte en lui faisant signe de passer dans la salle à manger où l'abbé Morin venait de pénétrer.

— De plus, une petite leçon d'humilité n'a jamais fait mourir personne, se sentit obligé d'ajouter le dominicain avec un petit rire qui eut le don de faire rougir violemment Charles Bilodeau.

Ce soir-là, le pasteur de Saint-Paul-des-Prés fut fortement tenté d'aller espionner le père dominicain. Il résista difficilement à l'envie d'aller l'écouter en se dissimulant dans la sacristie, mais à la dernière minute il craignit que ce comportement, s'il était découvert, soit mal interprété.

Par malheur, cette jalousie du curé de Saint-Paul-des-Prés s'accrut considérablement les jours suivants quand il se rendit compte que bon nombre des paroissiens qui assistaient généralement à sa messe presque tous les matins l'avaient désertée, préférant celle du prédicateur, même si elle était célébrée plus tôt. Mince consolation, le vicaire avait remarqué, lui aussi, le même phénomène à la célébration de sa messe quotidienne. Aux yeux de Charles Bilodeau, cette infidélité était un affront difficile à pardonner. Il se promit même d'en faire état dans l'un de ses sermons, après le départ du père Mailloux, au milieu de la semaine suivante.

De tout temps, à la campagne, le début du carême coïncidait avec la période des sucres. Déjà, quelques jours avant le Mardi gras, les cultivateurs de la région guettaient anxieusement les premiers signes de doux temps en préparant tout le matériel nécessaire à la cueillette de l'eau d'érable. Pour leur part, les ménagères ne pouvaient se priver de sirop d'érable et la plupart comptaient sur une excellente saison qui leur laisserait la possibilité de vendre leur surplus aux villageois.

Corinne Boisvert était de celles-là. Même si elle avait toujours été obligée de se débrouiller uniquement avec l'aide de ses enfants durant cette période fort occupée, elle était parvenue, presque chaque année, à produire un surplus de sirop qu'elle vendait à quelques clients fidèles.

Il ne fallait donc pas s'étonner que le surlendemain du début de la retraite, Corinne déclare aux siens que le moment était venu de se préparer pour les sucres. En ce début de mars, il faisait un temps magnifique depuis trois jours. Le soleil brillait dans un ciel sans nuages et, à l'heure du midi, il se révélait assez chaud pour faire fondre la neige.

— Pour moi, ça va se mettre à couler dans une journée ou deux s'il continue à faire chaud le jour et à geler la nuit, précisa-t-elle aux siens. À matin, Madeleine et moi, on va aller faire le ménage de la cabane pendant que vous autres, vous allez planter les chalumeaux et accrocher les chaudières, ajouta-t-elle à l'endroit de Philippe et de Léopold.

— Nous autres, qu'est-ce qu'on va faire ? demanda Norbert en parlant au nom d'Élise et du petit Lionel.

— Devine, répliqua sa mère. Vous autres, vous allez à l'école, comme d'habitude.

— Ah non ! protesta l'adolescent.

— Et je t'avertis, ma tête croche, le prévint sa mère sur un ton sévère. Que je te vois pas refaire ce que t'as fait hier après-midi en revenant de l'école.

— J'ai rien fait, moi ! se défendit Norbert, outré.

— Aïe ! je suis pas aveugle. Je t'ai vu sur le chemin en train de te moquer de ta maîtresse d'école en boitant pour faire rire les autres. Ce que t'as fait là, il va falloir t'en confesser. C'est pas de la faute de madame Beaulac si elle a une jambe plus courte que l'autre.

Norbert se tut, dompté, et peut-être un peu repentant.

Après le départ des plus jeunes vers l'école du rang, Léopold attela le blond au lourd traîneau sur lequel on empila des seaux cabossés, des chalumeaux, deux vilebrequins et divers autres outils. Madeleine apparut à la porte de la remise en portant quatre paires de raquettes qu'elle s'empressa de déposer sur le traîneau.

— À force de charrier ce qu'on a bûché, le chemin est pas mal tapé jusqu'au bois, déclara Philippe en mettant l'attelage en marche.

— Nous autres, on va marcher pour pas éreinter le cheval, fit sa mère qui portait le repas du midi.

Pour la première fois de l'hiver, la jeune femme avait la nette impression que le printemps n'était plus très loin. Il y avait dans l'air une douceur qui ravivait son sourire.

Le traîneau suivi par les trois marcheurs traversa lentement les quatre champs qui séparaient les bâtiments du boisé appartenant aux Boisvert. Le petit cortège suivit l'étroit sentier tracé dans le bois et obliqua quelques centaines de pieds plus loin vers un petit édifice rudimentaire prolongé par un appentis. Le tout était constitué de planches que les intempéries avaient rendues uniformément grises.

À la vue de la cabane à sucre, Corinne eut un léger pincement au cœur, comme chaque année, en songeant qu'elle avait été reconstruite par grand-père Boucher et Rosaire, quinze ans plus tôt.

Avec des pelles, Philippe et Léopold dégagèrent la neige qui obstruait la porte de la cabane avant de pouvoir l'ouvrir. En pénétrant dans les lieux, on dut écarter les toiles d'araignées. Un vieux poêle, une grosse cuve, quatre chaises et une table en pin constituaient l'essentiel du mobilier de la cabane à sucre des Boisvert.

— Léopold, entre donc un peu de bois qu'on puisse faire fondre de la neige, demanda Corinne au jeune homme.

Pendant que ce dernier transportait à l'intérieur quelques brassées de bûches prises dans l'appentis, Madeleine et sa mère remplirent la cuve de neige et Philippe installa la sertisseuse sur la table. Lorsqu'il ne resta plus que les seaux et les chalumeaux sur le traîneau, Philippe et Léopold chaussèrent leurs raquettes et se dirigèrent vers les érables les plus proches pour les percer à l'aide de leur vilebrequin avant d'y planter le chalumeau auquel ils suspendaient un seau. Les deux adolescents travaillèrent sans se parler durant tout l'avant-midi, s'éloignant progressivement de la cabane dont ils n'apercevaient plus que la fumée sortant de la cheminée.

Pour leur part, Madeleine et sa mère ne chômèrent pas. Elles nettoyèrent les deux fenêtres de la cabane, dépoussiérèrent les lieux, lavèrent la table et les chaises avant de récurer à fond la grosse cuve dans laquelle l'eau d'érable allait bouillir.

À l'heure du dîner, la mère et la fille servirent de la fricassée de bœuf et de la mélasse. Au début de l'après-midi, elles annoncèrent à Philippe et Léopold que tout était en ordre et qu'elles rentraient à la maison.

L'une et l'autre savaient bien que la routine de la maison allait être passablement perturbée pendant toute la période qu'allait durer la récolte de l'eau d'érable. Si tout se déroulait comme lors des années passées, il faudrait parfois faire bouillir assez tard le soir. Puisque la mère était la seule personne de la maison capable de faire du bon sirop, Madeleine allait souvent avoir la tâche de demeurer seule à la maison pour préparer les repas et voir à faire exécuter leurs devoirs aux trois plus jeunes.

L'année précédente, Corinne avait bien tenté d'enseigner à son fils aîné comment faire du sirop, mais l'adolescent ressemblait trop à son père par son impatience et son manque d'attention. Cela s'était avéré peine perdue. Madeleine aurait pu apprendre, mais Corinne n'aimait pas l'idée de savoir sa fille seule, en plein bois. Elle préférait la garder à la maison, en sécurité.

Par ailleurs, la mère de famille ne perdait pas de vue qu'elle avait une petite clientèle à satisfaire à Yamaska. Bon an mal an, elle parvenait à vendre une vingtaine de gallons de sirop, ce qui était un apport non négligeable aux finances familiales. Prendre le risque d'une mauvaise cuvée et sa réputation de faire le meilleur sirop disparaîtrait au profit d'un voisin.

Malheureusement, la jeune femme ne pouvait savoir que le mois de mars 1918 allait réserver une bien mauvaise surprise aux cultivateurs de la région qui escomptaient une bonne récolte d'eau d'érable. Les caprices de dame nature allaient faire en sorte que ce serait une année catastrophique.

Chez les Boisvert, les érables coulèrent abondamment durant les quatre jours qui suivirent leur entaillage. Les journées de plus en plus chaudes suivies par des nuits durant lesquelles la température se tint sous le point de congélation en étaient, évidemment, les responsables. Puis, comme sur un signal mystérieux, tout sembla se dérégler.

Cela commença un jeudi matin par une lourde giboulée de printemps qui n'inquiéta pas particulièrement les producteurs de sirop d'érable.

— C'est normal, déclaraient les anciens de Saint-Paul-des-Prés. Qui a jamais vu un mois de mars sans une bonne bordée ?

Tout le problème vint de ce que cette giboulée se transforma rapidement en une pluie abondante qui tomba durant trois jours. Phénomène étrange, le temps se réchauffa au point qu'il ne gela plus la nuit. Alors, la neige se mit à fondre à une vitesse incroyable. En quelques heures, les fossés débordèrent et les routes devinrent de véritables bourbiers impraticables.

— Les arbres sont cernés à cette heure, déclara Philippe en revenant d'une tournée des seaux le lendemain du début de cette pluie inopportune. On cale à mi-jambe dans la neige.

— En tout cas, on y est allés pour rien à matin, poursuivit Léopold en retirant son manteau mouillé. Les chaudières ont pas de couvercles. La pluie les a remplies. C'était juste bon à jeter.

Le troisième jour, le niveau de la neige dans les champs avait si sérieusement baissé qu'on pouvait voir ici et là de larges plaques noirâtres de terre. Au village, on s'inquiétait moins des sucres que de la possibilité que la Yamaska sorte de son lit avec toute cette eau qui venait grossir son débit. Les glaces n'avaient pas encore lâché sur la rivière, mais il y avait tellement d'eau sur cette dernière que les anciens prédisaient la débâcle dans les heures à venir.

— Ceux qui ont le plus à craindre, disaient-ils à qui voulait les entendre, c'est Duquette et Melançon parce que leur terrain est dans le coude du chenal et leur côte va être rongée par en-dessous par les glaces quand elles vont lâcher et venir frapper la côte.

Le dimanche suivant, il pleuvait encore, et plus d'une famille ne put assister à la messe faute de pouvoir se rendre au village tant les chemins étaient devenus impraticables. Au milieu de l'avant-midi, les glaces lâchèrent brusquement sur la rivière et il se forma un sérieux embâcle peu avant le village. En moins d'une heure, l'eau monta de près de huit pieds et envahit la cave d'une demi-douzaine de maisons du village.

Les voisins s'assemblèrent devant les demeures sinistrées en cherchant à évaluer combien de temps l'embâcle allait tenir face à la force d'un courant grossi par autant d'eau de fonte. Par chance, ce dernier lâcha avant l'heure du souper, se contentant d'emporter quelques pieds du terrain de certains riverains.

— Si ça continue comme ça, se plaignit Alcide Duquette, le propriétaire du magasin général, avec mauvaise humeur, je vais finir par pouvoir pêcher assis sur ma galerie.

Quand la pluie prit fin la nuit suivante, la trop brève saison des sucres était déjà chose du passé.

— On avancerait mieux avec une chaloupe, maugréa Philippe ce matin-là en marchant péniblement à travers les champs vers la cabane à sucre familiale en compagnie de Léopold et de sa mère.

De fait, les champs étaient devenus de véritables lacs et les marcheurs devaient chercher les plaques de neige grisâtres pour y poser les pieds. Dans le bois, la situation n'était guère plus reluisante, même s'il y restait assez de neige pour se déplacer en raquettes.

— On va faire la tournée, annonça l'adolescent. On a vidé les chaudières hier après-midi et depuis, il a presque plus mouillé. C'est surtout de l'eau d'érable qu'il y a dedans à matin.

— Attends, lui ordonna sa mère en se dirigeant vers une chaudière suspendue à un érable voisin de la cabane.

Corinne décrocha le seau et but une gorgée d'eau qu'elle recracha immédiatement.

— C'est fini, déclara-t-elle. La sève a commencé à monter. C'est trop amer pour faire du sirop avec ça.

— C'est pas vrai ! s'exclama son fils. Cybole ! m'man, on s'est donné tout ce trouble-là pour faire même pas six gallons de sirop.

— Ça sert à rien de crier et de s'énerver, le sermonna-t-elle. C'est pas nous autres qui décidons. Le printemps est arrivé et le temps des sucres est bien fini. Vous avez juste à ramasser tout le barda pendant que je range dans la cabane. Vous m'apporterez les chaudières pour que je les rince et les essuie avant de les rapporter à la maison.

La jeune femme entra dans la cabane, incapable de cacher plus longtemps son dépit. Elle avait beau avoir encore quelques gallons du sirop de l'année précédente en réserve, elle devrait conserver les cinq gallons de cette année pour la consommation de sa famille. Pour la première fois depuis dix ans, elle ne pourrait rien vendre de sa production et, par conséquent, elle allait être incapable de déposer le moindre dollar dans le pot vert, dans l'armoire, là où elle rangeait depuis toujours l'argent du ménage.

Elle fut peu à peu envahie par de sombres pensées. Il ne lui restait pratiquement plus rien pour pourvoir aux besoins de sa famille et elle avait compté sur cette rentrée d'argent pour éviter d'ouvrir un compte chez Duquette. Bien sûr, Laurent allait rentrer à la maison dans deux ou trois semaines, mais combien d'argent rapporterait-il de son hiver passé au chantier ? Avec lui, c'était toujours une surprise. Il était impossible de prévoir combien il aurait dépensé dans les tavernes et les hôtels sur le chemin du retour.

Elle poussa un profond soupir et se mit à ranger le contenu de la cabane à sucre en prévision de sa fermeture jusqu'au printemps suivant.

Chapitre 3

Quelques souvenirs

Contrairement aux prévisions pessimistes de certains habitants de Saint-Paul-des-Prés, le temps doux se maintint et il était de plus en plus évident que le printemps de cette année 1918 était bel et bien installé. Sous les assauts du soleil, la neige se mit à reculer de plus en plus et on finit par n'en apercevoir que quelques plaques dans les sous-bois. Partout ailleurs, le paysage devint uniformément brun, en attente de l'éclosion des premiers bourgeons et de l'herbe tendre du printemps. En cette fin du mois de mars, la pluie se mit de la partie pour aider à la renaissance de la nature.

— Un vrai temps de semaine sainte, déclara Corinne à Madeleine. Si ça continue comme ça, on va avoir toutes les misères du monde à monter au village pour faire nos Pâques, ajouta-t-elle en poussant la porte séparant la cuisine d'été de celle d'hiver.

— C'est presque toujours comme ça avant Pâques, m'man, répliqua l'adolescente en finissant d'étendre dans la cuisine d'été les vêtements que sa mère venait de laver. Moi, j'ai juste une hâte, c'est de pouvoir étendre dehors sur notre corde à linge. Ça fait deux grosses semaines qu'il fait assez doux pour le faire, mais il mouille presque tout le temps et…

L'adolescente s'interrompit brusquement en entendant une voix à l'extérieur. Elle se pencha à la fenêtre et vit alors son grand-père Boisvert et son oncle Henri en train de descendre de leur boghei.

— M'man, c'est grand-père Boisvert et mon oncle Henri qui arrivent, cria-t-elle à sa mère qui s'apprêtait à refermer la porte.

— Bon, qu'est-ce qu'ils peuvent bien nous vouloir ? fit la petite femme blonde sans enthousiasme. Gages-tu qu'ils ont besoin de quelque chose ? Ouvre-leur la porte et fais-les entrer.

Corinne n'aimait pas plus son beau-père que son gros beau-frère. Même s'ils demeuraient à Saint-Paul-des-Prés, ils se gardaient bien de venir à la maison du rang Saint-Joseph pour s'informer de ses besoins quand Laurent était au chantier. Ils craignaient beaucoup trop qu'elle leur demande de l'aide. En fait, ils n'étaient pas venus lui rendre visite une seule fois depuis l'automne précédent. Bien sûr, elle les avait croisés pratiquement tous les dimanches sur le parvis de l'église, mais dans le meilleur des cas, Gonzague s'était limité à s'informer de sa santé et de celle de ses petits-enfants. Bref, Corinne les connaissait suffisamment pour savoir qu'ils ne venaient probablement chez elle que par intérêt.

Madeleine fit entrer les deux hommes dans la maison et les précéda dans la cuisine d'hiver.

— M'man, on a de la visite, cria-t-elle à sa mère partie dans sa chambre, comme si elle n'avait pas entendu les visiteurs arriver.

Corinne sortit de sa chambre à coucher.

— Tiens ! Mais c'est de la visite rare, dit-elle sans trop de chaleur. Enlevez vos manteaux et assoyez-vous, poursuivit-elle. Madeleine, sers donc une tasse de thé à ton grand-père et à ton oncle.

— Merci, ma fille, dit Gonzague en se contentant de déboutonner son lourd manteau de drap noir. On n'a pas le temps. T'as fini tes sucres ? demanda-t-il à sa bru.

— Ça fait longtemps.

— Nous autres aussi. Au fond, cette année, ç'a été tout un aria pour pas grand-chose, ajouta le vieil homme en faisant un effort d'amabilité, ce qui ne lui était pas très coutumier.

— Est-ce qu'il y a quelque chose de spécial qui vous amène dans le rang Saint-Joseph ? demanda Corinne, intriguée.

— Oui, on a un petit problème à régler, intervint Henri en ouvrant la bouche pour la première fois depuis qu'il avait mis les pieds dans la maison.

— Ah bon !

— Imagine-toi donc qu'on a perdu notre cuisinière à l'hôtel, reprit Gonzague.

Corinne adressa un regard de connivence à sa fille, mais se garda bien de dire un mot.

— Qu'est-ce qui lui est arrivé ? demanda finalement Corinne en constatant que son beau-frère n'avait pas l'air de vouloir poursuivre.

— Je le sais pas pantoute, intervint son beau-père. Elle a décidé de sacrer son camp à matin, après le déjeuner, sans rien dire.

— Pour moi, c'est parce que ses gages étaient trop gros, ne put s'empêcher d'ironiser Corinne.

Cette remarque faisait allusion à l'avarice bien connue de son beau-père. Elle fit mouche, le visage de ce dernier se renfrogna.

— Elle était ben payée pour ce qu'elle faisait, répliqua sèchement Henri. Là, le problème, c'est qu'on a comme clients deux commis voyageurs et quatre gars qui travaillent au moulin. Ce monde-là a besoin de manger. On va perdre ces clients-là si on n'a pas personne pour préparer les repas.

— Je comprends, dit sa belle-sœur.

— Ça fait qu'on a pensé que ta Madeleine pourrait peut-être venir faire à manger à l'hôtel, au moins le temps qu'on trouve une autre cuisinière, fit Gonzague. T'as toujours dit qu'elle était ben bonne pour faire l'ordinaire.

— Pourquoi vous demandez pas ça à Annette, à Hélène ou même à la femme de Charles? suggéra Corinne. Il me semble qu'elles sont capables de faire à manger, elles aussi.

Un air de profond agacement apparut dans le visage du patriarche de la famille Boisvert.

— Voyons, Corinne! protesta-t-il. Tu sais ben que la femme d'Henri a toujours eu une ben petite santé. Ça prend tout son petit change pour mettre un pied devant l'autre. Pour Hélène, t'oublies qu'elle a deux petits sur les bras et qu'elle a pas une ben plus grosse santé que sa mère.

— Et la femme de Charles, monsieur Boisvert?

— Ben, c'est elle qui prend soin de la maison parce qu'Annette y arrive plus toute seule.

Corinne se tut. Aussi loin qu'elle s'en souvenait, elle avait toujours entendu les jérémiades de sa belle-sœur Annette, sans cesse trop épuisée pour faire autre chose que se plaindre. Jusqu'au mariage de son fils Charles avec une petite Labonté, trois ans auparavant, sa fille Hélène avait pratiquement tout fait dans la maison. La jeune femme avait été vite remplacée par l'épouse de son frère Charles qui, après son mariage, était venue demeurer dans la maison de ses beaux-parents.

— C'est de valeur, monsieur Boisvert, mais je peux pas me passer de Madeleine, finit par dire Corinne en feignant d'être profondément désolée.

— Mais je la paierais, protesta Gonzague, grand seigneur.

Corinne réprima un petit sourire. Pour l'avoir déjà vécu à quelques reprises, elle savait fort bien que le vieillard trouverait mille excuses pour ne pas la payer le moment venu.

— Je le sais bien, beau-père, mais j'ai deux catalognes et une courtepointe à finir pour la fin du mois. Je les ai promises à des clientes. J'ai absolument besoin de ma fille, mentit-elle avec aplomb.

— Ça nous arrange pas pantoute, admit Henri en se levant en même temps que son père. T'aurais pas une idée où on pourrait trouver quelqu'un pour remplacer la petite Côté.

— Je vois pas.

— J'ai entendu dire que t'avais à cette heure un homme engagé, reprit Gonzague en boutonnant son manteau.

— Oui.

— T'as décidé ça toute seule, sans attendre d'en parler à ton mari ?

— Ben oui, beau-père, comme une grande fille qui doit continuer à faire vivre sa famille quand son mari est au chantier, rétorqua sèchement la jeune femme.

— T'as pas peur que ça le mette en maudit ?

— Il aura juste à se calmer.

— Est-ce qu'il est bon, au moins ?

— Il est pas manchot, reconnut Corinne.

— Combien tu lui donnes en gages ?

— Inquiétez-vous pas pour ça, monsieur Boisvert, dit-elle d'une voix acide. Il me coûte juste le tabac qu'il fume... Et encore, il fume même pas pendant le carême.

— Torrieu ! c'est en plein le genre de gars qu'il nous faudrait, admit Gonzague sans fausse honte. Quand Laurent sera revenu, t'auras plus besoin de lui. Ton mari et Philippe vont largement suffire à la tâche. À ce moment-là, tu diras à ton homme engagé de venir me voir. J'aurai de l'ouvrage pour lui.

— J'y manquerai pas, beau-père, promit Corinne en conduisant ses invités jusqu'à la porte.

Les deux hommes quittèrent la ferme, mais la jeune femme ne se donna même pas la peine d'épier leur départ par la fenêtre.

— Une chance qu'on est Jeudi saint aujourd'hui, m'man, fit Madeleine, prête à retourner finir d'étendre les vêtements mouillés dans la pièce voisine.

— Pourquoi tu dis ça? lui demanda sa mère, surprise.

— Je dis ça parce qu'on va se confesser cet après-midi. Avec toutes les menteries que vous avez contées à grand-père, votre confession sera pas un luxe.

— Ma polissonne, toi! dit Corinne en riant. Tu sauras que c'était juste des pieux mensonges.

— On sait bien, mais je suis pas sûre que monsieur le curé vous donne une pénitence plus facile pour ça.

Ce jour-là, les trois écoliers de la famille rentrèrent à la maison un peu avant midi, heureux de commencer le long congé pascal.

— Dépêchez-vous de manger, leur ordonna leur mère. Après, on s'en va à l'église.

— Ah non! s'écria Norbert. On va pas passer l'après-midi-là.

— Aïe! T'es pas un païen, le gronda sa mère. Ici, tout le monde fait ses Pâques. On va se confesser et, après ça, il y a une cérémonie.

— Avec la lecture de la Passion, ajouta Madeleine.

— Ça, c'est plate et c'est long, intervint Philippe, pas plus heureux que son frère cadet du programme de l'après-midi.

— Philippe! T'es le plus vieux! Tu dois donner l'exemple, le réprimanda sa mère. Comme on est trop nombreux pour y aller tous ensemble, nous autres, on va y aller cet après-midi. Toi, t'iras à l'église à soir avec Léopold.

— Je pourrais ben y aller à soir avec eux autres, proposa Norbert, le visage éclairé par l'espoir.

— Il en est pas question, trancha sa mère. T'es trop haïssable. Je veux t'avoir à l'œil pendant la cérémonie.

Un peu avant deux heures, Corinne et ses quatre plus jeunes enfants firent leur entrée dans l'église paroissiale dont les crucifix et les statues avaient été recouverts de voiles violets. Une cinquantaine de fidèles les avaient précédés. L'abbé Morin et le curé Bilodeau avaient déjà pris place dans deux confessionnaux et, devant chacun des isoloirs, une dizaine de pénitents attendaient patiemment leur tour de confesser leurs péchés.

— D'après vous, m'man, dans quel confessionnal est monsieur le curé ? demanda Norbert à voix basse à sa mère.

— Pourquoi tu demandes ça ? fit Corinne. Tu sais bien que l'abbé Morin donne des pénitences aussi sévères que monsieur le curé.

— Je le sais ben, mais je voudrais aller à monsieur le curé parce que c'est toujours les mêmes péchés que j'ai à confesser et ça fait trois fois que l'abbé les entend.

— Prends une chance, dit sa mère en réprimant difficilement un sourire.

Après leur confession, les paroissiens assistèrent à la longue cérémonie du Jeudi saint avant de retourner à la maison, à la fin de l'après-midi.

— Une bonne chose de faite, ne put s'empêcher de déclarer Corinne en retirant son manteau. On a la moitié de nos Pâques qui sont faites. Il restera juste à communier dimanche matin pour être en règle. Changez-vous avant d'aller aux bâtiments, ordonna-t-elle à ses enfants.

— Demain, on va enfin pouvoir profiter un peu de notre congé, fit Norbert.

— Jusqu'au dîner, le corrigea sa sœur Madeleine en couvrant sa robe d'un tablier.

— Pourquoi tu dis ça, la grande ?

— Parce qu'il y a une cérémonie à l'église demain après-midi...

— Et elle est encore plus longue que celle d'aujourd'hui, poursuivit Élise, moqueuse. Tu devrais écouter madame Beaulac quand elle parle au lieu de t'amuser. Elle nous a tout expliqué ça hier matin.

— Ah ben, maudit !

— Toi, surveille ta langue, si tu veux pas que je te la lave avec du savon, le réprimanda sévèrement sa mère.

Deux jours plus tard, Corinne se leva un peu après cinq heures dans l'intention de préparer une double recette de sucre à la crème pour marquer la fin officielle du carême. Elle était fière de ses enfants qui avaient respecté leur résolution prise le mercredi des Cendres et elle voulait les récompenser par cette petite gâterie qu'elle ne leur servirait toutefois qu'au retour de la grand-messe de Pâques.

Elle se leva sans bruit, alluma une lampe à huile et, après avoir jeté un châle sur ses épaules, se dirigea vers la cuisine. Le poêle à bois mit plusieurs minutes avant de réchauffer la grande pièce. La jeune mère de famille eut le temps de compléter sa recette avant d'entendre des pas dans l'escalier. Tournant la tête, elle aperçut Madeleine.

— Va donc réveiller Philippe, lui demanda-t-elle. Il est temps qu'il se lève pour l'eau de Pâques.

L'adolescente rebroussa chemin et alla réveiller son frère aîné. Ce dernier n'apparut au rez-de-chaussée que quelques minutes plus tard, la tête ébouriffée et les yeux encore gonflés de sommeil.

— Grouille, Philippe. Si tu continues à te traîner les pieds, on n'aura pas d'eau de Pâques.

— Pourquoi c'est pas un autre qui y va? demanda l'adolescent, excédé.

— Parce que c'est toi l'homme de la famille quand ton père est pas là, déclara sa mère sur un ton sans appel. Dépêche-toi.

Même s'il était flatté, Philippe n'en ronchonna pas moins en chaussant ses bottes et en endossant son manteau.

— J'ai mis la cruche proche de la porte de la cuisine d'été hier soir, le prévint sa mère. Pendant que tu vas être parti, Léopold et Norbert vont s'occuper du train.

Philippe alluma un fanal et quitta la maison en le tenant à la main. Il faisait encore noir à l'extérieur et un petit vent du nord le fit frissonner. Il se dirigea vers les bâtiments, les contourna et prit la direction de la source qui coulait au bout de la terre de ses parents, près du boisé. Il longea les labours de l'automne précédent, en pataugeant parfois dans la boue épaisse.

Arrivé sur les lieux, il n'eut à attendre que quelques minutes avant l'apparition du jour. Avant même le lever du soleil, l'adolescent plongea la cruche dans l'eau et la remplit, selon la tradition. Il songea même à faire une courte prière, comme l'avait exigé sa mère.

De retour à la maison quelques minutes plus tard, il remit la cruche à celle-ci avant d'aller rejoindre Léopold et Norbert à l'étable. À ce moment-là, le soleil était entièrement levé et une bruyante volée d'oies blanches traversa le ciel en direction des battures de Baie-du-Fèvre.

À l'intérieur, Corinne avait commencé à se préparer pour la grand-messe. Avant de finir de se coiffer, elle rangea soigneusement la cruche d'eau de Pâques sans laquelle elle aurait été bien mal prise pour soigner certains bobos des siens. On prêtait à cette eau des vertus miraculeuses que personne n'aurait songé à contester. Elle ne servait pas qu'à protéger la maison des intempéries et des mauvais esprits. On l'utilisait aussi pour guérir autant les maux de tête et les brûlures que les rages de dents et certaines infections.

Quand les garçons rentrèrent pour se préparer à aller assister à la basse-messe, la maîtresse de maison tendit à Léopold un paquet de tabac Quesnel qu'elle avait acheté deux jours auparavant au magasin général.

— Tiens, Léopold, tu l'as pas volé, lui dit-elle. Ton carême est fini. On ne t'entendra plus téter ta pipe vide.

Le jeune homme prit le paquet de tabac avec un plaisir évident et se mit en devoir de bourrer sa pipe qu'il alluma sans tarder.

— Traînez pas trop, les garçons, sinon vous allez arriver en retard à la messe, les prévint la maîtresse de maison.

Quand Philippe, Léopold et Norbert rentrèrent du village au milieu de l'avant-midi, Corinne, Madeleine, Élise et Lionel s'empressèrent d'endosser leur manteau pour aller à la grand-messe.

— Je vous dis que la Germaine Rocheleau a pas arrêté de regarder Casseau pendant toute la messe, annonça Norbert en posant le pied dans la maison.

— Arrête donc de faire le père Leblanc ici dedans, le mit en garde sa mère.

— Je vous le dis, m'man, elle a l'air de le trouver pas mal à son goût, à part ça, insista l'adolescent.

Léopold Monette rougit légèrement et ne remarqua pas le regard mécontent que Madeleine adressait à son frère cadet.

— Remarquez que moi, je comprends rien là-dedans, continua Norbert. Moi, je le trouve laid sans bon sens, mais…

— Arrête donc de dire des niaiseries, lui ordonna plus sèchement sa mère en fixant son chapeau sur sa tête, plantée devant le petit miroir suspendu au-dessus de l'évier. Germaine a juste dix-sept ans. C'est encore une enfant.

— Si c'est vrai ce qu'il dit, je la trouve pas mal effrontée, ne put s'empêcher d'ajouter Madeleine.

— Ton frère raconte n'importe quoi pour se rendre intéressant.

— Je vous le dis, m'man, insista Norbert.

— Toi, mon agrès, je pense que c'est la dernière fois que tu vas à la basse-messe avec ton frère. La semaine prochaine, tu vas venir à la grand-messe avec moi et je te garantis que tu vas suivre la messe plutôt que passer ton temps à écornifler à gauche et à droite. Bon, ça va faire. Arrivez, on n'est pas en avance, houspilla-t-elle les siens en sortant la première de la maison.

La jeune mère de famille ne remarqua pas l'étrange silence dans lequel sa fille aînée s'enferma durant tout le trajet qui les conduisit à l'église paroissiale. La jeune fille, secrètement amoureuse de Léopold, venait d'être mordue par la jalousie en découvrant que la voisine, son aînée de deux ans, cherchait à le séduire.

La douce Madeleine était malheureuse. Elle sentait qu'elle ne pourrait pas lutter d'égale à égale avec Germaine Rocheleau si celle-ci était décidée à attirer Léopold. À ses yeux, la vie était soudainement injuste parce que le jeune homme était devenu son seul rayon de soleil, l'objet de tous ses rêves.

La pitié qu'elle avait éprouvée à son égard quand elle avait aidé sa mère à remettre sur pied le vagabond malade trouvé dans la grange s'était peu à peu muée en admiration devant son caractère égal et son courage. Son père et son frère Philippe ne l'avaient guère habituée à autant de calme. Puis, au fil des semaines, l'adolescente s'était mise à rêver de Léopold en présence duquel elle ressentait un doux émoi.

Bien sûr, il lui fallait faire preuve d'une extrême prudence devant sa mère pour ne rien laisser voir de ses sentiments à l'égard de leur homme engagé. Si celle-ci s'en était aperçue, elle aurait pu décider de se priver de ses services pour mieux la protéger... D'ailleurs, rien n'était encore réglé, pensait-elle parfois en songeant au retour prochain de son père. Rien n'était moins certain qu'il garde un employé à la maison alors qu'il pouvait compter sur l'aide de Philippe.

En ce matin ensoleillé de Pâques, il y avait de la joie dans l'atmosphère, même si Madeleine n'en profitait pas. Il n'y avait qu'à regarder le visage réjoui des gens arrivant à l'église pour s'en rendre compte. Chacun semblait heureux d'être enfin parvenu à la fin de la trop longue période de privation du carême. Beaucoup de femmes et de jeunes filles avaient même pris la peine de changer les ornements de leur chapeau.

Corinne salua quelques connaissances arrivées en même temps qu'elle sur le parvis et s'engouffra dans l'église un quart d'heure avant le début de la grand-messe. Elle fit une génuflexion à l'entrée du banc familial et indiqua à ses enfants de passer devant elle, puis elle s'agenouilla à son tour. Lorsqu'elle s'assit après s'être recueillie un instant, elle aperçut soudainement les deux grands fils d'Alexandre Brisebois, l'un de ses voisins du rang Saint-Joseph. Ils étaient déjà revenus du chantier.

— Pas déjà ! murmura-t-elle pour elle-même en songeant que Laurent était à la veille de revenir à la maison.

Cette pensée assombrit son humeur et la fit plonger dans des souvenirs qu'elle aurait préféré oublier. Chaque année, au retour des hommes des chantiers, le passé lui revenait en mémoire et son cœur s'alourdissait.

En décembre 1902, après le départ tardif de Laurent pour le chantier, entre Noël et le jour de l'An, elle avait espéré ne plus jamais le revoir. Trois jours auparavant, il l'avait battue sauvagement avant d'aller passer Noël à l'hôtel de Yamaska, probablement en compagnie de la femme avec laquelle il la trompait, celle qui laissait des traces de rouge à lèvres sur le col de ses chemises blanches. Cette année-là, elle n'avait pu bouger de la maison durant les fêtes de fin d'année parce qu'elle ne voulait pas montrer aux siens son visage tuméfié par les coups de son mari. Elle avait dû prétexter que Philippe était malade pour excuser son absence des festivités familiales chez les Joyal. Finalement, elle avait passé les fêtes en compagnie de son bébé, le petit Philippe, et de Rosaire, l'adolescent orphelin que son mari et elle avaient recueilli pour les aider.

Une semaine plus tard, son beau-père était venu frapper à sa porte pour réclamer le paiement des soixante-trois dollars annuels que Laurent et elle lui devaient en remboursement du prêt consenti pour acheter la ferme et les animaux. Déjà, l'année précédente, grand-père Boucher, encore vivant, avait puisé dans ses économies pour payer le prêteur. Mais cette fois, en ce début d'année 1903, elle ne pouvait plus compter sur le généreux grand-père de son mari pour lui venir en aide. Pendant un bref moment, ce jour-là, Corinne avait été tentée de puiser dans le petit héritage que lui avait laissé le vieil homme pour rembourser Gonzague Boisvert. Puis, elle s'était dit que c'était à son mari de régler ce problème-là.

— Laurent m'a pas laissé une cenne pour ça, avait-elle expliqué à son beau-père. Là, vous allez être obligé d'attendre qu'il revienne du chantier pour lui demander votre argent. Moi, j'en ai pas.

— Maudit torrieu! avait juré Gonzague. T'es certainement capable de me donner quelque chose sur ce montant-là.

— Pas une cenne, monsieur Boisvert. Si vous voulez reprendre la maison et me mettre dehors avec votre petit-fils, vous avez le droit de le faire. Je peux retourner vivre chez mes parents à Saint-François, avait-elle poursuivi, sarcastique.

— Ça m'apprendra à prêter à la famille, avait alors bougonné avec mauvaise humeur Gonzague en quittant la maison de son fils.

À l'époque, Corinne espérait que son mari ne rentrerait pas et elle avait imaginé toutes sortes de scénarios pour faire patienter son beau-père. Malheureusement, Laurent était revenu un beau matin, à la mi-avril, comme si rien ne s'était passé avant son départ. Sérieusement éméché, il s'était contenté de laisser tomber son sac de toile rempli de vêtements sales au milieu de la cuisine et était allé s'étendre sur le lit sans prendre la peine de retirer la courtepointe. Si ses souvenirs étaient exacts, elle l'avait laissé dormir tout son soûl, n'ayant pas trop de temps pour digérer sa déconvenue de le voir de retour.

Quand il était apparu dans la cuisine à la fin de l'après-midi, il s'était retrouvé en face d'une femme enceinte de huit mois, au visage fermé, qui se déplaçait dans la pièce comme s'il n'avait pas été là.

— Sacrement! On peut pas dire que t'as l'air ben contente de me voir! s'était-il exclamé, surpris de l'accueil réfrigérant qu'elle lui réservait.

— Non.

— Qu'est-ce que t'as à faire la baboune?

— J'ai trop de mémoire, s'était-elle contentée de lui répondre.

— Dis-moi pas, Christ, que tu m'en veux encore pour t'avoir brassée un peu?

— ...

— Écoute, je te l'ai pas dit à ce moment-là, mais j'avais une maudite bonne raison d'être enragé, avait-il poursuivi en manifestant une certaine gêne.

— Je voudrais bien savoir laquelle, avait-elle répliqué sèchement en se tournant vers lui pour la première fois.

Pendant un moment, son mari avait semblé hésiter avant de lui révéler cette raison.

— Tu te rappelles de Mitaines, avait-il dit à mi-voix en jetant un coup d'œil autour de lui pour s'assurer que Rosaire était bien absent de la pièce.

— ...

— Ben. J'avais trouvé l'argent qu'il avait volé et je l'avais caché dans les poches de jute que t'as brûlées dans ton four, avait-il avoué, apparemment sans le moindre remords. Sacrement! Plus de six cents piastres parties en fumée! avait-il dit en haussant la voix, repris par la rage qui lui avait fait battre sa femme cinq mois auparavant.

Corinne avait alors regardé son mari en ne prenant même pas la peine de dissimuler tout le mépris qu'il lui inspirait.

— Au fond, ce que t'es en train de me dire, c'est que t'es un voleur, avait-elle laissé tomber avant de retourner à la préparation de son souper.

— J'avais trouvé cet argent-là sur ma terre. C'était à moi, avait-il plaidé avec force.

— Bien voyons ! s'était-elle moquée. Je suppose que la police qui arrêtait pas d'interroger tout le monde pensait la même chose que toi.

— T'es pas parlable, avait-il conclu avec rage en allumant sa pipe.

Puis, fouillant dans la poche de son pantalon, il avait déposé sur la table de cuisine le reliquat de sa paye d'hiver en signe de bonne volonté.

— T'es tout de même pas pour continuer à avoir l'air bête comme ça, avait-il ajouté en arborant son air charmeur.

La petite femme blonde s'était brusquement immobilisée pour lui faire face.

— Écoute-moi bien, Laurent Boisvert, lui avait-elle ordonné d'une voix qui ne tremblait pas. J'ai passé l'hiver à t'haïr. Est-ce que c'est assez clair, ça ? Je t'avertis que si jamais tu lèves encore la main sur moi, je vais te frapper avec ce qui va me tomber sous la main. Là, j'en ai assez enduré et j'ai pas l'intention pantoute de continuer comme ça. Si ça fait pas ton affaire, la porte est là. Tu peux la prendre. Ça fait longtemps que j'ai appris à me débrouiller sans toi.

— C'est correct. Énerve-toi pas.

— Je m'énerve pas. Et, pendant que j'y pense, t'es mieux d'aller arranger ton emprunt avec ton père. Il est encore venu cet hiver pour se faire payer.

— Tu l'as pas payé ? s'était-il étonné.

— Avec quel argent je l'aurais payé ? avait-elle répliqué avec humeur. Tout de même pas avec celui que tu dépenses à l'hôtel !

Son mari n'avait rien rétorqué. Il s'était contenté de sortir de la maison et de prendre la direction des bâtiments pour aller voir dans quel état étaient ses bêtes. À son retour, il n'avait même pas osé s'en prendre à Rosaire qui venait de faire le train à sa place. Ce soir-là, en bonne chrétienne, Corinne s'était pliée aux exigences de son mari. Mais elle l'avait fait à contrecœur, sans y prendre le moindre plaisir.

Si sa mémoire lui était fidèle, le pire avait été d'obliger son mari à renouer avec la famille Joyal. À l'époque, Laurent continuait à en vouloir à Napoléon et Lucienne Joyal de l'avoir durement sermonné quand leur fille l'avait quitté l'automne précédent parce qu'il la trompait ouvertement. La mère de Corinne n'avait pas été dupe de l'excuse utilisée par sa fille pour expliquer son absence durant les festivités de fin d'année, elle avait deviné qu'il s'était passé quelque chose.

La naissance de Madeleine cinq semaines plus tard avait un peu aidé à arranger les choses. Laurent avait accepté, un peu de mauvaise grâce, que sa belle-mère se charge des relevailles de sa fille. En fait, il avait fallu plusieurs mois avant que Laurent rétablisse des relations un peu plus harmonieuses tant avec ses beaux-parents qu'avec ses beaux-frères Bastien et Anatole. Seule sa belle-sœur Germaine et Bernard Provencher trouvaient grâce à ses yeux.

Cette année-là, la naissance de sa première fille et les deux brèves visites de sa belle-sœur Juliette furent les seules joies de Corinne. La grande et grosse femme, à qui elle n'était pas parvenue à cacher le fait que son frère l'avait battue l'hiver précédent, avait vu rouge en apprenant la chose et, malgré les objurgations de Corinne, s'était empressée d'aller rejoindre son frère alors occupé à réparer une roue de la charrette devant la remise. Elle avait assisté à la scène, debout sur la galerie. La restauratrice montréalaise était presque aussi grande que son frère. Sans le prévenir le moins du monde, elle l'avait empoigné par le devant de sa chemise et l'avait projeté contre la porte de la remise en le tenant solidement.

— Toi, l'ivrogne, j'ai deux mots à te dire, lui avait-elle dit, les dents serrées, les yeux flamboyants de colère et brandissant un poing de grosseur respectable sous son nez. Si jamais tu frappes encore ta petite femme, c'est à moi que tu vas avoir affaire, m'entends-tu? Je vais prendre le train exprès pour venir te sacrer la volée de ta vie. Puis, surtout, va pas t'imaginer que tu m'intimides! Un morveux que j'ai torché me fera jamais peur. J'espère que tu m'as bien comprise.

— T'es complètement folle, toi, avait protesté un Laurent au visage devenu subitement blafard. Prends tes paquets et sors de ma maison.

— Whow! Je sortirai quand ta femme me dira de partir, pas avant. C'est elle qui m'a invitée, pas toi.

Là-dessus, Juliette était revenue vers la galerie et était entrée dans la cuisine d'été, suivie par une Corinne torturée par une folle envie de rire.

Puis, les années avaient passé, avec leur lot de joies et de peines. L'année suivante, la jeune mère de famille avait perdu son bébé à la naissance, quelques mois après le mariage de sa sœur Germaine avec Bernard Provencher. Moins d'un an plus tard, elle accoucha de Norbert, son second fils. Mère de trois enfants, Corinne aurait bien voulu se vanter d'avoir maintenant un mari bien rangé, soucieux de ses devoirs, mais il n'en était rien. Après quelques semaines de pénitence à son retour du chantier, il avait repris ses sorties habituelles qui le conduisaient chaque samedi soir à l'hôtel de Yamaska d'où il revenait ivre deux fois sur trois. Son père, toujours propriétaire de l'hôtel du village, n'était pas parvenu à le convaincre de venir dépenser son argent dans son établissement, ce qui avait concouru à refroidir passablement les relations entre le père et le fils.

Par ailleurs, Laurent avait fini par comprendre que son salaire d'hiver ne suffisait pas à faire vivre sa famille durant toute l'année et à payer ses sorties hebdomadaires de surcroît. Par conséquent, il avait trouvé le moyen de se faire engager une bonne partie du printemps et de l'été au moulin de Fabien Gagnon, dont le père était décédé accidentellement quelques mois après sa défaite aux élections à la mairie de Saint-Paul-des-Prés, passée aux mains de Gonzague Boisvert.

Même si elle n'aurait jamais accepté de l'avouer ouvertement, Corinne voyait avec plaisir son mari partir pour le chantier à la mi-novembre chaque année.

— Enfin, la paix jusqu'au printemps prochain ! avait-elle coutume de dire lorsqu'elle voyait la voiture disparaître en direction du village.

Au fil des ans, au prix d'énormes sacrifices, la jeune mère de famille avait fini par économiser suffisamment pour rembourser toute la somme due à son beau-père. Il lui avait fallu dix ans pour y arriver. Maintenant, la petite ferme du rang Saint-Joseph appartenait à son mari et le maigre troupeau de vaches avait fini par doubler de taille.

— On est chez nous à cette heure ! s'était-elle exclamée avec une satisfaction non déguisée après que son mari eut versé à son père, devant elle, le dernier paiement qui les libérait définitivement de sa dette.

— Ça vous fait tout de même une terre pour pas cher, avait eu le culot d'affirmer Gonzague en empochant l'argent si durement économisé par sa bru.

— Vous nous l'avez pas donnée, beau-père, avait-elle répliqué. On vous a payé des bons intérêts, si je me trompe pas.

— Il aurait manqué plus que ça, que je vous la donne ! avait rétorqué le vieil avare en arborant une mine horrifiée.

Cette année-là, année d'élection à la mairie, Gonzague Boisvert avait été battu à plate couture par Fabien Gagnon, le fils de son ancien adversaire. Le dimanche suivant, le curé Bilodeau n'avait pu s'empêcher de déclarer du haut de la chaire que Saint-Paul-des-Prés s'était enfin doté d'un maire à la moralité irréprochable, ce qui avait bien fait sourire Corinne qui n'avait pas manqué d'observer la grimace de mécontentement de son beau-père, assis dans le banc voisin du sien, à l'église.

Quelques mois plus tard, l'épouse de Laurent Boisvert donna le jour à sa seconde fille qu'elle prénomma Élise. Juliette Marcil s'était chargée, encore une fois, de venir prendre soin de sa petite famille durant la période de ses relevailles. Si la présence de la restauratrice avait bien plu à Madeleine et Norbert, par contre, Philippe, âgé de six ans à l'époque, trouva la discipline rigide imposée par sa marraine plutôt difficile à supporter.

— Tu surveilleras bien ton plus vieux, avait dit Juliette à sa belle-sœur avant de retourner chez elle, à Montréal. J'ai comme l'impression qu'il va avoir le même caractère que son père.

Enfin, Lionel était arrivé. Ce cinquième enfant à presque trente ans fit prendre conscience à la jeune mère que les années fuyaient rapidement et que sa tâche était de plus en plus lourde.

— On en a cinq sur six de vivants, avait-elle déclaré à son mari dans l'intimité de leur chambre à coucher. Il va bien falloir prendre les moyens de s'arrêter un jour. Je peux tout de même pas accoucher chaque année...

Ce dernier avait répondu par un vague grognement, comme si le problème ne le concernait pas.

— Il va falloir faire quelque chose, avait-elle insisté.

De fait, elle avait pris elle-même les moyens pour mettre fin à ses grossesses annuelles. Comme à l'habitude, son mari ne s'était soucié de rien, lui laissant toute la responsabilité dans ce domaine, comme dans beaucoup d'autres, d'ailleurs.

Après qu'elle eut modestement célébré ses trente ans, les années avaient continué à filer beaucoup trop rapidement au goût de la mère de famille. Elle avait vu ses enfants quitter un à un la maison pour l'école du rang. Contrairement à certains voisins, elle tenait à ce que chacun fréquente l'école et obtienne son diplôme de septième année. Laurent n'avait pas trop protesté contre ce qu'il appelait sa «manie de l'école» pour la bonne raison qu'il était absent de la maison durant pratiquement toute l'année scolaire.

Depuis trois ans, Corinne vivait une autre étape puisque Philippe et Madeleine avaient achevé leurs études et travaillaient à ses côtés à la ferme. Son aîné avait été, de loin, le plus récalcitrant à poursuivre ses études, mais il avait dû plier devant la volonté de fer de sa mère.

— Tu vas lâcher l'école avec ton diplôme, pas avant! lui avait-elle répété chaque fois qu'il manifestait l'intention d'abandonner. S'il faut que tu y ailles jusqu'à vingt ans, tu vas y aller jusqu'à cet âge-là, tu m'entends?

— P'pa sait même pas lire ni écrire, lui, et ça l'empêche pas de vivre, protestait l'adolescent, à l'époque.

— Peut-être, reconnaissait-elle, mais regarde aussi la vie dure qu'il mène.

Il fallait reconnaître qu'elle devait faire des efforts visibles pour ne jamais critiquer leur père devant ses enfants, même si parfois ils posaient des questions plutôt embarrassantes à son sujet. Cependant, quand il se produisait une crise, elle pouvait compter, depuis quelques années, sur l'appui inconditionnel de Madeleine, déjà très mature pour son âge.

Corinne reçut un léger coup de coude de sa fille pour l'inciter à se lever au moment de la lecture de l'Évangile.

— Vous avez l'air dans la lune, m'man, lui chuchota à l'oreille sa fille sur un ton narquois.

— Chut! fit Corinne pour lui signifier de se taire.

La jeune femme de trente-cinq ans s'efforça de reprendre pied dans la réalité et de se recueillir. Durant le long sermon du curé Bilodeau portant sur l'importance de la résurrection du Christ et de l'obéissance aux lois de l'Église en faisant ses Pâques, elle demeura très attentive. Son esprit ne se remit à vagabonder que lorsque le célébrant recommanda aux fidèles l'âme de Rosaire Malenfant, le père d'une paroissienne décédé durant la semaine sainte.

« Rosaire », pensa Corinne, le cœur gros à l'évocation du prénom du jeune orphelin qu'elle avait recueilli chez elle la première année de son mariage. L'adolescent âgé de douze ans était demeuré chez elle jusqu'à l'âge de dix-huit ans. Il avait été pour elle un frère, un ami et un soutien. Comme il lui manquait encore ! C'était un peu en souvenir de lui qu'elle avait recueilli Léopold Monette au mois de février.

Elle n'avait jamais pardonné à son mari d'avoir hypocritement profité de son absence de la maison pour chasser son protégé.

— Pourquoi t'as fait ça ? s'était-elle emportée lorsqu'il lui avait appris la nouvelle. Il t'a jamais rien fait !

— Aïe ! Je suis encore maître dans ma maison, avait affirmé Laurent avec force en haussant le ton. J'avais plus besoin de lui pantoute ici dedans. Je vois pas pourquoi j'aurais continué à le nourrir pour rien. À son âge, il est capable de se débrouiller tout seul, sacrement !

— Comment t'as fait pour le jeter dehors comme ça ? lui avait-elle demandé.

— Je lui ai juste dit qu'on n'avait plus besoin de lui, avait répondu son mari, comme si l'affaire n'avait aucune importance.

Durant des semaines, elle avait vainement attendu un signe de vie de Rosaire. Il ne s'était pas manifesté. Peu à peu, elle avait fini par s'imaginer que le jeune homme avait possiblement cru qu'elle partageait l'avis de son mari pour qu'il le chasse de la seule famille qu'il eût jamais connue. L'automne suivant, elle avait même rêvé un certain temps de voir l'orphelin revenir dès le départ de Laurent pour le chantier. Il n'en avait rien été. Cependant, quelques mois plus tard, il lui avait écrit de Montréal pour lui apprendre qu'il travaillait depuis peu pour la Ville et qu'il se proposait de rendre visite, un jour ou l'autre, à sa belle-sœur, Juliette Marcil. De fait, il était allé souper au restaurant de cette dernière ; malheureusement, la veuve était absente ce soir-là et il s'était borné à lui laisser un message par l'entremise de son associée.

Le *Ite missa est* du curé Bilodeau indiqua la fin du sacrifice divin qui avait duré près de deux heures.

— J'ai mal aux fesses, chuchota Lionel à sa sœur Élise en sortant du banc où ils avaient été confinés si longtemps.

— Dis pas ça, lui ordonna sa mère en lui faisant les gros yeux.

Sur le parvis, les fidèles s'assemblèrent par petits groupes pour échanger des nouvelles et s'extasier sur l'arrivée tant attendue du printemps.

Corinne fit un effort pour entraîner ses enfants jusqu'à leur grand-père, accompagné de leur oncle Henri et de leur tante Annette, pour les saluer. Elle jugeait de son devoir de leur apprendre les belles manières. Fidèle à lui-même, Gonzague Boisvert prêta à peine attention à ses petits-enfants et se contenta de demander à sa bru si son fils était enfin descendu du chantier.

— On devrait le voir apparaître d'un jour à l'autre, se borna-t-elle à lui répondre après avoir demandé à Annette des nouvelles de sa santé et des siens.

— Tu lui diras que je voudrais ben le voir dès qu'il sera arrivé.

— J'y manquerai pas, promit-elle, se doutant bien que le vieil homme avait l'intention de demander directement à son fils la permission d'engager Madeleine pour faire la cuisine à l'hôtel. Bon, vous allez m'excuser, je dois aller dire deux mots à Fabien Gagnon, dit-elle aux Boisvert avant de les quitter pour se diriger vers un homme de taille moyenne au visage ouvert donnant le bras à sa femme.

— Vous pouvez aller m'attendre dans le boghei, dit-elle à ses enfants qui l'avaient suivie. J'en ai juste pour une minute.

Madeleine entraîna sa sœur et son frère vers la voiture pendant que sa mère se dirigeait vers le maire et Angéline, son épouse.

— Bonjour, monsieur Gagnon. Bonjour, madame, les salua-t-elle poliment en s'arrêtant près du couple. Je veux pas vous déranger bien longtemps.

— Bonjour, madame Boisvert. Vous nous dérangez pas pantoute, la rassura le premier magistrat de Saint-Paul-des-Prés.

— Mon mari est à la veille de revenir du chantier. Est-ce que je peux vous demander si vous pensez avoir encore de l'ouvrage pour lui cette année?

— Dites-lui de passer me voir quand il sera prêt à venir travailler pour moi, je finirai bien par lui trouver quelque chose à faire, répondit Fabien Gagnon sur un ton rassurant.

Corinne remercia l'homme d'affaires et alla rejoindre ses enfants qui l'attendaient.

Fabien Gagnon avait repris les affaires de son père après son décès et quelques années lui avaient suffi pour les développer de manière assez surprenante. Déjà riche d'un moulin et de deux grandes fermes, il avait acheté la fromagerie du village et ouvert un second moulin aux limites du village voisin. Anselme Leblanc, le bedeau, avait même lancé la rumeur que le maire avait fait une offre sérieuse à Alcide Duquette pour lui acheter son magasin général.

À la fin du dîner, Corinne régala les siens avec le sucre à la crème confectionné en cachette le matin même.

— Dépêchez-vous à vous préparer, on part dans dix minutes pour Saint-François, ordonna-t-elle en rangeant la cuisine avec l'aide de ses filles.

— On va être bien trop tassés dans le boghei, déclara alors Madeleine. Je pense que je serais mieux de rester ici dedans.

— Il en est pas question, fit sa mère, l'air sévère. T'es pas pour rester toute seule avec l'homme engagé.

— Mais Philippe a dit qu'il aimait mieux rester pour faire le train, s'entêta l'adolescente.

— Ton frère est supposé aller passer l'après-midi avec le petit Lamothe, au village. Tu discutes pas. Tu viens avec nous autres.

Corinne n'aimait pas beaucoup voir son aîné traîner avec Ulric Lamothe, au village. À son avis, c'était une « vraie tête croche ». Plus d'une fois, elle avait mis son fils en garde contre sa mauvaise influence, mais en pure perte. Elle ne pouvait tout de même pas enfermer un garçon de seize ans dans la maison…

— Et Casseau, lui, il va faire quoi ? demanda Norbert.

— Léopold fera ce qu'il voudra, répondit sa mère. Et arrête de l'appeler Casseau, tu m'énerves.

— Je vais aller faire un tour chez les voisins d'en face, dit tout de même Léopold Monette. Jérôme m'a invité à aller jouer aux cartes cet après-midi.

En entendant ces mots, Madeleine piqua un fard. Quand Corinne apprit à Norbert qu'il conduirait la voiture jusque chez ses grands-parents de Saint-François-du-Lac, l'adolescent, tout fier, sortit pour aller aider Léopold à atteler le blond au boghei.

Un peu avant deux heures, la voiture vint s'immobiliser dans la cour de la maison des Joyal, rang de la Rivière. L'endroit était déjà encombré par trois autres véhicules.

Lucienne Joyal fut la première à se précipiter à la porte lorsqu'elle aperçut sa cadette, entourée de ses enfants, en train de descendre du boghei.

Âgée de soixante-cinq ans, la mère de Corinne avait un visage rond et un tour de taille toujours aussi imposant. Ses cheveux blancs coiffés en un strict chignon, sa robe boutonnée très haut et ses petites lunettes rondes lui donnaient un air sévère que son sourire chaleureux démentait.

— Ça, c'est de la belle visite ! s'exclama-t-elle en embrassant sa fille et chacun de ses petits-enfants dès qu'ils eurent franchi la porte.

Un nuage de fumée de pipe flottait près du plafond de la grande cuisine d'hiver de la maison de pierre des Joyal. À l'arrivée des visiteurs, les conversations cessèrent et plusieurs personnes se levèrent pour les saluer.

— On va pouvoir le dire que c'est de la belle visite si tu te décides à les lâcher une seconde pour qu'on les embrasse, nous autres aussi, fit Napoléon Joyal en s'approchant.

Le petit homme bedonnant à la calvitie prononcée s'avança à son tour pour embrasser sa fille et les enfants. Ensuite, Corinne embrassa tour à tour son frère Bastien et sa belle-sœur Rosalie, Anatole et sa femme, Thérèse, Blanche et Amédée Cournoyer, descendus de Sorel, ainsi que Germaine et son mari, Bernard Provencher.

— À ce que je vois, dit-elle avec bonne humeur, presque toute la famille est là. Il manque juste Simon.

— Notre vieux garçon est parti voir le petit Lagacé au village, fit son père.

— Il manque aussi ton mari, lui fit remarquer Amédée. Je suppose qu'il est pas encore revenu du chantier ?

— T'as deviné juste, répondit Corinne en feignant la bonne humeur. Il devrait sourdre dans le courant de la semaine prochaine.

Lucienne regarda sa fille sans faire de commentaire. Après toutes ces années, elle savait pertinemment que sa fille était toujours très peu enthousiaste à l'idée du retour prochain de Laurent. C'était encore bien évident ce printemps-ci.

— Naturellement, tu restes à souper avec nous autres, dit sa mère. On a fait à manger pour les fous et les fins hier parce qu'on s'attendait à ce que tous les jeunes viennent nous voir aujourd'hui, mais ça a tout l'air qu'il va y avoir juste tes enfants et ceux d'Anatole. Les autres se sont trouvé des excuses. Peut-être parce qu'ils nous trouvent trop ennuyants, je crois bien.

— Voyons, m'man, protesta Blanche. Mes trois gars étaient invités à souper chez leur blonde.

— Pour les miens, c'est mon père et ma mère qui se sont plaints qu'on les laissait tout seuls le jour de Pâques, dit Rosalie à son tour. Rolande et Constant ont décidé de jouer aux cartes avec eux autres parce qu'ils trouvaient qu'ils faisaient pitié.

— Germain serait bien venu, m'man, fit Germaine, mais il est parti mercredi soir passer les vacances de Pâques à Montréal, chez un frère de Bernard.

— À ce que je vois, intervint Napoléon en adressant un clin d'œil à sa fille cadette, t'as amené avec toi juste les moins haïssables.

— Je dirais pas ça, p'pa, déclara Corinne en jetant un coup d'œil significatif vers Norbert qui venait d'aller rejoindre ses sœurs et ses cousins dans le salon. J'en ai un qui donne pas sa place. Lui, j'aime mieux le traîner avec moi quand je pars en visite. Comme ça, je suis sûre qu'il me fera pas de coups pendables en mon absence.

— Il me semble ben que Thérèse et Anatole en ont un qui ressemble à ça, fit Napoléon en parlant de l'unique fils de son aîné.

— C'est vrai qu'il est tannant en jériboire ! reconnut Anatole, ce qui eut le don de lui attirer un regard noir de sa femme.

Thérèse Rochon n'avait guère changé avec les années. Les traits du visage sans grâce de la femme de quarante-quatre ans au chignon poivre et sel s'étaient peut-être un peu plus durcis avec les années. Maigre et d'un caractère peu agréable, elle avait dû apprendre à cohabiter avec sa belle-mère dès le premier jour de son mariage, ce qui ne s'était pas fait sans heurts. En tout cas, elle n'avait rien en commun avec Rosalie, l'épouse de Bastien, dont le caractère jovial se mariait harmonieusement à ses rondeurs confortables.

Lucienne Joyal fut brusquement secouée par une quinte de toux. Elle se rendit compte alors que le nuage de fumée de pipe prenait des proportions exagérées.

— Ce serait peut-être pas une mauvaise idée, les hommes, d'aller emboucaner la cuisine d'été pendant une heure ou deux, histoire de nous laisser respirer un peu, déclara-t-elle soudain.

Son mari comprit le message et entraîna ses deux fils et ses deux gendres vers la pièce voisine.

— Ça sera peut-être un peu plus frais, leur expliqua-t-il, mais on va être loin des jacasseries des femmes et des jeunes dans le salon.

Après avoir pris place autour de la grande table de la cuisine d'été, Amédée Cournoyer, toujours commis dans une quincaillerie de Sorel, entreprit de se plaindre de l'état des routes ce printemps-là.

— Ça a pas d'allure, les roulières sont tellement profondes à certaines places, avant d'arriver à Yamaska, que j'ai pensé qu'on resterait embourbés là.

— C'est pas tellement mieux entre Nicolet et Saint-François, intervint Bernard. En plus, à trois ou quatre places, dans des baissières, l'eau de la fonte est encore sur le chemin.

— Notre maire nous a promis de faire passer la gratte dès qu'il va y avoir trois ou quatre jours sans pluie, fit Napoléon. C'est toujours la même histoire chaque printemps et chaque automne. Si on a le malheur d'avoir ben des jours de pluie, les chemins sont plus regardables.

Puis, Amédée se fit un plaisir de faire dériver la conversation vers la politique. Ardent libéral, le commis avait mis en garde sa belle-famille contre un vote conservateur aux élections du 17 décembre précédent.

— Fais ben attention à Borden, avait-il dit alors à son beau-frère Anatole, c'est un maudit visage à deux faces, ce gars-là. Je suis sûr qu'il raconte pas pantoute la même chose dans l'Ouest que quand il vient dans la province. Il est là depuis 1911 et il y a rien de bon qui est arrivé aux Canadiens depuis qu'il est au pouvoir. Par exemple, vous l'avez jamais entendu dire un mot contre la Loi 17 en Ontario qui défend qu'on se serve du français dans les écoles.

Napoléon mordit dans sa pipe et arbora un air dépité. Il se rappelait fort bien avoir juré ses grands dieux que Borden ne serait jamais réélu premier ministre du Canada après avoir fait voter la conscription générale le 29 août précédent.

— Il paraît qu'il aurait promis cinq cent mille soldats canadiens aux alliés, avait-il ajouté. Voyons donc! On sait ben qu'il y a pas un maudit Canadien qui va voter pour lui avec des promesses comme celle-là!

— Je suis pas sûr de ça pantoute, beau-père, avait alors laissé tomber le mari de Blanche, un petit homme à la constitution plutôt fragile. Moi, j'ai ben l'impression que les Anglais vont être tellement contents qu'ils vont se dépêcher de le réélire.

Six mois après cet échange, Amédée revenait à la charge.

— Vous vous souvenez de ce que je vous avais dit au sujet de Borden. Les Anglais ont presque tous voté pour lui aux dernières élections. La preuve, Laurier est allé chercher seulement vingt comtés en dehors de la province et Borden a eu cent cinquante-trois sièges. Dans ces conditions-là, ça lui a pas fait un pli de voter la loi de la conscription le 1er janvier passé.

— Il l'a passée, sa loi, intervint Bastien, mais là, il doit s'apercevoir que nous autres, les Canadiens, on n'est pas prêts pantoute à se laisser manger la laine sur le dos. Nos jeunes veulent rien savoir d'aller se battre pour le roi d'Angleterre. T'as entendu parler des émeutes de jeudi et vendredi passés à Québec ?

— Si je me fie à ce que j'ai lu dans le journal, ce devait pas être beau à voir, fit Bernard Provencher en allumant sa pipe.

— Je comprends, reprit Amédée. Deux *spotters* ont arrêté un jeune qui avait pas ses papiers d'exemption et ils l'ont traîné de force au poste de police. Il paraît qu'il y a eu presque deux mille personnes qui se sont rassemblées et qui ont bombardé le poste avec tout ce qui leur tombait sous la main. Un tramway a même été renversé.

— Le journal racontait aussi qu'avant-hier, c'est trois mille personnes qui sont montées à la haute-ville. On rit pas. Les gens ont défoncé les fenêtres de la bâtisse où on garde les registres d'enrôlement. Il paraît qu'ils les ont jetés dans la rue et brûlés, poursuivit Bernard.

— J'ai entendu dire qu'hier, Borden avait décidé d'envoyer des soldats d'Ontario pour venir calmer le monde, dit Bastien. On va savoir par le journal de demain ce qui s'est passé Samedi saint.

— Si le gouvernement a envoyé l'armée, je pense ben que le monde aura pas le choix de se calmer, conclut Napoléon.

— Le cardinal Bégin va sûrement s'en mêler, ajouta Bernard.

— En tout cas, je sais pas comment tout ça va finir, fit Anatole, la mine sombre, mais j'espère que le gouvernement changera pas l'âge des hommes qui vont être enrôlés. C'est déjà pas drôle de voir qu'il a enlevé les exemptions pour les cultivateurs et les fils de cultivateurs.

Il y eut un bref silence dans la pièce enfumée avant que Bastien fasse remarquer avec un certain humour :

— Je pense pas que nous autres, on risque grand-chose. On a tous plus que trente-deux ans. Pour nos enfants, c'est une autre paire de manches. Les deux plus vieux d'Amédée sont en âge, mais les autres sont trop jeunes pour le service.

— T'oublies ton frère Simon, lui fit remarquer son père. Il a trente-deux ans, l'âge limite.

— J'espère qu'il va être assez fin pour prendre le bord du bois et aller se cacher quand les *spotters* vont arriver à Saint-François.

— Tu peux être sûr que c'est ce qu'il va faire, le rassura Napoléon avec détermination. Il manquerait plus qu'il aille se faire tuer ou estropier de l'autre bord pour rien.

— Et toi, Amédée, qu'est-ce que tes garçons vont faire ?

— La même chose, assura le commis. Blanche les a ben avertis que si elle les voyait avec un uniforme sur le dos, elle leur parlerait plus jamais. Tout à l'heure, elle a raconté qu'ils étaient partis souper chez leur blonde. C'est vrai juste pour Joseph. Les deux autres se cachent déjà depuis un mois et demi.

— C'est parfait, l'approuva son beau-père.

— On se sauve peut-être de la conscription, reprit Bernard, mais on se sauvera pas de l'impôt de guerre sur le revenu, par exemple.

À titre d'entrepreneur en construction, le mari de Germaine avait été durement frappé par la loi sur l'imposition des revenus qu'avait fait voter Robert Borden l'année précédente, sous le prétexte d'aider l'économie du pays en guerre. Pour la première fois de leur histoire, les Canadiens devaient payer un impôt, ce qui en faisait grincer des dents plus d'un.

— Moi, donner un vingt-sixième de ma récolte en impôts, je trouve ça écœurant, affirma Bastien. Il y a déjà ben assez que je paie la dîme au curé… Si ça continue, je vais travailler une partie de l'année à engraisser tout le monde autour.

— Dans mon cas, reprit Bernard, c'est toute la paperasse que je dois remplir pour chacun de mes employés. Et vous devriez les entendre râler quand je leur remets leur paye à la fin de la semaine après leur avoir enlevé l'impôt. C'est tout juste s'ils me traitent pas de voleur. Mon père arrête pas de répéter que le gouvernement a beau dire que cet impôt-là est provisoire, il est sûr, lui, qu'il va rester. À son avis, le gouvernement pourra plus se passer de tout cet argent-là.

Napoléon alla chercher une bouteille de caribou dissimulée dans le garde-manger et il en servit de larges rasades à ses invités. L'alcool finit par avoir le mérite de chasser les sombres pensées des visiteurs et on se mit à parler de semailles et de moisson. Quand Bastien parla d'engager un homme pour remplacer son beau-père devenu incapable de l'aider, Anatole jeta un coup d'œil à son père avant de dire :

— C'est une bonne idée que le père de Rosalie a eu d'arrêter de travailler et de te laisser la place. À son âge, il a ben mérité de se reposer un peu.

Napoléon, ayant sensiblement le même âge que le père de sa bru, comprit très bien l'allusion de son fils, qui exploitait la terre familiale avec lui, mais il ne dit pas un mot.

— Surtout qu'il parle de se donner à nous autres, reprit Bastien. On est supposés passer chez le notaire dans deux semaines pour régler cette affaire-là.

Anatole n'osa pas relever les dernières paroles de son frère cadet, mais Napoléon savait bien que son fils aîné rêvait du jour où son père et sa mère se donneraient à lui. Il deviendrait alors roi et maître de la terre des Joyal.

À la fin de l'après-midi, Simon rentra à la maison. Si le cadet de la famille Joyal ressemblait beaucoup à son frère Bastien avec sa taille moyenne, ses cheveux bruns ondulés et ses taches de rousseur, il était nettement moins gras et sa moustache avait une forme plus conquérante.

Tous les hommes présents allèrent aider à faire le train pendant que les femmes dressaient deux tables pour le souper. Dans le salon, les adolescents négligeaient Élise et

Lionel pour s'amuser avec un jeu de cartes. Une heure plus tard, le repas fut servi dans une joyeuse animation.

— Profitez-en bien, annonça Lucienne à ses invités. Ce que vous allez manger là, c'est notre dernier jambon.

Les femmes avaient déposé sur chacune des deux tables de la soupe aux légumes, un plat de pommes de terre et une grande assiette sur laquelle avaient été déposées de larges tranches de jambon.

— Gardez-vous de la place pour le dessert, annonça Germaine. Je vous ai préparé un gâteau aux épices et deux tartes au sucre.

Les jeunes avaient pris place autour de la table de la cuisine d'été et chahutaient un peu pendant que les adultes se taquinaient avec bonne humeur dans la cuisine d'hiver.

On essaya de trouver dans la paroisse une fille qui aurait pu convenir à Simon, apparemment peu tenté par l'idée de traîner une fille au pied de l'autel.

— Il va ben falloir que tu te maries un jour, finit par lui dire son beau-frère Bernard.

— Pourquoi ça ?

— Pour avoir une femme et des enfants, intervint Amédée, sérieux.

— Vous êtes drôles, vous autres, reprit le cadet des fils Joyal. Je vois pas pourquoi je m'encombrerais d'une femme qui me mènerait par le bout du nez du matin au soir quand je suis si ben comme je suis là.

— Ah ça ! C'est pas bête pantoute, ce qu'il dit là, fit Napoléon, moqueur. Il est intelligent, ce garçon-là. Tout le portrait de son père.

— Bien intelligent, dit Lucienne, acide. Je suppose qu'il va se chercher une femme juste le jour où il aura plus sa mère pour lui faire à manger et laver son linge.

— Comme tous les hommes, m'man, l'approuva Corinne en riant. Quand ils nous marient, c'est pour avoir une servante à la maison.

Après le repas, on mit les adolescentes à contribution pour laver et essuyer la vaisselle pendant que les femmes rangeaient la cuisine. Peu après, Corinne annonça son intention de rentrer à Saint-Paul-des-Prés et demanda à Norbert d'aller atteler le blond.

Le soleil disparaissait à l'horizon, quand les Boisvert reprirent le chemin de la maison, heureux de la visite qu'ils venaient de rendre aux grands-parents.

— Pourquoi grand-père Boisvert fait jamais des fêtes comme ça ? demanda Élise à sa mère au moment où le cheval quittait le rang de la Rivière.

— Ta tante Annette a pas une grosse santé. En plus, la femme de ton cousin Charles aime pas trop cuisiner.

— Et grand-père Boisvert aime surtout pas gaspiller une cenne pour recevoir, ajouta Norbert, qui tenait les rênes de l'attelage.

— Dis pas ça, lui ordonna sa mère. Tu dois respecter ton grand-père.

— C'est pourtant vrai, m'man, s'entêta l'adolescent. Quand est-ce qu'il nous a donné un cadeau ? Jamais.

— Ton grand-père a soixante-dix-sept ans et on le changera pas à son âge, nuança la mère de famille.

— Grand-père Joyal nous donne toujours quelque chose au jour de l'An et même à notre fête, s'entêta Norbert. Le père de p'pa nous donne jamais rien.

— C'est vrai, m'man, renchérit Élise. C'est même rare qu'il nous parle quand il nous voit.

— Il est comme ça. Il faut pas lui en vouloir, les enfants, déclara Corinne, peinée de constater que ses enfants souffraient de l'indifférence de leur grand-père paternel. Ça veut pas dire qu'il vous aime pas, ajouta-t-elle sans trop y croire elle-même.

— En tout cas, s'il nous aime, ça paraît pas trop, laissa tomber Norbert sur un ton définitif.

Pendant tout cet échange, Madeleine, assise sur la banquette arrière du boghei aux côtés d'Élise et de Lionel, n'avait pas ouvert la bouche. Sa mère finit par s'en rendre compte et tourna la tête dans sa direction.

— Qu'est-ce que t'as, Madeleine ? Il me semble qu'on t'a presque pas entendue de la journée.

— J'ai rien, m'man, se défendit l'adolescente d'une voix morne.

— Chiques-tu la guenille ?

— Pantoute, je suis juste fatiguée, mentit la jeune fille.

En réalité, la fille aînée de Corinne Boisvert n'avait cessé d'être tourmentée par le fait que Léopold était allé passer l'après-midi chez les Rocheleau, supposément pour jouer aux cartes. Elle était persuadée que la Germaine en avait profité pour chercher à le séduire. Cette unique pensée avait gâché sa journée de Pâques.

Comment allait-elle devoir réagir à son retour à la maison ? Devait-elle bouder l'homme engagé et lui faire sentir son déplaisir ou feindre une parfaite indifférence ? Elle ne parvenait pas à se décider.

Alors que le boghei s'immobilisait devant la galerie, l'adolescente opta finalement pour l'indifférence, persuadée que Léopold, pas plus que sa mère, ne comprendrait la raison de sa bouderie.

Chapitre 4

La fugue

Deux jours plus tard, Corinne était occupée à repriser un vieux pantalon de Philippe, assise près de la fenêtre, quand elle vit Élise revenir de l'école en compagnie de Lionel. La mère de famille eut un sourire de satisfaction en constatant à quel point l'adolescente de onze ans prenait son rôle de sœur aînée au sérieux en s'occupant de son petit frère.

Le ciel était gris et une petite brise désagréable soufflait en ces premiers jours d'avril.

Les deux enfants poussèrent la porte et pénétrèrent dans la maison. Corinne les entendit retirer leurs bottes dans la cuisine d'été avant de venir la rejoindre dans ce qu'elle appelait le « haut côté ».

— Est-ce que Norbert s'en vient ? demanda Corinne à sa fille.

— Il est en pénitence, lui annonça sa fille.

— Bon, qu'est-ce qu'il a encore fait ?

— Madame Beaulac l'a mis à genoux dans le coin parce qu'il s'est battu avec le petit Bergeron dans la cour de l'école, fit Lionel.

— V'là autre chose ! s'exclama la mère de famille, mécontente.

— Norbert lui a donné un coup de poing sur le nez. Je l'ai vu, rapporta Lionel.

— Madame Beaulac l'a pas puni juste pour ça, fit Élise en se servant une tasse de lait. Il a été impoli, en plus.

— Impoli !

— Oui, il lui a répondu quand elle l'a chicané.

— Ah bien ! Attends donc, toi ! fit sa mère en colère. Lui, il va m'entendre.

Quelques minutes plus tard, Corinne aperçut son fils entrant dans la cour de la ferme, son sac d'école négligemment balancé à bout de bras. Elle se leva précipitamment, ouvrit la porte de la cuisine d'été et lui ordonna d'entrer.

Norbert pénétra dans la cuisine d'été et retira ses bottes et son manteau avant de rejoindre sa mère, qui avait entrepris de peler les pommes de terre du souper en compagnie de Madeleine et d'Élise.

— Qu'est-ce qu'il y a, m'man ? demanda l'adolescent en arborant un air innocent assez réussi.

— Qu'est-ce qui s'est encore passé à l'école pour que madame Beaulac te punisse ?

— Tiens ! La porte-panier a encore tout rapporté, dit-il avec humeur en jetant un coup d'œil furieux à sa jeune sœur, qui l'ignora ostensiblement.

Corinne se leva brusquement et l'attrapa par une oreille, ce qui eut le don de tirer une grimace de douleur à son fils.

— Je t'ai posé une question, Norbert Boisvert. Qu'est-ce qui s'est passé à l'école ?

— Je me suis battu, avoua-t-il, les larmes aux yeux.

— À part ça ?

— Ben…

— Ben quoi ?

— J'ai répondu à la maîtresse.

— Écoute-moi bien, mon polisson, fit la mère, furieuse. Tu vas aller te coucher à sept heures tous les soirs cette semaine pour t'apprendre à être poli. Si jamais tu recommences, je te promets de te faire goûter à mon manche à balai. M'as-tu entendue ?

— Ben oui !

— À cette heure, va te changer et grouille-toi d'aller aider les autres à faire le train, lui ordonna-t-elle en lâchant son oreille qui était devenue toute rouge.

L'adolescent se précipita vers sa chambre pendant que sa mère recouvrait peu à peu son calme.

— Si vous arrêtez pas de lui tirer les oreilles chaque fois qu'il fait un mauvais coup, m'man, lui fit remarquer Madeleine en riant, il va finir par avoir les oreilles tellement longues qu'il passera plus dans la porte.

— J'ai jamais vu un agrès pareil, s'indigna sa mère en se passant une main sur le front. À lui tout seul, il me donne plus de misère que vous autres réunis. Si ça continue, je vais être obligée d'en parler à votre père quand il va revenir.

Madeleine ne dit rien, mais elle savait fort bien que sa mère n'en ferait rien.

Cette dernière ne se plaignait jamais de ses enfants à son mari parce qu'il était incapable de se contrôler quand il se mettait en colère. L'unique fois où elle avait voulu qu'il punisse Philippe qui s'était amusé à poursuivre les vaches dans le champ, au risque qu'elles se blessent, Laurent était entré dans une telle fureur qu'il avait empoigné le gamin de huit ans et l'avait battu comme plâtre avec un bâton qu'il avait ramassé par terre. La correction avait été tellement sévère et hors de proportion face à la faute commise que Corinne avait dû se jeter sur lui pour y mettre fin. Depuis lors, elle faisait en sorte de cacher à son mari toutes les petites incartades de ses cinq enfants, s'arrangeant pour les corriger elle-même.

Ce soir-là, Philippe et Léopold rentrèrent les derniers à la maison après avoir fait le train. Les deux jeunes hommes avaient passé cette journée maussade à changer des plaques de tôle rouillée sur le toit de la porcherie parce que la pluie pénétrait à l'intérieur du petit bâtiment et risquait de faire pourrir les poutres.

— S'il peut arrêter de mouiller cette semaine, j'ai l'impression que vous allez être capables de consolider les clôtures, leur déclara Corinne en prenant place à table après y avoir déposé un plat de grillades de lard.

— On est juste au commencement d'avril, m'man, lui rappela son aîné. Ça servira pas à grand-chose de se dépêcher à changer des piquets quand la terre est pas encore dégelée. De toute façon, il y a encore rien à brouter dans le champ.

— Si c'est pas encore dégelé, on fera autre chose, répliqua sa mère. C'est pas l'ouvrage qui manque.

— Est-ce que vous avez appris la nouvelle, m'man? lui demanda Philippe après avoir avalé deux ou trois bouchées de nourriture.

— Quelle nouvelle?

— C'est Léopold qui a appris ça hier soir en allant chez Duquette.

— Qu'est-ce qu'il y a, Léopold? demanda Corinne en tournant la tête vers son employé.

— Il y a une annonce dans la vitrine du magasin général, madame Boisvert. Il paraît que le 15 juin Hector Pellerin et Blanche de La Sablonnière vont venir chanter à l'hôtel, au village.

— C'est qui ce monde-là? demanda la maîtresse de maison, curieuse.

— D'après monsieur Duquette, ce sont des grands chanteurs ben connus à Montréal et à Québec. Il paraît que c'est tout un honneur qu'ils font à Saint-Paul de venir chanter pour le monde de par ici.

— Est-ce qu'on va pouvoir y aller, m'man? demanda immédiatement Madeleine. C'est à l'hôtel de grand-père.

— Whow! On s'énervera pas trop vite, fit sa mère, modérant l'enthousiasme de sa fille. C'est juste dans deux mois. Il y a encore pas mal d'eau qui va passer sous les ponts avant que ça arrive.

Durant la soirée, la mère de famille jeta de nombreux coups d'œil à son fils aîné. Depuis une semaine ou deux, son comportement avait changé. L'adolescent qui allait avoir dix-sept ans dans moins d'un mois était devenu plus ombrageux, plus silencieux. À n'en pas douter, quelque chose le travaillait. Peut-être s'agissait-il seulement d'une réaction à la perspective du retour prochain de son père. Elle avait bien tenté, à quelques reprises, de savoir ce qui le préoccupait, mais il avait refusé de se livrer.

Cet après-midi-là, au presbytère, le curé Bilodeau quitta son bureau après sa sieste pour prendre une légère collation. En passant devant le salon, il remarqua l'air étrangement préoccupé de son vicaire. Eusèbe Morin, le front soucieux, regardait par la fenêtre. Ce comportement était si inhabituel que le pasteur de Saint-Paul-des-Prés se sentit obligé d'entrer dans la pièce, remettant à plus tard sa part de tarte et sa tasse de thé.

— Voulez-vous bien me dire, l'abbé, ce qui vous arrive ? lui demanda-t-il en s'approchant. Vous avez l'air d'avoir perdu un pain de votre fournée.

— C'est pas bien grave, monsieur le curé, s'empressa de répondre l'abbé en reprenant soudain pied dans la réalité.

— De quoi il s'agit exactement ? insista Charles Bilodeau.

— C'est juste une affaire qui est arrivée hier midi, après la grand-messe. Ça m'a fatigué au point de m'empêcher de bien dormir la nuit passée.

— Qu'est-ce qui est arrivé ? s'enquit le prêtre, intrigué.

— Après la grand-messe, je suis sorti de l'église pour revenir au presbytère et il y avait pas mal de paroissiens en train de se souhaiter de joyeuses Pâques et de discuter.

— Puis ?

— Ben, au moment où je passais devant un groupe d'une dizaine de personnes qui parlaient avec Gonzague Boisvert, le bonhomme m'a interpellé.

— Pourquoi donc?

— Il a commencé par me demander si j'avais remarqué que le chemin était à moitié bloqué par les voitures arrêtées des deux côtés de la route et que le stationnement à côté de l'église était bien trop petit pour les besoins de la paroisse.

— Qu'est-ce que vous lui avez répondu?

— Je pouvais pas dire le contraire. C'est après ça qu'il est devenu franchement désagréable, ajouta Eusèbe Morin, l'air outré.

— Comment ça?

— On aurait dit qu'il était tout content que d'autres paroissiens s'approchent pour l'écouter. Il m'a demandé, l'air mauvais, si, à mon avis, notre église était au centre du village.

— Et?

— Qu'est-ce que vous vouliez que je réponde à ça, monsieur le curé? J'ai dit qu'elle était plutôt au commencement du village. Vous auriez dû voir l'air triomphant qu'il a eu quand il m'a entendu:

«Vous étiez pas dans la paroisse il y a une quinzaine d'années, monsieur l'abbé, s'est-il écrié haut et fort pour que chacun l'entende bien, j'étais président du conseil de fabrique. Dans ce temps-là, on n'avait pas d'église parce qu'elle avait brûlé. On allait à la messe au couvent à côté.

— Monsieur le curé m'a déjà dit ça, lui ai-je répondu, mais ça ne l'a pas empêché de continuer.

— Ce que vous savez probablement pas, l'abbé, c'est qu'on s'est démenés comme des diables dans l'eau bénite pour ramasser l'argent nécessaire pour la reconstruire. Quand on en a eu assez, j'ai proposé que la nouvelle église soit bâtie au milieu du village, comme dans la plupart des villages autour. J'étais même prêt à donner à la fabrique le beau grand terrain où se trouve mon hôtel aujourd'hui. Tous ceux qui avaient un peu de jugeote à l'époque se rendaient ben compte que c'était la meilleure place où construire la nouvelle église. Le terrain était ben plus grand et était face à la rivière, comme l'ancien. En plus, l'ancien terrain aurait pu servir à agrandir le cimetière qui était déjà trop petit. »

— Si le vieux Boisvert a osé dire ça, ça prouve qu'il a du front tout le tour de la tête ! s'écria Charles Bilodeau, rouge de fureur. Le vieux maudit menteur ! Il voulait nous le vendre la peau et les os, ce terrain-là.

— Il a même dit devant tout le monde, monsieur le curé, que vous aviez été malhonnête dans l'affaire et que vous aviez acheté son avocat…

— Ça, il peut pas le prouver, déclara le curé de Saint-Paul-des-Prés.

— Mais on peut pas le laisser raconter n'importe quoi, monsieur le curé. Cet homme-là a aucun respect pour la soutane qu'on porte.

— Les gens de Saint-Paul le connaissent. Ça fait des années qu'il rabâche les mêmes choses. Il m'a jamais pardonné d'avoir fait construire notre église à l'endroit même où était l'ancienne. Pensez-y un peu, l'abbé. D'après vous, est-ce que ça aurait eu du sens de construire au milieu du village alors que le presbytère et le cimetière auraient encore été ici ? Voyons donc ! C'est ça qu'il a jamais voulu comprendre, le vieil entêté.

— Allez-vous tout de même en parler dans votre prochain sermon ? s'enquit Eusèbe Morin, rassuré par les explications de son pasteur.

— Sûrement pas ! fit le curé d'une voix tranchante. On n'est pas pour se remettre à souffler sur les vieilles braises. Ça a pris des années pour que les paroissiens arrêtent d'en parler, on n'est pas pour recommencer cette histoire-là. À cette heure, l'abbé, oubliez tout ça et venez boire une tasse de thé dans la salle à manger.

Le vicaire suivit Charles Bilodeau dans la pièce voisine et il ne fut plus question de la scène désagréable dont Gonzague Boisvert avait été l'auteur.

Quelques heures plus tard, les deux ecclésiastiques passèrent à table pour souper. Le temps froid et nuageux des derniers jours semblait avoir un effet déprimant sur l'humeur des prêtres.

Même s'il était à peine six heures, Mance Rivest avait dû allumer la lampe à huile suspendue au-dessus de la longue table en chêne de la salle à manger. Après le bénédicité, les deux prêtres se servirent un bol de soupe au poulet et mangèrent dans le silence le plus complet. À l'extérieur, la pluie fine de l'après-midi s'était transformée en une averse beaucoup plus forte qui venait frapper les vitres des fenêtres.

La servante revint quelques instants plus tard pour débarrasser la table de la soupière et des bols avant de laisser les deux prêtres se servir une généreuse portion de bœuf baignant dans une sauce brune. Dès la première bouchée, Charles Bilodeau eut une grimace significative après s'être acharné à mastiquer vigoureusement la viande qu'il venait de déposer dans sa bouche. Il finit par déglutir péniblement avant de s'adresser à son vicaire.

— Est-ce que je me trompe ou cette viande-là est pas mangeable, l'abbé ?

— Je le sais pas, monsieur le curé, mais elle m'a l'air aussi dure qu'un bout de bois, répondit Eusèbe Morin après avoir craché un bout de viande dans sa serviette de table parce qu'il ne parvenait pas à le mastiquer.

Charles Bilodeau agita la sonnette de service et attendit l'apparition de la cuisinière. Celle-ci pénétra dans la pièce en s'essuyant les mains sur son tablier.

— Qu'est-ce qu'il y a, monsieur le curé ? demanda Mance Rivest sur un ton peu amène.

— Le bœuf, madame Rivest.

— Qu'est-ce qu'il a, le bœuf?

— Il est dur comme de la semelle de botte, déclara le vicaire sans s'encombrer de précautions.

La cuisinière l'ignora totalement et regarda le curé en attente d'une réponse de sa part.

— Comme vient de vous le dire monsieur le vicaire, le bœuf est pas mangeable, madame Rivest.

— C'est pas mal surprenant, se permit de commenter la ménagère en s'approchant du plat de service dans lequel il restait deux morceaux de viande, comme si elle doutait de la parole des deux prêtres.

Le curé Bilodeau interpréta le geste de sa servante comme une injure et il réagit aussitôt.

— Puisqu'on vous le dit, madame! lança-t-il avec une certaine hauteur. On n'est plus au temps où les paroissiens payaient leur dîme en espèces. À ce moment-là, il arrivait qu'on nous donne de la viande mal coupée, mais là, c'est vous qui allez l'acheter chez Vigneault. J'ai l'impression qu'Ange-Albert vous a passé un mauvais morceau.

— Ça arrive quand on connaît pas trop la viande, ajouta le vicaire, ulcéré par le fait que la servante l'ignore aussi ostensiblement.

— C'est bien parfait, fit sèchement cette dernière. Je connais rien à la viande, même si j'ai aidé mon père et mon mari à faire boucherie pendant des années. C'est pas grave. Je vais vous faire cuire des œufs à la place.

— Merci, madame Rivest, dit Charles Bilodeau en lui tendant son assiette.

— À partir de demain, par exemple, vous vous occuperez d'aller acheter la viande chez Vigneault ou ailleurs, comme vous le voudrez. Moi, je m'en mêle plus. Je ferai cuire ce que vous aurez acheté.

Avant même que le curé de Saint-Paul-des-Prés ait eu le temps de répondre, Mance tourna les talons et quitta la pièce en emportant les assiettes. Charles Bilodeau ne dit rien, mais il lança un regard furieux à son vicaire, comme s'il le tenait personnellement responsable de la scène déplaisante qui venait d'avoir lieu.

Quelques minutes plus tard, Mance revint dans la salle à manger et déposa sur la table avec une certaine brusquerie une assiette sur laquelle reposaient quatre œufs au plat. Les deux prêtres se servirent et mangèrent en silence, regrettant, l'un et l'autre, d'avoir provoqué la colère de l'irascible servante.

— Je sais que le moment est pas bien choisi pour parler de ça, fit Eusèbe Morin après s'être essuyé la bouche avec sa serviette de table, mais avez-vous vu l'affiche dans la vitrine de chez Duquette, monsieur le curé ?

— Quelle affiche ? demanda le curé Bilodeau sur un ton rogue.

— Il y a des saltimbanques qui vont venir donner un spectacle à l'hôtel au mois de juin. C'est du moins ce qui est annoncé sur l'affiche.

— Ah bien ! On aura tout vu, s'exclama l'ecclésiastique, outré. Il manquait plus que ça !

— Ça m'étonne que monsieur Duquette, le président de la fabrique, vous en ait pas parlé avant d'afficher ça dans son magasin, fit le vicaire d'une voix fielleuse.

— Lui, il va avoir affaire à moi, promit le curé avec hargne, en se levant de table. Bon, c'est fin, l'abbé, vous êtes arrivé à me couper l'appétit, bonyenne ! J'ai plus faim. Je vais aller voir moi-même avant qu'il fasse trop noir ce que c'est que cette affiche-là, ajouta-t-il en quittant la pièce. Pour une fois, on va laisser faire les grâces après le repas. Il y a des choses plus importantes à régler.

Charles Bilodeau se dirigea au bout du couloir, endossa son manteau et n'oublia pas de se munir de sa lourde canne avant de sortir pour se protéger des chiens dont il avait une peur maladive.

— Mais il pleut, monsieur le curé, lui fit remarquer Eusèbe Morin qui l'avait suivi jusqu'à la porte d'entrée du presbytère.

— Oui, je le vois bien, l'abbé. Je suis pas aveugle, rétorqua ce dernier avant de fermer la porte d'entrée du presbytère derrière lui.

Sur ce, le pasteur de Saint-Paul-des-Prés quitta le presbytère et entreprit de traverser la moitié du village en contournant les larges flaques d'eau laissées par la pluie. Il était surtout attentif à ne pas glisser dans l'épaisse boue du chemin sillonné par des profondes ornières. Arrivé devant le magasin général, il monta les quatre marches et s'immobilisa devant une grande affiche en couleurs qu'il se mit à lire après avoir essuyé ses lunettes avec un mouchoir tiré de l'une des larges poches de son manteau noir.

L'homme d'Église venait à peine de terminer la lecture de l'affiche que la porte du commerce s'ouvrit pour livrer passage à un Alcide Duquette jovial.

Le marchand d'une soixantaine d'années de taille moyenne avait un visage ouvert et portait une visière verte qui dissimulait en partie ses cheveux blancs soigneusement coiffés.

— Entrez donc, monsieur le curé. Restez pas dehors à geler comme ça. Il y a pas un chat dans le magasin. Venez prendre une tasse de thé avec nous autres. Alexina vient d'en préparer.

— Merci, monsieur Duquette, répondit le prêtre, mais j'ai pas le temps d'entrer. Ce sera pour une autre fois. J'étais juste venu voir si ce qu'on m'avait dit était bien vrai. Je vois que ça l'est.

Alcide Duquette tourna la tête vers la vitrine et se rendit compte soudainement que c'était l'affiche qui avait attiré le curé de la paroisse chez lui.

— Ah ! Vous vouliez voir ce qui était annoncé.

— En plein ça, fit le curé en pinçant les lèvres. Et laissez-moi vous dire, monsieur Duquette, que je suis étonné que le président de la fabrique ose faire de la publicité pour un spectacle immoral.

— Mais ce sont juste deux chanteurs, plaida le commerçant, désarçonné par la colère évidente du prêtre. Deux chanteurs bien connus, à part ça.

— C'est un spectacle profane, monsieur. On sait quelle sorte de monde les chanteurs sont. Monseigneur Brunault en a déjà parlé dans une lettre pastorale que j'ai lue à une assemblée, il me semble.

— Mais vous comprenez, monsieur le curé, que je pouvais pas refuser à Gonzague Boisvert d'annoncer le spectacle qui va avoir lieu à son hôtel…

— Oui, vous le pouviez, et même, je dirais que vous le deviez, monsieur Duquette, le contredit le curé Bilodeau. De toute façon, vous pouvez être certain que je vais en parler dans mon prochain sermon et il est pas question que cette affaire-là ait lieu à Saint-Paul, du moins tant que je serai le curé de la paroisse. Et vous, en tant que président de la fabrique, vous avez pas à encourager l'immoralité.

— Là, je suis ben embêté, reconnut Alcide Duquette en se grattant la tête.

— Vous avez juste à m'arracher cette cochonnerie-là de votre vitrine, trancha l'ecclésiastique avant de planter là le président de la fabrique, après un bref salut de la tête.

À neuf heures, comme tous les soirs, Corinne annonça qu'il était l'heure de la prière. Chacun s'agenouilla dans la cuisine et la mère de famille entreprit de dire le chapelet après avoir récité les actes de foi, d'espérance, de charité et de contrition. À deux reprises, elle interrompit la prière pour exiger de Philippe qu'il cesse de s'appuyer sur la chaise placée devant lui.

— Tiens-toi comme un homme, lui ordonna-t-elle sévèrement.

Par réaction, Léopold et Lionel se redressèrent eux aussi. Au moment de terminer, par diverses invocations, Corinne feignit d'ignorer l'air exaspéré des siens qui souffraient, comme elle, d'être agenouillés si longtemps sur le dur parquet en bois. À vrai dire, au fil des ans, elle avait fini par imposer aux siens des prières aussi longues que celles que sa mère l'obligeait à réciter à l'époque où elle demeurait chez ses parents. Quand ses enfants faisaient allusion aux prières interminables du soir, elle se contentait de leur dire qu'il fallait remercier Dieu pour tout ce qu'Il leur donnait.

Quelques minutes plus tard, les jeunes commencèrent à monter les uns après les autres pour se mettre au lit. La mère de famille entendit soudain clairement la voix de Norbert, pourtant couché depuis plus de deux heures, se vanter d'une voix triomphale auprès de son frère aîné de ne pas avoir eu à faire la prière à genoux à cause de sa punition. Corinne n'intervint pas, mais elle prit tout de suite la ferme résolution de l'obliger à descendre s'agenouiller avec ses frères et sœurs le lendemain soir, quand viendrait l'heure de la prière.

Après avoir jeté quelques rondins dans le poêle et remonté le mécanisme de l'horloge murale, la mère de famille s'empara d'une lampe à huile et alla se préparer pour la nuit. Fatiguée par une dure journée de travail, elle s'endormit rapidement.

Quelques heures plus tard, la jeune femme se réveilla, persuadée d'avoir entendu quelqu'un marcher dans la cuisine. Les yeux ouverts dans l'obscurité, elle attendit aux aguets durant un long moment pour s'assurer que ce n'était pas un des enfants qui faisait un cauchemar ou qui était malade. Il faisait froid dans la maison qu'elle avait cessé de chauffer la nuit une semaine plus tôt et elle ne tenait pas à quitter inutilement l'abri chaud de ses épaisses couvertures. Comme le bruit ne se répéta pas, elle finit par se rendormir.

Beaucoup plus tard, Corinne se réveilla en sursaut et jeta immédiatement un coup d'œil au réveille-matin placé à sa droite, sur la table de nuit.

— Déjà six heures moins quart, dit-elle à mi-voix en repoussant résolument ses couvertures.

Elle se leva, déposa un châle sur ses épaules en frissonnant et quitta sa chambre après avoir allumé sa lampe. Dans la cuisine d'hiver, elle s'empressa d'allumer le poêle. Elle y déposa la vieille théière un peu noircie qu'elle utilisait depuis son mariage avant d'aller se camper au pied de l'escalier pour crier à ses enfants et à Léopold qu'il était l'heure de se lever.

Elle se hâta ensuite d'actionner avec vigueur le bras de la pompe à eau qu'elle avait fini par persuader Laurent de faire installer sur l'évier l'année précédente. Elle se lava rapidement la figure et les mains avec l'eau très froide avant que Madeleine et Élise descendent.

— Grouillez-vous, les garçons, cria-t-elle en revenant au pied de l'escalier. Il y a de l'ouvrage à faire.

Le temps de retourner dans sa chambre s'habiller, Léopold et Norbert étaient venus rejoindre les filles dans la cuisine et avaient entrepris de revêtir leur manteau et de chausser leurs bottes, debout sur le paillasson.

— Où est Philippe? demanda la mère de famille en sortant de sa chambre.

— Il est pas descendu, lui apprit Norbert.

— Allez commencer le train, leur ordonna-t-elle. Moi, je vais aller le réveiller, le grand paresseux.

Madeleine prit la direction du poulailler pendant que Lionel et Élise allaient nourrir les porcs. Pour sa part, Norbert avait à s'occuper des deux jeunes veaux nés deux semaines auparavant, alors que Léopold allait commencer à traire la douzaine de vaches des Boisvert.

Corinne monta l'escalier avec impatience et poussa la porte de la chambre de son fils aîné dans l'intention de bien lui faire sentir qu'elle avait autre chose à faire le matin que de venir le réveiller.

— Qu'est-ce que t'attends pour sortir de ton lit? demanda-t-elle en entrant.

À l'extérieur, le jour commençait à se lever et la pièce baignait dans une lueur grise. Corinne s'arrêta sur le seuil, stupéfaite de constater que le lit de Philippe était défait, mais vide.

— Où est-ce qu'il est passé, lui, à matin? s'écria-t-elle en quittant la pièce et en descendant au rez-de-chaussée.

Pendant un bref moment, elle le crut aux toilettes, à l'extérieur. Puis, elle vérifia les crochets fixés derrière la porte de la cuisine d'été auxquels tous les habitants de la maison suspendaient leurs manteaux.

— Grand insignifiant! dit-elle avec humeur en constatant que le manteau de son fils n'était pas là. Il est déjà aux bâtiments.

Elle entreprit de préparer une omelette pour le déjeuner. Madeleine, puis Élise et Lionel rentrèrent à la maison après avoir accompli leur travail. Les deux filles aidèrent leur mère à dresser le couvert pendant que le plus jeune allait chercher du bois dans la remise pour remplir le coffre placé près du poêle. Peu après, Norbert et Léopold rentrèrent à leur tour.

— Est-ce qu'il y a juste moi et Casseau capables de travailler à l'étable à matin? demanda Norbert en se lavant les mains. Pourquoi Philippe est pas venu nous donner un coup de main?

— Comment ça? fit sa mère, soudain inquiète. Il était pas à l'étable avec vous autres?

— Pantoute, on l'a pas vu, affirma l'adolescent en s'assoyant à table à côté de l'homme engagé.

— Il est sûrement là, reprit la mère de famille, la voix un peu tremblante. Il est pas dans sa chambre et son manteau est pas dans la cuisine d'été.

— Il est pas là, madame Boisvert, fit Léopold.

— Où est-ce qu'il peut ben être passé aussi de bonne heure le matin ? demanda Corinne sans s'adresser à quelqu'un en particulier. Pour moi, il lui est arrivé quelque chose. Madeleine, va voir en haut. J'ai peut-être mal regardé. Vous autres, vous allez venir avec moi. On va aller voir aux bâtiments. Lionel, va donc vérifier s'il est pas aux toilettes.

Tout le monde quitta la table où on s'apprêtait à manger et la pièce se vida en quelques secondes. Lionel rejoignit sa mère en même temps que sa sœur Madeleine. L'un et l'autre assurèrent que l'adolescent n'était ni aux toilettes ni dans l'une des quatre chambres à l'étage.

— As-tu pensé à regarder dans le salon ? demanda Corinne, se raccrochant à un dernier espoir.

— J'ai regardé, m'man, dit Madeleine. Il est pas là non plus.

Au même moment, Léopold, Norbert et Élise revinrent des bâtiments qu'ils avaient fouillés. Aucune trace de l'aîné de la famille. Le soleil était maintenant bien levé et éclairait tous les membres de la famille Boisvert curieusement réunis au centre de la cour de la ferme.

— Il peut pas être allé ben loin, fit remarquer Léopold Monette avec un certain bon sens. Le blond est encore à l'écurie et le boghei est à côté de la remise.

— En tout cas, lui, il va en entendre parler quand il va remettre les pieds ici dedans, promit Corinne avec rage. Si ça a du bons sens de nous faire des peurs comme ça ! Arrivez, venez déjeuner, sinon ce sera pas mangeable.

Tout le monde rentra dans la maison et Madeleine et sa mère durent réchauffer l'omelette avant de la servir.

— Veux-tu ben me dire où il est passé, ce grand niaiseux-là ? demanda Corinne à Madeleine à plusieurs reprises durant l'avant-midi.

— Je le sais pas plus que vous, m'man, répondait chaque fois l'adolescente.

Soudain, alors qu'elle pétrissait sa pâte pour faire son pain, elle se souvint d'avoir été réveillée au milieu de la nuit par un bruit dans la cuisine.

— Est-ce que ça se peut que ce soit lui qui sortait dehors à cette heure-là ? s'interrogea-t-elle à mi-voix.

Alors, elle s'en voulut de n'avoir pas eu le courage de se lever à ce moment-là pour voir ce qui se passait dans sa maison. Si elle l'avait fait, elle aurait pu intervenir… Madeleine, voyant sa mère broyer du noir et à demi morte d'inquiétude, cherchait à la rassurer.

— M'man, Léopold a raison. Philippe peut pas être allé bien loin à pied. Si on était en automne, je vous dirais qu'il est peut-être parti chercher à se faire engager dans un chantier. Il est grand et gros comme un gars de vingt ans, même s'il va avoir juste dix-sept ans le mois prochain. Mais là, les chantiers viennent tous de fermer.

— Lamothe ! dit soudainement Corinne. Il y a de l'Ulric Lamothe en-dessous de ça, j'en donnerais ma main à couper ! Mets ton manteau, et va dire à Léopold d'atteler. Je veux en avoir le cœur net.

Madeleine obéit pendant que sa mère achevait de pétrir son pain, avant de déposer la pâte dans des moules qu'elle plaça dans le fourneau. Quand l'adolescente rentra, Corinne se dirigea vers sa chambre pour y prendre son chapeau et son manteau de sortie.

— Tu vas surveiller le pain et nettoyer la table, dit-elle à sa fille. J'en ai pas pour longtemps, précisa-t-elle en se penchant vers le miroir suspendu au-dessus de l'évier après avoir retiré son tablier.

Au moment où elle sortait, Léopold arrivait près de la galerie en tenant le blond par le mors.

— Voulez-vous que je vous conduise ? offrit-il.

— Merci, Léopold, c'est gentil, accepta-t-elle, se sentant trop nerveuse pour conduire l'attelage. Je vais te montrer où on va dans le rang Notre-Dame, à côté.

Quelques minutes plus tard, le boghei des Boisvert s'immobilisa près d'une vieille maison décrépite couverte d'un papier brique rougeâtre en mauvais état. Les bâtiments auraient eu besoin d'être chaulés et la cour de la ferme était encombrée par toutes sortes d'instruments aratoires rouillés. Léopold fit en sorte d'éviter les deux grandes mares au centre de la cour et Corinne descendit de voiture. Un rideau bougea à l'une des fenêtres du rez-de-chaussée.

— Attends-moi, j'en ai pas pour longtemps, dit la jeune femme à son conducteur avant de relever légèrement sa jupe pour ne pas la tacher avec de la boue.

Elle alla frapper à une porte qui s'ouvrit presque tout de suite. Un homme à l'épaisse chevelure rousse vint lui ouvrir et la fit entrer sans toutefois l'inviter à s'asseoir. Un peu gauche, debout sur le paillasson, Corinne entendit une femme pleurer dans la pièce voisine.

— Je pense que j'arrive au mauvais moment, parvint-elle à dire, mal à l'aise.

— Ça, on peut pas dire que vous tombez ben, dit le cultivateur qui se conduisait comme s'il ignorait à qui il avait affaire.

Pour sa part, Corinne connaissait l'homme pour l'avoir souvent vu au village et à l'église, mais elle ne se souvenait pas lui avoir déjà adressé la parole.

— Écoutez, reprit Corinne. Je suis la femme de Laurent Boisvert du rang Saint-Joseph. Je sais que mon garçon Philippe...

— Ah bon ! l'interrompit l'homme. Entrez, finit-il par lui proposer. Ma femme va vouloir vous parler, ajouta-t-il en se dirigeant vers la pièce voisine. Marie, c'est la mère de Philippe Boisvert qui est là, annonça-t-il à sa femme.

Un instant plus tard, une petite femme au visage chiffonné apparut dans la cuisine. Elle s'essuya les yeux avant d'offrir un siège à la visiteuse.

— Je voudrais pas vous déranger bien longtemps, dit Corinne. Je sais que votre garçon et le mien se voient de temps en temps au village. Ça fait que je me suis demandé s'il serait pas chez vous, par hasard.

— Non, madame. Votre gars vous a rien dit ?

— Il aurait dû me dire quoi ? fit Corinne, soudain inquiète.

— Il vous a pas dit où il allait ? Mon Ulric est parti avec votre garçon en pleine nuit, poursuivit la mère de famille en se remettant à pleurer. On s'y attendait pas pantoute, mon mari et moi.

— À matin, quand on s'est levés, intervint le mari, on s'est aperçus qu'il était parti. Il nous a juste laissé un mot pour nous faire savoir que lui et votre garçon avaient l'intention de s'engager dans l'armée pour aller se battre de l'autre bord.

— Faut-il être assez fou pour faire une affaire comme ça ? fit la mère d'Ulric Lamothe.

— Ils seront jamais engagés, déclara Corinne. Ils ont pas l'âge. L'armée les prend pas avant dix-huit ans.

Soudain lui revint en mémoire ce qui s'était dit à table le dimanche précédent chez ses parents.

— Moi, madame Boisvert, je dis pas ça pour vous faire peur, mais je suis pas sûr de ça pantoute, reprit le cultivateur. Je pense pas que l'armée se casse la tête à vérifier l'âge des jeunes qui viennent s'engager volontairement. En plus, mon garçon est comme le vôtre. Il fait pas mal plus vieux que son âge.

— Ça se peut pas qu'on prenne des enfants pour les envoyer se faire massacrer, plaida Corinne, la voix éteinte et le cœur lui faisant soudainement mal.

— C'est ce que je me répète aussi, affirma la mère d'Ulric Lamothe, les yeux pleins d'eau.

— Ils peuvent pas faire ça à des enfants, voyons donc ! se révolta Corinne. Ça aurait pas d'allure. Ils ont pas le droit... Je suis sûre que l'armée les engagera pas, ajouta-t-elle d'une voix rauque.

— J'espère me tromper, conclut le cultivateur en la raccompagnant jusqu'à la porte. D'après moi, il nous reste juste à prier pour que ça arrive pas.

Corinne salua ses hôtes et monta dans la voiture où l'attendait Léopold qui ordonna au cheval de se mettre en marche.

— Est-ce que mon garçon t'a déjà parlé qu'il avait envie d'entrer dans l'armée ? lui demanda-t-elle après un long silence.

— Non, madame Boisvert, fit son homme engagé, surpris par la question. Mais, vous savez, je pense que votre garçon m'aime pas ben gros. C'est rare qu'il me parle, même si on travaille ensemble toute la journée.

Corinne se tut et réfléchit durant tout le trajet du retour. En arrivant près de la maison, elle dit à Léopold :

— Dételle pas le blond. On va repartir tout de suite.

La petite femme énergique venait de prendre la décision de faire tout ce qu'elle pouvait pour empêcher son aîné de commettre une folie. Elle entra dans la maison en coup de vent pour prévenir Madeleine qu'elle partait avec Léopold pour Sorel et qu'elle ignorait à quelle heure elle reviendrait.

— Mon Dieu ! m'man, voulez-vous bien me dire ce qui se passe ? s'exclama l'adolescente, alarmée.

— Il paraît que ton grand niaiseux de frère a décidé de s'engager dans l'armée, même s'il a pas l'âge, lui répondit sa mère, en colère. Il est parti faire ça avec la tête folle d'Ulric Lamothe. Mais je le laisserai pas faire cette niaiserie-là, ajouta-t-elle. Quand je vais lui mettre la main dessus, je vais lui mettre du plomb dans la tête à ce grand insignifiant-là, promit-elle, les dents serrées.

Sur ce, elle quitta la maison et monta dans la voiture après avoir recommandé à sa fille de commencer le train avec ses frères et sa sœur si elle n'était pas revenue à temps.

— Envoye, Léopold, on s'en va à Sorel. On n'a pas de temps à perdre, dit-elle au conducteur en prenant place à ses côtés.

Malgré les chemins ravinés et transformés souvent en bourbier, la voiture mit un peu moins de deux heures pour arriver à Sorel. Au passage, Corinne refusa même de laisser le cheval se reposer un peu à Yamaska.

— On n'a pas le temps, se borna-t-elle à dire à Léopold.

À leur arrivée à Sorel, elle guida ce dernier jusqu'à la rue Adélaïde où demeurait sa sœur Blanche, qui fut pour le moins étonnée de la voir devant sa porte un jour de la semaine.

— Ma foi du bon Dieu ! s'exclama cette dernière, ça fait bien deux ans que t'es pas venue nous voir, dit-elle à sa cadette en l'embrassant sur une joue. Entre. Viens t'asseoir.

— T'es bien fine, Blanche, mais j'arrêtais juste une minute pour te demander si tu savais où se trouve le bureau où les hommes s'engagent dans l'armée, refusa Corinne en demeurant debout sur le paillasson, devant la porte d'entrée. Il me semble avoir entendu Amédée en parler dimanche passé.

Devant l'étonnement de sa sœur aînée, elle dut lui expliquer pourquoi elle voulait se rendre là de toute urgence. Alors, sans perdre un instant, Blanche endossa son manteau.

— Arrive, ordonna-t-elle à sa sœur. On va aller voir Amédée à la quincaillerie. Lui, il va savoir comment faire pour que ton gars soit pas engagé.

Les deux femmes vinrent rejoindre Léopold en train de donner à manger au cheval et tous les trois n'eurent que quelques centaines de pieds à parcourir avant de pousser la porte de la quincaillerie où Amédée travaillait depuis près de vingt-cinq ans. Après avoir écouté sa belle-sœur, le commis alla dire quelques mots à son patron avant de s'emparer de son manteau et de faire signe aux deux visiteuses de le suivre.

Quelques minutes plus tard, Blanche et Léopold demeurèrent à l'extérieur pendant qu'Amédée précédait Corinne dans l'édifice où les conscrits devaient se présenter. Après qu'ils eurent exposé leur requête à un sous-officier à la fine moustache un peu ridicule, celui-ci les pria d'attendre et alla frapper à la porte de son supérieur, le capitaine Auger, si on se fiait au nom inscrit en lettres noires sur la vitre dépolie de la porte. Il disparut dans la pièce quelques instants. Quand il en sortit, il laissa la porte ouverte et s'effaça légèrement en leur faisant signe de venir.

— Entrez, se contenta-t-il de leur dire.

Corinne et Amédée se retrouvèrent devant un capitaine à la figure rougeaude dont le bureau était surchargé de dossiers. L'homme finit la lecture d'un document avant de retirer ses lunettes et de se soulever à moitié pour les saluer.

— Si vous voulez bien vous asseoir, fit-il aimable, en fixant Corinne avec insistance.

À l'évidence, le capitaine était subjugué par la beauté de la jeune femme blonde aux yeux myosotis.

— Qu'est-ce que je peux faire pour vous? demanda-t-il, apparemment plein de bonne volonté.

Corinne lui expliqua que son fils de seize ans s'était enfui de la maison la nuit précédente avec l'intention de s'engager comme volontaire.

— Je peux pas croire que vous allez enrôler un enfant de cet âge-là, conclut-elle, pleine d'espoir.

— Calmez-vous, madame. C'est certain que l'armée prendra pas un jeune de moins de dix-huit ans. En plus, laissez-moi vous dire que ce genre de chose me surprend pas mal. Si vous saviez tout le mal qu'on a à courir après les conscrits qui ont reçu leur avis de mobilisation et qui se présentent pas.

— Comme ça, il s'est pas présenté ici à matin, voulut savoir Corinne.

— C'est certain, madame. Et je peux vous assurer que s'il se montre ici, je vous promets de lui passer un savon et de le renvoyer chez vous.

— Vous savez pas à quel point vous me soulagez, affirma Corinne en se levant, la figure illuminée par un large sourire de reconnaissance. J'avais tellement peur que ce soit déjà fait.

— Je vous promets que ça se fera pas, dit le capitaine Auger en quittant son fauteuil pour raccompagner ses visiteurs jusqu'à la porte… du moins, pas à Sorel, ajouta-t-il sans avoir l'air d'y toucher.

Corinne s'immobilisa soudain sur le seuil et tourna vers l'officier un visage où l'inquiétude venait de réapparaître.

— Qu'est-ce que vous voulez dire par là ? demanda-t-elle dans un souffle.

— Je veux dire que rien empêche votre garçon et son ami d'aller à Trois-Rivières ou même à Montréal pour s'enrôler. Là, je suis pas certain qu'on va se montrer bien regardant sur leur âge, surtout s'ils ont l'air d'être plus vieux. Mais, ayez pas peur, s'ils viennent ici, l'armée les prendra pas.

Corinne et Amédée remercièrent l'officier et sortirent de l'immeuble, aussi inquiets que lorsqu'ils y avaient pénétré quelques minutes plus tôt.

— Bon, je pense qu'on peut rien faire de plus, annonça Amédée avant de quitter sa belle-sœur pour retourner à son travail.

Corinne le remercia de s'être dérangé avant de raccompagner sa sœur chez elle. Elle refusa l'invitation à dîner de cette dernière et reprit le chemin de Saint-Paul-des-Prés, le cœur en lambeaux. Dès son retour à la maison au milieu de l'après-midi, elle pria Madeleine de donner à manger à Léopold avant d'aller se réfugier dans sa chambre à coucher, incapable de surmonter son chagrin.

Lorsqu'elle sortit de la pièce, à la fin de l'après-midi, elle n'eut d'autre choix que d'apprendre à ses enfants, qui venaient de rentrer de l'école, ce que leur frère aîné avait fait. Elle persuada les siens d'entreprendre une neuvaine le soir même pour que Philippe revienne vite à la maison.

Dès qu'elle s'était retrouvée seule dans sa chambre après que les enfants furent montés se coucher, la mère de famille fut incapable de contrôler plus longtemps sa peine et son désespoir et elle se mit au lit en pleurant. Elle s'en voulait de n'avoir rien vu venir et allait jusqu'à se reprocher d'avoir peut-être été trop sévère avec son aîné.

— Si je m'étais levée aussi quand j'ai entendu du bruit dans la cuisine la nuit passée, rien serait arrivé, se répéta-t-elle pour la dixième fois.

Épuisée par tant d'émotions, elle ne parvint finalement à trouver le sommeil qu'au milieu de la nuit.

Le lendemain, la vie chez les Boisvert se transforma sensiblement. Le départ de Philippe faisait en sorte que Corinne devait compter plus encore sur Léopold et Madeleine pour l'aider. Celle-ci avait eu la délicatesse de demander à ses frères et à sa sœur de parler le moins possible de Philippe devant leur mère pour éviter de raviver sa peine, mais il était évident qu'elle y pensait continuellement. Il n'y avait qu'à voir de quelle façon elle scrutait la route chaque fois qu'elle passait devant une fenêtre, comme si elle s'attendait à tout moment à y apercevoir le fugueur rentrant à la maison.

Chapitre 5

Le retour

Même si la neige avait presque complètement fondu, la température restait fraîche. On aurait juré que le timide soleil de printemps hésitait avant de s'installer sérieusement sur la région. Il ne pleuvait plus, mais le ciel demeurait nuageux, ce qui ne facilitait guère l'assèchement de la route et des champs.

— Un vrai temps d'octobre, se plaignait Corinne.

— Ça finira ben par se réchauffer, madame Boisvert, fit Léopold pour lui remonter le moral.

Trois jours après le départ impromptu de Philippe, la maîtresse de maison était occupée à faire le ménage des chambres à l'étage quand, jetant un coup d'œil par la fenêtre à la fin de l'avant-midi, elle aperçut au loin quelqu'un qui s'avançait lentement à pied sur la route. La silhouette lui sembla si familière qu'elle se figea soudain. Elle prit un long moment pour la scruter avant d'abandonner son chiffon et son seau d'eau sur place pour descendre précipitamment au rez-de-chaussée.

— Qu'est-ce que qui se passe, m'man ? lui demanda Madeleine en train de balayer la cuisine.

— Je pense que c'est ton père qui arrive, répondit-elle en posant son châle sur ses épaules avant de sortir sur la galerie.

L'adolescente prit le temps de ramasser la poussière et de la jeter dans le poêle avant d'aller rejoindre sa mère à l'extérieur. Au moment où elle sortait, son père entrait dans la cour de la ferme d'un pas incertain, son grand sac de toile grise jeté négligemment sur l'épaule.

À trente-huit ans, l'homme de grande taille avait commencé à s'empâter. Il avait conservé la large carrure et la moustache conquérante de sa jeunesse, même si sa chevelure brune et ondulée avait commencé à reculer sérieusement. En ce matin de la mi-avril, il revenait à la maison dans le même état que tous les ans, à la fin de la saison des chantiers. De toute évidence, il était ivre. Sa barbe longue, son teint brouillé et sa mise débraillée attestaient qu'il avait traîné plusieurs jours à boire dans les hôtels et tavernes rencontrés sur son trajet de retour.

— Ah ben, sacrement ! Si c'est pas ma pe… petite femme qui m'attend sur la ga… galerie, s'écria-t-il d'une voix avinée tout en avançant d'un pas hésitant.

— Rentre dans la maison, dit Corinne à sa fille sans tourner la tête vers elle. Va mettre de l'eau chaude dans le bol à main et sors des serviettes.

Corinne ne bougea pas de la galerie et attendit son mari qui, arrivé devant elle, laissa tomber son sac de toile à ses pieds.

— Encore soûl comme un cochon ! se contenta-t-elle de lui dire sur un ton méprisant.

— Quand on passe cinq mois à tra… travailler comme un chien dans le bois, on a ben le droit de pren… prendre un petit coup en re… revenant, expliqua Laurent d'une voix hésitante.

— C'est ça, laissa-t-elle tomber. À cette heure que tout le monde de la paroisse t'a vu dans cet état-là, tu peux entrer.

— Tu vas me do… donner d'abord un petit bec, dit-il en s'approchant d'elle et en posant une large main sur sa taille.

— Pas avant que tu te sois décrotté, fit-elle sur un ton tranchant en repoussant sa main. Entre, Madeleine est allée te préparer tout ce qu'il faut pour te laver et te raser. Pendant ce temps-là, je vais te sortir du linge propre.

Dompté par le ton abrupt de sa femme, qui lui arrivait pourtant à peine à la hauteur de l'épaule, Laurent Boisvert la suivit dans la maison sans se préoccuper de récupérer son sac de toile abandonné sur la galerie.

— Tout est prêt dans les toilettes, annonça Madeleine à sa mère.

— Tiens, si c'est pas ma belle fille, ça ! s'exclama l'ivrogne, comme s'il voyait Madeleine pour la première fois depuis son arrivée. Viens em… embrasser ton père.

L'adolescente s'exécuta sans grand enthousiasme.

— Toi, au moins, t'as… t'as du cœur. C'est pas comme certaines, ajouta-t-il en bafouillant.

Corinne ne tint aucun compte de ce qu'il venait de dire et l'entraîna jusqu'au minuscule lavabo situé au pied de l'escalier.

— Pendant qu'il se décrotte, dit la mère à sa fille, remplis-moi le bac à lavage avec de l'eau du *boiler*. On va lui laver son linge. Mais laisse tout ça dans la cuisine d'été. Ça doit pas sentir la rose.

Quand Laurent eut terminé sa toilette, Corinne l'invita à aller s'étendre dans leur lit en attendant l'heure du dîner.

— Tu m'as mê… même pas encore embrassé, se plaignit-il d'une voix toujours avinée.

Elle s'exécuta sans grande tendresse, surtout désireuse de le voir disparaître dans la chambre.

La mère et la fille eurent le temps de laver les vêtements du voyageur et de les mettre à sécher sur la corde à linge avant le dîner.

— Est-ce qu'on réveille p'pa pour manger ? demanda alors l'adolescente.

— Non, on est mieux de le laisser cuver, trancha sa mère en déposant une miche de pain et des cretons sur la table. On lui donnera quelque chose quand il se réveillera.

Léopold n'avait pas vu arriver son patron. Il se contenta de manger en silence.

En fait, Laurent Boisvert ne se réveilla qu'au milieu de l'après-midi, apparemment en proie à une migraine atroce.

— C'est écœurant comme j'ai mal à la tête, se plaignit-il en pénétrant dans la cuisine.

— Comme chaque fois que tu bois trop, laissa tomber sa femme en ne levant même pas la tête de la courtepointe qu'elle était en train de piquer.

— J'ai pas bu tant que ça, tu sauras, se défendit son mari.

— Ben non, juste assez pour pas en voir clair, fit-elle, sarcastique… Est-ce que je peux te demander depuis quand tu fêtes ? ajouta-t-elle en tournant enfin le visage vers lui.

— Juste deux jours, tu sauras, dit-il en allant se servir une tasse de thé à la théière déposée en permanence sur le réchaud du poêle.

— Une chance, fit-elle.

— Est-ce que vous voulez avoir quelque chose à manger ? demanda Madeleine à son père.

— Non, je vais attendre le souper.

Le silence retomba dans la pièce durant un long moment, silence que le maître des lieux finit par briser.

— Tu sauras que, cette année, j'arrive plus tard parce que j'ai fait la drave, reprit-il en s'adressant à sa femme.

Cette dernière sursauta, mais ne dit rien. Elle savait que draver était un travail des plus dangereux qu'elle avait toujours demandé à son mari de refuser les années précédentes. S'il s'était attendu à ce qu'elle le blâme ou pousse des cris de frayeur en apprenant qu'il avait risqué sa vie en faisant la drave, il en fut pour ses frais. Elle demeura sans réaction.

— Ça fait que je rapporte pas mal plus d'argent que les années passées, déclara-t-il, un rien dépité par cette indifférence, en fouillant dans l'une de ses poches pour en sortir un rouleau assez impressionnant de billets de banque.

— Enfin une bonne nouvelle, reconnut Corinne en s'adoucissant. Mais pourquoi t'as pris le risque de draver? finit-elle par lui demander. T'as toujours dit que tu ferais jamais ça.

— Parce que, dans mon idée, c'était la dernière année que je montais au chantier. Je commence à être trop vieux. Je pense ben que je vais laisser ça aux jeunes comme Philippe l'automne prochain.

— T'as peut-être raison, reconnut sa femme. T'es sûr que tu veux pas manger un morceau avant d'aller faire le train? Ça te remettrait les idées en place.

— Non, laisse faire, refusa-t-il.

Il se leva pour aller déposer l'argent dans le pot vert placé sur la seconde tablette de l'armoire.

— Sacrement! On dirait ben qu'il était temps que je revienne, s'exclama-t-il en montrant à sa femme le pot vide. Il reste plus une maudite cenne dans le pot.

Surprise, Corinne abandonna son travail de couture et s'approcha de lui pour voir.

— Voyons donc! Il y avait cinq piastres il y a encore quelques jours...

— Es-tu en train de me dire que tu t'es fait voler? s'étonna Laurent, l'air mauvais.

— Oui et non, se décida-t-elle à avouer, d'une voix hésitante. Assis-toi. J'ai une mauvaise nouvelle à t'annoncer.

— Christ! qu'est-ce qui va encore me tomber sur la tête?

— Je pense que c'est Philippe qui a pris les cinq piastres dans le pot.

— Ah ben, viens pas me dire que je me fais voler par mes propres enfants! s'emporta-t-il, bouillant de rage. Attends que je lui mette la main dessus, lui. Je vais lui faire regretter d'être venu au monde.

— Qu'est-ce qu'il a encore fait, lui? demanda Laurent en se tournant vers sa femme.

— Rien de spécial. Tu le connais, il a juste un peu plus la bougeotte que les autres.

Sur ce, Léopold entra dans la maison et s'immobilisa près de la porte, intimidé par la présence du maître des lieux.

— Entre, Léopold. C'est mon mari, fit Corinne.

— Laurent, c'est Léopold Monette qui travaille pour nous autres depuis la fin février.

— Bonjour, monsieur Boisvert, fit poliment le jeune homme.

Laurent l'examina des pieds à la tête d'un air revêche avant de lui demander avec une certaine brusquerie:

— T'as quel âge?

— Je viens d'avoir dix-huit ans, monsieur Boisvert.

— Comment ça se fait que t'es pas dans l'armée?

— J'ai pas reçu de lettre qui me disait d'y aller, répondit Léopold, intimidé.

— L'armée a dû perdre ta trace après que tu sois parti de chez celui où tu travaillais avant, fit Corinne en lui souriant pour le rassurer.

— Bon, on va aller faire le train, décida Laurent en se levant.

L'employé le suivit à l'extérieur. Quand Norbert revint de l'école quelques minutes plus tard, ses sœurs lui apprirent que leur père était de retour, ce qui n'eut pas l'air de réjouir particulièrement l'adolescent.

— T'es mieux de te tenir le grain serré, l'avertit sa mère. Tu sais que ça lui prend pas grand-chose pour te faire goûter à sa ceinture.

— Je le sais, dit Norbert, l'air sombre.

— Va te changer et dépêche-toi d'aller le rejoindre à l'étable.

Le souper se prit dans une atmosphère plutôt lourde. Les enfants étaient silencieux autour de la table, osant à peine lever les yeux de leur assiette. Leur mère connaissait bien la raison d'un tel comportement. Ils savaient que leur père ne cherchait qu'une raison pour sévir et imposer de nouveau son autorité.

Après le repas, les écoliers firent leur devoir à la lumière de la lampe à huile placée au centre de la table pendant que Laurent se berçait lentement près du poêle. À l'autre bout de la table, Corinne et Madeleine terminaient une courtepointe multicolore. Léopold était monté à sa chambre dès la dernière bouchée avalée.

— Achèves-tu tes courtepointes? demanda Laurent à sa femme.

— C'est la dernière, déclara-t-elle. On a pas mal travaillé tout l'hiver, ajouta-t-elle. On a aussi tressé quatre catalognes.

Plus la soirée avançait, plus Corinne sentait l'impatience de son mari de se retrouver seul en sa compagnie dans leur chambre à coucher. Lorsqu'elle annonça la prière un peu avant neuf heures, il ne fit aucune remarque, contrairement à son habitude. Il se contenta de s'agenouiller devant sa chaise berçante en même temps que ses enfants.

Après la prière, il se dirigea immédiatement vers l'horloge murale pour en remonter le mécanisme. Par ce geste, il signifiait clairement qu'il reprenait la direction de la maison. Les enfants montèrent à l'étage après être allés aux toilettes situées au bout de la remise pendant que leur père se retirait dans l'unique chambre à coucher du rez-de-chaussée pour se préparer pour la nuit.

Quand Corinne vint le rejoindre, elle s'empressa d'éteindre la lampe à huile qu'elle déposa sur sa table de chevet. Son mari lui laissa à peine le temps d'enfiler sa robe de nuit avant de l'attirer vers lui. Pour elle, il s'agissait d'un scénario bien connu qui se répétait chaque printemps quand il revenait du chantier. C'était aussi inéluctable que son retour en état d'ivresse et les crises de rage incontrôlées des premiers jours pour prouver qu'il était bien demeuré le maître des lieux, malgré sa longue absence.

Comme d'habitude, il imposa ses droits conjugaux sans faire preuve d'aucun ménagement envers celle qui partageait sa vie depuis dix-huit ans. Fidèle à elle-même, Corinne se montra passive, attendant avec une impatience mal déguisée que son mari en ait fini. « C'est le devoir d'une femme mariée de satisfaire son mari », avait-elle entendu parfois sa mère lui dire.

— Je veux bien le croire, m'man, mais il y a tout de même des limites à se laisser faire, avait-elle osé rétorquer la dernière fois que sa mère lui avait fait la même remarque.

Dans le noir, fixant un point invisible au plafond, la jeune femme eut un mince sourire au souvenir de l'air réprobateur que sa mère avait alors affiché. Lorsque Laurent se laissa retomber sur le côté, essoufflé, elle attendit un peu avant de lui adresser la parole. L'expérience lui avait appris que c'était le meilleur moment pour lui parler.

— Essaye de pas te montrer trop dur avec Léopold, lui chuchota-t-elle dans le noir. C'est vraiment un bon petit gars, bien serviable, et il va nous être pas mal utile cet été. Je vois pas pourquoi on le laisserait à ton père quand on en a tant besoin.

— Ouais, se contenta-t-il de dire.

— Je t'ai dit que j'avais parlé à ton père à Pâques. Il m'a dit qu'il voulait te voir aussitôt que tu reviendrais, ajouta-t-elle.

— Il t'a pas dit ce qu'il me voulait?

— Pantoute. Tu le connais, il me dit jamais rien. C'est comme si j'existais pas. Je serais un meuble, ce serait la même chose.

— Exagère pas, la réprimanda-t-il.

— En plus, j'ai rencontré Fabien Gagnon, poursuivit-elle, comme si elle ne l'avait pas entendu. Il m'a dit qu'il aurait probablement de l'ouvrage pour toi.

Corinne ne tint aucun compte de ce qu'il venait de dire.

— Je la lâcherai quand j'en aurai plus besoin. Je suppose que t'es fier de ce que tu viens de faire à ton garçon ? lui demanda-t-elle, l'air mauvais.

— Je lui ai sacré la volée qu'il méritait, se contenta-t-il de répondre en ne quittant pas la fourche des yeux. Il a cassé une vitre.

— Et ça méritait de l'estropier !

— Il a juste reçu une couple de claques pour lui apprendre à faire attention.

— Une couple de claques ! fit-elle d'une voix cinglante. Il a un œil bouché, il est ouvert au-dessus de l'autre œil et ses lèvres sont enflées. En plus, il a mal à un bras et à une jambe.

— C'est moi le père, et j'ai le droit de le dompter, affirma son mari avec force. Si je t'avais moins écoutée et si je l'avais fait plus souvent avec le plus vieux, il serait pas à courir les chemins au lieu de nous aider.

— Je te l'ai répété cent fois qu'on n'élève pas des enfants à coups de poing et à coups de pied. C'est pas des chiens !

— Je vais les élever comme ça va me tenter et t'as rien à dire, finit par s'emporter Laurent en esquissant le geste de s'éloigner.

Les pointes de la fourche se rapprochèrent dangereusement de son ventre et il se figea sur place en constatant l'air déterminé de la petite femme blonde dressée devant lui.

— Si c'est comme ça, Laurent Boisvert, on va mettre les choses au clair une fois pour toutes, lui dit-elle, les dents serrées. J'ai pas mis au monde des enfants pour que tu les maganes. Là, je t'avertis. Si jamais tu bats un des enfants comme tu viens de battre Norbert, tu vas avoir affaire à moi. Je vais prendre n'importe quoi qui va me tomber sous la main et tu vas le regretter.

— Je voudrais ben voir ça ! plastronna-t-il.

— Essaye encore et, sur la tête des enfants, t'auras pas la chance de recommencer, promit-elle.

— Maudit calvaire ! jura-t-il.

— À ton âge, tu devrais commencer à te connaître, il me semble. Quand tu te mets à frapper un enfant, t'es plus capable de t'arrêter... C'est comme quand tu te mets à boire, ajouta-t-elle en déposant brusquement sa fourche contre le mur.

— Si t'as fini ton sermon, rentre à la maison et renvoie-moi l'homme engagé qu'on finisse ce train-là à matin, lui ordonna-t-il, soudain rassuré de ne plus être menacé.

Corinne lui tourna carrément le dos et quitta le bâtiment sans un mot. Durant le court trajet qui la ramena à la maison, elle ne cessa de trembler tant elle avait conscience d'avoir été bien près de frapper son mari.

Les jours suivants, Laurent Boisvert bouda, mais à aucun moment il ne montra le moindre signe de remords à la vue du visage tuméfié de son fils Norbert. De toute évidence, il considérait qu'il avait fait son devoir de père en le corrigeant.

Chapitre 6

Un tout nouveau projet

Deux semaines étaient passées depuis le retour de Laurent et il y avait tellement à faire que ce dernier en oublia d'aller rendre visite à son père. Avec les premiers jours du mois de mai, la chaleur avait enfin fait son apparition. L'air charriait des effluves de terre mouillée, les arbres arboraient leur jeune feuillage vert tendre et l'herbe s'était mise à pousser résolument. Les hirondelles construisaient leurs nids et les oiseaux réveillaient les gens en leur offrant un véritable concert chaque matin. En peu de temps, toutes les teintes grises d'un début de printemps pluvieux avaient été gommées du paysage. Maintenant, partout où l'œil se posait, il ne rencontrait que diverses variantes de vert.

Ce beau temps incita Laurent à redresser les clôtures sur sa terre sans tarder pour pouvoir sortir ses bêtes des bâtiments. Il avait décidé de n'aller offrir ses services à Fabien Gagnon qu'après avoir fait le plus gros du travail sur sa terre. L'épierrage, les labours du printemps et l'ensemencement allaient être ses principales occupations durant les semaines suivantes.

— On va aller à la récitation du chapelet à l'église, à soir, déclara sa femme après avoir servi le souper. Le mois de mai est commencé depuis presque une semaine et on n'y est pas encore allés une fois, expliqua-t-elle. Monsieur le curé va finir par s'en apercevoir.

— Monsieur l'abbé nous a dit qu'on était obligés d'y aller, ajouta Élise. Il nous a dit ça quand il est venu à l'école, lundi.

Corinne tourna la tête vers son mari pour guetter sa réaction. Il ne dit rien. Depuis son retour à la maison, il n'en avait bougé que pour aller à la grand-messe, le dimanche précédent. Il ne s'était même pas rendu à la ferme familiale du rang Saint-André et son épouse avait bien pris garde de lui rappeler que le vieil homme l'attendait.

— Est-ce que t'as l'intention de venir avec nous autres à l'église ? finit-elle par lui demander.

— Es-tu folle, toi, sacrement ? J'ai ben assez de la messe du dimanche.

— Comme tu voudras, répliqua Corinne sur un ton sec.

— Mais je reste pas à la maison. Je vais aller faire un tour au village, reprit son mari en se dirigeant vers leur chambre à coucher dans l'intention de changer de vêtements. Léopold, va donc atteler pendant qu'on se prépare, ordonna-t-il à son employé.

— Oui, monsieur Boisvert, répondit ce dernier en se levant.

Corinne suivit son mari dans la chambre pour changer de robe et se coiffer d'un chapeau pendant que ses enfants se préparaient de leur côté.

— Ça, c'est plate, se plaignit Norbert à mi-voix en essayant de discipliner ses cheveux avec de l'eau. Il fait beau, on pourrait jouer dehors au lieu d'aller encore s'enfermer dans l'église.

— Tu ferais mieux de te taire, toi, le réprimanda Madeleine, déjà prête à partir. Si m'man t'entend, tu vas encore te coucher de bonne heure.

— De toute façon, ça dure pas bien plus longtemps que la prière de m'man, plaida Élise.

Toute la famille Boisvert s'entassa dans le boghei et l'attelage prit le chemin du village.

— Au fond, ce sera ben bon pour lui, dit un vieillard à l'air revêche. Il a juste à s'organiser pour que les chemins de la paroisse aient de l'allure.

— Vous êtes pas drôle, monsieur Meunier, dit Fabien, bon enfant. Vous savez aussi ben que moi que si les chemins sont tout défoncés, c'est que le gouvernement se décide pas à nous donner une maudite cenne pour les entretenir.

— Cette idée aussi d'être un bleu quand le gouvernement est rouge. Tu ferais partie de la gang de Lomer Gouin, comme certains qu'on nommera pas, fit Évariste Meunier en tournant la tête vers l'unique représentant des Boisvert, qui n'avait pas encore ouvert la bouche, on aurait des chemins qui ont du bon sens.

Laurent fit comme s'il n'avait pas entendu. Son père et son frère Henri étaient d'ardents libéraux qui, à chaque campagne électorale, ne ménageaient jamais leurs efforts pour faire élire celui qui était député de Nicolet-Yamaska depuis plusieurs années. Pour sa part, la politique l'intéressait peu. Quand il s'en mêlait, ce n'était que pour rendre service à son père, rien de plus.

Ange-Albert Vigneault avait parcouru les quelques centaines de pieds qui séparaient sa boucherie du magasin général et le gros homme avait lentement fait le tour du nouveau véhicule rutilant du maire sans desserrer les dents. Il était bien connu dans la paroisse que le boucher âgé d'une cinquantaine d'années était férocement jaloux de la réussite de Fabien Gagnon et tentait, par tous les moyens, de saper sa réputation dans l'intention évidente de se présenter contre lui aux prochaines élections municipales.

— Toi, Ange-Albert, qu'est-ce que tu penses de ça ? lui demanda Anselme Leblanc pour le provoquer.

Il était connu dans la paroisse qu'il n'y avait pas homme plus habile que le bedeau de Saint-Paul-des-Prés pour « mettre le diable aux vaches », comme on disait.

— Je trouve que c'est garrocher son argent par les fenêtres, laissa tomber le boucher, assez fort pour que tous l'entendent.

Laurent sentit immédiatement qu'il y avait de l'affrontement dans l'air. Il s'immobilisa, renonçant de ce fait à son projet d'aller boire à l'hôtel, situé un peu plus loin, face à la rivière.

— Pourquoi tu dis une affaire pareille? lui demanda Duquette en s'approchant.

— Tout simplement qu'on n'achète un char que pour se montrer meilleur et plus riche que le voisin, fit le boucher d'une voix acide.

— C'est la jalousie qui te fait parler, Ange-Albert, se borna à dire le maire en refermant la porte de sa Chevrolet.

— Pantoute. On m'en donnerait un, j'en voudrais pas pour tout l'or du monde, répliqua le boucher, hargneux. Il faut pas être un génie pour s'apercevoir qu'une affaire comme ça, ça a pas d'avenir. Voyons donc, baptême! Tout le monde sait ben qu'il y a rien qui vaut un bon cheval. Ça coûte pratiquement rien, ça passe presque partout et c'est jamais brisé. Un cheval, t'as juste à le nourrir et à le traiter comme du monde, il va te durer un maudit bon bout de temps. C'est pas un paquet de tôle comme ça, ajouta-t-il, l'air méprisant.

Là-dessus, le boucher tourna les talons et retourna à son commerce, ne se souciant nullement des murmures d'approbation ou de contestation qu'il venait de susciter.

— Il peut japper tant qu'il veut, reprit Fabien en retrouvant peu à peu son aplomb, mais les chars sont là pour rester. Écoutez-moi ben, ajouta-t-il, l'air important. D'ici dix ans, il va y en avoir partout. Vous saurez ben me le dire. Là, ce sont les chevaux qui vont disparaître.

— Pousse, Fabien, mais pousse égal, intervint Évariste Meunier. On va toujours avoir besoin des chevaux.

— La meilleure preuve que je peux vous donner, le père, c'est que même le docteur Précourt pense s'en acheter un cette année, annonça le maire, sur un ton triomphant.

— Ah ben, petit Jésus, c'est pas vrai ! s'exclama un cultivateur du rang Saint-André. S'il s'en achète un, il va falloir faire attention en maudit quand on va prendre le chemin. Un char, ça frappe pas mal plus fort qu'un bicycle. Ça va devenir dangereux à Saint-Paul.

Un éclat de rire général salua la saillie. Il était connu qu'Adrien Précourt, le médecin venu s'installer dans l'ancienne maison de l'avocat Parenteau une quinzaine d'années plus tôt, avait pour le moins la vue courte. Ses lunettes, dont les verres étaient pourtant épais comme des culs de bouteille, corrigeaient plutôt mal le sérieux problème de vision que son propriétaire avait. On ne comptait plus ses mésaventures lorsqu'il chevauchait son antique bicyclette dépourvue de freins.

Quelques minutes plus tard, Laurent alla chercher sa femme et ses enfants à l'église. Durant le trajet de retour à la maison, il raconta aux siens que le maire avait fait l'achat d'une automobile.

— Moi, j'en ai jamais vu, avoua Norbert à son père. J'ai ben hâte de la voir.

— Il faut être brave pour conduire ça, intervint Élise. C'est pas comme un cheval. Ça s'arrête pas en lui criant: « Whow ! »

— J'ai même entendu dire au chantier qu'on a inventé une machine qui remplace un cheval pour travailler sur la terre, dit Laurent, encouragé par l'intérêt manifesté par ses enfants. Il paraît que ça s'appelle un tracteur.

— J'ai bien peur que toutes ces belles affaires-là, ce sera jamais pour nous autres, conclut Corinne en descendant de voiture près de la maison en compagnie de ses enfants. Ça doit coûter pas mal d'argent, tout ça.

Son mari ne dit rien. Il poursuivit son chemin jusqu'à l'écurie où Léopold vint le rejoindre pour l'aider à dételer.

Deux jours plus tard, Corinne n'envoya pas Norbert à l'école, le gardant à la maison pour un travail qui ne pouvait attendre plus longtemps. Il faisait beau et chaud, et Laurent avait décidé de procéder au ramassage des pierres dans ses champs ce jour-là. Dès le départ d'Élise et Lionel pour l'école de rang, Léopold attela le blond à la voiture à foin après y avoir déposé des seaux vides. Corinne et Madeleine, la tête couverte de leur chapeau de paille et les manches de leur robe soigneusement attachées pour éviter de bronzer «comme des sauvagesses», rejoignirent Norbert, Léopold et Laurent derrière l'étable.

Alors commença le quadrillage des champs. Chacun examinait le sol et déposait dans son seau toutes les roches que le dégel avait fait remonter à la surface. Lorsque le seau était plein, on s'empressait d'aller le vider sur le plateau de la voiture avant de poursuivre son travail. Il s'agissait là d'un travail essentiel si l'on ne souhaitait pas briser la lame de la charrue durant le labourage ou une faux lors de la moisson. C'était une tâche obligatoire qu'aucun cultivateur n'aurait osé ignorer. D'ailleurs, il suffisait de jeter un regard aux alentours pour se rendre compte que tous les voisins étaient en train d'œuvrer au même travail.

À droite, Laurent aperçut Jocelyn Jutras et sa femme, Catherine, en train d'épierrer, eux aussi. Il s'arrêta un bref moment pour soulever sa casquette et essuyer la sueur qui lui coulait dans les yeux.

— On dirait ben que la grosse Honorine a décidé que cet ouvrage-là était pas pour elle, dit-il, sarcastique, à sa femme, en faisant référence à Honorine Gariépy, la mère de Catherine, qui vivait sous le toit de sa fille et de son gendre.

— Elle est plus toute jeune, lui fit remarquer sa femme en se relevant après avoir jeté une roche dans son seau.

— Mon père fait encore cette *job*-là, il approche soixante-dix-huit ans, rétorqua-t-il.

Corinne n'avait jamais particulièrement aimé Honorine Gariépy, directrice de la chorale paroissiale et présidente des dames de Sainte-Anne. Elle la trouvait hautaine et autoritaire. En réalité, à ses yeux, le principal défaut de la dame était d'être la mère de celle que son mari avait fréquentée jusqu'à leurs fiançailles. Bien sûr, elle avait fini par accepter de faire partie des dames de Sainte-Anne, comme la plupart des femmes mariées de la paroisse, mais elle participait aux activités de l'organisme davantage dans le but de ne pas attirer l'attention que pour faire plaisir à son imposante présidente.

Les Boisvert travaillèrent aux champs toute la journée. Ils ramassèrent tellement de roches que Léopold et Laurent furent obligés d'aller vider la voiture à deux reprises dans ce que le cultivateur appelait la décharge. À la fin de l'après-midi, le travail était terminé, à la plus grande satisfaction de tous.

— À cette heure, on va pouvoir étendre du fumier demain si le beau temps se maintient, déclara Laurent en se mettant à table après s'être aspergé d'eau froide.

Norbert voulut imiter son père et actionna avec trop de vigueur le bras de la pompe.

— Sans-dessein, tu vois pas que tu mets de l'eau partout sur le plancher, le réprimanda sa sœur Madeleine. Fais donc attention à ce que tu fais. J'ai lavé ce plancher-là pas plus tard qu'hier.

Léopold, qui attendait son tour pour se rafraîchir, prit un chiffon sur le comptoir et se pencha pour essuyer les dégâts.

— Laisse faire, Léopold, il est capable d'essuyer ça tout seul, reprit l'adolescente d'une voix radoucie en lui adressant un regard de reconnaissance.

Corinne, occupée à servir la soupe, leva la tête et examina brièvement sa fille. Le ton employé par celle-ci venait soudain de l'alerter. Son intuition lui révéla soudain qu'il était en train de se passer quelque chose entre le jeune homme et sa fille. Elle se promit illico de veiller au grain.

— Nous autres, on va commencer demain matin le barda du printemps, annonça la maîtresse de maison au moment où elle versait un peu de sirop d'érable dans son assiette, quelques minutes plus tard. On va en profiter pour vider les paillasses et remplacer la paille, ajouta-t-elle.

— On pourrait même remettre des plumes dans deux ou trois oreillers, intervint Madeleine. J'ai remarqué qu'il y en avait qui étaient pas mal mous.

— On fera ça aussi, accepta sa mère.

Après le souper, Laurent alla changer de chemise et fit un brin de toilette. Comme on était mercredi, Corinne s'inquiéta en se demandant si son mari n'allait pas se mettre à sortir durant la semaine en plus du samedi soir. S'il commençait à boire la semaine, les finances familiales n'y survivraient pas.

— Tu sors ? lui demanda-t-elle, prête à l'affrontement.

— Je serai pas parti longtemps. Je suis pas encore allé voir le père depuis que je suis revenu. Il va finir par croire que je suis sans cœur.

Soulagée, Corinne le regarda quitter la maison et atteler le cheval au boghei.

— À soir, on finit notre dernière catalogne, même si on doit travailler jusqu'à dix heures, déclara-t-elle à sa fille en déposant une poche de tissu sur la table de cuisine. Comme ça, samedi, on pourra aller porter notre ouvrage de l'hiver au complet à Yamaska. On est tellement en retard que les clientes doivent se demander ce qui se passe.

Même si elle était épuisée par la journée éreintante qu'elle venait de vivre, Madeleine se voulut aussi courageuse que sa mère et se contenta de hocher la tête en signe d'acceptation.

pour le père. Quand le temps des foins et des récoltes arrivera, je lâcherai le *truck* une couple de jours pour m'occuper de la terre. En attendant, Léopold et les enfants sont capables de te donner un bon coup de main.

— Mais tu sais même pas conduire ça ! protesta Corinne. C'est des plans pour te tuer.

— Prends-moi pas pour un gnochon ! s'emporta son mari. S'il y en a qui sont capables d'apprendre à chauffer ça, je suis pas plus bête qu'eux autres. Je vais apprendre.

— En tout cas, moi, je trouve ça pas mal risqué, dit-elle en pliant la catalogne avec l'aide de sa fille Madeleine.

— As-tu pensé qu'avec cette *job*-là, j'aurai plus besoin de partir au chantier ?

— De toute façon, tu m'as dit que tu voulais plus y retourner.

— Je vais avoir une paye qui va entrer chaque semaine, ajouta-t-il, comme s'il ne l'avait pas entendue.

— À la condition que ton père te la donne, laissa tomber sa femme sans grand enthousiasme.

Le lendemain matin, Norbert retourna en classe avec Élise et Lionel pendant que Léopold secondait le maître de maison dans le pénible travail de l'épandage du fumier. Ce travail occupa les deux hommes jusqu'au samedi midi. Pendant les deux journées suivantes, Corinne et sa fille nettoyèrent la maison de fond en comble, comme chaque printemps.

Elles vidèrent les tuyaux du poêle de la cuisine d'hiver avant de se mettre à laver murs et plafonds de toutes les pièces de la maison. Une fois le travail accompli, elles commencèrent à emménager dans la grande cuisine d'été qui allait devenir le centre de la vie familiale jusqu'à l'automne suivant. Au retour de l'école, ces jours-là, Norbert, Élise et Lionel furent mis à contribution pour accélérer les travaux. Bref, le samedi midi, le barda du printemps, comme le disait la maîtresse de maison, était bel et bien terminé.

Ce samedi-là, après le repas du midi, Corinne et ses filles rangèrent rapidement la cuisine.

— Qu'est-ce que t'aimes mieux faire? demanda-t-elle à son mari. Aimes-tu mieux rester ici pour te reposer un peu cet après-midi ou venir nous conduire, Madeleine et moi, chez nos pratiques pour leur apporter nos courtepointes et nos catalognes?

— Ah non, sacrement! J'ai pas le goût pantoute d'aller traîner sur le chemin et vous attendre à la porte, dit-il avec mauvaise humeur.

— Dans ce cas-là, Léopold va venir nous conduire, décida-t-elle.

— Non, Léopold a de l'ouvrage à faire. Il doit nettoyer l'étable, trancha-t-il. Si t'as absolument besoin de quelqu'un pour conduire le boghei, prends Norbert. Il est ben capable de faire ça.

— C'est pas que j'aie absolument besoin de quelqu'un pour conduire, mais tu sauras, Laurent Boisvert, que deux femmes toutes seules sur le chemin, ça fait toujours jaser. Dans ce cas-là, Norbert va venir avec nous autres. Toi, va te décrotter un peu et monte te changer, ajouta la mère de famille en se tournant vers son fils. Il est pas question que tu viennes nous faire honte à Yamaska.

Quelques minutes plus tard, l'adolescent aida sa mère et sa sœur à déposer avec soin à l'arrière de la voiture les courtepointes et les catalognes qu'elles avaient fabriquées depuis le début de l'automne précédent. Ces ouvrages représentaient des centaines d'heures de travail et il n'était pas question de les abîmer durant le trajet.

Il faisait un temps magnifique et le soleil avait asséché depuis longtemps les mares laissées par les pluies du début du mois. Vêtues de leur robe du dimanche et soigneusement coiffées de leurs petits chapeaux qu'elles avaient étrennés à Pâques, la mère et la fille prirent place dans le boghei.

— Excite pas trop le blond, recommanda Corinne à son fils. Il fait beau et on n'est pas si pressés que ça. Il manquerait plus qu'on arrive couverts de poussière.

Une heure plus tard, la mère ordonna au conducteur de s'arrêter devant une maison cossue située en face de l'église de Yamaska. La petite femme blonde et sa fille s'emparèrent d'une courtepointe et d'une catalogne et allèrent sonner à la porte de madame Timothée Legendre, l'épouse du propriétaire d'une meunerie de la région. La dame, tout à fait séduite, acheta sans barguigner les deux travaux de couture et en commanda deux nouveaux pour le printemps suivant.

Le client suivant était le propriétaire d'une mercerie bien connue de Yamaska. L'homme, un peu grincheux, se plaignit du retard de la livraison de sa commande passée au mois de septembre précédent, mais il paya rubis sur l'ongle le prix demandé pour deux courtepointes et deux catalognes. Il était même prêt à acheter les deux dernières productions, mais Corinne refusa en alléguant qu'elle les avait promises à une dame Giguère, demeurant près de l'hôtel.

Quand elle revint à la voiture en compagnie de Madeleine, Norbert se plaignit d'avoir à attendre si longtemps au soleil.

— La prochaine fois, tu le sauras, répliqua sa mère. T'auras juste à rester à la maison. Si t'aimes mieux nettoyer l'étable plutôt que te promener, c'est ton affaire. Je suis certaine que Léopold aurait pris ta place sans se plaindre.

Cette réplique maternelle eut le don de faire taire les plaintes de l'adolescent qui déposa ses deux passagères près de l'hôtel. Les deux femmes venaient à peine de disparaître à l'intérieur de la maison qu'un étranger s'approcha d'un pas incertain de la voiture surveillée par Norbert.

— Ta… Tabarnouche ! Dis-moi pas que le grand Boisvert est ren… rendu qu'il vient voir sa blonde le samedi a… après-midi, à cette heure ! s'exclama l'homme âgé d'une quarantaine d'années passablement éméché, en s'arrêtant pour flatter l'encolure du cheval des Boisvert. L'Amélie doit être sur… surprise en joualvert de le voir a… apparaître comme ça, en plein cœur de la jour… journée.

Norbert, assis sur le siège du conducteur, sursauta, mais garda le silence. Il n'avait rien compris à ce que l'homme venait de dire.

— C'est… C'est ben le cheval de Laurent Bois… Boisvert, non ? demanda l'ivrogne avec un entêtement auquel son état n'était pas totalement étranger.

— Oui, monsieur.

— Il me sem… semblait ben aussi. Mais toi, qu'est-ce que tu fais dans son bo… boghei ?

— Je suis son garçon, monsieur.

— Ben, si je co… connais ben ton père, t'es pas près de le voir sourdre de l'hôtel, dit en ricanant l'inconnu. Pour moi, t'es mieux de t'ô… t'ôter du soleil parce que tu vas en a… avoir pour un bon bout de temps à l'a… l'attendre.

L'homme finit par se diriger d'un pas hésitant vers la galerie de l'hôtel voisin et Norbert, intrigué, le vit disparaître à l'intérieur. Quand sa mère et sa sœur revinrent à la voiture quelques minutes plus tard, l'adolescent ne put s'empêcher de répéter tout ce que l'homme lui avait dit.

— Il faut pas que tu fasses attention à ce qu'il a raconté. C'est juste un soûlon, lui dit sa mère, dont le visage s'était soudain rembruni. Bon, avant de rentrer, tu vas t'arrêter à la mercerie. On a besoin de quelque chose.

— Est-ce qu'on est obligés de retourner là ? demanda son fils, mécontent.

— Discute pas. On y va, trancha sa mère.

Le changement d'expression dans le visage de sa mère n'avait pas échappé à Madeleine. La jeune fille avait aussi bien compris que sa mère l'allusion à une certaine Amélie que son père avait l'air de fréquenter quand il venait traîner à Yamaska le samedi soir. Elle posa une main apaisante sur le bras de sa mère quand elle remarqua que cette dernière avait envie de pleurer.

— Ce sera pas long, déclara Corinne en descendant devant la petite mercerie où elle avait pénétré moins d'une heure plus tôt. Viens, Madeleine, ordonna-t-elle à sa fille. On va se grouiller, sinon on sera jamais revenues à temps pour préparer le souper.

En fait, la mère et la fille ne demeurèrent que quelques minutes dans le commerce. Elles le quittèrent en portant un paquet enveloppé dans un grossier papier brun.

— Vous avez acheté quelque chose? demanda Norbert, surpris, en se tournant vers ses passagères.

— Oui, senteux! répondit sa sœur. C'est du matériel pour faire une robe. Es-tu content, là?

— C'est correct! Énerve-toi pas, la grande, dit le conducteur en mettant la voiture en marche. C'était pas un crime de le demander.

— Vous auriez pas dû dépenser autant, m'man, fit l'adolescente, dont les yeux brillaient de plaisir.

— C'est pour ta fête et, en plus, t'as travaillé tout l'hiver à coudre ça. C'est normal que t'en sois récompensée.

— Vous aussi, vous avez travaillé tous les jours à faire les courtepointes et les catalognes, m'man, protesta la jeune fille. Vous méritiez, vous aussi, de vous acheter du matériel.

— Ben non, fit sa mère. J'ai trois robes propres, c'est en masse. Il faut pas gaspiller. On sait jamais quand est-ce qu'on va avoir besoin d'argent pour acheter à manger.

Madeleine prit note de la leçon. Corinne était heureuse d'avoir fait plaisir à sa fille. Elle savait à quel point elle se sentait désavantagée face à la petite Rocheleau qui étrennait depuis deux semaines une robe neuve qui avait attiré les regards de Léopold. Elle venait d'avoir seize ans et elle méritait amplement la joie de se confectionner une robe à la mode du jour. L'achat du tissu bleu nuit s'était fait rapidement parce qu'il avait plu tout de suite à Madeleine.

Le plus long avait été le choix d'un patron et de la dentelle dont elle voulait orner le col et les poignets de sa robe neuve.

À leur arrivée à la maison, Laurent était déjà à l'étable, occupé à faire le train avec Léopold. Élise sortait du poulailler avec Lionel. Tous les deux venaient de donner à manger aux poules. Norbert alla dételer le cheval et le conduire dans l'enclos après lui avoir donné à manger.

— Range ton matériel dans ta chambre, conseilla Corinne à sa fille en mettant son tablier. Ça sert à rien d'en parler à ton père quand il rentrera des bâtiments.

Quand tout le monde se retrouva assis autour de la table, Corinne et Madeleine servirent du veau réchauffé et Laurent ne remarqua pas le visage fermé de sa femme ou, s'il le remarqua, il le mit sur le compte de la fatigue.

— Est-ce que t'es venue à bout de vendre toutes tes affaires ? lui demanda-t-il au moment du dessert.

— Oui, j'ai même des commandes pour l'hiver prochain, se borna-t-elle à dire. Lionel, tiens-toi comme du monde à table et ferme ta bouche quand tu manges. Je te le répète à tous les repas, dit-elle avec humeur à son fils de six ans.

Dès la dernière bouchée avalée, Laurent s'empressa de se raser et de faire sa toilette. Sa femme alla le rejoindre dans leur chambre à coucher au moment où il revêtait une chemise propre.

— T'en vas-tu à Yamaska ? lui demanda-t-elle.

— Pose donc pas de question inutile, répliqua-t-il en boutonnant sa chemise.

— Si c'est là que tu vas, tu diras bonsoir à Amélie pour moi, ajouta-t-elle sèchement.

— Qu'est-ce que tu racontes là ? fit-il en rougissant légèrement.

— Je raconte que j'aimerais bien être capable de mettre les pieds à Yamaska avec mes enfants sans me faire demander si t'es avec ton Amélie ! rugit-elle.

— Je comprends rien à ce que tu me racontes là, se défendit son mari avec une mauvaise foi évidente.

— Dans ce cas-là, cherche pas à comprendre. Arrange-toi juste pour que j'aie pas honte quand je sors de la maison avec les enfants. Il me semble que c'est déjà assez d'avoir un père ivrogne sans qu'ils soient obligés de s'apercevoir que c'est un courailleux en plus ! lui précisa-t-elle avec rage avant de sortir de la chambre à coucher en claquant la porte derrière elle.

Quelques minutes plus tard, Laurent quitta la maison. Il ne revint chez lui qu'aux petites heures du matin.

Chapitre 7

Une grande perte

Comme la plupart des dimanches matin, Laurent Boisvert fut incapable de se lever assez tôt pour faire le train. Sa femme, Léopold et les enfants s'en chargèrent à sa place. Ensuite, Norbert et Léopold avaient attelé pour assister à la basse-messe au village.

Ce dimanche-là, le cultivateur, mal remis de sa cuite de la veille, alla tout de même à la rencontre de son père et de son frère après la grand-messe pendant que sa femme, accompagnée par Madeleine, Élise et Lionel, allait saluer Marie-Claire Rocheleau à qui elle n'avait pas parlé depuis deux semaines.

— Est-ce que Germaine est malade, madame Rocheleau ? demanda Madeleine à la voisine.

— Pantoute, ma belle. Depuis deux semaines, elle dit qu'elle aime mieux aller à la basse-messe avec ses frères.

Le visage de l'adolescente se renfrogna et son changement d'expression n'échappa pas à sa mère. Corinne en comprit immédiatement la cause. De toute évidence, sa fille n'était pas heureuse d'apprendre que la voisine allait à la même messe que Léopold. Elle se promit de lui parler franchement à la première occasion.

Pendant ce temps, Laurent, le front encore serré dans l'étau d'une atroce migraine, avait appris que la vente de l'hôtel s'était déroulée sans anicroche, la veille, chez un notaire de Sorel. Son père lui avait répété de n'en parler encore à personne. Il désirait que les habitants de Saint-Paul-des-Prés en soient informés de la bouche même du nouveau propriétaire de l'endroit.

— Jeudi prochain, on va aller acheter les *trucks*, tel que prévu, prit-il le soin de rappeler à son fils cadet. Le petit Tremblay va monter, lui aussi, avec nous autres. Comme il en a déjà conduit un, il va pouvoir t'expliquer comment ça marche, ces machines-là.

— Où est passé Charles ? demanda Laurent à son frère aîné qui n'avait pas encore ouvert la bouche.

— Il est parti avec le mari d'Hélène hier matin.

— Tu sais où ils vont se cacher ? lui demanda son frère à voix basse.

— Je suis pas censé le savoir.

— Annette est pas avec vous autres ?

— Oui, on l'attend, répondit Gonzague. Elle avait deux mots à dire au curé. Elle est passée le voir dans la sacristie.

Annette Boisvert, la mine revêche, avait attendu patiemment que l'église se vide avant de prendre la direction de la sacristie. La petite femme au visage en lame de couteau et au chignon poivre et sel voulait formuler une demande spéciale au curé Bilodeau en ce second dimanche du mois de mai.

La mère de Charles et d'Hélène Boisvert avait fait trois fausses couches et n'avait jamais été une femme très robuste. D'une nature geignarde, elle donnait souvent l'impression de passer plus de temps à se plaindre qu'à travailler.

— Elle s'écoute trop ! répétait son beau-père, qui ne l'appréciait guère.

Quoi qu'il en soit, le mariage de son fils Charles avait été une véritable bénédiction pour cette femme peu volontaire, tiraillée constamment entre son mari et son beau-père.

Inutile de préciser qu'elle s'était empressée d'abandonner avec un soulagement évident la direction de sa maison à Alexandra, sa jeune bru, dès que cette dernière était venue s'installer dans la grande maison de pierre du rang Saint-André.

La jeune femme avait rapidement classé sa belle-mère dans la catégorie des malades imaginaires et s'était mise en devoir de remettre de l'ordre dans la demeure. Si Gonzague apprécia le changement, il aurait été faux de croire que la jeune femme de vingt ans était enchantée de vivre dans la même maison que lui. Dès les premiers jours, le vieillard apprit à ses dépens qu'elle n'était pas femme à reculer, comme l'avait toujours fait sa belle-mère.

— Monsieur Boisvert, je suis pas votre servante, ni celle de mon beau-père ou de mon mari, avait-elle clamé lorsque le vieillard avait osé critiquer ce qu'elle venait de lui servir au repas. Si ce que je cuisine fait pas votre affaire, vous aurez juste à vous faire à manger tout seul ou à aller manger à votre hôtel.

Dompté, Gonzague s'était contenté de lui jeter un regard furibond avant de repousser son assiette.

Mais ce dimanche-là, Annette Boisvert ne venait pas voir le curé Bilodeau pour se plaindre de sa bru, loin de là.

— Oui, madame ? fit Charles Bilodeau, sur le ton peu amène qu'il réservait à tous les membres de la famille Boisvert, en se tournant vers elle, encore vêtu de son aube.

Le prêtre avait vite reconnu une Boisvert, cette famille qu'il détestait royalement. De plus, à jeun depuis la veille, il avait hâte de dîner.

— Je voulais vous dire deux mots dans le particulier, monsieur le curé, fit Annette d'une voix humble en lui montrant de la tête les deux servants de messe en train de retirer leur soutane, à l'écart.

— Pour ça, madame, vous n'avez qu'à passer au presbytère, dit sèchement le prêtre.

— Ce sera pas long, monsieur le curé.

Le pasteur de Saint-Paul-des-Prés fit signe aux garçons de s'éloigner et s'approcha de sa paroissienne.

— Qu'est-ce qu'il y a ? lui demanda-t-il assez abruptement, incapable de dissimuler son agacement.

— Il y a, monsieur le curé, que j'ai pas une bien grosse santé, dit Annette en adoptant un air misérable. Ça fait que je me suis demandé si vous m'accorderiez pas une dispense de faire maigre le vendredi pour que je puisse me renforcir un peu.

— Vous êtes faible à ce point-là ? demanda l'ecclésiastique avec l'air d'en douter fortement.

— Oui, monsieur le curé.

— Pourtant, on peut pas dire que vous avez l'air mourante, ajouta-t-il avec une certaine dose de méchanceté.

— …

— Je donne pas des dispenses comme ça, madame Boisvert, précisa-t-il. Si vous en voulez une, il va falloir que vous passiez voir votre docteur pour lui demander un papier certifiant que vous avez absolument besoin de manger de la viande le vendredi, comme les autres jours de la semaine. Quand vous aurez ce papier-là, vous passerez me voir et on examinera ça ensemble.

— C'est correct, monsieur le curé, accepta Annette. Merci, excusez-moi pour le dérangement.

L'épouse d'Henri Boisvert quitta la sacristie et alla rejoindre son beau-père et son mari, encore debout sur le parvis. Laurent, Corinne et ses enfants venaient de quitter l'endroit.

— Puis ? lui demanda Henri.

— Il veut pas, laissa-t-elle tomber d'une voix plaintive.

— Qu'est-ce que le curé veut pas ? intervint Gonzague, intrigué.

— Annette voulait une dispense pour manger de la viande le vendredi, lui expliqua son aîné.

— Torrieu ! Qu'est-ce que le curé a à voir là-dedans ? s'emporta le vieil homme. Si tu sens que t'as besoin de viande, manges-en. T'es pas obligée d'aller le crier sur les toits que tu manges de la viande le vendredi, ajouta-t-il avec humeur. Bon, on a assez bretté ici. On rentre.

À leur arrivée à la ferme, Corinne et Laurent eurent la surprise de découvrir un boghei arrêté près de leur galerie.

— On dirait que c'est le cheval de ton frère Bastien, dit Laurent en laissant descendre sa femme et ses enfants près de la maison.

Avant même que Corinne ait pu répondre, la porte moustiquaire s'ouvrit sur Bastien Joyal, suivi de Norbert et Léopold.

— Mon Dieu ! T'es de bonne heure pour faire tes visites, lui fit remarquer Corinne avec bonne humeur. Rosalie est en dedans ?

— Non, elle est restée à la maison, dit son frère en l'embrassant sur une joue.

Voir Bastien sans Rosalie était si inhabituel que la maîtresse de maison se douta immédiatement que quelque chose de grave était arrivé.

— Dis-moi pas que Rosalie ou un de tes petits est malade ? s'inquiéta-t-elle en l'entraînant à l'intérieur.

— Non, ils vont ben. C'est le père qui est pas rougeaud pantoute.

— P'pa ? Qu'est-ce qu'il a ?

Avant que Bastien Joyal ait pu répondre, Laurent monta sur la galerie après avoir laissé à Léopold et à Norbert le soin de dételer le cheval. Il serra la main de son beau-frère préféré et attendit la réponse, comme sa femme.

— Ben, il faut d'abord que je te dise que la maison chez p'pa est pas mal à l'envers. La semaine passée, Simon a reçu son avis de mobilisation.

— Comment ça ? s'étonna Laurent. Ton frère a trente-deux ans, il devrait être exempté, non ?

— Pantoute, il a l'âge. La conscription, c'est de dix-huit à trente-deux ans.

— J'espère qu'il est parti se cacher, comme presque tous les autres de la paroisse ? demanda Corinne, soudain alarmée.

— Ben non, répondit Bastien. Imagine-toi donc que ce maudit innocent-là a décidé de faire comme ton gars. Il s'est engagé en disant que, grâce à l'armée, il allait pouvoir voir du pays.

Corinne adressa une prière muette à Dieu pour que son fils aîné n'ait pas été enrôlé.

— Il a pas fait ça ! s'exclama-t-elle.

— Comme je viens de te le dire, fit Bastien.

— Moi, je comprends ça, intervint Laurent. Si j'avais l'âge, j'irais, moi aussi. Une affaire comme ça, ça arrive pas deux fois dans la vie d'un homme.

— Surtout s'il se fait tuer, conclut sa femme en lui lançant un regard furieux… Comme ça, p'pa l'a mal pris.

— Tu peux le dire. Encore plus mal que m'man. En plus, il est tombé malade.

— C'est ça qui l'a rendu malade ? s'étonna Corinne.

— Non, on sait pas trop ce qui est arrivé. Il était à l'étable avec Anatole avant-hier et, à un moment donné, il est monté dans la tasserie pour jeter en bas du foin pour nourrir les vaches… Une affaire qu'il fait presque tous les jours.

— Puis ?

— Puis, on pense qu'il a eu un étourdissement ou une distraction. Il a perdu pied et il est tombé en bas.

— Il s'est pas cassé un membre, j'espère ?

— Non, pour mal faire, sa tête s'est cognée contre une pile de madriers et il est resté sans connaissance. Anatole s'est fait aider par Thérèse et par m'man pour le transporter dans la maison. Comme il ne revenait pas à lui, notre frère est allé chercher le docteur…

— Qu'est-ce que le docteur a dit?

— Il est pas sûr pantoute que p'pa va s'en remettre. D'après lui, il est dans le coma.

— Voyons donc! s'exclama Corinne. On meurt pas bêtement comme ça.

— Il est pas mort, la corrigea son frère, mais je pense que tu ferais peut-être mieux de venir le voir aujourd'hui. On sait jamais.

Cette nouvelle jeta un voile de tristesse chez les Boisvert. Les enfants adoraient leur grand-père maternel qui, à chaque jour de l'An, leur remettait un jouet qu'il avait façonné lui-même. Il aimait les taquiner et leur faire plaisir, contrairement à Gonzague, qui ne leur adressait pratiquement jamais la parole quand il les rencontrait.

Bastien refusa de rester à dîner malgré l'insistance de sa sœur. Il lui promit de la revoir chez leurs parents le jour même. Après son départ, Corinne et Madeleine, les larmes aux yeux, servirent les restes d'un rôti de porc avec des pommes de terre.

— Ça va, finit par dire Laurent aux siens. Votre grand-père est pas encore mort. Il peut toujours guérir.

— On va tous aller le voir cet après-midi, décida Corinne.

Son mari esquissa une grimace de contrariété. Il se serait bien passé d'aller à Saint-François-du-Lac l'un des jours les plus chauds de ce printemps de 1918. Il aurait préféré s'étendre sur son lit pour récupérer de sa sortie de la veille. Pendant un bref moment, il hésita entre laisser partir sa famille sans lui ou l'accompagner. Puis, il se rendit compte que, s'il demeurait à la maison, toute la famille Joyal lui en voudrait de ne pas être venu à un moment aussi important.

Durant tout le trajet conduisant les siens à la maison des Joyal située dans le rang de la Rivière à Saint-François, il garda un visage renfrogné. Il se rappelait trop bien les nombreuses fois où son beau-père avait dû le rappeler sévèrement à l'ordre pour l'inciter à traiter sa femme de façon convenable. À ses yeux, Napoléon Joyal était un homme bon, mais un peu trop porté à se mêler de ce qui ne le regardait pas.

À deux heures et demie, le boghei des Boisvert arriva devant la grande maison en pierre de Saint-François-du-Lac. La cour était encombrée de voitures.

— Sacrement, tout le village est déjà là ! s'exclama Laurent avec mauvaise humeur en dirigeant sa voiture au fond de la cour.

— Il y a au moins huit boghеis, lui fit remarquer sa femme, la gorge étreinte par un étrange pressentiment. C'est pas juste les voitures de Bernard, de Bastien et d'Amédée.

La porte moustiquaire s'ouvrit brusquement sur Blanche au moment où la jeune femme, suivie par ses enfants, posait le pied sur la première marche conduisant à la galerie. À la vue de sa sœur en pleurs, Corinne comprit immédiatement.

— Il est pas mort ? demanda-t-elle les yeux pleins de larmes et la gorge serrée.

Blanche se contenta de hocher la tête. Corinne se précipita à l'intérieur. Le vieux docteur Lemire, assis à table, était en train de signer un document en compagnie de Thérèse, la femme de son frère aîné.

— Anatole est parti chez Desfossés, à Pierreville, dit à mi-voix la grande femme osseuse. Il devrait être à la veille de revenir. Il est arrêté en passant au presbytère. Monsieur le vicaire vient d'arriver.

Corinne lui fit un signe de tête pour lui faire comprendre qu'elle l'avait bien entendue. Elle traversa la cuisine d'été et pénétra dans la grande cuisine d'hiver où les plus jeunes membres de la famille Joyal attendaient en silence. La porte de la chambre de ses parents était ouverte. Le cœur serré, la fille cadette de Napoléon Joyal trouva le courage de s'avancer vers la petite pièce au centre de laquelle était le lit où reposait son père.

La fille de sa sœur Germaine s'écarta pour la laisser pénétrer dans la chambre où un prêtre, étole violette autour du cou et barrette sur la tête, était en train d'administrer l'extrême-onction à son père. Malgré ses larmes, elle aperçut sa mère, Amédée, Bastien, Rosalie, Germaine et Bernard, debout dans la pièce. Elle se glissa aux côtés de sa mère, secouée par des sanglots convulsifs. Elle, la préférée de son père, s'en voulait de n'avoir pu être près de lui avant sa mort.

— Nous vous recommandons, Seigneur, l'âme de votre serviteur Napoléon, et nous vous prions pour elle, dit le jeune prêtre qui officiait dans la chambre du défunt.

Après avoir oint différentes parties du corps de Napoléon Joyal, l'officiant invita les personnes présentes à prier pour le salut de son âme. Il s'agenouilla, imité par les proches du disparu. Laurent s'installa à côté de Corinne. Dans la pièce voisine, les jeunes se mirent à genoux à leur tour et participèrent à la récitation du chapelet.

Quelques minutes plus tard, Alexandre Desfossés et un employé entrèrent dans la maison, précédés d'Anatole Joyal. Le grand et gros quinquagénaire enleva poliment son chapeau noir, révélant un crâne presque entièrement chauve. À la vue de l'entrepreneur des pompes funèbres, l'abbé Rioux invita les personnes présentes dans la chambre à lui céder la place. Les gens sortirent les uns après les autres de la pièce. Le vicaire partit en promettant de revenir le soir même pour prier avec eux.

Finalement, seules Lucienne et la cadette de ses filles s'attardèrent un peu plus longtemps. Corinne put enfin s'approcher du lit sur lequel son père gisait, recouvert jusqu'au menton par un drap blanc. Elle se pencha vers lui et l'embrassa sur une joue avant d'éclater bruyamment en sanglots. Sa mère lui saisit le bras et l'entraîna hors de la pièce.

En ces moments pénibles, Lucienne Joyal se révélait égale à elle-même. C'était une femme forte à la foi inébranlable. Les yeux rougis par le chagrin, elle demanda à ses filles de s'occuper des gens pendant qu'elle retournait dans la chambre mortuaire préparer les vêtements dans lesquels son mari allait être exposé. Elle demanda à ses fils et à ses gendres de préparer le salon pour l'exposition.

Anatole sortit de la maison pour aller chercher les tréteaux et le drap noir apportés par Desfossés dans sa voiture pendant que Bastien, Bernard, Amédée et Laurent repoussaient les meubles pour libérer l'un des murs du salon.

Blanche, Germaine, Corinne, Rosalie et Thérèse se consultèrent à voix basse pour savoir quelle nourriture elles allaient préparer pour les nombreux visiteurs qui n'allaient pas manquer d'envahir la maison durant les jours suivants.

Quelques minutes plus tard, Desfossés apparut à la porte de la chambre pour solliciter l'aide de deux hommes pour transporter, avec lui et son employé, le cercueil dans le salon. Laurent s'avança avec Bastien pour aider à déplacer le disparu. Lucienne fut la dernière à sortir de la chambre. Elle transportait deux longs cierges qu'elle disposa à chaque extrémité du cercueil après les avoir allumés. Ensuite, elle retourna dans la chambre et n'en sortit qu'un peu plus tard, vêtue d'une robe noire.

— On va aller faire le ménage de la chambre, chuchota Blanche à l'oreille de Corinne en se dirigeant déjà vers la pièce que leur mère venait de quitter.

— C'est correct, accepta la jeune femme. Madeleine, occupe-toi des jeunes, veux-tu ? demanda-t-elle à sa fille qui venait de s'essuyer les yeux, debout devant le cercueil de son grand-père.

Madeleine hocha la tête et entraîna tous les jeunes, ses frères, sa sœur aussi bien que les plus jeunes enfants de son oncle Bastien et de sa tante Germaine vers la balançoire extérieure. Dans la cuisine, les femmes avaient entrepris de préparer le souper et de cuisiner plusieurs gâteaux qui seraient servis en soirée.

À la fin de l'après-midi, Laurent attira sa femme à l'écart pour lui dire :

— Écoute, je vais ramener les enfants à la maison. Il y a le train à faire et la maison de ton père va être pleine de monde toute la soirée. Toi, tu peux coucher ici dedans, si ça te dit. Je reviendrai demain après-midi avec les enfants.

Corinne reconnut le bon sens de sa proposition et poussa ses enfants à aller voir leur grand-père dans le salon et à embrasser leur grand-mère avant de partir pour Saint-Paul-des-Prés.

— Tu pourrais avertir chez ton père que mon père est mort, dit-elle à son mari après avoir recommandé à ses enfants d'être sages et d'obéir à Madeleine.

Après le départ des siens, la jeune femme se joignit aux autres membres de la famille pour préparer la maison à recevoir les visiteurs. Comme Bastien avait le rare privilège d'avoir le téléphone à la maison, elle lui demanda de téléphoner à Juliette Marcil, la sœur de Laurent, pour lui apprendre la nouvelle avant de revenir après avoir fait son train.

En ce premier soir de veille, beaucoup de gens de Saint-François-du-Lac vinrent prier au corps de Napoléon Joyal, le maître chantre de Saint-François-du-Lac depuis plus de vingt-cinq ans. Le petit homme grassouillet au sourire communicatif ne comptait que des amis dans la paroisse. Le curé Gascon apparut à la maison dès sept heures pour réconforter les membres de la famille du disparu. En même temps, il fut décidé que les funérailles auraient lieu à neuf heures, le mercredi matin.

Les derniers visiteurs quittèrent la maison peu avant onze heures ce soir-là. Les enfants de Lucienne durent se fâcher pour convaincre leur mère d'aller dormir quelques heures pendant qu'ils remettraient de l'ordre dans la maison. Lucienne finit par accepter à condition qu'on la réveille au début de la nuit pour pouvoir veiller son mari défunt.

— Elle est épuisée, dit Anatole. Elle a pas dormi une heure depuis que p'pa a eu son accident.

— On va la laisser dormir autant qu'elle va pouvoir, intervint Blanche. Ça sert à rien qu'elle se rende malade. Les journées vont être bien assez longues comme ça.

— Profites-en donc pour aller te coucher toi aussi avec Amédée, lui suggéra Germaine. Le mieux serait qu'on reste juste deux ou trois à veiller p'pa environ deux heures. Comme ça, on sera pas trop éreintés demain. Qu'est-ce que vous en pensez ?

Après une rapide consultation, on accepta la proposition de l'ancienne institutrice. Anatole et Thérèse imitèrent Rosalie et Bastien ainsi que Blanche et Amédée, laissant derrière eux Corinne, Germaine et son mari, Bernard. Dès qu'ils se retrouvèrent seuls, ils se retirèrent dans le salon pour veiller le défunt.

Corinne rapprocha sa chaise du cercueil pour mieux voir la figure de son père, comme si elle essayait d'imprimer son visage dans sa mémoire. Dans le silence de la nuit, elle se laissa emporter peu à peu par un flot de souvenirs qui lui fit monter rapidement les larmes aux yeux.

Il n'avait jamais été un secret pour personne chez les Joyal que la cadette était la préférée de son père, et elle en avait largement profité. Adolescente, combien de fois avait-elle échappé à des tâches rebutantes en feignant la maladresse ? Chaque fois, son père avait fini par l'en exempter. Sa mère, jamais dupe de ses subterfuges, avait toujours fait en sorte qu'elle abatte tout de même sa part de travail.

Plus tard, quand Laurent Boisvert était venu demander sa main, son père, inquiet, avait exigé du temps pour y penser. Il avait été aussi méfiant que sa femme et n'avait finalement accordé sa main qu'après bien des réticences et s'être assuré que sa fille ne manquerait de rien.

— Pauvre p'pa ! murmura-t-elle pour elle-même.

Napoléon Joyal ne pouvait pas savoir alors à quel point son futur gendre l'avait trompé sur sa véritable personnalité.

Soudain, Corinne se revit s'agenouillant aux pieds de son père, le matin de son mariage, pour lui demander sa bénédiction. Elle se souvenait de lui, ému, l'embrassant sur les deux joues et lui souhaitant tout le bonheur possible. Pas plus qu'elle, il ne pouvait deviner que celui à qui il la donnait était un ivrogne violent et irresponsable.

Quand il s'était rendu compte que sa fille préférée avait épousé un tel homme, il n'avait pas hésité à venir sermonner son gendre, même si poser ce geste avait dû être difficile pour ce bon vivant au caractère assez accommodant. En fait, elle ne savait plus combien de fois son père, un homme doux et jovial, avait dû se faire violence pour intervenir auprès de celui qui avait pourtant promis de prendre soin de sa fille.

Puis, la jeune femme blonde se revit arrivant chez ses parents un après-midi d'hiver, portant dans ses bras son bébé, après avoir découvert la veille une preuve évidente de l'infidélité de son mari. À l'époque, elle n'en pouvait plus. Pendant quelques jours, les Joyal l'avaient recueillie et son père avait exigé que ce soit Laurent qui vienne chercher sa femme quand Rosaire s'était présenté à la maison de pierre de Saint-François-du-Lac pour la ramener à la maison.

Corinne grimaça légèrement au souvenir de son mari venu frapper, faussement humble, à la porte de ses beaux-parents. Ceux-ci l'avaient invité à entrer, mais il avait eu droit à une sévère mise au point de son beau-père. « Si tu penses pas être capable de te conduire comme du monde avec ma fille, laisse-la ici dedans. Chez nous, elle mangera pas de misère », avait-il conclu avant d'inviter Corinne à quitter la chambre où elle s'était réfugiée avec son bébé à l'arrivée de son mari.

Après cette crise, Laurent lui avait fait payer chèrement l'humiliation subie. De plus, il avait longtemps boudé les

Joyal, leur reprochant de se mêler de ce qui se passait chez lui. Son père avait pilé sur son orgueil et avait fait en sorte que son gendre recommence à fréquenter sa belle-famille. Il était bien évident qu'il ne voulait pas que sa fille soit isolée à Saint-Paul-des-Prés.

— Merci pour tout, p'pa, murmura-t-elle tout bas. Je sais pas ce que je vais faire sans vous.

— À qui tu parles ? lui demanda Germaine à voix basse.

— Je me parlais toute seule, répondit sa jeune sœur.

— Est-ce qu'on récite un chapelet ? Ça va nous aider à rester réveillés.

Corinne se contenta de quitter sa chaise et de s'agenouiller, imitée par Germaine et Bernard.

Une heure plus tard, Rosalie et Bastien descendirent au rez-de-chaussée, le visage un peu chiffonné.

— Il est déjà deux heures, dit Rosalie. C'est à votre tour d'aller vous coucher.

— On ira réveiller Blanche et Anatole vers quatre heures, poursuivit Bastien en se versant une tasse de thé.

— Et qu'est-ce qu'on fait pour m'man ? demanda Germaine.

— Pourquoi on la laisserait pas dormir ? suggéra Corinne. La journée va être longue demain.

En fait, Lucienne ne s'éveilla que sur le coup de quatre heures du matin. Elle s'était étendue tout habillée sur le lit. Furieuse de constater qu'elle avait dormi aussi longtemps, elle se précipita hors de la pièce pour découvrir Anatole, Thérèse, Amédée et Blanche en train de veiller au corps, à la faible lueur d'une unique lampe à huile.

— Vous auriez dû me réveiller bien avant, leur reprocha-t-elle.

— On a tous pris notre tour, m'man, lui dit Anatole. Rosalie et Bastien viennent de monter. On a encore deux jours et deux nuits à le veiller. On n'arrivera à rien si chacun dort pas un peu.

Pour toute réponse, Lucienne s'approcha de son mari et posa une main sur celles du défunt autour desquelles un chapelet avait été enroulé.

L'après-midi suivant, Corinne eut la surprise de voir entrer chez sa mère sa belle-sœur Juliette, suivie par Laurent et ses enfants. La grande et forte veuve de quarante-neuf ans serra sa jeune belle-sœur dans ses bras pour lui prouver toute sa sympathie avant d'aller présenter ses condoléances aux Joyal qu'elle connaissait tous. Corinne la laissa prier au corps durant quelques instants avant de l'attirer sur la galerie.

— Je t'ai fait avertir par Bastien, mais je pensais jamais que t'allais descendre de Montréal, dit-elle à la restauratrice.

— Tu pensais tout de même pas que j'étais pour rester bien tranquille à servir mes clients pendant qu'une affaire de même t'arrivait, rétorqua la restauratrice en lui serrant la main.

— Laurent a pu aller te chercher à la gare?

— Bien non, il y avait pas moyen de l'avertir. J'ai trouvé quelqu'un à la gare à matin pour m'emmener chez vous.

— J'espère que ça t'a pas causé trop de problèmes?

— Pantoute, répondit Juliette. Sais-tu que je viens de m'apercevoir que ta Madeleine a pas les deux pieds dans le même sabot, déclara-t-elle en changeant de sujet de conversation. Ça va faire toute une femme, cette fille-là. Tu devrais voir comment elle mène son monde et comment elle se débrouille pour faire à manger. Si t'en avais pas besoin, je la prendrais n'importe quand à mon restaurant.

— C'est vrai que j'ai une bonne fille, reconnut Corinne en jetant un coup d'œil à l'adolescente en train de parler avec sa tante Rosalie un peu plus loin.

— As-tu eu des nouvelles de Philippe? demanda Juliette en baissant involontairement la voix.

— Non, répondit la mère en retrouvant intacte toute son angoisse.

— Tu parles d'un petit maudit sans-cœur de laisser sa mère sans nouvelles comme ça, fit la forte femme.

— Il a pas écrit un mot depuis qu'il est parti. Il y a même pas moyen de savoir s'il s'est engagé dans l'armée, reprit Corinne, d'une voix éteinte.

— J'aurais cru que mon filleul aurait un peu plus de cœur et de jarnigoine que ça, fit Juliette. Comment Laurent a pris ça ?

— Pas trop mal, reconnut la mère, un peu à contrecœur. C'est tout juste s'il l'a pas approuvé. Il m'a même dit qu'il aurait peut-être fait la même chose à son âge.

— Beau nono ! On dirait bien qu'il a pas plus de tête avec les années, cette espèce de grand sans-dessein !

— Je suppose que t'as appris que Charles et le mari d'Hélène sont partis se cacher, poursuivit Corinne.

— Oui, mon père m'a dit ça tout à l'heure quand on a arrêté pour lui dire que ton père était mort.

Les deux femmes discutèrent longuement, heureuses de se revoir après si longtemps. La dernière visite de la restauratrice à Saint-Paul-des-Prés datait du début du mois de février.

— Ah ! J'allais oublier de te dire, fit Juliette à un certain moment. J'ai eu de la visite rare la semaine passée. J'allais justement te l'écrire.

— Qui ?

— Imagine-toi donc que notre Rosaire est venu manger au restaurant.

— Ah, enfin il s'est décidé à aller te voir ! s'exclama Corinne, oubliant un bref moment son chagrin. La dernière fois qu'il m'a écrit, c'était pour les fêtes. Est-ce qu'il va bien ?

— Tu le reconnaîtrais pas. Rosaire est devenu tout un bel homme. C'est surprenant qu'il soit pas encore marié à vingt-huit ans. En tout cas, la femme qui va mettre la main sur lui aura pas trop à se plaindre, ajouta la restauratrice.

— Il a beaucoup changé ?

— Juste en apparence, répondit sa belle-sœur. Il est toujours aussi timide et peu bavard. Il m'a dit qu'il travaillait pour la Ville de Montréal. Il vient d'avoir une promotion.

— Est-ce qu'il se souvient encore de nous autres ? demanda Corinne, inquiète.

— C'est sûr, la rassura Juliette. Il a pas arrêté de demander de tes nouvelles et des nouvelles de tes enfants.

— Mon Dieu que j'aimerais ça le revoir ! avoua Corinne. Ça fait dix ans que je l'ai pas vu.

— Décourage-toi pas, fit Juliette. Il y a rien qui dit que tu le verras pas arriver un beau jour à Saint-Paul. En passant, je trouve que votre homme engagé ressemble un peu à Rosaire quand il était jeune, tu trouves pas ?

— C'est bien possible, reconnut Corinne.

À l'heure du souper, Corinne apprit que son mari et ses enfants demeureraient avec elle jusqu'au milieu de la soirée parce que Léopold allait se charger du train.

Le lundi et le mardi furent si épuisants que les membres de la famille étaient à bout de force lorsque Wilfrid Desfossés et ses porteurs se présentèrent chez les Joyal le mercredi matin. Des journées chaudes et humides suivies par des nuits incomplètes ne permettaient à personne de reprendre des forces.

Ce matin-là, la pluie se mit à tomber avec force un peu avant l'aube, détrempant ainsi tout le paysage et transformant la route en bourbier. Laurent arriva assez tôt chez les Joyal en compagnie de sa sœur et de ses enfants. Peu après, la cour de la ferme se remplit de bogheis appartenant à des membres de la famille, à des amis et à des connaissances. Tout le monde s'entassa dans le salon et la cuisine d'hiver pour une dernière prière avant que Wilfrid Desfossés invite les gens à se retirer pour lui permettre de fermer la bière.

Les enfants du disparu furent les derniers à obtempérer à la demande de l'entrepreneur. Corinne, incapable de retenir plus longtemps sa peine et réalisant tout à coup qu'elle voyait son père pour la dernière fois, se mit à pleurer bruyamment.

— Tiens-toi, ma fille! lui ordonna sèchement sa mère. C'est pas en te laissant aller qu'il va revenir.

Sur ces mots, elle la saisit par un bras et l'entraîna hors de la pièce.

Quand les porteurs rouvrirent les portes du salon quelques minutes plus tard, Desfossés tendit à Lucienne le chapelet qui avait été enroulé autour des mains de son mari. La veuve le prit et le serra contre elle pendant qu'on sortait le cercueil de la maison en empruntant la porte de la façade. Déjà, la plupart des bogheis s'étaient alignés sur la route détrempée, derrière le corbillard sur lequel on déposa le corps de Napoléon Joyal.

Le ciel était uniformément gris. La pluie avait cédé la place à une sorte de crachin. Le convoi funèbre prit lentement le chemin de l'église paroissiale et le glas retentit au moment où les premières voitures venaient s'immobiliser devant le parvis de l'église. Les gens s'assemblèrent près de la porte où le curé Gascon, les épaules couvertes par une chape noire, accueillit son vieux paroissien pour la dernière fois. L'officiant suivit le corps déposé sur un chariot et poussé par les porteurs jusqu'à l'avant de l'église. Les fidèles se glissèrent silencieusement dans les bancs pour assister à la messe qui allait être célébrée pour le salut de l'âme de Napoléon Joyal. Lors de sa brève homélie, le prêtre sut trouver des paroles de réconfort propres à apaiser la douleur des parents et amis du défunt.

Après la célébration, toutes les personnes présentes suivirent le curé Gascon au cimetière voisin. Le cercueil fut déposé près de la fosse creusée par le bedeau et on récita une dernière prière avant qu'il soit déposé en terre. Sur un signe du prêtre, une première pelletée de terre fut jetée sur le cercueil. La terre produisit un son mat lorsqu'elle heurta le bois. Les personnes présentes furent invitées à se retirer. Blanche et Corinne entraînèrent leur mère hors du cimetière.

Revenus près des voitures, les gens se saluèrent avant de se séparer. Juliette accepta l'offre d'Amédée et de Blanche de la déposer à la gare de Sorel. Quand Corinne entendit Germaine proposer d'aller remettre de l'ordre chez sa mère en compagnie de Rosalie et de Bastien, elle décida de rentrer chez elle, à Saint-Paul-des-Prés. Elle alla embrasser sa mère en lui promettant de lui rendre visite très bientôt et elle monta dans le boghei où Laurent et ses enfants l'attendaient déjà.

Le retour à la maison se fit dans un lourd silence. Corinne sentait que ses enfants faisaient un effort pour se tenir tranquilles, par respect pour sa peine. À leur arrivée, Léopold abandonna la brouette pleine de fumier qu'il venait de sortir de l'étable pour s'approcher de la voiture. Laurent lui confia les rênes et pénétra dans la maison à la suite de sa famille.

— Tout le monde se change, décréta Corinne en faisant un effort pour reprendre pied dans la vie quotidienne.

Elle suivit son mari dans leur chambre à coucher dans l'intention de retirer sa robe noire pour la remplacer par sa robe de cotonnade de tous les jours.

— On n'a pas trop vu ta famille cette semaine, dit-elle avec une certaine rancœur.

— Il faut croire qu'ils avaient autre chose à faire, laissa tomber Laurent en retirant son pantalon.

— Même s'ils avaient pas le temps de venir veiller au corps, ils auraient pu, au moins, venir aux funérailles à matin, reprit-elle, amère.

— T'oublies qu'il y avait Juliette. Aux dernières nouvelles, c'est une Boisvert.

— C'est sûr que j'ai rien à reprocher à ta sœur, dit Corinne en replaçant une mèche qui s'était échappée de son chignon blond. Mais il me semble que par sympathie pour moi, ton père ou ton frère aurait pu se déplacer.

— Qu'est-ce que tu veux que j'y fasse ? Moi, je les ai avertis. Je pouvais pas faire plus.

Là-dessus, il quitta la pièce en passant ses bretelles, puis il sortit de la maison pour vérifier si Léopold avait bien fait le travail qu'il lui avait donné à exécuter durant son absence.

Dans la cuisine, Corinne s'activa à préparer le dîner des siens avec l'aide de ses filles. Cependant, après le repas, Madeleine exigea que sa mère aille se reposer pendant qu'elle se chargeait de tout ranger avec Élise.

— Allez vous coucher un peu, m'man, fit l'adolescente. Ça va vous faire du bien.

Corinne, reconnaissante, ne se fit pas prier. Elle alla s'étendre sur son lit avec l'intention de dormir une heure ou deux avant de s'occuper des vêtements à repriser qui attendaient dans le panier d'osier. Elle se sentait si épuisée après ces trois nuits incomplètes et toutes les heures des derniers jours passées devant le fourneau qu'elle sombra dans un gouffre dont elle ne fut tirée qu'à la toute fin de l'après-midi quand Élise vint la prévenir que le souper était prêt.

— Vous auriez dû venir me réveiller avant, reprocha-t-elle à ses filles en pénétrant dans la cuisine.

— Bien non, m'man, la contredit Madeleine. Il fait mauvais dehors et il y avait pas grand-chose à faire.

— Vous êtes bien fines, les filles, de m'avoir laissée dormir, dit-elle en leur adressant un sourire de reconnaissance avant d'attacher son tablier.

Chapitre 8

Les camions

Le lendemain matin, le soleil se leva dans un ciel entièrement dégagé. Une petite brise du sud transportait toutes sortes d'odeurs agréables. L'air était si doux qu'il donnait envie de sourire.

Corinne fut la première levée. Elle avait les traits tirés parce qu'elle avait connu une très mauvaise nuit. Le sommeil l'avait boudée jusqu'aux petites heures du matin. Elle avait même fini par aller s'asseoir dans l'une des chaises berçantes de la cuisine et elle avait passé de longues heures à se remémorer les bons souvenirs de son père. Vers trois heures du matin, Laurent s'était réveillé et rendu compte de son absence à ses côtés. Il s'était levé à son tour et l'avait trouvée somnolente, en train de se bercer dans le noir. Il l'avait ramenée dans la chambre où elle avait fini par s'endormir.

— On a passé la mi-mai et j'ai encore rien fait dans le jardin, dit-elle au moment où les siens finissaient de déjeuner. Il fait beau, c'est à matin qu'on s'en occupe, annonça-t-elle sans s'adresser à quelqu'un en particulier.

Laurent se leva de table et prit la direction de la chambre d'où il sortit vêtu de ses habits du dimanche.

— Veux-tu bien me dire où tu t'en vas habillé comme ça ? s'étonna-t-elle en le voyant pénétrer dans la cuisine d'été.

— T'oublies que c'est à matin que le père passe me prendre pour aller chercher les *trucks* qu'il est supposé acheter à Sorel.

— Et le labourage ? demanda-t-elle.

— C'est presque fini, laissa-t-il tomber. On s'est pas mal avancés pendant que t'étais à Saint-François. À matin, après avoir ramassé le fumier dans l'étable, Léopold et Norbert pourront te donner un coup de main dans le jardin, ajouta-t-il.

À peine venait-il de parler que le bruit d'un attelage entrant dans la cour l'incita à se pencher à l'une des fenêtres pour identifier le visiteur.

— Bon, c'est le père, Henri et Léon Tremblay qui arrivent. Attends-moi pas. Je sais pas à quelle heure on va revenir.

— Est-ce que c'est vous qui allez conduire le *truck*, p'pa ? lui demanda Norbert, tout excité par cette perspective.

— Ça se pourrait, répondit son père en quittant la maison.

Corinne ne se donna pas la peine de sortir sur la galerie pour saluer son beau-père et son beau-frère. Elle ne voyait pas pourquoi elle se serait montrée hospitalière envers des gens qui ne s'étaient même pas dérangés pour venir lui offrir leur sympathie à l'occasion du décès de son père. Même ce matin-là, ils auraient pu descendre de voiture et venir lui présenter leurs condoléances...

— Maudits Boisvert ! dit-elle à mi-voix, les dents serrées. Ça a pas de cœur, ce monde-là !

Elle allait s'en souvenir longtemps, comme elle n'avait pas oublié leur presque indifférence à la mort de grand-père Boucher, quinze ans auparavant.

Quand elle entendit la voiture faire demi-tour plus loin dans la cour, elle s'approcha de la fenêtre pour la voir partir.

— Pauvre bête ! ne put-elle s'empêcher de murmurer en faisant référence au poids que le boghei transportait. Elle a toute une charge à tirer jusqu'à Sorel. Une chance que Tremblay est un vrai chicot. Il a l'air de Notre-Seigneur entre les deux larrons, ajouta-t-elle en regardant Léon coincé entre son beau-père et son mari.

Près de deux heures plus tard, Henri arrêta son attelage devant un vieil édifice délabré situé près de l'hôtel de ville de Sorel. Au fond d'une grande cour boueuse, les quatre hommes purent apercevoir deux camions.

Au moment où Léon Tremblay allait s'avancer pour pénétrer dans la cour, Gonzague Boisvert le retint.

— Vous pouvez attacher le cheval à la borne et aller vous asseoir dans le parc, en face, pour m'attendre. J'irai vous chercher quand j'en aurai fini. Moi, j'ai à discuter affaires avec le type qui a ces deux *trucks*-là.

— Vous aviez pas dit que vous vouliez acheter des *trucks* neufs, p'pa ? lui demanda Laurent, déçu. Ceux que je vois là ont pas l'air neufs pantoute.

— Laisse faire, le rabroua sèchement son père. J'ai pas dit que je les avais achetés non plus. Quelqu'un m'a dit que le bonhomme qui a ces *trucks*-là était intéressé à les vendre. Je veux juste savoir combien il en demande.

Henri, Laurent et Léon Tremblay s'éloignèrent pendant que Gonzague pénétrait dans l'édifice.

Une heure plus tard, les trois hommes, inquiets de ne pas le voir revenir, vinrent se planter devant l'immeuble.

— Baptême ! Pour moi, votre père est mort là-dedans ! s'exclama Tremblay, fatigué d'attendre. J'ai pas l'intention de prendre racine dans la rue, moi.

Au même moment, Gonzague sortit de l'édifice en compagnie d'un homme de taille moyenne coiffé d'une vieille casquette en toile. L'homme en manches de chemise et crayon sur l'oreille, prit la direction des camions, suivi de près par son visiteur qui fit signe à ses fils et à Tremblay de le rejoindre.

Tous les cinq se retrouvèrent près des camions. L'homme, Elphège Labrie, donna un coup de poing sur le capot du camion vert bouteille près duquel ils se tenaient.

— Ça, c'est un *truck* solide, déclara-t-il. L'autre est pareil. Je les ai depuis deux ans et pas une fois, ils ont fait défaut. Le noir est aussi bon que celui-là. Son moteur roule comme un moine. Tous les deux sont des International cinq tonnes avec une bonne boîte en bois. C'est fort sans bon sens, ces *trucks*-là.

Les Boisvert firent le tour des deux camions en s'efforçant de prendre des airs de connaisseurs, ce qu'ils n'étaient assurément pas.

— Est-ce qu'on peut faire tourner les moteurs ? demanda Léon en tendant la main vers le vendeur un peu trop disert pour être honnête.

— Ben sûr, fit l'autre en tirant de ses goussets un petit trousseau de clés.

Il en sélectionna une et la tendit au jeune homme. Ce dernier monta dans la cabine du camion vert pendant que le vendeur s'empressait d'aller tourner la manivelle devant le capot pour lancer le moteur. Après quelques hésitations, ce dernier consentit à tourner en émettant une épaisse fumée noire. Le conducteur laissa le moteur en marche et descendit du véhicule.

— Je pense qu'on est aussi ben de voir ce que donne l'autre, ajouta-t-il en tendant encore une fois la main vers le vendeur.

Il répéta la même opération avec le camion noir et obtint les mêmes résultats. Au moment où il allait descendre de cabine, Gonzague lui ordonna :

— Arrête le moteur des deux *trucks*. On s'entend plus parler.

Léon s'exécuta. Tous les hommes présents firent encore une fois le tour des deux lourds véhicules. Les Boisvert s'empressèrent d'imiter Tremblay quand ils le virent décocher des coups de pied dans chacun des pneus. On s'immobilisa finalement devant le nez de l'un des camions. Gonzague affichait un air incertain.

— Puis, qu'est-ce que t'en penses, Léon, demanda-t-il à celui qui était le seul à avoir déjà conduit un camion.

— Ils m'ont l'air pas trop pires pour des *trucks* de seconde main, monsieur Boisvert, dit le jeune homme sur un ton pénétré. Ce sont pas des Ford, mais les International sont pas mauvais non plus, sentit-il le besoin de préciser en se donnant l'air d'un expert en la matière. Ils sont de quelle année, demanda-t-il au vendeur ?

— De 1915. Mais ils ont presque pas roulé, ajouta ce dernier.

— Ouais ! Je pense que je vais me laisser tenter, intervint Gonzague en affichant un air calculateur. Viens, on va aller régler ça en dedans pendant que mes chauffeurs vont voir s'ils sont corrects, dit-il à l'intention d'Elphège Labrie.

Dès que le vieillard eut disparu avec le propriétaire des camions à l'intérieur du bâtiment, Léon s'empressa de donner un cours accéléré de conduite à Laurent.

— Tu sais comment faire partir ça, à cette heure, lui dit-il. Il suffit de mettre le *choke* dessus et de donner une couple de coups de manivelle. Normalement, le moteur devrait partir.

— C'est correct, dit Laurent en montant dans la cabine aux côtés de son professeur.

— Quand tu veux avancer, tu pèses sur la *clutch* pour passer tes vitesses. C'est cette pédale-là, lui précisa-t-il en lui montrant la pédale de gauche. L'autre, c'est le *brake*. Le mieux, quand tu veux arrêter, c'est de te mettre au neutre avant de *braker*.

Pendant quelques minutes, Léon enseigna au fils de son futur patron comment passer les différentes vitesses. Il lui permit de prendre le volant et le fit conduire lentement dans la grande cour. Le lourd véhicule se déplaçait par à-coups et les plaintes stridentes de la transmission torturée arrachaient des grimaces à l'enseignant improvisé.

— Pèse sur la *clutch* à fond, répéta-t-il à plusieurs reprises à Laurent. Si tu fais pas ça, tu vas finir par briser la transmission, et ça, ça coûte cher en maudit. La même chose quand tu repars, donne pas trop de *gas*, sinon tu vas étouffer le moteur.

Pendant ce cours improvisé de conduite, Henri s'était prudemment réfugié près de l'édifice pour ne pas être sur la trajectoire du camion conduit par son jeune frère. Pour sa part, le cheval attaché à la borne devant l'édifice s'ébrouait nerveusement en entendant le vacarme du moteur du véhicule tout près de lui.

Finalement, Gonzague sortit de l'immeuble en se frottant les mains.

— Approchez les deux *trucks* de la pompe, ordonna-t-il à Laurent et à Léon. Labrie va les remplir de *gas*.

Le vendeur apparut à son tour derrière lui, l'air assez mécontent. Il fit signe aux deux conducteurs d'approcher leur véhicule de la pompe placée près des larges portes de sa remise. L'homme se mit à actionner vigoureusement un levier, ce qui eut pour effet de faire monter l'essence dans la pompe. Il remplit le réservoir de chacun des camions sans desserrer les dents. Quand ce fut fait, il salua son acheteur d'un bref signe de tête et rentra dans l'immeuble.

— Qu'est-ce qu'il a, le bonhomme ? demanda Henri. On dirait qu'il est pas content pantoute.

— Il est pas de bonne humeur parce que j'ai pas voulu signer tant qu'il a pas promis de remplir gratis les deux *trucks* de *gas*, affirma le vieil homme.

De fait, Elphège Labrie avait appris en grinçant des dents de quelle manière Gonzague Boisvert négociait un prix. Il avait cédé ses camions quasi à perte, tant il était excédé par des pourparlers qui n'en finissaient plus. La goutte qui avait fait déborder le vase avait été la dernière exigence de l'acheteur, soit de remplir gratuitement les réservoirs des deux mastodontes.

— Mon vieux verrat ! ricana Labrie en le voyant monter dans son boghei en compagnie du plus gros de ses fils, tu vas voir ce que c'est que d'avoir des *trucks*. Tu vas peut-être regretter de les avoir achetés !

Dans la cour, Léon descendit de la cabine du camion noir et cria à Laurent de le suivre lentement. Ce dernier fit signe de la main qu'il avait bien compris. Pendant ce temps, Gonzague demanda à Henri de pénétrer dans la cour avec le boghei. Sans descendre, il cria aux deux hommes, penchés à l'extérieur de leur cabine pour bien l'entendre :

— Nous autres, on pourra pas aller aussi vite que vous autres. Vous allez conduire votre *truck* jusque chez vous. Prenez ben votre temps en traversant le village de manière à ce que chacun vous voie ben. Demain matin, je veux vous voir à sept heures et demie chez nous. Puis, faites ben attention à mes *trucks*, prit-il soin d'ajouter. Oubliez pas que c'est ben de l'argent que vous avez là entre les mains.

Laurent et Léon le rassurèrent. Ils laissèrent le boghei quitter la cour avant d'embrayer et de se mettre en route à leur tour. Henri rangea prudemment le boghei près du trottoir en bois pour laisser passer les deux camions.

Le voyage de retour sembla durer une éternité au fils cadet de Gonzague Boisvert. Ce qui avait fini par sembler relativement facile dans la cour se révéla étrangement compliqué dès qu'il se retrouva sur la voie publique. En un rien de temps, la sueur l'inonda et il aurait donné tout ce qu'il possédait pour se retrouver ailleurs que derrière le volant. Avant même d'avoir quitté la ville, il étouffa à quatre ou cinq reprises le moteur de son véhicule et il jura comme un charretier chaque fois qu'une voiture tirée par un cheval venait lui couper la route. En chaque occasion, le cocher se tournait vers lui et ne ménageait pas ses sarcasmes.

Il était sur la route depuis moins de dix minutes quand son camion s'inclina curieusement sur la droite et se mit à tressauter comme si le chemin n'était qu'une suite de trous. Il finit par se ranger sur le côté et il descendit de sa cabine pour aller voir de quoi il s'agissait. Le pneu arrière droit était totalement dégonflé.

— Maudit calvaire ! jura-t-il en s'épongeant le front. Là, j'ai l'air fin. Qu'est-ce que je suis supposé faire à cette heure ?

Il se mit à tourner autour de son véhicule, comme si cette manœuvre allait regonfler son pneu. Il songea que son père et son frère allaient sûrement finir par passer près de lui et s'arrêter sans se rendre compte que les deux hommes allaient être absolument incapables de lui expliquer quoi faire pour réparer. Cependant, il fallait croire que le ciel était de son côté puisqu'il vit, quelques minutes plus tard, un camion noir venir en sens inverse dans sa direction. Le véhicule ralentit et s'immobilisa à sa hauteur. À ce moment-là, il s'aperçut qu'il s'agissait de Tremblay qui était revenu vers lui.

— Attends, lui cria le jeune homme. Je vais tourner dans la prochaine cour et je reviens.

Soulagé, le conducteur novice attendit que son compagnon vienne arrêter son véhicule derrière le sien. Le petit homme sec et nerveux descendit de la cabine et alla directement vers la roue dont le pneu était crevé.

— Ça a tout l'air d'un *flat* qu'il va falloir réparer, lui annonça-t-il, comme si c'était la chose la plus normale du monde.

— Sacrement ! Veux-tu ben me dire comment ça se fait, une affaire comme ça ? lui demanda Laurent.

— Des *flats*, tu vas en avoir autant comme autant, répondit Léon. Il y a juste à les réparer pour repartir. Roule jamais dessus trop longtemps parce que là, ça va coûter un pneu neuf à ton père et, d'après moi, il aimera pas trop ça.

Ensuite, sans perdre trop de temps, le jeune homme enseigna à Laurent comment retirer la roue après avoir soulevé le camion avec le cric. Il retira la chambre à air perforée du pneu et repéra immédiatement le trou laissé par une roche trop pointue.

— T'as juste à prendre une *patch* et à la coller sur le trou, expliqua-t-il en passant de la parole aux actes, après avoir trouvé ce qu'il fallait dans le coffre fixé sur le marchepied. Ensuite, t'as juste à regonfler le pneu avec la pompe, à reposer la roue et à ôter le cric. Après, tu repars… jusqu'au prochain *flat*, ajouta-t-il en éclatant de rire devant l'air déconfit de son compagnon.

— J'ai compris, fit Laurent, un peu humilié de n'avoir rien su de tout cela.

Au moment de remonter dans la cabine du camion, le boghei de son père s'arrêta derrière ses deux camions.

— Qu'est-ce que vous faites là? demanda le vieillard avec humeur.

— J'ai eu un *flat*, répondit son fils, en nage.

— Torrieu! je vous pensais déjà au moins rendus à Yamaska. C'est ben lent, ces maudits *trucks*-là. Traînez pas, ordonna-t-il aux deux conducteurs. On n'est pas pour passer la journée sur le chemin.

Laurent eut tout le mal du monde à ne pas exploser. Il en avait des bonnes, son père; ce n'était pas lui qui devait apprendre à conduire. Il mourait de faim et il aurait tout donné pour boire une bouteille de bière bien fraîche. Il n'eut pas le temps de s'étendre plus longtemps sur ses frustrations parce que le camion noir de Léon venait de se remettre en route et il n'était pas question qu'il le perde de vue, au cas où il aurait d'autres ennuis en cours de route.

Quelques milles plus loin, ce fut au tour de Léon Tremblay de s'arrêter sur le bord du chemin, victime d'une crevaison.

— Continue, cria-t-il à Laurent. J'ai pas besoin de toi pour réparer. Je te rejoindrai plus loin.

Heureux de ne pas avoir à participer à cette réparation, sous le soleil de midi, le fils de Gonzague poursuivit sa route. Quand il passa devant l'hôtel de Yamaska, il ralentit volontairement en espérant que l'une de ses connaissances l'aperçoive au volant de son camion vert bouteille. En pure perte, à cette heure de la journée, l'endroit était vide. Les gens étaient probablement tous attablés en train de dîner. D'ailleurs, il eut à peine le temps de se plaindre de son manque de chance qu'il dut arrêter de nouveau son camion parce que le pneu avant droit venait de crever.

En constatant cela, le conducteur vida l'église de tous les vases sacrés et flanqua un grand coup de pied dans le pneu crevé. Puis, après avoir passé sa rage, il n'eut d'autre choix que de le réparer du mieux qu'il put. Il venait à peine de remettre son véhicule en marche quand Tremblay le dépassa. Il le suivit en espérant arriver à la maison sans autre avarie.

Il faut croire que le ciel l'entendit. Il put traverser Saint-Paul-des-Prés sans autre incident. Il se rappela à temps les recommandations de son père de bien se faire voir par les gens du village. Il klaxonna et fit signe à Léon Tremblay de s'arrêter devant le magasin général. Les deux hommes descendirent de leur véhicule en laissant tourner le moteur.

— On va aller boire une liqueur, lui dit Laurent. Le père veut qu'on se fasse voir et qu'on dise au monde que ce sont ses *trucks* qu'on conduit.

Alors qu'ils poussaient la porte de chez Duquette, Laurent se félicita d'être parvenu au moins à maîtriser de façon à peu près convenable la transmission de son camion. Il n'aurait plus manqué qu'il arrive au village en étouffant son moteur ou en faisant grincer les vitesses au passage.

— Tabarnouche ! s'exclama Alcide Duquette en servant aux deux hommes une boisson gazeuse. D'où ça sort, ces *trucks*-là ?

— Ça appartient à mon père, dit Laurent avec fierté.

— Qu'est-ce qu'il va faire avec ça ? fit le commerçant, stupéfait. Il a plus assez de son hôtel, à cette heure ?

— Ça, j'en sais rien, monsieur Duquette, mentit Laurent. Vous connaissez mon père, il manque jamais d'idée.

— On sait ben, se borna à dire le marchand en scrutant par la vitrine les deux gros véhicules immobilisés devant son magasin.

Laurent et Léon burent lentement leur boisson gazeuse en espérant que d'autres personnes entrent dans le magasin général et leur demandent à qui appartenaient les camions, mais ils en furent pour leurs frais. Après quelques minutes d'attente, d'un commun accord, ils décidèrent de rentrer chez eux.

Peu après, Laurent vit son compagnon virer dans le rang Saint-Pierre. Il poursuivit sa route et emprunta le rang Saint-Joseph, tout heureux de pouvoir bientôt épater sa famille qui devait l'attendre avec impatience. Il klaxonna avant de pénétrer dans la cour de sa ferme et, immédiatement, Léopold et ses enfants apparurent sur la galerie de la maison pour le voir aller faire demi-tour au fond de la cour et venir immobiliser son camion devant la remise. Aussitôt, tous se précipitèrent pour admirer le véhicule. Corinne sortit du jardin et vint aussi à la rencontre du conducteur.

— Puis, qu'est-ce que vous en dites ? demanda le père de famille en bombant le torse. Il est pas pire, non ?

— Il est ben beau, p'pa ! s'exclama Norbert, conquis par le mastodonte. Allez-vous nous faire faire un tour ?

— Tout à l'heure, lui promit son père.

— As-tu mangé ? lui demanda Corinne.

— Non.

— Entre, je vais te servir quelque chose. Je t'ai gardé une assiette dans le réchaud.

— T'as rien dit pour le *truck*, lui fit remarquer son mari en la suivant à l'intérieur de la maison.

— Moi, je connais pas grand-chose là-dedans, rétorqua-t-elle en se dirigeant vers le réchaud, au-dessus du poêle. Mais il me semble que c'est pas mal dangereux de conduire une grosse affaire comme ça sur le chemin. J'espère que tu vas faire ben attention quand tu vas travailler pour ton père.

— Inquiète-toi pas pour ça, dit-il pour l'apaiser.

— Est-ce que c'est un *truck* neuf? reprit-elle.

— Non, le père a trouvé quelqu'un qui en avait deux de seconde main à vendre. Il les a achetés.

— Bon, je retourne dans le jardin, dit-elle après avoir déposé une assiette devant son mari. Quand t'auras fini, t'auras juste à tout laisser sur la table. Je m'en occuperai en rentrant.

Quelques minutes plus tard, Laurent sortit de la maison et cria aux enfants:

— Ceux qui veulent faire un petit tour peuvent venir monter dans la boîte en arrière.

Corinne leva la tête lorsqu'elle l'entendit crier. Elle jeta un coup d'œil à Madeleine qui mourait d'envie de laisser tomber son travail à ses côtés pour aller profiter de l'occasion. Elle poussa un soupir d'exaspération avant de dire à sa fille:

— Viens, on va faire plaisir à ton père. On va aller essayer son *truck*.

La mère et la fille quittèrent le jardin et s'avancèrent vers le camion devant lequel Léopold était en train d'apprendre comment donner un tour de manivelle pour le faire démarrer.

— Montez en avant, dit Laurent à sa femme et à sa fille. Les enfants sont en arrière.

— Il y a pas de danger pour eux autres? demanda Corinne, inquiète.

— Pantoute, je vais aller doucement.

C'était du moins son intention première. Malheureusement, l'International refusa obstinément de démarrer malgré les sacres et les jurons bien sentis proférés par son conducteur. Ce dernier accusa d'abord Léopold de ne pas savoir manipuler la manivelle, mais il ne fit pas mieux lui-même. Après plusieurs minutes d'acharnement inutile, il finit par perdre patience en entendant les plus jeunes commencer à se chamailler dans la benne du camion et il leur ordonna de descendre et d'aller jouer ailleurs. Pour leur part, Corinne et sa fille descendirent de la cabine sans rien dire et retournèrent à leur travail dans le jardin.

Fou de rage, Laurent finit par aller atteler le blond au boghei et prit le chemin du rang Saint-Pierre. Il revint moins d'une heure plus tard, précédé de quelques minutes par Léon Tremblay venu à bord de son camion noir. Avant l'arrivée du fils de Gonzague Boisvert, il avait déjà eu le temps d'essayer à plusieurs reprises de faire démarrer le véhicule sans plus de succès que son conducteur.

— Ben, je sais pas ce qu'il a de travers, avoua-t-il à Laurent en soulevant sa casquette pour se gratter la tête. À mon avis, il y a quelque chose de pas correct avec le moteur. Je pense que le mieux à faire est d'aller prévenir ton père.

Sur ces mots, Léon monta dans son camion et reprit la route.

— Sacrement de cochonnerie! ragea Laurent en flanquant un grand coup de pied sur l'un des pneus du véhicule avant d'aller dételer son cheval et de le conduire dans l'enclos près de l'écurie.

Le cultivateur rejoignit ensuite Léopold qu'il avait chargé de changer quelques planches pourries de l'un des murs de l'étable. Il venait à peine de scier sa première planche qu'il vit arriver Jocelyn Jutras, son voisin, qui s'arrêta à la clôture de fil barbelé qui séparait leurs terres.

— Sacrifice, t'as tout un engin dans ta cour! s'exclama-t-il en montrant le camion stationné devant la remise. Dis-moi pas que tu t'es greillé de ça?

— Pantoute, fit Laurent. C'est un des deux *trucks* que mon père vient de s'acheter. Je devrais travailler pour la voierie cet été.

— T'es ben chanceux, dit le voisin. Moi, j'haïrais pas ça me promener là-dedans.

Le voisin venait à peine de le quitter que Laurent vit revenir le camion de Léon Tremblay d'où descendit son père.

— Il paraît que t'as déjà trouvé le moyen de casser mon *truck* neuf, l'apostropha ce dernier avec hargne.

— Je l'ai pas cassé pantoute, se défendit Laurent avec humeur. Il marchait ben quand je suis arrivé. Après le dîner, il a jamais voulu repartir. C'est ça qui arrive quand on achète du seconde main, p'pa.

— T'as dû faire quelque chose de pas correct, s'entêta le vieillard. Une affaire comme ça, ça brise pas pour rien.

— Si c'est ce que vous pensez, je pense que vous êtes mieux de vous trouver un autre chauffeur, fit sèchement son fils.

— On en reparlera plus tard, dit Gonzague, évasif. En attendant, Melançon va venir jeter un coup d'œil au moteur. Il se vante d'être capable de réparer ça. On va ben voir. Viens me reconduire, Léon, ordonna-t-il à Léon Tremblay, demeuré prudemment à l'écart.

Sans un mot pour sa bru et ses petits-enfants, le vieillard irascible remonta dans la cabine et le camion noir reprit la route dans un nuage de poussière.

Corinne n'avait pas perdu un mot de l'échange entre son beau-père et son mari. Elle résista difficilement à la tentation de sortir du jardin pour faire remarquer à Laurent que ce qu'il venait de vivre n'était probablement qu'un avant-goût de ce qui l'attendait en travaillant pour son père. Cependant, son mari semblait si furieux qu'elle préféra garder sa remarque pour elle.

Quand Joseph Melançon arriva chez les Boisvert, Laurent ne se donna même pas la peine de quitter son travail. Il se contenta de lui crier qu'il pouvait essayer de réparer le camion. La clé était sur le contact.

Le maréchal-ferrant-mécanicien souleva le capot et se mit à farfouiller à l'intérieur en s'aidant avec les outils qu'il tirait de son coffre. Un peu plus tard, Corinne et ses filles le saluèrent au passage avant de pénétrer dans la maison pour aller préparer le souper. Lionel alla chercher les vaches dans le champ, laissant derrière lui son frère Norbert, hypnotisé par le travail du mécanicien.

— Arrête de niaiser et va nourrir les cochons, lui cria son père en route vers l'étable en compagnie de Léopold.

Moins d'une heure plus tard, au moment où le cultivateur finissait de s'occuper de ses bêtes avec son employé, il entendit enfin le bruit du moteur de son camion. Il laissa alors Léopold terminer le travail et s'empressa d'aller rejoindre Melançon dans la cour.

— T'as fini par trouver ce qu'il avait? demanda-t-il à l'homme aux bras couverts de cambouis.

— Les bougies, affirma l'autre. Elles étaient tout encrassées. En plus le filtreur était bouché. Pour moi, celui qui a vendu ce *truck*-là à ton père en a pas pris soin pantoute.

— Les deux viennent du même gars. D'après moi, tu vas avoir la même *job* à faire avec celui que Tremblay conduit.

— C'est ben possible, dit Melançon en ramassant ses outils pour les jeter bruyamment dans son coffre.

— Ça fait tout de même pas mal drôle de voir un mécanicien se promener en boghei, fit Laurent, sarcastique.

— Inquiète-toi pas pour moi, répliqua l'homme. Je vais ben finir par avoir un char un jour quand j'en aurai les moyens. En attendant, mon cheval me suffit et il me coûte pratiquement rien à nourrir.

Après le repas, Laurent, sa bonne humeur revenue, emmena les siens faire une balade jusqu'au village. Les exclamations de joie des plus jeunes lui firent oublier les ennuis subis durant la journée.

Le lendemain matin, il se rendit chez son père pour sa première journée de travail à titre de conducteur de camion. Il faisait beau et chaud, et il était persuadé qu'il allait gagner de l'argent sans trop se donner de mal. Il ne lui fallut que quelques heures pour comprendre qu'il n'en serait rien. Le transport de terre et de gravier était loin d'être une sinécure avec un camion dont la benne n'était pas basculante. Il apprit rapidement que le chargement et le déchargement se faisaient avec une pelle qu'il allait être appelé à manipuler plus de dix heures par jour. Le nouveau camionneur se rendit bien compte que travailler pour son père ne serait pas facile et n'aurait rien d'agréable.

Dès le premier matin, il comprit pourquoi il devait se présenter très tôt à la ferme paternelle du rang Saint-André avec Léon Tremblay. Le vieil homme, l'air soupçonneux, salua à peine ses deux employés qui venaient de descendre de leur camion avant d'examiner avec soin chacun des véhicules.

— Qu'est-ce qui se passe, monsieur Boisvert ? lui demanda Léon. Cherchez-vous quelque chose ?

— Pantoute, répondit sèchement son patron. Je regarde pour voir si vous avez bossé ou cassé quelque chose. Là, j'aime autant vous le dire tout de suite, poursuivit-il en repoussant son chapeau, si vous maganez mes *trucks*, vous payez les réparations.

— Ah ben ! C'est la première fois que j'entends une affaire comme ça, ne put s'empêcher de dire Léon, étonné, en regardant un Laurent Boisvert silencieux.

Gonzague ne tint aucun compte de ce que l'un de ses conducteurs venait de dire et il monta ensuite dans la cabine de chacun des camions. Chaque fois, il en descendit en écrivant quelque chose sur un vieux calepin qu'il venait de tirer de l'une de ses poches. Il n'était pas nécessaire d'être grand clerc pour s'apercevoir qu'il venait de noter le niveau d'essence.

— Pendant que j'y pense, monsieur Boisvert, dit Léon, agacé par le manège, vous seriez peut-être ben mieux de vous occuper des pneus de vos deux *trucks* plutôt que du *gas* qu'ils vont prendre. Je le sais pas pour votre garçon, mais moi, le *gas*, je le bois pas.

— Pourquoi tu me parles de ça ? lui demanda Gonzague d'une voix peu amène.

— Au cas où vous vous en seriez pas aperçu hier, chaque *truck* a eu deux *flats* en revenant de Sorel. Vous savez ce que ça veut dire ?

— Pantoute.

— Ça veut dire que les *tires* sont finis et qu'il va falloir penser à les changer ben vite si vous voulez pas qu'on passe la moitié de nos journées à réparer des *flats*.

— T'aurais pas pu le dire hier, quand j'ai acheté les *trucks* ? rugit Gonzague, fou de rage.

— Vous m'avez pas demandé mon avis, laissa tomber le camionneur sur un ton indifférent.

— Ah ben, maudit baptême ! Nous v'là propres, à cette heure ! Avant même de faire une cenne avec mon contrat, je vais être poigné avec cette dépense-là.

— Vous êtes pas obligé de faire ça tout de suite, dit Léon pour l'apaiser. On peut rouler encore un bout de temps sur les vieux *tires*.

— Je l'espère ben, déclara le vieillard, l'air mauvais. En tout cas, à partir de demain matin, arrangez-vous pour être ici à six heures et demie au plus tard, ordonna-t-il à ses deux conducteurs. Aujourd'hui, vous allez passer la journée à charrier du gravier que vous déchargerez dans le village de Saint-François. Perdez pas de temps. Vous arrêterez de travailler à six heures et organisez-vous pour que les *trucks* aient toujours l'air propres.

Ce soir-là, Corinne finissait de laver la vaisselle du souper avec l'aide de Madeleine et d'Élise quand elle entendit le camion conduit par Laurent entrer dans la cour de la ferme. Elle regarda par la fenêtre son mari quitter la cabine, il avait l'air épuisé.

— Sors le souper de ton père du réchaud, commanda-t-elle à Élise alors que le maître des lieux s'arrêtait au puits pour se rafraîchir.

Laurent se tourna vers Norbert assis sur l'une des marches de l'escalier menant à la galerie.

— Prends une chaudière d'eau et une guenille et lave le *truck*, lui ordonna-t-il avant de pénétrer dans la cuisine d'été.

Il alla prendre place sans un mot au bout de la table sur laquelle Élise venait de déposer une assiette de bouilli de légumes. Il mangea en silence. Corinne prit son panier de reprisage et sortit sur la galerie avec ses deux filles pour le laisser manger en paix.

Au moment où Norbert venait annoncer à son père que le camion était maintenant propre, celui-ci s'installait dans sa chaise berçante favorite sur la galerie. À la vue de sa mine renfrognée, les enfants choisirent de se réfugier dans la balançoire, laissant leurs parents en tête-à-tête.

Durant de longues minutes, aucune parole ne fut échangée entre le mari et la femme. Finalement, Corinne se décida à parler.

— T'as bien l'air fatigué, Laurent, dit-elle doucement. Est-ce que c'est si épuisant que ça de conduire ce *truck*-là ?

— C'est pas de conduire le *truck* qui est fatigant, c'est le pelletage. Je me sens plus les bras tellement j'ai travaillé toute la journée. Je suis tout seul pour remplir la boîte du *truck* avec du gravier. Après ça, il faut encore que je pellette pour vider la boîte. Tout ça doit être fait à la course. Il est pas question de traîner en chemin. Il a même fallu que je mange en conduisant. En plus, j'ai eu encore un *flat* au milieu de l'après-midi. Une vraie vie de chien.

— Tu peux toujours lâcher ça et aller travailler au moulin du maire, suggéra-t-elle.

— Le père compte sur moi, se contenta-t-il de dire d'une voix lasse.

— Il compte souvent sur toi, lui fit-elle remarquer. Mais combien de fois as-tu pu compter sur lui quand t'étais mal pris ?

Laurent ne répondit pas.

— Est-ce qu'il t'a parlé de ton salaire ? poursuivit-elle, curieuse.

— Pas encore.

— J'espère qu'il s'imagine pas que tu vas travailler pour rien.

— Ben non, fit-il, agacé, mais d'une voix pas trop convaincue.

— Tu le connais, c'est pas l'homme le plus généreux, ajouta-t-elle. À ta place, je lui parlerais au plus vite du salaire qu'il entend te donner chaque semaine.

— Il va nécessairement me donner la même chose qu'à Tremblay.

Après cet échange, le silence revint sur la galerie et quand Corinne tourna la tête vers son mari quelques minutes plus tard, elle se rendit compte qu'il somnolait.

— Qu'est-ce que tu dirais de rentrer te coucher ? lui demanda-t-elle en posant la main sur son épaule.

Laurent ne protesta pas. Le soleil n'était même pas couché ce soir-là qu'il ronflait déjà comme un bienheureux dans son lit.

Chapitre 9

Une nouvelle étonnante

Cinq jours plus tard, soit le dernier soir de mai, le curé Bilodeau s'apprêtait à rentrer au presbytère après la récitation du chapelet. Il tendit son large surplis à Anselme Leblanc pour qu'il le suspende à un cintre avant de quitter la sacristie.

— Je pense qu'il était temps que le mois de Marie finisse, monsieur le curé, lui dit le petit homme à la figure chafouine. Il me semble qu'il y avait de moins en moins de monde le soir pour réciter le chapelet.

Le prêtre eut envie de formuler une remarque cinglante pour lui faire connaître son mécontentement devant la baisse marquée de la piété de ses paroissiens, mais il se retint en songeant que l'homme allait répéter partout ses paroles, en les déformant selon toute probabilité. Il se borna à secouer les épaules et à sortir de l'église par la petite porte de la sacristie.

Au moment où le digne ecclésiastique allait poser le pied sur la première des dix marches qui conduisaient à la large galerie du presbytère, il entendit une voix dans son dos.

— Excusez-moi, monsieur le curé. Est-ce que je peux vous dire deux mots ?

Charles Bilodeau tourna la tête et reconnut le maire Gagnon, tout endimanché. C'était bizarre, il ne se souvenait pas l'avoir vu à la récitation du chapelet quelques minutes plus tôt.

— Oui, monsieur le maire, répondit-il avec un certain agacement, en s'arrêtant. Je suppose que vous voulez passer à mon bureau ?

— Ce sera pas nécessaire, monsieur le curé, affirma l'homme d'affaires. J'arrête juste pour vous apprendre une bonne nouvelle.

— Tiens ! Si elle est vraiment bonne, elle sera la bienvenue, dit le prêtre en scrutant le visage de son vis-à-vis.

— Ben, je voulais vous dire que je vais déménager au village cette semaine.

— Avec votre femme et vos enfants ?

— En plein ça, monsieur le curé. J'ai décidé de louer ma maison à Charles Beausoleil, mon homme engagé.

— Est-ce que c'est indiscret de vous demander où vous allez rester au village ? fit Charles Bilodeau, intrigué.

— En plein cœur du village. À l'hôtel.

— À l'hôtel ! s'exclama le prêtre. Voyons donc ! Avez-vous perdu la tête, monsieur le maire ? Ça a pas d'allure, votre histoire ! Vous êtes pas pour faire vivre votre femme et vos enfants dans une place où on vend de la boisson. S'il y a un endroit où le péché règne, c'est bien là.

— Vous m'avez mal compris, monsieur le curé, reprit Fabien en cachant difficilement son envie de rire. J'ai acheté l'hôtel de Gonzague Boisvert.

— Puis après ! C'est pas une raison pour y emmener vivre votre famille, s'emporta Charles Bilodeau.

— C'est là que vous vous trompez, j'ai…

— Et c'est ça que vous osez m'annoncer comme une bonne nouvelle !

— Attendez, monsieur le curé. Laissez-moi finir, lui demanda le premier magistrat de Saint-Paul-des-Prés. J'ai acheté l'hôtel de Gonzague Boisvert pour en faire ma maison. Ce que j'essaie de vous dire depuis tout à l'heure, c'est qu'à partir de demain matin, Saint-Paul-des-Prés n'a plus d'hôtel. Le panneau devant va être décroché et la bâtisse va devenir ma maison, rien de plus. C'est fini les soûlons qui se ramassent là les fins de semaine et le va-et-vient tous les soirs. Le village va retrouver sa tranquillité.

Ébahi, le curé Bilodeau regardait Fabien Gagnon sans oser croire ce que ses oreilles venaient d'entendre. Était-il possible que Dieu ait écouté ses prières et fasse disparaître pour de bon cet antre du vice, comme il le désignait depuis plus de quinze ans ?

— Répétez-moi ça lentement pour que je sois bien sûr de vous avoir compris, dit le prêtre en tendant le cou vers le maire pour ne perdre aucune de ses paroles.

Lorsque Fabien lui eut répété la nouvelle, les traits du pasteur s'éclairèrent et il fut la proie d'une joie si intense qu'il invita son vis-à-vis à entrer au presbytère pour boire une goutte de madère pour célébrer une aussi grande nouvelle.

— Je veux pas manquer à la charité chrétienne, prit la précaution de dire le curé de Saint-Paul-des-Prés, le visage fendu d'un large sourire, mais on dirait bien qu'il y a une justice dans ce bas monde.

Après avoir poussé la porte du presbytère, Charles Bilodeau demanda à Mance Rivest de prier le vicaire de les rejoindre, lui et son invité, au salon. Quand l'abbé Morin, intrigué, entra dans la pièce, son supérieur se contenta de lui tendre un verre de madère en lui disant :

— Célébrez avec nous autres, l'abbé. Il faudra marquer cette soirée d'une pierre blanche dans l'histoire de Saint-Paul-des-Prés. L'hôtel disparaît grâce à monsieur le maire.

À l'invitation du curé, ils prirent place dans les vieux fauteuils au velours cotelé brun un peu élimé et le maire fut invité à expliquer à Eusèbe Morin ce qu'il venait de raconter au curé de la paroisse, soit qu'il s'était servi d'un prête-nom pour acheter son hôtel à Gonzague Boisvert. Il revenait justement de chez le notaire Boudreau de Yamaska pour finaliser la vente avec Hector Mondou, l'homme de paille utilisé pour arracher son hôtel à son vieil adversaire.

— J'ai idée que le pauvre vieux va en faire une maladie quand il va s'apercevoir que c'est à moi qu'il a vendu son affaire, conclut Fabien en se rengorgeant.

— Dans tous les cas, dit le vicaire, il me semble que cette leçon-là va faire le plus grand bien à monsieur Boisvert.

— C'est sûr qu'il va prendre son trou, affirma le maire avec un petit rire de satisfaction. Il me semble que ça fait assez longtemps qu'il en mène large dans la paroisse et qu'il respecte personne.

Le curé Bilodeau servit une seconde tournée de madère avant de reprendre place dans son fauteuil.

— Dieu a finalement entendu mes prières, avoua-t-il. Gonzague Boisvert a fait construire cet hôtel-là il y a quinze ans pour se venger. Il a jamais accepté que la nouvelle église soit bâtie là où était l'ancienne. J'ai eu beau le supplier et le menacer, il s'est entêté avec son hôtel. Il a même tout fait pour inaugurer son antre du péché la veille de la bénédiction de la nouvelle église. Là, il paye pour ses mauvaises actions et il est pas trop tôt, ajouta le prêtre, l'air satisfait.

— Moi, en tout cas, monsieur le curé, j'aimerais ben lui voir la face quand il va s'apercevoir que c'est moi qui ai acheté son hôtel. À mon avis, il va en faire une jaunisse, le vieux maudit.

— Vous êtes certain qu'il peut pas faire annuler la vente ? demanda Eusèbe Morin, vaguement inquiet.

— Il peut plus rien faire. Mondou lui a donné le prix qu'il demandait. Tout ce qui lui reste à faire, c'est de se mordre les doigts jusqu'au coude, plaisanta Gagnon en se levant.

— J'ai bien l'impression qu'on va en entendre parler longtemps dans la paroisse, déclara Charles Bilodeau en imitant son invité.

— Tant mieux, affirma le maire. Saint-Paul va s'être débarrassé d'un hôtel qui attirait pas mal d'ivrognes et le village va retrouver la paix. Tout ce monde-là ira boire et faire du trouble à Pierreville ou à Yamaska.

Après avoir reconduit Fabien Gagnon jusqu'à la porte, le pasteur de Saint-Paul-des-Prés revint au salon en se frottant les mains de contentement.

— Là, l'abbé, on vient de faire tout un ménage dans la paroisse, dit-il guilleret en s'emparant de son bréviaire dans l'intention de terminer sa lecture quotidienne.

En fait, la nouvelle que Saint-Paul-des-Prés avait perdu son hôtel ne se répandit dans la population que deux jours plus tard. Chose étonnante, ce fut Gonzague lui-même qui fut l'un des premiers à l'apprendre par un pur hasard.

Ce matin-là, il venait d'aller acquitter à contrecœur la facture d'essence de ses deux camions et il était d'assez mauvais poil en quittant la forge-garage de Joseph Melançon.

— Ça a pas un torrieu de bon sens ! s'était-il lamenté à Joseph Melançon quand ce dernier lui avait expliqué en détail, et par deux fois, la facture qu'il devait payer. Ces maudits *trucks*-là vont me mettre dans le chemin.

— Il faut comprendre, monsieur Boisvert, qu'il y a pas seulement la *gasoline*. Vous avez trois *tripes* neuves, et deux filtreurs en plus.

— Ouais ! Ouais ! Je veux ben le croire, mais c'est pas mal cher pareil, avait-il dit en sortant son argent d'un vieux porte-monnaie en cuir. Avoir su, j'aurais jamais acheté ces cochonneries-là. Il y aura jamais moyen de faire une maudite cenne à ce train-là.

— C'est sûr que ça revient plus cher qu'un cheval, avait conclu Joseph Melançon, sans éprouver la moindre parcelle de compassion pour le vieil avare.

Mis de mauvaise humeur par le déboursé qu'il venait de faire, le vieil homme était monté dans son boghei et avait repris la route dans l'intention de rentrer à la maison.

Lorsqu'il passa devant son ancien hôtel, il n'y jeta qu'un regard distrait, trop préoccupé à calculer mentalement la marge de profit qu'allait finalement lui laisser son contrat gouvernemental si ses deux camions continuaient à lui coûter aussi cher. Puis, il sursauta et arrêta son cheval au moment où son attelage allait dépasser l'église, frappé soudain par une bizarrerie que son œil avait enregistrée sans qu'il en ait tenu compte.

— Qu'est-ce que Mondou a fait de l'annonce ? demanda-t-il à voix haute.

Il appelait « annonce » un grand panneau coloré décoré de belles arabesques sur lequel était écrit le mot « hôtel » en belles lettres gothiques. Cette œuvre d'un artiste de Nicolet était sa dernière véritable dépense à titre de propriétaire de l'hôtel de Saint-Paul-des-Prés. Dès qu'il en avait pris possession, il l'avait fait suspendre sur le bord de la route devant l'immeuble. Il fallait reconnaître que le panonceau avait un joli effet et beaucoup de clients de l'hôtel en avaient félicité le gérant.

L'hôtelier fit faire demi-tour à son cheval dans le terrain servant de stationnement à l'église et revint s'arrêter devant l'hôtel, au cœur du village. Il ne s'était pas trompé. Son « annonce » avait bel et bien disparu.

— Tu parles d'un baptême de sans-dessein ! jura-t-il en descendant du boghei. Il a la plus belle pancarte pour annoncer son hôtel et il l'enlève. Il va falloir qu'il se réveille, lui, s'il veut que les clients s'arrêtent. Pour moi, j'aurais été ben mieux de garder ça plutôt que de m'embarquer avec des *trucks*.

Cependant, le vieillard ne remarqua pas plus l'absence de clients habituellement assis sur la large galerie que la présence de la Chevrolet noire de Fabien Gagnon stationnée devant la remise, derrière l'imposant immeuble à un étage. Habitué aux aîtres, il monta sur la galerie et poussa la porte d'entrée.

Dès qu'il posa le pied à l'intérieur, il fut surpris de constater la disparition du petit comptoir où on avait toujours accueilli les clients avant de leur louer l'une des huit chambres à l'étage ou de les diriger vers la taverne ou la petite salle à manger attenantes. Deux hommes chargés du lourd comptoir de la taverne lui demandèrent soudainement de s'écarter pour les laisser passer.

— Baptême ! Mondou est en train de faire des gros travaux, se dit-il en constatant que la petite salle servant de taverne avait été vidée de ses tables et de ses chaises.

Des pas dans l'escalier du fond le firent se retourner au moment même où un Fabien Gagnon en manches de chemise descendait, suivi d'un gros homme dont il ne voyait encore que les jambes.

— Tu me sortiras les *sets* de chambre des trois chambres du fond, dit Fabien à l'homme avant de sursauter en apercevant son adversaire politique planté au milieu de ce qui avait été la taverne de l'hôtel.

— Dis-moi pas, torrieu, que t'es rendu assez riche pour louer une chambre de mon hôtel ? fit Gonzague, sarcastique.

— Pantoute, monsieur Boisvert.

— Est-ce que je peux te demander ce que tu fais dans mon hôtel, d'abord ?

— C'est plus votre hôtel, laissa tomber sèchement le maire en faisant signe au gros homme demeuré derrière lui qu'il pouvait se mettre au travail.

— Non, je le sais, répondit le vieillard sur le même ton. Je l'ai vendu à Hector Mondou.

— Et Mondou me l'a vendu.

— Hein ! fit Gonzague, interloqué.

— Vous m'avez ben entendu, Mondou me l'a vendu la semaine passée.

— Es-tu en train de me dire que tu t'es servi de lui pour me l'acheter ? demanda Gonzague, rouge de colère.

— On pourrait presque dire ça, admit le maire, sarcastique.

— Eh ben ! je te souhaite ben du plaisir, mon jeune. Tu vas t'apercevoir que tenir un hôtel, ça coûte les yeux de la tête, ajouta-t-il d'une voix fielleuse.

— C'est pour ça que j'en veux pas, déclara le maire, qui avait l'air de bien s'amuser. Je sais pas si vous l'avez remarqué, monsieur Boisvert, mais il y a plus de panneau accroché sur le bord de la route. Ici dedans, c'est plus un hôtel, c'est ma maison, une maison privée.

— Qu'est-ce que ça veut dire cette affaire-là ? ne put s'empêcher de demander son vis-à-vis, visiblement estomaqué par la nouvelle.

— Ça veut juste dire que la prochaine fois que vous viendrez, j'aimerais ben que vous frappiez à la porte et que vous attendiez qu'on vous dise d'entrer.

Furieux et humilié, le vieillard tourna carrément le dos à son interlocuteur et sortit de l'édifice en faisant claquer bruyamment la porte derrière lui. Il monta dans sa voiture et prit le chemin de la maison en pierre du rang Saint-André en vouant son adversaire politique aux feux de l'enfer. Aveuglé par la colère, il se promit de faire passer le goût du pain à Hector Mondou si jamais il lui mettait la main dessus. Avoir été la victime d'un véritable complot était ce qu'il avait le plus de mal à accepter. Comment lui, un homme de son expérience, avait-il pu être assez bête pour se laisser berner ainsi ? Il ne le comprenait pas. « Je suis trop bon avec le monde, c'est ça qui arrive », conclut-il en grinçant des dents.

— Tu parles d'un maudit hypocrite ! s'exclama-t-il quelques minutes plus tard, lorsqu'il raconta toute l'affaire aux siens. Il a préparé son mauvais coup par en-dessous, comme un vrai traître. Torrieu ! J'aurais mieux aimé sacrer le feu dans la bâtisse plutôt que de la vendre à un Gagnon.

— Au fond, monsieur Boisvert, Fabien Gagnon vous a joué le même tour que vous avez essayé de lui jouer en achetant vos *trucks*, intervint Alexandra, l'épouse de son petit-fils Charles. Ça prouve peut-être qu'il y a une sorte de justice.

Le vieil homme jeta un regard furibond à la jeune femme tout en sachant fort bien qu'il ne réussirait pas à intimider l'effrontée.

Le dimanche suivant, le curé Bilodeau annonça du haut de la chaire la disparition de l'hôtel du village en affirmant que la communauté venait de recouvrer une moralité disparue depuis plus de quinze ans. Avec une allégresse mal dissimulée, le pasteur de la paroisse félicita le maire d'avoir converti ce lieu de péchés en une maison honnête. Sur la même lancée, il en profita pour informer ses ouailles que le spectacle d'Hector Pellerin et de Blanche de La Sablonnière prévu pour la semaine suivante avait été annulé, faute d'endroit où le tenir.

La double nouvelle suscita des chuchotements dans l'assistance. Beaucoup de têtes se tournèrent vers le banc occupé par Gonzague Boisvert pour voir comment il encaissait tout cela. Ils en furent pour leurs frais. Le vieil homme ne broncha pas, se contentant de fixer un point devant lui, au-dessus de l'autel. Après la messe, loin de s'esquiver, il s'attarda à parler à quelques connaissances, surtout au bedeau. Il savait que tout ce qu'il dirait à Anselme Leblanc serait rapidement su dans tout le village.

— Je le savais que le gars à qui j'ai vendu était un homme de paille de Gagnon, mentit-il avec aplomb. Je me suis dit que si Gagnon tenait absolument à avoir mon hôtel, il allait payer le double de ce qu'il valait… et c'est ce qui est arrivé. C'est sûr qu'il s'en vantera pas, mais j'ai pas de pitié pour lui. Moi, les hypocrites, je peux pas sentir ça.

Les premiers jours de juin ne furent pas trop chauds, ce qui plut beaucoup aux institutrices qui craignaient toujours d'avoir plus de difficulté à maintenir la discipline chez leurs écoliers quand on approchait de la fin de l'année scolaire. Cependant, Norbert Boisvert avait adopté un comportement à la limite du supportable à l'égard de madame Beaulac, l'enseignante de l'école du rang Saint-Joseph. L'adolescent allait quitter définitivement sa classe dans quelques jours après avoir réussi, de peine et de misère, sa septième année.

— Si tu te calmes pas, le menaça l'institutrice après l'avoir grondé pour une troisième fois durant la dernière heure, je te renvoie chez vous et t'auras pas ton diplôme, tu m'entends, Norbert Boisvert ?

— Oui.

— Oui, qui ?

— Oui, madame.

— Ta mère m'a dit qu'il était pas question que tu lâches l'école avant d'avoir ton diplôme. Si t'as décidé que t'aimais mieux recommencer ton année l'an prochain, t'es libre.

Cette menace avait eu le don de jeter une douche froide sur l'adolescent de treize ans, déjà l'élève le plus âgé du groupe. Angèle Beaulac lui adressa un regard narquois avant de poursuivre l'exercice de grammaire entrepris quelques instants plus tôt avec les plus jeunes de sa classe.

Il ne restait plus qu'une semaine avant les vacances et Norbert comptait les jours avec une impatience manifeste. Cet après-midi-là, il eut la surprise de découvrir le camion vert bouteille stationné près de la maison à son retour de l'école. Il pénétra dans la maison. Il n'y avait personne.

— Grouille-toi, lui ordonna sa jeune sœur Élise, revenue de l'école avec Lionel plus rapidement que lui. On a déjà eu le temps de se changer. M'man et Madeleine sont dans le champ de fraises. Ils étendent de la paille. P'pa doit être là, lui aussi.

Sur ces mots, elle sortit de la maison avec Lionel et il les vit prendre la direction du champ situé derrière les bâtiments. Il monta alors changer de vêtements.

L'idée lui vint au moment où il posait le pied sur la galerie. Indécis, il s'arrêta un instant devant le camion de son père et en fit le tour, incapable de cacher son admiration pour le gros véhicule couvert de poussière. Ensuite, cédant à une impulsion soudaine, il monta sur le marchepied, ouvrit la portière et s'assit derrière le grand volant. Il s'imagina alors qu'il conduisait le camion et il tourna le volant autant qu'il le pouvait. À un certain moment, tout à la joie de se retrouver seul dans la cabine, il desserra accidentellement le frein à main. Immédiatement, le lourd véhicule se mit à rouler lentement sur le terrain légèrement en pente de la cour des Boisvert.

En proie à une folle panique, l'adolescent chercha désespérément à immobiliser le camion qui continuait à avancer très lentement vers la route. Quand il se rendit compte qu'il ne parvenait pas à stopper le mastodonte, il ouvrit la portière et se jeta en bas.

Le mauvais sort voulut qu'Honorine Gariépy, la mère de la voisine, passe devant la maison au même moment. L'imposante matrone à l'air altier était allée voir au bout du rang si elle ne trouverait pas des fraises des champs. Alors qu'elle passait devant l'entrée de la cour, elle vit venir vers elle le gros camion vert bouteille qui lui passa presque sur les pieds avant de traverser la route et d'aller se planter dans le fossé.

La dame hurla de frayeur, ce qui eut pour effet de figer sur place l'adolescent qui s'apprêtait à rentrer dans la maison pour jouer l'innocence la plus totale. Ce cri dans un après-midi aussi paisible fit sursauter le fils Rocheleau, en train de travailler dans son champ, de l'autre côté de la route. Corinne entendit, elle aussi, le cri de frayeur alors qu'elle finissait de contourner l'étable, de retour de son champ de fraises. Elle faillit échapper son seau en apercevant le camion planté dans le fossé, de l'autre côté du chemin.

— Laurent ! cria-t-elle à son mari, à l'autre bout du champ de fraises. Viens voir. Il y a quelque chose qui est arrivé à ton *truck*.

Ce dernier abandonna la paille qu'il transportait pour se précipiter vers sa cour. À son arrivée, il découvrit Honorine Gariépy, campée au centre de la route, image même de la vertu outragée.

— Espèce de petit sauvage ! glapit-elle en menaçant Norbert du doigt. Des plans pour tuer quelqu'un !

— J'ai rien fait, moi, madame, se défendit l'adolescent aussi perturbé que sa victime.

Il devint blanc de terreur lorsqu'il aperçut son père qui se précipitait vers son camion.

— Ah ben, Christ ! jura ce dernier en voyant son International dont le nez disparaissait dans le fossé. Qu'est-ce qui s'est passé là ? demanda-t-il en courant vers son véhicule.

— C'est ton gars, le responsable de tout ça ! hurla Honorine Gariépy, en se tenant encore la poitrine de saisissement, toujours debout au centre de la route. Je l'ai vu sortir du camion. Un peu plus, je me faisais tuer !

Laurent jeta à peine un regard à la belle-mère de son voisin. Il ne se donna même pas la peine de lui répondre. Il ne l'aimait pas, et c'était réciproque. Les airs hautains et les prétentions de la veuve à la meilleure société de Saint-Paul-des-Prés ne rendaient pas la grande et grosse femme très sympathique.

— Toi, arrive ici ! ordonna-t-il durement à son fils. Qu'est-ce que t'as fait là ?

— J'ai juste regardé, p'pa, mentit Norbert.

— Va m'attendre dans la remise, lui dit son père en proie à une fureur noire. Tu vas avoir affaire à moi tout à l'heure.

Corinne, accourue sur les lieux avec Madeleine, Léopold et les deux plus jeunes, tenta de désamorcer la folle colère de son mari pour ainsi protéger Norbert d'une autre correction.

— Il a peut-être rien fait, Laurent, plaida-t-elle.

— Ben oui ! fit ce dernier, les dents serrées. Ce *truck*-là est allé se jeter dans le fossé tout seul, calvaire !

Après avoir fait le tour du camion enlisé à moitié, son conducteur finit par dire à Léopold, debout en retrait :

— Attelle le blond et va chez Léon Tremblay, dans le rang Saint-Pierre. Dis-lui de venir avec son *truck*.

Alertés par tout ce bruit, Jocelyn Jutras et sa femme Catherine vinrent voir de quoi il retournait. Sans dire un mot, Catherine Jutras eut un regard méprisant pour ses voisins, prit sa mère par le bras et la ramena chez elle. Jocelyn ne tint aucun compte du comportement désagréable de sa femme et de sa belle-mère. Il offrit d'essayer de sortir le camion de sa fâcheuse position en utilisant son cheval et celui de Laurent.

— Merci quand même, dit Laurent. Mais je pense que ça vaut pas la peine de risquer de crever nos chevaux quand l'autre *truck* va le sortir facilement de là.

— Si t'as besoin d'aide, t'as juste à me lâcher un cri, fit Jocelyn avant de retourner chez lui.

— Ça vous sert à rien de rester plantés sur le chemin à rien faire, dit sèchement Laurent aux siens. Allez donc travailler, leur commanda-t-il avant de tourner les talons et de se diriger vers la remise.

Corinne et les enfants demeurèrent un bref moment sur la route. Quand ils se décidèrent à revenir vers la maison, Laurent avait déjà disparu dans la remise dont il avait refermé la porte derrière lui.

— Madeleine, va commencer à préparer le souper, lui demanda sa mère, soudain inquiète pour Norbert. Élise, va nourrir les poules et les cochons. Toi, Lionel, va chercher les vaches dans le champ.

La mère de famille n'avait fait que quelques pas dans la cour qu'elle entendit les premiers cris de douleur de son fils. Elle se précipita vers la remise dont elle ouvrit la porte à la volée. Elle découvrit alors Norbert écrasé contre le mur du fond, se protégeant tant bien que mal la tête avec ses mains pendant que son père, incapable de contenir sa rage, le frappait à coups redoublés avec un rondin qu'il avait pris sur une corde de bois. Plus son fils criait de douleur, plus il le frappait en l'injuriant à tue-tête.

— Mon sacrement ! Tu vas arrêter de nous en faire voir de toutes les couleurs, toi ! Après celle-là, je te garantis que tu vas te calmer !

— Arrête, Laurent ! Tu vas le tuer ! lui cria sa femme en se précipitant sur lui.

— Toi, mêle-toi pas de ça. Si t'es pas capable de l'élever, je vais m'en occuper, moi !

— Arrête, je te dis ! cria-t-elle plus fort. Tu vois pas qu'il saigne ?

Rien ne semblait pouvoir calmer la rage du père de famille. Il ne voyait plus clair. Folle d'inquiétude pour son fils, Corinne regarda autour d'elle à la recherche de quelque chose capable d'arrêter son mari. Elle aperçut un manche de pioche. Elle se précipita vers le solide manche en chêne, s'en empara et se jeta contre son mari.

— Je t'ai dit d'arrêter, lui cria-t-elle en menaçant de le frapper.

Laurent recula d'un pas, abandonnant sa victime à ses gémissements et sa colère se retourna brusquement contre sa femme. Il leva son rondin en esquissant le geste de vouloir la frapper.

— Je te conseille pas d'essayer, Laurent Boisvert, dit-elle avec un calme effrayant. Je te promets sur la tête de mon père que si t'essayes, je te le casse sur la tête, ajouta-t-elle en levant son arme improvisée.

Cette menace sembla soudain calmer son mari qui jeta son rondin sur la corde où il l'avait pris.

— Je te l'ai dit le mois passé. Quand on n'est pas capable de se contrôler, on se mêle pas de corriger les enfants, lui cracha-t-elle à la figure. Toi, rentre dans la maison et monte te coucher, ordonna-t-elle à son fils. Tu vas te passer de souper à soir pour te montrer à te conduire comme du monde.

L'adolescent se releva en grimaçant de douleur et fit un détour en clopinant pour ne pas passer à la portée de son père. Il sortit du bâtiment. Dès qu'elle eut entendu le claquement de la porte moustiquaire indiquant que son fils était rentré dans la maison, Corinne quitta la remise à son tour après avoir replacé posément le manche de pioche contre le mur.

En entrant dans la cuisine d'été, elle se précipita vers l'une des fenêtres pour voir quelle direction son mari prenait. Quand elle s'aperçut qu'il se dirigeait vers l'étable, elle entreprit de s'occuper de Norbert qui s'était arrêté à la pompe à eau. Madeleine était déjà occupée à lui essuyer le visage avec une serviette imbibée d'eau.

— Viens me montrer ça, lui ordonna sa mère qui avait de la difficulté à cacher à quel point le cœur lui faisait mal.

Norbert s'approcha à contrecœur de sa mère et la laissa l'examiner. L'adolescent avait une pommette éclatée et une sérieuse bosse au front. En plus, il portait des marques déjà bleues sur un bras et une jambe.

— Va me chercher de la teinture d'iode et de l'eau de Pâques, dit Corinne à sa fille. Apporte aussi de l'alcool.

— Des plans pour… commença à dire la jeune fille de seize ans.

— Laisse faire, lui commanda sa mère.

Après avoir pansé son fils du mieux qu'elle pouvait, elle souleva sa chemise, ce qui lui permit de découvrir une large estafilade sur son corps, blessure qu'elle soigna aussi.

— Quand est-ce que tu vas arrêter de te mettre dans le pétrin? demanda-t-elle à Norbert d'une voix pleine de reproche. Tu vas finir par me faire mourir de peine ou par te faire estropier par ton père, ajouta-t-elle sur un ton convaincant. À cette heure, tu vas monter dans ta chambre avec ton souper. Quand t'auras fini de manger, cache ton assiette sale sous ton lit.

Elle déposa rapidement dans une assiette un morceau de rôti de porc, deux tranches de pain et des biscuits à la mélasse cuisinés le matin même.

— Fais-toi oublier par ton père, le temps qu'il se calme, lui dit-elle au moment où il posait le pied sur la première marche de l'escalier qui conduisait aux chambres.

Corinne laissa à sa fille le soin de préparer le repas du soir et retourna dans le champ de fraises étaler de la paille entre les plants de fraisier.

Elle ne vit pas Laurent sortir de l'étable, quelques minutes plus tard, pour aller au-devant de Léon Tremblay qui venait d'arriver au volant de son camion. À l'aide d'une chaîne, ce dernier parvint, sans trop de mal, à sortir le camion vert du fossé. Quand le camion fut parvenu à tirer l'autre dans la cour, Tremblay descendit de sa cabine pour examiner les dégâts.

— Une chance que ce *truck*-là est solide! affirma Laurent après avoir fait le tour de son véhicule et constaté que le pare-chocs et les garde-boue n'étaient pas abîmés.

— Oui, mais le radiateur est défoncé, par exemple, lui fit remarquer son collègue. Regarde. Il coule. Tu pourras pas t'en servir tant que Melançon l'aura pas réparé.

— Sacrement! C'est pourtant vrai, reconnut Laurent en repérant une importante fuite sous son camion.

— C'est ton père qui va être content, ne put s'empêcher de dire Tremblay avant de le quitter. Déjà qu'il trouve qu'on fait exprès de prendre trop de *gasoline*. Bon, on n'a pas le choix. Je vais avertir en passant Melançon de venir te réparer ça au plus sacrant, sinon tu vas manquer une journée d'ouvrage demain.

Tremblay quitta les lieux en soulevant un nuage de poussière et Laurent retourna à l'étable, encore plus en colère qu'avant la visite de son collègue. Quand Léopold rentra en boghei, il lui reprocha sèchement d'avoir traîné en route.

Durant le repas, le père de famille prit place au bout de la table et mangea sans desserrer les dents. À quelques reprises, il jeta un regard noir à sa femme qui avait osé le menacer, mais il se garda bien de remettre ça sur le tapis devant ses enfants. Il allait s'en souvenir et il allait lui montrer qui était le maître dans cette maison.

Pour sa part, Corinne agissait comme s'il ne s'était rien passé, mais elle le connaissait assez pour savoir qu'à la moindre occasion il allait lui faire payer ce qu'elle avait fait.

Un peu après le souper, Joseph Melançon vint réparer le camion. Il ne quitta la cour des Boisvert qu'un peu avant le coucher du soleil.

— Le père va être ben de bonne humeur ! se contenta de dire Laurent après le départ du mécanicien.

Le lendemain matin, la mère de famille eut envie de pleurer quand elle vit dans quel état son fils était. Sa bosse au front était violacée et sa joue droite, enflée. Il avait du mal à bouger l'un de ses bras et il boitait passablement.

— Mon Dieu ! Un peu plus, il le tuait ! ne put-elle s'empêcher de murmurer en le voyant.

L'adolescent s'arrêta devant sa mère.

— Qu'est-ce que je fais ? lui demanda-t-il.

— La même chose que d'habitude. Tu vas aller aider à l'étable et, après le déjeuner, tu t'en vas à l'école.

— Qu'est-ce que madame Beaulac va dire quand elle va me voir arrangé comme ça ?

— T'auras juste à lui dire que t'es tombé, se contenta de répondre sa mère. Fais ça vite. Va-t'en à l'étable. Ton père et Léopold sont là déjà depuis dix minutes. Arrange-toi pas pour le faire enrager encore une fois.

— Je pourrais ben pas aller à l'école aujourd'hui, suggéra l'adolescent. Il reste juste trois jours d'école.

— Tu t'en vas à l'école, trancha sa mère.

Ce matin-là, rien dans le comportement du père de famille à l'égard de son fils ne laissait deviner qu'il regrettait la sévère correction qu'il lui avait infligée la veille.

Le lendemain, Léon Tremblay et Laurent Boisvert cessèrent de travailler à quatre heures précisément. Il s'agissait là d'une concession arrachée de haute lutte à leur employeur, qui avait voulu exiger que ses deux chauffeurs travaillent jusqu'à six heures le samedi comme les autres jours de la semaine. Le fils du patron avait persuadé son compagnon de travail de l'appuyer dans cette demande parce qu'il tenait absolument à sa sortie hebdomadaire du samedi soir, à Yamaska.

Lorsque les deux camions s'immobilisèrent près de la maison de Gonzague Boisvert, ce dernier sortit sur la galerie pour jeter un coup d'œil à ses deux véhicules, histoire de s'assurer que tout était en ordre.

— Ce serait ben moins de trouble si je vous payais une fois par mois, dit-il à ses deux employés en leur tendant une petite enveloppe beige dans laquelle il avait mis leur salaire de la semaine.

— Ce serait pas pratique pantoute pour nous autres, p'pa, lui répéta encore une fois son fils.

— Je trouve que sept piastres par semaine, c'est pas mal d'argent, ajouta le vieillard, comme si on l'étranglait.

— Peut-être, monsieur Boisvert, mais il y a des gars de Sorel qui font la même *job* que nous autres et qui sont payés huit piastres.

— Je sais pas où le *boss* de ces gars-là prend son argent, répliqua Gonzague, l'air dégoûté. Il doit pas arriver.

Pendant que son père parlait, Laurent avait tiré de l'enveloppe l'argent qu'elle contenait. Éberlué, il regardait les quatre billets de un dollar qui reposaient dans sa main.

— Je pense que vous vous êtes trompé, p'pa, dit-il en lui montrant ce qu'il tenait.

— Pantoute, fit le vieil homme.

— Mais il y a juste quatre piastres dans mon enveloppe, protesta Laurent.

— C'est ça. Tu pensais tout de même pas que j'étais pour payer les réparations de ton *truck* à ta place, reprit son père, l'air sévère. Melançon m'a chargé trois piastres pour avoir réparé le radiateur. Cet accident-là me regarde pas pantoute. J'ai déjà ben assez de payer la *gasoline* quand tu vas traîner avec mon *truck* à Yamaska ou à Sorel, le samedi soir, ajouta-t-il.

Laurent ne dit pas un mot de plus. Il ravala sa frustration et monta dans la cabine du gros camion vert bouteille. Ainsi, son père était au courant qu'il utilisait son camion le samedi soir pour aller boire et s'amuser à Yamaska. Il était vrai qu'il devait nécessairement passer devant la maison paternelle pour se rendre à la ville voisine et que le bruit d'un camion sur la route était facilement identifiable.

— Calvaire ! Ça fait pas une grosse paye, ne put-il s'empêcher de dire à haute voix alors qu'il traversait le village en direction du rang Saint-Joseph.

Cela faisait d'autant plus un maigre salaire qu'il avait fait croire à sa femme, dès les premiers jours, que son père ne le payait que six dollars par semaine, de manière à se garder suffisamment d'argent pour payer sa sortie hebdomadaire. Habituellement, il déposait dans le pot vert de l'armoire cinq dollars. Corinne n'avait fait aucun commentaire. Elle était habituée à planifier leurs dépenses en fonction de l'argent qui était déposé dans le pot. Son mari n'avait jamais cherché à prendre en main les finances familiales. Depuis qu'il avait commencé à toucher un salaire, elle avait décidé de verser deux dollars par semaine à Léopold, ce qui était le salaire que la plupart des cultivateurs versaient à leur homme engagé quand ils lui assuraient le vivre et le couvert.

Lorsque Laurent rentra à la maison, les siens avaient terminé le train et l'attendaient pour passer à table.

— Tiens, c'est tout ce que j'ai gagné cette semaine grâce à notre maudite tête folle, dit-il à sa femme en jetant trois dollars sur la table sans un regard pour son fils, qui venait de s'asseoir à table.

— Comment ça? lui demanda Corinne.

— Ben, tu pensais tout de même pas que le père allait payer la réparation du radiateur. Il a pris le montant sur ma paye, c'est tout.

— Ah ça! Je reconnais là son grand cœur, fit sa femme, amère.

Elle alla déposer l'argent dans l'armoire et fit signe à Madeleine de servir la soupe au poulet qui mijotait sur le poêle. Il régnait dans la cuisine une chaleur intense générée par le poêle qu'il fallait bien utiliser pour avoir un repas chaud. Pendant que l'adolescente déposait devant chacun un bol de soupe fumante, Corinne sortit du four un pâté contenant des cubes de bœuf et de porc qu'elle servit avec des pommes de terre.

Après le repas, Laurent s'empressa de faire sa toilette et de changer de vêtements. Sa femme ne dit rien, même si elle se doutait bien qu'il allait occuper cette soirée à boire et sans doute aussi à la tromper avec cette Amélie...

— Sais-tu que c'était peut-être bien mieux quand t'allais à Yamaska avec le boghei, lui fit-elle remarquer en finissant d'essuyer la vaisselle que sa fille avait lavée.

— Pourquoi tu dis ça? demanda-t-il sur un ton rogue, en finissant d'ajuster sa cravate.

— Parce qu'avec le bruit que fait ton *truck*, tu réveilles immanquablement tout le village et le monde du rang quand tu reviens au milieu de la nuit.

— Parle donc pas pour rien dire, la rabroua-t-il.

— En tout cas, ça me surprend pas mal que ton père t'ait pas encore fait remarquer qu'il t'entend passer avec son *truck*. Comme il est pas sourd, il doit le savoir depuis longtemps.

Il se garda bien de lui apprendre que son père lui avait justement fait une remarque à ce sujet quelques heures plus tôt. Il avait bien l'intention de continuer à utiliser le camion pour ses sorties, même s'il dérangeait les dormeurs quand il revenait au milieu de la nuit. À ses yeux, il aurait été stupide de laisser le véhicule dans la cour de sa ferme pour se contenter du boghei. Avec l'International, il gagnait du temps et surtout de la considération de la part des habitués de l'hôtel.

Chapitre 10

Quelques tracas familiaux

Le mois de juin tenait finalement ses promesses. Après quelques jours de temps maussade, l'été s'était déjà solidement installé quand les écoles de Saint-Paul-des-Prés fermèrent leurs portes rendant ainsi aux enfants de la paroisse leur liberté. Malheureusement, le seul jour véritablement pluvieux fut le dimanche de la Fête-Dieu, au grand désespoir d'Alexina Duquette et du curé Bilodeau.

Ce dimanche-là, le jour se leva sur un ciel gris et une petite pluie fine de mauvais augure. L'épouse du marchand général, alertée par le bruit de la pluie sur l'avant-toit, s'était précipitée sur la galerie du magasin dès qu'elle avait ouvert les yeux.

— Ah non ! C'est pas vrai ! s'exclama-t-elle en apercevant les drapeaux papaux jaune et blanc, les banderoles blanches et le tissu ornant son reposoir pendre lamentablement sous la pluie. Ça vaut bien la peine de se donner tant de mal. Regarde-moi ça. C'est pas regardable !

— De toute façon, tu sais ben qu'il y aura pas de procession à matin s'il fait ce temps-là, voulut la consoler son mari en arrivant derrière elle.

— Ce qui m'enrage le plus, c'est que j'en connais qui vont être bien contents de pouvoir rire de moi, dit la grande femme sèche en faisant claquer la porte derrière elle avec mauvaise humeur.

À l'arrivée de Charles Bilodeau dans la paroisse, Alexina Duquette était allée piquer une crise célèbre au nouveau curé quand elle avait appris qu'il avait volontairement ignoré l'alternance de la tenue du reposoir de la Fête-Dieu établie de longue date entre Honorine Gariépy et elle. À l'époque, elle s'était bien promis de ne jamais plus se donner le mal d'installer le reposoir chez elle. De fait, le curé de la paroisse l'avait boudée durant plusieurs années, ce qui l'avait grandement humiliée, elle qui se plaisait à affirmer que son reposoir avait toujours dépassé de cent coudées celui de sa rivale.

Dix ans auparavant, Honorine Gariépy avait vendu sa maison à un vieux couple de retraités pour aller vivre avec sa fille et son gendre, dans le rang Saint-Joseph. Cette année-là, le président de la fabrique était venu supplier l'épouse d'Alcide Duquette de revenir sur sa décision et d'installer le reposoir chez elle. Il s'engageait personnellement à ce qu'elle soit choisie une année sur deux. Elle s'était longuement fait prier. Alcide s'en était même mêlé en prétextant qu'un refus de sa part pourrait indisposer leur clientèle. Elle avait fini par accepter par crainte de voir leur chiffre d'affaires baisser pour cette raison.

Depuis lors, au fil des années, la digne commerçante avait fini par accumuler un nombre assez impressionnant de décorations sous forme de banderoles, de drapeaux, d'anges aux ailes cartonnées et de rouleaux de tissu décoratif. Par conséquent, il allait de soi que l'installation du reposoir requérait de plus en plus de temps, mais, de l'avis de sa conceptrice, cela valait la peine parce qu'il lui attirait chaque année de nombreuses louanges. Le reposoir d'Eugénie Vigneault avec qui elle alternait ne supportait pas la comparaison, et cela pour son plus grand plaisir.

Chez les Boisvert, Léopold venait de quitter la maison en compagnie de Norbert et d'Élise pour assister à la basse-messe. Laurent dormait encore et il faudrait bientôt le réveiller et supporter sa mauvaise humeur dominicale habituelle en tentant de le convaincre de venir à la grand-messe. Corinne et Madeleine avaient déjà revêtu leur robe du dimanche et étaient occupées à dresser la table du dîner.

La mère de famille avait, encore une fois, très mal dormi. Son insomnie n'avait nullement été causée par l'arrivée de son mari aux petites heures du matin. Non, elle s'inquiétait pour son fils Philippe. Elle aurait tout donné pour savoir où il était. Il n'avait donné aucun signe de vie depuis son départ de la maison. Était-il parvenu à s'enrôler? Jocelyn Jutras l'avait un peu apaisée l'avant-veille quand elle lui avait parlé d'un côté à l'autre de leur clôture mitoyenne. Il lui avait dit avoir lu que les conscrits étaient envoyés dans des camps en Ontario, par exemple, pour apprendre leur métier de soldat. L'entraînement durait très longtemps. Il y avait sûrement un moyen de le sortir de là, mais comment? Puis, elle s'était mise à penser à son père. Napoléon Joyal lui manquait au-delà de toute expression. Dans le noir de sa chambre à coucher, étendue aux côtés de son mari qui ronflait bruyamment, elle avait longuement pleuré.

Ce matin-là, la mère de famille avait scruté le visage de Norbert au moment où il finissait de se préparer pour assister à la messe. Il ne portait pratiquement plus de marques de la sévère correction infligée par son père.

— S'il pouvait se tenir tranquille un bout de temps, se dit-elle, inquiète. Il a un don pour faire enrager son père…

Depuis cette raclée, elle avait fait en sorte de le faire travailler le plus souvent possible en compagnie de Léopold, en espérant que celui-ci parvienne à le calmer.

À un certain moment, Corinne regarda sa fille s'activer autour de la grande table de cuisine et elle observa qu'elle était en train de devenir une vraie femme. Elle se rendit compte tout à coup que l'adolescente à l'épaisse chevelure brune lui ressemblait de plus en plus. Elle retrouvait chez Madeleine ses yeux bleus, ses traits fins et son air volontaire.

Elle esquissa un mince sourire en se rappelant comment elle était à cet âge. Elle n'avait pas oublié à quel point elle avait réagi avec emportement quand elle s'était rendu compte que le jeune Gérald Marcoux était apparemment tombé amoureux d'elle. À l'époque, elle avait échafaudé toutes sortes de plans pour se retrouver seule en compagnie du timide Gérald et avait mis au point toutes sortes d'artifices pour l'amener à se déclarer. Durant un bref instant, elle se demanda quel genre de vie elle aurait eu aux côtés de ce jeune homme frisé un peu effacé. Puis, elle se reprocha cette pensée coupable et revint à la réalité quand Madeleine s'approcha d'elle pour prendre des ustensiles dans l'armoire.

— Est-ce qu'il y a quelque chose qui va pas, m'man ? demanda la jeune fille, un peu inquiète de voir sa mère immobile, les yeux dans le vague, debout près du comptoir.

— Non, tout est correct, la rassura sa mère. Mais je viens de penser à quelque chose et il faut que je te parle.

— De quoi, m'man ?

— Je suppose que tu t'es aperçue que Léopold a l'air de te trouver à son goût, fit Corinne, un peu embarrassée.

— Voyons, m'man, protesta Madeleine en rougissant légèrement.

— C'est normal, t'es une belle fille, fit sa mère avec un léger sourire.

— Mais, m'man !

— Non, écoute plutôt ce que j'ai à te dire, reprit sa mère, l'air soudainement sévère. Vous êtes trop jeunes tous les deux pour vous fréquenter. Fais bien attention de pas l'encourager à se faire des idées, ma fille.

— Je suis pas folle, m'man, répliqua l'adolescente, apparemment très mal à l'aise.

— Non, je le sais, mais t'es jeune, par exemple. Pense juste à une affaire, poursuivit-elle en baissant la voix. Si jamais ton père se rend compte qu'il y a la moindre chose entre toi et Léopold, je te garantis que ton Léopold va prendre le bord et ce sera pas long. Et pour une fois, je serai pas contre.

— J'ai compris, fit la jeune fille, excédée.

— Dis-toi bien qu'une fille a juste une réputation. Si elle la perd, elle en trouvera pas une deuxième.

Madeleine ne dit rien et poursuivit son travail. Cependant, sa mère sentit bien que l'adolescente avait été troublée par sa mise en garde.

À l'approche de l'heure de la grand-messe, Corinne, Madeleine et Lionel montèrent dans le boghei aux côtés d'un Laurent mal réveillé et grognon. La pluie s'était intensifiée quand la voiture quitta la cour pour emprunter la route dont les ornières étaient remplies d'eau.

— Pour une fois que ça aurait servi à quelque chose d'avoir un *truck*, laissa tomber Corinne en se protégeant du mieux qu'elle pouvait de la pluie.

— Le père veut pas qu'on se serve de ses *trucks* quand on travaille pas. Il dit qu'il veut pas avoir à payer de la *gasoline* pour rien, répliqua son mari en grimaçant comme si le fait de parler le faisait souffrir.

— Dans ce cas-là, ça me surprend qu'il te permette de t'en servir le samedi soir, reprit sa femme avec une logique certaine.

Son mari ne se donna pas la peine de répliquer.

— En tout cas, tu vas être content aujourd'hui, poursuivit Corinne. Il y aura sûrement pas de procession avec un temps pareil.

— Je m'en plaindrai pas, laissa-t-il tomber.

De fait, le curé Bilodeau annonça à la fin de la messe l'annulation de la procession et son remplacement par une courte cérémonie à l'église même, à la fin de la messe. Dès qu'il prononça son *Ite missa est*, la plupart des hommes se précipitèrent sur le parvis où, malgré la pluie, ils s'empressèrent d'allumer leur pipe en attendant le début de la cérémonie de la Fête-Dieu.

Le bedeau se posta près des portes du temple, autant pour profiter de sa pipe que pour prévenir les fidèles quand le curé et l'abbé Morin rentreraient dans le chœur.

— Puis, monsieur le maire, il paraît que vous avez décidé de remiser votre beau char dans le garage de Joseph, dit Anselme en apercevant le maire qui venait de se joindre à un petit groupe de ses administrés.

— Pourquoi vous dites ça, monsieur Leblanc? demanda Fabien Gagnon, étonné.

— Il me semble qu'il est toujours au garage, ce char-là, lui fit remarquer le bedeau d'un air narquois.

— C'est de la mécanique, père Leblanc, intervint le mécanicien du village. Vous pouvez pas savoir ce que c'est, ajouta-t-il en adoptant un air supérieur.

— Ça se peut ben que tu sois dans le vrai, mon jeune, consentit le bedeau, l'air finaud, mais mon neveu, qui est vendeur de Ford, m'a expliqué pourquoi on appelait le char de notre maire une Chevrolet 940.

— Ah oui? Pourquoi? demanda Fabien, intéressé et fier de voir que plusieurs personnes suivaient leur conversation.

— D'après lui, ce char-là s'appelle comme ça parce qu'après avoir roulé neuf jours sur la route, il doit en passer quarante au garage pour se faire réparer.

Le maire, touché dans son orgueil de propriétaire d'une voiture prestigieuse, allait répliquer quand l'incorrigible bavard reprit.

— Mais il faut dire qu'avec le genre de mécanicien qu'il y a aujourd'hui, c'est sûr qu'un char peut pas rouler ben longtemps.

Joseph Melançon, la figure toute rouge, allait défendre son honneur de mécanicien quand la chorale paroissiale, dirigée par Honorine Gariépy, entonna un cantique, signal du début de la cérémonie. Tous les hommes durent retourner dans l'église. Au passage, Melançon lança un regard furieux au bedeau, qui lui adressa un sourire moqueur.

Les paroissiens de Saint-Paul-des-Prés ne purent rentrer à la maison que bien après midi. Le curé Bilodeau avait fait en sorte que la « brève cérémonie » annoncée soit presque aussi longue que l'aurait été la procession. Le seul avantage de tout cela fut que la pluie avait cessé quand les gens sortirent de l'église.

Depuis que Laurent exerçait le dur métier de camionneur, la vie s'organisait sur sa ferme sans sa participation active. Avec l'aide de Léopold et des enfants, Corinne parvenait à s'en tirer sans que son travail de ménagère en souffre. Dans sa maison, il n'y avait pas de perte de temps. On travaillait de l'aube au crépuscule et chaque membre de la famille était mis à contribution selon son âge et ses capacités.

Lionel était chargé de nourrir les porcs et le cheval. Élise s'occupait des poules et du ménage. Norbert aidait Léopold à faire le train et à réparer ce qui était brisé. Pour leur part, Corinne et Madeleine voyaient au lavage, au repassage, au reprisage ainsi qu'à la confection des repas et à la cuisson du pain. Si tous participaient à l'entretien du jardin, la mère de famille se réservait le nettoyage de ses plates-bandes, source de sa plus grande fierté.

Quand vint le temps des fraises, tous s'activèrent à la cueillette. La température avait été si clémente que les petits fruits rouges étaient nombreux, gros et juteux.

— Placotez moins et ramassez plus vite, ordonna Corinne en apercevant Norbert en train de taquiner sa sœur Élise, à genoux au bout d'une rangée de plants.

— Je placote pas, m'man, se défendit l'adolescent. Je lui ai juste dit qu'elle en oubliait.

— C'est pas vrai, répliqua Élise, furieuse. Lui, il ramasse juste les plus grosses pour remplir plus vite son casseau.

— Ça va faire, vous deux. Taisez-vous et travaillez.

Elle aperçut un peu plus loin Léopold et Madeleine, côte à côte, en train de remplir un contenant et une légère ride d'inquiétude barra son front.

Durant plusieurs jours, toute la famille travailla à la cueillette, occupant les soirées à équeuter les fraises et à les faire bouillir pour en faire une savoureuse confiture.

— Je pense qu'on en a fait presque vingt pots, déclara la mère de famille en essuyant la sueur qui perlait à la racine de ses cheveux. On en a assez pour l'année.

— Dans une semaine, je pense que les framboises vont être prêtes, madame Boisvert, lui fit remarquer Léopold.

— On va les ramasser, inquiète-toi pas pour ça. Cet après-midi, on va prendre ce qui nous reste de viande et la mettre dans une chaudière dans le puits. J'ai remarqué hier que notre glace est presque toute fondue.

— Il nous reste pas grand-chose, m'man, intervint Madeleine.

— Je le sais, fit sa mère. On va manger plus de légumes et moins de viande à partir d'aujourd'hui. Ça tombe bien, le jardin commence déjà à donner des fèves jaunes.

À la fin de la première semaine de juillet, Corinne était occupée à épousseter le salon un peu avant le repas du soir quand elle entendit le camion de son mari entrer dans la cour. Il était un peu plus tôt que d'habitude. Elle quitta la pièce, se pencha à l'une des fenêtres de la cuisine et constata que Laurent ne faisait pas mine de se diriger vers les bâtiments. Elle le vit venir vers la maison. Il pénétra dans la cuisine, alla immédiatement remplir un verre d'eau à la pompe et le vida d'un trait.

— T'as fini plus de bonne heure ? lui demanda sa femme.

— Oui, je voulais arrêter en passant chez Lamothe.

Corinne fut tout de suite sur le qui-vive. Depuis deux ou trois dimanches, elle guettait l'apparition de Marie Lamothe après la grand-messe pour lui demander si elle avait reçu des nouvelles de son Ulric. Elle espérait ainsi en recevoir de Philippe dont elle continuait à être sans nouvelles. Malheureusement, les Lamothe avaient l'air de préférer fréquenter la basse-messe parce qu'elle n'était pas parvenue à rencontrer le mari ou la femme.

— Puis ? Est-ce qu'ils ont eu des nouvelles, eux autres ? demanda-t-elle, pleine d'espoir.

— Tu me croiras si tu veux, mais leur garçon est revenu il y a une semaine, répondit Laurent. Son père l'a envoyé chercher quand je lui ai dit que je voulais lui parler.

— Ulric Lamothe est revenu ? fit-elle, stupéfaite.

— Je viens de te le dire, fit son mari sur un ton rageur.

— Et Philippe, lui ?

— Le petit Lamothe m'a dit qu'ils ont essayé de s'enrôler, mais que ça a pas marché pantoute. L'armée a pas voulu les prendre, elle les trouvait trop jeunes.

— Enfin une bonne nouvelle, dit Corinne, profondément soulagée.

— T'appelles ça une bonne nouvelle, toi ? Sacrement ! L'autre est revenu à la maison, mais pas ton Philippe. Il paraît qu'ils ont traîné à Québec, puis à Montréal un bon bout de temps.

— Et là, où est-ce qu'il est, notre garçon ?

— Il y a pas moyen de le savoir. Si j'ai ben compris, les deux jeunes ont fini par se chicaner. Le petit Lamothe est revenu et notre gars a pris le bord des États, d'après lui.

— Aux États ? Qu'est-ce qu'il est allé faire là ?

— Comment tu veux que je le sache ? Lui, quand il va remettre les pieds ici dedans, il va avoir affaire à moi, promit-il, en serrant les poings. Laisse faire ! Quand il aura mangé assez de misère, il va sourdre un beau matin et, à ce moment-là, on va régler les comptes. Nous autres, on se crève à travailler d'une étoile à l'autre pendant qu'il va se promener, le petit calvaire de sans-cœur !

— Ça me fait penser à quelqu'un, ça, se contenta de dire sa femme en lui lançant un regard noir.

Bien sûr, elle faisait allusion à son mari qui n'avait pas hésité à la laisser sans nouvelles pendant près de six mois la première année de leur mariage parce qu'il avait décidé d'aller se balader aux États-Unis, supposément pour se renseigner sur les emplois disponibles.

— T'as du front tout le tour de la tête de me dire ça en pleine face, s'emporta Laurent en se rappelant ce à quoi sa femme faisait allusion. J'avais pas son âge et moi, c'était pour me trouver une *job*.

— Si tu le dis, fit-elle sur un ton sarcastique.

Déjà, elle ne l'écoutait plus fulminer contre la paresse et le comportement inacceptable de son aîné. Elle était tout de même un peu soulagée. Son fils ne servirait pas de chair à canon. Il n'allait pas se faire tuer de l'autre côté de l'océan. Évidemment, il était assez inquiétant de le savoir aussi loin qu'aux États-Unis, sans ressources, mais c'était tout de même mieux que de l'imaginer en train de se démener sur un champ de bataille.

Ce soir-là, la prière familiale s'allongea d'une demande à Dieu de ramener Philippe au plus tôt à la maison. Le visage de Laurent se crispa en entendant cette prière.

Le dimanche suivant, Corinne voulut profiter d'une journée ensoleillée pour aller rendre visite à sa mère qu'elle n'avait vue qu'une fois depuis le décès de son père. Lorsqu'elle aborda le sujet en revenant de la messe, son mari refusa carrément cette sortie, prétextant la fatigue d'une semaine de travail.

— Si c'est comme ça, je vais y aller avec les enfants, lui annonça-t-elle sans un moment d'hésitation.

— Fais à ta tête, se contenta-t-il de répondre.

Après le repas, Laurent s'esquiva rapidement dans la chambre à coucher pour y faire une sieste pendant que son fils Norbert allait atteler le boghei. L'adolescent, qui fêtait ce jour-là ses quatorze ans, n'était pas de bonne humeur. Son père lui avait carrément refusé le droit de fumer.

— Toute une fête ! se plaignit-il au moment où sa mère, son frère Lionel et ses sœurs montaient dans la voiture. Je vais être poigné pour m'ennuyer tout l'après-midi à vous attendre chez grand-mère.

— Si t'es pas content, t'as juste à rester ici dedans avec ton père et Léopold, rétorqua sèchement sa mère. On n'a pas besoin de toi.

L'adolescent ronchonna encore un peu, mais finit par se taire.

À l'arrivée des Boisvert chez les Joyal, à Saint-François-du-Lac, Norbert fut le premier à identifier le boghei immobilisé dans la cour de sa grand-mère.

— Je pense que mon oncle Bernard est là, dit-il à sa mère.

— Tant mieux, fit cette dernière. Dételle le blond et envoie-le dans le clos avec les autres chevaux.

La porte moustiquaire de la cuisine d'été s'ouvrit sur une Lucienne Joyal toute vêtue de noir et amaigrie. Germaine et Bernard sortirent à leur tour de la maison pour accueillir les nouveaux arrivants.

— As-tu perdu ton mari en chemin ? demanda Lucienne en regardant Norbert, près des bâtiments, en train de dételer le cheval.

— Il est resté à la maison, m'man. Il a eu une bien grosse semaine et il avait besoin de dormir.

Corinne se rendit bien compte que sa mère n'était pas dupe, mais préféra se taire. Elle l'embrassa ainsi que sa sœur et son beau-frère, imitée par Madeleine, Élise et Lionel.

— Seigneur ! s'exclama Germaine, je crois bien que tu vas avoir les deux plus belles filles de Saint-Paul.

Madeleine rougit légèrement alors qu'Élise se contentait de glousser de contentement.

— Êtes-vous toute seule ? demanda Corinne en entrant dans la maison à la suite de sa mère.

— Bien oui, Anatole et Thérèse sont partis passer l'après-midi chez les Rochon, lui expliqua sa mère. Bastien, lui, aimait mieux rester avec Rosalie à la maison. Elle attend du nouveau pour ces jours-ci.

— Avez-vous eu des nouvelles de Blanche et Amédée ?

— Ils sont venus la fin de semaine passée. Leurs deux plus vieux se cachent. Il paraît que des soldats sont allés à la maison pour les emmener. Ils les ont pas encore trouvés.

— Avez-vous eu des nouvelles de Simon ?

Le visage de Lucienne se rembrunit à l'évocation de son fils cadet et elle fit un effort visible pour ne pas laisser voir son chagrin.

— Il a écrit un petit mot pour dire que tout allait bien et qu'il haïssait pas trop l'armée, répondit la mère de famille. C'est bien de valeur qu'il soit parti comme ça. J'aurais bien eu besoin de lui depuis que ton père est plus là, ajouta-t-elle.

Corinne adressa un regard interrogateur à sa sœur et à son beau-frère. Après une courte hésitation, Germaine se décida à parler.

— M'man te l'a pas dit, mais il paraît que Thérèse a déjà mis dans la tête d'Anatole de la persuader de se donner à lui.

— C'est pas vrai ! s'exclama Corinne en cherchant une confirmation chez sa mère.

— Disons qu'ils m'en ont parlé tous les deux, dit Lucienne.

— Je veux pas me mêler de ce qui me regarde pas, intervint Bernard, mais je les trouve pas mal vite. À mon avis, madame Joyal, vous êtes pas assez vieille pour vous donner à un de vos enfants.

Norbert entra dans la cuisine d'été à cet instant précis et vint s'asseoir derrière la table après avoir salué sa grand-mère, son oncle et sa tante.

— Anatole dit que ça fait vingt ans qu'il travaille sur notre terre et qu'elle lui revient de plein droit, expliqua Lucienne. Je sais que cette idée-là vient pas de lui. C'est encore sa femme qui le pousse. Comme elle a commencé à parler que ce serait une bonne idée que je leur laisse la grande chambre en bas parce que maintenant votre père est parti.

— J'espère, m'man, que vous vous laisserez pas faire, s'insurgea Corinne. Si vous vous donnez, vous serez plus maîtresse dans votre maison. Vous allez vous faire mener par le bout du nez du matin au soir par la Thérèse.

— Aïe! je suis pas retombée en enfance! déclara Lucienne, l'air farouche. Je le sais bien ce qui arriverait si je faisais ça.

— Vous avez pas pensé leur vendre votre terre pour aller vous installer au village, pas trop loin de l'église, madame Joyal? demanda Bernard.

— C'est vrai que ce serait pas une idée folle, reconnut sa belle-mère, l'air songeur.

— Vous avez juste à leur faire un bon prix pour votre terre et le roulant, et leur donner tout le temps de se décider. Pendant ce temps-là, vous auriez la chance de regarder à droite et à gauche s'il y aurait pas une petite maison sans trop d'entretien à vendre au village. À la limite, je pourrais vous en construire une selon vos goûts, proposa Bernard.

Cette suggestion de son gendre sembla redonner sa bonne humeur à la veuve de Napoléon Joyal et la conversation dériva sur des sujets moins épineux. À un certain moment, Bernard, toujours associé à sa famille de Nicolet dans des projets de construction, surprit toute la petite assemblée en disant:

—Je vous dis qu'on sait pas jusqu'à quel point on est chanceux de pouvoir parler français autant qu'on veut ici, dans la province. On a engagé la semaine passée deux bons hommes qui viennent d'Ontario. Ils se sont installés à Sainte-Monique avec leur famille, il y a un mois. Ils m'ont dit qu'ils en pouvaient plus de vivre là-bas parce que leurs enfants avaient même plus le droit d'apprendre le français à l'école à cause d'une loi du gouvernement de la province. Ils disent que ça s'appelle la Loi 17.

— C'est bien effrayant une affaire comme ça, fit remarquer Lucienne.

— Mais c'est pas nouveau, m'man, intervint Germaine. Comme je l'ai dit à Bernard, ça fait au moins cinq ans que cette loi-là existe.

— Ça empêche pas que les Canadiens qui vivent là-bas sont pas libres de parler leur langue quand ils veulent, poursuivit son mari en allumant sa pipe. Les Anglais gèrent tout. Si on les traitait comme ça chez nous, j'ai ben l'impression qu'ils crieraient comme des cochons qu'on égorge.

À ce moment-là, le mari de Germaine sembla s'apercevoir que son neveu Norbert s'ennuyait. Il mit fin abruptement à la conversation et entraîna l'adolescent dehors pour parler entre hommes. Pour sa part, Madeleine amena sa jeune sœur et son petit frère s'amuser dans la grosse balançoire en bois placée sous le vieux chêne, près de la maison. Enfin seules, les trois femmes purent aborder des sujets dont elles n'osaient pas parler devant les enfants, ni même devant Bernard.

—J'aime pas bien gros le genre de grossesse que Rosalie a, affirma Lucienne à ses filles. La pauvre en a jamais autant arraché.

— Il faut dire, m'man, qu'elle commence à être pas mal vieille pour être en famille, lui fit remarquer Germaine. Elle a trente-neuf ans, le même âge que moi. Moi, en tout cas, je me verrais pas en attendre un autre.

— Moi... voulut dire Corinne, mais le regard sévère que sa mère lui adressa lui coupa la parole.

— Vous êtes assez vieilles toutes les deux pour savoir qu'on fait pas toujours ce qu'on veut dans ces cas-là, intervint Lucienne avec un air de ne pas plaisanter. C'est le bon Dieu qui décide.

— Bien oui, m'man, répliqua Germaine en faisant un signe discret de connivence à sa sœur.

À la fin de l'après-midi, les invités virent revenir Anatole et sa femme.

— Est-ce que ça leur arrive de rester à souper chez les Rochon ? demanda Corinne à sa mère en regardant Thérèse descendre de voiture dans la cour.

— Jamais, les Rochon sont pas des inviteux. En plus, ils ont pour leur dire que leur fille reste pas loin et qu'elle peut bien aller manger à la maison.

— Parlant de manger à la maison, je crois bien qu'on va y aller, nous autres, reprit Corinne en se levant.

— Pourquoi tu restes pas à souper ? s'étonna sa mère.

— Je veux pas laisser Laurent et Léopold se débrouiller seuls dans la cuisine. Si je fais ça, je vais être prise pour nettoyer pendant des heures.

Norbert alla atteler le blond pendant que sa mère saluait Anatole et sa femme, à l'air toujours aussi revêche.

— Vous restez pas à souper ? demanda cette dernière sans trop insister.

— Merci bien, mais ce sera pour une autre fois, Thérèse, répondit Corinne.

Thérèse et Anatole laissèrent Lucienne, Germaine et Bernard sur la galerie pour l'accompagner jusqu'à la voiture dans laquelle les enfants avaient déjà pris place.

— Ta mère t'a-t-elle parlé de ce qu'on lui a proposé ? demanda Thérèse à sa belle-sœur.

— Un peu, reconnut Corinne, sans trop s'avancer.

— Il me semble que ce serait une bonne affaire pour elle. Elle a bien mérité de se reposer, ajouta la femme d'Anatole en s'efforçant d'afficher une compassion qu'elle n'éprouvait sûrement pas.

Cette dernière remarque eut le don de faire bouillir Corinne qui ne put s'empêcher de lui faire remarquer sur un ton un peu sec:

— M'man est pas si vieille que ça, Thérèse! Elle est pas encore prête à passer ses journées à se bercer. Si je me trompe pas, elle est même pas mal plus jeune que tes parents. Eux autres, est-ce qu'ils ont accepté de se donner à ton frère, qui reste chez eux?

— Je pense pas que ça les intéresse, répondit sa belle-sœur en se gourmant.

— J'ai l'impression que c'est la même chose pour ma mère. D'après ce que j'ai cru comprendre cet après-midi, elle a l'air d'être plus intéressée à vendre la terre pour aller s'installer dans une petite maison au village.

— Ah bien! il manquerait plus que ça! s'indigna Thérèse à voix basse en jetant un coup d'œil à son mari qui se tenait impassible à ses côtés. Depuis le temps qu'on la cultive, cette terre-là...

— Si elle se décide, vous pourriez toujours l'acheter, fit Corinne avec un sourire narquois. Bon, il faut qu'on y aille, ajouta-t-elle en montant dans le boghei.

Elle salua de la main sa mère, Germaine et Bernard, demeurés sur la galerie et probablement intrigués par les messes basses qu'elle venait de tenir avec Thérèse.

Ce soir-là, après le souper, toute la famille Boisvert s'empressa de quitter la cuisine surchauffée pour aller respirer un peu d'air à l'extérieur. Assise à une extrémité de la galerie en compagnie de son mari, Corinne lui raconta en quelques mots ce que sa mère lui avait appris au sujet des pressions de plus en plus fortes d'Anatole et de Thérèse pour qu'elle se donne à eux.

— J'espère ben qu'elle se laissera pas faire ! s'exclama Laurent en allumant sa pipe. Il manquerait plus que ça !

La jeune femme fut agréablement surprise de constater que, pour une fois, son mari semblait vouloir prendre la défense de sa mère. C'était d'autant plus surprenant qu'elle avait toujours cru qu'il la détestait royalement.

— C'est ce qu'on lui a tous dit. Bernard aussi est du même avis, ajouta-t-elle.

— Ce serait ben écœurant qu'elle donne tout à ton frère. Il est pas tout seul. Bastien, Blanche, Germaine et toi, vous avez droit à une partie de l'héritage. Pourquoi Anatole garderait tout ce que ton père a laissé à ta mère ? Ce serait pas juste pantoute.

— C'est pas une question d'argent ou d'héritage. C'est pas à nous autres qu'on pensait quand on a conseillé à m'man de pas se donner, rétorqua-t-elle amère, en reconnaissant bien l'esprit toujours calculateur des Boisvert dans la remarque de son mari. On pensait surtout à elle. On voudrait pas qu'elle dépende du bon vouloir de Thérèse et de mon frère dans ses vieux jours. Quand les vieux se donnent, tu sais comme moi qu'ils sont pris pour tout endurer et il leur reste plus rien pour se défendre.

— Et ton héritage là-dedans ? demanda Laurent.

— Inquiète-toi pas pour ça, le rassura-t-elle. J'ai jamais compté là-dessus. J'ai deux bras et deux jambes, et j'ai surtout un mari pour me faire vivre.

Laurent hocha la tête comme s'il était incapable de comprendre la façon de penser de sa femme. De toute évidence, il n'approuvait pas qu'elle se désintéresse à ce point de ce que sa mère devrait lui laisser en mourant. Puis, il s'enferma dans un profond mutisme, apparemment plongé dans un abîme de réflexion. En réalité, il s'était mis à songer à son propre père et à la façon dont ce dernier pouvait avoir choisi de partager ses avoirs dans son testament.

Soudain, un sourire fugace apparut sur son visage. Son père avait toujours été à couteaux tirés avec ses fils Raymond et Aimé, qu'il avait refusé d'aider à s'installer lorsqu'ils s'étaient mariés. Il ne s'entendait guère mieux avec son unique fille, Juliette Marcil, qui préférait habiter chez lui plutôt que chez son père à chacune de ses visites à Saint-Paul-des-Prés. Cela laissait présager que tout ce qu'il laisserait à sa mort – ce qui pouvait représenter un joli magot – serait partagé entre son frère Henri et lui. Il se voyait déjà propriétaire des deux camions et d'une somme non négligeable d'argent alors que son frère conserverait la terre et la maison paternelles… Cette perspective était loin d'être triste.

Le mois de juillet tirait à sa fin. L'air chaud semblait vibrer sur la campagne écrasée par un soleil de plomb depuis plus de dix jours. Le jardin de Corinne était magnifique parce qu'il était abondamment arrosé chaque jour. Cependant, il en allait tout autrement pour les récoltes qui commençaient à souffrir sérieusement du manque de pluie.

— Si ça continue comme ça, s'était plaint Laurent le matin même, tout va brûler dans les champs. Le foin était ben parti, mais il a complètement arrêté de pousser depuis quinze jours. Le reste des récoltes est pareil.

Corinne n'avait rien dit, occupée à chercher les clous de girofle dans le garde-manger.

— T'as pas mis le pot à la même place, reprocha-t-elle à Norbert, debout au milieu de la cuisine et se tenant la bouche avec une grimace éloquente.

— Ben oui, m'man. Je l'ai remis à la même place que d'habitude, dit-il en s'approchant de sa mère.

Enfin, la mère de famille trouva ce qu'elle cherchait. Elle tendit le pot à son fils.

— Il faut toujours que ça tombe au mauvais moment, ces affaires-là, fit-elle remarquer à son mari. Cet enfant-là a mal aux dents depuis trois jours et on peut rien y faire. Le dentiste est venu au village il y a deux semaines. Il reviendra pas avant la mi-août.

Pendant que sa mère parlait, Norbert frotta l'une de ses gencives avec du clou de girofle pour apaiser les élancements qui l'avaient empêché de dormir pour une seconde nuit consécutive. Son père ne dit pas un mot, comme si le problème ne le concernait en rien.

— J'ai regardé, poursuivit Corinne. Il a une dent toute noire. C'est celle-là qui lui fait mal. T'es sûr que tu pourrais pas l'emmener à Yamaska, chez Gauthier, à matin ?

— Je peux pas, se contenta de laisser tomber Laurent en finissant de boire sa tasse de café. Je peux pas prendre le *truck* pour l'emmener là. J'ai de la gravelle à charrier toute la journée dans le rang Sainte-Marie, à la Visitation.

— Bon, si c'est comme ça, je vais demander à Léopold d'atteler cet après-midi et je vais y aller. On peut pas le laisser souffrir davantage. Il arrête pas de se frotter les gencives avec de l'eau de Pâques et du clou de girofle : ça donne plus rien.

Après le départ de son mari pour le travail, Corinne envoya Norbert dormir un peu dans sa chambre pour tenter de récupérer après sa nuit d'insomnie.

Vers la fin de l'avant-midi, Corinne et ses deux filles étaient occupées à installer des tuteurs pour les plants de tomates dans le jardin. Il faisait si chaud que la jeune mère de famille avait l'impression de travailler dans une fournaise. À un certain moment, elle se releva et posa les mains sur ses reins pour les soulager quand, levant la tête, elle aperçut quelqu'un en train de marcher au milieu de la route.

— Bonne sainte Anne ! veux-tu bien me dire qui est assez bête pour marcher comme ça en plein soleil ? dit-elle à Madeleine, qui venait de se relever à son tour.

— On dirait bien, m'man, que c'est La Patte, dit la jeune fille en plissant les yeux pour mieux voir. Il a l'air de vouloir s'arrêter chez les Rocheleau. J'ai bien l'impression qu'on va le voir sourdre juste à temps pour quêter un bol de soupe pour dîner, ajouta-t-elle.

— Si c'est lui, il est pas mal de bonne heure cette année, fit remarquer Corinne. Pour moi, Marie-Claire Rocheleau va lui proposer de dîner là. Nous autres, on va lui donner deux ou trois cennes et il va être bien content.

Celui que les gens de Saint-Paul-des-Prés avaient surnommé La Patte était un vagabond affligé d'une jambe plus courte que l'autre, conséquence, disait-il, d'un coup de sabot administré par un cheval nerveux. Depuis une douzaine d'années, l'homme au crâne totalement chauve et à la moustache grise jaunie par la nicotine quêtait de maison en maison dans la municipalité chaque année, habituellement au début de l'automne. Il avait la réputation de ne pas être commode et d'avoir la langue bien pendue. Les gens ne l'aimaient guère, mais la plupart se fendaient de quelques sous lorsqu'il venait frapper à la porte de crainte qu'il leur jette un mauvais sort.

Dans la région, d'étranges histoires circulaient. On racontait à qui voulait l'entendre que des récoltes prometteuses avaient été perdues, que des puits s'étaient taris et même que des bâtiments avaient pris feu après qu'on eut refusé de faire la charité à ceux qu'on appelait des « quêteux ».

La prédiction de Corinne ne se réalisa pas. Moins de cinq minutes après avoir vu le vagabond entrer dans la cour de la ferme des Rocheleau, l'épouse de Laurent Boisvert le vit en sortir et marcher, clopin-clopant, dans sa direction.

L'homme n'avait guère changé depuis l'automne précédent. Il se déplaçait en s'aidant d'un gros bâton de marche et il portait sur l'épaule un sac en toile d'une couleur indéterminée. Il était vêtu d'un justaucorps noir passé sur une chemise grise soigneusement boutonnée jusqu'au cou, mais déchirée aux deux coudes. Son pantalon brun était retenu par une ficelle.

En le voyant arriver, Corinne quitta son jardin en compagnie de Madeleine et d'Élise. Elle arriva au pied de la galerie en même temps que le vagabond.

— Bonjour, madame, salua l'homme en soulevant légèrement sa vieille casquette en toile. La charité, s'il vous plaît.

— Bonjour, fit Corinne. Vous devez bien mourir de chaleur à être sur la route en plein soleil comme ça, lui dit-elle sur un ton compatissant.

— On peut pas dire que c'est ben frais, ma petite dame, répondit La Patte en passant sur son visage un large mouchoir à carreaux.

— Venez vous asseoir un peu à l'ombre sur la galerie, lui proposa-t-elle. Il me semble qu'un bon verre d'eau froide vous ferait du bien.

— C'est pas de refus, fit-il, l'air un peu moins revêche, en la suivant sur la galerie.

— Mangeriez-vous quelque chose pour dîner ? lui demanda-t-elle. J'ai pas grand-chose, mais c'est de bon cœur.

— Vous êtes ben bonne de me l'offrir, remercia-t-il, l'air soudain radouci. Je dis pas non.

— Madeleine, donne un verre d'eau au quêteux, dit-elle à sa fille. Pendant que je prépare à dîner avec mes filles, vous pouvez vous rafraîchir au puits, si le cœur vous en dit, proposa Corinne avant de pénétrer dans la cuisine d'été avec ses filles.

Quelques minutes plus tard, Madeleine invita le vagabond à entrer et à prendre place à la table sur laquelle la maîtresse de maison avait déposé les premières tomates de son jardin, du fromage et un grand bol de soupe aux légumes.

Après la récitation du bénédicité, La Patte se mit à manger en silence en appréciant, semblait-il, la fraîcheur toute relative de la cuisine d'été, ombragée par l'épais feuillage des érables.

— Vous êtes ben à la campagne, fit remarquer le vagabond après avoir mangé une pointe de tarte à la mélasse. On dirait presque que la guerre existe pas pour vous autres.

— Mais vous êtes tout le temps à la campagne, vous aussi, lui fit remarquer poliment Madeleine.

— C'est là que tu te trompes, ma belle fille. J'ai passé tout l'hiver et le printemps chez de la parenté à Montréal. Là, on entend ben plus parler de la guerre. En plus, moi, je suis chanceux. Je sais lire. L'année passée, au mois d'avril, quand je disais au monde que les États-Unis venaient de déclarer la guerre à l'Allemagne et qu'il y avait eu plus que trois mille soldats canadiens tués à Vimy, en France, le monde me regardait avec des grands yeux ronds et ils avaient l'air de croire que je racontais n'importe quoi.

— À Saint-Paul, on l'a su, intervint Corinne.

— Je veux ben vous croire, reprit l'homme. Mais savez-vous que le mois passé il y a quelques-uns de nos soldats qui sont revenus de l'autre bord avec une drôle de maladie. J'ai parlé à un docteur qui dit qu'on sait pas comment soigner cette maladie-là. Il paraît qu'on peut en mourir en une couple de jours. Je me suis laissé dire que ça ressemble à une grippe, mais que ça en est pas une pantoute.

— La chaleur va finir par tuer ces microbes-là, comme elle tue tous les autres, fit Corinne, optimiste.

— Vous avez pas de grands garçons pour vous aider? demanda La Patte en changeant de sujet au moment où la maîtresse de maison lui versait une tasse de thé.

— J'en ai trois. J'ai Lionel qui va avoir sept ans le mois prochain et qui fait sa grosse part, répondit-elle en désignant son fils cadet assis près d'elle à table. En plus, j'en ai un de dix-sept ans aux États et même un autre qui vient d'avoir quatorze ans. Il est en haut, dans sa chambre. Il a trop mal aux dents pour manger. Je pense même que je vais être obligée d'aller courir un dentiste à Yamaska aujourd'hui pour lui faire enlever une dent. J'espère juste que le dentiste va être là, ajouta-t-elle.

Le vagabond la regarda pendant un bref moment avant de demander:

— Pourquoi vous lui arrachez pas cette dent-là vous-même?

— Elle branle pas pantoute, se défendit la jeune femme.

— Avez-vous une trappe qui va dans la cave? fit-il, hors de propos.

— Oui, comme dans toutes les maisons, répondit-elle, désarçonnée.

— Demandez donc à votre garçon de descendre. Je pourrais peut-être lui régler son problème, si vous avez du bon fil.

Après un court moment d'hésitation, Corinne se leva, ouvrit la porte entre la cuisine d'été et ce qu'elle appelait le «haut côté» avant de crier à Norbert de descendre. Moins d'une minute plus tard, ce dernier apparut dans la cuisine d'été et sursauta en apercevant le vagabond.

— Aimerais-tu que je t'arrache ta dent? lui demanda ce dernier sans plus de cérémonie.

— Ben…

— Écoute, c'est bête de pâtir pour rien. Je veux pas te forcer. Si t'aimes mieux avoir mal encore, c'est ton affaire.

— C'est correct, consentit Norbert, épuisé par la souffrance, mais guère rassuré.

— Avez-vous du fil solide, madame? demanda La Patte à Corinne.

Cette dernière se rendit à son panier à ouvrage, prit une bobine de fil noir et la lui tendit.

— Où est votre trappe?

— Dans la cuisine d'hiver.

— Viens, mon garçon. On va régler ça, ce sera pas ben long, promit La Patte en se levant de table. Montre-moi où est la trappe.

L'homme clopina jusqu'à la pièce voisine. Il se pencha vers l'épais panneau de bois qui couvrait la trappe permettant de descendre dans le caveau où étaient entreposés les légumes. Il saisit le gros anneau de fer qui permettait de soulever le panneau retenu au parquet par deux grosses pentures.

— C'est en plein ce qu'il faut, déclara-t-il avec une mine satisfaite en regardant Corinne, qui se tenait prudemment à l'écart, tout de même un peu inquiète en écoutant les paroles du vagabond.

Ce dernier fit asseoir son patient sur une chaise placée près du panneau soulevé. Il s'affaira ensuite à doubler une bonne longueur du fil noir donné par la maîtresse de maison avant d'en attacher une extrémité à l'anneau.

— Ouvre la bouche, ordonna-t-il à Norbert en se penchant pour bien identifier la dent malade.

L'adolescent obéit, mais il était visiblement craintif et nerveux. Sa mère se fit attentive, mais ne dit rien.

— Je la vois. Aie pas peur, ça te fera pas mal, reprit le vagabond. Je vais passer le fil autour de ta dent.

— Ayoye ! se plaignit l'adolescent.

— Reste tranquille, lui ordonna La Patte. V'là, j'ai fini. J'ai juste passé le fil autour, lui expliqua-t-il en retirant ses gros doigts de la bouche de Norbert.

En fait, il avait fait une sorte de nœud coulant autour de la dent avec le fil doublé. Corinne s'était un peu approchée, mais La Patte lui fit signe de demeurer où elle était en lui adressant tout de même un petit sourire rassurant. Ensuite, il passa lentement dans le dos de son patient et déposa ses deux mains solides sur ses épaules.

— Prêt ? lui demanda-t-il.

Avant même que Norbert puisse se demander à quoi il devait se tenir prêt, le vagabond avait donné un violent coup de pied au panneau qui avait brusquement basculé vers l'avant pour se refermer dans un bruit assourdissant.

Évidemment, cette chute avait donné un grand coup sur le fil tendu entre la dent malade et l'anneau, et la tête de Norbert avait été brutalement tirée vers l'avant. La Patte avait maintenu sa prise sur les épaules du garçon et la dent avait été arrachée sur le coup.

— C'est fini ! déclara l'homme sur un ton triomphant en relâchant sa prise. Ta dent est partie.

Corinne se pencha pour enlever le fil de l'anneau et tendit à son fils la grosse dent noircie qui l'avait tant fait souffrir. Ce dernier, encore étourdi, avait du sang au coin de la bouche.

— Va te rincer la bouche avec de l'eau salée. T'auras plus mal, lui conseilla le vagabond.

— Merci, dit Norbert en précédant l'homme et sa mère dans la cuisine d'été.

— Vous êtes bien fin, fit Corinne, reconnaissante. Combien je vous dois ?

— Rien, madame, dit La Patte en se dirigeant vers son sac de toile, laissé près de la porte.

— Attendez que je vous donne au moins vingt-cinq cennes, lui offrit-elle.

— Il en est pas question, protesta La Patte. Vous m'avez offert un bon dîner, c'est ben assez.

— Est-ce que je peux vous laisser au moins un pain et un morceau de fromage ? proposa-t-elle.

— Je veux ben, accepta le vagabond.

Après avoir déposé le pain et le fromage dans son sac, La Patte quitta la ferme des Boisvert.

— Comment tu te sens à cette heure ? demanda Corinne à son fils.

— Ça fait encore mal, se plaignit l'adolescent. J'ai du sang dans la bouche.

— Rince-toi encore la bouche. Dans une heure, tu sentiras plus rien.

— Comme ça, on va avoir au moins encore une heure de paix avant que tu penses faire un autre mauvais coup, intervint Élise, moqueuse.

Chapitre 11

Des accidents

— Si ça peut se mettre à tomber, dit Corinne à bout de patience, ça va faire du bien à tout le monde et surtout au foin. C'est rendu qu'on a de la misère à s'endurer.

Laurent jeta un coup d'œil au ciel en train de se couvrir de lourds nuages.

— Pour moi, ce sera plus ben long, fit-il avant de monter dans la cabine de son camion.

Le mois d'août avait commencé par un changement radical de la température. Durant les derniers jours, la chaleur était accompagnée d'une humidité de plus en plus difficile à supporter. Les gens et les bêtes haletaient littéralement dès qu'ils devaient fournir un effort. On aurait dit que toute la campagne était écrasée sous une épaisse chape de ouate.

Ce matin-là, le camionneur n'était sûrement pas encore rendu à la gravière où il était attendu quand les premiers coups de tonnerre se firent entendre. Immédiatement, les éclairs se mirent à zébrer le ciel qui était en train de virer au noir et le vent se leva. La pluie se mit alors à tomber. Les premières grosses gouttes s'écrasèrent d'abord paresseusement sur l'avant-toit et sur le sol craquelé de la cour de la ferme. Puis, comme répondant à un signal, la pluie se fit de plus en plus forte. En quelques secondes, ce fut un véritable déluge qui noya tout le paysage.

— Mets-toi quelque chose sur le dos et va dire à ton frère et à Léopold de rentrer, ordonna Corinne à Lionel. Dis-leur que je veux pas qu'ils restent dans les bâtiments quand il y a de l'orage.

Le petit garçon prit un bout de toile pour se couvrir la tête et les épaules puis s'élança vers l'étable où Léopold et Norbert étaient en train de ramasser le fumier. Il revint à la maison presque immédiatement, suivi de près par ces derniers. La pluie tambourinait de façon assourdissante sur l'avant-toit qui couvrait la galerie.

— On se faisait pas mouiller en dedans, se plaignit Norbert.

— Laisse faire, dit sa mère. Des étables frappées par la foudre, ça arrive. Ce que vous étiez en train de faire peut attendre.

Madeleine tendit des serviettes aux nouveaux arrivés pour qu'ils s'essuient.

— Je pense, madame Boisvert, que votre voisin va prendre tout un bain. Je l'ai vu partir tout à l'heure en boghei, déclara Léopold en déposant la serviette sur le comptoir après l'avoir utilisée.

— Jocelyn Jutras est pas bête. S'il voit que l'orage se calme pas, il va s'arrêter en route et attendre que ça passe.

Les rafales de vent cessèrent brusquement, mais la pluie forte continua à tomber. Corinne et ses filles sortirent un long moment sur la galerie pour profiter de la fraîcheur toute relative apportée par les précipitations.

Elles venaient à peine de rentrer pour terminer le rangement de la maison quand Norbert, demeuré sur la galerie, cria en s'approchant de la porte moustiquaire :

— M'man, madame Jutras s'en vient en courant sur la route.

Surprise, Corinne déposa son chiffon sur la table et s'approcha de l'une des fenêtres pour s'assurer que son fils ne se trompait pas.

— Qu'est-ce que Catherine Jutras peut bien nous vouloir ? demanda-t-elle à mi-voix. D'habitude, c'est tout juste si elle nous dit bonjour quand on la rencontre.

Madeleine et Élise se regardèrent, mais n'ajoutèrent pas un mot. Elles n'ignoraient pas que la voisine n'adressait pratiquement jamais la parole à leurs parents.

— Qu'est-ce qui peut bien presser autant pour courir dehors comme une vraie folle quand il mouille comme ça ? reprit la maîtresse de maison.

La fille d'Honorine Gariépy était sa voisine depuis treize ans, mais elle s'était toujours montrée particulièrement distante à son endroit. Par le fait même, les relations très amicales que les Boisvert avaient entretenues si longtemps avec Jocelyn Jutras s'étaient peu à peu refroidies.

Pendant un certain temps, Corinne, mal à l'aise, avait pensé que la voisine était tout simplement jalouse d'elle parce qu'elle avait épousé Laurent, qui l'avait longuement fréquentée. Elle s'était même demandé si elle n'était pas elle-même responsable du peu de chaleur dans leurs relations par sympathie pour sa belle-sœur Juliette Marcil. Avant de fréquenter Catherine Gariépy, Jocelyn Jutras avait semblé sensible au charme de la veuve et Corinne avait même cru, durant quelque temps, qu'il l'épouserait. Finalement, leur relation avait pris la forme d'une amitié épistolaire.

En fait, il avait fallu un certain temps à l'épouse de Laurent Boisvert pour s'apercevoir que Catherine Jutras regardait de haut, de très haut même, toutes ses voisines du rang Saint-Joseph... Et les choses ne s'étaient pas améliorées, loin de là, après l'installation de sa mère chez elle. Toutes les deux, férues de chant, se plaisaient à laisser clairement voir qu'elles appartenaient à une classe supérieure.

— Elles peuvent bien péter plus haut que le trou si ça leur fait plaisir, déclarait en riant Marie-Claire Rocheleau, mais la Catherine Jutras est juste une femme d'habitant qui doit mettre les pieds dans le fumier de temps en temps, comme tout le monde.

Il arrivait à Corinne de regretter encore les soirées d'hiver où Jocelyn venait jouer aux cartes à la maison et l'époque où elle lui cuisait son pain chaque semaine. Pour sa part, il lui avait enseigné comment dépecer une bête et découper la viande... Il n'avait jamais été avare de ses services.

Des bruits de pas précipités se firent entendre dans la cour, puis sur la galerie.

— Entrez, ma mère est en dedans, dit Norbert à la voisine.

Corinne eut à peine le temps de s'avancer vers la porte moustiquaire que Catherine Jutras, à bout de souffle, pénétrait dans la cuisine d'été des Boisvert.

— Est-ce que vous pourriez venir m'aider? demanda la jeune femme, en tentant de retrouver une respiration normale. Ma mère est tombée dans l'étable et elle est pas capable de se relever. Je pense qu'elle s'est cassé quelque chose.

Corinne ne perdit pas une seconde en civilités. Elle alla ouvrir la porte de la cuisine d'hiver et cria à Léopold qui venait de monter à sa chambre:

— Léopold, va atteler. Dépêche-toi!

Elle revint sur ses pas, attrapa un léger manteau et fit signe à la voisine de la suivre.

— Norbert, aide Léopold à atteler et viens nous rejoindre avec lui chez les Jutras. Fais ça vite.

— Voulez-vous que j'y aille avec vous autres? offrit Madeleine.

— Non, je pense que Norbert et Léopold vont suffire pour nous aider, répondit sa mère en s'élançant sous la pluie en compagnie de Catherine Jutras.

Un instant plus tard, Corinne demanda à sa voisine:

— Où est passé Jocelyn?

— Il est parti à Yamaska. Je l'attends pas avant le dîner, répondit Catherine en marchant très rapidement à ses côtés.

La pluie était toujours aussi dense, mais le tonnerre s'était tu. Corinne ne fit aucun effort pour entretenir la conversation. Les deux femmes entrèrent dans la cour des Jutras. Catherine prit les devants et conduisit la voisine jusqu'à l'étable. En pénétrant dans les lieux, elle se laissa guider par les plaintes poussées par la mère de la voisine. Elle trouva cette dernière étendue par terre, à une dizaine de pieds de la porte, dans une demi-obscurité. Sa jambe gauche faisait un angle bizarre.

— Seigneur que ça fait mal ! se plaignit la grande et forte femme en soulevant péniblement la tête pour identifier qui venait d'entrer.

— Qu'est-ce qui vous est arrivé, madame Gariépy ? lui demanda Corinne en s'agenouillant près d'elle.

— J'ai glissé en venant chercher du lait. C'était sombre et il y avait quelque chose qui traînait à terre. Je l'ai pas vu, expliqua-t-elle tout en se montrant incapable de réprimer une grimace de douleur.

— Votre fille et moi, on n'est pas assez fortes pour vous transporter. Mon homme engagé et mon garçon s'en viennent. À quatre, on devrait être capables de vous ramener à la maison. Après, on enverra chercher le docteur.

— Ça prendra pas de temps, m'man, voulut la rassurer sa fille en lui épongeant le front avec un mouchoir qu'elle venait de prendre dans la poche de tablier de sa mère.

À peine venait-elle de parler que le boghei conduit par Léopold s'arrêtait près de l'étable. Corinne ouvrit la porte et dit aux garçons de venir la rejoindre.

— Bon, comment on pourrait bien transporter madame Gariépy ? demanda-t-elle, indécise. On dirait bien qu'elle a une jambe cassée.

Elle aurait pu ajouter que le poids respectable de la dame avait aussi son importance.

— Qu'est-ce que vous diriez, madame Boisvert, si on la transportait dans une couverte ? suggéra Léopold. On pourrait la tenir chacun par un coin et ça lui ferait moins mal.

— On va essayer, décida sa patronne.

Catherine Jutras quitta l'étable en courant et revint moins d'une minute plus tard en portant une courtepointe. Honorine fut déposée sur la couverture avec mille précautions. Corinne se garda bien de faire remarquer à la fille de la blessée que sa mère avait probablement glissé sur une bouse de vache parce qu'elle s'était rendu compte que sa robe en était toute maculée quand Honorine avait été soulevée.

— Ça serait peut-être plus facile si on la transportait dans la brouette, au moins jusqu'à la galerie ? proposa Norbert à son tour en avisant une grosse brouette en bois dont les manchons étaient appuyés contre le mur de l'étable.

— C'est pas bête comme idée, reconnut sa mère.

Honorine fut à demi étendue dans la brouette et maintenue en place par Corinne et sa fille pendant que Léopold et Norbert poussaient en contournant les importantes flaques d'eau que la pluie avait formées entre l'étable et la porte de la maison des Jutras. Arrivés près de la porte, tous les quatre unirent leurs forces pour transporter la directrice de la chorale paroissiale jusqu'au lit de la chambre de sa fille, au rez-de-chaussée.

— Léopold, je pense qu'on n'a pas le choix. Il va falloir que t'ailles chercher le docteur, annonça Corinne en revenant dans la cuisine. Fais ça vite.

— Voulez-vous que je vous ramène d'abord à la maison avec Norbert ? demanda l'employé.

— Laisse faire, de toute façon, on est déjà tout mouillés. Un peu plus, un peu moins changera pas grand-chose, refusa-t-elle.

Léopold parti, Norbert rentra à la maison après que sa mère lui eut dit qu'elle n'avait plus besoin de lui.

— Je pense que t'es aussi bien d'aller aider ta mère à changer de robe, suggéra Corinne à sa voisine. Elle est tombée dans quelque chose qui sent pas bien bon et je suis certaine qu'elle aimerait pas que le docteur la voie dans cet état-là. Je vais attendre le docteur Précourt avec toi au cas où il aurait besoin d'aide, ajouta-t-elle.

— Merci, madame Boisvert, dit l'autre, cérémonieuse.

— Si tu veux un coup de main pour t'aider à changer ta mère, t'as juste à me le dire, offrit-elle.

— Je pense être capable de me débrouiller toute seule.

Corinne, demeurée seule dans la cuisine des Jutras, eut un petit sourire en se rappelant l'air contrarié de Catherine lorsqu'elle l'avait volontairement tutoyée. Elle entendit des murmures dans la chambre voisine, mais Catherine Jutras ne lui demanda pas son aide pour changer sa mère. Il était probable que cette dernière s'était révoltée à l'idée que la voisine la voie dans une situation aussi humiliante.

Moins d'une heure plus tard, le docteur Précourt vint frapper à la porte des Jutras après avoir appuyé contre la galerie l'antique bicyclette qui lui servait de moyen de transport durant la belle saison. L'homme était trempé par la pluie, même si cette dernière était beaucoup moins forte. Sans se presser, il prit sa trousse et un sac de grosse toile dans le panier fixé au porte-bagages.

— Ma mère va être bien fâchée de le voir, chuchota Catherine Jutras à sa voisine en apercevant le petit homme coiffé d'un béret bleu marine et vêtu d'un mince manteau en toile noire. Elle va faire une vraie crise. Elle peut pas le sentir. Je pensais que votre homme engagé irait chercher le docteur de Yamaska.

— Voyons donc! protesta Corinne. Voir si ça aurait du bon sens d'aller courir si loin pour aller chercher un docteur quand on en a un vrai bon au village.

— C'est pas l'avis de maman, se gourma Catherine en s'avançant vers la porte pour ouvrir au médecin.

— Si elle aime mieux souffrir en attendant pour rien, c'est son affaire, rétorqua Corinne. T'as juste à renvoyer le docteur Précourt et à lui dire que tu veux envoyer chercher le docteur de Yamaska.

L'autre, domptée, se tut au moment où le médecin montait les marches conduisant à la galerie.

— Bonjour, docteur, dit Corinne à Adrien Précourt lorsqu'il se présenta devant la porte moustiquaire.

— Bonjour, mesdames, les salua à son tour de son étrange voix de fausset le petit homme en pénétrant dans la maison. Il fixa durant un court moment les deux femmes de ses yeux de myope protégés par des lunettes aux verres d'une incroyable épaisseur.

— Pauvre vous ! Vous êtes trempé comme une soupe, lui fit remarquer Corinne, pleine de sollicitude.

— C'est pas bien grave, fit le médecin en essuyant les verres de ses lunettes. Je serais venu en boghei, ça aurait pas été plus rapide. En plus, mon cheval est nerveux sans bon sens quand il y a de l'orage dans l'air. Où est la blessée ? demanda-t-il en empoignant sa trousse.

— Si vous voulez me suivre, dit Catherine.

— Si t'as plus besoin de moi, je rentre à la maison, annonça Corinne en se dirigeant déjà vers la porte.

— Merci pour votre aide, madame Boisvert, dit Catherine, toujours aussi empruntée.

Sur un signe de tête, Corinne rentra chez elle, suivie, moins de deux minutes plus tard, par Léopold.

— Sacrifice, Casseau, t'as mis plus de temps à revenir du village que le petit docteur sur son bicycle ! se moqua Norbert pour taquiner le jeune homme quand il rentra dans la maison.

— Ça a l'air de rien, mais le petit docteur, il pédale vite en maudit, se contenta de répondre l'employé. J'étais même pas remonté dans le boghei qu'il était déjà parti. Quand je l'ai vu partir en fou comme ça, je me suis dit qu'il était pour se casser la gueule sur son bicycle qui a même pas de *brakes*. Pantoute ! Il roulait comme si le diable lui courait après.

Corinne ne put s'empêcher de sourire en l'écoutant raconter comment Adrien Précourt s'était dépêché pour venir soigner Honorine Gariépy. Elle aurait donné cher pour savoir ce que l'irascible mère de la voisine avait pu lui dire en le voyant pénétrer dans sa chambre.

Au retour de Laurent à la maison, elle lui raconta l'accident dont avait été victime Honorine qui n'avait jamais cessé de déblatérer sur son compte depuis qu'il avait abandonné sa fille, dix-huit ans plus tôt, pour l'épouser.

— Ben bon pour elle ! se borna-t-il à dire méchamment. Ça lui apprendra à regarder où elle met les pieds. Avec sa manie de marcher le nez en l'air, ça devait lui arriver un jour ou l'autre.

Ce soir-là, les habitants de Saint-Paul-des-Prés dormirent plus confortablement parce que la température était revenue à la normale. Cependant, la pluie continua à tomber par intermittence durant les jours suivants. Si toute cette eau permit de sauver les récoltes brûlées par le soleil de juillet, il n'en restait pas moins que les travaux de la terre avaient pris un sérieux retard.

Le surlendemain, Corinne finit par s'étonner en constatant que les voisins ne s'étaient même pas donné la peine de venir lui communiquer des nouvelles de la santé d'Honorine Gariépy.

— C'est drôle pareil que Jocelyn Jutras ou sa femme se soient pas dérangés pour nous dire comment elle allait, fit-elle remarquer à Madeleine alors qu'elle finissait son repassage.

— Voulez-vous que j'aille chez eux m'informer ? proposa obligeamment l'adolescente.

— Non, laisse faire. On les dérangera pas. Si j'aperçois le voisin, je lui demanderai des nouvelles.

À la fin de cet après-midi-là, le hasard voulut que Corinne aperçoive Jocelyn au moment où il longeait leur clôture commune. Elle le héla.

— Comment va ta belle-mère? lui demanda-t-elle en s'approchant de la clôture.

— Pas trop mal. Le docteur Précourt lui a mis la jambe dans le plâtre et elle passe ses journées à se faire servir par Catherine. D'après le docteur, elle en a pour au moins cinq semaines. Pendant que j'y pense, tu remercieras ton homme engagé pour avoir aidé ma femme à la transporter dans la maison et pour être allé chercher le docteur, ajouta-t-il. Je me proposais justement de venir le voir à soir pour le remercier en personne.

Corinne sursauta légèrement en entendant ces paroles et devina que l'épouse de Jocelyn n'avait peut-être pas raconté exactement ce qui s'était produit.

— Tu peux bien venir le voir après le souper, dit-elle. Je suis certaine que ça va lui faire plaisir. Et en même temps, tu pourras dire un mot à Norbert qui nous a aussi aidés à transporter ta belle-mère dans la maison.

— T'étais là, toi aussi? demanda Jocelyn, apparemment surpris.

— Voyons, Jocelyn. Il me semble que tu me connais depuis assez longtemps pour savoir que je suis pas le genre de femme à refuser de donner un coup de main à une voisine qui vient me chercher.

L'air franchement étonné du voisin prouvait bien à la jeune femme que Catherine Jutras s'était bien gardée de lui révéler être venue chercher son aide alors qu'elle était mal prise.

— Excuse-moi, Corinne. Catherine a dû me le dire et ça m'est sorti de la tête. Je te remercie ben gros d'être venue aider, toi aussi. Si je comprends ben, vous étiez quatre pour transporter la belle-mère dans la maison.

— Et on n'était pas de trop, conclut Corinne en faisant allusion au poids plus que respectable de la belle-mère du voisin.

Le dimanche suivant, le curé Bilodeau se leva très tôt, impatient de mettre au point une idée qu'il avait eue la veille, en s'endormant.

Quelques jours auparavant, le bedeau lui avait montré de longues traînées de suie sur les murs de l'église et la poussière qui s'accumulait sur chacune des stations du chemin de croix en plâtre que la fabrique était parvenue à acheter une dizaine d'années plus tôt.

— J'ai beau faire mon gros possible pour ben l'entretenir, monsieur le curé, l'église est ben crottée, comme vous pouvez le voir, avait affirmé Anselme Leblanc. Tout ça, c'est surtout à cause du chauffage, l'hiver, avait-il senti le besoin d'expliquer.

— C'est vrai que c'est sale, avait reconnu le prêtre, mécontent. Mais le travail d'un bedeau, monsieur Leblanc, c'est pas juste d'essuyer les planchers et de balayer le parvis.

— Je le sais ben et je fais pas juste ça aussi, avait rétorqué l'homme d'une humeur maussade. Je travaille du matin au soir. À part ça, monsieur le curé, à mon âge, je peux pas passer mes journées en haut d'un escabeau à laver des murs, certain.

— Pourtant, c'est surtout sale à partir des stations du chemin de croix jusqu'en bas des murs, lui avait fait remarquer avec justesse le prêtre. Le haut des murs et le plafond semblent bien corrects.

— Même là, monsieur le curé, c'est encore trop pour un homme de mon âge, s'était défendu Anselme Leblanc.

Le curé Bilodeau avait hoché la tête et quitté son bedeau sans rien ajouter. Il était revenu au presbytère et s'était empressé d'apostropher son vicaire en train de lire paisiblement son bréviaire sur la galerie.

— Dites donc, l'abbé. Aviez-vous remarqué, vous, que notre église était pas mal sale ?

— C'est certain, monsieur le curé, qu'elle pourrait être plus propre, fit l'abbé Morin sans trop s'avancer.

— Il va falloir trouver un moyen de régler ça, avait conclu le pasteur de Saint-Paul-des-Prés avant d'entrer dans le presbytère.

En ce dimanche matin, le curé se réfugia dans son bureau et prit quelques notes qui lui semblaient importantes.

Quelques heures plus tard, avant de célébrer la grand-messe, le prêtre envoya Anselme Leblanc chercher Alcide Duquette, le président du conseil de fabrique. Ce dernier était toujours parmi les premiers fidèles à se présenter à l'église, le dimanche matin.

— Dites-lui de venir me voir à la sacristie avant la messe, ordonna-t-il au bedeau.

Quand le marchand pénétra dans la pièce où le curé Bilodeau achevait de revêtir ses habits sacerdotaux, le prêtre lui parla de la malpropreté de la maison du Seigneur et de son idée de lancer, sans tarder, une grande corvée de nettoyage. Un peu estomaqué par cette décision rapide, Alcide Duquette demeura d'abord sans voix.

— De coutume, monsieur le curé, on en discute d'abord à une réunion du conseil avant de se lancer dans une grosse patente comme ça.

— Allons, monsieur Duquette ! protesta Charles Bilodeau. C'est pas nécessaire. Je demande pas d'argent à la fabrique. Je vais dire aux paroissiens d'apporter leurs chiffons, leurs chaudières et même leur savon du pays. Je pense que trois ou quatre jours vont suffire pour nous redonner une église bien propre. Oubliez pas qu'on n'a jamais fait de grand ménage dans notre église depuis sa construction, il y a seize ans. C'est le temps de le faire pendant qu'il pleut. On m'a dit qu'on pourrait pas faire les foins avant une bonne semaine. Il faut en profiter.

— C'est correct, monsieur le curé, l'approuva Alcide Duquette avec une certaine réticence. Je vais demander aux marguilliers de venir surveiller l'ouvrage à tour de rôle. Ça leur fera pas ben plaisir de pas avoir été consultés, mais ils en mourront pas.

Quelques minutes plus tard, le curé Bilodeau monta en chaire et il termina son homélie en annonçant son grand projet.

— C'est avec cette corvée-là, mes bien chers frères, qu'on va mesurer à quel point vous êtes de vrais chrétiens. Si vous êtes le moindrement fiers, vous accepterez pas plus longtemps que Notre-Seigneur habite une maison sale. Je m'attends à ce que chacun d'entre vous ait à cœur de faire sa part et vienne consacrer quelques heures à notre église paroissiale. Nous commencerons dès la fin de la messe de huit heures, demain matin. Apportez tout ce dont vous aurez besoin : chiffons, chaudières, savon et surtout des escabeaux.

À la fin de la grand-messe, les gens ne s'attardèrent pas sur le parvis à cause de la pluie qui s'était remise à tomber durant le service divin, mais beaucoup de fidèles discutèrent de la demande pressante de leur curé dès leur retour à la maison.

Pour sa part, Corinne avait l'air sombre en rentrant chez elle avec Madeleine, Élise et Lionel. Norbert était allé à la basse-messe avec Léopold. La mère de famille était beaucoup moins préoccupée par cette corvée que par le fait que pour un second dimanche d'affilée, son mari avait carrément refusé de se lever pour assister à la messe. D'ailleurs, il n'était pas encore levé à son retour du village.

Les dents serrées, elle ordonna à ses enfants d'aller changer de vêtements avant de disparaître dans sa chambre à coucher dont elle referma bruyamment la porte derrière elle.

— Sacrement! Tu pourrais pas faire moins de bruit! se plaignit Laurent en se soulevant sur un coude, les yeux à demi fermés.

— Là, ça va faire, Laurent Boisvert! déclara fermement sa petite femme, campée au pied du lit, les mains sur les hanches.

— Aïe! parle moins fort! J'ai mal à la tête.

Corinne ne tint aucun compte de cette plainte qu'elle entendait tous les dimanches matin.

— Il y a bien assez que tout le monde du rang sache que tu bois comme un trou, il manquerait plus, à cette heure, que tu passes pour un païen. Ça fait deux dimanches que tu viens pas à la messe. C'est sûr que ça commence à jaser au village. Les enfants sont pas sourds et tu leur fais honte. Tu vas finir par te faire montrer du doigt par monsieur le curé en pleine chaire! Est-ce que c'est ça que tu veux? Tu veux nous faire mourir de honte?

— Achale-moi pas avec ça! s'emporta son mari à son tour. J'irai ben à l'église quand ça me tentera, Christ! Si jamais le curé me nomme en pleine chaire, ça me fera pas un pli. Il pourra dire ce qu'il voudra.

— Tout un exemple pour tes enfants, déclara Corinne, dégoûtée, avant de retirer sa robe du dimanche pour revêtir celle qu'elle portait tous les jours.

Le lundi matin, un ciel tout gris et une petite pluie fine accueillirent Corinne à son lever. Elle décida immédiatement de remettre au lendemain le lavage hebdomadaire des vêtements parce qu'elle ne pourrait pas les étendre sur sa corde à linge à l'extérieur pour les faire sécher. Après une brève hésitation, elle décida de consacrer la journée à l'église paroissiale. Elle ne se donna même pas la peine de parler de la corvée du curé Bilodeau à son mari. Quand il partit au volant de son camion, la jeune femme envoya Léopold et

Norbert atteler le blond et déposer les deux seuls escabeaux de la maison dans la voiture. Elle s'empressa ensuite de déposer dans des seaux du savon du pays et des chiffons après avoir préparé une collation pour Norbert, Léopold et elle.

— Madeleine, tu vas rester ici dedans pour surveiller Élise et Lionel et préparer le souper, lui expliqua-t-elle. Nous autres, on va aller passer la journée à l'église pour nettoyer. On va revenir te donner un coup de main pour faire le train.

— J'aurais bien pu y aller avec vous autres, fit la jeune fille, un peu mortifiée d'être laissée de côté.

— Je le sais bien, reconnut sa mère, mais on sait jamais à quelle heure ton père peut revenir s'il se met à mouiller. Il serait pas content de trouver la maison vide et le souper pas prêt.

Un peu avant neuf heures, Corinne, son fils et son employé arrivèrent au village. Léopold entrava le cheval et tous les trois pénétrèrent dans l'église où une quinzaine de personnes étaient déjà rassemblées à l'arrière devant un Alcide Duquette jouant à l'important.

— Bon, il y a de l'eau dans la sacristie. Monsieur le curé aimerait que vous commenciez le ménage par le chœur et les deux autels de chaque côté. Il est pas nécessaire pantoute de laver plus haut que ce que vous pouvez atteindre une fois montés sur vos escabeaux... Un pied plus haut que le chemin de croix devrait faire l'affaire. Le reste a pas l'air trop sale. Faites ben attention de pas tomber, recommanda finalement le président de la fabrique avant de se mettre en marche vers la sacristie pour montrer aux gens où se trouvait la pompe à eau.

En quelques minutes, on se répartit le travail sans que Duquette ait besoin d'intervenir. Les quelques jeunes hommes présents s'empressèrent de monter sur les escabeaux et se mirent à laver les murs souillés pendant que les femmes, plus minutieuses, s'occupèrent des statues, des autels et des ornements.

Moins d'une heure plus tard, le nombre de bénévoles avait doublé. L'intérieur de l'église bruissait comme une ruche. Beaucoup de ces gens étaient venus aider en ce lundi pluvieux de manière à ne pas être obligés de revenir le lendemain ou plus tard si la température changeait et permettait de commencer à récolter le foin.

Un peu avant l'heure du dîner, l'abbé Morin et le curé Bilodeau apparurent sur les lieux pour examiner de près la qualité du travail exécuté dans la maison de Dieu. À un certain moment, le pasteur de la paroisse s'approcha de Corinne. Cette dernière était agenouillée, occupée à laver les plinthes en chêne près du premier confessionnal.

— Bonjour, madame Boisvert, la salua-t-il sans grande chaleur.

— Bonjour, monsieur le curé, dit la jeune femme en se relevant après avoir laissé tomber son chiffon dans son seau d'eau savonneuse.

— J'ai remarqué, madame, que ça faisait un bon bout de temps que j'ai pas vu votre mari à la messe du dimanche, dit l'ecclésiastique en arborant un air sévère.

— Il a pas pu venir les deux dernières semaines parce qu'il était malade, monsieur le curé, mentit-elle en rougissant légèrement.

Le visage du prêtre se ferma pendant que sa paroissienne jetait un coup d'œil autour d'elle pour s'assurer que les bénévoles travaillant près d'elle n'avaient pas entendu.

— Drôle de maladie ! laissa sèchement tomber Charles Bilodeau. Il est malade le dimanche matin seulement. Je l'ai entendu passer avec son camion encore ce matin.

— Il s'est senti mieux à matin, ne put que dire Corinne, de plus en plus mal à l'aise sous le regard inquisiteur du prêtre.

— Peut-être ferait-il mieux de se coucher plus tôt le samedi soir, conclut perfidement le curé de Saint-Paul-des-Prés avant de tourner les talons et de s'éloigner pour poursuivre son inspection.

La jeune femme retourna à son travail, bouleversée par les remarques du prêtre. Elle avait beau s'y être attendue, elles n'en étaient pas moins désagréables à entendre et assez humiliantes. De toute évidence, le curé avait remarqué l'heure tardive du retour de Laurent les samedis soir. Il était même très probable que le grondement du camion passant durant la nuit devant le presbytère le réveillait…

Quelques instants plus tard, elle se retrouva agenouillée près de Marie-Claire Rocheleau en train de laver vigoureusement les boiseries du confessionnal.

— As-tu entendu ce que monsieur le curé vient de me dire ? demanda-t-elle à voix basse à sa voisine et amie.

— C'était difficile de pas l'entendre, reconnut Marie-Claire.

— Je trouve ça bien gênant.

— Arrête donc ! protesta Marie-Claire avec bonne humeur. C'est tout de même pas ta faute si ton mari veut pas se lever pour aller à la messe. Il me semble que t'as déjà bien assez de t'occuper de tes enfants…

Ces paroles eurent le don de calmer Corinne.

Quand l'angélus sonna midi, tout travail cessa dans l'église et la plupart des bénévoles s'apprêtèrent à manger la collation qu'ils avaient pris la précaution d'apporter.

— Il est pas question que le monde mange dans l'église, dit sèchement l'abbé Morin à Alcide Duquette.

Le vicaire était demeuré sur place après le départ de son supérieur.

— Il mouille à boire debout, lui fit remarquer le président de la fabrique. On n'est tout de même pas pour les envoyer manger dehors.

— Qu'ils se débrouillent, répliqua l'abbé sur un ton cassant.

— Ils pourraient s'installer dans la sacristie, proposa Alcide Duquette, agacé par l'entêtement du prêtre.

— Je pense pas que monsieur le curé va approuver, trancha l'autre.

— Aïe, monsieur l'abbé, il y a tout de même des limites ! fit Alcide Duquette, à bout de patience. Après tout, ils ont travaillé tout l'avant-midi à nettoyer l'église. S'ils peuvent pas manger, ils vont retourner chez eux et le nettoyage va s'arrêter là.

— Tant pis, laissa tomber le prêtre sur un ton indifférent.

— Si c'est comme ça, je vais aller voir monsieur le curé.

Le marchand sortit de l'église et alla sonner à la porte du presbytère en se protégeant du mieux qu'il pouvait de la pluie drue qui tombait. Mance Rivest vint lui ouvrir et le conduisit au salon où Charles Bilodeau attendait son vicaire pour passer à table.

Le président de la fabrique expliqua le problème en quelques mots au curé qui n'eut même pas le temps d'émettre son avis avant que sa servante s'en mêle.

— Voyons donc, monsieur Duquette ! Vous aviez même pas besoin de vous déranger pour demander une affaire de même. Ça tombe sous le sens que tout ce monde-là peut manger dans la sacristie. Il y a une grande table là. C'est la moindre des choses qu'après avoir travaillé tout ce temps-là, ils puissent manger et se reposer un peu. Pas vrai, monsieur le curé ? ajouta Mance Rivest d'une voix tranchante.

Charles Bilodeau lui lança un regard furieux et allait enfin dire ce qu'il voulait exprimer quand Mance Rivest poursuivit.

— Le repas est déjà sur la table de la salle à manger. Monsieur le curé et monsieur le vicaire sont capables de se servir tout seuls. Ça fait que vous allez me donner un coup de main, monsieur Duquette. J'ai préparé deux grosses théières et trois recettes de biscuits à l'avoine pour ceux qui sont venus. On va aller porter ça dans la sacristie.

— Dites aux gens qu'ils peuvent s'installer dans la sacristie, finit par dire le curé. Et vous, madame Rivest, traînez pas trop là-bas. C'est ici qu'on a besoin de vous.

— Je viens de vous le dire, tout est déjà sur la table, répliqua l'insolente servante. Est-ce que c'est rendu que je vais être obligée de vous faire manger à la petite cuillère?

Charles Bilodeau se contenta de faire signe à Alcide Duquette et à sa servante qu'ils pouvaient s'en aller. Il les entendit discuter un bref moment dans la cuisine voisine avant que la porte d'entrée ne claque. Peu après, Eusèbe Morin vint rejoindre son supérieur, l'air mécontent.

— J'espère au moins qu'ils toucheront pas aux habits sacerdotaux rangés dans la sacristie, dit-il à son curé en prenant place à table.

— Je l'espère aussi, fit le curé, pas plus heureux de cette intrusion dans une pièce habituellement réservée aux prêtres et aux servants de messe.

Cet après-midi-là devait être marqué par une malchance dont se serait bien passée Corinne.

Après avoir mangé, certains travailleurs plus âgés et trop fatigués pour poursuivre rentrèrent chez eux. Toutefois, il resta sur place une bonne douzaine de paroissiens prêts à continuer la tâche entreprise au début de la matinée. Peu après deux heures, Léopold et Norbert, juchés sur le haut de leur escabeau, étaient occupés à laver le mur droit de l'église à une vingtaine de pieds de la sainte table.

Pour sa part, Charles Bilodeau avait renoncé à sa sacrosainte sieste pour venir « encourager » les bénévoles, avait-il dit au vicaire. Son dur combat contre la somnolence à cette heure du jour le rendait encore plus irascible que d'habitude.

Sans grand plaisir, on l'avait vu revenir dans l'église après le dîner.

— Faites bien attention au chemin de croix, recommanda-t-il aux deux jeunes en se plantant derrière eux dans l'allée centrale de l'église. Frottez pas trop fort. On sait pas si la peinture est bien résistante.

Il était bien connu que le curé de Saint-Paul-des-Prés tenait à son chemin de croix comme à la prunelle de ses yeux. Son attachement à cette œuvre naïve s'expliquait par le fait qu'il lui avait fallu plusieurs années pour arracher à son évêque la permission de la commander chez un artiste de Montréal. Il avait dû attendre jusqu'en 1912 pour que monseigneur Brunault fléchisse et accepte que la fabrique de la paroisse s'endette encore une fois pour cet achat.

Chacune des quatorze stations du chemin de croix réalisé par Alphonse Verrier était un tableau en plâtre moulé de trois pieds sur quatre. Le lettrage et la bordure dorés attiraient autant le regard que les teintes vives utilisées par l'artiste. Ce dernier avait tenu à présider lui-même à l'installation de son œuvre. On avait suspendu à de solides crochets sept stations sur le mur gauche et autant sur le mur droit de l'église.

Au moment de l'intervention du curé Bilodeau en ce lundi après-midi, Norbert Boisvert, debout sur la dernière marche de son escabeau, était en train d'essuyer l'avant-dernière station du chemin de croix, celle où le Christ meurt, entouré des deux larrons et sous le regard éploré de sa mère et de Marie-Madeleine. Soudain, l'adolescent s'étira un peu trop pour rejoindre une toile d'araignée découverte dans le coin supérieur gauche de la station. Son geste le déséquilibra légèrement et il eut le réflexe de se rattraper de justesse au tableau pour éviter que son escabeau ne bascule et le précipite dans le vide. Le brusque mouvement n'échappa pas au curé qui lui cria:

— Bondance! fais attention à ce que tu fais.

Trop tard… Norbert retrouva de justesse son équilibre, mais l'un des gros crochets retenant la station céda soudainement et le tableau en plâtre alla se fracasser sur le banc au-dessus duquel il était suspendu. Il y eut un cri et le travail cessa immédiatement dans l'église. Tous les bénévoles accoururent pour venir constater ce qui avait bien pu se produire. Le premier arrivé fut, bien entendu, le curé de la paroisse dont l'air catastrophé faisait peine à voir.

— C'est pas vrai ! C'est pas vrai ! ne cessait-il de répéter en considérant les morceaux de plâtre répandus sur le sol et le banc sur lequel la station s'était écrasée.

Les rangs des travailleurs furent parcourus de murmures.

Piteux, Norbert était descendu de son escabeau. L'adolescent avait les jambes flageolantes et son visage blafard disait assez à quel point il était bouleversé par les conséquences de sa maladresse.

— J'ai pas fait exprès ! murmura-t-il au moment où sa mère et Léopold venaient le rejoindre. J'ai eu peur de tomber…

— Toi ! hurla soudain le prêtre, rouge de colère, ramasse tes affaires et va-t'en !

— C'est un accident, monsieur le curé ! plaida Corinne, malheureuse pour son fils.

— Ça fait rien, répliqua le curé, fou de rage, je veux plus le voir ici !

Sur ces mots, Charles Bilodeau se dirigea vers la sacristie dont il rabattit la porte avec fracas derrière lui.

— On va ramasser tout ça avant de s'en aller, annonça Corinne. Léopold, va porter les escabeaux dans la voiture. On va te rejoindre dans deux minutes.

Marie-Claire Rocheleau et Alcide Duquette se joignirent à Corinne et à son fils pour ramasser les débris de plâtre. À l'instant où la jeune femme s'apprêtait à partir, le président de la fabrique ne put s'empêcher de lui faire une remarque en s'éloignant du mur pour regarder l'espace vide entre la douzième et la quatorzième station du chemin de croix:

— Je pense ben qu'on va être la seule paroisse du diocèse où dans son chemin de croix Notre-Seigneur meurt pas crucifié.

— C'est pas bien drôle, monsieur Duquette, ne put s'empêcher de lui faire remarquer Corinne, encore bouleversée par la scène qu'elle venait de vivre.

— Il faut pas non plus en faire une maladie, madame Boisvert, répliqua le président de la fabrique, philosophe. Monsieur le curé a pas le choix. Il fera le deuil de sa station. Après tout, c'était juste un accident.

L'épouse de Laurent Boisvert s'excusa et quitta l'église. Quelques instants plus tard, elle prit place sur le siège arrière du boghei sans dire un mot. À l'avant, Léopold et Norbert se taisaient, eux aussi. À l'est, le ciel commençait à se dégager. Tout laissait croire que la pluie allait prendre fin bientôt.

Alors que la voiture tournait dans le rang Saint-Joseph, la mère de famille remarqua les épaules voûtées de son fils et tint à le rassurer.

— Arrête de t'en faire avec ce qui vient de se passer, lui dit-elle. Ça aurait pu arriver à n'importe qui. C'était pas ta faute.

Norbert ne dit rien. À leur arrivée à la maison, Léopold immobilisa la voiture au pied de l'escalier pour laisser descendre sa patronne avant de poursuivre son chemin en compagnie de l'adolescent jusqu'à la remise pour y déposer les seaux et les escabeaux.

— Envoye, Casseau! je veux avoir le temps de manger quelque chose avant d'aller faire le train, dit Norbert à Léopold en empoignant un escabeau.

Il avait suffi de bien peu de temps pour qu'il retrouve toute sa vivacité. Sans se presser, l'employé des Boisvert prit l'autre escabeau et alla le déposer dans la remise. Puis, sans prévenir, le jeune homme se tourna brusquement vers l'adolescent qu'il empoigna solidement par le devant de sa chemise.

— Écoute-moi ben, Norbert. C'est la dernière fois que tu m'appelles Casseau. Est-ce que c'est clair ? Ça fait ben des fois que je te dis d'arrêter de m'appeler comme ça. Si tu m'appelles encore une fois comme ça, je vais t'appeler Morveux devant tout le monde et t'aimeras pas ça.

— C'est correct ! C'est correct ! Énerve-toi pas, fit l'adolescent en secouant la poigne solide de Léopold. Qu'est-ce que tout le monde a contre moi aujourd'hui ? demanda-t-il, l'air misérable.

— C'est juste une mauvaise journée, fit Léopold en souriant. Pour moi, t'aurais été mieux de rester couché à matin.

Quand Laurent rentra à la maison à l'heure du souper, Corinne servit le repas et attendit que son mari ait terminé de manger son dessert avant de lui raconter la mésaventure survenue à leur fils.

— Sacrement ! Il manquait plus que ça, laissa tomber Laurent. Le curé Bilodeau va ben finir par haïr à mort toute la famille Boisvert.

— C'était juste un accident, plaida sa femme.

— Mais veux-tu ben me dire quel besoin t'avais d'aller travailler là aujourd'hui avec Norbert et Léopold ? lui demanda son mari, mis de mauvaise humeur par la nouvelle. T'as pas assez d'ouvrage à faire ici dedans ?

— Si tout le monde pensait comme toi, il se serait rien fait à l'église.

— C'est ça, fit-il sur un ton moqueur, et le curé aurait encore son chemin de croix. À part ça, il me semble qu'il ramasse ben assez de dîme pour être capable de payer du monde pour faire ce genre de *job*-là.

Corinne fit signe à Lionel et à Élise de quitter la table puisqu'ils avaient fini de manger. La jeune femme attendit quelques instants avant de reprendre la parole.

— En passant, comme je l'avais prévu, monsieur le curé a remarqué que t'étais pas à la messe les deux derniers dimanches, ajouta-t-elle à mi-voix pour ne pas être entendue par les plus jeunes. Il était pas content pantoute.

— Puis après ? demanda Laurent, l'air faraud.

— Après ? Il te conseille de te coucher plus de bonne heure le samedi soir, répondit-elle, sarcastique. Pour moi, il t'entend passer dans le village avec ton *truck* au milieu de la nuit.

— C'est pas de ses maudites affaires et il viendra pas me dire à moi, Laurent Boisvert, ce que je dois faire ! s'écria son mari. Est-ce que c'est compris ?

— Toi, ça te dérange peut-être pas, mais ça me dérange et ça dérange les enfants, plaida-t-elle. On est fatigués de se faire regarder de travers dans la paroisse. Tout le monde jase sur notre compte, et c'est pas en bien, tu peux être sûr de ça. Chaque fois que je mets les pieds chez Duquette, c'est comme si la brebis galeuse venait d'entrer dans la place. Personne me parle. C'est comme si j'étais pas une honnête femme, ajouta-t-elle, au bord des larmes.

— Je m'en sacre ! laissa-t-il tomber d'une voix rageuse, insensible au désarroi de Corinne.

— Pense un peu aux enfants et à moi, demanda-t-elle d'une voix suppliante. Fais un effort pour venir au moins à la messe du dimanche matin.

— Je verrai ça plus tard, se borna-t-il à dire avant d'aller se réfugier sur la galerie.

Chapitre 12

Les foins

Pour la première fois depuis le début de la guerre, la période des foins ne put débuter qu'au début de la seconde semaine du mois d'août parce qu'il fallut laisser sécher le foin plusieurs jours après les pluies abondantes.

— On va commencer à couper demain avant-midi, annonça Laurent aux siens le samedi soir, un peu avant sa sortie hebdomadaire.

— En plein dimanche? demanda Corinne, stupéfaite.

— Ben oui, en plein dimanche, sacrement! s'exclama son mari. Quand est-ce que tu veux que je fasse les foins, à part ça? La semaine, je peux pas lâcher le *truck*. Mon père m'a dit qu'on était déjà en retard pour son contrat avec le gouvernement.

— Tu sais bien qu'on peut pas faire ça le dimanche. Tout le monde va nous regarder de travers. Ça s'est jamais vu. Monsieur le curé va piquer une vraie crise s'il apprend ça.

— Ben, il la piquera, sa crise!

— Dans ce cas-là, tu commenceras les foins tout seul, trancha sa femme sur un ton décidé. Ici, personne travaille le dimanche. Je suis catholique et nos enfants le sont aussi.

— Si tu le prends comme ça, t'auras juste à les faire toute seule, les foins, déclara Laurent en quittant la maison après avoir vérifié la position de son nœud de cravate.

Corinne, debout derrière la porte moustiquaire, regarda son mari monter dans la cabine de son camion que Norbert avait reçu l'ordre de laver avant le souper. Le véhicule sortit de la cour dans un sourd grondement et prit la direction du village en tressautant dans les ornières creusées par les pluies de la semaine précédente. Lorsqu'elle regagna l'évier pour aider au lavage de la vaisselle, la jeune mère de famille avait du mal à dissimuler son inquiétude. Son mari avait obstinément refusé de retourner à la messe le dimanche précédent, moitié par paresse, moitié par crainte de se faire montrer du doigt par le curé Bilodeau. S'il décidait en plus de couper le foin le lendemain, elle ne serait pas étonnée que toute sa famille soit mise à l'index dans la paroisse, ce qu'elle craignait par-dessus tout.

Durant toute la soirée, elle chercha désespérément des arguments pour persuader son mari, le lendemain, de ne pas poser ce geste de provocation. Toutefois, elle s'inquiéta bien inutilement.

Le dimanche matin, elle ne tenta même pas de le réveiller. Elle alla soigner les animaux avec l'aide de Léopold et de ses enfants avant de se préparer pour assister à la grand-messe. Durant le service divin, son regard fut attiré à de nombreuses reprises vers l'espace vide sur le mur de l'église, conséquence de la disparition de la treizième station du chemin de croix. À n'en pas douter, la mésaventure de Norbert avait dû faire le tour de la paroisse, même si personne ne lui en avait parlé. Par ailleurs, à son grand soulagement, le curé Bilodeau semblait avoir renoncé à expliquer la disparition de cette station aux fidèles réunis dans l'église. Norbert, qui avait assisté à la basse-messe en compagnie de Léopold, lui avait rapporté en rentrant que l'abbé Morin n'en avait pas parlé non plus.

Durant l'interminable sermon du curé Bilodeau, les pensées de Corinne se mirent à vagabonder. Elle songea à sa belle-sœur Juliette à qui elle écrivait deux fois par mois.

Les liens d'amitié entre les deux femmes ne s'étaient jamais démentis, en grande partie, fallait-il le mentionner, parce que la veuve avait toujours apporté un appui inconditionnel à l'épouse de son frère. Elle allait probablement venir lui rendre visite pour son anniversaire de naissance, comme elle le faisait pratiquement tous les ans.

Soudain, elle se rendit compte avec un certain malaise qu'elle ignorait totalement la date de naissance de Juliette et qu'elle n'avait jamais célébré son anniversaire. Elle prit immédiatement la décision de s'en informer le jour même.

«Je fais une belle sans-cœur, se dit-elle, honteuse. Elle m'a toujours apporté un cadeau pour ma fête et j'ai jamais pensé à lui demander à quelle date elle est venue au monde!»

Puis, ses pensées bifurquèrent vers son Philippe qui n'avait toujours pas donné signe de vie après plusieurs mois de fugue. Son cœur se serra. Le fait qu'il n'ait pu se faire enrôler dans l'armée ne la rassurait qu'à moitié. Elle avait maintenant peur pour sa sécurité. «Il peut faire une mauvaise rencontre n'importe où aux États et personne va lui venir en aide... Il y a rien qui dit qu'il est pas en train de mourir de faim dans un fossé quelque part... Si encore Laurent essayait de me rassurer! Il veut même pas en parler... et quand il le fait, c'est pour dire qu'il va lui sacrer une volée quand il va remettre les pieds à la maison. Mon Dieu! Faites qu'il lui arrive rien.»

Sur cette invocation, elle décida de réciter silencieusement son chapelet pendant que le curé de Saint-Paul-des-Prés s'en prenait aux jeunes gens et aux jeunes filles qui allaient danser à Pierreville ou à Yamaska. Seules les lèvres de l'épouse de Laurent Boisvert bougeaient.

Après la messe, la jeune femme aperçut la haute silhouette voûtée de son beau-père en train de quitter l'église, encadré par Henri et Annette. Elle pressa le pas après avoir murmuré à Madeleine d'aller l'attendre dans le boghei avec Lionel et Élise.

— J'en ai juste pour une minute, conclut-elle. J'ai deux mots à dire à grand-père Boisvert.

À sa sortie de l'église, Corinne s'empressa de rejoindre le trio qui s'apprêtait à descendre les marches du parvis. En réalité, elle se prêtait à ce jeu que par obligation, tant les Boisvert lui étaient peu sympathiques. En temps normal, elle se serait limitée à les saluer. Elle fit un effort pour se montrer aimable et elle prit d'abord de leurs nouvelles.

— Où est passé ton mari ? lui demanda Gonzague en regardant autour.

— Il a pas voulu se lever pour la messe, monsieur Boisvert, répondit Corinne sans chercher à farder la réalité.

— C'est nouveau, ça, fit le vieil homme, en arborant un air mécontent.

— Ça fait trois semaines qu'il fait ça, se borna-t-elle à dire.

— Pousse-le à venir à la messe, reprit son beau-père. Il va se faire remarquer par le curé s'il continue.

— C'est ce que j'ai fait, mais ça a pas l'air de le déranger. Mais c'est pas pour ça que je voulais vous parler, monsieur Boisvert.

— Qu'est-ce qui se passe ? demanda Gonzague, soudain sur la défensive.

— J'écris de temps en temps à Juliette et j'aurais aimé savoir sa date d'anniversaire.

Gonzague Boisvert souleva son chapeau pour se gratter la tête d'un air pensif avant de se décider à répondre :

— Sais-tu que je le sais pas pantoute. Pourquoi tu veux savoir ça ?

— Je voudrais lui organiser une petite fête.

— Sa fête, c'est le 29 juillet, intervint Henri d'une voix bourrue.

— T'es sûr de ça ? lui demanda sa belle-sœur.

— C'est deux jours après la mienne.

— Sais-tu quel âge elle a eu cette année ?

— Moi, je viens d'avoir cinquante-trois ans. Elle, elle a eu cinquante ans à la fin de juillet.

— Tout ça, c'est des niaiseries, laissa tomber Gonzague, l'air méprisant. Nous autres, les Boisvert, on n'a jamais perdu de temps avec les fêtes.

— J'ai remarqué ça, oui, fit sèchement Corinne.

— C'est vrai que c'est niaiseux, confirma Annette en ouvrant enfin la bouche.

Le visage de Corinne s'empourpra soudainement.

— C'est vrai aussi que pour vous autres, les Boisvert, tout ce qui rapporte pas de l'argent, c'est de la niaiserie, répliqua-t-elle sur un ton cinglant. Vous auriez peut-être dû fêter un peu plus, ça empêche de vieillir avant le temps. Merci quand même pour le renseignement. Les enfants m'attendent dans la voiture.

Sur ces mots, la jeune femme tourna carrément le dos aux parents de Laurent et alla rejoindre les siens.

— Vous parlez d'un air bête ! s'exclama Annette, outrée. Elle vient quêter un renseignement et elle nous remercie en nous disant des bêtises.

— C'est ce qui arrive quand un mari dompte pas sa femme, laissa tomber Gonzague en se remettant en marche en compagnie de son fils et de sa bru.

À son retour à la maison, Corinne comprit que son mari n'était pas encore levé quand elle vit Léopold et Norbert assis sur la galerie. Dans le cas contraire, ils auraient déjà été au champ en train de couper le foin en sa compagnie.

Elle ne dit rien et s'empressa d'aller changer de vêtements en faisant le moins de bruit possible.

— On réveille pas p'pa ? demanda Madeleine, surprise de voir que son père ne se levait pas alors que les aiguilles de l'horloge murale dépassaient légèrement midi.

— On va le laisser dormir, déclara sa mère.

La jeune femme s'activa à dresser la table avec l'aide de ses filles. Quelques instants suffirent pour y déposer de la tête fromagée, des tomates, de la laitue, du pain et une tarte aux pommes cuisinée la veille. À la fin du repas, Corinne laissa le couvert de son mari sur la table.

— On va juste laver la vaisselle, dit-elle à ses filles. Quand votre père va se lever, il mangera.

Pendant que Madeleine et Élise rangeaient la cuisine, elle mit au four le dernier morceau de bœuf qui lui restait. Ensuite, elle sortit sa bouteille d'encre et écrivit une invitation à Juliette pour la fin de semaine suivante en sachant fort bien que cette dernière s'arrangerait pour se libérer en constatant que la date de son trente-sixième anniversaire approchait et qu'elle aimait venir lui rendre visite en cette occasion chaque année.

Elle venait à peine de cacheter sa lettre et de ranger sa bouteille d'encre qu'une voiture pénétra dans la cour de la ferme.

— C'est mon oncle Amédée et ma tante Blanche, vint annoncer Norbert à travers la porte moustiquaire.

— C'est correct, fit sa mère. Va aider ton oncle à dételer pendant que je vais réveiller ton père. Toi, Madeleine, va recevoir ta tante. Je te rejoins dans une minute.

Sans perdre un instant, Corinne prit la direction de sa chambre à coucher. Elle ouvrit la porte.

— Laurent, lève-toi, lui ordonna-t-elle. On a de la visite. Amédée et Blanche viennent d'arriver.

— Christ! Ils sont ben de bonne heure sur le pont, eux autres, rétorqua son mari, mal réveillé. Ils pourraient pas arriver chez le monde à une heure raisonnable.

— Il est une heure raisonnable. Il est passé une heure de l'après-midi, répliqua sa femme. Fais ça vite. Je vais leur dire que tu filais pas en revenant de la messe et que t'étais parti t'étendre une couple de minutes.

— Maudite famille encombrante! ragea-t-il en repoussant brusquement la couverture qui le couvrait. Il y en a toujours un qui vient traîner chez nous.

Corinne ne se donna même pas la peine de lui répondre. Elle referma la porte et s'empressa de sortir sur la galerie pour accueillir sa sœur et son mari. Elle les embrassa tous les deux et les entraîna à l'intérieur.

— Entrez, les invita-t-elle. Laurent s'en vient. Il était allé s'étendre une couple de minutes après le dîner. Il a des semaines pas mal éreintantes ces temps-ci.

Blanche remarqua que Madeleine s'empressait de ranger la nourriture laissée sur la table ainsi que le couvert, mais elle ne dit pas un mot.

— Approchez que je vous serve une bonne tasse de thé. Ça va vous faire du bien après une aussi longue trotte.

À peine venait-elle de les servir que Laurent pénétra dans la pièce, la barbe longue et l'air mal réveillé.

— Pauvre toi ! On t'empêche de faire ton somme, le plaignit Amédée en lui tendant la main.

— Ben non, protesta mollement le maître des lieux. Tu sais ce que c'est. Le dimanche après-midi, c'est toujours pas mal plate. Il y a pas autre chose à faire que de dormir une heure ou deux.

Les visiteurs ne pouvaient pas ne pas avoir remarqué la barbe non rasée et les yeux bouffis de leur beau-frère, mais ils eurent le bon goût de ne pas en faire mention. Il était bien évident qu'il n'était pas allé à la messe ce jour-là.

— Est-ce que Bastien vous a appris la nouvelle ? demanda Blanche.

— Rosalie a acheté, fit Corinne, toute réjouie.

— Non, elle a perdu son petit au commencement de la semaine passée.

— C'est pas vrai ! s'écria l'hôtesse, peinée pour sa belle-sœur préférée.

— Une fausse couche, se borna à dire Blanche d'une voix résignée. Bastien l'a aussi mal pris que les Cadieux. C'est le monde à l'envers. Comme c'est là, c'est Rosalie qui doit remonter le moral de tout le monde.

— J'ai bien de la peine pour elle, fit Corinne... Mais on la connaît assez pour savoir que ça lui prendra pas bien du temps pour remonter la pente. Elle a l'air de rien, notre Rosalie, mais elle est solide.

— Ça, tu peux le dire, confirma Blanche, qui, de toute évidence, partageait la bonne opinion de sa jeune sœur.

— Puis, avez-vous eu des nouvelles de vos deux garçons ? demanda la maîtresse de maison en baissant involontairement la voix, comme si elle avait craint qu'une oreille indiscrète entende ses paroles.

— Ils nous ont envoyé un mot il y a trois semaines, répondit Amédée. Ils ont l'air de bien aller, mais Rémi a ben hâte de revenir. Il est pas mal moins aventureux qu'Étienne.

— Vous êtes bien chanceux qu'un de vos gars prenne la peine de vous donner des nouvelles, ne put s'empêcher de dire Corinne, l'air attristé.

Laurent lui jeta un regard de reproche, mais il ne dit rien.

— Si j'ai ben compris, votre Philippe vous a pas encore écrit ? fit Amédée d'une voix compatissante. À cet âge-là, ils sont encore trop jeunes pour comprendre à quel point les parents se font du sang de cochon quand ils savent pas où ils sont.

— Il faut pas trop s'en faire, déclara Laurent d'une voix indifférente. On le verra ben rebondir ici dedans un beau jour et à ce moment-là, je vais m'organiser pour lui mettre du plomb dans la tête.

Les visiteurs se jetèrent un regard entendu, mais ne dirent rien. Pendant quelques instants, la conversation tomba à plat dans la cuisine d'été et il fallut que Corinne fasse un effort méritoire pour la relancer.

— Avez-vous vu m'man dernièrement ? demanda-t-elle.

— Il y a deux semaines, répondit Blanche. Elle était encore tout à l'envers.

— Comment ça ? s'inquiéta immédiatement sa sœur. C'est pas encore Thérèse qui fait des siennes, j'espère ?

— Non, c'est à propos de Simon. Elle t'a pas écrit ?

— Non, qu'est-ce qu'elle aurait dû m'écrire ? fit Corinne, soudain alarmée.

— Simon part pour l'autre bord à la fin du mois. Son entraînement est fini. Pas nécessaire de te dire que m'man s'en fait pour son bébé.

— Pauvre m'man ! la plaignit sa fille cadette. Elle va en avoir passé des épreuves cette année. En tout cas, on va prier pour qu'il arrive rien à Simon.

— Est-ce que c'est sûr qu'il va partir ? demanda Laurent en se décidant enfin à participer à la conversation.

— On le dirait ben, répondit son beau-frère. Dans les journaux, on raconte que le gouvernement veut envoyer de plus en plus de soldats aider les alliés. Il paraît qu'ils en ont ben besoin si on veut que la guerre achève. En attendant, dans la province, le monde est de plus en plus contre cette guerre-là. Je sais pas si t'en as entendu parler, mais les émeutes à Québec au mois d'avril ont fait quatre morts, tous des innocents.

— Vous autres, vous avez au moins la consolation de savoir que Philippe ira pas se faire tuer de l'autre bord, dit Blanche en posant une main sur le bras de sa sœur. Il risque même pas de se faire ramasser par les *spotters* comme nos deux garçons, ajouta-t-elle, la larme à l'œil.

— Inquiète-toi pas, Blanche, dit Corinne pour la rassurer. Tes gars sont pas bêtes et ils vont savoir où se cacher.

L'après-midi se déroula lentement. Les visiteurs se joignirent à leurs hôtes pour prendre le frais sur la galerie. Élise et Lionel allèrent s'amuser chez les Rocheleau pendant que Norbert, Madeleine et Léopold discutaient à l'ombre, dans la balançoire. De temps à autre, Corinne ne pouvait s'empêcher de jeter un coup d'œil inquisiteur à sa fille aînée.

À la fin de l'après-midi, la maîtresse de maison insista pour que Blanche et Amédée restent à souper. Lionel alla chercher les vaches dans le champ tandis que l'employé et Norbert prenaient la direction de l'étable.

— Je veux pas t'empêcher d'aller faire ton train, dit Amédée à son beau-frère.

— Laisse faire, ils ont pas besoin pantoute de moi, fit Laurent en rallumant sa pipe. Ils sont habitués. Durant la semaine, j'ai pas le temps et c'est eux autres qui le font.

Pendant que les hommes discutaient à l'extérieur, Blanche et Corinne travaillaient dans la cuisine à la confection du souper avec l'aide de Madeleine et d'Élise.

— Ton mari va bien ? demanda Blanche à sa sœur cadette en ne parvenant pas à cacher une pointe d'inquiétude.

— Oui, il est correct.

— Et toi ?

— Moi aussi. Est-ce que j'ai l'air d'être malade ? demanda Corinne, un peu agacée.

— Bien, tu vas avoir trente-six ans dans quinze jours. Comme p'pa a toujours dit, t'es plus une jeune poulette du printemps.

— Arrête, fit sa sœur en riant. Tu vas finir par me faire croire que je vais avoir besoin d'une canne pour marcher.

— Non, mais il va bien falloir que t'apprennes à te ménager un peu, lui fit remarquer sa sœur aînée, sincèrement inquiète devant ses traits tirés. Tu vieillis comme tout le monde.

Ces dernières paroles jetèrent un autre léger voile d'inquiétude dans les yeux bleus de Corinne. Après un bref silence, la maîtresse de maison reprit la parole.

— Parlant de fête, dit Corinne en baissant un peu la voix, est-ce que tu me rendrais un petit service ?

— Bien sûr, fit Blanche, un peu intriguée.

— Quand vous êtes arrivés, je finissais d'écrire une lettre à Juliette, la sœur de Laurent. Tu sais combien elle a toujours été fine avec moi. J'aimerais lui organiser une petite fête pour ses cinquante ans dimanche prochain. Toi, t'as le téléphone. Est-ce que tu l'appellerais pas pour lui dire que je l'attends sans faute dimanche prochain, sans lui dire que c'est pour la fêter ? Fais juste lui dire que j'ai bien insisté et que ça a l'air important. Je suis certaine qu'elle va venir.

— C'est correct, accepta sa sœur aînée, pleine de bonne volonté.

— Si elle accepte, tu pourrais téléphoner à Germaine pour l'inviter. Je sais que Bernard travaille à Saint-François ces temps-ci, il pourrait s'arrêter chez m'man et chez Bastien pour les inviter, eux autres aussi. Naturellement, t'es invitée toi aussi, avec Amédée.

— Seigneur ! s'exclama Blanche. Avec les Boisvert, ça va faire toute une fête !

— Tu peux oublier les Boisvert, répondit sèchement Corinne. Je me donnerai même pas la peine de les inviter. De toute façon, ils viendraient pas.

— Pourquoi ça ? s'étonna Blanche.

— Pour eux autres, c'est des niaiseries, comme ils disent.

— À ce que je vois, c'est le grand amour entre vous autres, fit remarquer Blanche avec un demi-sourire.

— Non, c'est vrai que je les aime pas plus qu'il faut, mais c'est pas pour ça que je les invite pas. Ils m'ont encore dit à matin que ce genre de fête-là, c'est de la perte de temps.

— C'est du drôle de monde, cette famille-là, conclut Blanche. Si jamais ta belle-sœur peut pas venir, je demanderai à Bernard de te prévenir pour pas te laisser te préparer pour rien.

Les Cournoyer quittèrent la maison un peu après huit heures. Au moment où ils montaient à bord de leur boghei, Laurent ne put s'empêcher de dire à Amédée :

— Tu devrais te greiller d'un char, le beau-frère. Je te garantis que tu sauverais pas mal de temps.

— Es-tu fou, toi ? fit le commis de quincaillerie en riant. T'oublies qu'il faut être riche en maudit pour s'acheter une affaire de même. J'ai pas autant d'argent que ça. Je vais continuer à me servir de mon vieux boghei. De toute façon, qu'est-ce que tu voudrais que je fasse du temps que j'arriverais à sauver avec un char? Même le propriétaire de la quincaillerie où je travaille en a pas.

Immédiatement après la prière du soir, tous regagnèrent leur chambre à coucher pour refaire leurs forces en prévision de la semaine de travail qui allait commencer le lendemain.

En pénétrant dans leur chambre, Laurent déposa la lampe à huile sur sa table de chevet et se mit en devoir de se déshabiller. Corinne, de l'autre côté du lit, l'imita et passa sa robe de nuit.

— Trouves-tu que j'ai l'air vieille? demanda-t-elle à brûle-pourpoint à son mari.

— Pourquoi tu me demandes ça? fit Laurent, surpris par la question.

— Blanche trouve que j'ai l'air fatiguée, je crois bien. Puis?

— Ben, comment tu veux que je sache ça? répondit-il avec impatience. T'as l'air d'une femme de ton âge.

— En tout cas, ça fait du bien d'avoir de la visite de temps en temps, dit-elle en renonçant à lui faire dire ce qu'il pensait réellement.

— C'est drôle, mais moi, à la place de ta sœur et de son mari, je serais gêné d'aller me faire recevoir ailleurs, déclara Laurent en prenant place dans le lit. Quand est-ce qu'on est allés manger chez eux? Une fois en dix-huit ans...

— Mais t'es bien regardant! dit Corinne, choquée par sa remarque. Je croirais entendre ton père.

— Je suis pas regardant, mais j'aime pas faire rire de moi.

— En tout cas, leur visite aura au moins servi à t'empêcher d'aller faire les foins en plein dimanche.

— C'est ça, répliqua son mari, narquois. Comme ça, vous allez être poignés pour faire l'ouvrage tout seuls cette semaine.

— Aie pas peur. On va t'attendre le soir pour nous aider à décharger, répliqua Corinne en prenant place dans le lit à son tour.

Laurent souffla la lampe, se tourna sur le côté et étira le bras pour attirer vers lui sa femme qui lui tournait le dos. Cette dernière ne dit rien, mais son soupir excédé aurait dû persuader son mari de renoncer à ses intentions très claires. Il n'en fut rien et elle ne put trouver le sommeil que plusieurs minutes plus tard.

Le lendemain matin, Laurent se leva plus tôt qu'à l'ordinaire et alla aider Léopold et Norbert à faire le train, un geste qu'il posait de moins en moins souvent. Corinne n'en fit pas la remarque, devinant que son mari devait se sentir coupable d'être absent durant la période la plus active de l'été.

— Je pense qu'on va commencer les foins aujourd'hui, annonça-t-elle à son mari.

— Ça pourrait ben attendre une semaine de plus, fit ce dernier. Je le trouve pas encore ben long. Si tu commences les foins à matin, prit-il soin de lui préciser au moment de partir à bord de son camion, attends que la rosée soit ben séchée avant d'envoyer les gars les couper.

— Inquiète-toi pas, le rassura-t-elle. C'est pas la première fois que je fais ça.

Après le départ de Laurent, elle organisa sa maisonnée.

— Il est encore trop de bonne heure pour s'occuper du foin, annonça-t-elle. Je pense qu'on va avoir le temps de faire le lavage et de replacer la maison avant d'aller aux champs. Pendant qu'on fait ça, Norbert, emmène Lionel avec toi et va nettoyer l'étable. Pendant ce temps-là, Léopold va aller aiguiser les faux. Un coup parti, Léopold, ajouta-t-elle à l'intention du jeune homme, vérifie donc la charrette pour voir si tout est correct. Élise, toi, tu montes et tu vas faire les chambres.

En quelques minutes, la ferme Boisvert ressembla à une ruche. La cuve fut remplie d'eau chaude et déposée sur la petite galerie, à l'arrière de la maison. Madeleine installa le tordeur après avoir séparé les vêtements sales selon leur couleur. La mère et la fille frottèrent vigoureusement à tour de rôle les vêtements sur la planche à laver avant de les plonger dans de l'eau claire pour en extraire le savon.

Soudain, Lionel vint les rejoindre en affirmant que le fumier avait été ramassé dans l'étable et que Norbert était allé rejoindre Léopold pour l'aider.

— Est-ce que je peux vous aider à passer le linge dans le tordeur? demanda le garçon de sept ans, plein de bonne volonté.

— C'est correct, accepta sa sœur aînée, mais tu tiens bien le linge pour l'empêcher de retomber dans la cuve, une fois passé dans le tordeur.

Quand Corinne eut terminé de savonner et de frotter un pantalon de son mari, elle le plongea dans la cuve d'où sa fille le tira tout dégoulinant avant de commencer à le passer dans le tordeur dont elle tournait avec beaucoup d'effort la manivelle en bois.

— Attention à tes doigts! cria-t-elle soudain à son jeune frère qui avait avancé un peu trop la main près des deux rouleaux qui faisaient office de tordeur.

L'avertissement arriva trop tard et Lionel poussa un cri de douleur, le bout des doigts de sa main droite engagé entre les rouleaux. Corinne lâcha immédiatement sa planche à laver pour se porter au secours de son jeune fils.

— Ça fait mal! hurla Lionel, des larmes plein les yeux.

— M'man, je peux pas lui ôter la main de là, cria Madeleine, paniquée. Les rouleaux veulent plus tourner.

— Touche plus à rien, lui ordonna sa mère en se précipitant vers le tordeur dont elle tira brusquement l'un des montants.

Immédiatement, les rouleaux se séparèrent, libérant les doigts de l'imprudent.

— Montre-moi ça, commanda la mère en s'emparant de la main blessée de Lionel.

Elle regarda les doigts et les bougea doucement.

— T'as rien de cassé, constata-t-elle à haute voix. Bon, là, tu vas nous laisser travailler tranquilles. Pendant qu'on finit le lavage, occupe-toi de remplir le coffre à bois.

Ensuite, Corinne prit le temps d'expliquer à sa fille aînée comment libérer les rouleaux du tordeur quand c'était nécessaire, avant de retourner à son travail.

Au milieu de l'avant-midi, le lavage était terminé et une première cordée de vêtements séchait déjà au soleil.

— T'emmènes ton frère désherber dans le jardin pendant qu'on va aller commencer à faucher, dit la mère de famille à Élise. Quand le linge sera sec sur la corde, plie-le et étends une autre cordée.

Avant de quitter la maison, elle prit la précaution de se munir d'un cruchon rempli d'eau froide. Elle se dirigea ensuite vers la grange devant laquelle Léopold, Madeleine et Norbert l'attendaient.

L'été précédent, la récolte du foin s'était faite sans problème parce que Laurent avait profité de l'aide non négligeable de Philippe, presque aussi résistant que son père au dur labeur. Cette année, Corinne ignorait si Léopold allait être à la hauteur de la tâche qui l'attendait. De plus, elle hésitait à demander à Norbert de faucher alors que l'année précédente il n'avait aidé qu'à constituer des meules avec elle et Madeleine.

— Est-ce que je fauche avec Léopold ou bien tu penses être capable de tenir ton bout, Norbert? demanda-t-elle à son fils en arrivant au champ de foin.

— Je suis capable de faire ça, assura l'adolescent.

— Bon, on vous laisse prendre de l'avance et on vous suit, fit la mère.

Léopold entreprit de faucher une largeur d'environ cinq pieds et il fut vite évident qu'il était habitué à ce dur travail. Norbert le laissa prendre quelques pieds d'avance avant de se mettre à faucher une autre largeur à sa droite. Quand les deux garçons se furent suffisamment éloignés, Corinne et sa fille entreprirent de constituer des meules avec leurs râteaux.

À l'approche de midi, le soleil se fit de plus en plus chaud et la sueur ruisselait sur la figure des travailleurs. À un certain moment, Corinne ordonna une pause et tendit le cruchon d'eau aux faucheurs d'abord.

— Buvez pas trop vite, leur recommanda-t-elle. C'est mortel, de l'eau froide, quand il fait chaud comme ça.

Après avoir laissé les jeunes se désaltérer et se reposer quelques instants, la mère de famille donna le signal du retour au travail.

— On en fait encore une heure avant de s'arrêter pour aller manger, dit-elle en reprenant son râteau en main.

Un peu avant une heure, tous revinrent à la maison prendre un rapide repas froid. Élise avait eu la bonne idée de tout préparer sur la table. On ne s'accorda que quelques minutes de repos avant de parler de retourner au champ.

— Je vais m'occuper de la vaisselle avec Lionel, proposa Élise. Après, on va aller vous rejoindre dans le champ.

Le retour au travail ne se fit pas sans mal après la pause du repas. Le soleil sembla encore plus chaud parce qu'il n'y avait pas le moindre souffle de vent. L'air paraissait vibrer. Les faucheurs reprirent leurs faux après leur avoir donné quelques coups de lime. Corinne et Madeleine s'armèrent de leurs râteaux pour poursuivre leur tâche interrompue par le repas du midi. De temps à autre, quelques mulots détalaient entre les jambes des travailleurs, chassés de leur habitat par ces intrus. On travailla sans relâche durant plusieurs heures, ne s'accordant qu'une courte pause au milieu de l'après-midi.

— Il y a pas à dire, dit Léopold à Madeleine alors que Corinne s'était avancée pour tendre le cruchon d'eau à Norbert, t'es une fille drôlement endurante.

— Je suis pas plus endurante qu'une autre, répliqua la jeune fille en rougissant légèrement sous le compliment, mais je suis capable de tenir mon bout.

Le travail reprit sans que les deux jeunes gens eussent l'occasion de se retrouver seuls.

Peu avant le souper, il fallut tout de même s'arrêter.

— Les garçons, allez atteler la charrette, vous avez le temps de venir charger un voyage pendant qu'on va aller préparer le souper. Lionel, va chercher les vaches. Nous autres, après avoir mis le souper au feu, on va s'occuper du train.

Léopold et Norbert venaient à peine d'immobiliser leur première charge de foin sous le panneau du fenil, au-dessus de la porte de la grange, que Laurent arrivait dans la cour à bord de son International. Au moment où il s'approchait d'eux, il vit sortir Madeleine et sa femme de l'étable.

— Cré maudit! On dirait ben que vous avez pas chômé aujourd'hui, dit-il en considérant la charge de foin.

— Il y a même un autre voyage qui attend dans le champ, p'pa, ajouta Norbert, tout fier du travail accompli.

— Bon, on a juste le temps de se décrotter un peu avant le souper, intervint Corinne en se passant une main sur le front pour en essuyer la sueur. Il faudrait pas perdre trop de temps si vous voulez avoir le temps de rentrer ce foin-là à soir.

Norbert, Léopold et Laurent se dirigèrent vers le puits pour se laver la figure et les mains pendant que Corinne et Madeleine entraient dans la maison.

Après le repas, il fut décidé qu'on profiterait des dernières heures de clarté pour décharger le foin. Pendant que

Corinne et ses filles remettaient de l'ordre dans la cuisine, Léopold et Norbert furent envoyés dans la tasserie tandis que Laurent grimpait sur la charge de foin pour leur envoyer le fourrage. Il régnait une chaleur infernale dans le grenier de la grange quand les deux jeunes ouvrirent la porte pour recevoir les premières fourchées de foin lancées à la volée par Laurent. Léopold s'installa devant la porte pour projeter derrière lui le fourrage que Norbert reprenait pour le projeter au fond du grenier.

Une heure plus tard, la charrette était vidée et, après avoir jeté un coup d'œil à sa montre de gousset, Laurent décida qu'ils avaient le temps d'aller chercher dans le champ le reste du foin coupé durant la journée. Corinne et Madeleine s'approchèrent, prêtes à participer à la corvée.

— Vous autres, ça va faire pour aujourd'hui, trancha Laurent en s'emparant des rênes. Vous en avez assez fait. Retournez à la maison. On est ben assez pour charger.

Sans se donner la peine d'écouter leurs molles protestations, il fit signe à Norbert et à Léopold de monter dans la charrette qui s'éloigna en cahotant pour contourner les bâtiments. À leur retour à la maison, Corinne expliqua à ses filles son intention d'organiser une petite fête pour leur tante préférée.

— Je vais lui donner une paire de taies d'oreiller que j'achève de broder, dit Madeleine.

— Et moi, deux mouchoirs, fit Élise.

— Votre tante va être bien contente, assura leur mère. Moi, j'ai presque fini mon châle bleu marine. C'est ce que je vais lui offrir.

— Mais c'était pour vous, m'man, protesta sa fille aînée.

— J'ai amplement le temps de m'en tricoter un autre pour l'hiver prochain.

Quand les hommes rentrèrent à la brunante après avoir déchargé la seconde charretée de foin, Madeleine leur avait préparé des serviettes pour faire leur toilette.

— À ce régime-là, dit Laurent en se laissant tomber sur une chaise berçante sur la galerie, vous allez ben finir les foins en trois jours.

— Je le sais pas, reconnut sa femme, mais j'aimerais bien avoir fini jeudi pour avoir le temps de cuire mon pain avant la fin de semaine.

Pendant un court moment, elle se demanda s'il ne valait pas mieux prévenir son mari de la fête qu'elle planifiait pour sa sœur. Finalement, elle s'estima trop fatiguée pour faire face à la crise que cette nouvelle n'allait pas manquer de déclencher. Elle allait attendre qu'ils soient plus reposés pour aborder la question.

Le lendemain et le surlendemain, la nature fut favorable aux cultivateurs de la région. Le beau temps se maintint et ils purent travailler à la récolte du foin sans être interrompus par la pluie. Chez les Boisvert, Corinne put entraîner son monde encore plus tôt dans le champ parce qu'elle ne fut pas retardée par des tâches ménagères qui furent, exceptionnellement, confiées à Élise.

— Tu vas avoir douze ans cet automne, déclara-t-elle à sa fille. T'es capable de repasser le linge. Fais juste attention à pas te brûler et à pas brûler le linge avec le fer.

Chaque soir, le même scénario se reproduisait. Laurent s'empressait de souper pour participer au chargement et au déchargement du foin coupé durant la journée.

Le jeudi après-midi, le ciel commença à se couvrir, laissant craindre une pluie qui risquait de prolonger considérablement la fin de la récolte. Sans se consulter, on se mit au travail avec plus d'ardeur encore, cherchant à prendre la pluie de vitesse.

— S'il se met à mouiller, dit Corinne, il va falloir attendre que la pluie arrête et laisser sécher le foin coupé avant de devoir revenir le retourner. Ça va nous faire perdre du temps sans bon sens.

Un peu après trois heures, Norbert et Léopold immobilisèrent la dernière charretée de foin sous la porte du fenil, quand il se mit à tomber une petite pluie fine.

— On va finir l'ouvrage tout de suite, annonça Corinne aux siens avec sa détermination coutumière. On laissera pas mouiller ce foin-là pour rien. Je vais monter en haut avec Norbert pendant que Léopold va nous lancer le foin.

— Non, m'man, s'opposa Madeleine. C'est moi qui vais monter avec Norbert. On est capables de s'en occuper. De toute façon, on doit pas avoir à lancer le foin bien loin, ça doit être presque plein en haut.

Norbert acquiesça.

— Si c'est comme ça, je vais aller préparer le souper et commencer le train avec Élise pendant que vous déchargez, accepta la mère de famille, qui ne parvenait que difficilement à cacher son épuisement à la suite des trop nombreuses tâches accomplies depuis plusieurs semaines.

Lorsque Laurent rentra ce soir-là, la pluie avait repris de plus belle après s'être arrêtée un bon moment. Il découvrit, avec un plaisir non déguisé, que les siens avaient terminé les foins sans son aide.

— Là, on est tranquilles pour un maudit bon bout de temps, déclara-t-il après le repas en allumant sa pipe. On fera peut-être une petite coupe au commencement de septembre, si ça vaut la peine, conclut-il.

Tout le monde finit par sortir sur la galerie en ce début de soirée de la mi-août. La pluie avait enfin apporté une fraîcheur bienvenue.

— Cette pluie-là est partie pour durer, fit remarquer Laurent.

— Tant mieux. Le jardin en a bien besoin, dit sa femme.

Lorsque l'obscurité tomba, Madeleine, Élise, Norbert et Léopold décidèrent de rentrer jouer aux cartes à la lueur de la lampe à huile. Corinne, assise près de son mari, se sentait bien, délivrée enfin de la tâche ardue de rentrer le foin.

Après quelques secondes d'hésitation, elle décida de mettre Laurent au courant de son projet.

— On va avoir de la visite en fin de semaine, lui annonça-t-elle doucement.

— De la visite ? Qui ça ? demanda-t-il, tout de suite sur ses gardes.

— Ta sœur Juliette.

— Encore elle. Elle est venue ce printemps ! Pourquoi elle va pas rester chez le père de temps en temps quand elle vient à Saint-Paul ? On n'est pas un hôtel, sacrement !

— Voyons, Laurent, c'est ta seule sœur, protesta Corinne. Elle vient pour une raison spéciale.

— Ouais ! Laquelle ?

— Savais-tu ça qu'elle a eu cinquante ans il y a deux semaines ? lui demanda sa femme.

— Puis après ?

— Bien, c'est important.

— Pour qui ?

— Pour tout le monde, voyons ! Viens surtout pas me dire que c'est de la niaiserie. Un anniversaire, c'est important, sentit-elle le besoin de préciser pour lui faire penser que son propre anniversaire allait avoir lieu à la fin du mois.

— Et pour combien de temps on va l'avoir sur les bras, la mère supérieure ?

— Le temps qu'elle voudra, fit Corinne, heureuse de constater qu'il ne s'opposait pas plus que ça à la visite de sa sœur. Les filles vont lui préparer des petits cadeaux et moi, je vais lui donner le châle que j'ai presque fini de tricoter, ajouta-t-elle.

— C'est faire ben des embarras pour pas grand-chose, laissa-t-il tomber, mécontent.

Corinne décida de ne pas pousser sa chance plus loin et se garda bien de mentionner qu'elle avait invité toute sa famille à participer au souper du dimanche suivant.

Chapitre 13

Une fête

Durant deux jours, Corinne et ses filles se lancèrent dans un grand ménage et cuisinèrent en vue du souper spécial qui allait être offert à Juliette Marcil. La maîtresse de maison eut le temps de cuire son pain et de confectionner des tartes aux fraises et au sucre avant de mettre au four un morceau de bœuf acheté, pour l'occasion, chez le boucher du village. Le samedi après-midi, Madeleine prépara un gâteau de fête qu'elle recouvrit soigneusement d'un glaçage à la vanille.

La jeune fille venait à peine de terminer que sa mère demanda à Léopold d'atteler le blond. La pluie avait cessé au début de l'après-midi et l'humidité avait disparu.

— Je t'ai préparé quelque chose à manger, dit-elle à son employé en lui tendant un sac. Ma belle-sœur devrait arriver par le train de quatre heures et demie à Yamaska. Si jamais elle a pas pu prendre ce train-là, elle va arriver par celui de sept heures. Attends-la.

— Moi, je pourrais ben aller la chercher avec lui, proposa Norbert, jaloux de voir Léopold quitter la ferme et échapper au train à faire.

— Bien oui, et nous autres, les belles dindes, on va faire le train toutes seules, intervint Madeleine.

— Non, on a besoin de toi, refusa sa mère sur un ton qui ne souffrait pas la contestation.

— Maudit que je suis écœuré d'être toujours poigné ici dedans, s'emporta l'adolescent en colère. Tout ce qu'on peut faire, c'est de travailler. Je vais finir par faire comme Philippe et sacrer mon camp, menaça-t-il sans trop de conviction.

— Qu'est-ce que tu viens de dire là, toi ? lui demanda sa mère.

— J'ai dit que je vais finir par faire comme Philippe et sacrer mon camp, répéta l'adolescent avec beaucoup moins d'aplomb.

— Avise-toi jamais de faire une affaire comme ça, le mit-elle en garde, mécontente. En attendant de partir, va dire à Lionel d'aller chercher les vaches et commence à préparer le train. Tu connais ton père, il arrive de bonne heure le samedi et il aime pas voir le train pas fait quand il revient.

L'adolescent quitta la maison en ronchonnant et en houspillant son jeune frère.

Corinne vit que Madeleine regardait Léopold quitter la ferme, mais elle se garda bien de faire une remarque. Elle avait envoyé le jeune homme chercher Juliette parce qu'elle savait par expérience qu'il n'y avait rien qui mettait plus son mari hors de lui que d'être dans l'obligation d'aller chercher sa sœur à la gare un samedi soir, son sacro-saint soir de sortie. Comme la restauratrice venait lui rendre visite trois ou quatre fois par année, elle avait fini par connaître ses habitudes. Elle savait qu'elle préférait arriver le samedi après-midi ou en début de soirée.

Quand Laurent rentra, les siens venaient de terminer de soigner les animaux.

— Où est passé Léopold ? demanda-t-il en regardant autour de lui.

— Il est parti chercher ta sœur à la gare.

— C'est vrai, elle, je l'avais complètement oubliée, dit-il sur un ton qui cachait mal sa mauvaise humeur. Je t'avertis, j'ai pas l'intention pantoute de l'attendre pour manger, ajouta-t-il. Je sors à soir.

— Nous autres, on va se montrer polis, on va l'attendre, rétorqua sa femme.

— Si c'est comme ça, Norbert, va laver le *truck* au lieu de rester à rien faire, ordonna-t-il à son fils.

L'adolescent allait se plaindre quand il saisit le regard de mise en garde que sa mère lui adressa. Il comprit qu'il était préférable de conserver pour lui ce qu'il avait envie de dire. Il s'empressa de sortir de la maison pour aller remplir un seau au puits.

Laurent mangea seul, au bout de la table, le bol de soupe et les saucisses que lui servit sa fille. Il quitta rapidement la table et entreprit de se raser devant l'unique miroir de la cuisine. Il venait de couvrir ses joues de mousse avec son blaireau quand Corinne lui fit remarquer sur un ton narquois:

— T'es pas obligé de tant te presser pour pas voir ta sœur. J'ai bien l'impression qu'elle a pris le train de sept heures.

— C'est pas moi qui l'ai invitée, répliqua-t-il en aiguisant son rasoir sur la petite courroie de cuir avant de commencer à se raser. J'ai pas d'affaire à l'attendre.

Quelques minutes plus tard, comme pour faire mentir Corinne, le boghei conduit par Léopold pénétra dans la cour de la ferme au moment même où Laurent finissait de s'habiller. Le véhicule s'arrêta près de la galerie pour laisser descendre une Juliette Marcil débordante de bonne humeur.

Corinne et ses enfants se précipitèrent à l'extérieur pour l'accueillir et la décharger de sa petite valise pendant que Léopold poursuivait son chemin jusqu'à l'écurie devant laquelle il détela le cheval avant de le faire entrer dans l'enclos.

La restauratrice montréalaise eut le temps de serrer dans ses bras sa belle-sœur, ses nièces et ses neveux avant de voir apparaître sur la galerie son jeune frère tout endimanché qui descendit la rejoindre au pied des marches.

— Eh bien ! Te v'là déjà prêt pour la messe de demain matin, lui dit-elle en l'embrassant sur une joue.

Juliette Marcil était presque aussi grande que son frère et avait un tour de taille plutôt imposant. Elle avait hérité des Boisvert une force physique assez impressionnante et son air frondeur montrait suffisamment qu'elle n'avait rien de la femme craintive et docile.

— Bonsoir, Juliette, se contenta de dire Laurent en lui rendant distraitement son baiser.

— Tu m'as pas répondu, insista-t-elle en examinant son frère de la tête aux pieds... Ah oui ! J'oubliais, feignit-elle de se souvenir. Je suppose que c'est encore le temps de ta sortie du samedi soir. C'est ça ?

— En plein ça !

— J'espère au moins que tu vas revenir à une heure de chrétien, sans avoir les pieds ronds, ajouta-t-elle en adoptant un ton sévère.

— Aïe !

— Ce serait pas mal de te voir au moins une fois un dimanche matin autrement qu'avec une gueule de bois et un mal de tête, prit-elle la peine de préciser.

— Exagère pas, sacrement ! se défendit-il mollement.

— Et ça, c'est le *truck* de p'pa que tu conduis, dit sa sœur en montrant l'International vert bouteille que Norbert venait de laver.

— Ben oui, reconnut Laurent, heureux de changer de sujet de conversation.

— P'pa est pas mal bon avec toi. Il te le laisse pour que tu puisses t'en servir, même quand tu travailles pas pour lui.

— Pantoute, je peux même pas m'en servir pour aller à la messe le dimanche matin.

— Tu m'en diras tant, feignit de le plaindre sa sœur. C'est de valeur que ce soit comme ça. Autrement, t'aurais pu venir me chercher avec à la gare.

— C'est sûr, dit Laurent sans grande conviction. Je rentrerai pas trop tard, ajouta-t-il en grimpant dans la cabine du camion.

Il avait très bien saisi l'allusion au fait qu'il ne craignait pas d'utiliser le camion pour sa sortie hebdomadaire, mais qu'il ne s'était pas donné la peine d'aller chercher sa sœur à la gare.

Durant tout cet échange entre le frère et la sœur, Corinne s'était bien gardée d'intervenir. Elle n'avait pas peur pour Juliette. Malgré le caractère explosif de son mari, celui-ci avait conservé une certaine crainte de celle qui l'avait éduqué après le décès de leur mère.

Dès que son mari fut parti, Corinne entraîna sa belle-sœur à l'intérieur de la maison et monta avec elle à l'étage pour l'installer dans l'une des chambres.

— Veux-tu bien me dire ce qui se passe ? demanda Juliette, tout sourire envolé. J'ai été inquiète toute la semaine après le coup de téléphone de ta sœur. J'ai eu beau lui demander ce qui se passait, elle a rien voulu me dire. Si je m'étais écoutée, j'aurais pris le train dès lundi matin.

— Excuse-moi de t'avoir inquiétée pour rien, répondit Corinne, l'air contrit. Je voulais juste être sûre que tu viendrais.

— Pourquoi ? demanda la fille de Gonzague Boisvert, intriguée.

— J'ai organisé un souper spécial pour ta fête demain soir et ça aurait eu l'air fou que tu sois pas là, avoua la maîtresse de maison.

— En quel honneur ?

— J'ai appris que tu viens d'avoir cinquante ans et ça se fête, non ?

— Arrête donc ça ! protesta Juliette en riant. C'est bien la première fois que quelqu'un fait quelque chose pour ma fête. Je trouve ça pas mal gênant, tu sauras.

— Il y a pas de raison. Les enfants ont tout de suite été d'accord parce que t'es leur tante préférée. J'espère que t'es pas trop fâchée que je t'aie obligée à venir à Saint-Paul ?

— Pantoute, je vais te dire bien franchement que je me sens plutôt soulagée. Je me suis demandé toute la semaine s'il était pas arrivé un accident à un de tes enfants.

— Bon, on va aller souper avant que tu tombes de faiblesse, proposa la maîtresse de maison en l'entraînant hors de la chambre. Les enfants meurent de faim, et après on va avoir toute la soirée pour placoter.

La soirée passa rapidement en compagnie de Juliette. La restauratrice était une source intarissable d'anecdotes. Ces dernières se déroulaient toutes dans son restaurant de la rue Ontario, qu'elle exploitait toujours avec une associée. Vers neuf heures, Corinne s'agenouilla dans la cuisine d'été avec ses enfants pour la prière commune et sa belle-sœur les imita.

— J'aime ça quand vous venez, ma tante, dit Norbert avant de monter se coucher. La prière est pas mal moins longue quand vous êtes là.

Juliette jeta un coup d'œil à sa belle-sœur qui se pinça les lèvres pour ne pas rire. Avant de monter se mettre au lit à son tour, la fille de Gonzague Boisvert ne put s'empêcher de faire remarquer à voix basse à son hôtesse :

— Léopold a l'air d'un bon petit gars, mais si je me fie à ce que je vois, il a les yeux dans la graisse de binnes chaque fois qu'il regarde ta Madeleine.

— Je le sais, fit la jeune mère. J'ai averti Madeleine et je les surveille de près.

— Je suppose que tu restes pas debout pour attendre mon frère ? poursuivit l'invitée en changeant de sujet.

— Non, je sais jamais à quelle heure il va rentrer.

— Moi, je te trouve bien bonne d'endurer ça, conclut Juliette en prenant une lampe pour monter à l'étage. S'il était mon mari, il y a longtemps que je lui aurais fait passer le goût de ses petites sorties du samedi soir.

— Qu'est-ce que tu veux ? fit Corinne sur un ton moqueur. J'ai pas ton bon caractère !

Juliette disparut dans l'escalier sur un éclat de rire communicatif.

Cependant, la veuve sursauta violemment au milieu de la nuit. Elle avait été réveillée par le bruit du camion qui venait de s'arrêter près de la maison. Elle se leva en ronchonnant et s'approcha de la fenêtre juste à temps pour voir son frère cadet se diriger vers la maison d'un pas chancelant.

— Maudit ivrogne ! jura-t-elle entre ses dents. Si ça a de l'allure de se mettre dans un état pareil !

Le lendemain matin, Juliette entra dans la cuisine d'été au moment où Corinne, Léopold et les enfants rentraient dans la maison après avoir soigné les animaux.

— Qui va à la basse-messe avec Léopold ? demanda Corinne en retirant ses bottes de caoutchouc pour les laisser sur le paillasson.

— Mon Dieu, mais vous vous êtes bien levés de bonne heure ! s'exclama la visiteuse.

— Il faut que le train se fasse, même le dimanche, lui répondit sa belle-sœur avec sa bonne humeur habituelle.

— Dis-moi pas que mon frère est déjà debout ?

— Non, il dort encore.

— Il dort encore pendant que sa femme et ses petits font son ouvrage ? fit Juliette avec une note de mépris dans la voix.

— C'est pas grave, lui dit sa belle-sœur sur un ton apaisant. Il est pas mal fatigué.

— Comme si toi, tu l'étais pas ! Je pense que je vais aller à la basse-messe pour vous laisser de la place dans le boghei, à toi et à Laurent, ajouta-t-elle en faisant un effort visible pour ne pas dire ce qu'elle pensait du comportement de son frère.

— C'est pas nécessaire, Laurent ira pas à la messe, lui annonça Corinne, embarrassée.

— Comment ça ? Est-ce qu'il est malade ?

— Non, mais depuis une couple de semaines, il veut plus y aller.

— Ah bien ! Ça, c'est le boutte ! s'emporta la veuve. C'est pas comme ça que je l'ai élevé et il va se lever, je t'en passe un papier.

Sans écouter les protestations de Corinne, Juliette se dirigea d'un pas décidé vers la porte entre les deux cuisines, traversa la cuisine d'hiver et alla pousser la porte de la chambre à coucher de ses hôtes avant de la refermer bruyamment derrière elle.

— Laurent Boisvert, lève-toi ! ordonna-t-elle au dormeur d'une voix de stentor. C'est l'heure de te préparer pour la messe.

Son frère sursauta violemment et entrouvrit les yeux.

— Qu'est-ce que tu veux ? demanda-t-il d'une voix ensommeillée.

— Lève-toi pour te préparer pour la messe, répéta sa sœur.

— J'y vais pas. Laisse-moi dormir.

— Aïe ! Tu vas te lever et tout de suite, à part ça, fit-elle sur un ton menaçant. Même les ivrognes vont à la messe. Grouille-toi ! Si dans deux minutes t'es pas debout en train de t'habiller, tu vas recevoir une chaudière d'eau froide dans le visage et tu vas passer un mauvais quart d'heure, je te le garantis. Il y a tout de même des limites à ambitionner sur le pain béni ! Je suis encore capable de t'allonger une claque qui va t'arracher la tête, mon grand sans-cœur !

Sur ces mots, la grande et grosse femme quitta la pièce en claquant bruyamment la porte derrière elle. Comme elle avait pris soin de fermer les portes, Corinne et les enfants n'avaient rien entendu de ce qui s'était dit entre le frère et la sœur.

— Il s'en vient, dit-elle à sa belle-sœur qui guettait son retour avec une certaine appréhension. Il faut juste savoir lui parler. Bon, est-ce qu'on y va à cette messe-là ? demanda-t-elle à la ronde.

Le boghei venait de quitter la cour de la ferme quand Laurent apparut dans la cuisine, hors de lui.

— Elle, je vais l'assommer, la maudite folle ! s'écria-t-il en apercevant sa femme en train de se coiffer devant le miroir. Où est-ce qu'elle est ?

— Elle est partie à la basse-messe avec Léopold et les garçons.

Pendant un court moment, il sembla balancer entre retourner se mettre au lit ou faire sa toilette. Puis, probablement influencé par les menaces non équivoques de sa sœur, il finit par se décider à se raser et à s'habiller. Silencieuses, Madeleine et Élise, déjà prêtes pour la grand-messe, étaient occupées à terminer ce qu'elles avaient l'intention d'offrir à leur tante au souper.

Au retour de Juliette et des garçons, Laurent se borna à lancer un regard furieux à sa sœur qui lui répondit par une mimique qui remplit Corinne d'aise.

— Tu serais fine de jeter un coup d'œil au morceau de bœuf que j'ai mis dans le fourneau, dit-elle à sa belle-sœur. C'est pour le souper. À midi, j'ai du bouilli de légumes réchauffé.

— Je m'en occupe, promit Juliette. Pendant la messe, fais comme moi. Prie pour le salut de l'âme de ton mari. Il en a bien besoin.

Laurent lui répondit par une grimace et houspilla sa femme et ses filles pour qu'elles montent dans le boghei.

À la fin de la messe, Gonzague Boisvert laissa son fils Henri et sa femme en conversation avec des voisins et s'approcha de Laurent et de sa bru au moment où ils s'apprêtaient à monter en voiture.

— Il paraît que vous avez de la visite? demanda-t-il sans s'adresser à l'un plus qu'à l'autre.

— Oui, Juliette est arrivée hier soir, répondit Corinne.

— C'est ben ce que Noré, mon homme engagé, m'a dit en revenant de la basse-messe, tout à l'heure. Est-ce qu'il y a une raison spéciale qui l'amène à Saint-Paul? demanda le vieil homme, curieux.

— C'est de la parenté, monsieur Boisvert. Juliette a pas besoin de raison spéciale pour venir nous voir.

— On sait ben, se borna à laisser tomber Gonzague, peu convaincu de la véracité de ce que venait de dire sa bru.

— Là, par exemple, votre fille avait une bonne raison de venir nous voir, finit par ajouter une Corinne un peu moqueuse. On va faire une petite fête à soir pour son cinquantième anniversaire. Vous êtes invités à venir souper à la maison, vous, Henri, Annette et Alexandra, si ça vous tente. Je suis certaine que ça ferait bien plaisir à Juliette.

— Je pense pas qu'on puisse venir, s'empressa de rétorquer le vieillard.

— Vous viendrez même pas voir votre fille? feignit de s'étonner Corinne.

— Elle sait où on reste. Si elle veut venir nous voir, on est à la maison, répondit froidement Gonzague. Bon, il faut que j'y aille, ajouta-t-il en guise de salutation avant de s'éloigner.

Sur le chemin du retour à la ferme, Corinne ne put s'empêcher de dire à son mari qui n'avait pratiquement pas ouvert la bouche depuis son lever:

— J'aurais dû m'y attendre. Personne chez vous va venir à la fête de Juliette. Ils ont bien trop peur d'être obligés de lui faire un petit cadeau. Ça leur arracherait le cœur de dépenser une cenne pour quelqu'un, ajouta-t-elle, pleine d'amertume.

— Moi, je les comprends, laissa-t-il tomber, de mauvaise humeur. Tu m'ôteras pas de la tête que c'est du maudit gaspillage, ces niaiseries-là. Je travaille pas toute la semaine pour garrocher mon argent par la fenêtre.

Sa femme eut une folle envie de lui faire remarquer que boire à l'hôtel toute la soirée était aussi une belle façon de « garrocher son argent par la fenêtre », comme il disait. Au moins, une fête avait le mérite de faire plaisir à quelqu'un. Cependant, elle se retint pour ne pas envenimer les relations déjà assez tendues entre le frère et la sœur.

Corinne s'était inquiétée pour rien. À leur retour à la maison, Laurent ne fit aucune allusion à son réveil brutal et Juliette évita, avec tact, d'en faire mention.

Au moment où Laurent s'apprêtait à aller faire une sieste après le repas du midi, Bernard Provencher et Germaine arrivèrent. La bonne humeur du couple chassa rapidement l'air contrarié de leur hôte. Germaine offrit un petit cadeau à Juliette qu'elle avait appris à apprécier dans le passé. Laurent ne sembla pas trouver étrange que sa belle-sœur soit au courant de la fête de Juliette.

Une heure plus tard, Blanche et Amédée arrivèrent à leur tour en compagnie de Lucienne.

— Sacrement, pas encore eux autres ! jura Laurent à l'oreille de sa femme. Ils sont pas capables d'aller s'échouer ailleurs le dimanche. Ils sont venus souper dimanche passé. En plus, ils ont emmené ta mère.

— Chut ! lui ordonna sa femme en s'avançant pour accueillir les nouveaux arrivants.

On s'embrassa et la maîtresse de maison entraîna tout le monde à l'ombre, sur la galerie. Lucienne et Blanche tendirent des cadeaux à Juliette, toute rose d'émotion.

— Bastien et Rosalie seraient bien venus, déclara Blanche, mais Rosalie est pas encore assez remise de sa fausse couche, précisa Lucienne à voix basse pour ne pas être entendue par Madeleine et Élise.

— Ça se comprend, fit Juliette.

— Mais Rosalie t'envoie ce cadeau-là, reprit Lucienne en lui tendant un petit paquet. Elle m'a dit que c'était pas grand-chose, mais que c'était de bon cœur.

— Elle est bien trop fine, déclara la veuve. Ça me gêne sans bon sens.

— Anatole et Thérèse avaient déjà promis aux Rochon d'aller faire un tour cet après-midi. En plus, il y avait le train, tint à préciser la mère de Corinne.

Soudain, Laurent comprit tout. Sa femme avait invité dans son dos toute sa famille à venir participer au souper offert en l'honneur de Juliette. Une rage naissante altéra alors passablement sa bonne humeur. Cette constatation fit qu'il éprouva beaucoup de mal à continuer à faire bon visage aux invités.

Durant l'après-midi, on parla beaucoup du droit de vote que le gouvernement de Borden allait accorder aux femmes à compter du 1er janvier.

— Là, on n'est pas sortis du bois, plaisanta Amédée. Si les femmes se mettent à voter contre leur mari, ça va être beau à voir dans la maison.

— C'est une affaire de fou, cette histoire-là, déclara Laurent. Comme si les femmes comprenaient quelque chose à la politique.

Cette remarque sembla piquer au vif sa belle-mère et les autres femmes présentes.

— Tu sauras, mon gendre, que les femmes sont pas plus folles que vous autres, répliqua Lucienne d'une voix cinglante. C'est écrit nulle part qu'il faut porter des pantalons pour comprendre la politique. Si t'es capable de comprendre quelque chose là-dedans, je vois pas pourquoi on serait pas capables, nous autres aussi.

— C'est vrai, ce que vous dites là, madame Joyal, l'approuva Juliette. Si on avait eu le droit de voter aux dernières élections, je suis sûre qu'on serait pas en guerre aujourd'hui.

— Partez pas en peur, leur conseilla Amédée Cournoyer pour calmer le jeu. Vous allez pouvoir voter aux prochaines élections, mais juste au fédéral, prit-il la peine de préciser. J'ai dans l'idée que dans la province, c'est pas demain la veille que vous allez avoir ce droit-là... Surtout que les évêques ont pas l'air pour ça pantoute.

À l'heure du souper, Corinne demanda aux hommes de dresser une grande table de fortune derrière la maison avec des tréteaux et des madriers entreposés dans la remise. Laurent se fit un peu tirer l'oreille, mais il n'eut pas le choix de consentir quand Bernard et Amédée se proposèrent de l'aider.

Lorsque tous les gens furent attablés, Corinne et ses enfants apportèrent à Juliette les cadeaux qu'ils avaient préparés pour son anniversaire.

— Bonne fête, Juliette, même si c'est un peu en retard, lui souhaita sa belle-sœur en l'embrassant sur les deux joues.

Toutes les personnes présentes lui offrirent leurs meilleurs vœux. La veuve, attendrie et la larme à l'œil, remercia tout le monde. Germaine tint à aider à servir le bœuf et les pommes de terre, mais on laissa à Madeleine le soin de se charger du gâteau qu'elle avait confectionné pour sa tante.

Après avoir goûté au gâteau, Juliette s'écria, enthousiaste :

— Tes tartes, Corinne, sont toujours aussi bonnes, mais Madeleine fait le meilleur gâteau que j'ai jamais mangé. Si jamais ça te tente de venir travailler en ville, ajouta-t-elle à l'intention de sa nièce, j'ai de l'ouvrage pour toi à mon restaurant.

— Whow ! protesta sa belle-sœur en riant. T'es pas pour m'enlever ma grande fille. J'en ai bien trop besoin.

En début de soirée, Amédée et Blanche furent les premiers à partir, en compagnie de Lucienne.

— On s'ennuie pas, déclara Blanche, mais on a une longue route à faire et Amédée travaille de bonne heure demain matin.

Peu après, ce fut au tour de Bernard et Germaine de s'en aller, non sans avoir fait promettre aux Boisvert de venir souper chez eux, à Nicolet, le dimanche suivant.

Après le départ des invités, Juliette disparut un instant dans sa chambre à coucher pour en revenir en portant un paquet joliment enveloppé dans un papier doré.

— Demain matin, j'ai l'intention de prendre le train de huit heures, dit-elle à ses hôtes. Penses-tu pouvoir me laisser à la gare avant de commencer ta journée d'ouvrage? demanda-t-elle à son frère.

— Oui, mais je t'avertis qu'il va être pas mal de bonne heure, par exemple, sentit-il le besoin de la prévenir.

— Inquiète-toi pas, je vais être prête. J'ai pas oublié que dans une semaine ça va être ta fête, reprit-elle en se tournant vers sa belle-sœur. Je t'ai apporté un petit cadeau parce que je pourrai pas venir te voir ce jour-là. Je peux pas demander à Alice de s'occuper du restaurant chaque fois qu'il me prend la fantaisie de partir.

— Voyons donc, Juliette, c'était pas nécessaire, protesta Corinne en prenant le paquet qu'elle venait de lui tendre.

Debout à l'écart, Laurent secoua la tête en signe de désapprobation avant de se mettre à bourrer sa pipe. Corinne déballa le paquet pour trouver un écrin de velours rouge qui fit accourir vers elle Madeleine et Élise, très curieuses de voir ce qu'il contenait.

Émue, Corinne ouvrit l'écrin pour découvrir un petit collier de perles reposant sur un lit de satin noir.

— Mais c'est bien trop beau! s'exclama-t-elle, le visage rayonnant de plaisir.

Elle se contentait de regarder le bijou sans oser le tirer de son écrin, comme si elle avait craint de le briser.

— Bien non, c'est juste un petit collier que tu vas pouvoir mettre avec ta robe du dimanche, fit Juliette, apparemment tout heureuse de constater la joie de sa belle-sœur. Arrête de le regarder et essaye-le donc pour voir si ça te fait bien.

C'était le premier bijou que recevait Corinne et elle en était aussi fière que mal à l'aise. Elle prit le collier avec précaution et l'attacha maladroitement autour de son cou.

— Je pense qu'il te fait bien, approuva Juliette. Va te regarder dans le miroir.

Corinne prit la lampe à huile et alla se planter devant le petit miroir suspendu au-dessus de l'évier.

— Il est beau sans bon sens, dit-elle en passant le bout des doigts sur le bijou qu'elle portait au cou. Ça me gêne, un cadeau comme ça.

— T'as pas à être gênée, la rabroua Juliette. C'est juste un petit cadeau. Je suis sûre que Laurent va te faire un bien plus beau cadeau que ça à ta fête, pas vrai, mon petit frère ?

— On verra, se contenta de laisser tomber Laurent sans aucun enthousiasme.

Puis, apercevant les regards admiratifs et envieux de Madeleine et d'Élise, la restauratrice eut un sourire avant de promettre :

— Je vais vous en donner un à votre fête à toutes les deux l'année prochaine.

Quand tout le monde fut monté se coucher quelques minutes plus tard, Laurent alla faire la tournée des bâtiments et il remonta l'horloge murale avant de prendre la direction de sa chambre à coucher. À son entrée dans la pièce, sa femme venait d'endosser sa robe de nuit et admirait encore le bijou qu'elle venait de recevoir pour son anniversaire.

— Ça, c'est un bel exemple de gaspillage, dit-il en s'assoyant sur le lit pour retirer ses chaussures. Veux-tu ben me dire, sacrement, à quoi ça sert ce genre de bébelle-là ?

— Ça sert à faire plaisir, dit Corinne après avoir déposé délicatement le collier dans son écrin.

Le mari et la femme se mirent au lit et Corinne souffla la lampe. Pendant un court instant, le silence régna dans la pièce, à peine troublé par le bruissement des feuilles de l'érable planté devant la fenêtre ouverte. Corinne commençait à sombrer doucement dans le sommeil quand la voix de son mari la fit sursauter.

— Tu me prends pas pour un fou, hein ? J'espère que tu t'imagines pas que je me suis pas aperçu que t'avais invité en cachette toute ta famille à venir souper ? poursuivit-il en élevant la voix. En tout cas, t'es une belle maudite hypocrite !

— Il y avait pas d'hypocrisie là-dedans, tu sauras, Laurent Boisvert, protesta sa femme en se soulevant sur un coude pour tenter de le voir dans le noir. Il y a rien eu de fait en cachette. J'ai invité ma famille comme j'ai invité la tienne, à matin, après la messe. Tu le sais, t'étais là.

— Mais t'as ben fait attention de me le dire, par exemple !

— Si je te l'avais dit, t'aurais encore chialé. Tu te serais plaint que c'était encore des dépenses inutiles.

— C'est vrai, sacrement, que c'est des dépenses inutiles ! explosa-t-il.

— Pas si fort, lui ordonna Corinne. Ta sœur va t'entendre et va finir par croire que t'es aussi serre-la-cenne que ton père.

— Je m'en sacre !

— T'as vu comment ça lui a fait plaisir, cette petite fête-là. Il me semble que tu lui devais bien ça pour avoir pris soin de toi pendant tant d'années, tu trouves pas ?

— Ah ! Dors donc ! fit-il excédé en se tournant de manière à lui présenter carrément son dos.

Dans le noir, Corinne s'étendit et lui tourna le dos à son tour. Un mince sourire éclairait son visage. Elle était heureuse d'avoir réussi à fêter Juliette comme elle le souhaitait. Bien sûr, elle espérait aussi que son mari souligne d'une façon ou d'une autre son anniversaire, dans quelques jours… La petite fête à laquelle il venait d'assister allait peut-être lui donner l'idée de faire quelque chose pour célébrer ses trente-six ans… mais c'était probablement trop lui demander.

Si sa mémoire lui était fidèle, Laurent n'avait souligné que son vingtième anniversaire en lui ramenant à la maison un Rosaire qu'il avait tiré de l'orphelinat où son beau-père l'avait renvoyé. Elle avait beau lui préparer une petite surprise pour chacun de ses anniversaires en juin, il demeurait imperméable à ce genre de célébration. Par chance, elle avait eu beaucoup moins de mal à inculquer à ses enfants l'habitude de donner un petit cadeau dans ces circonstances.

Le lendemain matin, à son lever, Corinne eut la surprise de découvrir sa belle-sœur en train de se bercer dans la cuisine d'été.

— Veux-tu bien me dire ce que tu fais debout si de bonne heure ? lui demanda-t-elle.

— Je voulais qu'on ait le temps de jaser un peu avant que Laurent et les enfants se réveillent, répondit Juliette à voix basse. Tu peux te servir une tasse de thé, j'ai allumé le poêle et j'en ai préparé, ajouta-t-elle sur le même ton.

Corinne prit la vieille théière et se versa une tasse avant de s'asseoir aux côtés de sa belle-sœur.

— On n'a pas eu le temps d'en parler, reprit la restauratrice, mais je suppose que Philippe t'a toujours pas donné de ses nouvelles ?

— Non, et tu peux pas savoir comment je suis morte d'inquiétude, répondit la petite femme blonde. Il y a pas une journée où je pense pas à lui. Je prie tous les jours pour qu'il lui arrive rien.

— Le petit maudit sans-cœur ! ne put s'empêcher de dire Juliette. Il a aucune idée à quel point il te fait de la peine.

Corinne se borna à secouer la tête.

— Et Laurent dans tout ça ? Est-ce qu'il t'aide au moins ?

— Tu le connais aussi bien que moi. Tout ce qu'il trouve à dire, c'est qu'il va lui donner la volée de sa vie quand il va revenir.

— Insignifiant! T'en fais pas trop, poursuivit sa belle-sœur d'une voix compatissante. Moi aussi, je prie tous les jours pour que mon filleul revienne à la maison. Je suis certaine qu'il lui arrivera rien.

Le tête-à-tête entre les deux femmes ne put durer plus longtemps parce que Léopold et les enfants entrèrent dans la pièce, prêts à aller soigner les animaux. Quelques instants plus tard, Laurent pénétra à son tour dans la cuisine d'été en se grattant le cuir chevelu.

Après le train, Laurent donna le signal du départ à sa sœur avec une certaine brusquerie.

— Envoye! Traîne pas, la grande, lui ordonna-t-il avec impatience. Je dois être à l'ouvrage à sept heures.

La veuve feignit de ne pas l'entendre.

Pendant qu'il faisait démarrer le camion rangé sur le côté de la maison, Juliette s'empressa d'embrasser sa belle-sœur et ses neveux et nièces. Quand elle les salua au moment où le véhicule sortait de la cour de la ferme, Corinne et ses enfants la virent partir à regret. Juliette Marcil avait le don d'apporter de la vie dans une maison. De plus, ils appréciaient, sans l'avouer ouvertement, de la voir semoncer le maître de maison comme s'il était demeuré un adolescent indiscipliné.

Chapitre 14

L'inattendu

Depuis une semaine, le curé Bilodeau flottait sur une sorte de nuage. À la grande surprise de Mance Rivest et de l'abbé Morin, sa bonne humeur ne se démentait pas. Il était presque agréable de vivre à ses côtés.

— Je sais pas ce qu'a monsieur le curé depuis quelques jours, chuchota la servante à Alexina Duquette en arborant une mine de conspiratrice, mais il chiale plus sur rien. Pour moi, il doit couver quelque chose. C'est pas normal.

— Il a peut-être décidé d'être tout le temps de bonne humeur, avança la femme du marchand général sans trop y croire.

— Ça me surprendrait bien gros, laissa tomber Mance en arborant une mine peu convaincue. Je le connais. Ça durera pas.

— Ça doit être la belle température qu'on a depuis deux semaines.

— Peut-être, fit la servante du curé Bilodeau avec l'air d'en douter en prenant congé.

De fait, en ces premiers jours de septembre, la température était anormalement douce et agréable. Le soir, l'air fraîchissait à peine, à la brunante.

Mance Rivest n'eut pas à s'interroger bien longtemps sur les raisons de la bonne humeur du curé de la paroisse Saint-Paul-des-Prés. Dès le jeudi après-midi suivant, ce dernier la retint un instant au salon où il lisait son bréviaire pour lui annoncer la visite de monseigneur Brunault le lendemain avant-midi.

— Il va rester à dîner, lui dit-il.

— « Il va rester à dîner », répéta la servante en singeant son employeur sur un ton sarcastique. Juste ça ! Vous auriez pas pu me le dire avant, monsieur le curé ? demanda-t-elle, furieuse. Depuis quand vous le savez que monseigneur va venir dîner ?

— La semaine passée, répondit sèchement l'ecclésiastique.

— Vous auriez pas pu me prévenir à ce moment-là ? Recevoir monseigneur à manger, c'est pas une petite affaire ! Il faut mettre les petits plats dans les grands. J'aurai jamais assez de temps pour préparer un repas qui a du bon sens.

— Voyons, madame Rivest ! Calmez-vous ! lui ordonna le prêtre, excédé par cette sortie. C'est pas la fin du monde. Je connais monseigneur depuis des années et il est pas difficile sur la nourriture. Ayez pas peur, il va aimer tout ce que vous allez cuisiner.

— On dit ça ! répliqua Mance, les dents serrées tant elle était folle de rage. En tout cas, je vous avertis que vous aurez pas grand-chose à manger à soir parce que je vais être trop occupée à préparer le dîner de demain, dit-elle en sortant précipitamment de la pièce.

Charles Bilodeau poussa un soupir d'exaspération. Il tarda à reprendre en main son bréviaire pour poursuivre sa lecture. Il reconnaissait qu'il aurait pu prévenir plus tôt sa cuisinière de la visite de son évêque, mais cela lui était totalement sorti de l'esprit. Depuis qu'il avait reçu une lettre le vendredi précédent lui annonçant la visite de son supérieur et camarade de séminaire pour le vendredi suivant, il avait été envahi par une allégresse difficile à contenir.

Il ne pouvait y avoir qu'une seule explication à cette visite imprévue du prélat. Joseph-Herman Brunault venait lui apprendre sa nomination à la cure de la cathédrale de

Nicolet. Enfin, son évêque s'était souvenu de la promesse qu'il lui avait presque faite. Il avait attendu qu'il soit complètement rétabli de ses petits ennuis de santé de l'hiver précédent pour venir lui faire l'annonce officielle de sa nomination. Finalement, on reconnaissait ses capacités d'administrateur. Il allait faire en sorte que son confrère de séminaire ne regrette pas de lui avoir fait confiance et il cherchait déjà comment le remercier.

Le curé de Saint-Paul-des-Prés avait dû faire preuve d'une force de caractère peu commune pour ne pas avoir encore révélé cette visite importante à l'abbé Morin. S'il l'avait annoncée, il n'aurait pu s'empêcher, dans son enthousiasme, d'avouer à son vicaire avoir suggéré à mots couverts à l'évêque de Nicolet, lorsqu'il l'avait rencontré lors de sa retraite annuelle, que le jeune prêtre possédait toutes les qualités pour faire un excellent curé. Dans son esprit, il ne faisait aucun doute que monseigneur Brunault allait nommer bientôt son ancien confrère de séminaire à la cathédrale et il s'était senti obligé de vanter les mérites de son vicaire.

Charles Bilodeau prit finalement la décision d'attendre le soir même pour informer son vicaire de cette visite, mais il se promit de ne pas dire un mot des bonnes nouvelles qu'allait apporter le prélat. En son for intérieur, il se réjouissait autant de sa nomination à la cure de la cathédrale de Nicolet que de celle de son vicaire à celle de Saint-Paul-des-Prés.

Ainsi, le lendemain midi, monseigneur Brunault allait apprendre au vicaire sa nomination à un poste qu'il devait rêver d'occuper. C'était normal. Curé de Saint-Paul-des-Prés, à son âge, ce n'était pas rien ! Charles Bilodeau, plein de mansuétude, se disait que son jeune vicaire avait accompli un excellent travail durant son hospitalisation, l'hiver précédent, et qu'il méritait, jusqu'à un certain point, d'avoir une cure. Plus tard, après le départ de leur évêque, il lui apprendrait l'avoir chaudement recommandé. L'abbé lui en serait sûrement reconnaissant.

Cette perspective réjouissante lui redonna sa bonne humeur et il en oublia vite la petite crise de sa cuisinière. Il déposa son bréviaire sur la table posée près de son fauteuil et se leva. Il venait de décider de retourner dans son bureau pour classer des documents personnels qu'il se proposait d'emporter avec lui à la cathédrale. Depuis quelques jours, il avait entrepris de mettre de l'ordre dans tout ça de manière à ne pas être indûment retardé lorsqu'il aurait à partir pour la cathédrale de Nicolet. Tout guilleret, il prit la direction de son bureau.

Ce soir-là, avant de passer à table, le vicaire chuchota au curé Bilodeau :

— Je sais pas ce qu'a madame Rivest, mais elle semble dans une colère noire et les chaudrons en prennent pour leur rhume dans sa cuisine. Comme le disait ma pauvre mère : « Ça bardasse pas mal fort. »

— Elle est fâchée parce que je viens juste de lui apprendre la visite demain de monseigneur pour dîner, répondit Charles Bilodeau sur le même ton. Vous savez comment ça l'énerve quand on a du monde à manger... Imaginez comment elle est depuis qu'elle a appris qui va manger à notre table demain.

Soudain, la figure lunaire du vicaire se figea et un pli d'inquiétude apparut sur son front.

— J'espère que monseigneur a pas quelque chose à nous reprocher, fit-il.

— Inquiétez-vous pas pour ça, l'abbé, répliqua son supérieur. Comme je vous l'ai déjà dit, monseigneur est un ami de séminaire qui vient prendre de mes nouvelles en passant.

Les deux prêtres passèrent à table et mangèrent un long moment en silence.

— Qu'est-ce que vous êtes supposé faire demain avant-midi ? s'enquit le curé de Saint-Paul-des-Prés.

— Je devais aller rendre visite aux deux paroissiennes malades dans Saint-Pierre.

— Vous remettrez ça à samedi, lui ordonna son supérieur. C'est plus important que vous restiez ici pour accueillir monseigneur avec moi.

Rassuré, le petit vicaire bedonnant finit son repas en écoutant Charles Bilodeau raconter comment était la vie au séminaire à son époque. Plus ou moins volontairement, ce dernier embellit ses relations passées avec l'actuel évêque du diocèse. À l'entendre, on aurait juré qu'ils étaient des amis inséparables, alors qu'en réalité ils n'étaient que des camarades de promotion.

Le lendemain avant-midi, le curé et son vicaire ne quittèrent pas le presbytère qu'ils avaient réintégré dès la fin de leur messe matinale. Après le déjeuner, l'un et l'autre s'étaient plongés dans la lecture de leur bréviaire après que le curé eut exigé du bedeau de ne pas s'éloigner et d'être prêt à s'occuper de l'attelage de monseigneur à son arrivée.

Un peu après dix heures trente, Charles Bilodeau, n'en pouvant plus d'attendre, décida de poursuivre sa lecture en faisant les cent pas sur la large galerie du presbytère. Il désirait être aux premières loges pour voir arriver son supérieur. Il n'eut pas à patienter très longtemps. Sur le coup de onze heures, un boghei s'immobilisa devant l'imposante demeure.

Le temps que le curé de la paroisse descende la dizaine de marches pour venir au-devant de monseigneur Brunault et de son secrétaire, l'abbé Morvan, Anselme Leblanc s'était précipité pour retenir le cheval par la bride et retirer sa casquette pour saluer le prélat.

— Merci, mon brave, fit l'évêque en se tournant aussitôt vers Charles Bilodeau pour le saluer.

— Bienvenue à Saint-Paul, monseigneur, fit le curé, tout sourire. Bienvenue à vous aussi, monsieur l'abbé, ajouta-t-il en saluant Côme Morvan, le secrétaire à l'air compassé de l'évêque. Si vous voulez bien me suivre.

Sur ces mots, il précéda de deux pas ses visiteurs pour leur montrer le chemin. À leur entrée dans le presbytère, l'abbé Morin se matérialisa soudainement près de son curé et tous les deux entraînèrent le prélat et son secrétaire vers le salon. Après les avoir débarrassés de leur léger manteau de voyage et leur avoir offert les sièges les plus confortables, Charles Bilodeau agita une sonnette pour appeler sa cuisinière avant de s'asseoir à son tour.

Mance Rivest apparut à l'entrée du salon et salua à son tour les visiteurs, attendant de savoir ce qu'on désirait qu'elle serve.

— Boiriez-vous quelque chose pour vous rafraîchir? proposa l'hôte.

— Une tasse de thé serait bienvenue, accepta Joseph-Herman Brunault.

Si Eusèbe Morin remarqua le manque de chaleur de l'évêque de Nicolet, il n'en montra rien. Monseigneur Brunault ne semblait guère enclin à extérioriser l'amitié qu'il éprouvait pour le curé Bilodeau. L'homme de taille moyenne arborait un long visage sévère et avait tendance à fixer sans ciller ses vis-à-vis de ses yeux gris perçants. Il était connu de tous qu'il avait une très haute opinion de son rôle. Il savait se montrer cassant quand les circonstances l'exigeaient. On lui obéissait habituellement sans discuter.

Mais en cette belle matinée du mois de septembre, il était évident qu'il ne venait pas réprimander ses subalternes. Si cela avait été le cas, ils auraient été convoqués à l'évêché et tancés d'importance derrière la porte matelassée du vaste bureau de l'évêque.

Mance Rivest servit le thé et se retira en annonçant que le repas allait être prêt dans une trentaine de minutes. Les visiteurs burent quelques gorgées du liquide brûlant et monseigneur Brunault sembla soudain se faire plus humain.

— Vous avez une bien belle paroisse, monsieur le curé, dit-il à Charles Bilodeau.

— Elle est encore plus belle, monseigneur, depuis qu'on n'a plus d'hôtel pour encourager l'intempérance, répliqua aimablement le curé de Saint-Paul.

— Je n'en doute pas, reconnut le prélat.

Pendant plusieurs minutes, Joseph-Herman Brunault interrogea le curé sur les affaires courantes de sa paroisse, la rentrée des dîmes, son conseil de fabrique ainsi que sur le nombre d'enfants qu'il aurait à préparer pour leur confirmation et leur première communion, le printemps suivant.

Quand la cuisinière vint avertir les prêtres qu'ils pouvaient passer à table, Charles Bilodeau était sur des charbons ardents. Il s'était attendu à apprendre avant le repas sa nomination à la cathédrale et son remplacement à Saint-Paul-des-Prés par l'abbé Morin.

Faisant contre mauvaise fortune bon cœur, il proposa à ses invités de passer dans la salle à manger voisine. Le curé et les deux abbés, debout devant leur place, attendirent que l'évêque de Nicolet récite le bénédicité avant de s'asseoir. Mance Rivest servit un bol de soupe au poulet qui fut suivi par un excellent rôti de bœuf et des pommes de terre en purée. Malheureusement, la tension empêcha le curé Bilodeau de savourer ce repas de fête. Il mangea du bout des dents, de plus en plus impatient d'entendre son supérieur annoncer la bonne nouvelle.

Le repas se prit dans un silence presque total. L'hôte attendait que son évêque l'interroge ou s'adresse à lui pour parler. Celui-ci ne parut pas remarquer son manque d'appétit. Tout laissait croire que monseigneur Brunault avait l'habitude de manger en silence. Cependant, au moment du dessert, l'abbé Morin et les deux invités savourèrent avec un plaisir évident une généreuse portion de tarte aux pommes cuisinée le matin même par Mance Rivest.

— Ce fut un excellent repas, madame, la félicita le prélat en retrouvant la parole au moment où la cuisinière commençait à desservir la table.

— Merci, monseigneur. Mais il aurait pu être cent fois meilleur si monsieur le curé m'avait avertie avant hier de votre visite.

L'évêque réprima difficilement un sourire entendu devant le regard noir que Charles Bilodeau venait de jeter à sa servante.

— C'était très bon, mais je n'ai pas fait tout ce chemin uniquement pour venir manger vos provisions, monsieur le curé, déclara le prélat, détournant son attention de la cuisinière qui se retira.

Le repas savoureux qu'il venait de prendre semblait avoir mis monseigneur Brunault d'excellente humeur. Il se leva de table, immédiatement imité par les autres convives.

— Je suggère, monsieur le curé, que nous allions dans votre bureau pour régler l'affaire qui m'amène dans votre paroisse aujourd'hui, déclara-t-il.

Aussitôt, le cœur de Charles Bilodeau se mit à battre plus vite. Enfin, on passait aux choses sérieuses. Le moment tant attendu était arrivé. Eusèbe Morin esquissa alors le geste de se retirer discrètement pour laisser son curé en tête-à-tête avec les visiteurs.

— Non, monsieur l'abbé, intervint aussitôt Joseph-Herman Brunault. Venez avec nous, vous êtes aussi concerné par ma visite.

Lorsqu'il entendit ces paroles, le visage du vicaire devint blafard. De toute évidence, il allait avoir à affronter un blâme de son évêque. Par expérience, il savait que ce dernier ne vous invitait jamais à une rencontre pour vous féliciter. Les jambes un peu flageolantes, il pénétra le dernier dans le bureau de son curé en se demandant ce qu'il avait bien pu faire d'incorrect.

— Trouvez-vous une chaise, l'abbé, lui ordonna Charles Bilodeau qui avait cédé son fauteuil à son supérieur et occupait l'une des deux chaises réservées aux visiteurs en compagnie du secrétaire de l'évêque.

Le vicaire quitta la pièce un instant et revint avec une des chaises de la salle attenante.

— Bon, je vous apporte une bonne nouvelle, annonça monseigneur Brunault en esquissant un mince sourire.

Le cœur du curé Bilodeau eut un raté. Il fixa toute son attention sur son évêque, prêt à boire chacune de ses paroles. Il frémissait d'impatience et anticipait la joie qu'il allait éprouver en apprenant sa nomination.

— Comme je vous l'ai déjà mentionné, notre excellent curé Longpré a demandé d'être relevé de sa cure à la cathédrale en raison de son âge, dit monseigneur Brunault sur un ton patelin. Je lui ai demandé de patienter jusqu'à la semaine prochaine, le temps de lui trouver un poste convenable d'aumônier dans un couvent.

Charles Bilodeau hocha la tête à plusieurs reprises pour signifier qu'il comprenait tout cela.

— Vous conviendrez qu'il n'est pas facile de trouver un prêtre capable de prendre en charge la paroisse où se trouve la cathédrale.

— Bien sûr, monseigneur, approuva Charles Bilodeau.

— J'ai mûrement réfléchi pour trouver un prêtre digne de succéder au curé Longpré à la tête de la paroisse la plus importante du diocèse.

Le curé de Saint-Paul-des-Prés en haletait presque d'impatience.

— J'espère, monsieur le curé, que vous ne m'en voudrez pas trop, fit l'évêque avec un sourire à l'endroit de son hôte.

Charles Bilodeau leva les deux mains en signe de protestation muette.

— Mais je suis venu aujourd'hui vous enlever votre vicaire, poursuivit monseigneur Brunault.

De stupéfaction, la mâchoire de Charles Bilodeau en tomba presque, alors que le visage d'Eusèbe Morin virait au rouge brique.

— Quand est venu le temps de choisir le remplaçant du curé Longpré, je me suis rappelé à quel point vous m'aviez fait l'éloge de votre vicaire.

— Mais... voulut intervenir le curé de Saint-Paul-des-Prés.

Monseigneur Brunault leva la main pour lui imposer le silence avant de reprendre:

— Monsieur Morin, vous serez le nouveau curé de la cathédrale de mon diocèse. Vous voudrez bien vous présenter au presbytère de la cathédrale dès lundi avant-midi pour ne pas retarder inutilement le départ du curé en poste. Je lui ai demandé de demeurer à vos côtés trois ou quatre jours pour vous familiariser avec votre nouvelle tâche et vous faire connaître les trois vicaires qui vont vous aider à remplir vos fonctions.

Le visage d'Eusèbe Morin reprit sa teinte habituelle et un grand sourire l'illumina. De toute évidence, il était rempli de fierté en apprenant sa nomination à une cure aussi prestigieuse.

— Merci, monseigneur, balbutia-t-il. Je vais faire mon possible pour que vous ne regrettiez pas votre décision de me faire confiance.

— Mais... répéta Charles Bilodeau, tout à fait estomaqué. Moi, je pensais jamais que...

Tout le sang semblait s'être retiré d'un seul coup du visage du prêtre, incapable d'assimiler la nouvelle qui venait de lui tomber dessus.

— Oui, je sais, monsieur le curé, dit l'évêque en se méprenant sur le sens de la protestation que son subalterne voulait formuler. Je vous prive d'un excellent vicaire. Mais je vous connais assez pour savoir que vous allez être capable de bien former les deux prêtres que je vais vous envoyer pour remplacer monsieur Morin. Monsieur Morvan, donnez donc à monsieur le curé quelques renseignements sur ses deux prochains vicaires, ajouta l'évêque en se tournant vers son secrétaire qui avait gardé le silence durant toute l'entrevue.

Le secrétaire ouvrit le mince porte-documents en cuir dont il ne s'était séparé que durant le repas et en tira un dossier.

— René Biron est un jeune prêtre fraîchement ordonné le printemps dernier. Il vient d'une excellente famille de dix-huit enfants et il est très pieux.

— Bon, fit Charles Bilodeau, sans grand enthousiasme.

Il avait beaucoup de mal à reprendre pied dans la réalité après l'amère déception qu'il venait d'encaisser.

— Votre autre vicaire a plus d'expérience. Il s'appelle Alphonse Dupras. Il a trente-quatre ans et il a secondé le curé Gervais de Saint-Célestin les cinq dernières années.

— Est-ce que je peux savoir au moins pourquoi ces deux prêtres viennent à Saint-Paul? demanda Charles Bilodeau, impuissant à dissimuler plus longtemps sa mauvaise humeur.

— Dans le cas de l'abbé Biron, c'est un problème de santé qui l'a empêché d'être nommé dans une paroisse après son ordination, expliqua monseigneur Brunault en quittant son fauteuil, signe qu'il entendait partir rapidement. Pour l'abbé Dupras, vous n'avez pas à savoir la raison de son changement de ministère, conclut sèchement le prélat. Bon, il est temps d'y aller, ajouta-t-il en se dirigeant déjà vers la porte du bureau.

— L'abbé, allez donc prévenir le bedeau que monseigneur s'en va, dit sèchement Charles Bilodeau à son vicaire.

— L'abbé Morvan a vu à ce que vos nouveaux vicaires soient chez vous dès lundi, annonça l'évêque en précédant le curé de Saint-Paul-des-Prés dans le couloir.

Quelques minutes plus tard, ce dernier se retrouva debout aux côtés d'Eusèbe Morin, près de la voiture dans laquelle l'évêque de Nicolet et son secrétaire venaient de prendre place. Il salua son supérieur et rentra vivement dans le presbytère sans se préoccuper le moins du monde de vérifier si son vicaire le suivait. Sans tourner la tête une seule fois, il se précipita dans son bureau dont il referma la porte à la volée.

— Merci bien, monseigneur ! s'écria-t-il en assenant un grand coup de poing à son bureau. Merci pour la belle récompense d'avoir passé tant d'années à me dévouer dans cette paroisse ! J'ai l'air d'un bel insignifiant ! Ça m'apprendra à vanter quelqu'un ! Je me suis coupé moi-même le cou.

Le curé se laissa tomber dans son fauteuil, d'autant plus déprimé qu'il était intimement persuadé que le poste lui revenait de plein droit. La pilule aurait été moins amère à avaler si un autre curé du diocèse ayant ses états de service avait accédé à la cure convoitée, mais il n'en était rien. Eusèbe Morin était un bon vicaire, mais ses talents d'administrateur restaient encore à prouver.

La frustration de l'ecclésiastique était si grande qu'il lui fallut de nombreuses minutes pour retrouver un semblant de calme. Il dut se faire violence pour ne pas en vouloir à son vicaire de lui avoir été préféré. Après tout, Eusèbe Morin n'était en rien responsable de sa nomination.

Charles Bilodeau ne sortit de son bureau qu'à l'heure du souper, bien décidé à faire bonne figure à son vicaire qui allait le quitter deux jours plus tard. Il eut d'autant plus de mérite que ce dernier avait soudainement perdu toute trace de sa servilité habituelle et s'adressa à lui d'égal à égal à l'heure du repas.

À la fin du souper, le curé de Saint-Paul-des-Prés n'y tint plus et finit par dire d'une voix cassante au vicaire prétentieux assis en face de lui :

— Faites bien attention, l'abbé ! Dans le passé, ça s'est vu dans le diocèse des jeunes curés sans expérience être démis de leur poste pour être renvoyés comme simples vicaires dans leur ancienne paroisse. Accéder à une cure est une chose, y rester en est une autre.

Eusèbe Morin se borna à hocher la tête comme s'il avait compris le message, ce qui ne l'empêcha pas de rétorquer avec une certaine morgue :

— J'ai entièrement confiance dans le jugement de monseigneur, monsieur le curé. S'il pense que je suis capable d'occuper la cure de la cathédrale, il doit avoir ses raisons.

Sur ces mots, le petit abbé bedonnant se leva de table et salua son supérieur d'un bref hochement de la tête. Après son départ de la salle à manger, Charles Bilodeau, amer, dit à mi-voix :

— Même pas un mot de remerciement pour l'avoir vanté ! Un ingrat !

— Êtes-vous rendu à vous parler tout seul ? lui demanda Mance Rivest qu'il n'avait pas entendue pénétrer dans la pièce pour commencer à desservir.

Le prêtre lui jeta un regard furieux sans toutefois répondre.

— Comme ça, on va perdre l'abbé Morin qui s'en va à Nicolet, poursuivit la veuve, sans tenir compte de sa mauvaise humeur apparente.

— Qui vous a dit ça ? s'enquit le curé.

— Votre vicaire. Il m'a même dit qu'il allait être le nouveau curé de la cathédrale... C'est toute une promotion, ça ! ajouta-t-elle.

— Ce sont surtout de bien grosses responsabilités pour un jeune prêtre, répliqua-t-il sèchement. L'avenir nous dira bien si c'était sa place.

La cuisinière n'ajouta rien et quitta la salle à manger, les bras chargés de plats.

Le lendemain après-midi, Corinne accepta que Norbert aille « traîner au village » quelques heures, comme elle disait, parce que l'adolescent avait vraiment travaillé très fort toute la semaine. La mère de famille était consciente du besoin de son fils de se distraire un peu. Comme il avait réussi sa septième année deux mois auparavant, il ne retournerait pas à l'école la semaine suivante et il demeurerait à la ferme pour y travailler. Il fallait donc qu'elle prévoie lui accorder quelques instants de répit si elle ne voulait pas qu'il quitte Saint-Paul-des-Prés, comme l'avait fait son frère aîné.

— Essaye de pas faire le malcommode, lui recommanda-t-elle au moment où il s'apprêtait à partir. Tu le sais que j'aime pas bien ça te voir traîner avec le petit Brisebois. On dirait que vous avez juste des mauvais plans dans la tête quand vous êtes ensemble.

— Est-ce que je peux attendre que p'pa passe dans le village pour revenir dans le *truck* avec lui ? demanda Norbert, prêt à pousser la porte moustiquaire.

— Il en est pas question, trancha sa mère. Je veux te voir ici à quatre heures pour le train. Léopold est tout de même pas pour le faire tout seul. Nous autres, on est dans le ketchup par-dessus la tête.

— C'est correct, mais je prends le boghei, par exemple.

— Vas-y.

Depuis trois jours, Corinne et ses enfants étaient occupés à vider presque complètement le jardin. Après avoir cuisiné quelques dizaines de pots de ketchup rouge, la maîtresse de maison avait utilisé ses tomates qui n'avaient pas eu le temps de mûrir pour faire du ketchup vert. La semaine précédente, ses filles l'avaient aidée à faire mariner des betteraves et des petits concombres.

— Il faut finir tout ça aujourd'hui, décréta Corinne en essuyant la sueur qui perlait à la racine de ses cheveux. Lundi, on s'occupera de faire de la compote de pommes. On peut plus attendre. Les pommes sont en train de se gâter dans l'arbre. En plus, il arrête pas d'en tomber et elles pourrissent par terre.

La cuisine baignait dans une odeur appétissante d'épices, ce qui aidait un peu à supporter la chaleur infernale dégagée par le poêle à bois qu'il fallait tenir allumé toute la journée.

— Qu'est-ce qu'on va préparer pour souper? demanda Madeleine, qui semblait aussi fatiguée que sa mère.

— Le reste du blé d'Inde. On n'est pas pour le laisser se gaspiller. On va manger ça avec du pain et du beurre.

Quelques minutes plus tard, la maîtresse de maison entendit son fils crier au cheval d'avancer. Elle sortit précipitamment sur la galerie.

— Norbert, l'apostropha-t-elle avant qu'il ne sorte de la cour de la ferme.

— Quoi, m'man? demanda l'adolescent avec une certaine impatience.

— Fais pas le fou avec le cheval, l'avisa-t-elle. Il fait trop chaud pour le faire trotter.

— Ben oui, m'man.

Sur ce, Norbert quitta la ferme pour aller s'immobiliser quelques arpents plus loin, devant celle des Brisebois, où son ami Gérald l'attendait déjà depuis près d'une heure. Ensuite, le boghei parcourut un mille et demi avant de venir s'arrêter dans la cour mitoyenne entre le magasin général Duquette et la forge-garage de Joseph Melançon.

Avant de descendre de voiture, les deux adolescents vérifièrent d'abord s'ils possédaient suffisamment d'argent pour s'offrir une bière d'épinette fabriquée par Alcide Duquette. Après s'en être assurés, ils pénétrèrent dans le magasin où une demi-douzaine de clients semblaient plus enclins à échanger des nouvelles qu'à acheter les produits offerts par le marchand. Les deux jeunes payèrent leur bouteille de boisson gazeuse et sortirent la boire lentement sur la galerie du magasin général.

Avalant une première gorgée de bière d'épinette, Norbert remarqua l'antique bicyclette du docteur Précourt appuyée contre la galerie. Elle n'était pas là quelques instants plus tôt. Le médecin devait être arrivé après eux et être en train d'effectuer quelques achats à l'intérieur.

Durant quelques instants, Norbert se contenta d'examiner à distance le lourd engin qui datait du début du siècle. Puis, il déposa sa bouteille sur la galerie et descendit les marches pour regarder la bicyclette de plus près. Il osa même la redresser.

— Aïe ! Touche pas à son bicycle, lui conseilla son copain, un petit roux que Norbert dépassait d'une demi-tête. Le docteur sera pas content pantoute s'il te poigne à faire ça.

— T'es ben peureux, Brisebois. Il est pas en or, son bicycle. Je le mangerai pas, fit le fils de Corinne en affichant un air crâneur.

— Tu sais même pas comment monter là-dessus, répliqua l'autre.

— Ça s'apprend, tu sauras, déclara Norbert en enfourchant la lourde bicyclette.

À cet instant précis, la porte du magasin général s'ouvrit pour livrer passage à Adrien Précourt, portant un sac de victuailles. Le petit homme s'immobilisa sur la galerie et regarda, les yeux retranchés derrière ses épaisses lunettes, l'adolescent installé sur sa bicyclette.

— Si tu sais pas t'en servir, t'es mieux de la remettre où elle était, dit-il à Norbert sur un ton égal.

— Je voulais pas la prendre, monsieur Précourt, s'excusa l'adolescent en obéissant précipitamment. Je voulais juste savoir quel effet ça fait de monter dessus.

— C'est pas si amusant que tu penses, fit le médecin en descendant de la galerie du magasin. Elle est vieille. Elle a presque vingt ans et elle n'a pas de freins.

— Ça fait rien. Moi, j'aimerais ben ça en avoir une comme ça, dit Norbert, l'air envieux.

Pendant tout l'échange, Gérald Brisebois s'était tenu à l'écart. Adrien Précourt déposa ses achats dans le panier suspendu devant le guidon et enfourcha son antique bicyclette après avoir attaché le bas de chaque jambe de son pantalon avec une pince métallique. Au moment de partir, il sembla prendre une décision soudaine et demeura les deux pieds solidement posés sur le sol.

— T'aimerais l'avoir ? demanda-t-il à Norbert.

— Ben oui, répondit l'adolescent.

— J'ai un marché à te proposer. Tu viens faucher ma cour et le devant de ma maison cet après-midi, et je te la donne.

— Hein ! Êtes-vous sérieux ? demanda Norbert, stupéfait.

— Très sérieux. La semaine prochaine, je vais avoir une automobile et j'en aurai plus besoin… À moins que ton copain, lui, soit plus intéressé que toi, ajouta le docteur Précourt, l'air narquois.

— Non ! Non ! s'écria Norbert. Je peux aller vous faucher ça tout de suite, si vous le voulez.

— C'est parfait, dit le médecin en quittant les lieux.

Norbert, qui avait presque oublié la présence de Gérald, se précipita vers le boghei stationné dans la cour voisine.

— Aïe ! Puis moi ? Qu'est-ce que je fais là-dedans ? demanda Gérald.

— Toi, si tu veux venir me donner un coup de main, je te laisserai essayer mon bicycle, fit Norbert, grand prince.

Il ne fallut pas plus d'une heure trente de travail aux deux adolescents pour faucher et ramasser les hautes herbes qui avaient envahi le terrain entourant la maison située en face du presbytère.

— Sacrifice ! Ça devait ben faire un mois au moins que ce terrain-là avait pas été fauché, se plaignit Norbert, le front couvert de sueur.

Quand ils eurent terminé le travail, Norbert alla frapper à la porte du docteur Précourt. Ce dernier sortit de la maison, examina son terrain et se déclara très satisfait.

— Tu peux prendre la bicyclette. Elle est dans le hangar. Elle est à toi. Mais fais bien attention les premières fois que tu vas t'en servir. Souviens-toi qu'elle a pas de freins, prit-il soin de lui rappeler.

— Merci, monsieur Précourt, fit Norbert.

L'adolescent s'empressa d'aller chercher la bicyclette et de la déposer dans le boghei.

— T'aurais pu t'en servir pour revenir chez vous, lui fit remarquer Brisebois. Moi, j'aurais ramené le boghei.

— Es-tu fou, toi! protesta son compagnon. Il faut que j'apprenne comment ça marche, cette patente-là. J'ai pas envie qu'une fille du village me voie me casser la gueule là-dessus. Je vais attendre après le souper pour l'essayer chez nous.

— Et moi, là-dedans?

— Toi, t'apprendras plus tard, quand j'aurai appris, décida Norbert avant de monter dans la voiture aux côtés de son compagnon.

Norbert laissa Gérald devant chez lui et rentra à la maison, tout fier de son acquisition. Élise le vit entrer dans la cour et aperçut la célèbre bicyclette du docteur Précourt dans le boghei, pendant qu'il poursuivait son chemin jusque devant l'écurie pour dételer le blond.

— M'man, cria-t-elle à travers la porte moustiquaire. Norbert revient avec le bicycle du docteur.

— Qu'est-ce que c'est que cette histoire de fou? demanda Corinne en quittant la table où elle était occupée à trancher des tomates pour venir voir de quoi il s'agissait.

Elle n'alla pas plus loin que le bout de la galerie. À ce moment-là, Norbert venait de faire entrer le blond dans l'enclos et était en train de retirer sa bicyclette du boghei. Il revint vers la maison en poussant à ses côtés l'antique bécane.

— Qu'est-ce que tu fais avec le bicycle du docteur? lui demanda sa mère, inquiète.

— Il me l'a donné, m'man. Tout ce que j'ai eu à faire, ça a été d'aller lui faucher son terrain.

— Voyons donc! fit Corinne, incrédule.

— Je vous le dis, m'man. Il paraît qu'il va avoir une automobile la semaine prochaine et il en veut plus.

Sa mère sembla accepter l'explication, mais elle s'inquiéta soudain pour une autre raison.

— Mais ce bicycle-là est ben trop dangereux pour toi. Si tu tombes, tu vas te casser quelque chose.

— Pantoute, m'man. Le docteur m'a dit que c'était ben facile d'apprendre à s'en servir, mentit-il.

— C'est ce qu'il dit, conclut Corinne d'une voix peu convaincue en rentrant dans la maison.

Léopold qui sortait de la remise où il avait travaillé une bonne partie de l'après-midi, ne partageait pas du tout l'enthousiasme du fils de la maison pour son nouveau moyen de locomotion.

— C'est une patente pour prendre une bonne débarque, cette affaire-là, décréta-t-il avant d'inviter l'adolescent à venir faire le train avec lui.

Un peu après cinq heures, le grondement du moteur d'un camion apprit aux Boisvert que Laurent revenait de sa journée de travail. À l'instant précis où le père de famille descendait de son véhicule, Norbert et Léopold sortaient de l'étable après en avoir chassé les vaches qui venaient d'être traites.

Laurent s'immobilisa soudain en apercevant la bicyclette appuyée contre la galerie.

— Qui est-ce qui est malade? demanda-t-il en la reconnaissant, sans s'adresser à l'un ou l'autre des garçons en particulier.

— Personne, p'pa. C'est le docteur Précourt qui me l'a donnée tout à l'heure parce que j'ai fauché son terrain.

— T'es capable d'aller là-dessus, toi? fit Laurent.

— J'ai pas encore essayé, p'pa, reconnut son fils.

Le camionneur était particulièrement de bonne humeur en ce samedi après-midi, bonne humeur probablement causée par la perspective de sa sortie hebdomadaire après le repas. Élise sortit sur la galerie et son père lui tendit l'argent de sa paye, moins, bien sûr, l'allocation qu'il conservait pour ses plaisirs.

— Va donner ça à ta mère, lui ordonna-t-il. Je vais te montrer comment ça marche, cette affaire-là, dit-il à Norbert en enfourchant la lourde bicyclette.

— Le docteur m'a dit que c'était pas facile, le prévint l'adolescent, tout de même un peu inquiet pour sa bicyclette.

— Pantoute! décréta son père sur un ton assuré. Si le petit docteur à moitié aveugle est capable de se promener là-dessus, n'importe qui est capable, tu sauras.

Corinne et ses deux filles sortirent sur la galerie et vinrent rejoindre Norbert et Léopold. Lionel quitta les toilettes sèches juste à temps pour voir son père démarrer sur la haute bicyclette et se mettre à zigzaguer au milieu de la cour sous les encouragements des siens.

— C'est ben facile, cria le cycliste en accélérant pour mieux assurer son équilibre tout de même assez incertain.

Chacun put l'admirer exécuter un large virage au fond de la cour et revenir vers la maison en allant encore plus vite, juché sur la lourde bicyclette.

— Fais attention, Laurent, c'est dangereux, lui cria sa femme.

— Il y a pas de danger, fanfaronna Laurent.

— Arrête! Tu vas te faire mal, lui cria-t-elle en le voyant aller encore plus rapidement.

— Laisse-moi donc tranquille, tu vois ben que c'est facile, rétorqua son mari en tournant la tête vers elle alors qu'il passait devant la galerie où tout le monde s'était réfugié.

Ce simple mouvement eut l'étrange effet de le déconcentrer. La bicyclette cessa soudain d'aller en ligne droite, traversa la route et plongea directement dans le fossé, scène accompagnée par un cri d'horreur des spectateurs. Le cycliste avait brusquement disparu de leur vue.

— Mon bicycle ! hurla Norbert.

Tout le monde se précipita vers le fossé d'environ quatre pieds de profondeur qui bordait le rang Saint-Joseph de chaque côté. Un concert de sacres et de jurons s'en échappait au moment où Corinne et les siens arrivaient à l'endroit où la bicyclette venait de disparaître.

— T'es-tu fait mal ? demanda Corinne à son mari, encore prisonnier sous la lourde bicyclette, au fond du fossé.

— Maudit sacrement de cochonnerie ! hurla ce dernier en se dégageant de sa fâcheuse position après avoir repoussé d'un solide coup de pied l'engin qui l'écrasait. Où est-ce qu'ils sont les *brakes* là-dessus ?

Le père de famille sortit tant bien que mal du fossé et se remit péniblement sur ses pieds. Fou de rage, il prit la direction de la maison en boitant sans plus se soucier de la bicyclette de son fils ni des siens.

Catastrophé, Norbert s'empressa d'aller tirer sa bicyclette du fossé avec l'aide d'un Léopold silencieux. Il laissa son père prendre la direction de la maison en boitillant en compagnie de sa mère et de ses sœurs. Debout au milieu de la route, il examina sa bicyclette qu'il n'avait même pas encore eu l'occasion d'étrenner. La roue avant était voilée et le guidon n'était plus aligné.

— Mon bicycle est cassé, finit-il par dire à Léopold, les larmes aux yeux. Je pourrai même plus m'en servir.

— Ben non, le rassura le jeune homme. Il y a pas une broche de cassée. On va le réparer.

La mort dans l'âme, Norbert poussa sa bicyclette jusqu'à la maison. Il l'appuya contre le mur avant d'entrer. Il arriva à temps pour entendre sa mère déclarer à son père :

— T'es chanceux de t'être rien cassé. T'as juste une bonne bosse dans le front et des égratignures sur les bras et à une jambe.

— Si t'avais pas crié aussi quand je suis passé proche de la maison, ce serait pas arrivé, Christ! jura Laurent en claudiquant vers sa chaise berçante. Quant à cette cochonnerie-là, je veux pas la voir traîner autour de la maison.

Cet incident n'empêcha pas le père de famille de s'empresser de faire sa toilette dès la dernière bouchée du souper avalée. Il disparut à bord de son International alors que sa femme et ses filles n'avaient pas encore terminé le lavage de la vaisselle.

Pour sa part, Norbert dut travailler deux jours à réparer les dégâts subis par sa bicyclette qui ne roula jamais plus vraiment bien. Il aurait fallu acheter une nouvelle roue au lieu de l'ancienne redressée tant bien que mal, mais il ne possédait pas l'argent nécessaire à cet achat. Par ailleurs, à compter de ce jour, il vit à ce que sa bicyclette demeure hors de vue et de portée de son père.

Le lendemain avant-midi, le curé Bilodeau annonça en chaire, à la grand-messe, le départ de l'abbé Morin sans préciser quel nouveau poste ce dernier était appelé à occuper à Nicolet. Avec une économie de mots remarquable, il remercia son vicaire pour toutes les années qu'il avait consacrées à Saint-Paul-des-Prés. Ces remerciements manquaient singulièrement de chaleur et plus d'un paroissien s'en rendit compte. Par contre, le prêtre insista beaucoup sur le fait que la paroisse allait avoir dorénavant deux vicaires pour le seconder dès la semaine suivante.

Après la messe, Alcide Duquette, à titre de président de la fabrique, se rendit à la sacristie pour s'informer auprès de son curé s'il ne convenait pas d'organiser une petite fête en l'honneur du vicaire avant son départ, comme cela s'était pratiquement toujours fait dans la paroisse.

— Donnez-vous pas cette peine, monsieur Duquette, fit Charles Bilodeau en retirant son aube avec l'aide du bedeau.

Vous auriez pas le temps d'organiser quoi que ce soit, de toute façon. L'abbé doit partir tout de suite après le dîner, si je me trompe pas, mentit-il sans aucun remords.

— Je peux toujours avertir au moins les autres membres de la fabrique pour venir lui souhaiter bonne chance, s'entêta le marchand général.

— Oui, vous pourriez faire ça, mais comme je connais l'abbé, vous le gêneriez plus qu'autre chose.

Alcide Duquette se le tint pour dit et conclut que son curé souhaitait voir partir son vicaire sans tambour ni trompette.

— Je comprends rien là-dedans, chuchota-t-il à sa femme à leur retour de l'église. On dirait que monsieur le curé a peur qu'on montre à son vicaire qu'on l'appréciait. On dirait presque une sorte de jalousie.

— De toute façon, dit sa femme, moi, l'abbé Morin, je l'ai jamais bien aimé. Il est aussi bête que monsieur le curé.

Deux heures plus tard, l'abbé Eusèbe Morin monta dans la voiture conduite par le bedeau après y avoir déposé ses maigres bagages. Charles Bilodeau ne s'était même pas donné la peine de sortir du presbytère pour l'accompagner. Il s'était borné à lui serrer la main et à lui souhaiter bonne chance dans le couloir, à l'instant où le jeune prêtre empoignait sa dernière valise. Pendant un bref moment, le vicaire avait cru que quelques paroissiens l'attendraient devant le presbytère pour lui offrir leurs bons vœux en ce beau dimanche après-midi de septembre. Il n'y avait personne.

— Des ingrats ! murmura-t-il en coiffant son chapeau.

— M'avez-vous dit quelque chose, monsieur l'abbé ? demanda Anselme Leblanc en se penchant vers lui après avoir saisi les rênes.

— Non, monsieur Leblanc. On peut y aller.

L'attelage se mit en route en soulevant un léger nuage de poussière. Le nouveau curé de la cathédrale de Nicolet ne tourna pas une seule fois la tête pour saluer l'un de ses anciens paroissiens en train de prendre le frais sur sa galerie.

Tôt le lendemain après-midi, on sonna à la porte du presbytère. Mance Rivest s'essuya les mains sur son tablier et alla ouvrir.

— Bonjour, madame, la salua un jeune prêtre d'une maigreur remarquable. Est-ce que monsieur le curé est ici?

— Oui, monsieur l'abbé. Entrez, je vais aller le prévenir.

L'ecclésiastique se pencha pour empoigner une valise cartonnée déposée à ses pieds et pénétra dans l'édifice.

La servante abandonna le visiteur dans la petite salle d'attente et alla frapper à la porte du bureau du curé Bilodeau. Ce dernier, assis dans son fauteuil, le menton enfoui dans la poitrine, venait de succomber à la somnolence. Les deux coups secs frappés à sa porte le firent violemment sursauter et lui firent échapper ses lunettes qu'il tenait dans une main.

— Oui! Qu'est-ce qu'il y a? demanda-t-il sur un ton rogue.

La porte s'ouvrit sur une Mance Rivest à l'air sarcastique.

— Je m'excuse de vous déranger pendant que vous réfléchissez, monsieur le curé, dit-elle sur un ton moqueur, mais il y a un prêtre qui voudrait vous voir.

— Faites-le entrer, lui commanda Charles Bilodeau, sans se donner la peine de relever l'insolence de la veuve.

Le jeune abbé entra dans la pièce et se présenta.

— René Biron, monsieur le curé. Je suis votre nouveau vicaire.

Le curé Bilodeau dévisagea longuement le jeune homme frêle qui se tenait debout devant lui. À la vue de son visage très pâle et de ses traits émaciés, il ne douta pas un seul instant de la mauvaise santé de celui qui se tenait debout devant lui. Le pasteur de la paroisse Saint-Paul-des-Prés pria le visiteur de s'asseoir.

— Monseigneur m'a dit que vous aviez été très malade. J'espère que vous êtes guéri, dit-il abruptement au jeune prêtre.

— Oui, monsieur le curé.

— Tant mieux parce que le travail manque pas dans une grosse paroisse comme Saint-Paul. Je suppose qu'on a dû vous dire que vous alliez partager votre ministère avec un autre vicaire ?

— Non, monsieur le curé.

— Il est pas encore arrivé, dit Charles Bilodeau. Quand il sera là, je vous expliquerai ce que vous aurez à faire. Là, je vais demander à madame Rivest de vous installer dans une des chambres libres, en haut. Le souper est à cinq heures et demie. Vous allez avoir tout le temps de ranger vos affaires avant le repas. Mais, de grâce, soyez à l'heure pour manger parce que sinon vous risquez de passer sous la table.

Charles Bilodeau se leva et accompagna son nouveau vicaire jusqu'à la porte de la cuisine pour demander à sa servante de montrer sa chambre au nouvel arrivé. Sans dire un mot, Mance entraîna René Biron à sa suite à l'étage.

À son retour au rez-de-chaussée, elle retrouva le curé assis dans le salon, son bréviaire dans les mains.

— Seigneur, monsieur le curé, dites-moi que c'est pas vrai ! s'exclama-t-elle. Dites-moi pas que je vais être poignée pour remplumer ce petit prêtre-là ! Il a juste le tic-tac et l'erre d'aller ! On voit le jour à travers.

— Il relève de maladie, madame Rivest.

— S'il faut que l'autre soit du même genre, répliqua la servante avec humeur, je vais bien passer ma vie devant mon poêle pour les engraisser, bonyenne !

— Il y a rien qui dit que l'abbé Dupras est aussi chétif, fit le prêtre en ouvrant son bréviaire pour lui signifier que l'entretien était terminé.

Moins d'une heure plus tard, on sonna de nouveau à la porte du presbytère.

— Si ça continue comme ça, maugréa Mance Rivest, je vais m'installer une chaise à côté de la porte et je vais passer ma journée à l'ouvrir et à la fermer.

Elle se retrouva en face d'un très bel homme à la chevelure noire gominée qui lui sourit avec une aisance qui en disait long sur son talent de plaire aux femmes. Mance dut regarder deux fois plutôt qu'une pour s'assurer que l'inconnu portait une soutane et un col romain. Le prêtre, âgé d'une trentaine d'années, avait une taille légèrement supérieure à la moyenne et semblait un homme robuste.

— Bonjour, madame. Je suis l'abbé Dupras, se présenta l'ecclésiastique. Je crois que monsieur le curé m'attend.

— Entrez, monsieur l'abbé. Je vais le prévenir que vous êtes arrivé, dit la servante en s'effaçant pour le laisser passer dans le couloir avec sa valise.

Charles Bilodeau apparut au bout du couloir en provenance du salon. Il s'avança rapidement vers son nouveau vicaire et le fit entrer dans son bureau après lui avoir brièvement serré la main. L'abbé Dupras n'attendit pas que son supérieur l'ait invité à prendre place sur l'une des chaises disposées devant son bureau pour s'asseoir. Le curé tiqua devant ce manquement à l'étiquette. De plus, dans son bureau bien éclairé, il remarqua immédiatement que son nouveau vicaire au visage si avenant avait les cheveux gominés, ce qu'aucun de ses vicaires n'avait jamais osé faire.

Le curé de Saint-Paul-des-Prés tint à Alphonse Dupras, à peu de chose près, le même discours qu'à l'abbé Biron une heure plus tôt avant de le confier aux soins de Mance Rivest qui devait lui indiquer sa chambre.

Quand la veuve descendit, elle s'arrêta un instant devant Charles Bilodeau pour lui dire :

— Il va falloir qu'on se parle, monsieur le curé. Et le plus vite sera le mieux.

— Qu'est-ce qu'il y a encore qui fait pas votre affaire ? fit le prêtre, excédé.

— Il y a, monsieur le curé, qu'à partir d'aujourd'hui, je vais avoir deux fois plus d'ouvrage qu'avant. Là, je vais avoir trois prêtres à nourrir. À part ça, trois hommes au lieu de deux, ça salit pas mal plus. En plus, j'espère que vous avez remarqué que notre nouveau vicaire se met quelque chose de gras dans les cheveux pour les coller. Bien, ça, monsieur le curé, ça veut dire que je vais être obligée de laver ses taies d'oreiller, et peut-être son drap, deux fois plus souvent.

— …

— En tout cas, tout ça va me demander pas mal plus d'heures d'ouvrage. Je vais réclamer de meilleurs gages ou vous vous trouverez une autre servante, conclut-elle sèchement.

— Je vais en parler au conseil, lui promit Charles Bilodeau pour s'en débarrasser.

Ce soir-là, le curé présenta ses deux vicaires l'un à l'autre. Quelques minutes lui suffirent pour se rendre compte qu'Alphonse Dupras avait la parole facile et cherchait déjà à prendre de l'ascendant sur l'abbé Biron, beaucoup plus discret. Il se promit de l'avoir à l'œil et de tenter de savoir ce qui avait provoqué son transfert de Saint-Célestin à Saint-Paul-des-Prés.

Chapitre 15

Affaires de famille

Au début de la seconde semaine de septembre, Lionel et Élise reprirent le chemin de l'école du rang qu'Angèle Beaulac avait réintégrée quelques jours auparavant.

— Vous pouvez dire à mademoiselle Beaulac que votre frère Norbert retournera pas à l'école cette année, dit Corinne aux deux écoliers, le matin de la rentrée.

— Je suis sûre qu'elle va pleurer en apprenant ça, se moqua Madeleine.

— Tu peux ben parler, toi, la grande, répliqua son frère, piqué par la remarque. Tu sauras qu'elle va trouver ça ben plate que j'y sois pas.

— En tout cas, ça va être certainement plus tranquille, conclut sa mère.

Le temps commençait doucement à rafraîchir durant le jour, même si on était encore dans la première quinzaine de septembre. Il ne restait plus dans le jardin que les dernières tomates, des carottes et les citrouilles qu'on laisserait là jusqu'au début du mois d'octobre.

Corinne regarda partir ses deux plus jeunes vers l'école et jeta un coup d'œil au camion vert stationné devant la porte de la remise. Laurent allait demeurer à la maison durant quelques jours. Son père lui avait expliqué que son contrat avec le ministère de la Voierie était échu, mais qu'il poussait le député à lui en obtenir un autre. Si on se fiait à ce que racontait le vieil homme, le politicien lui avait promis quelque chose pour la semaine suivante.

Ce congé forcé ne pouvait mieux tomber puisqu'il était grandement temps de procéder à la récolte du blé et de l'orge avant les pluies d'automne.

Ce matin-là, Laurent avait entrepris de faucher son champ de blé avec l'aide de Léopold. Norbert s'apprêtait à aller les rejoindre après avoir nettoyé l'étable.

Corinne jeta un coup d'œil à Madeleine qui revenait de faire les lits à l'étage. Pendant un court moment, la mère de famille s'interrogea sur la nécessité de reprendre la discussion entreprise quelques jours plus tôt avec sa fille aînée. Elle secoua la tête et se dit qu'elle ne pouvait abandonner si facilement. Elle s'était mis en tête depuis trois semaines de persuader Madeleine de retourner étudier, mais cette fois au couvent, à Nicolet. L'idée lui était venue après une visite de Germaine qui lui avait révélé que Bernard lui avait avoué récemment qu'il ne l'aurait jamais épousée si elle n'avait pas été enseignante. Il lui avait même fait remarquer que, dans sa famille, toutes les femmes avaient de l'instruction.

— C'est sûr que si tu veux faire un beau mariage et avoir une belle vie, t'as plus de chances d'y arriver si t'as de l'instruction, avait conclu sa sœur.

Cette dernière phrase n'était pas tombée dans l'oreille d'une sourde. Durant quelques jours, la mère de famille songea au genre de vie qu'elle menait et commença à s'inquiéter pour l'avenir de ses filles pour qui elle souhaitait une vie plus facile que la sienne. C'est alors qu'elle avait commencé à échafauder un plan pour envoyer son aînée au couvent.

Elle s'était d'abord discrètement informée pour savoir s'il y aurait une place disponible au couvent des sœurs de l'Assomption, au village. Très déçue, elle avait appris que faute de place, les religieuses n'acceptaient pas de nouvelles élèves.

— C'est sûr, avait-elle dit, dépitée. Elles prennent des filles venant de toutes les paroisses autour.

Mais il n'était pas dans son caractère de renoncer aussi facilement. Elle échangea quelques lettres avec Germaine qui lui apprit que le couvent de Nicolet, tout près de chez elle, acceptait de nouvelles élèves. La mère de famille projeta immédiatement d'y inscrire sa fille aînée, quitte à s'entendre avec sa sœur pour faire croire à Laurent que le coût de la pension chez les religieuses allait être assumé par Germaine, la marraine de Madeleine. En réalité, Corinne projetait d'écorner l'héritage laissé par grand-père Boucher pour payer les études de sa fille.

Une vague de tristesse envahit Corinne au souvenir du grand-père de son mari qu'elle avait hébergé jusqu'à sa mort. Le vieil homme lui manquait encore avec son humour et sa sagesse. Les cent cinquante dollars qu'il lui avait laissés en héritage quinze ans plus tôt, à l'insu de Laurent et des autres Boisvert, avaient fait des petits parce qu'elle avait toujours résisté à la tentation de toucher au capital. Dans son esprit, cet argent ne devait servir qu'à ses enfants.

Durant toutes ces années, elle n'avait demandé au notaire de lui verser les intérêts annuels qu'à deux reprises parce qu'elle n'avait plus rien à donner à manger à ses enfants. Habituellement, dans les cas urgents, elle avait toujours préféré confectionner plus de catalognes et de courtepointes pour joindre les deux bouts.

Maintenant, à son avis, le temps était venu d'utiliser une petite partie du legs de grand-père Boucher.

À quelques jours de la reprise des classes, elle avait profité d'un moment où elles étaient seules dans la maison pour exposer son projet à Madeleine, persuadée que cette dernière allait être folle de joie à l'idée d'abandonner les tâches domestiques qu'elle accomplissait depuis près de deux ans pour se consacrer aux études.

À sa grande surprise, cette dernière avait carrément refusé en alléguant qu'elle était maintenant trop vieille pour retourner à l'école. Corinne plaida alors durant de longues minutes pour la faire revenir sur sa décision, mais l'adolescente se buta. Elle ne voulait pas quitter la maison. De guerre lasse et profondément déçue, la mère de famille abandonna après que Madeleine lui eut promis de réfléchir à sa proposition. Elle se doutait bien que c'était moins une question d'âge que son penchant pour Léopold qui l'empêchait d'accepter. De plus, elle avait l'impression que sa fille s'inquiétait surtout à l'idée de laisser le champ libre à Germaine Rocheleau, son aînée de deux ans, qui continuait à faire ouvertement les yeux doux à Léopold.

— L'école recommence, dit Corinne à sa fille, ce matin-là. Élise et Lionel ont l'air contents d'y retourner. Je les comprends, je trouve qu'ils sont chanceux de pouvoir aller apprendre de nouvelles choses, bien assis sur les bancs d'école. Si je pouvais, j'y retournerais, ajouta-t-elle avec un brin de nostalgie... Nous autres, c'est pas la même chose. On va continuer à travailler d'une étoile à l'autre, d'abord à compléter les provisions pour l'hiver, puis à faire le grand barda d'automne avant de s'encabaner tout l'hiver à coudre des catalognes et des courtepointes.

Madeleine ne dit rien. Elle s'empara d'un chiffon et se mit à laver la table sur laquelle les Boisvert avaient déjeuné. Devant ce mutisme, Corinne perdit un peu patience et voulut en avoir le cœur net, non sans d'abord préparer le terrain.

— As-tu remarqué le petit Lamothe, hier soir ? demanda-t-elle à sa fille.

— Non, pourquoi voulez-vous que je l'aie remarqué ? Il reste dans le rang Saint-Pierre, répondit Madeleine, étonnée.

— Je te dis ça parce qu'il a commencé à venir veiller avec Germaine Rocheleau.

— Avec Germaine ? demanda Madeleine, étonnée.

— On le dirait bien. Sa mère trouve que dix-huit ans, c'est pas mal jeune pour commencer à veiller au salon avec un garçon, mais pas son père.

Corinne avait guetté du coin de l'œil la réaction de sa fille en apprenant que son Léopold n'était plus en danger. Le soulagement évident de l'adolescente l'incita à revenir à son sujet de préoccupation.

— Puis, as-tu fini de penser à ce que je t'ai dit la semaine passée ? demanda-t-elle à sa fille.

Il y eut un court silence dans la pièce avant que Madeleine se décide à répondre.

— J'ai pas envie d'aller passer tout l'hiver à Nicolet dans un couvent, m'man. Toutes les filles vont être plus jeunes que moi. Je vais m'ennuyer.

— Si tu penses à Léopold… commença sa mère.

— Je pense pas pantoute à lui et… protesta la jeune fille en rougissant légèrement.

— Je suis pas aveugle, ma fille, l'interrompit sèchement sa mère. Si tu penses à Léopold et s'il t'aime, il pourra pas faire autrement que de t'approuver d'aller t'instruire.

— À part ça, m'man, même si j'allais au couvent, ça me servirait à faire quoi après ?

— Cette affaire ! s'exclama Corinne. Tu pourrais devenir maîtresse d'école, secrétaire, n'importe quoi qui demande de l'instruction. Est-ce qu'il va falloir que je te répète ce que je t'ai dit la semaine passée ? Là, aujourd'hui, tu viens d'avoir seize ans. T'es forte et en santé, et t'es capable de faire de l'ouvrage dur. Mais tu vas vieillir comme tout le monde. Il va venir un temps où tu vas être pas mal moins capable. À ce moment-là, tu vas te rendre compte que les gens instruits en arrachent pas mal moins que les autres et qu'ils sont moins usés. Avoir un diplôme de neuvième année, ma fille, c'est pas rien. Ça veut dire que tu pourrais choisir ton ouvrage.

— Oui, mais vous, m'man, vous allez être toute seule et…

— Occupe-toi pas de moi, la coupa sa mère, qui sentait la volonté de sa fille en train de fléchir. Je travaillais bien avant que tu sois au monde et j'en suis pas encore morte. Je pourrais me passer de toi pendant l'hiver. Sans parler que tu t'en irais pas au bout du monde. Ta tante Germaine reste presque en face du couvent et tu pourrais venir avec elle et ton oncle Bernard à Saint-Paul chaque fois que t'aurais congé.

— Mais l'argent?

— L'argent, c'est pas un problème, trancha sa mère. Si t'es prête à y aller, je vais en trouver.

— P'pa, lui.

— Ton père? J'en fais mon affaire, déclara-t-elle avec un aplomb qu'elle était loin d'éprouver. Là, ce qui est important, c'est que tu te décides le plus vite possible, sinon les sœurs risquent de refuser de te prendre.

La mère de famille devina alors que l'adolescente avait longuement réfléchi à son avenir et qu'elle ne demandait plus qu'à être rassurée. Après un court silence, elle rendit finalement les armes.

— C'est correct, m'man, je vais y aller, dit-elle, la voix légèrement éteinte.

— Tu le regretteras jamais, fit sa mère d'une voix rassurante. À cette heure, tu vas aller faire le tour de tes tiroirs pour voir ce qui te manque dans cette liste-là, ajouta Corinne en tirant une feuille pliée en quatre de la poche de son tablier.

— C'est quoi ce papier-là? s'étonna Madeleine en le lisant.

— C'est la liste des affaires que les sœurs veulent que t'apportes.

— Comment ça se fait que vous ayez ça, m'man? fit la jeune fille d'une voix soupçonneuse. On dirait bien que vous étiez pas mal sûre que j'étais pour accepter d'y aller.

— Je le savais que tu te déciderais, déclara Corinne. T'es une fille intelligente et tu pouvais pas faire autrement que de vouloir y aller. Pendant que tu vas vérifier, je vais parler à ton père.

Sans plus attendre, Corinne remplit un cruchon d'eau fraîche et sortit de la maison. Elle prit la direction du champ où son mari fauchait depuis déjà près de deux heures.

— Est-ce qu'il y en a qui ont soif? cria-t-elle aux travailleurs.

Ces derniers s'arrêtèrent immédiatement et se dirigèrent vers elle. Après qu'il eut bu, Corinne dit à son mari qu'elle voulait lui parler. Laurent, intrigué, s'éloigna de Norbert et de Léopold.

— Qu'est-ce qu'il y a?

— Je veux te parler de Madeleine.

— Qu'est-ce qu'elle a?

— Rien, elle aimerait juste aller au couvent pour avoir son diplôme de neuvième année.

— Qu'est-ce qui lui prend tout d'un coup? Pourquoi elle veut aller là? Elle sait déjà lire et écrire, c'est en masse!

— Avec ce diplôme-là, elle pourrait faire l'école, comprends-tu? Elle pourrait rapporter de l'argent à la maison, ajouta-t-elle, certaine que cet argument pourrait faire fléchir son mari.

— On n'a pas l'argent pour ça, déclara Laurent sur un ton sans appel.

— Ce serait pas un problème. Bernard et Germaine sont prêts à payer sa pension. Ce serait un cadeau qu'ils feraient à leur filleule. Germaine me l'a proposé dans sa dernière lettre, mentit-elle.

— On n'est pas des quêteux, sacrement! rétorqua son mari, piqué au vif dans sa fierté.

— C'est pas une charité qu'ils nous font, c'est un cadeau à Madeleine. On peut tout de même pas refuser.

— Ça, ça m'a tout l'air d'une autre de tes maudites manigances que t'as faite dans mon dos ! s'emporta son mari.

— Pantoute. Mais ça empêche pas que je serais bien fière d'avoir une de mes filles maîtresse d'école, par exemple.

— Ouais ! Une autre qui va essayer de mener son mari par le bout du nez sous le prétexte qu'elle sait lire et écrire, fit-il, l'air mauvais.

Corinne ne dit rien. Elle attendait que son mari se familiarise avec l'idée que sa fille parte vivre à Nicolet.

— T'as même pas pensé que t'as besoin d'elle pour faire tes catalognes et tes courtepointes cet hiver, reprit-il.

— Je suis capable de me débrouiller toute seule. Je peux aussi me faire aider de temps en temps par Élise.

— Je trouve que c'est une idée de fou ! laissa-t-il finalement tomber, à moitié vaincu.

— As-tu pensé qu'Henri et Annette ont pas été capables d'envoyer leur Hélène au couvent ? Nous autres, on est peut-être plus pauvres, mais notre fille serait plus instruite que la leur. Je suis sûre que ça va les faire rager.

Ce dernier argument sembla emporter le morceau. Corinne s'était rendu compte que son mari souffrait d'une sorte de complexe d'infériorité devant son frère aîné qui avait une vie beaucoup plus facile que la sienne parce qu'il cultivait la terre paternelle et profitait de la préférence marquée de Gonzague à son endroit.

— Fais donc à ta tête, comme d'habitude ! fit Laurent en l'abandonnant sur place pour retourner à son travail après lui avoir remis le cruchon d'eau à demi vide.

Corinne, remplie d'allégresse, retourna rapidement à la maison pour apprendre à sa fille que son père acceptait qu'elle fréquente le couvent.

— Je vais écrire à ta tante d'aller t'inscrire au couvent et, après ça, on va s'occuper de ton trousseau. Dimanche prochain, on va aller te conduire là-bas.

— Mais m'man, l'argent?

— J'ai ce qu'il faut pour payer ta pension, mais pour éviter que ton père chiale, je lui ai fait croire que c'est ton oncle Bernard et ta tante Germaine qui la payent parce que t'es leur filleule.

Lorsque Lionel et Élise apprirent ce jour-là que leur sœur aînée allait partir pour le couvent, Élise ne put s'empêcher de demander à sa mère:

— Moi, m'man, est-ce que je vais pouvoir y aller au couvent quand j'aurai fini ma septième année?

— On verra ça dans ce temps-là, répondit Corinne avant de l'envoyer disposer les couverts sur la table.

Cette seconde semaine de septembre fut particulièrement occupée. Pendant que Madeleine épluchait et faisait cuire les pommes cueillies par Élise et Lionel au retour de l'école, sa mère, penchée sur son antique machine à coudre, confectionnait tous les vêtements que les religieuses exigeaient que leurs pensionnaires possèdent à leur entrée au couvent.

Le samedi soir, Laurent rentra à la maison de mauvaise humeur sans que les siens connaissent la cause de sa morosité. Pourtant, il aurait dû être satisfait de la belle récolte qu'il était parvenu à rentrer durant la semaine.

— En avez-vous fini? lui demanda sa femme en ignorant volontairement son air maussade.

— Oui, il reste juste à transporter le blé et l'orge au moulin de Saint-David, lundi prochain. Pour le foin, on va laisser faire, il est trop court. Ça vaut pas la peine, précisa-t-il en prenant place au bout de la table.

En fait, il ne resterait qu'à procéder à la récolte du sarrasin dans quelques semaines pour que la terre des Boisvert soit entièrement dénudée.

Pour célébrer l'événement, Corinne servit de la saucisse et des pommes de terre. Comme les provisions de viande étaient épuisées depuis le début du mois d'août, il avait fallu encore en acheter chez Vigneault, au village. Cependant, par souci d'économie, la maîtresse de maison n'en servait que deux ou trois fois par semaine. C'était l'époque de l'année où le bouilli de légumes était à l'honneur, un bouilli dans lequel on servait quelques rares morceaux de bœuf plus ou moins tendres.

Après le repas, Corinne, surprise, vit son mari se diriger vers la grange plutôt que vers la chambre à coucher pour faire sa toilette du samedi soir. Contrairement à son habitude, il semblait peu pressé de quitter la maison à bord de son camion.

La mère de famille ne dit rien et guetta sa sortie du bâtiment, sortie qui ne se produisit que plusieurs minutes plus tard. Elle le vit alors revenir lentement vers la galerie et s'y asseoir, comme si ce samedi soir était un soir semblable aux autres soirs de la semaine.

Intriguée, Corinne termina le rangement de la cuisine avec l'aide de ses filles avant d'aller s'asseoir à son tour sur la galerie. Quand elle sortit, son mari était retourné à la grange d'où il ne revint qu'une dizaine de minutes plus tard. À l'odeur qu'il dégageait, elle devina immédiatement qu'il était allé boire de l'alcool qu'il avait dû cacher quelque part dans le bâtiment. Cela l'étonna beaucoup moins que le fait qu'il ne semblait guère décidé à partir pour Yamaska, comme il le faisait toujours le samedi.

Se pouvait-il qu'il ait été si inquiet de ne pouvoir rapporter une paye cette semaine-là qu'il ait décidé de ne pas sortir par manque d'argent ? Se priver de quelque chose sous le prétexte de ne pas en avoir les moyens financiers n'était pourtant pas dans son caractère.

Toutefois, Laurent ne bougea pas de la galerie jusqu'à l'arrivée de l'obscurité. Lorsque la température rafraîchit, il entra dans la maison en même temps que les enfants. Pendant que ces derniers jouaient aux cartes avec Léopold qui venait de descendre de sa chambre, il alla s'asseoir dans sa chaise berçante et passa le reste de la soirée sans dire un mot. À dix heures, la famille se mit à genoux pour la prière du soir et chacun alla se coucher. Le maître de maison sortit encore une fois sous le prétexte de vérifier si tout était en ordre dans les bâtiments. Sa femme devina qu'il allait en profiter pour boire encore un peu avant de la rejoindre dans son lit.

Étendue dans le noir, la jeune femme eut du mal à trouver le sommeil tant la conduite anormale de son mari l'intriguait. Se pouvait-il qu'il ait pris la résolution de ne plus aller boire à l'hôtel le samedi soir ?

Le lendemain matin, après la grand-messe, Corinne aurait bien aimé éviter sa belle-famille et rentrer à la maison sans trop tarder pour vérifier une dernière fois que sa fille avait tout ce qu'il lui fallait pour son entrée au couvent ce jour-là, mais ce fut impossible. Gonzague Boisvert, accompagné, comme d'habitude, d'Henri et Annette, fit signe à Laurent de venir le retrouver à gauche du parvis, un peu à l'écart de la foule.

— Sois pas trop long, lui demanda sa femme à voix basse. On doit être à Nicolet de bonne heure pour Madeleine.

Laurent fit comme s'il ne l'avait pas entendue et s'avança vers son père. Corinne décida de le suivre après avoir recommandé à Madeleine, Élise et Lionel de les attendre dans le boghei. Comme elle approchait des Boisvert, elle entendit son beau-père dire à son mari :

— Tu recommences à travailler demain matin.

Le vieillard ne prit même pas la peine de la saluer en l'apercevant.

— Vous avez un nouveau contrat ? lui demanda Laurent.

— Oui, c'est un petit contrat, mais il va faire l'affaire en attendant mieux.

— Encore pour la voierie ?

— Ouais. Arrange-toi pour aller charger du gravier à sept heures demain matin. C'est pour le petit chemin qui mène à Saint-Elphège, à la sortie de Pierreville. Les hommes vont t'attendre pour commencer à travailler. Ça fait que niaise pas en chemin.

— C'est correct.

— Trouve donc le temps aujourd'hui d'aller avertir Tremblay. Je pense qu'il sera pas fâché de recommencer à travailler, lui aussi.

— Ben là, p'pa, je sais pas si je vais avoir le temps, fit Laurent. Je dois aller mener Madeleine au couvent cet après-midi.

— Qu'est-ce qu'elle va faire là ? demanda le vieil homme, curieux.

— Elle a décidé de continuer à étudier pour avoir son diplôme de neuvième année, intervint Corinne pour la première fois depuis qu'elle s'était approchée de son beau-père.

— Ça va lui servir à quoi, cette affaire-là ? fit Gonzague, un rien méprisant. Une femme d'habitant a pas besoin d'en savoir autant pour faire son ouvrage comme du monde.

— Rien l'oblige à devenir une femme d'habitant, se rebiffa sa bru. À part ça, monsieur Boisvert, une femme qui en sait un peu plus que lire et écrire, ça peut être bien utile dans une maison.

— Moi, j'ai pour mon dire qu'une femme trop instruite devient prétentieuse sans bon sens, fit Annette en se gourmant.

— Je pense la même chose, dit le gros Henri en adoptant un air important.

— Vous avez le droit de penser ce que vous voulez, fit Corinne avec un mince sourire, mais on n'est pas obligés de tous partager votre point de vue. Laurent et moi, on croit que des parents qui ont du cœur vont pas hésiter à se saigner aux quatre veines pour faire instruire leurs enfants le plus possible.

Le sourire plein de fierté de Laurent n'échappa pas à sa femme.

— En avez-vous parlé à monsieur le curé ? demanda Annette, les lèvres pincées.

— J'aime bien monsieur le curé, Annette, répondit sa belle-sœur, mais pas au point de lui demander son avis sur une affaire qui le regarde pas.

— Je pourrais toujours envoyer mon homme engagé avertir Tremblay cet après-midi, suggéra Laurent en s'adressant à son père, soudain pressé de mettre fin à une discussion qui risquait de tourner à la dispute.

— Fais donc ça, dit Gonzague, prêt à partir.

— Le problème, c'est que j'ai juste un cheval. Si j'envoie Léopold l'avertir, il va avoir besoin du boghei, reprit Laurent, l'air en apparence embêté. À moins que je prenne le *truck* pour aller à Nicolet ? Comme ça, je pourrais lui laisser le blond, ajouta-t-il, comme s'il venait d'en avoir l'idée.

— C'est correct, accepta son père avec agacement, mais tu paieras le *gas*.

Durant le trajet de retour à la maison, Laurent n'ouvrit guère la bouche, mais il était visible qu'il était satisfait d'avoir arraché à son père la permission d'utiliser le camion. Il venait d'épargner beaucoup de temps.

— Je te dis que ton père risque pas de mourir pauvre, laissa tomber sa femme quelques minutes plus tard, au moment où elle s'apprêtait à descendre de la voiture immobilisée près de la galerie de la maison du rang Saint-Joseph. Il faudrait peut-être que quelqu'un se dévoue pour lui expliquer que son saudit argent, il l'emportera pas dans sa tombe.

— Parle donc pas pour rien dire, rétorqua son mari.

Pendant que sa femme et ses filles pénétraient dans la cuisine d'été, Léopold sortit de la maison pour aller dételer le cheval. Laurent lui commanda de n'en rien faire et lui expliqua le message qu'il devrait aller transmettre à Tremblay après le repas.

On passa à table rapidement. Corinne servit la poule qu'elle avait mise au fourneau avant de partir pour la grand-messe. Pendant le repas, elle remarqua la tristesse de leur employé qui ne pouvait s'empêcher de jeter des regards furtifs vers une Madeleine songeuse qui mangeait sans grand appétit, en face de lui.

La dernière bouchée avalée, les bagages de la future couventine furent chargés dans la benne du camion. Madeleine embrassa ses frères et sa sœur puis salua Léopold avant de sortir à l'extérieur où ses parents l'avaient déjà précédée.

— Hou donc, Madeleine ! la houspilla sa mère. On n'est pas pantoute en avance. Puis, prends pas cet air de condamnée à mort, lui ordonna-t-elle. Tu pars pas pour une éternité. Tu vas revenir pour la Toussaint. En plus, tu t'en vas juste à Nicolet, pas au bout du monde, bonne sainte Anne !

Madeleine adressa un dernier sourire à Léopold, Norbert, Élise et Lionel, debout sur la galerie, avant de grimper dans la cabine du camion où son père avait déjà pris place derrière le volant. Sa mère la rejoignit et referma la portière.

— Faites pas de misère à Léopold, vous trois, commanda-t-elle à ses enfants avant que son mari embraye.

Une heure et demie plus tard, les Boisvert frappèrent à la porte des Provencher et tous les quatre allèrent conduire à pied la jeune fille au couvent voisin avant de revenir à la maison.

— Vous restez à souper, déclara Germaine sur un ton décidé.

— T'es bien fine, Germaine, fit sa jeune sœur, mais j'ai plus Madeleine à la maison et j'ai rien préparé aux plus jeunes pour le souper. Ce sera pour une autre fois.

— En tout cas, inquiète-toi pas pour ta fille, voulut la rassurer la femme de Bernard Provencher. S'il y a la moindre chose, on va s'en occuper comme si c'était notre propre fille.

Les Boisvert rentrèrent à la maison. Malgré tout le courage qu'elle avait démontré depuis le début de la journée, la mère de famille avait le cœur meurtri. Elle venait de perdre volontairement celle sur qui elle pouvait compter le plus. Elle se demanda même un instant si elle avait vraiment bien fait en l'incitant à retourner étudier.

Durant un long moment, ses pensées dérivèrent vers son fils Philippe parti de la maison depuis plus de six mois et dont elle n'avait toujours reçu aucune nouvelle. Mes deux plus vieux ne sont plus à la maison, se dit-elle en refoulant ses larmes. Ils partent les uns après les autres… Puis, elle fit un effort pour se raisonner. Philippe allait sûrement revenir avant les premiers froids et Madeleine serait une jeune fille instruite qui ne connaîtrait pas la misère comme elle.

— Ce qui est fait est fait, dit-elle à mi-voix en descendant du camion que Laurent venait de stationner près de la maison.

— Qu'est-ce que tu dis ? lui demanda-t-il.

— Je dis que v'là une bonne chose de faite, mentit-elle en refermant la portière du camion.

— On dirait que t'es contente de t'être débarrassée de ta fille, l'accusa-t-il.

— Va surtout pas penser ça, se révolta-t-elle. La placer au couvent va nous demander des gros sacrifices, ajouta-t-elle, mais on va être fiers d'elle quand elle va avoir son diplôme.

— Ouais ! se contenta-t-il de laisser tomber sur un ton peu convaincu.

Corinne se rendit vraiment compte à quel point sa fille lui était utile dans la maison les jours suivants. Soudain, en cette troisième semaine de septembre, elle retrouvait une solitude qu'elle n'avait plus connue depuis son mariage.

Dès la première année, elle avait eu grand-père Boucher et Rosaire à demeure dans la maison, Puis, après, il y avait toujours eu des enfants qui n'étaient pas encore en âge de fréquenter l'école de rang. L'année où Lionel avait été prêt à y faire son entrée avait coïncidé avec le retour de Madeleine à la maison après l'obtention de son diplôme de septième année. Bien sûr, il y avait Norbert à la maison durant le jour, mais un garçon n'était d'aucune aide dans l'accomplissement des tâches ménagères. Maintenant, la mère de famille ne pouvait compter que sur Élise lorsqu'elle revenait de l'école.

Pendant que Corinne songeait à entreprendre ce qu'elle appelait le grand barda d'automne, Léopold et Norbert avaient commencé à répandre le fumier dans les champs avant les labours d'automne. Laurent avait promis à Norbert de lui montrer comment labourer avant la fin de la semaine.

Après quelques journées de chaleur propres à laisser croire que l'été se poursuivrait indéfiniment, la fraîcheur arriva enfin après une nuit de violentes averses. Au matin, Corinne se rendit compte que le feuillage des deux érables plantés devant la maison avait commencé à changer de couleur. Le vert était soudainement devenu plus terne et la pointe des feuilles avait pris une teinte orangée du plus bel effet.

— Ça, c'est un signe que le froid s'en vient, dit-elle à son mari au moment où il s'apprêtait à monter dans son camion pour aller travailler.

Comme pour lui donner raison, un immense voilier d'outardes criardes traversa le ciel, en route vers son territoire d'hibernation.

— S'il y a un ouvrage qui m'écœure, c'est ben d'étendre du fumier, déclara Norbert ce matin-là, peu après le départ de son père.

— On en ramasse tous les jours dans l'étable, lui fit remarquer Léopold.

— Je le sais, mais ça dure pas toute la journée.

C'était le troisième jour où le fils de Laurent Boisvert allait être astreint à accomplir ce travail une bonne partie de la journée en compagnie de l'employé et cela le dégoûtait. L'adolescent avait évidemment attendu que son père ait quitté la ferme à bord de son camion pour déclarer cela. Léopold ne dit rien, mais Corinne, occupée à laver la vaisselle sale du déjeuner avec Élise, ne laissa pas passer l'occasion d'intervenir.

— Si je me souviens bien, mon garçon, l'an passé, à ce temps-ci de l'année, tu me faisais une crise presque chaque matin parce que tu voulais plus aller à l'école. Tu voulais rester ici dedans pour devenir un bon habitant.

— Oui, mais…

— Ben là, tu restes avec nous autres et t'apprends que, sur une terre, il y a pas que des choses agréables à faire. Les récoltes poussent pas toutes seules, poursuivit-elle, il faut du fumier pour enrichir la terre.

— Je le sais ben, m'man, protesta Norbert, mais j'aime pas plus ça. J'ai les pieds là-dedans toute la journée et ça me lève le cœur.

— T'as pas le choix, il va falloir que tu t'habitues, trancha sa mère. Le fumier qu'on ramasse toute l'année dans l'étable sert à ça. Si personne l'étend, il servira à rien.

Quelques minutes plus tard, Norbert suivit Léopold et l'aida à atteler le blond au tombereau. Ensuite, armés de fourches, les deux jeunes hommes firent contourner l'étable à l'attelage avant de l'arrêter près de l'imposant tas de fumier.

— Calvas ! Dire qu'il nous reste tout ça à étendre, se plaignit Norbert en ne parvenant pas à réprimer une grimace de dégoût avant d'enfoncer sa fourche dans la petite colline de fumier odorant près de laquelle le tombereau venait de s'immobiliser.

Les pieds dans un liquide immonde, Léopold et lui se mirent à charger le véhicule en ahanant. Quelques minutes plus tard, l'employé allait signaler que le tombereau était suffisamment chargé quand son jeune compagnon de travail fit un mouvement brusque qui le déséquilibra soudainement.

— Maudit calvas! hurla l'adolescent en battant l'air de ses bras après avoir échappé sa fourche à ses pieds.

— Fais attention! le mit en garde inutilement Léopold en s'écartant de quelques pas pour ne pas être éclaboussé.

Norbert chercha vainement à se rattraper au tombereau, mais celui-ci était hors de portée. Malgré ses efforts désespérés, l'adolescent s'étala dans l'espèce de boue nauséabonde dans laquelle il pataugeait depuis quelques minutes.

Il y eut un bref silence durant lequel le fils de Corinne Boisvert chercha à se relever. Il ne réussit pas tant le sol était glissant. Il leva la tête et s'aperçut que son compagnon avait tout le mal du monde à ne pas éclater de rire.

— Maudit sans-cœur, viens au moins m'aider à me relever, lui ordonna-t-il, hors de lui.

L'employé des Boisvert s'avança prudemment vers lui et lui tendit l'extrémité de sa fourche.

— Tu pourrais au moins me tendre la main!

— T'es pas malade, toi, répliqua le jeune homme. J'ai pas envie d'être plein de fumier. Tiens-toi après ma fourche, je vais te tirer de là.

L'adolescent finit par reprendre pied et examina ses vêtements couverts de fumier.

— On peut pas dire que tu sens la rose, se moqua l'homme engagé en réprimant mal un fou rire. Pour moi, t'es mieux d'aller te laver au puits et de changer de linge.

— On le dirait, reconnut Norbert, de mauvaise humeur.

— Tu viendras me rejoindre dans le champ quand tu te seras changé, conclut Léopold en lui tournant le dos.

Il incita le blond à se mettre en marche et le tombereau s'éloigna. Offusqué, le cœur au bord des lèvres, Norbert revint lentement vers la maison et s'arrêta au pied de l'escalier conduisant à la galerie.

— M'man! cria-t-il à sa mère qu'il savait en train de préparer la pâte du pain qu'elle allait faire cuire durant l'avant-midi dans son four.

Corinne apparut immédiatement derrière la porte moustiquaire.

— Ah ben, il manquait plus que ça ! s'exclama-t-elle en poussant la porte avant de s'avancer sur la galerie. Viens pas me dire que t'es tombé dans le fumier.

— D'après vous ? fit l'adolescent sur un ton ulcéré. Et j'ai pas fait exprès, à part ça !

— Je l'espère bien, ajouta sa mère. Tu sens mauvais comme un putois. Là, reste pas planté devant la galerie comme un membre inutile. Prends les deux serviettes qui sont sur le bord du puits et lave-toi. Après, tu iras te changer dans la remise. Je vais aller te chercher du linge propre. Tu mettras ton linge sale dans le *boiler* que je vais laisser sur la galerie, je vais le remplir d'eau chaude.

Quelques minutes plus tard, Norbert, lavé et portant des vêtements propres, s'apprêtait à aller rejoindre Léopold quand sa mère apparut sur la galerie.

— Est-ce que tout est correct ? demanda-t-elle à son fils.

— Oui, m'man.

— Bon, à cette heure, essaye juste d'étendre le fumier, cherche pas à en manger, lui dit-elle avec humour.

— Vous êtes ben drôle, m'man, répliqua l'adolescent en tournant les talons.

Devant la fureur de son fils, Corinne ne put s'empêcher d'éclater de rire.

Le samedi soir suivant, Laurent Boisvert sembla avoir décidé de demeurer à la maison pour une seconde semaine. Après le souper, Corinne le vit par la fenêtre effectuer deux ou trois brèves visites à la grange alors qu'elle finissait de ranger la cuisine avec l'aide d'Élise.

Bien sûr, elle connaissait maintenant la raison de ces va-et-vient. Elle avait découvert au début de la semaine l'endroit où il dissimulait quelques bouteilles de caribou.

Elle était même allée en plusieurs occasions vérifier à quel rythme les provisions de son mari baissaient. Tout tendait à prouver que ce dernier faisait une consommation déraisonnable de cet alcool.

— S'il continue à boire comme ça, il va finir par se tuer. Ça a pas de bon sens ! En plus, j'aimerais bien savoir avec quel argent il arrive à se payer autant de boisson, n'avait-elle cessé de répéter à voix haute alors qu'elle se trouvait seule dans la maison.

Cette semaine-là, elle avait vainement tenté de se rassurer en se disant qu'il était peut-être préférable qu'il boive à la maison plutôt qu'à l'hôtel, mais en son for intérieur, elle savait très bien qu'il était anormal que Laurent boive à un tel rythme et en cachette.

Ce soir-là, dès la dernière assiette rangée dans l'armoire, elle accorda la permission à Norbert d'aller passer une heure ou deux chez son ami Brisebois alors que Léopold, fidèle à son habitude, montait à sa chambre après avoir fumé tranquillement sa pipe.

— Vous deux, allez vous installer dans la balançoire, ordonna la mère de famille à Élise et Lionel en retirant son tablier. J'ai à parler à votre père.

Corinne attendit que ses enfants se soient éloignés de la maison pour venir s'asseoir aux côtés de son mari qui se berçait, l'air maussade, à l'extrémité de la galerie.

— Tu sors pas à soir ? lui demanda-t-elle sur un ton neutre.

— Tu le vois ben.

— Est-ce que t'as décidé de plus sortir le samedi soir parce que t'aimes mieux, à cette heure, boire à la maison ?

Laurent tourna brusquement la tête en direction de sa femme et lui jeta un regard furieux.

— Pourquoi tu demandes ça ?

— Parce que c'est ce que tu fais depuis au moins une semaine, répondit-elle sans élever la voix. Écoute,

Laurent Boisvert, prends-moi pas pour une folle. J'ai des yeux pour voir.

— Non, t'es juste une maudite fouineuse, par exemple, dit-il rageusement.

— Tu pensais tout de même pas que personne dans la maison remarquerait pas que t'allais quatre ou cinq fois par soir dans la grange ?

— J'ai le droit de faire ce que je veux chez nous, calvaire ! s'insurgea-t-il. C'est pas de tes maudites affaires ! Si j'ai envie de boire, je vais boire et il y a personne qui va venir m'en empêcher.

Corinne laissa passer l'orage et attendit avant de reprendre la parole sur un ton raisonnable.

— Moi, j'ai peur que tu te rendes malade à force de boire, dit-elle à son mari qui arborait une mine on ne peut plus renfrognée.

— Ça te regarde pas.

— Pense aux enfants, fit-elle sur un ton un peu suppliant.

— Qu'est-ce qu'ils viennent faire là-dedans, eux autres ?

— Ils sont pas fous. Ils savent que tu vas boire en cachette dans la grange.

— Eux autres, ils ont rien à dire. Ils me doivent le respect. C'est moi qui apporte le manger sur la table ici dedans.

— Le respect, ça se mérite, ça se commande pas, répliqua Corinne avec justesse.

Laurent se leva brusquement, descendit de la galerie et prit la direction de la grange. Il n'y resta que quelques instants. Quand il en sortit, il portait dans une main une bouteille de caribou à demi pleine. Sans dire un mot, il revint s'asseoir dans sa chaise berçante, près de son épouse, déboucha la bouteille et en but une large rasade en affichant un air de profonde satisfaction. Il déposa ensuite la bouteille d'alcool près de sa chaise, à portée de la main.

— Si tout le monde est au courant, je vois pas pourquoi je passerais mon temps à aller à la grange, dit-il d'une voix un peu avinée.

Sa femme n'avait rien dit, se bornant à le regarder avec pitié.

Finalement, elle tenta de relancer la conversation en lui disant:

— J'aimerais bien savoir avec quel argent tu paies toute cette boisson-là.

— Ça, c'est une autre affaire qui te regarde pas pantoute, lui répondit-il d'une voix cinglante avant de se pencher pour reprendre en main la bouteille d'alcool.

Corinne quitta alors sa chaise berçante et héla Élise et Lionel en train de s'amuser dans la balançoire.

— Entrez dans la maison, les enfants, leur ordonna-t-elle. Il commence à faire noir.

Elle les suivit à l'intérieur, alluma une lampe et leur proposa de jouer aux cartes durant quelques minutes avant de réciter la prière du soir. Norbert, revenu de chez les Brisebois, se joignit à eux.

Plus tard, après que les enfants furent montés se mettre au lit, Corinne alla se préparer pour la nuit. Avant de se retirer dans sa chambre à coucher, la jeune femme poussa doucement la porte moustiquaire pour voir ce que faisait Laurent. Ce dernier, affalé dans sa chaise berçante, s'était endormi, la bouteille de caribou vide à ses pieds. Elle décida de le laisser cuver son alcool sur place et rentra se coucher.

Elle fut réveillée un peu avant l'aube par son mari qui venait de se laisser tomber, tout habillé, dans le lit, à ses côtés. Elle lui tourna le dos en poussant un soupir d'exaspération alors qu'il se mettait à ronfler bruyamment.

Chapitre 16

La honte

Le premier mardi d'octobre, Corinne prit la résolution de commencer son grand ménage d'automne le jour même parce qu'il faisait de plus en plus froid et humide dans la cuisine d'été. Ce matin-là, avant même le départ des enfants pour l'école, elle avait fini de pétrir sa pâte de manière à être prête à faire cuire son pain avant de commencer le nettoyage de la pièce qui avait servi à toute la famille durant les cinq derniers mois. Quelques minutes plus tôt, Norbert avait allumé le four dans la cour avant de prendre la direction du champ de sarrasin qu'il devait faucher en compagnie de Léopold.

Lorsqu'elle jugea sa pâte suffisamment gonflée par le levain, elle la répartit dans huit contenants. Elle en transporta quatre à l'extérieur et les déposa dans le four après avoir vérifié si la chaleur était adéquate.

Quelques minutes plus tard, elle venait à peine de remettre en place les tuyaux du poêle qu'elle avait vidés de leur suie quand un bruit de voix à l'extérieur l'attira à l'une des fenêtres de sa cuisine. Elle aperçut alors deux étrangers debout à l'entrée de la cour de la ferme. Ils avaient immobilisé leur boghei sur le bord du chemin. L'un et l'autre semblaient hésiter à venir frapper à la porte de la maison. Durant un court moment, la maîtresse de maison les épia, hésitant sur la conduite à tenir.

Les deux hommes étaient solidement charpentés et n'avaient pas l'air particulièrement commodes. L'un et l'autre possédaient une grosse tête ronde posée sur un cou puissant. À y regarder de près, Corinne eut tout de suite l'impression qu'il s'agissait de parents tant la ressemblance physique était frappante. Cependant, l'un semblait un peu plus âgé que l'autre. À première vue, l'aîné pouvait avoir une quarantaine d'années et ses tempes avaient commencé à s'éclaircir sérieusement.

Finalement, elle se décida à abandonner sa serpillière contre l'armoire et elle poussa la porte moustiquaire. Debout sur sa galerie, elle demanda aux deux inconnus ce qu'ils voulaient.

— Est-ce que vous cherchez quelque chose ? leur demanda-t-elle en demeurant prudemment près de la porte.

Les deux hommes se regardèrent, comme s'ils étaient étonnés de la voir à cet endroit. Ils s'avancèrent jusqu'à la maison et Corinne put alors se rendre compte qu'ils avaient des épaules massives et que leur large visage à la lourde mâchoire n'exprimait aucune douceur.

— Excusez-nous, madame, fit l'aîné des deux hommes en faisant un effort évident pour se montrer aimable, mais on cherche un nommé Laurent Boisvert.

— Vous êtes bien chez Laurent Boisvert, rétorqua Corinne, intriguée.

— Vous êtes une parente ? Sa sœur ? demanda le cadet.

— Non, sa femme. Vous êtes qui ? J'ai pas entendu vos noms, fit Corinne.

— Moi, je m'appelle Constant Laliberté, dit le plus jeune en s'avançant. Lui, c'est mon frère Armand.

— Vous êtes pas de Saint-Paul, reprit la maîtresse de maison.

— Non, madame, on est de Yamaska.

— Vous avez affaire à mon mari ? demanda-t-elle, curieuse.

— Non, madame. Je pense qu'on s'est trompés de place. Depuis deux semaines, nous autres, on cherche un nommé Laurent Boisvert qui est pas marié, répondit Armand Laliberté en faisant quelques pas vers la maison, suivi de près par son jeune frère.

— À ce moment-là, c'est sûr que vous êtes pas à la bonne place, affirma Corinne avec un sourire. Mon Laurent est marié et il a cinq enfants.

— Bon, on s'excuse de vous avoir dérangée, dit l'aîné des deux hommes. Il faut comprendre, le Laurent Boisvert qu'on cherche nous a fait croire qu'il restait à Sorel. C'est pas les Boisvert qui manquent à Sorel. On en a trouvé trois, mais c'était pas eux autres. On l'a cherché partout. On l'a pas trouvé.

— Mon Dieu ! On peut dire que vous tenez vraiment à le trouver ! s'exclama Corinne, de plus en plus intriguée.

— Ça, vous pouvez le dire, madame, dit Constant Laliberté, l'air soudain mauvais.

— Le problème, c'est qu'on sait à peu près rien sur lui, admit son frère, à son tour. Tout ce qu'on sait, c'est ce que notre sœur Amélie nous en a dit, poursuivit-il.

L'évocation de ce prénom fit légèrement sursauter la jeune femme qui se rappela soudain la remarque d'un passant à demi ivre le printemps précédent, quand elle était allée livrer ses courtepointes et ses catalognes à Yamaska. Si sa mémoire lui était fidèle, l'homme avait demandé à Norbert si Laurent était venu voir une Amélie au milieu de l'après-midi au lieu d'attendre le samedi soir, comme d'habitude.

— Vous savez juste son nom ? demanda-t-elle, le cœur battant.

— À peu près, reprit le plus jeune des frères Laliberté. À part ça, on sait qu'il a un *truck* vert. Même si ça doit pas être un cultivateur, on a pris une chance en venant à Saint-Paul parce que quelqu'un nous a dit qu'il connaissait un Boisvert qui avait un *truck*.

— Mon mari a pas de *truck*, admit Corinne, mais il en conduit un qui est à son père…

Les deux frères se firent tout de suite attentifs. Il était évident qu'ils croyaient avoir enfin trouvé l'homme qu'ils cherchaient depuis quelques semaines.

— C'est sûrement pas lui, reprit Armand Laliberté, l'air faussement désintéressé, mais où est-ce qu'on pourrait le trouver, juste pour voir ? demanda-t-il.

— À matin, il m'a dit qu'il allait transporter du gravier sur la route de Saint-Elphège. Vous devriez le trouver dans ce coin-là.

— Merci ben, madame.

— Mais est-ce que je peux savoir ce que vous voulez à votre Laurent Boisvert ?

Les deux frères se regardèrent pendant un bref moment, l'air plutôt indécis.

— Écoutez, madame Boisvert, je sais pas trop comment vous dire ça, reprit Armand Laliberté en cherchant ses mots de toute évidence. C'est pas mal gênant à dire.

Il consulta son frère du regard avant de poursuivre sur un ton embarrassé :

— Le Laurent Boisvert qu'on essaye de trouver a mis notre sœur en famille et on veut l'obliger à la marier avant que ça paraisse trop.

En entendant ces paroles, le visage de Corinne pâlit et elle dut faire un effort terrible pour ne pas montrer son malaise.

— Amélie prend soin de notre mère depuis des années. Elle reste toute seule avec elle, expliqua son frère Constant en prenant le relais. Elle a rencontré ce gars-là l'année passée et il lui a fait toutes sortes de promesses. Elle l'a cru, cet écœurant-là. Quand elle a appris le mois passé qu'elle était en famille, elle le lui a dit. Depuis ce jour-là, il a disparu.

— Ce qui est sûr, c'est que ce gars-là s'en tirera pas comme ça, affirma Armand, l'air menaçant, en serrant convulsivement ses larges poings. On va ben finir par lui mettre la main dessus, ce bâtard-là ! Il va réparer ou il va dire pourquoi, ajouta-t-il sur un ton qui fit peur à Corinne.

Les deux hommes avaient l'air si déterminés à venger l'honneur de leur sœur que Corinne ne put s'empêcher de frissonner d'appréhension.

Finalement, ils prirent congé et remontèrent en voiture. Corinne demeura debout sur la galerie durant quelques minutes, incapable de se décider à rentrer pour poursuivre sa tâche.

Tout prouvait que celui que les deux hommes recherchaient avec tant de hargne était bien son mari. Le même nom. Il conduisait un camion. Les camions étaient tellement rares… Le prénom de la sœur… Enfin et surtout, le fait que son mari ne sortait plus le samedi soir depuis que les Laliberté s'étaient lancés à sa recherche.

— Mon Dieu ! Qu'est-ce qui va encore nous arriver ? gémit-elle. Qu'est-ce qu'il a fait là ?

Elle sentit ses jambes se dérober sous elle et elle se laissa tomber sur une chaise. Puis, elle se mit à craindre pour la vie de son mari.

— Ils sont bien capables de le tuer s'ils le trouvent, murmura-t-elle pour elle-même. Qu'est-ce que j'ai fait là ? J'aurais jamais dû leur dire où il était.

Puis, peu à peu, la consternation céda le pas à l'humiliation d'avoir été trompée qui elle-même se transforma en une rage folle.

— Je me désâme du matin au soir depuis qu'on est mariés ! Je lui ai donné cinq enfants ! Je lui ai pourtant jamais rien refusé… Et c'est comme ça qu'il me remercie, le saudit sans-cœur ! dit-elle à voix haute. Ben, si c'est comme ça, j'espère que les deux frères vont lui mettre la main dessus et lui faire payer tout le mal qu'il fait aux autres.

Elle serra les dents et rentra dans la maison en faisant claquer la porte moustiquaire. Elle passa sa colère en poursuivant son ménage avec une brusquerie qui n'était pas dans sa nature de femme douce et accommodante. Elle se souvint à temps d'aller retirer ses miches de pain du four pour les remplacer par les quatre derniers contenants de pâte.

— Une chance que les enfants étaient pas là pour entendre ça ! dit-elle en remplissant son seau d'eau chaude tirée de ce qu'elle appelait le *boiler* du poêle.

Tout en lavant les murs et le parquet, elle ne cessa de se demander quelle conduite elle devait adopter dans ce qui était un véritable drame qui frappait les siens.

Cette honte n'allait pas rester cachée bien longtemps. Tout allait finir par se savoir. Rien ne certifiait que les frères Laliberté allaient faire en sorte de dissimuler ce qui arrivait à leur sœur. Pourquoi ne viendraient-ils pas répandre dans Saint-Paul-des-Prés le bruit que Laurent Boisvert avait séduit leur sœur ? Si cela se savait, comment ses enfants allaient-ils réagir ? Et elle, qu'allait-elle faire ? Elle ne pourrait pas feindre bien longtemps de tout ignorer...

Elle devrait le quitter sans attendre de devenir la risée de toute la paroisse. Mais où aller ? Si son père était encore vivant, elle n'aurait pas hésité un instant. Elle aurait plié bagage et serait retournée à Saint-François-du-Lac avec ses enfants. Mais là, la situation avait beaucoup changé. Sa mère avait beau être encore propriétaire de la ferme, il n'en restait pas moins qu'Anatole et Thérèse étaient les véritables maîtres des lieux. Non, elle ne partirait pas. C'est lui qui allait quitter la maison. Après tout, c'est beaucoup plus elle que lui qui exploitait la ferme depuis leur mariage.

— Si je m'écoutais, dit-elle, les yeux pleins de larmes, je l'assommerais. J'en peux plus d'endurer un calvaire pareil ! ajouta-t-elle dans un de ses rares moments de faiblesse.

Quand elle entendit Norbert et Léopold parler dans la cour, prêts à entrer dans la maison pour dîner, elle s'essuya les yeux et se dépêcha de dresser le couvert dans la cuisine d'hiver.

— Enlevez vos bottes sur la galerie, leur cria-t-elle en se dirigeant vers la cuisine d'hiver où le repas allait être servi pour la première fois de la saison. La cuisine d'été a été nettoyée.

L'employé et l'adolescent obéirent avant de venir s'attabler.

— J'ai pas eu le temps de faire un gros repas à midi, s'excusa-t-elle. Tout ce que j'ai, c'est de la tête fromagée et du pain que je viens de sortir du four. Elle déposa tout cela au milieu de la table avant d'aller chercher le carafon de sirop d'érable dans le garde-manger. Elle prit place ensuite à table, mais elle mangea si peu que Norbert s'en inquiéta.

— Vous mangez pas, m'man?

— Non, j'ai pas bien faim. J'ai mal à la tête, mentit-elle.

— Vous en avez trop fait à matin, madame Boisvert, intervint Léopold avec sollicitude. Vous devriez vous reposer un peu cet après-midi.

— C'est peut-être ce que je vais faire, reconnut-elle. Mais avant de retourner dans le champ, vous seriez fins de m'atteler le blond. J'ai affaire au village.

— Mais, m'man, on aurait besoin du cheval cet après-midi. On a presque fini de faucher et on voudrait ben rentrer le sarrasin avant qu'il mouille, protesta Norbert.

— Je serai pas longtemps partie. Ça vous retardera pas, promit-elle à son fils et à son employé

En fait, elle venait de prendre la décision d'aller voir le curé Bilodeau pour lui demander conseil. Même si elle n'était pas du genre à aller voir le curé chaque fois qu'elle avait un problème à résoudre, comme beaucoup de paroissiennes, elle sentait tout de même le besoin de consulter quelqu'un qui n'était pas de la famille.

Dans les circonstances, elle regrettait un peu que les Boisvert soient si peu en odeur de sainteté à Saint-Paul-des-Prés à cause des démêlés de son beau-père avec le curé actuel. Il était évident que ce dernier s'était toujours arrangé pour que ce soit son vicaire qui fasse la visite paroissiale dans le rang Saint-Joseph, de manière à ne pas avoir à visiter un Boisvert, tellement il les aimait peu. C'est du moins ce que Laurent croyait et elle n'était pas loin de partager son avis.

Après le repas, elle s'empressa de ranger la cuisine avant de disparaître dans sa chambre à coucher d'où elle sortit, quelques instants plus tard, vêtue de sa robe du dimanche et coiffée. Elle s'était contentée de planter un peigne d'écaille dans son chignon blond avant de déposer un petit chapeau à voilette sur sa tête. À peine venait-elle d'endosser son léger manteau d'automne bleu marine que Léopold avançait le boghei près de la maison.

— Je serai pas longue, les garçons, promit-elle en encourageant le blond à avancer.

Quelques minutes plus tard, Corinne frappa à la porte du presbytère et Mance Rivest, l'air toujours aussi peu aimable, vint lui ouvrir. Pendant le court trajet qui l'avait conduite au village, la jeune femme avait pris la décision de parler au curé Bilodeau plutôt qu'à l'un ou l'autre des deux nouveaux vicaires qui venaient de s'installer dans la paroisse. L'un lui semblait trop jeune pour bien comprendre son problème alors que l'autre ne lui inspirait guère confiance.

— Est-ce que je peux parler à monsieur le curé ? demanda-t-elle à la servante qui venait de s'effacer devant elle pour la laisser entrer.

— Je vais aller voir s'il peut vous recevoir, fit Mance Rivest en lui ouvrant la porte de la petite salle d'attente.

L'épouse de Laurent Boisvert s'assit sur l'une des six chaises placées le long du mur et, les mains posées dans son giron, elle se demanda si elle avait raison de venir consulter un prêtre qui n'aimait pas particulièrement les Boisvert. Au moment où elle allait se lever pour se retirer sans attendre le curé Bilodeau, ce dernier ouvrit la porte de la salle. Il eut un vague rictus de contrariété en voyant à qui il avait affaire.

— Je peux faire quelque chose pour vous, madame Boisvert ? demanda-t-il sur un ton peu amène.

— J'aurais aimé vous parler, monsieur le curé, mais si ça vous dérange, je repasserai plus tard.

— Non, c'est correct. Passez dans mon bureau, lui commanda-t-il en lui faisant signe de le suivre.

Le prêtre ouvrit la porte de son bureau, lui indiqua de la main une chaise avant d'aller s'asseoir dans son fauteuil, de l'autre côté de l'imposant meuble en chêne qui occupait une bonne partie de la pièce.

— Je vous écoute, madame, dit-il à Corinne sans la moindre chaleur, en la regardant par-dessus ses lunettes à fine monture d'acier.

Corinne garda le silence pendant un moment. Elle cherchait les bons mots pour raconter le malheur qui lui arrivait. Elle était déchirée entre le besoin de trouver un appui et la honte d'être devenue une femme trompée. Finalement, ce fut plus fort qu'elle. Les mots se précipitèrent et elle raconta au prêtre impassible l'ivrognerie de son mari et son infidélité.

— Je m'en doutais, monsieur le curé, dit-elle en se tamponnant les yeux avec un mouchoir qu'elle venait de tirer de sa bourse, mais là, il paraît que la fille attend un enfant de lui. J'en peux plus. Je sais plus quoi faire, admit-elle.

— Quel âge a votre mari ? lui demanda Charles Bilodeau.

— Trente-huit ans, monsieur le curé.

— Et vous ?

— Je viens d'en avoir trente-six.

— Vous faites régulièrement votre devoir de femme mariée ?

— Je me suis jamais refusée à mon mari, avoua Corinne, rougissante.

— Quel âge a votre dernier enfant?

— Sept ans, monsieur le curé.

— Si je comprends bien, dit sèchement le curé Bilodeau, vous empêchez la famille...

— Mais j'ai déjà cinq enfants et j'en ai perdu un, protesta Corinne d'une voix faible.

— Mais ça excuse rien! s'écria le prêtre. Il y a dans cette paroisse des familles de quatorze et même de seize enfants. Est-ce que vous manqueriez de courage, par hasard? Manquez-vous de confiance en Dieu au point de croire qu'il vous donnera pas la force de remplir votre devoir?

Corinne fit un signe de dénégation de la tête peu convaincant.

— Savez-vous, madame, que vous êtes en état de péché mortel? Si la mort vous frappait là, maintenant, vous iriez directement brûler dans les flammes de l'enfer pour l'éternité.

Corinne se tamponna les yeux de nouveau avec son mouchoir, effrayée subitement par le châtiment éternel qui la guettait.

— Vous empêchez la famille, madame, et après, vous venez vous plaindre que votre mari vous délaisse pour une autre! Mais c'est Dieu qui vous punit! Si vous aviez fait votre devoir de mère chrétienne, rien de tel ne serait arrivé, vous m'entendez?

Figée au bord de sa chaise, Corinne avait soudainement pâli sous l'algarade que lui servait le prêtre dont la voix enflait progressivement.

— Si vous êtes venue chercher un conseil, madame, le voici. Tout ce qui vous reste à faire, c'est de rentrer dans le droit chemin. Arrêtez de penser à vous. Priez pour le salut de votre âme et de celle de votre mari. Dites-vous que votre rôle, c'est de voir à ce que votre foyer soit un foyer chrétien.

Corinne se leva, les jambes légèrement tremblantes.

— Merci, monsieur le curé, balbutia-t-elle.

— Oubliez pas de venir vous confesser le plus vite possible pour rentrer dans les bonnes grâces de Dieu, lui rappela-t-il en se levant à son tour pour lui ouvrir la porte.

La jeune femme s'empressa de quitter le presbytère où elle avait l'impression d'étouffer. Elle monta dans le boghei et reprit la route du rang Saint-Joseph. Il lui fallut quelques minutes avant qu'une folle colère l'envahisse progressivement. Elle s'en voulait, et en voulait au curé Bilodeau et à son mari.

— J'ai été bien niaiseuse d'aller lui parler de ça, dit-elle à mi-voix. Comme s'il était capable de comprendre quoi que ce soit là-dedans ! J'aurais bien pu rester à la maison ! De toute façon, on le sait bien, quoi qu'il arrive, ce sera toujours ma faute...

Quand elle arrêta la voiture dans la cour, Léopold vint au-devant d'elle pour se charger de l'attelage.

— Je pense qu'on va avoir juste le temps de charger le sarrasin avant qu'il commence à mouiller, lui annonça-t-il.

— Vous aurez juste à mettre la voiture chargée à l'abri, dans la grange, lui conseilla-t-elle avec un pauvre sourire.

Corinne rentra dans la maison. Après avoir changé de robe, elle aurait dû aller déterrer les dernières carottes du jardin pour les entreposer dans le caveau à légumes, mais elle se sentait sans énergie. Elle se contenta de rallumer le poêle et s'assit dans l'une des chaises berçantes placées près d'une fenêtre, regardant le paysage sans le voir.

Le feuillage orangé et or des arbres donnait des touches de couleur aux champs dénudés du rang Saint-Joseph. Quelques feuilles racornies avaient été poussées par le vent sur la route et dans les fossés. Des mouettes criardes s'abattaient sur les sillons tracés par Arthur Rocheleau, qui achevait ses labours d'automne. À l'ouest, le ciel avait pris une couleur plombée annonciatrice d'orage.

Durant plus d'une heure, la jeune mère de famille s'interrogea sur la conduite à tenir quand son mari rentrerait.

Elle aurait aimé pouvoir le mettre à la porte après lui avoir révélé qu'elle savait tout. Impossible. La terre lui appartenait et il aurait tôt fait de la mettre au pas. Si encore elle avait pu partir avec ses enfants… Mais elle ne pouvait aller se réfugier nulle part et elle ne possédait pas suffisamment d'argent pour survivre.

Si elle demeurait à la maison, quel comportement devait-elle adopter ? Feindre de ne rien savoir ou faire une crise de jalousie qui ne ferait que le flatter ou le rendre furieux ? Faire l'autruche aurait certes l'avantage de préserver la paix dans son foyer, mais à quel prix ! Elle avait beau examiner chaque scénario, elle se sentait déchirée, incapable de prendre une décision. Finalement, elle opta pour ce qui lui semblait être l'unique solution : lui montrer qu'elle savait tout et, contrairement à ce que le curé Bilodeau lui avait conseillé, se refuser dorénavant à lui. Cette trahison venait de tuer définitivement les derniers vestiges d'un amour qu'elle avait jadis éprouvé à son endroit.

Une fois cette résolution prise, elle se secoua pour commencer à préparer le souper. Quand Élise et Lionel rentrèrent de l'école, elle les pressa d'aller changer de vêtements. Elle envoya ensuite son fils cadet chercher les vaches pendant qu'elle prenait la direction de l'étable pour commencer le train. Léopold et Norbert n'en avaient pas encore fini avec le sarrasin. Au moment où elle sortait de la maison, les premières gouttes de pluie se mirent à tomber.

— Grouille-toi d'aller chercher les vaches ! cria-t-elle à Lionel. Tu vas rentrer mouillé comme une soupe.

Ce soir-là, Laurent ne rentra pas vers six heures, comme il le faisait d'habitude. Après avoir attendu un bon moment, Corinne servit à souper à Léopold et à ses enfants et, avec l'aide d'Élise, lava la vaisselle et rangea la pièce après le repas. Elle plaça la portion de son mari au réchaud. Depuis quelques minutes, la pluie avait redoublé et tambourinait sur les vitres.

Léopold s'était installé à un bout de la table avec un jeu de cartes pour faire une patience pendant qu'Élise et Lionel faisaient leurs devoirs à la lueur de la lampe à huile posée au centre de la table. Pour sa part, Corinne s'était assise près du poêle et reprisait des vêtements tirés de son panier en osier posé à ses pieds.

— Comment ça se fait que p'pa soit pas encore arrivé ? demanda Norbert sur le coup de huit heures, en revenant de sa chambre à coucher, à l'étage.

— On va le savoir quand il arrivera, se borna à dire sa mère. Là, on va faire tout de suite la prière et, après, vous pourrez aller vous coucher, dit-elle en visant les deux plus jeunes.

Une heure plus tard, Corinne se retrouva seule. Fatiguée, elle ne trouva aucune bonne raison d'attendre le retour de son mari dont le retard aurait dû normalement l'inquiéter.

— Il a dû s'arrêter quelque part pour boire, murmura-t-elle en s'avançant vers l'horloge murale dont elle remonta le mécanisme, persuadée que son mari oublierait de le faire à son retour s'il rentrait ivre.

Elle jeta deux rondins dans le poêle pour chasser l'humidité et prit la direction de sa chambre à coucher où elle se prépara pour la nuit. Avant de souffler la lampe, elle entrouvrit la porte de la pièce et jeta un coup d'œil vers l'unique fenêtre sur laquelle ruisselait la pluie. À l'extérieur, il faisait aussi noir que dans un four. Elle se glissa sous les couvertures, persuadée que le sommeil allait la fuir durant des heures. Elle se trompait. Épuisée par toutes les émotions de la journée, elle sombra dans un sommeil si profond qu'elle pensa qu'elle venait à peine de s'endormir quand elle se réveilla en sursaut.

Assise dans le noir, elle tâta le lit à côté d'elle par réflexe pour vérifier si Laurent était rentré. La place était vide. Elle entendit à ce moment l'horloge sonner à onze reprises dans la pièce voisine. Soudain, le claquement d'une portière lui fit tourner inutilement la tête vers la fenêtre. Elle réalisa alors que c'était le bruit du camion de Laurent qui l'avait réveillée.

Avant même de se rendre compte qu'elle cherchait à voir à l'extérieur par une fenêtre qui donnait sur la route et non sur la cour de la ferme, des bruits de pas se firent entendre sur la galerie. Des portes furent ouvertes et fermées sans grande précaution. Elle se recoucha et décida de feindre de dormir.

Aux aguets dans l'obscurité, Corinne remarqua que son mari traînait les pieds, comme lorsqu'il rentrait particulièrement ivre. Elle attendit un long moment, croyant qu'il allait finir par pénétrer dans la pièce sans allumer de lampe et se coucher. Finalement, elle ouvrit les yeux pour apercevoir la lueur d'une lampe à huile allumée dans la pièce voisine. Elle pensa d'abord qu'il était en train de manger quelque chose puisqu'il n'était pas rentré souper, mais l'absence de bruit dans la cuisine finit par l'inciter à repousser les couvertures et à se lever pour aller voir ce qui se passait.

En posant le pied dans la pièce, elle découvrit avec stupéfaction son mari, écroulé sur une chaise berçante près du poêle éteint. La lampe à huile allumée sur la table ne lui permettait pas de bien le voir.

— Qu'est-ce que tu fais là, dans le noir? lui demanda-t-elle.

Elle n'obtint aucune réponse.

— Qu'est-ce que t'attends pour venir te coucher? insista-t-elle en s'approchant.

Seul un grognement lui répondit. Elle devina immédiatement que quelque chose n'allait pas. Elle se précipita vers la table pour s'emparer de la lampe à huile et l'approcha de son mari pour mieux le voir.

— Mon Dieu! s'exclama-t-elle, effrayée, en voyant dans quel état il était.

Laurent avait le visage tout ensanglanté et il serrait ses bras contre sa poitrine. Elle approcha encore plus la lampe pour mieux l'examiner, ce qui entraîna une plainte de protestation du blessé. Il avait une longue estafilade sur le front et ses deux pommettes étaient éclatées. Ses yeux n'étaient plus que deux fentes minuscules qu'il semblait incapable d'ouvrir plus grand.

— As-tu eu un accident avec le *truck* de ton père ? lui demanda-t-elle, en constatant avec horreur qu'elle était incapable d'éprouver la moindre compassion pour lui.

— Non, parvint-il à dire à travers ses lèvres tuméfiées.

— Qu'est-ce qui t'est arrivé, bonne sainte Anne ?

— Deux gars à qui j'avais rien fait m'ont sauté dessus, les enfants de chienne ! expliqua-t-il d'une voix chuintante.

— Ce serait pas les frères Laliberté, par hasard ? fit Corinne en se redressant.

— Comment tu veux que je le sache, maudit sacrement ! Si jamais je les poigne, ces gars-là, ils sont pas mieux que morts.

— En attendant, c'est toi qui as l'air à moitié mort, laissa-t-elle sèchement tomber. As-tu quelque chose de cassé ? reprit-elle en déposant finalement la lampe sur le poêle éteint.

— Achale-moi pas, lui ordonna-t-il. Je suis capable de me débrouiller tout seul, ajouta-t-il en cherchant à se lever.

Il fut incapable de se mettre sur ses pieds et se mit à geindre. Corinne sentit alors une vague odeur d'alcool et choisit de ne pas lui demander ce que les frères Laliberté avaient à lui reprocher. Cela se ferait plus tard. Elle poussa un soupir d'exaspération, déposa la lampe sur le bord de la fenêtre et alluma le poêle.

— Qu'est-ce que tu fais là ? lui demanda Laurent en grimaçant de douleur.

— Je te fais chauffer de l'eau pour que tu puisses au moins te nettoyer le visage. T'es plein de sang.

Sans plus se préoccuper de lui, elle alla dans l'armoire chercher de l'alcool à friction et du mercurochrome qu'elle déposa sur la table. Elle trouva même un petit morceau de lard qu'il pourrait toujours appliquer sur l'une de ses blessures, si le cœur lui en disait. Pendant ce temps, Laurent avait fermé les yeux. Quand il les rouvrit, sa femme se contenta de lui dire :

— T'as tout ce qu'il te faut pour te soigner sur la table. Moi, je m'en vais me coucher en haut, dans la chambre de Madeleine.

— Tu pourrais me donner un coup de main, fit-il d'une voix geignarde.

— Non, dit-elle d'une voix tranchante. Débrouille-toi tout seul.

Sans plus d'explication, elle monta à l'étage, le laissant seul à soigner ses plaies.

Le lendemain matin, Corinne ouvrit les yeux dès que la clarté de l'aube envahit la chambre où elle avait très mal dormi. Elle se leva, enfila sa vieille robe de chambre bleue et descendit dans la cuisine où elle s'empressa d'allumer le poêle pour chasser l'humidité qui avait envahi la maison. Elle déposa la théière sur le poêle avant de se diriger vers la chambre au pied de l'escalier. Elle ouvrit la porte silencieusement et découvrit son mari, endormi et tout habillé, en position assise contre les oreillers placés à la tête du lit. Son cœur se serra à la vue de son visage qui n'avait pratiquement pas forme humaine. Elle s'habilla rapidement, coiffa son chignon blond et allait sortir, quand elle entendit Laurent gémir dans son sommeil.

— Qu'est-ce que t'as ? lui demanda-t-elle en s'approchant du lit. Où est-ce que t'as mal ?

Il ouvrit péniblement les yeux et sembla éprouver de la difficulté à reprendre pied dans la réalité.

— J'ai de la misère à respirer, se plaignit-il, l'air misérable.

— Si c'est comme ça, je vais envoyer Norbert chercher le docteur après le train.

— Non, c'est pas nécessaire, affirma-t-il dans une grimace.

— Tu guériras pas comme ça, en faisant rien, se borna-t-elle à lui dire avant de sortir de la pièce en refermant la porte derrière elle.

Elle réveilla Léopold et les enfants. La maison se remplit des bruits matinaux familiers. Pendant qu'elle préparait le déjeuner, le train fut fait et les enfants revinrent s'habiller proprement, prêts à manger avant d'aller à l'école.

— P'pa va pas travailler à matin? demanda Norbert en ne voyant pas son père assis au bout de la table, comme il le faisait tous les matins.

— Non, il est malade à matin, déclara sa mère. Dépêche-toi de manger. En allant porter le sarrasin au moulin avec Léopold, tu pourras arrêter chez le docteur pour lui demander de venir voir ton père. Après, en chemin, t'arrêteras chez ton grand-père pour lui dire que ton père pourra pas aller travailler pendant une couple de jours parce qu'il est malade. Si vous voyez qu'on peut moudre le sarrasin aujourd'hui, attendez vos poches de farine avant de revenir. Ça vous évitera de faire un autre voyage à Saint-David. En revenant, vous pourriez même en laisser une poche de cinquante livres chez Duquette. Il nous l'a commandée.

— Est-ce qu'on peut aller voir p'pa? demanda Lionel.

— Non, il vient juste de s'endormir, mentit sa mère. Surtout, parlez pas trop fort pour pas le réveiller.

Une demi-heure plus tard, la maison se vida. Élise et son jeune frère se hissèrent tant bien que mal à l'arrière de la *waggine* dans laquelle Norbert et Léopold avaient chargé le sarrasin. Ils désiraient que ces derniers les laissent à l'école du rang au passage. Corinne sortit à l'extérieur à l'instant où la voiture chargée du sarrasin fauché la veille quittait la cour de la ferme. Elle jeta un coup d'œil au ciel. Il était gris, mais il ne semblait plus y avoir de menace de pluie.

Avant de procéder au rangement de la maison, elle décida de renouveler sans plus attendre sa provision de savon du pays. La veille, elle avait remarqué qu'il ne lui en restait que trois morceaux lorsqu'elle avait entrepris son ménage d'automne. Elle alla dans la remise chercher son vieux chaudron en fonte qu'elle déposa sur la plaque de son four extérieur. Elle alluma ce dernier avant d'aller chercher le seau dans lequel elle avait amassé du gras animal et des os durant les deux derniers mois. Elle vida le seau dans son chaudron, ajouta des cristaux de soude et de l'eau de lessive. Elle laissa bouillir le tout. En quelques instants, une odeur si nauséabonde se dégagea du mélange, qu'elle s'empressa de rentrer à l'intérieur pour commencer à ranger la maison.

Elle venait de balayer la cuisine après être allée vérifier l'état des chambres à l'étage quand le bruit d'une automobile sur la route la poussa à regarder par l'une des fenêtres. Le bruyant véhicule noir avançait par à-coups, comme s'il était en proie à une crise incoercible de hoquets. Il tourna au dernier moment dans la cour des Boisvert en frôlant dangereusement la galerie avant d'aller s'immobiliser à moins d'un pied du camion vert bouteille.

— Mon Dieu ! s'exclama Corinne. Un peu plus, il s'écrasait sur le *truck* du beau-père.

Elle vit alors descendre le docteur Précourt de sa grosse Buick Touring Car dont il avait pris possession quelques jours auparavant. De toute évidence, le petit homme aux lunettes très épaisses éprouvait encore certaines difficultés à maîtriser cette nouvelle mécanique fort éloignée de son antique bicyclette ou de son boghei.

Corinne s'empressa de venir ouvrir la porte au médecin et le conduisit sans tarder jusqu'à la chambre où son mari reposait.

— Petit Jésus! vous êtes-vous fait frapper par les gros chars? demanda Adrien Précourt à Laurent en déposant sa trousse en cuir au pied du lit.

— C'est pas si pire que ça, crâna le blessé en tentant de se redresser dans son lit avec une grimace de souffrance.

— Laissez-moi le soin d'en décider, rétorqua le médecin de sa petite voix haut perchée en s'approchant davantage de son patient.

Laurent Boisvert se tut et se laissa examiner par Adrien Précourt. Ce dernier l'ausculta longuement, palpa minutieusement son torse, regarda de près ses hématomes et lui fit même ouvrir la bouche.

— Il y a pas grand-chose à faire à part bander les côtes fêlées pour que vous ayez moins de mal à respirer, déclara le praticien en ouvrant sa trousse. Vous êtes chanceux dans votre malchance, une côte aurait pu vous percer un poumon. À part ça, le reste va finir par désenfler et se cicatriser. Il y a juste les deux dents cassées au ras de la gencive. Il va falloir que vous vous les fassiez arracher.

Il se tourna alors vers Corinne qui s'était tenue debout au pied du lit, sans rien dire durant tout l'examen.

— Madame, je vais avoir besoin de bandes, lui dit-il.

Elle se dirigea vers la commode, ouvrit un tiroir et en sortit un drap qu'elle se mit en devoir de déchirer en larges bandes.

— C'est parfait, madame, l'arrêta Adrien Précourt en tendant la main pour prendre l'une des bandes. Pendant que je le bande, prenez donc la bouteille de mercurochrome dans ma trousse.

Corinne s'exécuta et lui tendit la bouteille dès qu'il eut fini de bander le torse de Laurent qui grimaçait de douleur. Ensuite, il badigeonna du mercurochrome sur les plaies de son patient.

— Si je voyais pas à quel point vous avez une petite femme, je croirais qu'elle vous a donné la volée de votre vie, plaisanta le médecin.

Laurent ne répondit rien.

— Comment ça vous est arrivé une affaire comme ça? demanda le docteur Précourt, curieux.

— C'est un accident, mentit Laurent. Je suis tombé.

— Vous feriez peut-être mieux de regarder où vous mettez les pieds quand vous marchez, commenta le médecin, qui n'était pas dupe du mensonge. Je pense qu'il va survivre, madame, ajouta-t-il à l'intention de Corinne après avoir refermé sa trousse. Dans quelques jours, il devrait être capable de retourner travailler, mais pour le visage, ça va prendre un peu plus longtemps avant que les traces disparaissent.

Corinne le paya et le reconduisit jusqu'à la galerie après l'avoir remercié d'être venu si rapidement. Elle demeura un long moment debout devant la porte à regarder le médecin s'escrimer avec une manivelle pour tenter de faire démarrer le moteur de sa voiture. Finalement, après de multiples tentatives, Adrien Précourt parvint à ses fins et monta sans attendre dans sa Buick. Il sembla chercher pendant un certain temps la marche arrière. Quand il la trouva enfin, la voiture se mit à reculer par à-coups et frôla si dangereusement le fossé que Corinne craignit de la voir y plonger. Par miracle, le gros véhicule noir s'arrêta à quelques pouces du bord, demeura là durant un bon moment, comme hésitant sur la conduite à tenir, puis il se mit à avancer sur la route rendue boueuse par la pluie de la nuit précédente.

Corinne demeura debout au même endroit durant quelques instants, hésitant sur ce qu'elle devait faire. Allait-elle laisser son mari récupérer en paix ou l'affronter immédiatement? Elle quitta la maison pour aller touiller son mélange malodorant en train de bouillir sur la plaque de son four. Quand elle constata qu'il avait assez bouilli, elle déposa le chaudron par terre pour le laisser refroidir et alla chercher le grand moule dans lequel elle versa le contenu de la marmite. Le lendemain, elle n'aurait plus qu'à découper les pains de savon qu'elle utiliserait autant pour laver les vêtements que pour nettoyer la maison. Après avoir rangé le chaudron dans la remise, elle avait pris sa décision. Elle rentra dans la maison et prit immédiatement la direction de la chambre à coucher.

À son entrée dans la pièce, elle ne tint aucun compte du fait que son mari somnolait. Elle le réveilla.

— Est-ce que je vais finir par savoir ce que les deux frères Laliberté te voulaient? lui demanda-t-elle d'une voix cassante.

— Veux-tu ben me laisser dormir tranquille! lui ordonna-t-il.

— Tu dormiras après m'avoir répondu, répliqua-t-elle.

— Ça te regarde pas pantoute.

— Ah oui, ça me regarde pas! fit-elle sur un ton sarcastique. Deux parfaits inconnus viennent me voir un beau matin pour m'apprendre que mon mari a mis leur sœur en famille et ça me regarde pas! Dis donc, Laurent Boisvert, me prends-tu pour une saudite folle?

— Tu racontes n'importe quoi, sacrement! s'emporta Laurent. J'ai rien à voir avec ce que ces deux gars-là racontent.

— Bien sûr! Je suppose que des Laurent Boisvert qui conduisent un *truck* vert dans le comté, il y en a des dizaines. As-tu fini de me mentir en pleine face? Tu m'écœures, Laurent Boisvert. Tu m'entends? Si c'était pas des enfants, je partirais tout de suite.

— Calme-toi les nerfs!

— Non, ça fait assez longtemps que j'endure sans rien dire. T'as fini de rire de moi. À partir d'aujourd'hui, tu me touches plus. C'est fini! Quand ça te prendra, t'iras voir ton Amélie. Peut-être que ses frères vont avoir pitié de toi et vont te laisser faire, eux autres!

Sur ces mots, elle sortit de la chambre en claquant bruyamment la porte derrière elle.

Quelques minutes plus tard, elle commençait à peine à retrouver son calme et à préparer le dîner quand elle entendit un cheval hennir près de la maison. Un coup d'œil à l'extérieur lui apprit que son beau-père venait d'arriver. Elle ne se pressa pas d'aller lui ouvrir, attendant qu'il vienne frapper à la porte. Lorsqu'elle s'aperçut qu'il tardait, elle se déplaça vers une autre fenêtre pour voir ce que faisait le vieil homme. Elle l'aperçut en train de faire le tour de l'International en l'examinant avec soin. De toute évidence, il vérifiait si son fils cadet n'avait pas eu un accident avec son camion. Enfin, Gonzague Boisvert se décida à venir frapper à la porte et sa bru lui ouvrit.

— Bonjour, dit-il. Ton Norbert m'a dit que son père était malade.

— En plein ça, monsieur Boisvert, répondit Corinne en s'effaçant pour le laisser entrer. Si vous voulez le voir, il est dans la chambre du bas.

— Est-ce qu'il dort?

— Je le sais pas, mais vous pouvez le réveiller, il se rendormira, dit-elle sur un ton indifférent en lui ouvrant la porte de la chambre.

Gonzague, son manteau noir d'automne sur le dos, entra dans la pièce en reniflant légèrement. Il eut un léger sursaut en apercevant la figure tuméfiée de son fils cadet.

— Bon Dieu, qu'est-ce qui t'est encore arrivé? demanda-t-il sur un ton légèrement excédé.

— J'ai eu un accident, mentit Laurent.

— Pas avec mon *truck* en tout cas, fit son père. Je viens de le regarder.

— Non, pas avec le *truck*.

— Mais t'es ben magané, reprit Gonzague en s'approchant plus près pour mieux l'examiner. Tu t'es battu, c'est ça?

— Oui.

— C'est intelligent en torrieu, ton affaire! s'emporta le vieillard. Là, je suis poigné avec un *truck* qui me rapportera rien pendant des jours alors que j'ai un contrat à respecter, moi. As-tu pensé une minute à tout l'argent que tu vas me faire perdre avec cette maudite niaiserie-là ?

— Ben…

— Ben, torrieu ! j'ai pas d'autre chauffeur pour le *truck* et il va rester dans ta cour à servir à rien. Là, j'aime autant te le dire tout de suite, si jamais ça t'arrive une autre fois, ce sera la dernière. Je vais me trouver un autre chauffeur plus fiable et toi, tu te trouveras une autre *job*. Tu m'entends ?

— Ben oui, répondit le malade, excédé.

— En attendant, grouille-toi de guérir au plus sacrant ! Aussitôt que tu seras capable de te tenir sur tes pieds, reviens travailler.

Furieux, Gonzague Boisvert sortit de la chambre sans même songer à souhaiter un prompt rétablissement à son fils. À aucun moment il ne s'était informé s'il souffrait ou de l'identité de celui qui l'avait mis dans un tel état.

— Bon, je m'en retourne, se contenta de dire l'irascible vieillard à sa bru avant de quitter la maison.

Corinne eut du mal à réprimer un sourire en le regardant monter dans son boghei. Elle ne put s'empêcher de retourner à la porte de la chambre, où son mari était étendu, pour lui dire, l'air moqueur :

— Il est bien fin, ton père. On voit tout de suite qu'il a bon cœur.

Avant que Laurent ait la chance de lui répondre, elle referma la porte et retourna à son travail.

Ce soir-là, les enfants ouvrirent de grands yeux quand ils aperçurent leur père pour la première fois au moment de passer à table. Élise, plus sensible, demanda à son père d'une voix émue ce qui lui était arrivé.

— C'est pas de tes affaires, mange, la rabroua Laurent, la mine farouche.

Pour sa part, Norbert semblait avoir compris d'emblée en voyant la figure de son père. Il se contenta de dire à sa mère sur un ton convaincu quand Laurent fut retourné s'étendre sur son lit:

— On dirait qu'il en a mangé une maudite bonne.

— Toi, surveille ta façon de parler, répliqua Corinne, sévère. Ce qui est arrivé à ton père te regarde pas. Sois respectueux et va me remplir le coffre à bois.

Durant les deux jours suivants, Laurent eut largement le temps de se rendre compte du changement de comportement de sa femme. Comme d'habitude, elle vaqua à l'entretien de la maison et à la préparation des repas. Elle vit à ce que Léopold et Norbert finissent de répandre le fumier. Par contre, elle refusa obstinément de soigner son mari et le laissa, la plupart du temps, seul avec sa conscience. Elle ne lui adressait la parole que lorsque c'était absolument nécessaire.

Le troisième jour, elle eut la surprise de le voir entrer dans la cuisine tout habillé et prêt à déjeuner quand Léopold et les enfants revenaient des bâtiments. De toute évidence, il avait décidé de retourner au travail ce matin-là. Corinne lui prépara une collation avant de lui servir son repas.

— Il serait temps qu'on laboure, se décida à dire Norbert, mais moi, je sais pas comment faire et Léopold a pas l'air de le savoir plus que moi.

Laurent leva la tête et garda le silence durant un court moment, comme s'il n'avait rien entendu. Cependant, il finit par dire:

— Allez donc voir le voisin à matin. Jutras va vous expliquer comment faire. Moi, je suis pas encore capable de vous le montrer, dit-il en se levant avec une grimace de douleur.

Le maître de maison prit son dîner déposé près de la pompe à eau et sortit dans la cuisine d'été où il endossa avec peine son manteau d'automne. Corinne fit comme si elle avait besoin de quelque chose dans l'armoire et s'arrêta un instant devant l'une des fenêtres pour le regarder partir. Elle le vit se diriger vers la grange d'où il sortit, un instant plus tard, en enfouissant quelque chose dans l'une des grandes poches de son manteau.

— Dis-moi pas qu'il va se mettre à boire pendant qu'il travaille à cette heure, murmura-t-elle.

Elle le vit faire démarrer l'International que la pluie des derniers jours avait lavé. Le lourd camion fit demi-tour et sortit de la cour en cahotant.

Une heure plus tard, Corinne exigea que Norbert aille chez le voisin lui demander son aide.

— Je vais avoir l'air d'un beau nono, protesta Norbert, gêné d'aller demander du secours.

— Vas-y pareil avec Léopold, lui ordonna sa mère. On n'a pas le choix, il faut que ces labours-là soient faits avant que le gel arrive. T'as entendu ton père ? Il est pas assez en santé pour vous le montrer.

Quelques minutes plus tard, Corinne vit arriver Jocelyn Jutras à pied, en compagnie de son fils et de Léopold. Elle s'empressa de déposer son châle sur ses épaules pour sortir sur la galerie.

— On s'excuse bien gros de te déranger comme ça, Jocelyn, dit-elle au voisin, mais Laurent a été malade et il est pas capable de leur montrer comment faire.

— C'est pas un gros dérangement, dit Jocelyn en lui adressant un sourire chaleureux. J'ai presque fini de labourer. En plus, sais-tu, j'ai failli pas reconnaître ton Norbert tellement il a forci cette année. C'est devenu un homme. Il est rendu presque aussi grand que ton plus vieux.

L'adolescent de quatorze ans bomba le torse, tout fier du compliment.

— Merci beaucoup. Tu nous rends un bien grand service.

Jocelyn la salua de la main et se dirigea vers l'écurie avec ses deux jeunes compagnons. Le voisin dut demeurer à leurs côtés près d'une heure pour leur enseigner comment tracer un sillon bien droit en tenant solidement les manchons de la charrue après s'être passé les rênes autour des épaules.

— Le plus important, conclut-il, c'est de ben guider votre cheval et de pas chercher à aller trop vite.

Depuis un bon moment, Corinne guettait le passage de Jocelyn près de la maison pour le remercier avant son départ. Quand elle le vit enfin passer, elle se précipita sur la galerie.

— Inquiète-toi pas, la rassura-t-il. Ils vont être capables de faire une bonne *job*.

Corinne le remercia encore une fois avant de demander poliment des nouvelles de la santé de sa femme, Catherine, et de sa belle-mère.

— Elles vont ben, répondit-il. Il y a juste la belle-mère qui a commencé à tousser un peu hier. Mais on sait ce que c'est, ça doit être une petite grippe d'automne. Elle va être sur le piton pour diriger la chorale dimanche prochain, ajouta-t-il.

— Tant mieux.

— Et toi, est-ce que t'as eu des nouvelles de ton Philippe? lui demanda le voisin par politesse.

À la vue des yeux embués de larmes de Corinne, Jocelyn regretta immédiatement de lui avoir posé la question.

— Non, répondit-elle avec difficulté. Tu peux pas savoir à quel point je suis inquiète, avoua-t-elle, la voix étreinte par l'émotion. Il y a pas une journée où je ne pense pas à lui. J'ai tellement peur qu'il lui soit arrivé quelque chose…

— À ta place, je m'en ferais pas trop, dit le voisin pour la rassurer. Ton gars est bâti pour se défendre. Tu vas finir par le voir sourdre à ta porte un de ces beaux matins.

Elle le remercia d'un sourire et il quitta les lieux.

Cet après-midi-là, Marie-Claire Rocheleau vint frapper à la porte des Boisvert pour offrir à sa voisine de lui rapporter des choses du village si elle en avait besoin.

— Si tu me donnes une minute pour me préparer, j'irais bien avec toi au village, fit Corinne. J'aurais besoin d'un peu de viande chez Vigneault.

— Je t'attends, déclara Marie-Claire en prenant place dans une des chaises berçantes.

La femme de Laurent Boisvert appréciait beaucoup la bonne humeur communicative et le bon sens de sa voisine. Cette mère de famille à l'embonpoint confortable était une véritable amie.

Corinne s'engouffra dans sa chambre pour changer de robe et vérifier le bon ordre de son chignon.

— À ce que j'ai vu, ton mari a l'air d'aller mieux, fit remarquer Marie-Claire.

— C'est vrai, reconnut Corinne du fond de sa chambre.

— J'ai entendu dire qu'il avait été pas mal magané, reprit la voisine.

— Pas mal, reconnut la jeune femme d'une voix rendue méconnaissable par les deux épingles à chapeau qu'elle tenait entre ses lèvres.

— Je veux pas me mêler de ce qui me regarde pas, poursuivit Marie-Claire en se levant, mais est-ce que c'est vrai ce qui se raconte partout dans la paroisse?

Corinne sortit de sa chambre. Son visage était devenu soudainement pâle.

— Qu'est-ce qui se raconte?

— Bien...

— Tu peux bien me le dire, fit la maîtresse des lieux d'une voix pressante.

— Il y en a qui disent que ton mari aurait été battu comme un chien par deux gars de Yamaska. Mon mari a même entendu dire que c'est des gars qui travaillaient à refaire le chemin qui ont dû s'en mêler pour qu'ils arrêtent de bûcher dessus. D'après eux autres, ils étaient en train de le tuer.

— Je le savais pas, mentit Corinne d'une voix peu convaincante.

Marie-Claire lui lança un regard perçant et se tut.

— Est-ce qu'on raconte pourquoi ces gars-là ont battu Laurent ? demanda-t-elle à son amie.

Cette dernière prit un air profondément embarrassé et allait mentir quand Corinne reprit.

— Envoye, Marie-Claire. Tu peux bien me le dire. De toute façon, je vais finir par le savoir.

— Bien, c'est pas mal gênant de rapporter une affaire comme ça, admit-elle. C'est peut-être juste un paquet de menteries.

— Puis ?

— Il y a des langues sales qui disent que les gars sont venus demander des comptes à ton Laurent parce qu'il aurait mis leur sœur en famille, dit-elle en baissant progressivement la voix, comme si elle risquait d'être entendue. Mais ça, je le crois pas pantoute, s'empressa-t-elle d'ajouter pour réconforter sa voisine.

— Ben, t'as tort, fit Corinne d'une voix coupante.

— C'est pas vrai ! Il t'a pas fait ça ? demanda Marie-Claire, indignée.

Le visage défait de son amie lui apprit qu'elle ne mentait pas et elle éprouva une immense pitié pour elle.

— Les maudits hommes ! ragea-t-elle. Tu leur donnes ta vie. Tu les sers dans les dents comme une bonne. Tu leur fais des enfants presque tous les ans. Et c'est pas encore assez !

— Il faut le croire, murmura Corinne.

Il y eut un long silence dans la cuisine d'hiver pendant qu'elle endossait son manteau après avoir jeté une bûche dans le poêle.

— Est-ce que je peux te donner un conseil ? demanda Marie-Claire en reprenant son sang-froid.

— Tu peux toujours, consentit Corinne en s'immobilisant.

— À ta place, je ferais comme si de rien n'était. Je continuerais à marcher la tête haute sans m'occuper des racontars dans la paroisse. Après tout, toi, t'as rien à te reprocher. Si ton Laurent a fait quelque chose de travers, qu'il en supporte tout seul les conséquences.

— T'as peut-être raison, reconnut Corinne en lui adressant un mince sourire. Puis, est-ce qu'on va les faire, ces commissions-là ? Je suis prête, ajouta-t-elle en mettant dans sa voix une joyeuse animation qu'elle était bien loin d'éprouver.

Durant l'heure suivante, autant chez Vigneault que chez Duquette, où Marie-Claire Rocheleau avait des emplettes à faire, Corinne perçut la gêne que sa présence entraînait et elle saisit quelques regards apitoyés qui lui étaient destinés. Sur le chemin du retour, elle prit la résolution de demeurer une femme mariée et une mère de famille sans reproche. Même si le geste lui coûtait énormément, elle réintégra le lit conjugal ce soir-là.

Chapitre 17

La grippe

Le dimanche suivant, veille de l'Action de grâces, le curé Bilodeau, la mine préoccupée, pénétra dans la sacristie avec l'intention de se préparer pour la célébration de la grand-messe. À peine venait-il de refermer la porte que le maire de Saint-Paul-des-Prés s'y présenta, l'air passablement agité.

— Est-ce que je peux vous dire deux mots, monsieur le curé ? lui demanda Fabien Gagnon.

— Ça peut pas attendre après la messe ? fit le prêtre, ennuyé d'être dérangé alors qu'il cherchait fébrilement une façon d'informer ses ouailles du contenu de la lettre pastorale que son évêque lui avait fait parvenir deux jours auparavant.

La veille encore, il était persuadé d'être en mesure de compléter sa tournée annuelle des foyers de la paroisse en une semaine, grâce à l'aide de ses deux nouveaux vicaires, mais une lettre pastorale de l'évêque du diocèse l'obligeait à y renoncer. Contrairement à son habitude, en ce premier dimanche d'octobre, son sermon n'allait pas porter sur les fruits de la terre et sur les excellentes récoltes que Dieu venait de donner aux cultivateurs de Saint-Paul-des-Prés. Il n'aborderait même pas l'importance de s'acquitter rapidement de la dîme et de la nécessité de rencontrer Alcide Duquette afin de régler la location des bancs d'église pour l'année. Non, il avait dû passer son samedi soir à préparer un sermon si inhabituel qu'il espérait ne plus jamais avoir à en prononcer un semblable.

— C'est plutôt urgent, monsieur le curé, insista le maire.

— Bon, fit Charles Bilodeau en poussant un soupir agacé. De quoi s'agit-il ?

— La police est venue me porter hier soir, à la maison, des affiches que le gouvernement me demande de faire clouer aussi bien sur les portes de l'église que sur celles des écoles et des commerces de la paroisse dès ce matin.

— Je suppose que c'est au sujet de la grippe ? demanda le prêtre. Si c'est ça, je suis au courant. J'ai reçu une lettre de monseigneur qui m'en parle. Je vais annoncer aux gens tout à l'heure que je ferai pas de tournée paroissiale cet automne à cause de cette grippe-là.

— J'ai encore rien affiché, monsieur le curé, reprit Fabien Gagnon en tirant une feuille de l'une de ses poches. J'ai peur que ça énerve les gens de la paroisse pour rien s'ils lisent ça sans que personne leur explique. Je me demandais si vous liriez pas en chaire l'affiche qu'on m'a envoyée. Comme ça, après la messe, je pourrai faire ce que le gouvernement veut que je fasse sans que le monde parte en peur.

Charles Bilodeau s'empara de l'affiche que le maire venait de déplier avant de la lui tendre. Au fur et à mesure de sa lecture, le sang sembla se retirer de son visage.

— Bondance ! est-ce aussi pire que ça ? fit-il d'une voix changée.

— J'en ai ben peur, monsieur le curé. Il paraît que c'est pas mal plus grave que ce que les journaux racontent.

— En tout cas, c'est encore plus inquiétant que ce que monseigneur écrit dans sa lettre, avoua le curé Bilodeau. C'est correct. Attendez après la messe pour afficher ça, monsieur le maire. Je vais la lire.

Quelques minutes plus tard, après la lecture de l'Évangile, Charles Bilodeau monta en chaire. L'église était bondée.

Tous les bancs étaient occupés. Il y avait même une vingtaine de personnes qui avaient trouvé refuge dans le jubé.

— Ce matin, on ne sort pas dehors pendant le sermon, tonna le célébrant à l'endroit des quelques hommes qui, fidèles à leurs habitudes, s'apprêtaient à aller fumer leur pipe sur le parvis pendant son homélie.

Beaucoup de fidèles tournèrent la tête vers l'arrière, ce qui eut pour effet d'intimider ceux qui désiraient s'esquiver durant le sermon.

Les têtes se tournèrent ensuite vers le célébrant au moment où il se signait avant de commencer son homélie. À la surprise de tous, le prêtre annonça d'une voix dramatique qu'il devait d'abord faire la lecture d'un communiqué extrêmement important en provenance du gouvernement.

Aussitôt, les fidèles rassemblés dans l'église cessèrent de bouger, intrigués par son ton inhabituel.

— Mes bien chers frères, mes bien chères sœurs, poursuivit l'officiant, le gouvernement a décidé de prendre des mesures extrêmes pour freiner l'épidémie de grippe qui sévit dans la province. Par conséquent, il a décidé de fermer toutes les écoles, les cinémas, les théâtres et tous les lieux publics à compter de demain, 8 octobre. Monsieur le maire m'a fait savoir que cet ordre allait être affiché dès aujourd'hui un peu partout dans la paroisse. On demande aux gens d'éviter le plus possible les contacts avec les étrangers. Par ailleurs, notre évêque m'a fait parvenir cette semaine une lettre pastorale dans laquelle il me demande de surseoir à mes visites paroissiales cette année à cause de l'épidémie. Cependant, il tient à faire savoir aux fidèles que toutes les églises demeureront ouvertes pour permettre à chacun de venir prier.

Les gens se regardèrent, soudain inquiets. La plupart avaient entendu parler de l'étrange épidémie qui frappait les habitants de la province depuis quelques semaines, mais personne n'avait imaginé qu'elle avait pris une telle ampleur et représentait un danger si grand.

Charles Bilodeau sentit le besoin de faire comprendre à l'assistance la gravité et l'urgence de la situation.

— Vous avez tous entendu parler de l'épidémie de grippe qui se répand de plus en plus dans la province, poursuivit-il. Il semble que nous ayons été particulièrement épargnés ici, dans la région, mais ce n'est pas le cas dans le reste du pays et aux États-Unis. Ceux qui lisent les journaux savent de quoi je parle. Par exemple, à Montréal, on ne compte plus les morts depuis trois semaines et, à Québec, les autorités parlent déjà de plus de deux mille morts dans la ville seulement.

Dans l'église, on échangea des regards alarmés et des chuchotements s'élevèrent. Comme ces derniers semblaient en voie de se généraliser, Charles Bilodeau frappa du plat de la main sur le rebord de la chaire pour rétablir le silence.

— Puisque les médecins semblent impuissants face à ce fléau, ajouta-t-il, il ne nous reste plus que la prière pour implorer Dieu de nous sauver. Je vous rappelle que les seuls lieux publics qui demeureront ouverts seront les maisons de Dieu et, à compter d'aujourd'hui, votre église sera ouverte jour et nuit pour que vous puissiez venir Le prier. Souvenez-vous que cette maladie mortelle nous est peut-être envoyée par le ciel pour nous punir de nos péchés et nous inciter à faire pénitence.

Un silence profond tomba sur l'assistance quand le prédicateur descendit de la chaire pour poursuivre le service divin.

— Saint chrême ! jura à voix basse Fabien Gagnon, assis aux côtés de sa femme. Une chance que je lui ai demandé de calmer le monde ! S'il continue comme ça, ils vont se garrocher dehors en criant !

Quelques minutes plus tard, à sa sortie de l'église en compagnie de Lionel et d'Élise, Corinne fut abordée brièvement par son beau-père.

— À ce que je vois, ton mari est pas encore venu à la messe, fit-il, réprobateur.

— Qu'est-ce que vous voulez, monsieur Boisvert ? C'est pas moi qui l'ai élevé, votre Laurent, répliqua sa bru, passablement énervée et inquiète après avoir écouté le curé Bilodeau.

— Il va falloir que je lui parle, se borna à dire le vieillard avant de s'éloigner sur un petit salut de la tête.

Pour une fois, Corinne eut vaguement pitié de lui en le regardant descendre les marches du parvis, les épaules voûtées et dodelinant légèrement de la tête. Il n'y avait pas motif à être particulièrement fier d'un fils comme Laurent. Si elle s'était écoutée, elle se serait immédiatement dirigée vers son boghei pour fuir les regards apitoyés ou goguenards qu'elle sentait dans son dos. Mais les paroles du curé de Saint-Paul-des-Prés l'avaient passablement bouleversée. De plus, elle avait pris la résolution de se montrer forte, comme le lui avait suggéré Marie-Claire Rocheleau. Elle redressa la tête en se disant qu'elle n'avait rien à se reprocher.

Elle s'avança vers un groupe de femmes où se trouvaient, entre autres, Marie-Claire Rocheleau et Marthe Brisebois, ses deux voisines. Elle était désireuse de savoir ce qu'elles pensaient de l'épidémie annoncée par le curé.

— Ça commence à être pas mal effrayant, cette affaire-là, déclara Alexina Duquette aux femmes qui l'écoutaient. Il paraît qu'en ville il y a tant de gens qui en meurent que le glas arrête plus de sonner. Moi, je vous le cache pas, ça me donne des frissons dans le dos.

— Je suppose que ce sont surtout des enfants et des vieux qui en réchappent pas, laissa tomber Estelle Boivin.

— Pantoute, madame Boivin, la contredit Mariette Vigneault, la femme du boucher. Mon mari a lu dans le journal que cette grippe-là tue aussi bien du monde dans la force de l'âge que des vieux et des enfants.

— Arrêtez donc, vous ! fit l'autre, affolée.

— Une autre maudite affaire qui nous vient des vieux pays, poursuivit Rolande Gagnon, l'épouse du maire. Mon mari a entendu dire que ce sont nos soldats qui ont rapporté ça dans la province, l'été passé.

Au même moment, le docteur Précourt sortit de l'église et descendit les marches du parvis sans se presser.

— Docteur ! Docteur ! l'interpella Alexina Duquette.

— Oui, madame, fit aimablement Adrien Précourt, en saluant de la tête les autres femmes rassemblées autour de l'épouse du président de la fabrique.

— Vous avez dû en entendre parler, vous, de la drôle de maladie qui tue tant de monde partout en ville ? demanda Alexina.

— Évidemment, madame, répondit le médecin en prenant un air avantageux. Mais cette grippe-là tue pas du monde juste en ville. Elle en tue à la campagne aussi. J'ai parlé au docteur Lemire pas plus tard qu'hier. Il m'a dit qu'il y a deux jeunes enfants à Pierreville qui l'ont attrapée. Il pense qu'ils passeront pas la journée.

— Voyons donc ! protesta Marthe Brisebois. C'est pas possible une affaire comme ça. Une grippe, c'est juste une grippe.

— Malheureusement non, madame, pas celle-là, la coupa le médecin de sa voix haut perchée. J'ai des confrères qui assurent qu'on est juste au commencement d'une vraie épidémie et la science sait pas trop comment soigner cette maladie-là.

— C'est donc vrai, ce que racontait monsieur le curé, tout à l'heure ? intervint Alexina, alarmée. Les docteurs savent pas comment soigner cette affaire-là ?

— Une chance que j'ai pas mal d'eau de Pâques, fit observer Mariette Vigneault. Ça et des mouches de moutarde, ça fait passer n'importe quelle grippe.

— Je veux pas vous inquiéter, intervint Adrien Précourt, mais vous seriez mieux d'avoir du camphre. Ça nuirait pas.

En passant, vous le savez peut-être pas, mais cette grippe-là a déjà fait plusieurs dizaines de milliers de morts aux États-Unis.

— C'est loin, les États, fit remarquer Alexina.

— Essayez-vous de nous faire peur, docteur ? s'alarma Marthe Brisebois, devenue soudain livide.

— Non, madame, mais j'ai le devoir de vous prévenir. Les conseils donnés par monsieur le curé, tout à l'heure, sont pleins de bon sens. Il faut éviter les contacts avec les étrangers.

— Et il y a vraiment aucun moyen de soigner cette grippe-là ? demanda Corinne d'une toute petite voix.

— Je viens de le dire, madame Boisvert : éviter les contacts avec les étrangers. Moi, je crois que le camphre peut aider, répondit Adrien Précourt. On sait jamais. Le mieux serait que le froid arrive au plus vite. J'ai idée que ça aiderait à tuer le microbe.

Le petit groupe de femmes qui écoutait le médecin s'était accru de quelques hommes arborant un air sceptique évident, ce qui sembla agacer prodigieusement le médecin.

— Je parle pas à travers mon chapeau, fit-il sèchement. On dirait que vous avez aucune idée à quel point la situation est grave, ajouta-t-il, renonçant pour le coup à apaiser les craintes de ses auditeurs. Si vous faites pas attention, n'importe qui peut y passer en quelques jours.

— Vous êtes sûr de ça ? s'enquit encore Alexina Duquette, incrédule.

— Pendant deux ou trois jours, le malade fait tellement de fièvre qu'il a pas la force de résister quand une pneumonie ou une pleurésie se déclare.

— Mon Dieu ! s'exclama une vieille dame, terrifiée.

Corinne se détacha du groupe et se dirigea vers son boghei où Élise et Lionel commençaient à s'impatienter. La mère de famille monta à bord et prit la direction du rang Saint-Joseph. Cependant, elle tint à s'arrêter un bref moment au magasin général, dont le propriétaire ouvrait les portes jusqu'à midi, comme tous les dimanches. Elle s'empressa d'acheter un gros morceau de camphre.

Après le dîner, la mère de famille résista à son envie d'aller faire une sieste et entreprit de coudre des petits sachets dans lesquels elle enferma un morceau de camphre. Ce soir-là, elle en remit un à chacun des siens avec une épingle à ressort en leur recommandant de l'épingler à leur sous-vêtement.

— On a déjà notre scapulaire, m'man, protesta Norbert.

— Le morceau de camphre que je viens de te donner, c'est pour te protéger de la grippe. C'est pas la même chose.

— En tout cas, ça pue, fit l'adolescent en plissant le nez avec une mine dégoûtée.

— Tu vas t'habituer.

— C'est quoi cette niaiserie-là encore ? lui demanda Laurent qui avait passé sa journée assis dans sa chaise berçante à regarder par la fenêtre.

— Si t'étais venu à la messe comme tout le monde, tu le saurais, répondit-elle. C'est du camphre. C'est ce que le docteur Précourt conseille de porter pour éviter la grippe.

— Moi, j'en veux pas, déclara-t-il. Ça pue trop.

— Comme tu voudras, fit Corinne en reprenant le sachet et en le mettant dans sa poche de tablier. Je le donnerai à Madeleine demain.

— Comment ça, demain ?

— Toutes les écoles de la province ferment à compter de demain. Je suppose que ça veut dire que les couvents vont fermer aussi, rétorqua-t-elle. Il va falloir aller chercher notre fille à Nicolet.

— T'enverras Norbert ou Léopold la chercher, fit Laurent. J'ai pas envie de me promener avec le visage arrangé comme ça.

— Non, c'est moi qui vais y aller avec Norbert, trancha-t-elle. Je veux arrêter voir ma mère en passant.

— Tu feras ce que tu voudras, dit-il avant d'allumer sa pipe, comme si le sujet ne l'intéressait pas le moins du monde.

— Demain, c'est l'Action de grâces, je suppose que tu travailleras pas. Tu t'organiseras pour aller payer la dîme et notre banc à l'église pendant que j'irai chercher Madeleine.

Laurent grogna quelque chose, mais elle n'en tint aucun compte.

Le lendemain avant-midi, elle montra à Élise la nourriture qu'elle aurait à servir pour le repas du midi à son père, Léopold et Lionel, puis elle quitta la ferme en compagnie de Norbert.

L'air était chargé d'humidité et le ciel couvert. Les pluies de la semaine précédente avaient raviné la route et parsemé celle-ci de mares plus ou moins profondes.

— On va être chanceux si on n'attrape pas de pluie, dit-elle à son fils.

Le boghei traversa le village, passa devant la maison de Gonzague Boisvert et poursuivit jusqu'à la route conduisant à Saint-François-du-Lac.

— Est-ce qu'on arrête chez grand-mère en montant ou en descendant? demanda l'adolescent à sa mère.

— On est aussi bien d'attendre que Madeleine soit avec nous autres, déclara Corinne. Ça fait longtemps qu'elle a pas vu sa grand-mère.

Le glas sonnait à Pierreville quand ils passèrent devant l'église et la mère de famille se demanda un bref moment si c'était pour l'un des deux enfants dont avait parlé le docteur Précourt, la veille.

À leur arrivée à Nicolet, c'était presque l'heure de dîner et elle décida de s'arrêter chez sa sœur Germaine pour prendre de ses nouvelles, avant d'aller chercher sa fille aînée au couvent voisin.

Norbert s'arrêta sur le côté de la petite maison blanche à un étage de la rue Monseigneur-Panet construite quelques années plus tôt par son oncle Bernard. La demeure, comme les bâtiments, était d'une propreté impeccable et les propriétaires avaient apparemment râtelé le gazon parce qu'il n'y avait aucune feuille morte malgré les deux grands érables aux branches dépouillées qui la flanquaient.

— Occupe-toi de donner à manger au cheval et viens nous rejoindre, ordonna Corinne à son fils en descendant de voiture.

La jeune femme alla sonner à la porte et sursauta quand elle vit sa fille Madeleine venir lui ouvrir en compagnie de sa jeune cousine Aurélie.

— Seigneur ! Qu'est-ce que tu fais ici ? lui demanda-t-elle après l'avoir embrassée sur les deux joues avec un plaisir évident.

— Mon oncle Bernard est venu me chercher au couvent avant-hier, m'man.

— Parce que les sœurs ont demandé aux parents des élèves de tous venir les chercher, poursuivit Germaine en venant accueillir sa sœur qu'elle embrassa à son tour avant de céder sa place à son mari.

— Ça fait que je me suis dépêché à aller la chercher, expliqua ce dernier. Il aurait plus manqué qu'elle attrape cette maudite grippe-là, ajouta-t-il.

— On s'était promis d'aller te la conduire à la maison cet après-midi, dit Germaine, mais on aime encore mieux avoir de la visite.

À cet instant, Norbert frappa à la porte après avoir donné à manger au cheval.

— Entre, Norbert, l'invita sa tante. C'est de valeur que Germain soit pas là. Il est encore chez son grand-père Provencher.

— Il aime son grand-père sans bon sens, expliqua Bernard après avoir débarrassé sa belle-sœur de son manteau.

— Moi, je pense plutôt que notre garçon aime surtout la petite Céline, la fille du voisin de ton père, fit sa femme. Lui, il est pas mal essoufflant. Il faut le garder à l'œil tout le temps.

— Inquiète-toi pas, la rassura son mari en riant. Avec ma mère, il a intérêt à marcher droit. Des gars, elle en a élevé trois et elle sait comment les dompter, je t'en passe un papier.

— Arrivez, mon dîner est prêt, fit Germaine avec bonne humeur. Il faut dire qu'à midi, j'avais de l'aide pour le préparer. Ça a pas traîné, expliqua-t-elle en montrant Madeleine de la main.

Avant de passer à table, Bernard disparut un bref moment puis revint dans la cuisine en tendant une petite enveloppe à sa belle-sœur.

— Ça vient de la sœur économe du couvent, dit-il à Corinne. T'avais payé sa pension jusqu'à Noël. Comme ta fille est restée là juste trois semaines, elle te rembourse ce que le couvent te doit.

— Est-ce que ça veut dire que le couvent rouvrira pas ? demanda Corinne, déçue.

— D'après ce que la sœur m'a dit, il rouvrira pas avant que le gouvernement le permette.

On mangea de bon appétit le rôti de porc servi par la maîtresse de maison tout en échangeant des nouvelles de la famille.

— Blanche m'a écrit pour me dire que ses fils se tiraient bien d'affaire, dit Corinne à ses hôtes. On dirait bien qu'Amédée leur a trouvé une bonne cachette.

— Tant mieux, fit Germaine, la mine soudain assombrie. C'est pas pantoute la même chose pour Simon.

— Il est encore à l'entraînement, non ? lui demanda Corinne, soudain inquiète pour le cadet de la famille.

— Non, il a écrit il y a une dizaine de jours pour dire qu'il embarquait pour les vieux pays à la fin de la semaine.

— C'est pas vrai ! laissa tomber Corinne.

— Bien oui, tu imagines un peu comment m'man a pris la nouvelle.

— Pauvre m'man ! On peut dire que c'est pas son année. Elle a perdu p'pa, Anatole lui pousse dans le dos pour qu'elle se donne à lui et en plus Simon qui...

— Whow ! les femmes, les calma Bernard. Simon est pas encore mort.

— Comment ça se fait que Laurent soit pas venu avec toi ? demanda Germaine en faisant un réel effort pour changer de sujet de conversation. Est-ce qu'il a peur qu'on le mange ? Il me semble qu'il est pas venu à Nicolet depuis une éternité.

— Il file un mauvais coton depuis une couple de jours, mentit Corinne en jetant un bref coup d'œil à son fils pour s'assurer qu'il n'intervienne pas. Je pense que conduire un *truck* lui fait pas. Et toi, Bernard, ça doit se calmer pas mal pour la construction avec l'arrivée de l'automne, s'empressa-t-elle d'ajouter pour détourner l'attention de ses hôtes. Qu'est-ce que tu vas faire cet hiver ? Vas-tu passer tous ces mois-là les pieds sur la bavette du poêle ? demanda-t-elle en mettant de l'animation dans sa voix.

— Pas de saint danger ! s'exclama l'entrepreneur en construction. Tu connais pas ta sœur, toi ! Elle m'endurerait pas plus que trois jours à rien faire dans la maison avant de me mettre à la porte. Non, à la fin du mois, je vais aller travailler avec mon frère Gédéon à Baie-du-Fèvre. Le curé Bellemare a décidé de faire pas mal de transformations au presbytère. Je pense qu'on va en avoir pour une bonne partie de l'hiver.

Durant quelques minutes, on parla de l'accident survenu à Constant, le fils de Bastien et de Rosalie. L'adolescent s'était cassé un bras. Ensuite, on s'entretint à mots couverts de Rosalie, qui semblait avoir finalement repris le dessus après sa fausse couche.

Après le repas, Corinne et sa fille refusèrent carrément de partir avant d'avoir aidé à remettre de l'ordre dans la cuisine des Provencher.

On se quitta sur la promesse de se revoir bientôt et Norbert reprit les rênes pour conduire sa mère et sa sœur à Saint-François-du-Lac. Une heure plus tard, au moment où la voiture s'arrêtait à la grande maison de pierre des Joyal du rang de la Rivière, les premières gouttes de pluie commencèrent à tomber, poussées par un petit vent du nord qui faisait frissonner.

— On restera pas trop longtemps chez votre grand-mère, dit Corinne à ses enfants avant de descendre. Pas plus qu'une heure. On va revenir à la maison à temps pour préparer le souper.

Au moment où elle finissait de parler, la porte de la maison s'ouvrit sur une Lucienne Joyal dont le visage était illuminé par un large sourire.

— Ça, c'est de la belle visite! s'exclama-t-elle en demeurant sur la galerie, à l'abri de la pluie. Dépêchez-vous à entrer avant de vous faire trop mouiller, ordonna-t-elle à ses visiteurs comme Anatole et Thérèse apparaissaient à leur tour sur la galerie.

— Gustave, va chercher une couverte dans l'écurie pour le cheval de ton cousin, commanda Anatole à l'adolescent qui venait de rejoindre ses parents.

Bien qu'il eût le même âge que Norbert, le fils unique d'Anatole et de Thérèse avait une demi-tête de moins que son cousin. Le rouquin aux yeux pétillants de malice jouissait d'une réputation bien méritée d'incorrigible farceur.

— Arrive, le grand fanal, dit-il à Norbert en descendant de la galerie. On dirait que le monde de Saint-Paul ont les deux pieds dans la même bottine.

— Aïe! le comique, l'interpella son père, tiens-toi tranquille, sinon tu vas avoir affaire à moi. Je sais pas ce que j'ai fait au bon Dieu pour avoir un agrès comme ça, ajouta le frère aîné de Corinne en regardant les deux adolescents se diriger vers l'écurie. Il y a des fois qu'il me rappelle Bastien quand il était jeune. Il y en avait pas comme lui pour faire étriver le monde.

Corinne et Madeleine entrèrent dans la maison à la suite de Lucienne et Thérèse. Pendant que sa bru débarrassait les invitées de leur manteau, la grand-mère leur servit une tasse de thé bouillant.

— Je trouve que t'es pas bien raisonnable, ma fille, de te promener comme ça à la pluie, dit-elle à Corinne sur un ton réprobateur. Ça, c'est des plans pour attraper ce qu'ils appellent leur grippe espagnole.

— Il vient juste de commencer à mouiller, m'man, se défendit la jeune femme.

— Ça fait rien, prends pas de chance. Je sais pas si tu le sais, mais il y a deux enfants de la paroisse qui sont morts hier soir de cette maladie-là. Monsieur le curé nous a même demandé de prier pour notre deuxième voisin, Honoré Painchaud. Il paraîtrait qu'il l'a attrapée, lui aussi. Il a même pas trente-cinq ans.

— On commence à trouver que ça fait peur, cette maladie-là, intervint Thérèse. Aujourd'hui, on avait pensé aller passer l'après-midi chez mon père, mais quand Raoul, un de mes frères, m'a dit qu'il avait commencé à faire de la fièvre et qu'il toussait à fendre l'âme, on a décidé de rester ici dedans et de pas courir de risque.

Norbert entra dans la maison en compagnie de son cousin et tous deux montèrent à l'étage, dans la chambre de Gustave.

— Ces deux-là m'inquiètent quand ils sont ensemble, déclara Thérèse, l'air aussi revêche que d'habitude. On se demande toujours quel mauvais plan ils vont nous sortir.

Corinne ne dit rien, mais elle jeta un long regard à sa mère qui lui semblait avoir un peu maigri depuis la dernière fois qu'elle l'avait vue. On parla de Rosalie et de Bastien.

Puis, Corinne s'entretint brièvement de l'avancement des travaux de la terre avec son frère Anatole.

— C'est Norbert et notre homme engagé qui ont labouré cette année, dit-elle fort imprudemment.

— Comment ça ? s'étonna sa mère. Laurent pouvait pas le faire ?

— Cette année, il a pas fait grand-chose sur la terre, à part aider un peu à entrer le foin, admit sa fille. Vous comprenez, m'man, il conduit le *truck* de son père six jours par semaine, du matin au soir. Il a pas le temps.

— Ça tenterait pas à ton mari de lâcher cet ouvrage-là pour s'occuper juste de son bien ? intervint Thérèse.

— Je le sais pas. L'argent est pas mal rare et il y penserait deux fois plutôt qu'une avant d'arrêter.

Corinne saisit le regard d'intelligence que sa belle-sœur lança à son mari. Elle devint mal à l'aise et sa mère s'en rendit compte.

— Je t'ai pas montré les rideaux que je me suis crochetés pour la fenêtre de ma chambre, dit-elle à sa cadette.

— Non.

— Viens les voir, lui offrit Lucienne en quittant sa chaise. Ça va peut-être te donner le goût de t'en faire des pareils.

La mère laissant Madeleine en compagnie de son oncle et de sa tante, entraîna sa fille dans la chambre située près du salon. Quand Corinne la vit fermer la porte derrière elle, elle comprit que sa mère voulait lui parler, loin des oreilles de son frère et de sa belle-sœur.

— Veux-tu bien me dire ce qui se passe exactement avec ton mari ? lui demanda Lucienne, l'air sévère, en se plantant devant elle.

— Mais il se passe rien, m'man, mentit-elle.

— Corinne Joyal, prends-moi pas pour une valise, lui dit sa mère en haussant légèrement la voix. Saint-Paul est pas à l'autre bout du monde, tu sauras. Nous autres, on a entendu toutes sortes de bruits au sujet de ton beau Laurent.

— Quels bruits ? demanda la jeune femme en blêmissant.

— Il y a un Turcotte de Saint-François qui travaille pour la voierie. Il a raconté partout qu'un nommé Laurent Boisvert de Saint-Paul avait mangé toute une raclée la semaine passée. À l'entendre, les deux hommes qui l'ont battu l'ont presque tué.

L'air soudain malheureux de sa fille apprit à Lucienne que les rumeurs étaient fondées. Son visage sévère se fit tout à coup compatissant et elle prit un ton maternel pour poursuivre.

— Est-ce que c'est vrai cette histoire de fille qu'il aurait mise en famille à Yamaska ?

Corinne se borna à hocher la tête.

— Ma pauvre petite fille ! la plaignit Lucienne. On peut pas dire que t'as tiré le bon numéro quand t'as choisi de marier cet énergumène-là. Veux-tu bien me dire quelle sorte d'homme on t'a laissée marier ?

— On pouvait pas deviner, m'man, fit sa fille en esquissant un sourire sans joie.

— En tout cas, lui, il est chanceux de pas être ici dedans aujourd'hui parce que je l'achèverais, ajouta la veuve sur un ton menaçant. Tu sais que c'est Bastien qui a entendu parler de ça au village et quand il en a parlé à Anatole, tous les deux voulaient aller chez vous lui demander des comptes.

— Ça aurait servi à rien, m'man. Je pense que, là, il est assez puni comme ça.

— Et toi, qu'est-ce que tu vas faire ?

— J'ai pas le choix. Il y a les enfants. Je vais rester et continuer à l'endurer comme il est, dit-elle, la voix tremblotante.

Lucienne ne prononça pas un mot de plus. Elle se borna à attirer sa fille sur son sein et lui tapota doucement le dos, comme pour la consoler.

— Crains rien, finit-elle par lui dire un instant plus tard. Dieu va te donner la force de traverser cette épreuve-là.

La mère et la fille quittèrent la chambre et revinrent dans la cuisine. Quelques minutes plus tard, Corinne donna le signal du départ et résista aux tentatives de sa mère de la retenir à souper avec les siens.

— Je peux pas demander à Élise de préparer le souper. Déjà qu'elle s'est occupée du dîner, prétexta la jeune mère en boutonnant son manteau. En plus, on dirait qu'il a arrêté de mouiller. On va en profiter pour faire un bout de chemin.

À leur retour à la maison, Laurent et Léopold étaient en train de faire le train. Corinne et Madeleine s'empressèrent de changer de robe avant d'aider Élise à finir de préparer le souper.

— Quand tu verras ton père, fais surtout pas de remarques sur son visage, recommanda la mère à l'adolescente. Il s'est battu la semaine passée. C'est déjà moins pire que c'était, se borna-t-elle à dire.

Quand les deux hommes rentrèrent, ils découvrirent Madeleine en train de mettre le couvert. Celle-ci ne put s'empêcher de sursauter en apercevant les marbrures violacées sous les yeux de son père ainsi que les cicatrices sur ses joues et son front. Elle se contenta d'aller l'embrasser sur une joue avant de saluer Léopold. Corinne, attentive, avait vu le visage de ce dernier s'illuminer à la vue de la jeune fille dans la cuisine, mais elle s'était gardée de faire le moindre commentaire. Quand la mère de famille se rendit compte que Norbert avait tout remarqué et qu'il s'apprêtait à mettre son grain de sel, elle lui fit les gros yeux, ce qui eut le don de lui faire renoncer à sa plaisanterie.

Ce soir-là, en se mettant au lit, Corinne ne put s'empêcher de dire à son mari :

— J'ai trouvé ça bien plaisant aujourd'hui quand ma mère m'a dit qu'ils avaient entendu parler de la volée que t'avais mangée.

— Qui a raconté ça ? demanda-t-il, surpris.

— Des gars qui travaillaient pour la voierie, à Pierreville.

— Ils ont du temps à perdre, ces niaiseux-là, dit-il, apparemment indifférent.

— Si c'était juste ça, ce serait pas la fin du monde, ajouta sa femme. Mais ils ont rapporté bien d'autres choses...

— Quoi encore, sacrement?

— Ils ont répété partout qu'ils t'avaient battu parce que t'avais mis leur sœur en famille.

— C'est juste des maudits menteurs!

— Ça, c'est toi qui le dis... En attendant, c'est moi qui passe pour une folle dans ma famille. J'aime bien ça, conclut-elle en soufflant la lampe posée près d'elle, sur la table de chevet avant de lui tourner le dos.

Laurent ne se donna pas la peine de répliquer. Les yeux ouverts dans l'obscurité, sa femme attendait que le sommeil lui apporte enfin l'oubli. Les remarques formulées par sa mère l'après-midi même avaient ravivé sa peine. Elle trouvait humiliant d'être l'objet de la pitié des gens.

Le lendemain de l'Action de grâces, le soleil était revenu et les cultivateurs retardataires en profitèrent pour terminer leurs labours d'automne. Déjà, le ciel était traversé par de nombreux voiliers d'outardes en route vers le sud. C'était là un signe que l'hiver approchait à grands pas.

Depuis la mise en garde dramatique du curé Bilodeau, on ne parlait plus que des ravages de la grippe espagnole dans la paroisse et on guettait son apparition à Saint-Paul-des-Prés. On venait d'entrer dans une période fort sombre où le désespoir s'emparait des âmes les moins bien trempées. Déjà, on pouvait se rendre compte que l'église accueillait de plus en plus de fidèles venant prier à toute heure du jour pour demander à Dieu de les épargner. La veille, le bruit avait couru que Mathias Cormier et sa femme, des cultivateurs du rang Saint-André, étaient atteints. Pourtant, une mésaventure survenue au maire de la petite municipalité allait tout de même susciter quelques sourires en ces jours qui s'annonçaient bien sombres.

Étrangement, le maire Fabien Gagnon était un des rares fanatiques de la chasse aux canards à Saint-Paul-des-Prés. Il était si passionné par ce sport qu'il ne pensait plus qu'à ça chaque automne. Chaque matin, dès l'aube, il allait prendre place dans son embarcation transformée en cache et laissée près de la berge de la Yamaska, quelques arpents plus loin que la terre de Gonzague Boisvert. Les années passées, l'homme d'affaires avait pu compter sur la complicité de Maurice Grenier, un vieux célibataire de la paroisse qui partageait son engouement pour la chasse. Cependant, Grenier était parti demeurer chez l'une de ses sœurs, à Saint-Germain, au début de l'été, et il lui avait fallu se trouver un autre compagnon.

Le maire avait éprouvé énormément de difficultés à remplacer son vieux compagnon. Il lui avait même fallu déployer des trésors d'éloquence pour finalement convaincre Ernest Laforce, conseiller municipal et l'un de ses employés, de l'accompagner dans ses excursions matinales.

— Moi, aller me geler les fesses et claquer des dents pendant des heures pour rien dans une cache, ça me tente pas ben gros, avait fini par lui dire l'homme âgé d'une quarantaine d'années.

— Sers-toi de ta tête un peu, Ernest, avait répliqué le maire à bout de patience. T'es mon employé et je t'offre de rentrer à neuf heures le matin au lieu de six heures en te coupant pas ton salaire. Qu'est-ce que tu veux de plus ? T'es payé pour t'amuser, saint chrême !

— Ouais, on sait ben, avait commencé à faiblir le gros homme au souffle court.

— En plus, t'auras même pas à atteler ou à marcher. On va aller à ma cache dans mon char.

— Ma femme sait pas comment préparer ça, du canard, fit Ernest en guise de dernière tentative d'éviter ce qu'il considérait apparemment comme une corvée.

— C'est pas compliqué pantoute. Elle aura juste à aller voir ma femme. Elle va lui expliquer ça.

Bref, les deux hommes avaient entrepris, dès le début d'octobre, de se rendre chaque matin à la grosse Verchères dissimulée sous des branches de sapinage. Là, après avoir écopé l'eau de pluie accumulée dans l'embarcation, ils laissaient flotter leurs appeaux et guettaient le moindre signe de présence des outardes dans le ciel.

Ernest Laforce, les dents serrées, attendait avec une impatience mal déguisée la fin des trois heures obligatoires avant de regagner la chaleur toute relative de la Chevrolet 940 abandonnée sur le bord de la route.

Ce matin-là, Fabien déclara d'un air dégoûté à son compagnon, en prenant place derrière le volant:

— Je sais pas ce qui se passe depuis une semaine, saint chrême! On poigne presque rien. Je pense qu'on devrait déplacer la cache demain matin.

Laforce, debout près de la portière, acquiesça mollement. Là-dessus, le maire tendit au gros homme la manivelle pour faire démarrer sa voiture. Ce dernier l'engagea à l'endroit approprié et en donna un tour pour lancer le moteur. Rien. Il répéta la manœuvre à plusieurs reprises avant que le propriétaire de l'automobile neuve, à bout de patience, s'écrie:

— Veux-tu ben me dire ce qu'il a encore de travers, ce maudit char-là?

Sur ces mots, il se décida à descendre du véhicule et à en relever le capot. Il se pencha au-dessus du moteur tout en repoussant sa casquette pour se gratter la tête. Son employé s'approcha à son tour.

— Tu t'y connais, toi? demanda-t-il à Laforce sans trop y croire.

— Ben non, je connais rien pantoute là-dedans, répondit Ernest, un peu essoufflé d'avoir manié la manivelle à plusieurs reprises.

— Bout de cierge! jura le maire. Je sais pas ce qu'a cette maudite machine-là. Elle arrête n'importe où, n'importe quand. Je me demande si je vais être capable de me fier à ça cet hiver.

— Ah ça! fit son compagnon en haussant les épaules, l'air indifférent.

Fabien Gagnon farfouilla à l'aveuglette sous le capot, essaya ensuite à quelques reprises de faire démarrer sa Chevrolet avant de déclarer, humilié:

— Il y a rien à faire. Il va falloir la faire tirer par quelqu'un.

— Je peux toujours aller demander au père Boisvert s'il pourrait pas venir nous tirer jusqu'au garage de Melançon, proposa Ernest Laforce avec un sourire narquois.

La haine opposant les deux hommes était bien connue par tous les habitants de Saint-Paul-des-Prés.

— Laisse faire tes farces plates, le réprimanda sèchement son patron. Va plutôt demander à Auguste Laramée s'il pourrait pas venir avec deux de ses chevaux. Dis-lui d'apporter des chaînes.

— Vous pensez qu'il est capable de faire ça? lui demanda son employé, l'air indécis.

— Ben oui, envoye! Grouille! lui ordonna l'homme d'affaires avec impatience. On n'est pas pour passer la journée au milieu du chemin.

Si son employé avait émis des doutes au sujet des capacités du cultivateur, c'est que le pauvre homme avait la réputation d'être un peu simple d'esprit. Comme le disait sans méchanceté Alcide Duquette: «Ce pauvre Auguste a pas inventé le bouton à quatre trous.» Mais là, Fabien Gagnon n'avait pas le choix. Il n'allait tout de même pas demander un service à Gonzague Boisvert, un homme qu'il détestait à s'en confesser.

Ernest Laforce partit sans se presser vers la ferme des Laramée située à quelques arpents de l'endroit où était la voiture pendant que le maire claquait la portière avec rage et décochait un solide coup de pied à l'un des pneus de son véhicule.

Quelques minutes plus tard, il vit venir vers lui Ernest en compagnie d'un petit homme maigre à la chevelure hirsute conduisant par le mors un couple de lourds chevaux bais. Laramée portait des chaînes sur son épaule.

— Il paraît que vous êtes encore poigné avec votre mécanique, monsieur le maire, dit Auguste Laramée en cachant mal son air sarcastique.

Comme chaque fois qu'il avait affaire à lui, le maire eut du mal à détacher son regard de la pomme d'Adam proéminente de son interlocuteur, qui semblait prise de folie quand son propriétaire parlait.

— Ben oui, saint chrême ! Mon char veut pas partir. Mais là, t'es venu sans charrette pour le tirer. Comment tu vas faire ? fit le maire, intrigué.

— J'ai juste une charrette et elle est en réparation chez Melançon, expliqua le fermier. Je me suis dit que je vais tirer votre mécanique jusque-là puis atteler mes chevaux à ma charrette pour revenir. Ça va m'éviter un voyage, expliqua Auguste en affichant un air finaud.

Là, Fabien Gagnon était un peu perdu. Il ne voyait pas trop bien comment le cultivateur allait s'y prendre pour touer son véhicule jusqu'au village situé à près d'un mille et demi. Allait-il marcher devant ses chevaux ?

— C'est ben correct, dit-il, mais je peux pas passer l'avant-midi à me traîner sur le chemin, prit-il soin d'ajouter.

— Inquiétez-vous pas, le rassura le cultivateur en se penchant pour attacher les chaînes que lui tendait Ernest au pare-chocs du véhicule. Vous pouvez monter dedans, ajouta-t-il en se relevant. Je pense que ça va marcher.

Fabien et Ernest montèrent dans le lourd véhicule. Ils n'avaient pas encore refermé les portières qu'ils virent Auguste Laramée s'asseoir sans façon sur le capot de la Chevrolet qui se mit lentement en branle en direction du village.

— Regarde-moi l'innocent! pesta le maire en montrant le dos d'Auguste à son employé. On va avoir l'air fin en maudit quand on va passer devant tout le monde, arrangés comme ça.

— Moi, monsieur Gagnon, ça me dérange pas ben gros, se défendit Ernest. Je suis juste un de vos employés. Le char est pas à moi.

Fabien Gagnon grimaça de dépit, conscient que sa réputation allait en prendre un coup. Ce matin-là, on aurait dit que tout se liguait contre le maire de Saint-Paul-des-Prés puisque trois ou quatre paroissiennes sortaient de l'église au moment où l'étrange attelage passait devant l'édifice. Un peu plus loin, quelques clients rassemblés devant le magasin général ouvrirent de grands yeux et éclatèrent de rire en apercevant Auguste Laramée en train de trôner sur le capot de la Chevrolet tirée par ses deux chevaux.

Auguste fit tourner l'attelage dans la cour commune, située entre le magasin général et le garage-forge de Joseph Melançon, et descendit enfin de son perchoir pour en détacher les chaînes sous les quolibets des spectateurs qui venaient de s'approcher du véhicule.

Alerté, Joseph Melançon sortit de son atelier en s'essuyant les mains sur un linge. Fabien, furieux d'être l'objet de plaisanteries, descendit de sa voiture.

— Mon char marche pas encore, dit-il au mécanicien, comme s'il lui reprochait de mal l'entretenir. Baptême, à t'entendre, tu l'avais ben réparé la semaine passée!

— On va essayer de le faire partir, se contenta de dire Joseph en tendant la main vers la manivelle que tenait Ernest Laforce. Donne-moi ça, ordonna-t-il à ce dernier.

Le maire monta dans sa voiture et essaya à plusieurs reprises de faire démarrer son véhicule. Inutile. Rien ne se produisit. Le silence était tombé sur la petite foule intéressée rassemblée autour de la Chevrolet. Sans désemparer, le mécanicien releva le capot et examina pendant un bref moment la mécanique. Il y eut des murmures chez les spectateurs qui commentaient la complexité évidente de la mécanique d'un tel véhicule.

Soudain, Joseph sortit la tête de sous le capot et s'avança vers la portière, côté conducteur. Il demanda au maire de sortir de sa voiture et de lui céder sa place derrière le volant. Fabien Gagnon s'exécuta, non sans jeter un regard mauvais aux badauds qui cernaient sa Chevrolet. Le mécanicien prit place dans le véhicule et se pencha vers l'un des deux cadrans du tableau de bord. Il tapa doucement du bout du doigt sur l'un d'eux avant de descendre de la voiture. Il se campa alors, l'air excédé, devant le maire de Saint-Paul-des-Prés qui, quelques minutes plus tôt, l'avait accusé devant les gens d'avoir mal réparé sa Chevrolet.

— Monsieur le maire, ce char-là, c'est pas un cheval, dit-il d'une voix tranchante. Il marche à la *gasoline*, pas à l'air du temps, bonyeu ! Il y en a pas une goutte dans le réservoir. Comment voulez-vous qu'il marche ?

Un immense éclat de rire secoua les spectateurs et le maire, rouge de honte, ordonna alors à Melançon de faire le plein !

Évidemment, l'histoire fit le tour de la paroisse en moins de vingt-quatre heures. Les adversaires politiques du maire en firent des gorges chaudes et amplifièrent sa mésaventure. Incontestablement, le premier à se réjouir de l'affaire fut Gonzague Boisvert.

— Quand t'es trop bête pour savoir te servir d'un char, dit-il à son fils Henri, t'es ben mieux de rester avec un cheval et une voiture. Ça va moins vite, mais c'est moins compliqué, ajouta-t-il avec une pointe de méchanceté.

Le vieillard ne se rendait pas compte qu'il avait beau posséder deux camions, il ne se déplaçait lui-même qu'en boghei parce qu'il ne savait pas conduire.

Ce matin-là, à titre de président de la commission scolaire, il avait décidé de faire la tournée des écoles de rang de la paroisse pour s'assurer que chacune des institutrices avait bien quitté les lieux après avoir remis de l'ordre dans son école, comme il l'avait exigé quarante-huit heures auparavant.

Gonzague Boisvert était demeuré président de la commission scolaire de Saint-Paul-des-Prés contre vents et marées durant les vingt dernières années. Dans la municipalité, on lui reconnaissait beaucoup de défauts, mais on était d'accord pour lui concéder le mérite d'être un bon gestionnaire et de ne pas dépenser l'argent des contribuables à tort et à travers. Par le passé, il serait probablement demeuré maire de Saint-Paul-des-Prés beaucoup plus longtemps qu'un mandat s'il n'avait pas été constamment à couteaux tirés avec le curé Bilodeau.

Quand la lettre des autorités lui était parvenue, exigeant la fermeture immédiate de toutes les écoles pour juguler l'épidémie de grippe espagnole qui sévissait dans la province, il n'avait pas hésité une minute. Il était allé lui-même dans les quatre écoles annoncer aux enseignantes et aux enfants que les petits établissements fermaient leurs portes le jour même. Cette nouvelle avait été saluée par des cris de joie des enfants. Il en avait profité pour demander à chaque institutrice de rentrer le plus rapidement possible chez elle, de manière à ce que la commission scolaire ne soit pas obligée de continuer à chauffer l'école plus longtemps que nécessaire.

Peu avant midi, il avait eu le temps d'inspecter l'école du village ainsi que celles des rangs Saint-André et Notre-Dame. Il avait trouvé les lieux déserts et verrouillés, comme il se devait. Il lui avait suffi d'un simple coup d'œil dans chacun des bâtiments pour constater que l'institutrice avait correctement fait son travail avant de rentrer chez elle.

Quand il arriva devant l'école du rang Saint-Joseph, il aperçut de la fumée sortant de la cheminée, ce qui le fit grimacer de déplaisir. Il immobilisa son attelage près du perron du petit édifice blanc, descendit de voiture et entra dans l'école dont la porte était déverrouillée.

— Il y a quelqu'un? cria-t-il.

— Oui, je suis là, répondit Angèle Beaulac en quittant le fond de la pièce en claudiquant.

— Veux-tu ben me dire ce que tu fais encore ici dedans? lui demanda le président de la commission scolaire sur un ton mécontent. Je pensais avoir été ben clair il y a deux jours.

— Mais monsieur Boisvert, je peux pas m'en retourner à pied chez mes parents à Saint-Guillaume. Il faut que mon vieux père vienne me chercher. Le temps de lui écrire et que la lettre arrive à la maison, j'ai bien l'impression qu'il sera pas ici avant samedi ou dimanche.

— Et pendant ce temps-là, tu dépenses le bois qu'on t'a fourni.

— Aimez-vous mieux que je me laisse mourir de froid? demanda l'enseignante au chignon parsemé de quelques cheveux gris.

De toute évidence, elle commençait à prendre la mouche.

— Ben, c'est pas ça, mais...

— Ayez pas peur, monsieur Boisvert, je chauffe juste mon poêle, en haut, et juste assez pour réchauffer l'appartement.

— C'est correct, laissa-t-il sèchement tomber.

— En passant, pendant que vous êtes là, est-ce que vous pouvez me dire ce qui va se passer avec mon salaire pendant que l'école va être fermée? lui demanda l'institutrice.

— Le gouvernement a rien dit là-dessus, fit Gonzague à qui aucune des autres institutrices n'avait osé poser la question. D'après moi, on va vous enlever le salaire des semaines où l'école va être fermée.

— Vous êtes pas sérieux ?

— Ben, écoute donc, toi ! commença à s'emporter le vieillard. Tu voudrais tout de même pas être payée pendant que tu travailles pas, non ? J'espère que ton père tardera pas trop, ajouta-t-il en ouvrant la porte, prêt à sortir. Oublie surtout pas de ben barrer quand tu partiras.

Les lèvres pincées, Angèle Beaulac se planta devant l'une des fenêtres de sa classe pour le regarder monter dans sa voiture.

— Lui, chaque fois que je lui vois la face, j'ai envie de l'étrangler, le vieux maudit ! dit-elle à voix haute.

Deux jours plus tard, Corinne rentrait à la maison après être allée chercher des œufs dans le poulailler quand elle aperçut le facteur en train de faire demi-tour dans l'entrée de la cour de la ferme. Le drapeau rouge relevé de sa boîte aux lettres lui apprit que l'homme venait de lui laisser une lettre. Immédiatement, elle songea à sa belle-sœur Juliette qui ne lui avait pas écrit depuis quelques semaines. Elle tourna la tête pour voir si Lionel n'était pas dans les parages pour l'envoyer chercher le courrier. Son garçon devait être parti dans le champ avec Norbert et Léopold. Tant mieux. Depuis que l'école était fermée, l'enfant de sept ans l'énervait quand il demeurait dans la maison à se plaindre qu'il ne savait pas quoi faire.

Elle déposa au passage son plat rempli d'œufs sur la galerie et se dirigea vers la boîte aux lettres qu'elle ouvrit. À sa grande surprise, elle y découvrit deux enveloppes. Elle reconnut immédiatement l'écriture sur la première. Elle provenait bien de Juliette Marcil. La grosse écriture sur la seconde lui sembla un peu malhabile. Elle eut la vague impression de la reconnaître et s'immobilisa un instant, cherchant dans sa mémoire à l'identifier.

Le vent venait de se lever et charriait les feuilles en les faisant tourbillonner avant de les plaquer contre le mur de la petite maison grise. Le soleil cherchait à percer la couverture nuageuse sans grand succès. Corinne réprima un frisson et rentra à la maison après avoir repris ses œufs sur la galerie.

— Tiens, dit-elle à Madeleine en lui tendant le bol. Je vais jeter un coup d'œil sur la lettre que ta tante Juliette vient de m'écrire.

L'adolescente prit les œufs et alla les déposer dans le garde-manger pendant que sa mère s'assoyait dans la chaise berçante, hésitant un court moment entre les deux enveloppes. Laquelle ouvrir en premier ?

— Elle vous a écrit deux lettres ? lui demanda sa fille, curieuse, en apercevant les deux enveloppes.

— Non, je sais pas d'où vient l'autre, reconnut sa mère en se décidant brusquement à la décacheter.

Madeleine ne dit rien. Elle se contenta de regarder les lèvres de sa mère bouger pendant qu'elle lisait le contenu de la missive qu'elle venait d'ouvrir.

— Mon Dieu ! Enfin des nouvelles ! finit par dire la mère de famille en pressant contre elle la petite feuille blanche qu'elle venait de tirer de l'enveloppe.

— Des nouvelles de qui, m'man ?

— De ton frère, répondit-elle, émue. Il m'en a pas écrit long, mais assez pour me dire qu'il va bien et qu'il s'est trouvé de l'ouvrage dans une glacière, à Montréal.

— C'est un beau sans-cœur pareil de pas avoir trouvé le temps de donner de ses nouvelles depuis le printemps passé, laissa tomber la jeune fille. Il aurait pu écrire avant.

Corinne fit comme si elle ne l'avait pas entendue.

— Il écrit qu'il va essayer de venir nous voir la semaine prochaine.

— J'ai pas hâte de voir ce que p'pa va lui faire quand il va le voir arriver, dit l'adolescente en formulant ouvertement la crainte que sa mère avait éprouvée elle-même après la lecture de la lettre.

— On va préparer ton père, dit-elle avec une assurance qu'elle était loin de ressentir. Après tout, c'est son garçon, ajouta-t-elle en ouvrant la lettre de sa belle-sœur Juliette.

Elle lut lentement et avec une inquiétude croissante la longue lettre de la restauratrice. Quand elle la replia, elle était submergée par l'angoisse.

— Vous avez l'air tout drôle, m'man, lui fit remarquer sa fille. Est-ce qu'il y a une mauvaise nouvelle ?

— Oui et non, répondit sa mère d'une voix éteinte.

— Qu'est-ce qu'il y a ?

— Ta tante me parle de Montréal. Ça a l'air bien effrayant ce qui se passe en ville avec la grippe. Je sais pas si elle exagère, mais elle dit qu'il y a des morts partout. C'est pourtant pas son genre de s'énerver pour rien, poursuivit Corinne. Elle dit qu'il y a tellement de morts à Montréal qu'on les ramasse dans des charrettes durant la nuit pour les enterrer dans des fosses communes. Ça a quasiment pas d'allure, une affaire comme ça. Elle raconte qu'elle pense fermer son restaurant le temps que ça passe parce qu'il y a presque plus de clients. Les seuls qui se promènent sur les trottoirs se cachent le visage avec un masque pour pas attraper la grippe. Il paraît que le monde ne se parle plus et se dépêche de rentrer à la maison sans regarder personne.

— Ma tante doit exagérer, dit Madeleine pour rassurer sa mère.

— En tout cas, là, avec tout ce qu'elle me raconte, ça me rassure pas pantoute pour ton frère. Il est tout seul là-bas. S'il lui arrive quelque chose, on le saura même pas. Si je savais où il reste, je demanderais à ton père d'aller le chercher tout de suite...

— Il lui arrivera rien, m'man, lui dit l'adolescente sur un ton apaisant.

— Je vais tout de même écrire à ta tante d'essayer de retrouver ton frère pour lui dire de revenir à la maison le plus vite possible. Il doit pas y avoir des centaines de glacières à Montréal, après tout. Il me semble qu'il doit y avoir bien moins de chance d'attraper la grippe à la campagne qu'en ville. Du même coup, je vais inviter ta tante à venir vivre avec nous autres, au moins le temps que cette maladie-là passe.

Sur ces mots, Corinne alla chercher sa bouteille d'encre, sa plume et sa tablette de papier à lettres dans l'un de ses tiroirs, et elle s'empressa d'écrire à Juliette Marcil.

Ce soir-là, la mère de famille attendit que tout le monde soit monté se coucher pour sortir la lettre de son fils et la montrer à son mari, qui venait de revenir de sa tournée des bâtiments. À son haleine, il semblait avoir fait un arrêt à sa provision de bouteilles de caribou. Pendant toute la soirée, elle s'était torturé l'esprit pour trouver la meilleure façon de lui apprendre la nouvelle.

— C'est quoi ce papier-là ? lui demanda-t-il, bourru.

Chaque fois qu'on lui tendait un papier, Laurent Boisvert avait ce réflexe de défense, handicapé par le fait qu'il ne savait ni lire ni écrire.

— Ça, c'est une lettre de notre garçon, répondit sa femme.

— Ah oui ! fit-il sans manifester grand intérêt en se dirigeant vers l'horloge dans l'intention d'en remonter le mécanisme.

— Il est à Montréal. Il travaille dans une glacière, poursuivit-elle.

— Puis, il vient de se souvenir tout à coup qu'on existe ? demanda Laurent d'une voix pleine de rancœur.

— Il aimerait venir nous voir la semaine prochaine, dit-elle sans tenir compte de sa question.

Il remonta le mécanisme de l'horloge, puis s'empara de la lampe à huile avant de se diriger vers la chambre à coucher.

— Il peut ben rester où il est, fit-il d'une voix abrupte quand sa femme le rejoignit dans leur chambre. Ici dedans, on n'a pas besoin de lui pantoute. Il a choisi de sacrer son camp comme un maudit sauvage, qu'il se débrouille !

— Tu peux pas faire ça à ton propre garçon, s'emporta Corinne en enfilant sa robe de nuit.

— Je vais me gêner encore ! répliqua Laurent, avec hostilité. C'est ma maison et je veux pas le voir y mettre les pieds.

— C'est ma maison à moi aussi, tu sauras ! rétorqua-t-elle en haussant le ton. Il a sa place dans ma maison, comme tous mes autres enfants.

— J'ai ben hâte de voir ça, sacrement ! jura son mari en s'étendant dans le lit. On va ben voir qui est le maître ici dedans. Cette maudite tête folle là va rester dehors !

— C'est tout de même pas sa faute à cet enfant-là s'il ressemble à son père, laissa-t-elle tomber d'une voix acide en se couchant à son tour.

Il souffla la lampe et lui tourna le dos pour bien lui montrer que la discussion était close. Ce soir-là, encore une fois, la mère de famille mit beaucoup de temps avant de trouver le sommeil. Il lui fallait absolument trouver un moyen de persuader son mari de laisser Philippe revenir à la maison.

Chapitre 18

Le drame

Le lundi suivant, Corinne terminait son lavage avec l'aide de Madeleine quand elle vit Norbert entrer dans la cour de la ferme, de retour de chez les Brisebois auxquels elle l'avait envoyé emprunter une lime. Au lieu de poursuivre son chemin jusqu'à la remise où il se savait attendu par Léopold, l'adolescent choisit de s'arrêter à la maison.

— L'as-tu, cette lime-là ? lui demanda sa mère en finissant de tordre un pantalon qu'elle venait de rincer.

— Oui, mais là, j'arrête pour vous dire qu'il se passe quelque chose de pas normal chez les voisins.

— Chez les Rocheleau ?

— Non, chez les Jutras. Quand je suis passé devant chez eux, j'ai vu deux hommes en train d'entrer un cercueil par la porte d'en avant.

— Mais voyons donc ! laissa tomber Corinne en s'éloignant brusquement du bac de rinçage pour aller regarder par la fenêtre qui donnait sur la maison de Jocelyn Jutras.

Madeleine avait suivi sa mère sans rien dire et scrutait, elle aussi, la maison voisine.

— En tout cas, m'man, il y a une voiture dans leur cour.

Sa mère ne dit rien. Elle retira son tablier et alla prendre son châle déposé sur l'une des chaises berçantes.

— Je vais aller voir ce qui se passe, déclara-t-elle à ses enfants. S'il leur est arrivé un malheur, ils vont avoir besoin d'aide.

— Voulez-vous que j'y aille avec vous? proposa l'adolescente.

— Non, finis plutôt le lavage. Toi, Norbert, va rejoindre Léopold dans la remise. Il t'attend depuis assez longtemps.

Sur ces mots, la jeune femme sortit de la maison. En posant le pied sur la galerie, elle eut du mal à réprimer un frisson. Depuis le début de la matinée, le temps était devenu beaucoup plus frais à cause du vent du nord qui s'était levé. Elle serra son châle un peu plus étroitement contre elle et prit la route en direction de la maison des Jutras.

Quand elle passa devant la ferme des Rocheleau, l'épouse de Laurent Boisvert entendit héler. Elle tourna la tête et aperçut Marie-Claire Rocheleau qui venait dans sa direction.

— T'en vas-tu voir ce qui se passe chez le voisin? lui demanda la petite femme grassouillette.

— Oui, Norbert vient de me dire qu'il a vu deux hommes entrer un cercueil dans leur maison.

— C'est en plein ce que Germaine m'a dit avoir vu de la fenêtre de sa chambre. Si ça te dérange pas, on va aller voir ensemble si on peut pas être utiles à quelque chose.

Quelques instants plus tard, les deux femmes entrèrent dans la cour de la ferme de Jocelyn Jutras. Aucune voiture n'y était plus stationnée. Elles s'apprêtaient à monter sur la galerie pour aller frapper à la porte quand celle-ci s'ouvrit sur un Jocelyn Jutras au visage ravagé.

— Restez là où vous êtes! Approchez pas! leur ordonna-t-il.

Corinne et Marie-Claire se figèrent sur place, stupéfaites par le comportement du voisin.

— Qu'est-ce qui se passe, Jocelyn? lui demanda Corinne.

— Catherine est morte aux petites heures, à matin, leur annonça-t-il d'une voix chargée de chagrin.

— Voyons donc! Je l'ai vue vendredi chez Duquette, elle avait pas l'air malade pantoute, protesta Marie-Claire.

— Elle a attrapé la grippe, se contenta de dire Jocelyn. Elle a commencé à faire de la fièvre samedi après-midi et, hier, elle était trop malade pour aller à la messe. Le docteur est venu de bonne heure dimanche matin, il m'a dit qu'il y avait plus rien à faire parce qu'elle avait plus assez de force pour lutter contre la pneumonie, expliqua le veuf d'une voix éteinte.

— Pauvre toi ! fit Corinne d'une voix pleine de compassion.

— Le docteur m'a dit qu'il fallait que le moins de monde possible s'approche d'elle. Camil Giroux de Yamaska vient de m'apporter un cercueil.

— Nous autres, on venait te proposer notre aide, intervint Marie-Claire, pleine de bonne volonté.

— Oui, on pourrait préparer ta femme.

— Vaut mieux pas, déclara Jocelyn. C'est trop dangereux. Je vais m'en occuper avec ma belle-mère.

— On va au moins venir prier au corps après le souper, lui promit Corinne.

— Vous êtes ben fines, mais ce serait mieux de prier chez vous. C'est trop risqué d'entrer chez nous. C'est pour ça que je me suis dépêché à sortir dehors quand je vous ai vues arriver.

— Ça a quasiment pas d'allure de te laisser veiller ta femme tout seul, dit Corinne, peinée pour lui.

— C'est mieux comme ça, affirma-t-il.

— Quand les funérailles vont être chantées ? demanda Marie-Claire.

— Demain matin, à huit heures. Monsieur le curé m'a dit qu'il valait mieux qu'elle soit enterrée le plus vite possible.

— On va y être, promit Corinne. Bon courage, souhaita-t-elle à son voisin avant de quitter les lieux en compagnie de Marie-Claire.

— Pauvre Jocelyn ! c'est pas humain ce qui lui arrive, fit Marie-Claire au moment où les deux femmes reprenaient pied sur la route. As-tu remarqué Honorine dans la fenêtre de la cuisine?

— Non, pourquoi?

— Elle faisait pitié sans bon sens.

De retour à la maison, Corinne apprit aux siens le décès de l'épouse du voisin, ce qui ne sembla pas les peiner outre mesure. Il fallait reconnaître que Catherine Jutras avait toujours été une femme très distante et assez désagréable. Sa disparition n'allait probablement susciter que peu de regrets chez les habitants du rang Saint-Joseph.

Lorsque Laurent revint de sa journée de travail ce soir-là, Corinne s'empressa de lui apprendre la nouvelle en guettant du coin de l'œil sa réaction. Elle n'avait jamais oublié qu'il avait fréquenté la jeune femme en même temps qu'elle durant plus d'un an et qu'il ne l'avait abandonnée qu'après leurs fiançailles.

— Elle est morte de quoi? demanda-t-il sans manifester aucune émotion en prenant place à table.

— De la grippe.

— Sacrement, j'espère que cette affaire-là s'étendra pas dans notre rang à cause d'elle! se borna-t-il à dire.

Ce fut là l'unique commentaire auquel son ancienne flamme eut droit. Corinne hocha la tête, incapable de comprendre pareille sécheresse de cœur.

Au milieu de la soirée, la jeune femme profita d'une absence momentanée de son mari parti boire dans la grange pour inviter ses enfants à la récitation d'un chapelet pour le repos de l'âme de Catherine Jutras.

— Normalement, on aurait dû aller veiller au corps, leur expliqua-t-elle. Mais là, avec la grippe, c'est devenu trop dangereux.

Quand Laurent rentra, il se laissa tomber dans sa chaise berçante et alluma sa pipe, ignorant les siens à genoux dans la pièce.

Le lendemain matin, Corinne ne sentit pas le besoin de mentionner à son mari qu'elle avait l'intention d'assister aux funérailles de la voisine en compagnie de leurs enfants. Après son départ pour son travail au volant de son camion, elle houspilla les siens pendant que Léopold attelait le blond au boghei.

Quelques minutes plus tard, la voiture conduite par Norbert vint prendre place derrière celles d'une demi-douzaine de voisins, sur le bord de la route. Quand Camil Giroux et ses employés sortirent de la maison le cercueil dans lequel reposait Catherine Jutras, tous les hommes retirèrent leur chapeau en signe de respect.

Le petit défilé se mit en marche derrière le corbillard, longea le rang Saint-Joseph et traversa le village avant de venir s'arrêter devant l'église. Une poignée de paroissiens attendait sur le parvis. La cérémonie funèbre célébrée par l'abbé Biron fut sobre. Ensuite, le jeune prêtre conduisit la dépouille jusqu'au cimetière voisin où il récita quelques prières pour le repos de l'âme de sa paroissienne défunte.

À la sortie du cimetière, Corinne, triste, ne manqua pas d'offrir ses services à Jocelyn.

— Ne te gêne surtout pas, lui dit-elle. Si t'as besoin de quelque chose, viens nous voir.

Comme elle remontait dans le boghei rejoindre les enfants qui l'attendaient avec une certaine impatience, l'épouse de Laurent Boisvert fut interceptée par Marie-Claire Rocheleau.

— C'est tout de même drôle qu'Honorine Gariépy soit même pas venue à l'enterrement de sa fille, lui dit-elle à voix basse.

— C'est vrai, ça, reconnut Corinne. Pour moi, elle doit pas se sentir bien.

Les deux voisines eurent l'explication de cette étrange absence moins de vingt-quatre heures plus tard.

Le lendemain avant-midi, Norbert joua encore le rôle de messager de mauvaise nouvelle. En allant chercher le courrier laissé par le facteur dans la boîte aux lettres sur le bord du chemin, il remarqua avec stupéfaction deux hommes en train de transporter un cercueil chez Jocelyn Jutras. L'adolescent se précipita à l'intérieur pour apprendre la nouvelle à sa mère en train de repasser.

— C'est pas vrai ! s'exclama cette dernière.

— Je vous le dis, m'man. Je les ai ben vus, protesta Norbert.

— Va voir tout de suite ce qui se passe chez le voisin, lui demanda-t-elle. Pourvu que ce soit pas Jocelyn qui soit mort, ajouta-t-elle en s'adressant à Madeleine.

On sentait dans ce commentaire de Corinne l'inquiétude d'une amie sincère qui, malgré quelques différends au cours des ans, avait toujours été très attachée à son voisin.

— Il va ben me prendre pour un fouineux, dit son fils, peu tenté d'obéir.

— Vas-y, Norbert, insista sa mère. Tu lui diras qu'on lui offre notre aide.

L'adolescent quitta la maison sans grand entrain, regrettant d'avoir révélé à sa mère ce qu'il avait vu. À son arrivée devant la maison du voisin, Jocelyn Jutras en sortait pour aller chercher deux tréteaux sur lesquels allait être déposé le cercueil. Lorsqu'il aperçut le fils de Corinne, il l'enjoignit de ne pas s'approcher et il lui révéla que sa belle-mère était morte durant la nuit.

— Ma mère vous fait dire que si vous avez besoin de quelque chose...

— Tu diras à ta mère qu'elle est ben charitable. Tu lui diras aussi que c'est encore la grippe. Ma belle-mère l'a attrapée en soignant ma femme. Hier, elle était déjà trop malade pour venir aux funérailles. Elle va être enterrée demain matin, conclut-il.

Quand Corinne apprit la triste nouvelle quelques minutes plus tard, elle s'empressa d'aller en informer Marie-Claire Rocheleau.

— La pauvre femme va même pas avoir vécu deux jours de plus que sa fille, dit Marie-Claire.

— Cette pauvre Honorine va pas mal manquer à la paroisse, fit remarquer Corinne, qui n'avait jamais apprécié beaucoup cette femme orgueilleuse et passablement prétentieuse. Notre curé va être obligé de se trouver une nouvelle organiste et une autre présidente des dames de Sainte-Anne.

Lorsqu'elle apprit le décès d'Honorine Gariépy à son mari ce soir-là, ce dernier se contenta de dire:

— Bon débarras! J'ai jamais pu la sentir.

Le lendemain, pour la seconde fois de la semaine, Corinne Boisvert assista à des funérailles. Pour l'occasion, elle ne fut accompagnée que de Marie-Claire Rocheleau, sans ses enfants.

— J'espère que ça va s'arrêter là, dit cette dernière en descendant devant sa maison. Si ça continue, le rang va se vider.

Une dizaine de jours plus tard, Laurent revint à la maison après sa journée de travail un peu plus tôt qu'à l'ordinaire, comme tous les samedis après-midi. Lorsqu'il descendit du camion, Corinne, occupée à balayer les feuilles mortes que le vent avait poussées sur la galerie, s'immobilisa un court instant pour le regarder. Les dernières traces de la raclée reçue avaient presque entièrement disparu et tout dans son maintien prouvait qu'il avait retrouvé sa superbe habituelle. Son mari était bel homme et ne le savait que trop.

Le camionneur n'accorda pas la moindre attention à sa femme. Il se dirigea vers Norbert en train de s'escrimer à poser une nouvelle penture à la porte de la remise. Il s'arrêta un instant derrière lui pour le regarder faire.

— Tu travailles comme un maudit gnochon ! lui dit-il. Va donc chercher des vis plus longues pour que ça tienne comme du monde.

Sur ces mots, il tourna le dos à son fils et poursuivit son chemin vers la grange. Corinne se doutait de ce qu'il allait y faire. Le niveau de l'une de ses bouteilles de caribou allait probablement sérieusement baisser. Elle finit de balayer la galerie et demanda à Lionel de transporter les feuilles dans le jardin où elle les ferait brûler le lendemain, s'il n'y avait pas de vent.

— Avant de faire ça, va chercher les vaches et avertis Léopold de commencer à faire le train, lui dit-elle avant d'entrer dans la maison.

Dix minutes plus tard, Laurent pénétra dans la cuisine et laissa tomber sur la table sa paye que Corinne s'empressa de déposer dans le pot vert, dans l'armoire. Quand cette dernière le vit remplir le bol à main d'eau chaude et sortir son rasoir et son blaireau, elle sut immédiatement que sa retraite forcée du samedi soir était terminée. De toute évidence, il se sentait prêt à affronter ce qui pouvait l'attendre à Yamaska. Il avait décidé de retourner boire à l'hôtel ou, pire, de rendre visite à celle qu'il avait mise enceinte.

— Mettez la table, les filles, on va souper aussitôt que les garçons vont avoir fini le train, dit-elle à Élise et Madeleine.

Pendant que son mari vaquait à sa toilette, elle touillait la fricassée de porc en train de mijoter sur le poêle. Une odeur appétissante remplissait la pièce. Quand elle le vit tailler son épaisse moustache et peigner sa chevelure avec soin, elle se mordit la langue pour ne pas lui faire une remarque acide devant ses deux filles.

À la fin du repas, le père de famille ordonna à Norbert d'aller nettoyer un peu le camion pendant qu'il allait changer de vêtements. Ce dernier ne dit rien, mais il était visible que ce travail ne lui plaisait pas du tout. Le soleil finissait de se coucher et il ne voyait pas l'utilité d'aller se geler les mains dans l'eau froide alors que la route, rendue boueuse par les pluies des derniers jours, allait annihiler tous ses efforts en quelques minutes.

Corinne laissa ses filles commencer à desservir la table et pénétra dans la chambre à coucher quelques instants après son mari pour aller chercher un tablier propre. À son entrée dans la pièce, il était en train de nouer sa cravate.

— Essaye de revenir avec tous tes membres à soir, lui dit-elle.

— Parle donc pas pour rien dire, se borna-t-il à répondre sèchement en ne se donnant même pas la peine de la regarder.

— Ça fait un mois que t'es pas sorti. Est-ce que tu trouves bien raisonnable d'aller traîner à Yamaska alors qu'ils conseillent partout de rester à la maison pour pas attraper la grippe ?

— Justement, ça fait un mois que je suis poigné en dedans, répliqua-t-il. Je suis écœuré de passer ma vie à travailler sans jamais pouvoir respirer. Pour la grippe, ils se font des peurs. Je travaille dehors à cœur de jour et je connais encore personne qui l'a attrapée.

Corinne jugea inutile de poursuivre ce dialogue de sourds. Elle tourna les talons et quitta la chambre. Une minute plus tard, son mari revint dans la cuisine, endossa son manteau et sortit en disant :

— Je sais pas à quelle heure je vais rentrer.

Sa femme haussa les épaules pour montrer sa parfaite indifférence. Laurent sortit de la maison et monta dans son camion après avoir tourné la manivelle. Il n'avait pas encore quitté la cour au volant de l'International que Norbert rentrait.

— Tu parles d'une idée de fou de me faire…

— Tais-toi ! lui intima sèchement sa mère, l'air menaçant. C'est de ton père que tu parles. Tu dois le respecter !

Dompté, l'adolescent monta à sa chambre en ronchonnant et n'en redescendit qu'une heure plus tard pour demander à ses sœurs et à Léopold s'ils étaient intéressés à jouer aux cartes. Assise à l'écart, Corinne avait entrepris de tailler de vieux linges avec l'intention de les utiliser dans la confection de catalognes un peu plus tard dans la saison.

— Vous voulez pas que je vous donne un coup de main ? lui proposa Madeleine.

— Non, repose-toi un peu, répondit sa mère. T'as pas arrêté de la journée.

Ce soir-là, comme tous les soirs, on récita la prière en commun sur le coup de neuf heures. Peu après, chacun prit la direction de sa chambre après avoir procédé à une toilette sommaire. En temps normal, la mère de famille aurait insisté pour que chacun prenne un bain, comme il avait toujours été de tradition de le faire le samedi soir. Cependant, la menace de la grippe l'avait incitée à conseiller aux siens d'éviter tout risque d'attraper froid en se lavant de la tête aux pieds.

— Oubliez pas de préparer votre linge pour la messe de demain avant de vous coucher, recommanda-t-elle aux siens avant qu'ils montent à l'étage se mettre au lit.

Léopold ne monta pas en même temps que les autres. Il endossa son manteau et alluma le fanal suspendu près de la porte pour aller vérifier si tout était en ordre dans les bâtiments. Il reprenait ce travail accompli par Laurent chaque soir sans que personne le lui ait demandé. La maîtresse de maison attendit que son employé rentre quelques minutes plus tard pour quitter sa chaise berçante.

— T'es bien fin, Léopold, lui dit-elle en lui adressant un sourire.

— C'est pas grand-chose, madame Boisvert, répondit le jeune homme après avoir retiré ses bottes et son manteau.

La maîtresse de maison le laissa monter à l'étage avant de s'emparer de la lampe à huile et de se retirer dans sa chambre. Elle s'habilla pour la nuit, souffla sa lampe et s'étendit dans son lit avec un profond soupir de bien-être. Elle était fatiguée et inquiète.

Comment se faisait-il que Philippe ne soit pas encore arrivé ? Madeleine et elle avaient cuisiné toutes sortes de bonnes choses pour fêter son retour. De plus, qu'est-ce qui allait encore arriver à Laurent ? Il ne manquerait plus que les frères Laliberté le battent de nouveau... À cette pensée, son cœur se serra. Elle avait beau ne plus éprouver grand amour pour lui, il était encore son mari et le père de ses enfants. S'il fallait qu'il lui arrive quelque chose... Elle aimait autant ne pas y songer. Elle s'endormit sur ces sombres pensées.

Il faisait noir lorsqu'elle ouvrit les yeux. Corinne allait se retourner et dormir encore un peu quand l'horloge murale sonna six coups dans la pièce voisine. Elle ne bougea d'abord pas, goûtant avec volupté les dernières secondes de repos et de chaleur sous les épaisses couvertures. Elle savait bien qu'il fallait qu'elle se lève tout de suite et réveille au moins Norbert et Léopold pour qu'ils aillent s'occuper des animaux si elle désirait qu'ils puissent être à l'heure à la basse-messe.

Elle ne se laissa aller qu'un bref moment. Avec l'énergie qui la caractérisait, elle repoussa brusquement les couvertures et s'assit au bord du lit pour chercher du bout des pieds ses vieilles pantoufles. Une fois chaussée, elle se leva sans attendre, prit son châle de laine noire et s'en couvrit les épaules avant de quitter la pièce dont elle referma la porte derrière elle. Elle alluma l'une des lampes à huile de la cuisine et s'empressa de jeter quelques rondins dans le poêle ainsi qu'un peu de papier avant d'y jeter une allumette.

Ensuite, elle monta à l'étage pour réveiller ses fils et Léopold en prenant soin de faire le moins de bruit possible pour ne pas empêcher Élise et Madeleine de dormir. Depuis quelques années, la mère de famille avait pris l'habitude de laisser dormir un peu plus longtemps ses filles le dimanche matin parce qu'il n'y avait pas de déjeuner à préparer. De plus, elles l'accompagnaient à la grand-messe qui n'avait lieu qu'à neuf heures trente.

Revenue au rez-de-chaussée, elle entendit le ronflement rassurant du poêle. Cette « attisée », comme elle disait, allait chasser l'humidité qui avait envahi la maison durant la nuit. Elle décida de retourner dans sa chambre pour s'habiller pendant que les garçons en faisaient autant en haut. Elle laissa sa lampe sur la table de cuisine et pénétra dans la pièce. Immédiatement, quelque chose l'intrigua et il lui fallut un court moment avant de réaliser que c'était le silence qui y régnait. Normalement, elle aurait dû entendre son mari ronfler. Elle s'avança vers le lit. Il était vide. Sur le coup, elle ne comprit pas très bien comment elle ne s'était pas aperçue de son absence en se levant quelques minutes plus tôt.

— Où est-ce qu'il est encore passé ? se demanda-t-elle à haute voix en quittant la pièce. J'espère qu'il lui est rien arrivé.

Puis, la crainte qu'il se soit endormi dans la cabine de son camion après l'avoir stationné près de la maison la poussa à sortir sur la galerie pour vérifier si le véhicule était dans la cour. Il n'y était pas. Cette constatation fut loin de la rassurer. Elle regagna sa chambre et s'habilla rapidement.

Elle finissait de coiffer son chignon quand Lionel, houspillé par Norbert, quitta la maison pour aller chercher les vaches dans leur pâturage. Léopold descendit derrière lui.

— Faites pas tant de bruit, vous allez réveiller les filles, les avertit Corinne en refermant la porte de la cuisine d'été derrière elle.

L'adolescent et l'employé endossèrent leur manteau, allumèrent un fanal et quittèrent la maison. Un instant plus tard, la porte se rouvrit sur Norbert.

— P'pa est pas là ? demanda-t-il. Son *truck* est pas dans la cour. Où est-ce qu'il est ?

— Je le sais pas, dut lui avouer sa mère. Occupe-toi du train et laisse faire le reste, ajouta-t-elle en se mettant à préparer le dîner qui allait être servi au retour de la grand-messe.

Madeleine et Élise vinrent la rejoindre au moment où le soleil se levait.

— Vous auriez pu dormir un peu plus longtemps, leur dit Corinne, qui venait de remettre un peu d'ordre dans sa chambre à coucher.

— On gèle en haut, se plaignit Élise en s'approchant frileusement du poêle.

— Ma pauvre petite fille, attends cet hiver, fit sa mère. On dirait que t'as oublié ce que c'est que geler.

— M'man, vous trouvez pas ça drôle, vous, qu'on soit encore obligés d'aller à l'église quand on vient de fermer le couvent pour qu'on n'attrape pas la grippe ? intervint Madeleine.

— Bien...

— Il me semble que c'est aussi dangereux de l'attraper là qu'ailleurs.

— Si c'était dangereux, tu sais bien que monsieur le curé nous avertirait, répondit Corinne chez qui sa fille venait de semer le doute.

Les garçons revinrent des bâtiments. Pendant que Léopold se préparait à se raser, Norbert et Lionel allèrent changer de vêtements.

— Moi aussi, je suis à la veille d'être obligé de me faire la barbe, déclara l'adolescent en jetant un regard envieux à Léopold en train de ranger ses articles de toilette à son retour dans la cuisine.

— Arrête donc, toi, se moqua sa sœur aînée. T'as encore les joues douces comme des fesses de bébé.

Norbert allait lui servir le genre de remarque cinglante dont il avait le secret quand le bruit d'une voiture sur la route l'attira à la fenêtre.

— Tiens ! C'est grand-père Boisvert qui arrive, annonça-t-il à la ronde.

— Arrête tes niaiseries et dépêche-toi à atteler si tu veux pas être en retard à la basse-messe, le sermonna sa mère.

— Je fais pas de farce, m'man. Je vous dis que c'est grand-père Boisvert, s'entêta l'adolescent.

Corinne se pencha à l'une des deux fenêtres de la cuisine et découvrit son beau-père qui venait d'engager son boghei dans la cour de la ferme. Pendant un certain temps, la petite femme blonde ne bougea pas, en proie à un sombre pressentiment. Le vieil homme immobilisa sa voiture à une trentaine de pieds de la maison.

— Grand-père est de bonne heure sur le pont pour faire ses visites de politesse, lui fit remarquer Madeleine, qui s'était avancée à son tour près de sa mère pour regarder à l'extérieur.

Dehors, Gonzague Boisvert, tel un grand corbeau, demeurait perché sur son siège, comme s'il hésitait à descendre de voiture pour venir frapper à la porte. À l'intérieur, Corinne se secoua brusquement, saisit son châle déposé sur le dossier d'une chaise, le mit sur ses épaules et sortit sur la galerie.

— Qu'est-ce qui se passe, monsieur Boisvert ? demanda-t-elle au visiteur. Avez-vous un malaise ?

Cet appel de sa bru sembla tirer le grand vieillard de sa léthargie.

— Non, j'arrive, se borna-t-il à lui répondre en descendant du boghei.

Corinne demeura debout sur la galerie pour l'accueillir. Pendant que le vieil homme de soixante-dix-sept ans s'avançait vers elle, elle se demanda durant un bref instant s'il était arrivé une seule fois que son beau-père lui apporte une bonne nouvelle à l'occasion de l'une de ses visites. Si cela s'était déjà produit, elle ne s'en souvenait pas.

— Entrez, monsieur Boisvert. C'est pas chaud pantoute à matin, lui dit-elle en s'efforçant de se montrer accueillante.

Le vieil homme, plus voûté que jamais, passa devant elle et pénétra à l'intérieur pour se retrouver en présence de tous ses petits-enfants qui le saluèrent sans grande effusion.

— J'aurais affaire à te parler dans le particulier, dit-il en se tournant vers sa bru.

— C'est Laurent ? demanda-t-elle, soudainement alarmée.

Gonzague hocha la tête. Corinne jeta un regard affolé à ses enfants, incapable tout à coup de prendre une décision.

— On pourrait peut-être passer au salon, lui suggéra son beau-père. Vous autres, les jeunes, éloignez-vous pas trop. On va avoir affaire à vous parler dans deux minutes, ajouta-t-il à l'intention de ses petits-enfants, sans toutefois exclure Léopold, qui assistait à la scène.

Après une brève hésitation, la maîtresse de maison précéda son beau-père dans la pièce voisine. Celui-ci la suivit et prit la peine de fermer la porte derrière eux.

— Qu'est-ce qui se passe avec Laurent ? demanda Corinne, morte d'inquiétude, en demeurant debout au centre de la pièce.

— Il a eu un accident, répondit Gonzague sans ménagement et sans prendre la peine d'enlever son manteau.

— Où ça ? Quand ? s'enquit sa bru, les larmes aux yeux.

— Sur le chemin, entre Sorel et Yamaska. La police sait pas pantoute quand est-ce que c'est arrivé.

— La police ? Est-ce que c'est grave ? Est-ce qu'ils l'ont transporté à l'hôpital de Sorel ? demanda Corinne en se laissant tomber dans le vieux fauteuil, les jambes flageolantes.

— Laisse-moi placer un mot si tu veux savoir ce qui est arrivé, s'impatienta son beau-père en élevant la voix.

À matin, c'est la Police provinciale qui nous a réveillés à la maison. Ils venaient de trouver mon *truck* dans une décharge.

— Dans une décharge? répéta la jeune femme, de plus en plus alarmée.

— Ben oui, d'après la police, ton mari se serait peut-être endormi en chauffant et il aurait manqué un virage, ce qui fait que le *truck* a lâché le chemin et a plongé dans la décharge.

— Mon Dieu! s'écria Corinne en plaquant une main contre sa bouche.

— Il paraît que ça sentait pas mal la boisson dans le *truck*, ajouta Gonzague sur un ton amer, comme s'il lui reprochait d'en être responsable.

— Est-ce qu'il est bien blessé? demanda-t-elle, une main crispée sur la poitrine.

Son beau-père garda le silence un long moment avant de se décider à poursuivre.

— C'est si grave que ça? insista-t-elle.

— Écoute, il paraît que sa tête a passé à travers la vitre en avant...

— Il est tout de même pas mort! s'exclama-t-elle d'une voix horrifiée.

— D'après la police, il est mort au bout de son sang, lui révéla Gonzague d'une voix éteinte. Personne a vu l'accident en pleine nuit. Personne a pu l'aider.

Sa bru, assommée par la nouvelle, se mit à pleurer bruyamment. Elle avait eu beau deviner qu'un malheur avait conduit son beau-père chez elle en ce dimanche matin, elle n'avait jamais pensé que Laurent, un homme aussi solide, puisse se tuer bêtement au volant de son camion. Elle ne pouvait s'empêcher de hocher la tête comme si elle refusait d'accepter ce que son beau-père venait de lui dire.

À sa décharge, il fallait reconnaître que Gonzague Boisvert sut faire preuve d'un peu de sensibilité pour l'occasion. Il se tut un long moment pour laisser à Corinne le temps de reprendre pied dans la réalité.

— Comment ça se fait que ce soit vous que la police est allée voir ? finit-elle par demander après s'être essuyé les yeux.

— Parce qu'ils ont trouvé le *truck* et que les enregistrements sont à mon nom.

— C'est pas humain, une affaire comme ça, dit-elle en se remettant à pleurer.

— On peut rien y changer, ma fille, lui dit-il sèchement. Bon, là, il faut aller identifier le corps à Sorel. Comme ça avait l'air pressant, j'ai fait atteler et je m'en allais demander au petit Tremblay de m'emmener avec mon autre *truck* là-bas, à moins que tu veuilles y aller à ma place…

— Non, allez-y, monsieur Boisvert, parvint-elle à dire d'une voix éteinte.

— Pour les derniers arrangements, je vais te laisser ça entre les mains, prit-il soin de préciser en se levant.

— C'est correct, on va demander à Giroux de Yamaska d'aller le chercher. Il s'est bien occupé de grand-père Boucher, ajouta-t-elle, j'ai confiance en lui.

— Comme tu voudras. Je suppose que tu vas annoncer toi-même la nouvelle aux enfants ?

Elle se contenta d'opiner de la tête.

— Il va falloir que tu sois courageuse, poursuivit le vieillard. Ça va être un dur moment à passer, ajouta-t-il en sortant de la pièce devant elle.

À aucun moment le vieillard ne lui avait offert son aide ou celle des siens pour surmonter la pénible épreuve que la famille de son fils allait devoir vivre.

Quand il traversa la cuisine en reboutonnant son manteau, le grand-père n'eut pas une parole pour ses petits-enfants. Silencieux, il se dirigea vers la porte et quitta la maison.

— Seigneur ! Il a bien l'air drôle, grand-père, ne put s'empêcher de faire remarquer Élise.

— Je vois pas pourquoi tu dis ça, intervint Norbert. Il a le même air bête que d'habitude.

— Toi, sois poli, lui ordonna sa mère. Tu parles de ton grand-père.

— Qu'est-ce qu'il avait de si important à dire ? demanda Madeleine à sa mère dont elle venait de remarquer les yeux gonflés.

Corinne fit un effort méritoire pour maîtriser son chagrin.

— Les enfants, votre grand-père était comme ça parce qu'il a bien de la peine, leur dit-elle d'une voix étranglée. Il est venu m'apprendre que votre père a eu un gros accident la nuit passée, ajouta-t-elle d'une toute petite voix.

— Où est-ce qu'il est, p'pa ? demanda Lionel en s'approchant de sa mère.

— Est-ce qu'il est ben blessé ? demanda Norbert qui avait soudainement pâli.

— Est-ce qu'il est à l'hôpital ? fit Élise, aussi bouleversée que son frère aîné.

Madeleine fut la seule à ne pas poser de question. À voir sa mère, elle venait de deviner que la nouvelle rapportée par son grand-père Boisvert était pire. Pour sa part, Léopold s'était retiré dans un coin de la cuisine et regardait à l'extérieur par la fenêtre, laissant la famille de ses patrons au drame qu'elle vivait.

Corinne se moucha bruyamment après s'être essuyé les yeux. Elle tenta vainement de raffermir sa voix.

— Écoutez, les enfants, finit-elle par dire d'une voix tremblante. Votre père est mort.

Chacun réagit différemment en apprenant la terrible nouvelle. Pendant que la mère de famille épongeait encore ses larmes avec un mouchoir déjà passablement détrempé, sa fille aînée serra contre elle sa sœur Élise et son jeune frère Lionel qui s'étaient mis à pleurer à fendre l'âme. Pour sa part, Norbert s'effondra sur le banc placé près de la table, abruti par ce qu'il venait d'apprendre. Il faisait des efforts désespérés pour ne pas pleurer, lui aussi.

— Ça se peut pas, finit-il par dire d'une voix étouffée. Il était correct hier soir.

— Il est tombé dans une décharge avec le *truck* en pleine nuit, lui expliqua sa mère en s'approchant de lui pour le réconforter. Personne a pu l'aider.

Pendant un long moment, le temps sembla suspendu dans la cuisine d'hiver. La mère et ses enfants pleuraient dans une maison où le père ne rentrerait plus jamais. Léopold, le visage grave, continuait à se tenir à l'écart, prêt à aider si on le lui demandait.

Finalement, il fallut que Corinne se secoue pour reprendre en main sa maisonnée. Il y avait chez cette petite femme aux traits délicats une force de caractère stupéfiante. Elle remit son mouchoir dans la poche de son tablier et s'adressa aux siens sur un ton déterminé.

— À matin, on n'ira pas à la messe, déclara-t-elle. Le bon Dieu va comprendre. Là, on va se préparer à déjeuner. Après, Léopold, tu vas atteler le blond et on va aller chez Giroux à Yamaska pour qu'il nous ramène mon mari.

En un rien de temps, la mère de famille vit à ce que chacun soit occupé à une tâche et le repas du matin fut servi. Elle exigea que chacun fasse un effort pour manger, même si le cœur n'y était pas. Après le déjeuner, elle endossa son manteau, posa son petit chapeau noir sur sa tête et monta dans le boghei en promettant à ses enfants de revenir le plus rapidement possible.

— Essaye de consoler ta sœur et tes frères, demanda-t-elle à Madeleine avant que Léopold excite le blond pour le faire avancer.

Au moment où l'attelage quittait la cour, elle entendit au loin le triste tintement du glas en provenance du clocher de l'église, au village. Était-il possible que son beau-père se soit déjà arrêté au presbytère pour annoncer la mort de son fils cadet ? S'il avait eu l'intention de le faire, il l'aurait certainement prévenue. À ses côtés, Léopold se taisait, attentif à éviter les ornières du chemin remplies d'eau.

Durant tout le trajet jusqu'à Yamaska en ce dernier dimanche gris d'octobre, la jeune femme, perdue dans ses pensées, se demanda comment elle allait se débrouiller sans son mari. Ses enfants avaient besoin d'un père, même s'il était loin d'être un exemple. Seule, allait-elle pouvoir faire face à toutes les dépenses qui l'attendaient? L'hiver arriverait bientôt...

Le boghei traversa tout le village de Saint-Paul-des-Prés, passa devant la grande maison en pierre des Boisvert et finit par arriver à la route conduisant à Yamaska. Une demi-heure plus tard, la voiture s'immobilisa enfin près de la maison de Camil Giroux. La veuve de Laurent Boisvert descendit en promettant à son employé de ne pas être absente très longtemps.

L'entrepreneur de pompes funèbres vint lui ouvrir lui-même. L'homme âgé d'une cinquantaine d'années avait une longue figure glabre et était vêtu de noir.

— Je m'excuse de venir vous déranger en plein dimanche matin, fit Corinne. Mon mari est mort cette nuit, et j'aurais besoin de vos services, ajouta-t-elle en se mettant à pleurer.

— Vous me dérangez pas, madame. Je vous en prie, passez dans mon bureau.

Camil Giroux ouvrit une porte qui donnait sur une petite pièce meublée d'un bureau, de trois chaises et d'un classeur métallique.

— Qu'est-ce que je peux faire pour vous, madame? demanda-t-il à la visiteuse en lui indiquant une chaise.

— J'aimerais que vous rapportiez le corps de mon mari à la maison.

— Ah! il est pas chez vous, fit l'entrepreneur, apparemment surpris. Je croyais qu'il avait été tué par la grippe. La grippe espagnole, comme ils disent, commence à tuer pas mal de monde dans la région. Et pas juste des vieux et des enfants, lui fit remarquer l'homme pour expliquer sa méprise. J'ai même de la misère à fournir.

— Non, monsieur Giroux. Mon mari s'est tué dans un accident sur la route. Il paraît que la police l'a trouvé seulement à matin. Il devrait être à Sorel si je me fie à ce que mon beau-père m'a dit.

— Je vous offre toutes mes condoléances, madame, dit l'homme sur un ton pénétré.

— Merci, monsieur.

— Savez-vous où la police a transporté son corps ?

— Non.

— Bon, inquiétez-vous pas avec ça. Je vais envoyer mon garçon et un employé aller le chercher. Ils vont le trouver. Je suppose que vous voulez que nous nous occupions de ses funérailles ?

— Oui, monsieur.

— Dans ce cas-là, je vais vous montrer quelques cercueils dans ma salle d'exposition, en arrière. Si vous voulez bien me suivre.

Il ne fallut que quelques minutes à Corinne pour choisir le cercueil dans lequel le défunt allait être inhumé. Camil Giroux s'excusa de ne pouvoir lui offrir un plus grand choix.

— J'en avais encore huit il y a quatre jours, dit-il en guise d'excuse. Là, il m'en reste juste trois.

Corinne se contenta de hocher la tête. Camil Giroux prit tous les renseignements dont il avait besoin avant de reconduire la veuve jusqu'à la porte.

— Aussitôt que nous aurons le corps de votre mari, madame Boisvert, soyez assurée que nous vous le ramènerons sans tarder. D'après moi, ça devrait être fait au commencement de l'après-midi.

Corinne remercia l'homme et quitta les lieux. Elle remonta dans la voiture où Léopold l'attendait. Son employé la regarda s'installer à ses côtés. Elle s'était remise à pleurer et serrait dans une main un mouchoir. Sans prononcer un mot, il mit l'attelage en marche. Le trajet de retour jusqu'à l'entrée de Saint-Paul-des-Prés se fit dans un silence complet. À l'approche de l'église à côté de laquelle était érigé le presbytère, la veuve dit au conducteur :

— On va arrêter au presbytère pour prévenir monsieur le curé.

— Pour moi, madame Boisvert, monsieur le curé va être encore dans la sacristie. On dirait que la grand-messe vient juste de finir, lui fit remarquer Léopold en lui montrant la foule de gens en train de parler sur le parvis et dans le stationnement de l'église paroissiale.

— C'est pas grave s'il est pas là. J'aime autant avoir affaire à un de ses vicaires, avoua-t-elle avec un pauvre sourire contraint.

Son employé arrêta le blond dans l'allée située à gauche du presbytère et sa passagère descendit et se dirigea vers l'escalier qui conduisait à la large galerie de l'édifice. Elle sonna et Mance Rivest vint lui répondre en essuyant ses mains sur son tablier.

— Est-ce que je pourrais parler à monsieur le curé ou à un des vicaires ? demanda Corinne à la grande femme à l'air sévère.

— C'est que c'est pas bien l'heure de les déranger, répondit assez sèchement Mance Rivest. La grand-messe vient de finir et c'est l'heure du dîner.

— C'est pour une mort, dit Corinne d'une toute petite voix. Mon mari vient de mourir.

Aussitôt, les traits de la ménagère du curé Bilodeau s'adoucirent et elle l'invita à passer dans la petite salle d'attente et à s'asseoir.

— Ce sera pas long, je vous envoie tout de suite l'abbé Biron.

Peu après, Corinne vit le jeune prêtre au visage émacié pénétrer dans la salle d'attente. Il la pria de le suivre dans la pièce voisine.

— Bonjour, madame. Madame Rivest m'a prévenu que votre mari vient de mourir ? demanda le jeune prêtre à l'air souffreteux.

— Oui, monsieur l'abbé.

— De la grippe ?

— Non, dans un accident de la route.

— Excusez-moi, fit l'ecclésiastique. Votre mari est le troisième paroissien qu'on perd depuis hier.

Le nouveau vicaire nota tous les renseignements utiles dans le registre paroissial et promit de venir prier au corps le soir même. Il fut entendu que le service funèbre allait être célébré le mercredi matin.

— Et pour l'inhumation, madame, qu'avez-vous prévu ? demanda le jeune prêtre compatissant à Corinne. Je suppose que vous avez un lot familial au cimetière ?

Cette question du vicaire la prit de court. Elle ne possédait pas suffisamment d'argent pour acheter un lot et elle n'avait pas songé à demander à son beau-père s'il entendait laisser inhumer son fils dans le lot des Boisvert. Puis, elle songea au lot acheté par sa belle-sœur Juliette pour l'enterrement de grand-père Boucher quinze ans auparavant et elle prit rapidement sa décision.

— Mon mari sera enterré avec son grand-père, Wilfrid Boucher, dans son lot.

— Très bien, fit René Biron en se levant pour lui indiquer que l'entrevue était terminée. Je vous offre encore toutes mes condoléances, madame Boisvert.

Quelques minutes plus tard, le curé Bilodeau et l'abbé Alphonse Dupras entrèrent dans le presbytère. L'un et l'autre étaient affamés et se promettaient de faire un sort au repas préparé par la cuisinière. Après avoir retiré et suspendu leur manteau à la patère, dans l'entrée, ils se dirigèrent vers le salon où René Biron les attendait patiemment en lisant son bréviaire.

— On passe à table, déclara Charles Bilodeau d'une voix péremptoire. Si je me fie aux odeurs, ce que madame Rivest nous a préparé devrait pas être mauvais.

Ses deux vicaires lui emboîtèrent le pas et pénétrèrent derrière lui dans la salle à manger. La cuisinière les suivit de peu pour déposer au centre de la grande table en chêne une grande omelette agrémentée de petits lardons.

Les trois prêtres demeurèrent debout, le temps de réciter le bénédicité avant de s'asseoir.

— Ça, ça va être bon, fit le curé en passant sa serviette de table entre son cou et son col romain.

L'abbé Dupras lui tendit le plat et il se servit généreusement avant de le lui rendre. Seul l'abbé Biron ne prit qu'une toute petite portion.

— Si vous mangez pas plus que ça, l'abbé, le tança son supérieur, vous allez retomber malade. Forcez-vous un peu, bondance !

Durant un bon moment, on n'entendit dans la salle à manger que le bruit des ustensiles heurtant la vaisselle.

— J'oubliais de vous dire, monsieur le curé, dit soudain René Biron en déposant son couteau et sa fourchette. On a un autre paroissien qui est mort cette nuit.

— Encore ! s'inquiéta Alphonse Dupras.

— Qui est-ce ? demanda le pasteur de Saint-Paul-des-Prés d'une voix assez indifférente.

— Un Boisvert.

— Dites-moi pas que le vieux Gonzague Boisvert s'est décidé à aller rencontrer son Créateur, reprit Charles Bilodeau en cachant mal une joie mauvaise. On sait que Dieu est infiniment bon, mais lui, j'aurais pas aimé être dans ses souliers quand il s'est présenté devant saint Pierre. Il va avoir beaucoup à se faire pardonner…

— Non, monsieur le curé, parvint à dire le jeune prêtre. C'est son fils qui est mort.

— Henri Boisvert, celui qui reste avec lui ?

— Non, Laurent. Il paraît que c'est le plus jeune de la famille. Sa veuve m'a dit qu'il s'est tué dans un accident de la route.

— L'ivrogne ? s'étonna Charles Bilodeau. Il devait être dans son camion, je suppose ?

— C'est ce qu'elle m'a dit.

— Vous savez, l'abbé, que ce serait arrivé il y a une vingtaine d'années, affirma le curé en retirant sa serviette de table, on aurait refusé de chanter les funérailles de cet homme-là et il aurait probablement pas été enterré au cimetière.

René Biron, surpris par cette déclaration, se borna à fixer son supérieur, attendant de plus amples explications.

— Vous vous demandez pourquoi, l'abbé ? Tout d'abord, je me souviens pas d'avoir vu le garçon de Gonzague Boisvert faire ses Pâques depuis des années. En plus, c'est un secret pour personne dans la paroisse que ça fait des mois qu'il ne vient pas à la messe du dimanche. Enfin, il était connu comme Barabbas dans la Passion pour être un ivrogne et un coureur de jupons.

— Avez-vous vraiment l'intention de lui refuser des funérailles à l'église et une place au cimetière ? lui demanda Alphonse Dupras, curieux.

— Les temps ont malheureusement changé, fit le curé en dissimulant mal son regret. J'ai bien peur que monseigneur accepterait jamais que je fasse ça… Pourtant, ce serait justice !

Sur ces mots, il quitta la salle à manger et prit la direction de son bureau où il avait l'intention de faire une bonne sieste qui faciliterait sa digestion.

Chapitre 19

La famille

À sa sortie du presbytère, Corinne monta aux côtés de Léopold dans le boghei.

— On va arrêter chez Duquette, dit-elle à son employé. J'ai besoin de téléphoner. J'espère que le magasin est pas déjà fermé.

La voiture traversa la moitié du village avant de venir s'immobiliser dans la cour du magasin général où il ne restait qu'un véhicule. Corinne reconnut Conrad Rocheleau qui devait attendre sa femme encore à l'intérieur du commerce. Elle descendit de voiture. Parvenue au pied de la galerie, elle vit sa voisine sortir en saluant Alexina Duquette qui la suivait de près dans l'intention évidente de verrouiller la porte du magasin. Il était largement dépassé midi, heure de fermeture le dimanche.

— Pauvre toi, fit Marie-Claire en reconnaissant Corinne. J'ai bien peur que t'arrives trop tard pour te faire servir.

— Je vais essayer quand même de me faire ouvrir, lui dit la jeune femme en lui adressant un pauvre sourire.

À cet instant précis, Marie-Claire Rocheleau remarqua les yeux rougis et les traits tirés de son amie et elle s'immobilisa brusquement au pied des marches.

— Mais qu'est-ce qui t'arrive ? lui demanda-t-elle en déposant sur la galerie ce qu'elle venait d'acheter. Es-tu malade ?

— Non, répondit Corinne dans un murmure. C'est Laurent...

— Qu'est-ce qu'il t'a encore fait ? fit Marie-Claire, l'air mauvais.

— Il s'est tué la nuit passée dans un accident. Je m'en venais téléphoner à la parenté pour leur apprendre la nouvelle.

— C'est pas vrai ! s'écria son amie en s'approchant pour la serrer dans ses bras. Pauvre petite fille ! Il y a donc rien qui te sera épargné.

Au moment où Marie-Claire tapait doucement dans le dos de la jeune veuve pour tenter de la consoler, les cloches de l'église sonnèrent le glas encore une fois, répandant une note de tristesse profonde sur Saint-Paul-des-Prés.

— Va téléphoner, dit-elle à Corinne. Je rentre chez nous. Après le dîner, je vais aller te donner un coup de main.

Sur ces mots, Marie-Claire reprit ses achats sur la galerie et la quitta.

Au moment où Corinne posait le pied sur la première marche conduisant à la galerie du magasin général, la porte du commerce s'ouvrit sur Alcide Duquette et sa femme qui avaient épié avec curiosité les deux femmes depuis la vitrine de leur magasin.

— Bonjour, madame Boisvert, la salua le commerçant. Vous avez pas l'air dans votre assiette ce matin. Avez-vous oublié qu'on n'ouvre que jusqu'à midi, le dimanche ?

— J'ai pas oublié, monsieur Duquette. Mais mon mari s'est tué cette nuit dans un accident et je voulais juste donner un ou deux coups de téléphone pour prévenir la famille.

Alexina, debout aux côtés de son mari, n'hésita pas un instant. Elle invita Corinne à pénétrer dans le magasin et lui indiqua de la main l'appareil téléphonique.

— Quand il y a une urgence, ça nous fait toujours plaisir de rendre service, prit-elle soin de préciser.

Corinne la remercia d'un sourire.

Elle téléphona d'abord à Juliette Marcil. La sœur de Laurent demeura d'abord sans voix en apprenant la mort de son jeune frère. Cependant, avec son énergie habituelle, la restauratrice surmonta vite le choc et accepta immédiatement de prévenir ses frères habitant à Saint-Césaire et à Sorel avant de prendre le premier train de l'après-midi. Corinne la remercia et lui assura qu'elle enverrait quelqu'un l'attendre à la gare avant de raccrocher.

Elle contacta ensuite sa sœur Blanche. Cette dernière annonça, sans la moindre hésitation, qu'elle se chargerait de prévenir tous les Joyal.

Corinne remercia les Duquette et s'excusa de les avoir retardés à l'heure de leur dîner. Elle s'empressa ensuite d'aller rejoindre Léopold qui la ramena à la maison.

De retour chez elle, elle découvrit que Madeleine avait pris les choses en main durant son absence. Tout était en ordre et elle avait même préparé de la pâte à crêpes pour le dîner.

Avant le repas, Léopold et Norbert libérèrent l'un des murs du salon pour qu'on puisse y installer le cercueil pendant qu'Élise et sa mère allaient préparer la chambre où dormirait Juliette Marcil.

Le dîner un peu tardif fut pris en silence. La mère de famille n'avait pas faim, mais elle mangea un peu pour donner l'exemple à ses enfants. Durant tout le repas, son regard ne cessa de se porter vers la chaise libre, au bout de la table et elle ne parvenait pas à imaginer que Laurent ne s'y assoirait plus jamais. Après avoir lavé la vaisselle, elle demanda à Norbert d'aller attendre sa tante à la gare pendant qu'elle préparerait avec ses sœurs de la nourriture pour les visiteurs qui viendraient.

— En passant, arrête une minute chez Jocelyn Jutras pour lui dire que ton père est mort.

L'adolescent n'avait pas encore quitté la ferme que Marie-Claire Rocheleau se présentait chez sa voisine, prête à l'aider, comme promis.

Une heure plus tard, une longue voiture noire de l'entreprise de Camil Giroux s'immobilisa près de la maison. Un jeune homme âgé d'une trentaine d'années et de constitution robuste vint frapper à la porte en compagnie d'un collègue à peu près du même âge. Il se présenta comme étant Georges, le fils de Camil Giroux, et il annonça, avec une mine de circonstance, qu'il ramenait le corps de Laurent Boisvert.

Serrés les uns contre les autres, Madeleine, Élise et leur jeune frère Lionel ne disaient pas un mot, les yeux pleins de larmes. Pour sa part, Corinne, soutenue par la voisine, demanda aux deux hommes de passer par la porte de la façade, celle qu'on n'ouvrait que dans les grandes circonstances, lors de la visite annuelle du curé ou à l'occasion d'un décès.

Léopold quitta sa chambre à l'étage et arriva au rez-de-chaussée juste à temps pour ouvrir la porte au fils de Giroux et à l'employé portant deux tréteaux et un drap noir. Ils disposèrent les tréteaux à quelques pieds de distance l'un de l'autre. Ils les couvrirent du drap noir avant de sortir de la maison pour y revenir, un instant plus tard, en portant avec peine le cercueil renfermant la dépouille de Laurent Boisvert. Massés dans l'entrée de la pièce, les enfants et la veuve du disparu assistaient à la scène en pleurant.

Georges Giroux s'approcha de Corinne et lui murmura quelque chose à l'oreille. Cette dernière s'essuya les yeux et fit signe à Marie-Claire d'entrer dans le salon.

— Attendez dans la cuisine. Ce sera pas long, dit-elle à ses enfants avant de refermer la porte de la pièce.

Marie-Claire Rocheleau et elle s'approchèrent de l'humble cercueil en pin qui venait d'être déposé sur les tréteaux.

— Avez-vous la date des funérailles, madame ? demanda l'entrepreneur des pompes funèbres.

— Mercredi matin à neuf heures, répondit Corinne d'un seul souffle.

— C'est parfait.

Il attendit un instant pour voir si la veuve aurait d'autres questions à poser. Quand il se rendit compte qu'elle demeurait silencieuse, debout près du cercueil, attendant de toute évidence qu'il se décide à l'ouvrir, il toussota d'un air gêné avant de reprendre la parole sans esquisser le moindre geste.

— On vient d'aller chercher le corps à Sorel, madame. On n'a pas pu faire la toilette de votre mari.

— Je comprends, fit-elle d'une toute petite voix. On va vous laisser la faire. Vous avez juste à me dire ce qu'il vous faut.

Le fils Giroux secoua doucement la tête.

— Écoutez, madame, reprit tout bas le fils Giroux. Mon père l'a vu quand on s'est arrêtés à Yamaska. Il vous conseille de ne pas ouvrir la tombe.

— Pourquoi ça ? s'étonna Corinne.

— Votre mari est pas mal magané.

— Voyons donc ! protesta la veuve en posant la main sur le cercueil comme si elle avait l'intention de l'ouvrir toute seule.

Marie-Claire allongea le bras et la retint.

— Attends, Corinne, lui dit-elle.

— Ça me fait de la peine de vous le dire, madame, poursuivit Georges Giroux, mais il est pas reconnaissable. On a dû vous dire que sa tête avait passé à travers la vitre. On peut pas réparer des dommages comme ceux-là.

— Mais je veux le voir. Ses enfants vont vouloir le voir, eux autres aussi, s'entêta Corinne en se remettant à pleurer.

— Si vous ouvrez le cercueil, madame, vous et vos enfants, vous allez garder un bien mauvais souvenir du défunt. Vous le regretteriez.

— Je pense qu'il a raison, intervint Marie-Claire en tapotant le dos de son amie. Il vaut peut-être mieux que tu conserves le souvenir de son visage comme il était quand tu l'as vu la dernière fois.

— Mais pour le linge ? objecta Corinne, en oubliant que Laurent portait son unique costume, la veille, quand il avait quitté la maison.

— Si le cercueil reste fermé, madame, répondit Giroux, plein de compassion, ça a pas grande importance. On a déjà pris le temps de préparer rapidement votre mari pour qu'il supporte les quelques jours d'exposition. Cependant, si vous voulez qu'on dépose quelque chose de spécial dans le cercueil avant d'en visser définitivement le couvercle, on peut le faire.

— J'aimerais que vous mettiez un chapelet dans ses mains, dit Corinne, la voix brisée, en se dirigeant déjà vers la porte pour aller chercher l'objet dans sa chambre à coucher.

Elle entra dans sa chambre, s'empara de son chapelet suspendu à la tête du lit et revint dans le salon pour le remettre à Georges Giroux.

— Si vous voulez vous retirer quelques instants, nous allons placer le chapelet entre ses mains, dit-il.

Marie-Claire entraîna Corinne hors de la pièce et repoussa Élise qui cherchait à voir ce qui se passait dans le salon.

— Attends, ma belle, lui dit la voisine. Dans cinq minutes, tu vas pouvoir aller prier pour ton père.

Peu après, Giroux et son compagnon ouvrirent la porte du salon, saluèrent Corinne en lui promettant de revenir le mercredi matin, à huit heures, pour transporter le corps à l'église.

Dès le départ des deux hommes, les enfants s'empressèrent d'entrer dans le salon.

— Pourquoi on peut pas voir p'pa ? demanda Élise.

Ce fut la voisine qui se chargea d'en expliquer la raison aux enfants du disparu pendant que Corinne fixait le cercueil d'un regard vide.

— As-tu des cierges quelque part? demanda Marie-Claire à sa voisine après s'être assurée que les enfants avaient bien accepté ses explications.

Sans répondre, la maîtresse de maison quitta la pièce et revint peu après avec un crêpe noir et deux cierges. Ces derniers furent installés et allumés à chacune des extrémités du cercueil.

— Tiens, Madeleine, va fixer le crêpe sur la porte d'en avant, lui demanda sa mère. Après, on va dire un chapelet pour votre père, ajouta-t-elle d'une voix brisée en s'agenouillant déjà.

Ses enfants, Léopold et Marie-Claire Rocheleau l'imitèrent et récitèrent le chapelet. Après la prière, la voisine entraîna Corinne et ses filles dans la cuisine pour préparer de la nourriture, une distraction bienvenue en ce dimanche après-midi de deuil.

Un peu après quatre heures, Norbert revint de la gare en compagnie de sa tante Juliette. Dès que le véhicule s'immobilisa près de la galerie, l'imposante restauratrice montréalaise en descendit, empoigna sa valise et monta les quelques marches qui conduisaient à la porte.

Corinne se précipita à sa rencontre et l'étreignit, heureuse de pouvoir compter sur le soutien de sa belle-sœur en ces circonstances. Juliette la précéda dans la cuisine, salua la voisine et embrassa les enfants. Avant même de retirer son manteau et son chapeau, la maîtresse femme s'avança dans le salon. La jeune veuve se tenait debout à ses côtés. Elle vit alors la restauratrice déglutir péniblement et chercher fébrilement un mouchoir dans la poche de son manteau gris.

— Pauvre petit gars! ne put s'empêcher de dire celle qui avait servi de mère à Laurent Boisvert durant une demi-douzaine d'années, c'est bien triste de mourir comme ça, aussi jeune. Je suppose que si le cercueil est fermé, c'est que l'entrepreneur a pas pu l'arranger? demanda-t-elle à voix basse à sa belle-sœur.

— C'est ça, reconnut Corinne, la voix étranglée.

— Tu sais, j'ai entendu dire que la plupart de ceux qui meurent de la grippe sont exposés comme ça parce que le monde a trop peur de l'attraper... et ça, c'est quand on les expose. C'est rendu qu'il y en a tellement à Montréal, à Québec et à Trois-Rivières, qu'on les enterre le même jour parce qu'on a trop peur de la contagion.

Madeleine débarrassa sa tante de son manteau et de son chapeau pendant qu'Élise allait porter sa valise dans sa chambre.

— C'est si pire que ça? demanda Marie-Claire à la belle-sœur de Corinne alors que les trois femmes s'assoyaient sur les chaises qui avaient été placées dans le salon pour les éventuels visiteurs.

— J'aurais jamais cru voir ça de mon vivant, reconnut Juliette Marcil, la mine sombre. Mes voisins, au-dessus, ont perdu quatre de leurs six enfants la semaine passée. Ils sont tous morts en trois jours. La mère est devenue complètement folle.

— Ici, à Saint-Paul, on a déjà cinq morts, lui dit Marie-Claire. Mais il faut dire que la grippe est apparue juste il y a deux semaines. C'est le petit Dessureault qui a rapporté ça de Québec. Il est mort le mardi. Le vendredi suivant, c'est son père qui y est passé. Trois jours plus tard, c'est la femme et la belle-mère de Jocelyn Jutras qui sont mortes.

— C'est pas vrai! lança Juliette Marcil qui avait toujours éprouvé beaucoup d'amitié pour le voisin. Il a pas perdu sa femme! Pauvre Jocelyn! Il doit trouver ça dur, le plaignit-elle sincèrement.

— À cette heure, il se retrouve encore tout seul, fit Corinne.

— En plus, il paraît qu'à matin, le curé Bilodeau a annoncé que Mélanie Forget, une fille de dix-huit ans qui s'est mariée l'été passé, est morte hier soir, poursuivit Marie-Claire Rocheleau.

Puis, Norbert entra dans la maison après avoir dételé le cheval et l'avoir nourri. Sans la moindre hésitation, il se dirigea vers le salon pour enfin voir son père.

Corinne abandonna immédiatement la voisine et sa belle-sœur pour aller au-devant de l'adolescent et lui expliquer pourquoi le cercueil de son père demeurerait fermé. Norbert ne protesta pas. Il se contenta de s'approcher de la bière et de la regarder fixement, sans rien dire.

Un peu plus tard, Corinne tint à accompagner sa belle-sœur à l'étage pour l'aider à s'installer dans la chambre qu'elle lui avait réservée.

— Je sais que c'est toi qui as payé le lot où grand-père Boucher a été mis en terre, dit-elle, mais est-ce que ça te dérangerait que ton frère soit mis en terre à côté de lui. Ton père m'a pas offert de faire enterrer Laurent dans le lot des Boisvert.

— Pantoute, fais comme si ce lot-là était à toi ? Garde-moi juste une place, mais je te dis tout de suite que j'ai pas l'intention de me presser pour l'occuper, ajouta-t-elle avec un sourire sans joie.

— Es-tu venue à bout de rejoindre tes frères ?

— Oui, Aimé viendra probablement pas de Saint-Césaire parce que sa femme est pas mal malade, mais Raymond m'a promis de venir à soir.

Il y eut un bref silence entre les deux femmes. Pendant que Juliette défaisait sa valise et rangeait ses vêtements dans un tiroir du bureau, Corinne s'était assise sur le lit, les mains dans son giron, le regard perdu dans le vide, l'air malheureux. Sa belle-sœur finit par se rendre compte de son abattement. Elle s'assit à ses côtés et la serra contre elle.

— Je sais que c'est bien triste, fit-elle à voix basse. Mais dis-toi que t'as rien à te reprocher, si ça peut te consoler. T'as toujours été une bonne femme pour mon frère. Il a jamais rien eu à dire contre toi…

— J'ai pas été une si bonne femme que ça, finit par murmurer la jeune veuve. J'aurais dû insister plus pour qu'il vienne à la messe le dimanche. Depuis un bout de temps, il voulait plus venir, même si je lui disais qu'il donnait le mauvais exemple aux enfants. Tu peux pas savoir à quel point je m'en veux. S'il est en enfer, c'est peut-être à cause de moi…

— Voyons donc! protesta énergiquement Juliette. C'était plus un enfant. T'as pas à te blâmer pour ça.

Cet après-midi-là, au presbytère, le curé Bilodeau était planté debout devant l'une des fenêtres de son bureau. Le pasteur de la paroisse arborait un air tourmenté qui ne l'avait guère quitté depuis près d'une semaine.

Jusqu'à l'annonce des mesures gouvernementales fermant les lieux publics de la province, il avait cru que les journaux avaient amplifié exagérément le nombre de victimes de l'épidémie de grippe espagnole. Il en était d'autant plus persuadé que sa paroisse ne comptait encore aucune victime du fléau. Cependant, depuis l'Action de grâces, la grippe avait causé cinq décès à Saint-Paul-des-Prés.

Ce matin-là, il avait été estomaqué de constater que la moitié de son église était vide au moment où il pénétrait dans le chœur pour célébrer la grand-messe. Du haut de la chaire, il avait tonné et brandi un Dieu de vengeance. Comment s'étonner qu'Il punisse aussi durement les hommes quand on voyait le peu de cas qu'ils faisaient de Lui. Au moment où il fallait prier de toutes ses forces pour qu'Il enraye l'épidémie, on ne respectait même pas le jour du Seigneur.

Le docteur Précourt avait jugé bon de venir le rencontrer à la sacristie après la grand-messe. Il lui avait même révélé sa crainte de voir beaucoup d'autres décès se produire dans les jours à venir.

— Comment voulez-vous qu'il en soit autrement ? avait tonné le prêtre, indigné. Vous avez vu vous-même, ce matin, que la moitié des bancs de l'église étaient vides.

— Il faut comprendre, monsieur le curé. C'est rendu que les gens ont peur de sortir de chez eux, avait temporisé le médecin de sa petite voix de crécelle.

Charles Bilodeau s'était alors efforcé de cacher sa propre terreur pour adopter un comportement plus conforme à celui qu'on attendait de lui. Cependant, il n'avait pas pu s'empêcher de demander au médecin :

— Mais vous pouvez donc rien faire pour arrêter ça ?

— Entre vous et moi, monsieur le curé, absolument rien, s'était contenté d'admettre le petit homme. On n'a pas de remède pour soigner ça. J'ai suggéré du camphre, comme la plupart de mes confrères, mais je sais fort bien que c'est inutile. Je pourrais tout aussi bien rester à la maison et ne pas aller voir les malades, mais quand j'y vais, cela a l'air de les rassurer. Je peux vous dire, monsieur le curé, que je me sens pas mal inutile par les temps qui courent, avait-il avoué.

— Et vous avez pas peur de l'attraper ? demanda le prêtre en réprimant difficilement un frisson d'appréhension.

— Oh oui, je vais probablement l'attraper un jour ou l'autre, mais je fais ce que je dois faire, reconnut Adrien Précourt avec un courage tranquille.

Si le docteur Précourt était courageux, ce n'était certes pas le cas de Charles Bilodeau. Le curé de Saint-Paul-des-Prés avait eu tellement peur de mourir le printemps précédent lors de son hospitalisation à Sorel qu'il en était resté profondément marqué. Dans les circonstances, il n'approuvait nullement la décision de messieurs les évêques de conserver les églises ouvertes durant l'épidémie. S'il n'en tenait qu'à lui, il les fermerait et se barricaderait dans son presbytère pour éviter tout contact avec l'extérieur. Bref, pour dire crûment la vérité, le curé Bilodeau avait une peur maladive de la mort. Bien sûr, il était bien prêt à préparer ses paroissiens à faire le dernier voyage, pourvu que ça ne mette pas ses jours en danger.

À dire les choses telles qu'elles étaient, même s'il se méprisait pour sa lâcheté, il n'en avait pas moins passé tout l'après-midi de ce dimanche à chercher un moyen lui permettant de demeurer enfermé dans son presbytère aussi longtemps que l'épidémie sévirait. Le problème n'était pas aussi facile à solutionner qu'il le paraissait à première vue. Il avait beau l'examiner dans tous les sens, il ne voyait pas encore comment le régler.

S'il se déclarait malade, le docteur Précourt serait appelé à son chevet et, à son avis, c'était le meilleur moyen de contracter la grippe, puisqu'il ne cessait d'être en contact avec des malades. À la rigueur, il pourrait demander à son évêque un congé, mais il ne saurait où aller si ce dernier le lui accordait. Finalement, il opta pour une solution qui tiendrait Adrien Précourt loin de son presbytère tout en lui évitant tout contact avec ses paroissiens.

— Ils seront pas plus avancés si je meurs de cette grippe-là, dit-il à mi-voix pour se justifier.

Quand Mance Rivest annonça que le souper était prêt, Charles Bilodeau quitta son bureau à demi courbé en feignant un horrible mal de dos. À son entrée dans la salle à manger, René Biron et Alphonse Dupras l'attendaient poliment, debout derrière leur chaise.

— Qu'est-ce que vous avez, monsieur le curé ? s'empressa de lui demander le pâle abbé Biron en faisant un pas dans sa direction.

— Un lombago, mentit le pasteur en adoptant un air misérable. J'ai de la misère à mettre un pied devant l'autre.

Sur ces entrefaits, la servante poussa la porte qui séparait la cuisine de la salle à manger en portant une soupière fumante. Elle contourna Charles Bilodeau et alla déposer le plat au centre de la table.

— Bon, qu'est-ce qui vous arrive encore ? demanda-t-elle avec un agacement mal déguisé.

— Monsieur le curé a un lombago, s'empressa de répondre René Biron.

— Si je me trompe pas, un lombago, ça rend pas muet ? fit la ménagère irascible en ignorant ouvertement le vicaire pour s'adresser au curé de Saint-Paul-des-Prés.

— On vient de vous le dire, madame Rivest, j'ai un lombago. J'ai de la misère à me traîner, ajouta-t-il en prenant un visage de martyr.

— V'là autre chose, à cette heure, répliqua la servante avec humeur. Depuis le temps que je vous connais, c'est bien la première fois que vous attrapez ce mal-là. Je suppose qu'il va falloir vous servir au lit…

— Ça va peut-être être passé demain, dit Charles Bilodeau, l'air pitoyable.

— Si c'est un vrai lombago, vous en avez au moins pour une semaine à rester couché, déclara Mance Rivest sur un ton définitif. Il va falloir demander au docteur Précourt de passer vous voir.

— Non, ce sera pas nécessaire, intervint rapidement le curé. J'ai du liniment dans ma chambre. J'ai même un remède que le docteur Lemire m'a déjà prescrit qui va faire l'affaire, mentit-il.

— Si je comprends bien, vous allez vous soigner tout seul ? demanda la cuisinière en le fixant sans aménité.

— Je vais me débrouiller, madame Rivest. Là, je suis pas capable de m'asseoir, ça me fait trop mal, poursuivit-il. Je vais aller me coucher.

— C'est correct, monsieur le curé. Je vais vous monter quelque chose à manger tout à l'heure, ajouta la servante sur un ton radouci.

Sur ce, elle quitta la pièce, et Charles Bilodeau, continuant à jouer l'homme souffrant, s'excusa auprès de ses deux vicaires d'être obligé de se décharger de sa tâche sur eux.

— C'est pas grave, monsieur le curé. Occupez-vous juste de vous soigner, le rassura René Biron.

Le curé quitta la pièce et monta lentement, très lentement, l'escalier, pour donner le change où cas où la cuisinière l'aurait aperçu. Il ne se redressa qu'une fois entré dans sa chambre à coucher. Il alluma la lampe à huile sur sa table de chevet, mit son pyjama et s'étendit dans son lit en poussant un soupir d'aise. En attendant l'arrivée de son souper, il prit son bréviaire et entreprit de poursuivre sa lecture quotidienne.

Pendant ce temps, dans la salle à manger, les deux vicaires mangeaient en silence. Au moment du dessert, l'abbé Dupras ne put se retenir de faire remarquer à son jeune confrère :

— La maladie de monsieur le curé arrive bien mal, tu trouves pas ?

— On choisit pas quand on tombe malade, répondit René Biron, dont la santé avait toujours été fragile.

— Ça, j'en suis pas sûr pantoute, dit l'ancien vicaire de Saint-Célestin en arborant un air soupçonneux. Je trouve que ce mal de dos là arrive pas mal à pic.

— Pourquoi tu dis ça ? fit le jeune prêtre, surpris par la remarque de son confrère.

— Il me semble que, depuis deux semaines, notre bon curé sort pas trop souvent du presbytère, tu trouves pas ?

— Puis ?

— C'est comme s'il avait peur de quelque chose, poursuivit Alphonse Dupras.

— Il aurait peur de quoi ? s'étonna l'abbé Biron.

— Je le sais pas, mais j'ai eu l'impression tout à l'heure qu'il était presque content d'avoir un lombago.

Le jeune vicaire regarda son confrère sans vraiment comprendre, dans sa naïveté, ce qu'il sous-entendait.

Chez Corinne Boisvert, on finissait de ranger la cuisine après le repas, quand deux voitures s'arrêtèrent devant la maison. Les visiteurs arrivaient une minute à peine après que Norbert eut allumé deux fanaux suspendus de chaque côté de la porte de la cuisine d'été.

— Va ouvrir, Élise, demanda Corinne à sa cadette pendant qu'elle retirait précipitamment son tablier.

Un instant plus tard, Thérèse et Anatole entrèrent dans la pièce en compagnie de Lucienne Joyal, qui s'empressa d'aller serrer sa fille dans ses bras avant d'embrasser chacun de ses petits-enfants. La grand-mère offrit ses condoléances à Juliette aussitôt après son fils et sa bru. Bastien et Rosalie entrèrent à leur tour dans la maison et la même scène se reproduisit. Après avoir déposé son manteau sur le lit de la chambre de Corinne, chacun se dirigea vers le salon pour faire une courte prière devant le cercueil. La pièce était éclairée par deux lampes à huile qu'on avait dû allumer dès la fin de l'après-midi tant il faisait sombre.

Moins de quinze minutes plus tard, Amédée et Blanche Cournoyer faisaient leur apparition en compagnie de Germaine et Bernard Provencher et de leurs deux enfants. Toute la famille Joyal était réunie pour soutenir Corinne et consoler ses enfants.

L'abbé Biron arriva peu après, suivi de près par Gonzague Boisvert, son fils Henri et sa bru. Le vieil homme vint se planter devant le cercueil dans lequel reposait son plus jeune fils avant de recevoir les condoléances de tous les gens rassemblés dans le salon. Quand sa fille Juliette s'approcha pour l'embrasser sur une joue, Gonzague s'étonna de la voir déjà sur place.

— Quand est-ce que t'es arrivée? lui demanda-t-il.

— À la fin de l'après-midi, p'pa.

— Ça t'aurait pas tentée d'arrêter d'abord à la maison? fit-il sur un ton légèrement vindicatif.

— Norbert est venu me chercher et j'ai pensé être plus utile chez Corinne que chez vous, p'pa, lui répondit sa fille aînée. En plus, vous savez bien que j'aime pas déranger Annette et Alexandra.

Son père n'insista pas. Il n'avait jamais été particulièrement hospitalier, même pour les siens. Par le passé, chaque fois que Juliette était venue en visite quelques jours dans la maison familiale du rang Saint-André, il y avait toujours eu un peu de «tiraillage», comme il disait. À son avis, elle était mieux de se faire recevoir par Corinne, comme elle le faisait spontanément depuis quelques années... Sans compter qu'il n'était pas obligé ainsi de la nourrir.

L'abbé Biron dispensa des paroles réconfortantes aux membres de la famille, s'attachant particulièrement à consoler les enfants du disparu. Ensuite, il invita toutes les personnes présentes à s'agenouiller pour réciter un chapelet pour le salut de l'âme de Laurent Boisvert.

À la fin de la prière, les hommes choisirent de se retirer dans la cuisine d'été où Bastien avait allumé le poêle quelques minutes auparavant pour en chasser l'humidité. Jocelyn Jutras, les Brisebois et les Rocheleau arrivèrent au moment même où les hommes allumaient leur pipe dans la grande pièce. Pendant qu'on commençait à échanger des nouvelles, Gonzague demeurait plongé dans ses pensées et son fils Henri, assis à ses côtés, ne faisait rien pour le tirer de son mutisme.

Un peu plus tard, le maire Gagnon, Léon Tremblay ainsi que quelques connaissances ou compagnons de beuverie du défunt vinrent frapper à la porte pour offrir leurs condoléances aux proches de Laurent Boisvert. Ils ne s'attardèrent pas dans le salon. Ils allèrent rapidement rejoindre les autres hommes en train de fumer dans la cuisine d'été où planait déjà un véritable nuage de fumée près du plafond.

Après le départ du vicaire, Corinne attira Léopold à l'écart pour lui murmurer:

— Pourrais-tu aller voir dans la grange si mon mari aurait pas laissé là une bouteille ou deux de boisson derrière les poches de jute, au fond?

— Je vais aller voir, madame Boisvert.

— Si jamais tu trouves quelque chose, on pourrait en servir aux hommes. Ici dedans, j'ai juste du vin de cerise dans le garde-manger.

Quelques minutes plus tard, le jeune homme rentra en portant trois bouteilles de caribou et il fut chargé d'offrir un peu d'alcool aux hommes présents.

Pendant que les femmes discutaient à mi-voix dans la cuisine d'hiver et dans le salon, les hommes avaient formé des petits groupes dans la pièce voisine. Évidemment, Fabien Gagnon s'était empressé de se rapprocher des Joyal pour éviter d'avoir à s'adresser à un Gonzague Boisvert à qui il s'était borné à offrir ses condoléances du bout des lèvres. Le vieil homme s'était contenté de secouer la tête avant de se tourner vers Henri et les rares amis de son fils.

À l'autre extrémité de la pièce, Bernard Provencher écoutait, l'air vaguement réprobateur, son beau-frère Bastien en train de dire à mi-voix au mari de Marie-Claire Rocheleau et à Fabien Gagnon:

— En tout cas, c'est pas ma mère qui va brailler le plus. C'était connu que le beau-frère prenait un coup pas mal fort. Un accident comme ça lui pendait au bout du nez, un jour ou l'autre.

— Faut pas dire ça, Bastien, intervint son frère Anatole. Laurent est parti et on parle pas contre les morts. Il avait ses défauts, comme tout le monde. Rien de plus.

Bastien, soudain mal à l'aise devant la désapprobation évidente de son auditoire, se contenta d'ajouter:

— Je disais pas ça pour le débiner.

Il y eut un court moment de malaise.

— Il laisse tout de même une femme et cinq enfants derrière lui, reprit Bernard Provencher. J'ai ben peur que ce soit pas facile pour personne.

— Si encore son plus vieux était là, précisa Anatole en acquiesçant. On sait même pas où il est passé, ce petit baptême-là!

— Je pense qu'il a du père dans le nez, conclut Amédée Cournoyer. Remarquez que moi, je sais pas ce qui se passe dans la tête d'un jeune comme lui, expliqua le commis de quincaillerie. Mes trois garçons ont jamais été du genre à partir comme ça.

Près de la porte d'entrée, Gonzague était enfin sorti de son mutisme et avait du mal à dissimuler sa mauvaise humeur.

— Avec tout ça, je suis poigné pour faire réparer mon *truck* au garage. Je suis même pas sûr que le petit Melançon va être capable d'arranger ça. Il est ben bon pour réparer un *flat* ou jouer dans le moteur de ces engins-là, mais de là à remettre tout mon *truck* d'aplomb, c'est une autre paire de manches. Il a le devant tout défoncé et il y a des vitres à changer. Henri avait ben raison…, commença-t-il à dire.

Les trois hommes debout autour des Boisvert tournèrent la tête vers Henri.

— Le père veut dire que ça faisait un bon bout de temps que je lui conseillais d'obliger ses chauffeurs à laisser les *trucks* dans la cour, chez nous, chaque soir, après leur journée d'ouvrage. Cet accident-là serait pas arrivé si…

— Ça sert à rien de revenir là-dessus, le coupa Léon Tremblay, le conducteur du second International de

Gonzague Boisvert. Ce qui est fait est fait. À votre place, monsieur Boisvert, poursuivit-il, je m'inquièterais pas trop. Melançon est pas mal bon. Je suis certain qu'il est capable de remettre votre *truck* d'aplomb.

— C'est que ça va encore me coûter toute une beurrée, cette affaire-là, se plaignit le vieillard, révélant ainsi ce qui le préoccupait vraiment.

Ceux qui l'écoutaient se jetèrent des regards entendus. En plein deuil, Gonzague Boisvert pensait avant tout à ce qu'allait lui coûter la réparation de son camion accidenté.

Vers dix heures, Bastien et Anatole décidèrent de concert d'aller s'informer, auprès de leur mère et de leurs épouses, de leurs intentions. Allaient-elles passer la nuit chez Corinne ou rentrer à Saint-François-du-Lac?

Pendant ce temps, Amédée et Bernard discutaient avec Fabien Gagnon. Après que le maire eut parlé des premières victimes de la grippe dans sa municipalité, les deux beaux-frères lui décrivirent ce qui se passait à Sorel et à Nicolet depuis que le gouvernement avait fermé les lieux publics.

— Je pensais jamais être témoin d'une affaire pareille de mon vivant, admit Amédée, l'air sombre. Le monde vient à la quincaillerie en se mettant un mouchoir sur le visage, tellement ils ont peur de l'attraper.

— C'est pas plus drôle chez nous, reprit Bernard. On a trois hommes sur cinq qui veulent plus venir travailler sur nos deux chantiers. Ils aiment mieux rester à la maison, le temps que ça passe.

— Ça fait peur en sacrifice, cette affaire-là, admit Amédée. Si j'écoutais Blanche, je ferais la même chose, moi aussi.

— Je pense qu'il faut s'encourager, affirma Fabien Gagnon en repoussant les idées noires qui ne cessaient de l'envahir depuis une semaine. Moi, je crois que cette grippe-là va disparaître quand les grands froids vont poigner. En plus, vous avez lu comme moi dans les journaux qu'on parle de la fin de la guerre. Il y en a même qui disent que ça pourrait être fini avant les fêtes, ajouta-t-il. Ça, ce serait une maudite bonne nouvelle !

Bernard jeta un regard plein de sous-entendus à son beau-frère dont le visage s'était éclairé. L'entrepreneur comprenait fort bien ce que devait éprouver ce père de famille dont deux des fils se cachaient depuis plusieurs mois pour éviter d'être enrôlés dans l'armée.

À la fin de la soirée, quelques femmes aidèrent la maîtresse de maison et ses filles à disposer sur la table un peu de viande, du pain et des morceaux de gâteau. La plupart des personnes présentes mangèrent avant de quitter les lieux.

Finalement, Corinne parvint, non sans difficulté, à persuader ses sœurs et ses belles-sœurs de l'inutilité de demeurer à ses côtés durant la nuit pour veiller Laurent. Elle allait s'en charger avec sa mère, Juliette et les enfants. Cependant, elle n'eut pas à déployer de tels efforts avec les Boisvert. Annette, Henri et Gonzague quittèrent la maison sans parler de veiller au corps durant une partie de la nuit. Évidemment, aucun d'eux ne proposa son aide à la veuve. Ils se contentèrent de promettre de revenir le lendemain soir en compagnie d'Hélène et d'Alexandra.

Un peu avant onze heures, le dernier visiteur quitta la maison et on entreprit de ranger sommairement les lieux avant de se retrouver dans le salon.

— Les enfants, je pense qu'il est assez tard pour aller vous coucher maintenant, déclara Corinne.

— On va rester debout avec vous toute la nuit, m'man, fit Madeleine avec une belle détermination.

— T'es bien fine, mais je pense pas que ce soit raisonnable, rétorqua sa mère. Il va falloir durer pendant trois jours encore. Il faut qu'on dorme tous un peu.

— Ta mère a raison, intervint sa grand-mère avec autorité. Ce serait pas raisonnable de rester tous debout. On va s'organiser. Moi, je m'endors pas pantoute. Je vais rester à veiller votre père pendant une couple d'heures.

— Moi aussi, intervint Juliette. Toi, Corinne, tu vas donner l'exemple à tes enfants et aller te coucher. T'as l'air au bout du rouleau. On va te réveiller vers deux heures et tu pourras demander à Madeleine ou à Norbert de te tenir compagnie, si tu veux.

— Mais je peux veiller, protesta sa belle-sœur. Je suis pas fatiguée.

— T'es morte de fatigue et t'es cernée sans bon sens, lui fit remarquer Lucienne à son tour. Tes enfants ont besoin de toi ; c'est pas le temps de tomber malade. Envoye ! Va te coucher. Et vous autres, les jeunes, faites la même chose.

— Ça a pas de bon sens, ajouta Corinne d'une voix brisée. Je peux…

— Non, tu vas te coucher, lui ordonna Lucienne, sévère. Fais ce qu'on te dit.

— Oubliez pas de me réveiller, demanda-t-elle, incapable de résister plus longtemps.

Léopold et les enfants montèrent à l'étage et Corinne obéit à sa mère. Elle s'empara d'une lampe et se dirigea vers sa chambre à coucher pendant que Juliette tendait une tasse de thé à Lucienne. En quelques instants, un lourd silence tomba sur la maison, à peine troublé par le tic-tac de l'horloge et les chuchotements des deux femmes assises dans le salon, à faible distance du cercueil.

Après avoir refermé la porte de sa chambre derrière elle, la jeune veuve se demanda un bref instant si elle n'allait pas se contenter de s'étendre tout habillée sur les couvertures tant elle se sentait soudainement vidée de son énergie. Elle dut alors se faire violence pour enfiler sa robe de nuit et se glisser sous les couvertures après avoir soufflé la lampe.

Les yeux grands ouverts dans l'obscurité, elle eut une pensée pour son fils aîné qui aurait dû être revenu à la maison depuis longtemps.

— Pourvu qu'il lui soit rien arrivé ! dit-elle à mi-voix, angoissée. Je m'ennuie tellement de lui.

Puis, ses pensées se tournèrent vers Laurent qui ne dormirait plus jamais à ses côtés. Dix-huit ans de mariage ! Elle fit un effort louable pour se remémorer des moments de bonheur sans nuage durant toutes ces années de vie commune… et elle y parvint, mais très difficilement.

Il lui semblait qu'elle avait passé sa vie à l'attendre et, à sa grande honte, elle devait s'avouer qu'elle avait fini par préférer cela à sa présence quotidienne à la maison. Elle devait aussi reconnaître honnêtement qu'elle en était venue à espérer chaque année l'arrivée du mois de novembre parce que son mari disparaissait au chantier durant les cinq mois suivants. Au moins, pendant ce temps, elle n'avait pas à se préoccuper de ses sautes d'humeur imprévisibles, de sa consommation d'alcool et de ce qu'il faisait à l'hôtel chaque samedi soir. Elle n'oserait jamais le dire ouvertement, mais la mort de son mari lui apportait une certaine libération. Immédiatement, elle s'en voulut qu'une telle pensée ait pu l'effleurer à un moment pareil.

— Pauvre lui ! On peut pas dire qu'il a eu bien de la chance dans la vie, chuchota-t-elle pour elle-même. Il avait aussi des qualités…

Elle fit un effort pour en identifier quelques-unes, mais son épuisement eut raison d'elle et elle sombra dans un sommeil sans rêves.

Des bruits de pas dans l'escalier réveillèrent Corinne en sursaut. Elle ouvrit les yeux et sentit une présence à ses côtés, dans l'obscurité. Quelqu'un venait de reposer un rond du poêle à bois dans la cuisine.

Corinne se leva, prit son châle sur le pied du lit et sortit de la chambre sans faire de bruit après avoir réalisé que c'était sa mère qui dormait à ses côtés. Elle referma doucement la porte pour ne pas la réveiller et entra dans la cuisine où elle découvrit Madeleine en train de préparer de la pâte à crêpe.

— Qu'est-ce que tu fais debout à cette heure-là ? demanda-t-elle à sa fille en tournant la tête vers le salon où Norbert et Léopold étaient assis, les yeux gonflés de sommeil.

— Il est presque six heures, m'man.

— Six heures ! Mais comment ça se fait que personne m'a réveillée ?

— Grand-maman et ma tante Juliette sont restées debout jusqu'à quatre heures, expliqua la jeune fille. Elles voulaient que tu dormes un peu. Ma tante est venue me réveiller et j'ai réveillé Norbert. Léopold a tenu à venir lui aussi. On a laissé dormir Lionel et Élise. Ça fait juste deux heures qu'on est debout.

— Elles auraient dû venir me réveiller, affirma Corinne, en proie à un fort sentiment de culpabilité.

Quand Juliette et Lucienne se levèrent un peu avant dix heures, elles trouvèrent Marie-Claire Rocheleau en train de siroter une tasse de thé en compagnie de Corinne dans la cuisine.

Ce jour-là, Juliette profita d'un moment où elle se trouva seule avec sa belle-sœur pour lui offrir son aide.

— Je suppose que mon père et Henri t'ont pas offert de t'aider à payer quoi que ce soit pour les funérailles de Laurent ?

— T'es pas sérieuse ? fit Corinne en réprimant un mince sourire.

— Je m'en doutais, reprit la restauratrice avec humeur. Je crois bien que mon père s'imagine qu'on va l'enterrer avec tout son argent.

— J'ai pas besoin de son aide, affirma la jeune veuve.

— Oui, je le sais. T'es bien riche, se moqua doucement Juliette en posant sa main sur le bras droit de sa belle-sœur.

T'as cinq enfants à faire vivre et Léopold à payer, lui rappela-t-elle.

—Je le sais.

—Je sais, moi, que t'es trop fière pour demander de l'aide, reprit la sœur de Laurent, mais je veux que tu comprennes quelque chose. Moi, j'ai pas de mari et pas d'enfant. Je travaille sept jours sur sept au restaurant. Le peu d'argent que j'ai va te revenir, à toi et à tes enfants, quand je vais partir. Ça fait que tu serais bien bête de pas en profiter tout de suite si t'en as besoin. Tu m'as comprise ?

—Je le sais que je peux toujours compter sur toi, répliqua Corinne, émue par tant de générosité. T'as jamais arrêté de m'aider depuis que je suis mariée. Tu peux être certaine que je vais te demander ton aide aussitôt que je vais me sentir mal prise.

— Parfait, déclara Juliette Marcil avec un grand sourire. Je vois que tu m'as bien comprise. Dis donc, pendant que j'y pense, notre Madeleine continue à faire les yeux doux à ton homme engagé, à ce que j'ai remarqué !

—Je le sais. C'est une des raisons qui m'ont poussée à l'envoyer au couvent, à Nicolet.

—Je les regardais cette nuit, dans le salon. Ils font tout pour cacher leur jeu, mais on montre pas à un vieux singe à faire la grimace, ajouta Juliette, incapable de réprimer un petit rire de gorge.

— Tu peux me croire que je m'en suis vite aperçue, avoua Corinne. J'ai même pensé, un moment donné, à renvoyer Léopold, même si j'aurais bien de la misère à trouver quelqu'un d'aussi fiable et qui me coûterait aussi peu cher.

— Si tu veux mon avis, reprit sa belle-sœur, je trouve que t'as bien fait de pas faire ça. Ça aurait été le meilleur moyen qu'elle s'amourache bien dur de lui et qu'elle finisse par faire une folie. Madeleine est une bonne fille, mais on sait jamais. Là, au moins, tu peux les avoir à l'œil tous les deux.

Ce soir-là, la fille et la bru d'Henri et d'Annette Boisvert vinrent prier au corps en leur compagnie. Gonzague arriva un peu plus tard, suivant de peu son fils Raymond et sa femme Amanda. Corinne eut du mal à reconnaître son beau-frère, elle n'avait pas vu le débardeur de Sorel depuis plus de dix ans.

L'homme de quarante-six ans compensait une calvitie prononcée par une moustache impressionnante. Quelques minutes suffirent à la veuve pour regretter de ne pas avoir eu l'occasion de fréquenter ce couple, aussi chaleureux que pouvait l'être Juliette. La responsabilité en incombait en grande partie à Gonzague qui n'avait jamais rien fait pour créer des liens entre ses enfants. Comme les fêtes familiales étaient inexistantes chez les Boisvert, il y avait peu de chances que les enfants et leurs conjoints se fréquentent.

Corinne venait à peine de raconter ce qu'elle savait de l'accident à Raymond et à son épouse que son beau-père pénétra dans le salon. Le visage du débardeur se ferma immédiatement en apercevant son père. Elle se rappela alors la dispute qui opposait Gonzague à deux de ses fils, Aimé et Raymond, qu'il avait refusé d'aider à s'établir, même s'ils avaient travaillé longtemps à la ferme paternelle.

L'arrivée de l'abbé Biron et de quelques voisins l'obligea à laisser Juliette tenir compagnie à son frère et à sa belle-sœur. Bernard et Germaine arrivèrent peu après, les bras chargés de plats cuisinés durant la journée par l'ancienne institutrice.

Comme la veille, le jeune vicaire récita le chapelet avec les gens présents avant de prendre congé. Après son départ, les hommes s'empressèrent de se réfugier dans la cuisine d'été pour fumer et discuter plus à leur aise.

Ce soir-là, aucun argument ne parvint à persuader Corinne d'aller se coucher après le départ du dernier visiteur.

— C'est à mon tour de veiller, affirma-t-elle. C'est mon mari, c'est la moindre des choses que je sois là. Allez vous coucher. Si vous tenez absolument à le veiller, j'irai vous réveiller vers trois heures.

Vaincues, Juliette et Lucienne acceptèrent de la laisser veiller le corps de Laurent en compagnie de Madeleine et de Norbert. Les deux femmes avaient deviné qu'elle avait besoin de se retrouver seule avec les siens durant quelques heures. Élise et Lionel auraient désiré demeurer avec leur mère, eux aussi, mais le sommeil les avait vaincus quelques minutes auparavant.

Les deux femmes venaient à peine de se retirer dans leurs chambres que Corinne aperçut Léopold en train de descendre l'escalier pour venir s'asseoir à côté de Madeleine dans le salon. De toute évidence, le jeune homme tenait à montrer à la famille Boisvert qu'il participait à son deuil.

Vers trois heures, Juliette descendit dans le salon et exigea que tous les veilleurs aillent se reposer quelques heures. Personne n'eut le courage de s'opposer à sa volonté.

En cette dernière journée d'exposition de la dépouille de Laurent Boisvert, la fatigue se fit plus pesante chez ses proches. Corinne se sentait au bord de l'épuisement. La tension des derniers jours et le manque de sommeil faisaient leur œuvre autant chez elle que chez ses enfants. Elle avait beau avoir l'aide de sa mère, de sa belle-sœur, de Madeleine et souvent de Marie-Claire Rocheleau pour voir à la propreté de la maison et à la préparation des repas et de la nourriture à servir aux visiteurs, il n'en restait pas moins que la fatigue la poussait à pleurer à la moindre occasion.

— Il est temps que ça finisse, déclara Lucienne avec sa franchise habituelle. Un mort dans une maison pendant trois jours, on a tous vécu ça. C'est bien difficile pour tout le monde.

Son entourage l'approuva.

En ce dernier soir de veillée au corps, Juliette alla accueillir à la porte son frère Aimé qui avait tenu à venir de Saint-Césaire, même si sa femme était gravement malade. Corinne fut sensible à cette visite. Quand Henri Boisvert aperçut son frère près du cercueil, il l'ignora, tout comme son père. De toute évidence, le fils aîné de Gonzague n'avait pas oublié la bagarre qui l'avait opposé à son cadet lors des noces de Laurent, dix-huit ans plus tôt.

Comme son frère Raymond, Aimé détestait Henri à s'en confesser parce que leur père avait toujours injustement favorisé son fils aîné, au détriment de ses autres enfants.

En cette dernière soirée, tous les Joyal vinrent prier au corps, sauf Blanche qui était demeurée à Sorel avec Amédée. Lors de sa visite, l'avant-veille, elle avait promis d'être présente aux funérailles.

À la fin de la soirée, Aimé Boisvert demanda l'hospitalité à sa belle-sœur parce qu'il désirait assister au service funèbre, le lendemain matin.

— Reste, on va se tasser, accepta Corinne avec son sens de l'hospitalité habituel.

— Nous autres, on s'en va coucher chez Bastien, annoncèrent Germaine et Bernard.

— Si Amédée et Blanche l'avaient voulu, ils auraient pu venir coucher à la maison, fit Thérèse. On a en masse de la place.

Corinne remarqua que sa mère se pinçait les lèvres pour ne rien répliquer. Sa bru parlait de sa maison comme étant la sienne…

Après le départ des visiteurs, on rangea la nourriture et on remit un peu d'ordre dans la maison.

— Norbert, va ouvrir une fenêtre de la cuisine d'été, lui ordonna sa grand-mère. C'est pas possible de faire autant de boucane avec leurs saudites pipes. On voit pas à six pouces en avant de soi.

— Il a commencé à mouiller, grand-mère. La pluie entre en dedans, lui fit remarquer son petit-fils.

— Voyons, sers-toi de ta tête, mon garçon, fit Lucienne avec impatience. T'as juste à ouvrir une fenêtre du côté où il y a pas de vent.

Cette nuit-là, on n'établit pas de tour de veille auprès du disparu. Cependant, il y eut toujours au moins deux personnes présentes dans le salon.

À un certain moment, Corinne se retrouva aux côtés d'Aimé Boisvert. Son beau-frère était un grand homme maigre, âgé de quarante-huit ans, au visage profondément marqué par la vie. En vieillissant, il allait probablement finir par ressembler physiquement à son père. Cependant, son visage exprimait une douceur dont celui de Gonzague Boisvert était dépourvu.

— Est-ce que je peux te demander quel genre d'homme mon frère était devenu ? demanda-t-il à voix basse à Corinne.

La veuve chercha quoi répondre à cette question plutôt directe et son hésitation n'échappa pas à son beau-frère.

— Je devine qu'il était pas facile, pas vrai ?

— Il avait ses bons jours, dit-elle prudemment.

— Déjà, quand il était jeune, on avait pas mal de misère à le faire écouter. À vrai dire, il y avait juste Juliette qui était capable de le faire marcher droit, ajouta-t-il avec un petit sourire triste.

— C'est ce qu'elle m'a dit.

— J'espère, au moins, qu'il buvait pas trop, reprit Aimé. Avant que je me marie, je me souviens qu'il haïssait pas pantoute boire un coup solide.

— Il a jamais craché sur la boisson, avoua Corinne sans trop s'étendre sur le sujet.

— Ça aurait pu être une autre histoire si on avait pu s'installer à Saint-Paul, Raymond et moi, reprit Aimé, l'air songeur. On aurait pu s'aider entre frères...

— Pourquoi vous avez pas fait ça ? demanda Corinne, qui connaissait bien la réponse à cette question.

— Le père a jamais voulu nous donner un coup de main pour nous établir, et ça, même si on avait travaillé comme des esclaves sur le bien paternel. Quelqu'un a dû te dire que j'ai voulu acheter à mon père la terre que Laurent a achetée.

Corinne hocha la tête, attentive aux explications que son beau-frère lui offrait.

— Mon père a voulu faire de l'argent sur mon dos et ça m'a mis en maudit, avoua le cultivateur. C'est là que j'ai décidé d'aller en acheter une à Saint-Césaire, même si c'était pour moi à l'autre bout du monde. Baptême ! J'aurais jamais dû faire ça. J'aurais dû en acheter une autre à Saint-Paul ou même à Saint-François avec l'argent que Juliette m'a passé. Quand je me suis réveillé, il était trop tard.

— T'as regretté d'être allé t'installer si loin ? lui demanda Corinne.

— Ça, tu peux le dire, reconnut le cultivateur. Quand on va s'établir aussi loin, on est des étrangers et le monde nous regarde longtemps de travers. Tu me croiras si tu veux, mais on connaît presque personne, même si ça fait plus que vingt ans qu'on vit là. En plus, les enfants sont presque tous partis. Il me reste juste un garçon pour m'aider et il a pas plus de santé que sa mère.

Corinne compatit avec son beau-frère et ne put s'empêcher de lui parler de son Philippe qui n'avait plus donné signe de vie depuis près de deux semaines, même s'il avait annoncé sa visite prochaine.

— Est-ce que je me trompe ? fit Aimé. Ton gars m'a l'air à tenir de son père, non ?

— J'en ai bien peur, admit-elle.

Plus tard dans la nuit, Juliette apparut dans le salon et obligea son frère et sa belle-sœur à aller se reposer un peu pendant qu'elle prenait la relève. Peu après, Madeleine et

Norbert vinrent la rejoindre pour veiller la dépouille de leur père à leur tour.

Un petit jour gris se leva sur Saint-Paul-des-Prés en ce mercredi matin d'octobre. Lorsque Corinne regarda par la fenêtre de sa chambre après avoir revêtu sa robe noire, elle remarqua que le vent de la nuit avait arraché les dernières feuilles des deux érables plantés devant la maison et qu'une pluie fine s'était mise à tomber.

— Es-tu prête? lui demanda sa mère après avoir entrebâillé la porte de la pièce. Ils viennent d'arriver.

La jeune veuve se secoua et quitta la chambre sur les talons de Lucienne pour aller accueillir Giroux et son fils qui venaient d'immobiliser leur corbillard devant la porte de la façade de la maison. Au même moment, Juliette descendit au rez-de-chaussée, suivie par Élise et Lionel dont elle avait supervisé la toilette.

Quand Corinne pénétra dans le salon, la pièce était remplie des membres de la famille. Aimé Boisvert se tenait aux côtés de ses frères Bastien et Anatole pendant que Bernard Provencher et Amédée Cournoyer discutaient à voix basse à l'autre extrémité de la pièce, en compagnie de Germaine et de Blanche.

Norbert ouvrit la porte à l'entrepreneur de pompes funèbres et à son fils qui s'empressèrent de retirer leur chapeau en signe de respect. Immédiatement, le silence se fit dans le salon. Camil Giroux salua de la tête les gens présents et s'approcha du cercueil. Immédiatement, Corinne et ses enfants se rapprochèrent.

— Mesdames, messieurs, annonça l'homme en adoptant un ton de circonstance, le moment est venu de réciter une dernière prière avant d'aller à l'église.

Puis, sans attendre, il entama un *Je crois en Dieu* suivi d'un *Notre Père* et conclut avec un *Je vous salue, Marie*. Tous les gens présents récitèrent ces prières avec lui. Puis, l'homme demanda aux gens de se retirer dans la pièce voisine pendant que le cercueil serait transporté vers le corbillard.

Bernard Provencher et Bastien Joyal s'avancèrent immédiatement pour proposer leur aide. Une fois le cercueil déposé dans le véhicule, Léopold vint immobiliser le boghei des Boisvert derrière le corbillard. Ensuite, le fils Giroux rentra dans la maison pour en rapporter les tréteaux et le drap noir pendant que les gens sortaient un à un de la maison pour prendre place dans leur voiture.

Lorsque tous se furent entassés dans les voitures en se protégeant du mieux qu'ils le pouvaient de la fine pluie froide qui tombait, le corbillard se mit lentement en marche, suivi par son court cortège funèbre. Au passage, le véhicule des Rocheleau, puis celui de Jocelyn Jutras prirent place derrière le dernier boghei du cortège. Au moment où les premières voitures pénétraient dans le village, le glas sonna au clocher de l'église paroissiale.

À son arrivée devant l'église, Corinne aperçut Léon Tremblay et sa femme ainsi que Gonzague, Henri et Annette. Ils étaient accompagnés d'Hélène et d'Alexandra, leur bru. Elle salua d'un léger sourire Raymond et Amanda qui se tenaient à l'écart des autres Boisvert. Quand Aimé les aperçut, il s'empressa d'aller serrer la main de son frère et il embrassa sa belle-sœur.

Corinne vit son beau-père s'adresser brièvement à son fils Henri, qui descendit les marches du parvis pour aider à transporter le cercueil. Ses frères Aimé et Raymond l'imitèrent sans lui adresser le moindre regard.

Tout le monde s'engouffra dans l'église à l'arrière de laquelle l'abbé Biron, revêtu d'habits sacerdotaux noirs, attendait l'arrivée du défunt. Il était secondé par un enfant de chœur portant un bénitier et un goupillon. Le cercueil fut déposé sur un chariot et poussé vers l'avant de l'église.

L'officiant le suivit pendant que les fidèles prenaient place dans les bancs. Corinne et ses enfants s'installèrent dans le premier banc en compagnie de Juliette et de Lucienne.

Personne ne formula de remarque sur l'absence du curé Bilodeau. Habituellement, le pasteur de Saint-Paul-des-Prés célébrait les services funèbres. Marie-Claire Rocheleau avait révélé à Corinne et Juliette avoir appris que le pauvre homme était alité depuis quelques jours, victime d'un douloureux lombago.

L'abbé Biron sut dispenser des paroles apaisantes lors de sa courte homélie. Sa façon toute simple de parler d'un Dieu d'amour et de pardon fut un véritable baume au cœur de la jeune veuve.

Pendant toute la cérémonie, Corinne serra contre elle Lionel et Élise pour tenter inconsciemment de leur transmettre un peu de sa force. À la fin du service funèbre, le célébrant invita l'assistance à le suivre dans le cimetière voisin pour accompagner Laurent Boisvert à sa dernière demeure.

En silence, les gens emboîtèrent le pas au prêtre et suivirent les porteurs qui déposèrent le cercueil près de la fosse creusée dans le lot où était enseveli grand-père Boucher. Il ne pleuvait plus. Le vent était même parvenu à opérer une timide percée ensoleillée dans les nuages qui encombraient encore le ciel. Les gens se rassemblèrent autour du vicaire qui récita encore quelques prières avant d'inviter les personnes présentes à ne jamais oublier le disparu.

Le cercueil fut descendu lentement dans le trou et Corinne retint contre elle ses enfants pour apaiser leur chagrin. Ensuite, Juliette et Lucienne entraînèrent la mère et les siens vers la sortie du cimetière. Tous les gens qui avaient assisté aux funérailles les imitèrent.

Revenue devant l'église, Corinne trouva la force d'inviter tout le monde à venir manger quelque chose à la maison. Gonzague fut le premier à refuser et à s'esquiver en compagnie d'Henri, Annette, leur fille et leur bru. Pour sa part, Aimé remercia sa belle-sœur et annonça son intention de rentrer immédiatement à Saint-Césaire, sans oublier toutefois d'offrir son aide si elle avait besoin de lui, offre que Corinne apprécia à sa juste valeur.

Après s'être rapidement consultés, les Joyal et les Provencher trouvèrent plus approprié de laisser la jeune mère de famille se reposer plutôt que d'envahir sa maison. Ils déclinèrent, eux aussi, son invitation et décidèrent de rentrer chez eux. Lucienne hésita un bon moment, puis se rangea à l'avis de ses enfants et prit le parti de retourner à Saint-François-du-Lac si Anatole et Thérèse voulaient bien d'abord l'accompagner chez Corinne pour y récupérer ses maigres bagages. Bref, moins d'une heure après les funérailles de son mari, Corinne se retrouva seule en compagnie de Juliette et de ses enfants.

La jeune femme de trente-six ans fut d'abord désorientée. Sa maison lui sembla étrangement silencieuse maintenant que les visiteurs des derniers jours étaient partis. Dès son entrée chez elle, elle fut attirée vers le salon. La vue du mur nu contre lequel avait été appuyé le cercueil de Laurent lui fit brusquement comprendre que son compagnon l'avait définitivement quittée et que, contrairement à son habitude, il ne reviendrait plus jamais. Elle éclata alors en sanglots convulsifs.

Madeleine s'empressa de venir soutenir sa mère.

— Emmène ta mère dans sa chambre pour qu'elle puisse se reposer un peu, lui conseilla sa tante.

Corinne laissa sa fille la conduire à sa chambre. Elle s'étendit quelques instants sur son lit. Pendant ce temps, Juliette Marcil avait pris les choses en main avec l'aide de Léopold, Norbert, Madeleine et Élise.

En quelques minutes, le salon retrouva son aspect habituel, la table fut dressée, le repas du midi préparé et le ménage des chambres et de la cuisine d'été exécuté. Léopold pensa même à aller retirer le ruban noir fixé à la porte donnant sur la façade.

À midi, Juliette vint frapper à la porte de la chambre de sa belle-sœur. Cette dernière, épuisée par tant d'émotions et par les obligations des trois précédentes journées, s'était endormie. Elle se réveilla en sursaut.

— Viens manger, lui conseilla la restauratrice. T'as besoin de refaire tes forces pour passer à travers ce que tu vis.

— J'ai pas bien faim, fit Corinne en se levant.

— Ça fait rien. Force-toi, lui ordonna Juliette. Je vais partir après le dîner. J'ai demandé à Léopold de venir me conduire à la gare.

— Es-tu vraiment obligée de partir si vite ? lui demanda-t-elle, un peu effrayée de se retrouver si rapidement seule.

— Il le faut bien, confirma Juliette. Même si je viens de décider que mon restaurant allait fermer jusqu'à ce que cette grippe-là soit finie, je peux pas laisser mon associée faire le grand ménage seule.

— T'arrêteras pas chez ton père en passant ? s'informa Corinne en vérifiant du bout des doigts le bon ordre de son chignon.

— Je serais bien arrêtée s'il m'avait invitée, mais il a oublié, dit Juliette sur un ton désabusé. C'est pas nouveau et je pense que j'arriverai pas à le changer à l'âge où il est rendu, ajouta-t-elle, sur un ton acide.

Après le départ de sa belle-sœur, Corinne s'assit dans sa chaise berçante. Tout en regardant par la fenêtre le vent chassant devant lui les feuilles mortes tombées sur la route, elle s'interrogeait sur l'avenir de sa famille.

Comment allait-elle parvenir à traverser l'hiver qui s'annonçait déjà ? Allait-elle renvoyer Madeleine au couvent à Nicolet quand la grippe aurait cessé de faire des ravages ? Léopold et Norbert allaient-ils être en mesure de bûcher assez de bois pour les besoins de la maison ? Pourraient-ils cultiver ? Allait-elle être capable de confectionner suffisamment de courtepointes et de catalognes durant l'hiver pour subvenir aux besoins des siens ? Philippe allait-il revenir un jour à la maison ? Et le plus important, est-ce que Dieu allait épargner sa famille de la grippe qui faisait tant de ravages ?

Chapitre 20

Un nouveau départ

Quelques jours après les funérailles de Laurent, Corinne avait retrouvé une grande partie de son énergie. La nouvelle veuve avait repris la pleine direction de sa maisonnée et avait nettement fait comprendre ses intentions aux siens.

Elle avait informé Madeleine qu'elle retournerait au couvent dès que les religieuses annonceraient la réouverture de leur institution.

— Mais, m'man… voulut protester l'adolescente.

— Il y a pas ni ci ni ça, la coupa sa mère. J'ai l'argent qu'il faut pour payer ton couvent, t'es pas pour cracher sur un cadeau comme ça. L'instruction, ma fille, ça a pas de prix! De toute façon, on a déjà parlé de tout ça. On n'est pas pour revenir là-dessus.

— Mais vous arriverez pas à faire toute seule les courtepointes et les catalognes qu'on vous a commandées, voulut argumenter Madeleine.

— Inquiète-toi pas. Je vais faire juste ce que je peux, voulut la rassurer sa mère.

Ce jour-là, Norbert trouva le moyen de s'attirer les foudres de sa mère. Elle venait d'inviter ses enfants à passer à table pour souper quand elle découvrit son fils installé au bout, à la place qu'avait toujours occupée son père.

— Qu'est-ce que tu fais là ? lui demanda-t-elle d'une voix tranchante.

— Ben, j'attends pour manger, répondit son fils de quatorze ans en adoptant un petit air frondeur assez déplaisant.

— Tu vas me faire le plaisir de retourner t'asseoir à ta place, lui ordonna sèchement sa mère en déposant un plat de pommes de terre fumantes au centre de la table.

— Pourquoi?

— Parce que t'es assis à la place de ton père! répondit Corinne.

— Ça en fait une affaire, répliqua l'adolescent, mis de mauvaise humeur par la remarque maternelle. Même quand il était là, il était soûl la plupart du temps et...

Norbert n'eut pas le temps de finir sa phrase. Il reçut une gifle magistrale qui l'étourdit.

— Toi, mon garçon, tu vas te taire et apprendre à respecter la mémoire de ton père! s'écria Corinne, en colère. C'est pas à toi de le juger, tu m'entends? Change de place et arrange-toi pour que j'aie pas à te le redire! Cette place-là va rester vide tant et aussi longtemps que j'aurai pas décidé le contraire. Est-ce que c'est clair?

Norbert, fou de rage d'avoir été corrigé devant tous, serra les poings, mais n'en changea pas moins de place à table. Autour de lui, personne n'osa élever une protestation. On mangea dans un tel silence que chacun put entendre tomber les tisons dans le poêle.

Après le repas, l'adolescent alla bouder dans sa chambre et sa mère en profita pour mettre les choses au clair avec son homme engagé.

— On est rendus au mois de novembre, Léopold, lui dit-elle. L'hiver est presque arrivé. Est-ce que t'as l'intention d'hiverner avec nous autres?

Pris de court, le jeune homme blêmit et ne sut d'abord quoi répondre. Il regarda brièvement Madeleine, qui se tenait debout près du comptoir, avant de tourner la tête vers la mère de la jeune fille.

— Ben...

— Écoute, reprit Corinne. Je te demande pas ça parce que je suis pas contente de toi. Loin de là. Je veux juste savoir si tu penses passer l'hiver avec nous autres.

— J'aimerais ça, madame Boisvert, finit par répondre Léopold.

— Comme ça, je vais pouvoir compter sur toi pour bûcher sur notre terre à bois avec Norbert?

— C'est correct, dit l'employé, de toute évidence soulagé.

— C'est parfait comme ça. Tu vas pouvoir montrer à travailler à mon garçon, conclut la maîtresse de maison en s'emparant de son panier où étaient déposés des vêtements à réparer.

En fait, Corinne se demandait depuis quelques jours si elle parviendrait à payer les maigres gages de Léopold sans avoir à écorner de nouveau l'héritage laissé par grand-père Boucher plus de quinze ans auparavant. Elle décida de faire confiance à l'avenir.

Une semaine plus tard, la jeune veuve se réveilla en frissonnant dans son grand lit qu'elle occupait maintenant seule. Il faisait encore noir à l'extérieur. Elle dut se faire violence pour se lever tant il faisait froid dans la maison. Elle s'empara de son châle qu'elle jeta sur ses épaules et alla allumer le poêle à bois. Ensuite, debout au pied de l'escalier, elle cria à Léopold et à ses enfants de se lever.

Quand ces derniers descendirent au rez-de-chaussée, le poêle ronflait déjà en jetant une timide chaleur dans la grande cuisine d'hiver.

— Lionel, arrête de te traîner les pieds et va chercher les vaches dans le champ, ordonna-t-elle à son fils cadet. Dis-toi que c'est la dernière fois que tu fais ça cette année. Je pense qu'on va les garder dans l'étable à partir d'aujourd'hui. C'est rendu qu'il fait trop froid.

Léopold et Norbert approuvèrent et sortirent de la maison quelques minutes plus tard pour traire et nourrir les vaches. Pour leur part, Madeleine et Élise allèrent s'occuper des poules, du cheval et des porcs. Demeurée seule à l'intérieur, la mère de famille entreprit de cuisiner le déjeuner des siens. Elle prépara une omelette et fit rissoler du lard.

Quand le jour se leva enfin, elle regarda à l'extérieur et s'aperçut que les champs et les toitures des bâtiments étaient recouverts d'un frimas blanc qui la fit frissonner.

— Pas déjà ! ne put-elle s'empêcher de dire à mi-voix. Il va falloir que je demande aux garçons de vérifier la *sleigh* et la gratte, mais avant ça, on va aller au plus pressé : il faut s'occuper de la viande.

Corinne attendit que Lionel et Élise soient montés à l'étage ranger leur chambre à coucher avant d'annoncer à Léopold, Madeleine et Norbert que, ce jour-là, ils allaient devoir abattre leur plus vieille vache, qui ne donnait pratiquement plus de lait, et un porc.

— J'haïs ça faire cet ouvrage-là, ne put s'empêcher de dire Madeleine en arborant une mine dégoûtée.

— C'est ça ou pas manger de viande de l'année, rétorqua sa mère avec une certaine impatience. Léopold, penses-tu être capable de tuer une vache avec la masse ?

— Je l'ai déjà fait là où je travaillais, affirma le jeune homme avec une certaine assurance.

— Norbert va te donner un coup de main. Quand la vache sera suspendue à la porte de la grange, j'irai t'aider à enlever la peau.

— Et pour le cochon ? demanda Norbert.

— Ça, madame Boisvert, j'en ai jamais égorgé un, crut avoir besoin de préciser l'employé.

— C'est pas grave, je vais le faire, promit-elle. Après, on se mettra tous ensemble pour gratter la peau.

Madeleine et son frère ne songèrent même pas à demander à leur mère comment elle allait s'y prendre pour couper la viande. Ils l'avaient toujours vue se charger de cette tâche que leur père n'avait ni la patience ni le talent d'accomplir.

À la fin de l'après-midi, Corinne venait à peine de finir son travail de boucher. Elle était en train de transporter des morceaux de viande dans la remise pour les déposer dans le coffre quand l'arrivée d'une voiture dans la cour de la ferme l'incita à tourner la tête. Elle vit sans grand plaisir son beau-père, engoncé dans un lourd manteau de drap, descendre péniblement de son boghei. Elle s'empressa de déposer sa viande dans le coffre et sortit de la remise pour aller au-devant de son visiteur.

— Venez vous réchauffer, monsieur Boisvert, lui offrit-elle en le précédant sur la galerie.

Madeleine et Élise les suivirent alors que les garçons demeuraient à l'extérieur pour continuer à remettre de l'ordre dans l'entrée de la grange où ils avaient travaillé à faire boucherie depuis le début de la matinée.

Gonzague Boisvert entra dans la cuisine et déboutonna son épais manteau sans se donner la peine de l'enlever.

— Dites-moi pas que vous avez fait tout ce chemin-là pour prendre de nos nouvelles? demanda Corinne sur un ton un peu narquois en retirant sa tuque et son manteau.

— Oui et non, répondit son beau-père, énigmatique.

— Est-ce qu'il y a quelque chose de nouveau? fit-elle en lui indiquant une chaise berçante.

— Non, c'est plutôt tranquille, avoua le vieil homme en s'assoyant. Je suis venu voir comment tu t'en tirais toute seule.

— Vous êtes ben fin de vous en faire pour moi, dit Corinne, un peu surprise d'une mansuétude aussi inattendue.

— Je me doute ben que ça doit pas être facile de faire marcher une terre toute seule, sans un homme pour voir à tout.

— Vous oubliez, beau-père, que ça fait pas mal d'années que je m'occupe de la terre presque toute seule. Laurent passait tous ses hivers au chantier et, plus souvent qu'autrement, au printemps, il finissait par se trouver de l'ouvrage ailleurs que sur sa terre en revenant à Saint-Paul.

— Ouais, je sais ben, reconnut le vieil homme, l'air songeur. Mais tu peux pas nier que Laurent faisait tout de même sa large part.

— Si on veut, monsieur Boisvert.

— En tout cas, je suis passé aussi pour te dire que t'as pas à t'en faire si tu décides de te débarrasser de ta terre. Je suis prêt à te la racheter tout de suite, si tu veux.

— Ah oui! fit la jeune femme, interloquée.

— D'après moi, malgré tout ce que tu penses, tu seras jamais capable de t'en occuper comme il faut. Tu sais aussi ben que moi que cultiver une terre, c'est pas de l'ouvrage de femme pantoute. Tu serais ben mieux de la vendre pendant qu'elle est encore d'aplomb. Moi, je te l'achèterais avec tout ton roulant et les animaux, à part ça.

Corinne eut du mal à se retenir devant une telle rapacité chez son beau-père. Elle se fit naïve pour voir jusqu'où le vieil homme était prêt à aller pour s'emparer de son bien.

— Ça mérite réflexion, feignit-elle d'admettre. Est-ce que vous avez une idée de combien vous êtes prêt à m'offrir pour ma terre, la maison, le roulant et les animaux?

— Il faut que tu comprennes que ta terre est pas ben grande et que la maison et les bâtiments auraient besoin de pas mal de réparations, avança Gonzague sur un ton calculateur.

Corinne saisit une lueur de ruse dans les yeux du vieillard qui semblait plongé dans des calculs compliqués.

— Je pense que cinq cents piastres, ce serait un prix ben raisonnable, annonça-t-il d'une voix en apparence hésitante.

— Cinq cents piastres! explosa Corinne en faisant sursauter ses deux filles qui écoutaient, assises à la table de cuisine. Mais vous nous l'avez vendue six cents piastres il y a dix-huit ans ! À ce prix-là, il y avait pas les animaux et tout était en démanche, ajouta-t-elle, furieuse.

— Le prix des terres a ben baissé, affirma son beau-père avec aplomb en se levant et en commençant lentement à boutonner son manteau. Penses-y ben, ma fille. Cinq cents piastres, c'est ben de l'argent. Si t'attends trop, je pourrai peut-être pas t'offrir autant.

— C'est tout pensé, beau-père, dit-elle d'une voix dure en lui ouvrant la porte. Jamais je vendrai ma terre. J'aime mieux me crever à l'ouvrage dessus que de la laisser partir pour une bouchée de pain.

— Comme tu voudras, fit Gonzague en sortant de la maison.

Corinne, en proie à une fureur noire, referma la porte de la maison à la volée dans son dos.

— J'aurai tout entendu dans ma chienne de vie ! s'écria-t-elle en assenant une claque sur le comptoir. Mais ça a pas de cœur, ce monde-là !

Il lui fallut plus d'une heure pour retrouver son calme. Que son beau-père ait osé profiter de son malheur pour chercher à les exploiter, elle et ses petits-enfants, dépassait son entendement. Qu'est-ce qu'il n'était pas prêt à faire pour de l'argent ? Son défunt mari avait bien des défauts, mais il n'avait jamais été aussi avaricieux.

L'apparition des premiers grands froids coïncida avec la quasi-disparition des cas de grippe dans la paroisse. Durant presque deux semaines, il n'y eut plus aucune victime du fléau. Le docteur Précourt ne se gêna pas alors pour affirmer avec une certaine pédanterie que le gel avait probablement tué le microbe.

Les habitants de Saint-Paul-des-Prés commençaient alors à croire que ce cauchemar était maintenant derrière eux quand Conrad Beaulieu, un jeune père de famille du rang Saint-André, tomba subitement malade. En quelques heures, la nouvelle fit le tour de la paroisse. L'homme était au plus mal et Adrien Précourt, interrogé, ne put qu'avouer que son patient était atteint de la grippe espagnole.

— Mais il faut s'encourager, prit-il la précaution de dire aux quelques personnes rencontrées au magasin général. C'est pas tout le monde qui en meurt. Dans la paroisse, il y en a au moins trois qui en ont réchappé. En plus, j'ai l'impression que le jeune Beaulieu est le dernier cas qu'on va avoir.

Le médecin aurait probablement été pas mal moins affirmatif s'il avait pu voir l'abbé Biron cet après-midi-là. Le jeune vicaire s'était retiré dans sa chambre après avoir chipoté dans son assiette durant le dîner sous le regard désapprobateur de Charles Bilodeau, assis au bout de la table.

Le curé de Saint-Paul-des-Prés s'était déclaré remis de son terrible lombago trois jours auparavant après avoir entendu Mance Rivest rapporter aux vicaires les paroles du docteur Précourt. Ayant jugé qu'il ne courait plus aucun risque, le pasteur de Saint-Paul-des-Prés était sorti un beau matin de sa chambre, miraculeusement guéri de son mal.

Quelques heures plus tard, Mance Rivest, un peu inquiète de constater que l'abbé Biron n'était pas sorti de sa chambre, monta s'informer s'il allait bien. Elle le trouva alité et bouillant de fièvre. La ménagère descendit immédiatement en rendre compte à Charles Bilodeau, confortablement installé au salon.

— Je pense que l'abbé Biron file un mauvais coton, déclara la ménagère à son curé.

— C'est pas surprenant, c'est une petite santé, madame Rivest, fit le prêtre sur un ton supérieur, comme s'il avait déjà oublié avoir gardé la chambre durant les deux dernières semaines à cause de son fameux lombago.

— Il a rien gardé de son dîner, poursuivit Mance. Je suis allée voir s'il avait besoin de quelque chose. Il fait pas mal de fièvre.

— On ferait peut-être mieux de faire venir le docteur, suggéra l'abbé Dupras, en levant le nez de son bréviaire. J'ai remarqué que ça fait une couple de jours qu'il a pas l'air dans son assiette.

Charles Bilodeau hésita un moment avant de dire à sa cuisinière:

— Dites donc au bedeau de traverser pour demander au docteur Précourt de venir jeter un coup d'œil à l'abbé Biron.

Quelques minutes plus tard, Adrien Précourt vint sonner à la porte du presbytère. Même si la rumeur publique affirmait que l'épidémie de grippe était jugulée à Saint-Paul-des-Prés, le curé Bilodeau ne quitta pas son bureau pour aller saluer le médecin. Il préféra demeurer prudemment hors de portée pendant que Mance Rivest conduisait le petit homme jusqu'à la chambre du vicaire malade.

Moins de quinze minutes plus tard, le docteur descendit au rez-de-chaussée en affichant une mine préoccupée. L'abbé Dupras et la cuisinière vinrent au-devant de lui pour s'informer de l'état de santé de René Biron. Le curé Bilodeau avait légèrement entrouvert la porte de son bureau pour entendre le diagnostic.

— J'ai une bien mauvaise nouvelle, déclara Adrien Précourt. L'abbé Biron a attrapé la grippe. Il est bouillant de fièvre. Là, je viens de le frotter avec de l'alcool pour la faire baisser, mais je peux pas lui donner grand-chose pour le soulager. Il m'a pas l'air bien fort. Je pense que le mieux est de prier pour lui, ajouta le praticien avant de s'emparer de son chapeau suspendu au portemanteau.

Dans son bureau, Charles Bilodeau se sentit envahi de sueurs froides et ses jambes faiblirent lorsqu'il entendit les paroles du médecin. Il avait été en contact avec l'abbé depuis qu'il avait quitté sa chambre quelques jours auparavant…

— Mon Dieu, vous permettrez pas ça, j'espère ! s'exclama-t-il à mi-voix en songeant à la possibilité d'avoir été contaminé par le fléau.

Dès que la porte du presbytère se fut refermée derrière Adrien Précourt, Alphonse Dupras frappa à celle du bureau de son curé. Il dut attendre quelques instants que son supérieur ait retrouvé un semblant d'aplomb.

— Oui, entrez, finit par dire Charles Bilodeau d'une voix qu'il voulait assurée.

Il venait à peine de réintégrer son fauteuil, derrière son bureau en chêne.

— Monsieur le curé, le docteur Précourt vient de partir. D'après lui, l'abbé Biron a attrapé la grippe, lui annonça le vicaire d'une voix changée.

— Dites-moi pas ça ! lança Charles Bilodeau en prenant un air horrifié, comme s'il apprenait la nouvelle à l'instant même. Pauvre abbé ! Il nous reste plus qu'à prier pour lui, ajouta-t-il.

Avant que l'abbé Dupras sorte de la pièce, Charles Bilodeau se leva, puis se pencha brusquement vers l'avant, comme s'il subissait une nouvelle attaque de son lombago.

— C'est pas vrai, gémit-il en se retenant au meuble. V'là que ça me reprend ! Voulez-vous me donner ma canne, l'abbé, demanda-t-il d'une voix misérable en tendant une main vers la canne appuyée derrière la porte.

Alphonse Dupras, l'air soupçonneux, lui tendit sa canne et regarda son supérieur se traîner péniblement jusqu'au pied de l'escalier qu'il entreprit de monter avec force grimaces.

— Vous direz à madame Rivest que je descendrai pas souper, dit-il à son vicaire en faisant une pause dans son ascension vers l'étage des chambres.

Alphonse Dupras regarda son supérieur se hisser en ahanant jusqu'en haut en secouant la tête. Ensuite, il se rendit à la cuisine prévenir la cuisinière.

— Encore ! s'écria-t-elle. Eh bien, c'est la première fois que je vois deux crises de lombago revenir aussi vite. C'est quand même bizarre ! ajouta-t-elle.

— Moi aussi, madame, c'est la première fois que je vois ça, ne put s'empêcher de lui dire le vicaire.

Durant les trois jours suivants, Alphonse Dupras fut seul à assurer le service dans la paroisse. Il célébrait deux messes chaque matin et rendait visite aux malades. Deux fois par jour, il allait tenir compagnie à son jeune confrère qui luttait pour sa survie. Pas plus que Mance Rivest, qui soignait le jeune prêtre malade, le vicaire ne semblait craindre pour sa vie.

— Si le bon Dieu a décidé de nous rappeler à lui, dit-il à la cuisinière, il le fera. Il est écrit dans les Évangiles qu'il viendra nous chercher comme un voleur.

— Vous avez raison, monsieur l'abbé, se contenta alors de répliquer Mance en continuant à servir ses prêtres avec une admirable abnégation.

— Madame Rivest a peut-être pas un caractère facile, chuchota l'abbé Dupras à son supérieur, toujours cloîtré dans sa chambre, mais elle a un cœur en or.

Le quatrième jour, c'est un docteur Précourt tout souriant qui descendit de la chambre de l'abbé Biron.

— C'est fini, madame Rivest. Sa fièvre est tombée. Il a passé à travers, annonça-t-il à la cuisinière. Il est encore pas mal faible, mais il va s'en tirer.

— Là, vous me faites pas mal plaisir, docteur, reconnut Mance, émue comme si c'était son fils qui venait d'échapper à la mort.

— On dirait que ça va être la journée des bonnes nouvelles, poursuivit le petit homme à la voix haut perchée. Le jeune Beaulieu s'en est sorti, lui aussi.

— Tant mieux, fit la servante. On a déjà eu bien assez de morts dans la paroisse depuis le commencement de l'automne.

Une heure plus tard, l'abbé Dupras alla frapper à la porte de la chambre du curé Bilodeau après avoir rendu une courte visite à son confrère miraculé pour lui apprendre la bonne nouvelle. Le vicaire reconnut à peine la voix qui l'invita à entrer. Il découvrit son supérieur enfoui sous une pile impressionnante de couvertures et claquant des dents.

— Qu'est-ce qui vous arrive, monsieur le curé ? demanda l'abbé, qui devinait déjà la réponse.

— Je le sais pas, admit Charles Bilodeau, les yeux brillants de fièvre. Demandez au docteur de venir me voir le plus vite possible.

— Je m'en occupe tout de suite, le rassura Alphonse Dupras en quittant rapidement la chambre.

À la fin de l'avant-midi, peu de paroissiens de Saint-Paul-des-Prés ignoraient que leur pasteur, victime de la grippe espagnole était au plus mal. Les gens étaient bouleversés et beaucoup envahirent l'église durant la journée pour prier Dieu de l'épargner.

Le lendemain, Mance Rivest communiqua des nouvelles de la santé du curé de la paroisse Saint-Paul-des-Prés. Elles n'étaient guère encourageantes.

— On peut dire qu'il a pas de chance, le pauvre homme, déclara Alcide Duquette à deux clients en train de fumer leur pipe, assis près de la fournaise qui réchauffait le magasin général. Il a attrapé un lombago et, au moment où il commençait à prendre du mieux, v'là que cette maladie-là lui tombe dessus.

— Il reste juste à prier pour qu'il guérisse, intervint sa femme en déposant une jarre de biscuits sur une tablette derrière le comptoir. Il paraît qu'il y avait au moins une vingtaine de personnes qui ont passé la nuit dans l'église à prier pour lui.

Mais Dieu en avait décidé autrement. Charles Bilodeau mourut des complications engendrées par cette grippe trois jours plus tard. L'abbé Biron profita de l'un des rares moments de lucidité de son supérieur, la veille de son décès, pour le confesser et lui administrer les saintes huiles.

Dès la mort du curé Bilodeau, Alphonse Dupras prit les choses en main à titre d'aîné des vicaires de la paroisse. Sur la recommandation du secrétaire de monseigneur Brunault, il fut décidé d'exposer le curé Bilodeau dans le chœur de son église durant une journée, cercueil fermé, avant de célébrer son service funèbre.

Tous les habitants de la paroisse, sauf Gonzague Boisvert et sa famille, se firent un devoir de venir saluer une dernière fois la dépouille de leur curé exposé en chapelle ardente. Si certains pouvaient reprocher au disparu son intransigeance, tous s'accordaient tout de même pour voir en lui un saint homme d'une foi inébranlable.

Le jour des funérailles, l'église ne suffit pas à contenir tous les paroissiens venus assister à la cérémonie. La foule envahit ensuite le cimetière paroissial pour prier avec le célébrant pour le repos de l'âme du défunt dont le corps fut le premier de la saison à être déposé dans le charnier.

Après le service funèbre, Corinne en profita pour rappeler encore une fois aux siens de demeurer le plus possible à la ferme et d'éviter tout contact avec les étrangers. En ce sens, elle ne faisait que partager l'opinion générale selon laquelle il s'agissait du meilleur moyen pour contrer la contagion.

— Mais, m'man, on vient de l'église qui était pleine de monde, protesta Norbert avec un bon sens évident.

— Le bon Dieu permettra pas qu'on attrape la grippe en allant Le prier, déclara sa mère sur un ton convaincu.

Durant la journée, la veuve de Laurent Boisvert ne cessa de se tourmenter pour son fils Philippe. À son retour des funérailles, elle avait été frappée par une idée qui ne l'avait plus quittée depuis. Se pouvait-il que son fils aîné ne soit jamais arrivé à Saint-Paul-des-Prés parce qu'il avait été victime de la grippe, lui aussi ? Elle avait beau essayer de se raisonner, elle n'arrivait pas à chasser cette pensée.

— Il peut pas être mort comme un chien, tout seul, en ville… murmura-t-elle à un certain moment. Ce serait pas juste.

Ce soir-là, au moment de la prière commune, elle demanda à ses enfants de prier pour le salut de l'âme de leur père et surtout d'avoir une pensée spéciale pour leur frère.

Une autre semaine passa sans qu'on ait à déplorer une autre victime de la grippe. Le froid s'était fait plus mordant en ce début de la troisième semaine de novembre, mais à la surprise de tous il n'était encore tombé aucun flocon de neige. Le sol était maintenant dur comme de la pierre et le paysage habillé de brun et de gris inspirait la tristesse.

— Madeleine, va donc m'allumer le four dehors, demanda Corinne à sa fille cet avant-midi-là. On va faire cuire encore dehors cette semaine, ajouta-t-elle en pétrissant sa pâte à pain qu'elle s'apprêtait à découper pour la déposer dans des contenants préalablement graissés.

— Vous avez pas peur qu'il se mette à neiger pour vrai, m'man ? demanda l'adolescente en regardant dehors. On dirait qu'il commence à tomber un peu de neige.

— Pour neiger, il va sûrement neiger, rétorqua sa mère en jetant un coup d'œil vers Élise et Lionel qui se disputaient en triant des rectangles de tissus qui allaient servir à la confection d'une courtepointe. Il y a juste à voir comment les enfants sont énervés.

— M'man ! protesta Élise, insultée d'être traitée d'enfant alors qu'elle venait de célébrer ses douze ans.

Sa mère ne se donna pas la peine de relever. Elle se contenta de regarder sa fille aînée endosser son vieux manteau et sortir. Léopold et Norbert avaient quitté la maison deux heures auparavant dans l'intention d'aller marquer les arbres à abattre dans le boisé situé au bout de la terre des Boisvert.

Quelques instants plus tard, Corinne était en train d'essuyer la farine saupoudrée sur la table quand un cri de sa fille aînée l'attira à l'une des fenêtres. Elle regarda d'abord à gauche pour tenter de voir Madeleine près du four, mais elle ne vit que les flocons tombant doucement dans l'air immobile. Ces derniers commençaient même à couvrir la galerie. Inquiète, elle regarda ensuite vers la route. Elle aperçut alors Madeleine se précipitant vers un jeune homme. Il lui fallut un instant avant de le reconnaître, tant la surprise était grande.

— Philippe! s'écria-t-elle, faisant sursauter Élise et Lionel.

La mère de famille s'empressa de revêtir sa grosse veste de laine brune suspendue derrière la porte et sortit sur la galerie juste au moment où Madeleine et son frère montaient les trois marches qui y conduisaient. Philippe s'arrêta sur la dernière marche, soudainement gêné de se retrouver devant sa mère, qui l'attendait, le visage sévère.

— Bonjour, m'man, lui dit-il en lui adressant un sourire timide.

— Bonjour, mon garçon, répondit-elle en lui cachant sa joie de le revoir vivant. Entre, t'as l'air complètement gelé.

Sans plus s'occuper de lui, elle tourna les talons et le précéda dans la maison. Son fils aîné, apparemment très mal à l'aise, la suivit sans dire un mot, en tenant dans une main un sac en toile. Aussitôt, Élise et Lionel entourèrent leur frère en lui exprimant leur plaisir de le revoir pendant que leur mère retirait sa veste.

— Laissez-le respirer, vous deux, ordonna-t-elle à ses deux plus jeunes enfants. Toi, ôte ton manteau et réchauffe-toi près du poêle, ordonna-t-elle à son aîné. Mais avant ça, viens embrasser ta mère.

Philippe, un peu gauche, s'exécuta. Sa mère se planta devant lui et le détailla. Son fils, qui allait avoir dix-huit ans dans quelques mois, avait encore grandi. Cependant, il lui revenait passablement amaigri et son visage était marqué. Il semblait avoir perdu un peu de cet air frondeur qu'il avait toujours affiché.

Corinne lui versa une tasse de thé chaud qu'elle lui tendit avant de lui demander abruptement:

— Est-ce que je vais finir par savoir pourquoi t'arrives un mois après t'être annoncé?

— Ben...

— Ben quoi?

— J'ai pensé que ce serait mieux d'attendre que p'pa soit parti au chantier avant de venir, avoua Philippe, l'air gêné. Je suppose qu'il est pas content pantoute que je sois parti de la maison...

Élise ouvrit la bouche pour intervenir, mais sa mère lui fit un signe impératif de se taire.

— Pour pas être content, il était pas content pantoute, confirma sa mère, sévère. Moi non plus, j'étais pas contente, si tu tiens à le savoir, ajouta-t-elle.

— Je voulais juste voir si...

— T'as plus à t'inquiéter de savoir si ton père est content ou pas, le coupa-t-elle. Il reviendra plus à la maison.

— Comment ça? demanda Philippe, interloqué. Où est-ce qu'il est parti?

— Ton père est mort le mois passé, lui annonça sa mère en baissant la voix.

— C'est pas vrai? fit l'adolescent, refusant de croire la nouvelle. De quoi il est mort?

— Un accident avec le *truck* qu'il conduisait pour ton grand-père Boisvert.

Le sang semblait s'être retiré d'un seul coup du visage de Philippe. Il déposa sa tasse sur la table et chercha quoi dire durant un long moment. Corinne n'était pas sans savoir que son mari avait été l'idole de son fils aîné qui s'était très souvent attaché à l'imiter.

— Ton grand-père Joyal est parti, lui aussi, ajouta sa mère, décidée à lui apprendre en une seule fois toutes les mauvaises nouvelles familiales.

Philippe ne dit rien, trop occupé à assimiler ce qu'il venait d'apprendre. Rien ne ressemblait à ce qu'il s'était imaginé. Il avait cru retrouver le même monde qu'il avait quitté le printemps précédent. Et voilà que son père et son grand-père étaient morts durant sa courte absence...

Pour sa part, Corinne renonça à faire remarquer à son fils qu'il aurait pu assister aux obsèques de son père s'il n'avait pas tant tardé à revenir à la maison.

— Maintenant, tu vas me dire ce que t'as fait depuis que t'es parti de la maison, lui dit-elle sur un ton sans appel.

Durant de longues minutes, l'adolescent raconta comment il avait survécu pendant les six derniers mois. Il était parti pour s'engager dans l'armée. Comme on n'avait pas voulu de lui, il avait abandonné son ami Lamothe pour voir du pays. À l'entendre, il s'était rapidement rendu compte que la vie hors du cocon familial n'était pas aussi facile qu'il se l'était imaginé. Il avait occupé toutes sortes de petits emplois avant d'aboutir à Montréal où on l'avait engagé dans une glacière à charger de la glace dans les voitures des livreurs.

— Je suppose que t'es fier d'être parti comme un sauvage au moment où on avait le plus besoin de toi ? finit par lui demander sa mère.

— Je voulais pas partir longtemps comme ça, m'man, se défendit le jeune homme, sans manifester trop de remords.

— Écoute-moi bien, mon garçon. À cette heure, ton père est plus là pour voir à notre terre. C'est sûr que tu prendras pas sa place. Mais t'es le plus vieux et ton devoir est de t'occuper de la terre et de m'aider. Tes frères et tes sœurs ont besoin de toi et tu dois surtout leur donner l'exemple.

— Je comprends, m'man, et…

— Écoute plutôt, lui ordonna-t-elle avec une certaine impatience. J'ai pas fini. Si t'as dans l'idée de repartir pour aller courir les chemins, j'aime autant que tu me le dises sans détour. Je tiens à savoir tout de suite si je peux compter sur toi ou pas.

— Je repartirai pas, promit un Philippe apparemment repentant.

— Si c'est comme ça, t'es le bienvenu chez vous, reprit sa mère, très soulagée. Mets au lavage ton linge sale et tu peux aller te changer dans ta chambre. Ton linge est encore dans tes tiroirs.

Au dîner, si Philippe montra une certaine froideur à l'égard de Léopold, il se comporta tout autrement avec Norbert. Les retrouvailles entre les deux frères furent bruyantes et chaleureuses. Après le repas, Philippe décida d'accompagner Léopold et son frère dans le bois pour continuer le travail entrepris le matin même.

Corinne sortit de la maison en même temps que les trois jeunes hommes pour aller déposer dans son four quatre nouveaux moules remplis de pâte à pain. La neige avait presque cessé de tomber. Après avoir refermé la porte du four et jeté deux autres bûches d'érable dans le foyer, la jeune veuve leva la tête pour regarder ses fils s'éloigner en compagnie de Léopold en direction du boisé, la hache sur l'épaule. Elle ne vit pas Madeleine qui avait écarté le rideau de l'une des fenêtres pour mieux suivre du regard Léopold marchant entre ses deux frères.

Les mains frileusement enfouies dans les poches de sa veste de laine, Corinne, pensive, se demanda durant un court instant ce qu'il allait advenir de sa famille dans les prochaines années. Certes, ses enfants grandissaient, mais il lui restait tant à faire. Depuis quelque temps, elle était angoissée à l'idée de la tâche énorme qui l'attendait.

À suivre

Sainte-Brigitte-des-Saults
avril 2010

Table des matières

GARANT DES FORÊTS INTACTES

Achevé d'imprimer en juin 2010
sur les presses de Transcontinental-Gagné,
Louiseville, Québec.